Devils Lake

*Dieses Buch widme ich Evelyne S.
Da sie mir in allen Lebenslagen immer
mit Rat und Tat zur Seite steht.
Sie bereichert mein Leben um ein Vielfaches,
dafür bedanke ich mich bei ihr.*

CLAUDIA JACOBSEN

Devils Lake

Dunkle Mächte der Vergangenheit

Bibliografische Information der Deutschen Nationalbibliothek:
Die Deutsche Nationalbibliothek verzeichnet diese Publikation in der
Deutschen Nationalbibliografie;
detaillierte bibliografische Daten sind im Internet über
http://dnb.d-nb.de abrufbar.

© 2016 Claudia Jacobsen
Satz, Umschlaggestaltung, Herstellung und Verlag: BoD- Books on
Demand
Autorenfoto: Anja Epkes
ISBN: 978-3-7412-1366-3

Inhalt

Prolog	7
Alltagssorgen	9
Die erste Begegnung	18
Halluzinationen?	25
Zweifel	33
Eine unheimliche Begegnung	42
Der Albtraum beginnt	49
Der Schein trügt?	60
Eine Gruselgeschichte	68
Eine unheimliche Entdeckung	77
Ankunft in Atlantic City	92
Traurige Erinnerungen	105
Ein merkwürdiger Ausflug	124
Die Zeitungsanzeige	137
Ein nächtlicher Ausflug mit Folgen	149
Die Wahrsagerin	162
Gefühlschaos	178
Die Sondermeldung	192
Ungereimtheiten	203
Der Discobesuch	218
Eine merkwürdige Beobachtung	235
Wahre Freunde	249

Das Kasino	263
Mein Treffen mit Jacob Planks – Jason Smiths Gedanken	275
Manipulation	285
Ein unangenehmer, nächtlicher Besuch	298
Mein zweites Treffen mit Jacob Planks – Jason Smiths Gedanken	307
Konflikte im Hotel	314
Wieder zu Hause	336
Ein erleichterndes Gespräch	345
Wahre Gefühle?	360
Ein Kuss der wahren Liebe?	371
Nackte Angst	391
Eine schlimme Nachricht	406
Noch mehr schlechte Nachrichten …	419
Manchmal ist es besser, nicht alles zu wissen …	431
Verzweiflung	445
Das mysteriöse Buch	458
Tante Miranda	472
Raymond	487

Prolog

Wieder war es ein wunderschöner, sonniger Tag in Devils Lake.

Die Sonne strahlte mit den Bewohnern um die Wette.

Wenn man durch die Straßen ging, traf man auf kaum einen Menschen, der nicht gut gelaunt war. Mein Name ist Susan Smith. Ich bin in Devils Lake aufgewachsen und könnte mir niemals vorstellen, woanders zu wohnen.

Devils Lake liegt in North Dakota. Es ist im Vergleich zu anderen Städten eine kleine Stadt. Wir haben nur circa 7000 Einwohner. Unsere Stadt ist von vielen Wäldern umgeben und in der Nähe gibt es einen See. Ich wohne in der 3rd Street in einem Mehrfamilienhaus. Insgesamt gibt es in unserem Haus sechs Parteien. Ich wohne im zweiten Stock mit meiner Mutter zusammen. Sie ist nicht oft zu Hause. Sie arbeitet sehr viel, damit wir alles bezahlen können. Wir gehören nicht gerade zu den reichen Leuten. Aber das ist okay. Ich gehe nun auf das Lake Region State College. Vorher ging ich auf die Devils Lake Highschool. Wenn ich daran zurückdenke, wird mir wieder bewusst, wie stark sich mein Leben seit dieser Zeit verändert hat.

Nun sitze ich im Roosevelt Park in der Sonne und mir wird ganz anders, wenn ich an die letzten drei Jahre zurückdenke. Wie viele grausame Dinge sich in dieser Stadt zugetragen haben. Wenn ich mir die Leute jetzt so ansehe, würde man niemals denken, dass vor kurzem noch Trauer, Hass und Verzweiflung wie ein Schatten über dieser Stadt lagen. Auch ich hatte mich verändert. Ich bin erwachsener geworden. Wenn ich jetzt in den Spiegel blicke, sehe ich kein Mädchen mehr.

Ich sehe eine erwachsene, junge Frau, mit schönen, glanzvollen, brünetten, langen Haaren, großen, braunen Augen, die endlich ihr Leuchten wiedergefunden haben. Eine schöne, ausgewogene Figur und einem strahlenden Lächeln. Ich kann nun an allen negativen Dingen auch etwas Positives sehen und glaube an das Schicksal.

Doch das war nicht immer so ... Noch vor drei Jahren war alles anders. Und davon möchte ich jetzt erzählen. Wir gehen drei Jahre zurück.
   Alles begann an einem schönen Junitag ...

Alltagssorgen

Wieder wachte ich schweißgebadet auf. Das war nichts Neues, weil es so oft passierte. Ich schlief sehr unruhig die letzten Wochen und wusste nicht, was das zu bedeuten hatte. Generell war ich mit meinem Leben in letzter Zeit sehr unzufrieden gewesen. Als ich ins Bad ging und mein Spiegelbild betrachtete, war ich nicht sonderlich erschrocken. Ich hatte immer noch dicke Augenränder unter meinen Augen und die Blässe war noch schlimmer geworden. Das Leuchten in meinen dunklen Augen war schon lange verblasst. Meine langen, braunen Haare fielen stumpf herunter. Der Glanz, den sie mal ausstrahlten, war kaum noch zu erkennen. Ich betrachtete meinen Körper und machte mir ein wenig Sorgen, schon wieder hatte ich an Gewicht verloren. Dies sah man besonders an meinen hervorstehenden Beckenknochen. Schon lange hatte ich mich nicht mehr richtig wohlgefühlt in meiner Haut. Aber woran lag es?

Langsam ging ich zum Wohnzimmerfenster. Seit Tagen war es schon am Regnen, passend zu meiner Stimmung ... Da stand ich nun, in meiner viel zu kurzen, schwarzen Trainingshose und dem blauen Lieblingstop und wusste nichts mit meinem Leben anzufangen. Wie vielen ging es wohl wie mir? Oder war ich die Einzige, die so dachte? Ich setzte mich auf mein Lieblingssofa und nahm mein Leben mal genau unter die Lupe.

Warum fühlte ich so viel Trauer und Hilflosigkeit? Was war der ausschlaggebende Punkt? Oder war ich schon immer so depressiv und bemerkte es jetzt nur so extrem, weil ich mich seit Längerem kaum noch unter Menschen traute? Bin ich,

Susan Smith, wirklich so langweilig? Ich blickte auf die Uhr, es war schon halb neun und ich musste mich für die Schule fertigmachen. In der ersten Stunde hatte ich Mathe bei Mister Ricks und er hasste es, wenn man zu spät kam.

Schnell lief ich ins Schlafzimmer und schlüpfte in meine Lieblingsjeans und irgendeinen langweiligen Pulli, der gerade greifbar war. Ich huschte ins Bad und putzte mir die Zähne und wusch mein Gesicht. Meine Haare band ich grob zu einem Zopf zusammen. Als ich meine Schultasche schnappte, fiel mir ein Zettel auf dem Küchentisch auf, auf dem stand: *Hi, Susan, ich muss heute länger arbeiten, kann also etwas später werden. Kauf dir nach der Schule etwas zu Essen. Bis dann, Mum.* Daneben lagen zwanzig Dollar. Typisch meine Mutter, dachte ich. Sie war wirklich ein Workaholic. Was würde sie nur ohne ihre ganzen Jobs tun?

Schnell lief ich aus der Tür und wäre fast noch mit der Nachbarin Misses Timer zusammengestoßen. Ich entschuldigte mich rasch und lief weiter. Meine Freundin Tina wartete bestimmt schon an der Bushaltestelle auf mich, sie hasste es, wenn ich zu spät kam. Kurz vor der Bushaltestelle sah ich gerade noch, wie mein Schulbus wegfuhr. Na toll, dachte ich, typisch für mich. Ich ging, nein, ich muss sagen, ich rannte in Richtung Schule. Meinen Rucksack über der Schulter hetzte ich die Mainstreet entlang. Zu Fuß waren es circa zwanzig Minuten zur Schule. Als ich auf die Uhr blickte, merkte ich, dass ich nur noch fünfzehn Minuten Zeit hatte, bis die erste Stunde beginnen sollte. Also beeilte ich mich.

Als ich nach fünfzehn Minuten dann völlig abgehetzt die Eingangstreppe der Schule hochlief, wartete Tina schon oben auf der Treppe auf mich.

Nervös biss sie sich auf die Lippe. »Schnell, du weißt doch, dass wir Ricks in der ersten Stunde haben.« Völlig entnervt wartete sie, bis ich neben ihr stand.

»Du siehst ja furchtbar aus«, sagte sie und starrte mich an. »Vielen Dank auch«, giftete ich zurück, »kann nicht jeder so makellos schön sein wie du.«

Sie grinste mich an. Wieder mal hatte sie mich mit ihrem Charme entwaffnet.

Sie war meine beste Freundin, schon seit zehn Jahren. Mit sechs lernte ich sie auf einem Kindergeburtstag kennen. Damals war sie schon hübsch, aber kein Vergleich zu heute. Eigentlich war sie das Gegenteil von mir. Sie hatte lange, blonde Haare, die sie meistens offen trug. Blaue, tiefgründige Augen. Ein unwiderstehliches Lächeln, das ihr weiches, wohlgeformtes Gesicht zierte, welches auch ohne Schminke dem eines Engels gleichkam. Eine makellose Figur. Ihre Natürlichkeit unterstrich noch ihre Schönheit. Ich war oft neidisch auf sie gewesen. Das wusste sie auch. Obwohl sie mir immer versicherte, dass ich überhaupt keinen Grund dazu hätte. Zum Glück war sie nicht eingebildet. Noch eine Eigenschaft, wofür ich sie so mochte. Egal was war, ich konnte immer auf sie zählen und umgekehrt war es genauso. Wir waren wie Seelenverwandte. Wenn ich mit ihr durch die Schulgänge ging, drehten sich die meisten Jungs nach ihr um. Ich konnte sie verstehen, sie war wirklich hübsch.

Dennoch hatten die anderen Typen keine Chance bei ihr, denn Tina hatte seit einem Jahr einen festen Freund: Mike. Kurz vor dem Klassenzimmer kam er schon auf uns zu und strahlte Tina an. »Hallo, Traumfrau«, rief er von Weitem und lachte sie an. Tina lächelte verlegen, sie war so verliebt in ihn.

Er war circa 1.80cm groß und hatte blonde, kurze Haare. Seine Frisur sah so aus, als wäre er erst aus dem Bett gefallen. In der Schule galt dies als cool. Das passte aber sehr gut, weil er und seine Freunde sowieso der Meinung waren, dass sie das Beste wären, was der Schule je passieren konnte.

Er versuchte immer, sich betont lässig zu kleiden. Mike hatte blaue Augen und ein verschmitztes Lächeln. Ein echter Sunnyboy eben. Er grüßte mich kurz, dann gingen wir ins Klassenzimmer. Wie ferngesteuert setzte ich mich in die letzte Reihe. Ich hasste es, vorne zu sitzen. Tina und Mike setzten sich zwei Plätze neben mich. Ich beobachtete die beiden, wie sie sich verliebt anschauten. Klar, ich war wirklich neidisch, gönnte es Tina aber auch von ganzem Herzen. Ich war noch nie richtig verliebt, überlegte ich. Dennoch konnte ich mir nicht vorstellen, wie es war, jemanden so zu lieben, dass man alles für denjenigen machen würde.

Dann kam Mister Ricks. Niemand konnte Mister Ricks leiden. Er trug eine Brille und einen langen Bart. Viele Schüler machten sich den Spaß und versuchten zu erraten, was er am Vortag gegessen hatte. Er hatte auch einen gewissen Hang zu spucken, wenn er sprach. Deshalb war es nicht verwunderlich, dass kaum ein Schüler vorne sitzen wollte. Generell war er ein sehr ungepflegter Mensch.

Ich versuchte, mich auf den Unterricht zu konzentrieren, was mir wirklich schwerfiel. Mathe war auch nicht gerade mein Lieblingsfach. Die Stunde zog sich dahin und ich hoffte, dass mich das Läuten bald erlösen würde. Danach hatten wir zwei Stunden Kunst bei Misses Kings, dann noch zwei Stunden Englisch bei Mister Lancer. Gott, war ich froh, als die Schule vorbei war. Tina wollte mit Mike nach der Schule noch shoppen gehen. Aber ich hatte keine Lust und kapselte mich von den beiden ab, indem ich eine Migräne vortäuschte.

Ich hatte aber noch keine Lust, nach Hause zu gehen, wo ich ja eh alleine wäre.
Deshalb ging ich an einen meiner Lieblingsplätze, in dem nahe angrenzenden Wald. Dort hatte ich einen Lieblingsplatz an einer Lichtung. Von dort konnte man die gesamte Stadt sehen. Ich mochte diesen Ort, weil er viel Ruhe ausstrahlte. Die eng zusammenstehenden Bäume boten mir einen gewissen Schutz. Das leichte Plätschern des nahe liegenden Bachs beruhigte mich zudem.

Ich spürte die Anwesenheit von vielen Tieren. Man sah sie nicht direkt, aber man spürte sie. Je länger ich dort saß, desto mehr Tiere zeigten sich mir. Das Zwitschern der Vögel wirkte beruhigend auf mich. Ich fing wieder an ins Träumen zu kommen. Das tat ich oft, wenn ich nicht unter Menschen war und keine Ablenkung hatte. Ich fühlte mich schon immer zur Natur und zu Tieren hingezogen. Verträumt beobachtete ich ein Eichhörnchen, wie es von Baum zu Baum sprang. So frei wäre ich auch gerne, dachte ich. Und wieder fiel ich in meine depressive Stimmung.

Lange blieb ich noch auf meiner Lichtung sitzen. Keine Ahnung, wie lange. Als ich aus meinem Trancezustand erwachte, war es schon fast dunkel. Erschrocken schaute ich auf meine Armbanduhr, ich hätte schon längst zu Hause sein sollen. Schnell nahm ich meinen Rucksack und machte mich auf den Weg dorthin.

Meine Mutter war bestimmt schon zu Hause, aber Sorgen würde sie sich keine machen. Sie kannte meine Unpünktlichkeit und den Hang zum Träumen und die Zeit zu vergessen. Unterwegs holte ich mir noch einen Hotdog, beim Kiosk an der Ecke in der Mainstreet. Der von Misses Edwards, einer kleinen, älteren Dame, geführt wurde. Ich kannte sie schon seit meiner Kindheit und mochte ihre liebevolle, warmherzige Art. Dadurch, dass sie klein und sehr schmal war, wirkte sie zerbrechlich. Ihre Haare waren schon lange weiß und sie machte sich meistens einen Bauernzopf. Sie bevorzugte weite Kleidung mit Blümchenmuster, um ihr Untergewicht zu verbergen.

Ich hatte eigentlich gar keinen Hunger, aber ich würgte mir meinen Hotdog herunter, um überhaupt mal etwas im Magen zu haben. Währenddessen erzählte mir Misses Edwards von ihren vielen Katzen. Ihr Mann war vor drei Jahren an Krebs verstorben und die Katzen waren das Einzige, was sie noch hatte. Man merkte, dass sie froh war, jemanden zum Reden zu haben, da sie unaufhaltsam sprach und alles dafür tat, dass die Unterhaltung weitergeführt wurde. Auch wenn sie mir leidtat, beeilte ich mich zu essen. Ich konnte die Fassade nicht länger aufrechterhalten, dass es mir gut ging.

Schnell verabschiedete ich mich und lief nach Hause. Die Straßen waren menschenleer. Es war eben eine ruhige Stadt. Aber gerade das gefiel mir. Zu Hause angekommen, hörte ich meine Mutter in der Küche hantieren. Sie war am Spülen. Wieder überkam mich ein schlechtes Gewissen. Ich hätte ja jedenfalls abspülen können, wenn meine Mutter schon den ganzen Tag gearbeitet hatte.

Verschämt beobachtete ich sie vom Flur aus. Meine Mutter sah müde aus. Ihre dunkelblonden Locken hatte sie zu einem Zopf zusammengebunden. Ein unglaubliches Strahlen ging von ihr aus. Das musste daran liegen, dass sie mit ihrem Leben und ihrer Arbeit, so wie es war, zufrieden war. Im Gegensatz zu meinen Augen hatten ihre graublauen Augen noch nichts von ihrem Glanz verloren. Meine Mutter kleidete sich jünger, als sie war. Wenn man es nicht wüsste, würde man niemals denken, dass sie schon dreiundvierzig Jahre alt war. Stets kleidete sie sich sehr sportlich, passend zu ihrer Figur.

Mein Vater hatte sich von ihr getrennt. Er wohnte jetzt in Atlantic City, einer Stadt in New Jersey. Dort hatte er ein Haus, direkt am Meer. Mit seiner neuen Freundin, Tracy. Aber das störte sie nicht. Ich bewunderte sie dafür, sie konnte immer in allem das Positive sehen. Ich wünschte, ich hätte diese Gabe von ihr geerbt.

Als ich in die Küche kam, räumte sie gerade das Geschirr weg und begrüßte mich gut gelaunt. »Na, mein Schatz, wie war dein Tag?« »Öde wie immer«, antwortete ich. Sie grinste. »Bald sind Sommerferien, ich muss arbeiten, aber hättest du keine Lust, ein paar Wochen zu deinem Vater zu fahren? Er würde sich bestimmt freuen.« »Keine Ahnung«, sagte ich.

Ich konnte mir etwas Besseres vorstellen, als mit seiner neuen Freundin und meinem Vater einen auf Happy Family zu machen. Sie war zehn Jahre jünger als er und war mächtig von sich überzeugt. Ich hasste das …
»Kannst es dir ja noch überlegen«, holte mich meine Mutter aus meinen Gedanken zurück und sah mich prüfend an. »Ist wirklich alles in Ordnung mit dir?«, fragte sie und schaute weiterhin besorgt. »Ja, klar«, sagte ich, »bin nur etwas müde. Ich geh gleich ins Zimmer, muss noch Hausaufgaben machen und gehe heute früher schlafen, bin ziemlich kaputt.«

»Okay«, entgegnete sie, beobachtete mich trotzdem weiterhin skeptisch, als ich aus dem Zimmer ging.

Seufzend legte ich mich aufs Bett und schaute an die Decke. Ich hatte überhaupt keine Lust, Hausaufgaben zu machen und vor dem Schlafengehen graute es mir jetzt schon, da ich öfter Albträume hatte und sehr unruhig schlief. Ich fand, das häufte sich in letzter Zeit immer mehr. Es war immer derselbe Traum. Etwas war hinter mir her, im Wald, aber ich wusste nie was. Nur, dass es sehr schnell war und ich Todesangst hatte. Bevor ich erkennen konnte, was es war, wachte ich jedes Mal auf. Halb in Gedanken an meinen Traum beschloss ich, mein Zimmer aufzuräumen. Als ich gerade dabei war, meine Bücher zu sortieren, fiel mir ein altes Tagebuch von mir in die Hände. Ich machte es mir auf meinem Bett bequem und fing an, es zu lesen. Je länger ich las, desto mehr merkte ich, was für ein langweiliges Leben ich doch hatte …

Laut Tagebuch hatte ich überhaupt niemals Spaß. Aber was fehlte in meinem Leben? Ich hatte eine coole Mutter, einen korrekten Vater und bin sehr behütet aufgewachsen. Außerdem hatte ich Freunde, wenn auch nicht so viele wie manch anderer. Was konnte es also sein? Jetzt konnte ich wieder Tinas Stimme in meinem Kopf hören, die mir zum x-ten Mal sagte: *»Du brauchst einen Freund, Susan, einen, der dich wirklich liebt …«*

Mich wirklich lieben, dachte ich. Wie konnte man mich schon lieben? Ich, die immer depressiv war und mehr in Gedanken, als in der Realität.

Müde schloss ich das Tagebuch und versteckte es ganz tief unten in einem Karton. Irgendwas musste sich ändern. Ich wollte anderen und vor allem mir beweisen, dass ich auch anders sein konnte. Nur wie ich das anstellen sollte, wusste ich noch nicht. Missmutig setzte ich mich an meine Hausaufgaben.

Nebenan hörte ich, dass meine Mutter zu Bett ging. Es war ja auch schon halb zwölf. Gähnend legte ich meine Schulsachen zur Seite und machte mich bettfertig. Ich zog meinen Pyjama an und putzte mir die Zähne. Dann legte ich mich in mein kuscheliges Bett. Ich war ziemlich schnell eingeschlafen, was mich wunderte.

Die erste Begegnung

Wieder war ich im Wald. Wieder diese Todesangst. Ich war mir sicher, gleich zu sterben …

»Susan?« Erschrocken fuhr ich hoch. Meine Mutter sah mich besorgt an. »Was ist?«, fragte ich benommen. »Du hast geschrien im Schlaf«, sagte sie. »Wirklich alles in Ordnung mit dir?« »Ja«, erwiderte ich betont lässig. »War nur ein böser Traum.« »Ich gehe jetzt arbeiten, versuche noch etwas zu schlafen. Es ist ja Samstag heute.« Und schon verschwand sie aus der Tür. Samstag, dachte ich, wie ich Wochenenden hasste. Noch mehr Zeit zum Nachdenken, noch mehr Zeit, depressiv zu sein …

Lange lag ich noch unschlüssig im Bett und überlegte, wie ich den Tag überleben würde, als mein Handy piepte. Es war eine SMS von Tina. Sie schrieb, ob ich nicht Lust hätte bei ihr vorbeizuschauen. Denn sie hatte einen neuen Vampirfilm und wollte sich den gerne mit mir zusammen ansehen.

Ich hatte nichts dagegen und schrieb ihr zurück, dass ich gleich zu ihr kommen würde. Sie wohnte nur drei Straßen weiter. Ich zog mich rasch an, verschwand noch schnell im Bad und machte mich dann auf den Weg zu ihr.

Schon von Weitem erkannte ich ihr Haus. Wohlbefinden strahlte es aus. Es war ein großes, helles Gebäude. Mit großen Fenstern und einem schön angelegten Garten. Ich klopfte an der Haustür und wartete. Tinas Mutter Sue öffnete mir die Tür. Sie hatte unglaubliche Ähnlichkeit mit ihrer Tochter und hatte auch die gleiche Art, die ich an Tina so mochte. Ihr Haar war nur etwas dunkler als Tinas. Sie war etwas kleiner und auch etwas kräftiger. Aber trotz allem konnte man unschwer erkennen, dass sie Mutter und Tochter waren.

»Tina ist in ihrem Zimmer«, sagte sie mir zur Begrüßung. Ich ging die Treppe herauf und wurde erst einmal von ihrem Hund Sam stürmisch begrüßt. Er war ein Bordercollie Mischling und der ganze Stolz von Tina. Zusammen mit Sam fand ich sie in ihrem Zimmer vor dem PC. Ihre Laune war nicht gerade die beste und sie tippte genervt auf der Tastatur herum.

»Was ist los?«, fragte ich sie und setzte mich auf ihr Bett. »Ach, Mike nervt mich«, sagte sie bloß. »Er will nicht akzeptieren, dass ich heute mal etwas mit dir alleine unternehmen will.« »Von mir aus kann er kommen«, sagte ich beiläufig. »Kommt gar nicht infrage«, sagte sie. »Ich will heute mal etwas mit dir alleine machen und das muss er akzeptieren. Ob er will oder nicht.« Da kam wieder deutlich ihr Dickkopf durch. Innerlich musste ich grinsen. Soviel dazu, dass ich dringend einen Freund an meiner Seite bräuchte. Nach fünf Minuten war sie fertig und fuhr den PC runter. Dann drehte sie sich zu mir um und strahlte mich an. Das bewunderte ich immer so an ihr, sie hatte von jetzt auf gleich wieder gute Laune.

»Also«, sagte sie, »bereit für etwas Gruseliges?« »Klar«, gab ich zurück. Sie legte die DVD in den Player und legte sich zu mir aufs Bett. Von dem Film bekam ich nicht allzu viel mit. Es war eh immer dasselbe. Besessene Vampire, die Menschen abschlachteten. Ich war gleich wieder in meine Gedanken vertieft, da mich der Film nicht sonderlich ablenkte. Irgendwo von ganz weit her hörte ich dann Tinas Stimme. »Hallo? Erde an Susan Smith, hörst du mir überhaupt zu?« Hastig drehte ich mich in ihre Richtung. »Sorry«, sagte ich bloß murmelnd. »Susan«, sagte sie im besorgten Ton. »Sag mir mal, was ich mit dir machen soll? Du ziehst dich immer mehr in dein Schneckenhaus zurück. Wenn du nicht mit mir darüber reden kannst, was los ist, mit wem denn dann?« Sie schaute mich vorwurfsvoll an. »Tut mir leid, Tina. Ich kann dir nicht sagen, was es ist. Ständig habe ich so merkwürdige Träume. In den Träumen verfolgt mich etwas und ich habe Todesangst. Aber ich kann dir nicht sagen, was es ist, das mich da verfolgt. Bevor ich was erkennen kann, wache ich auf, das nervt mich.«

Tina sah mich lange an. Ich wusste genau, was jetzt kam, und ich hatte recht.
Sie grinste mich an und sagte: »Vielleicht brauchst du mal ein bisschen mehr Ablenkung. Du brauchst vielleicht wirklich mal einen Freund oder willst du als eiserne Jungfrau sterben?« Ich streckte ihr die Zunge raus. »Ist doch wahr«, lachte sie. »Mike hat einen Kumpel, Jonathan heißt er. Wieso gehen wir nicht mal zu viert aus? Er scheint ganz nett zu sein ...« »Oh nein«, stöhnte ich. »Nicht schon wieder einer deiner Kuppelversuche. Vielleicht will ich ja gar keinen Freund.«

Aber Tina duldete keine Ausreden und so fand ich mich am nächsten Abend vor der Kinokasse wieder. Lust hatte ich keine. Ich war auch nicht so der Typ, der sich gerne aufbrezelte. Und so entschied ich mich wieder für meine Lieblingsjeans und ein schwarzes Trägertop. Wenn der Typ der Richtige für mich sein sollte, musste er mich auch in 0815-Klamotten mögen. Tina versuchte, mich noch ein bisschen aufzumuntern, dass es bestimmt ein toller Abend werden würde. Aber ich hatte nicht viel Lust darauf.

Dann sah ich Mikes Auto vorfahren. Er fuhr einen roten Angeberschlitten. Der neben ihm, das musste Jonathan sein. Aber ich konnte aus der Entfernung nicht viel erkennen. Jetzt wurde ich doch etwas nervös. Hoffentlich nicht so ein Proll, dachte ich. Sie parkten und dann kamen beide herauf zur Kinokasse.

Mike umarmte stürmisch seine Tina und grüßte mich nur kurz. Jonathan stand etwas unschlüssig neben ihm und gab uns beiden dann schüchtern die Hand. Eigentlich sah er ganz sympathisch aus. Er hatte kurze, blonde Haare und graugrüne Augen. Eher der sportliche Typ. Er wirkte um einiges erwachsener und reifer als Mike. Er trug einen schwarzen Anzug, was ihn älter aussehen ließ, als er war. Das wunderte mich. Wer trägt schon im Kino einen Anzug, dachte ich.

Kurz überlegte ich, was ich wohl an einem Mann attraktiv finden würde. Ich stellte mir ein lässiges Outfit vor. Jeans und Hemd fand ich attraktiver als einen Anzug. Mein Blick schien Bände zu sprechen, denn Jonathan sah mich verunsichert an. Seine Hand fühlte sich warm an, aber auch ein bisschen schwitzig. Ich denke mal, er wusste auch nicht genau, was er von dem Ganzen halten sollte.

Wir gingen zur Kasse und holten uns vier Karten für den Film »Liebe ohne Grenzen.« Na toll, dachte ich. Eine Liebesschnulze. Ich schaute zu Jonathan und er schien das Gleiche zu denken. Wir kauften uns noch etwas zu Trinken und Popcorn. Danach gingen wir in den Kinosaal. Schnell zog ich noch mal Tina zu mir. »Du sitzt aber neben mir«, flüsterte ich. »Klar«, sagte sie. »Du kannst dich ja zwischen mich und Jonathan setzen.« Na super, dachte ich. Nachdem das Licht im Kinosaal dann ausging und der Film anfing, beruhigte ich mich etwas. Im Dunkeln würde man jedenfalls nicht auf Anhieb erkennen, dass ich keine Lust auf so eine Liebesschnulze hatte. Mike und Tina waren nach fünf Minuten mit Knutschen beschäftigt. Von der Seite her merkte ich, dass Jonathan mich beobachtete.

Tatsch mich ja nicht an, dachte ich. »Hatte ich auch nicht vor«, kam plötzlich von Jonathan in meine Richtung. »Wie bitte?«, fragte ich und schaute ihn erschrocken an. Hatte ich das eben laut gesagt? Ich war mir sicher, dass ich es nur gedacht hatte. Er lächelte mich an. »Keine Angst, ich werde dich nicht betatschen«, sagte er dann mit seiner rauen Stimme. »Das habe ich auch nicht gesagt«, erwiderte ich irritiert. »Aber gedacht«, sagte er immer noch lächelnd. Völlig überfordert von der ganzen Situation, ging ich schnell zur Mädchentoilette. Panisch stellte ich mich ans Waschbecken und sah in den Spiegel. Ich hatte das nicht laut gesagt, sagte ich immer wieder zu mir selber. Das hatte ich nur gedacht, da war ich mir sicher.

Dann kam Tina zur Toilettentür rein. »Was ist los?«, fragte sie. »Geht's dir nicht gut?« »Nein, nein«, sagte ich. »Ich habe nur etwas Kopfschmerzen. Gleich bin ich wieder bei euch.« Tina nickte mir zu, dann ging sie wieder zurück zu den anderen. Noch einmal atmete ich tief durch. Das hatte ich mir sicher nur eingebildet.

Als ich wieder im Kinosaal war, war der Film schon fast vorbei. Tina und Mike waren wieder am Knutschen und Jonathan konzentrierte sich auf den Film. Ich setzte mich neben ihn. Immer darauf bedacht, ruhig zu atmen und ihn nicht anzuschauen. Von der Seite her sah ich, dass er lächelte. »Was ist so komisch?«, fragte ich ihn. »Du bist aber leicht zu erschrecken«, gab er zurück. »Ich hab mich nicht erschrocken«, erwiderte ich trotzig. Sein Lächeln wurde breiter. Als er mich so ansah, bekam ich eine Gänsehaut. Den Rest des Films schwiegen wir.

Nach dem Film gingen wir bei Diners noch etwas essen. Ich hatte nicht viel Lust darauf. Eigentlich wollte ich nur noch nach Hause, aber ich hatte beschlossen, diesen Abend durchzuziehen, koste es, was es wolle. Ich ignorierte Jonathan den weiteren Abend, merkte aber ständig seinen Blick im Nacken. Das nervte. »*Du bist so süß, wenn du dich aufregst*«, kam plötzlich Jonathans Stimme in meinem Kopf. Ich starrte ihn an. Er grinste. Mike und Tina bemerkten von alldem nichts. Sie waren in ihr Gespräch vertieft. Das war mir dann doch zu viel. Ich musste dringend hier raus. Eilig verabschiedete ich mich und machte mich auf den Weg nach Hause.

Zu Hause angekommen ging ich geradewegs in mein Zimmer. Ich setzte mich aufs Bett und versuchte einen klaren Kopf zu bekommen. Kurze Zeit später klopfte es an meiner Tür. »Ja?«, sagte ich etwas genervt. Meine Mutter kam ins Zimmer. »Und?« »Was und?«, fragte ich. »Wie war dein Date?« »Das war kein Date, Mum«, sagte ich genervt. Sie grinste. »Sah er denn gut aus? Seht ihr euch wieder?« Gereizt sah ich sie an. »Mum, es war kein Date. Wir waren zu viert, der Film war scheiße und von diesem Dinerfraß ist mir ganz schlecht.« Erschrocken über meinen Wutausbruch sah sie mich an. »Okay, dann lass ich dich jetzt lieber alleine. Wenn du reden möchtest, weißt du ja, wo du mich findest«, sie zog sich traurig zurück. Als sie die Tür wieder zugemacht hatte, tat mir mein Wutausbruch ihr gegenüber sehr leid. Aber ich musste meine Gedanken erst einmal für mich alleine ordnen.

Mein Handy piepte. Es war eine SMS von Tina. *Alles in Ordnung?*, fragte sie mich. *Ja*, schrieb ich zurück. *Meine Kopfschmerzen sind nur schlimmer geworden. Wir sehen uns morgen in der Schule.* Ich legte mich aufs Bett und dachte nach. Während ich so am Nachdenken war, was das alles zu bedeuten hatte, merkte ich, wie ich schläfrig wurde. Langsam fielen mir die Augen zu.

Ich war wieder im Wald. Also nichts Neues, dachte ich. Wieder war etwas hinter mir her. Ich rannte um mein Leben, immer darauf bedacht, nicht über eine Baumwurzel zu stolpern. Doch dann geschah es, ich fiel. Das ist mein Ende, dachte ich. Ich bemerkte etwas Kaltes an meinem Rücken, dann wachte ich schreiend auf.

Halluzinationen?

Ich brauchte einen Moment, um meine Gedanken zu ordnen. Noch lag ich auf meinem Bett, draußen wurde es gerade hell. Benommen sah ich auf meinen Radiowecker. Es war kurz nach Sieben. Langsam schälte ich mich aus dem Bett. Noch immer hatte ich die Kleidung vom Vorabend an.

Benommen schleppte ich mich zum Bad und nahm erst einmal eine lange, heiße Dusche. Ich fühlte mich wie gerädert. Fast hatte mich das Tier oder was es auch immer war im Traum, zu fassen bekommen. Bei dem Gedanken daran fing ich an, zu erschaudern.

Als ich mich angezogen und meinen Rucksack für die Schule gepackt hatte, fiel mir wieder ein Zettel auf dem Küchentisch auf. Auf dem stand: *Guten Morgen, mein Schatz, ich hoffe, es geht dir etwas besser ... Heute wird es nicht so spät. Habe nur Frühschicht im Supermarkt und ausnahmsweise mal keine Putzstellen.* Dahinter ein Smiley.

Lange schaute ich auf den Zettel. Wieder überkam mich ein schlechtes Gewissen, wegen meinem gestrigen Wutausbruch, meiner Mutter gegenüber. Ich beschloss, mich am Nachmittag dafür bei ihr zu entschuldigen.

Schließlich wollte sie ja nur, dass es mir gut ging. Sie nahm so viel Arbeit auf sich, nur damit ich mich wohlfühlte, und alles bekommen konnte, was ich wollte.

Aber nie hatte ich das ausgenutzt. Neben dem Supermarkt hatte sie noch drei Putzstellen. Sie beschwerte sich nie und nahm alles wie selbstverständlich hin.

Ich nahm meinen Schlüssel und machte mich auf den Weg zum Schulbus.

Innerlich machte ich mich schon einmal für die bombardierenden Fragen von Tina über Jonathan bereit. Immer noch war ich mir unschlüssig darüber, ob ich ihr sagen sollte, dass ich Jonathan in meinem Kopf gehört hatte ...

Ich ließ das Gespräch erst einmal auf mich zukommen. Ungeduldig hüpfte Tina an der Bushaltestelle von einem Bein aufs andere. Sie hasste es, zu warten. Stürmisch kam sie mir entgegen.

»Hallo, Süße«, rief sie mir zu. »Hi«, grinste ich zurück. Ich gab mir Mühe, nicht zu nachdenklich zu wirken. »Und, geht's dir besser?«, fragte sie, als sie neben mir stand und wir zusammen wieder zur Bushaltestelle zurückgingen. »Besser?« »Deine Kopfschmerzen«, gab sie skeptisch zurück. »Oh, ja, ja«, stotterte ich. »War wirklich schlimm. Musste an der Luft im Kino gelegen haben.« »Aber nicht an Jonathan, oder?«, fragte sie grinsend.

Der Bus kam und wir stiegen ein. Recht weit hinten waren noch zwei Plätze nebeneinander frei. Tina fing an, zu sticheln. »Was ist denn nun? Wie findest du ihn?« Diese Ungeduld konnte manchmal ganz schön nerven. »Oh«, stammelte ich, »er ist ... okay.« »Bloß okay?«, starrte sie mich an. »Ja, was soll ich denn sonst sagen?«, gab ich zurück. »Ich kenne ihn doch gar nicht.« »Das weiß ich auch. Aber würdest du dich noch mal mit ihm treffen? Weil ich nämlich weiß, dass er es gerne tun würde.« »Ach ja«, sagte ich. »Dabei haben wir doch kaum miteinander geredet.« »Ja, ja«, sagte Tina jetzt ganz aufgeregt. »Aber er meinte, dass ein Blick mehr sagen würde, als tausend Worte.« »Das hat er gesagt?«, fragte ich.

Was für ein Schleimer, dachte ich. Oder hatte ich mir das mit der Stimme doch nicht eingebildet und er konnte wirklich meine Gedanken lesen? Konnte ich auch seine lesen? Ich war völlig durcheinander. Wieder holte mich Tina aus meinen Gedanken. »Also, was ist nun?« »Was meinst du?«, gab ich zurück. »Gehst du heute mit uns shoppen oder nicht? Jonathan kommt auch mit«, lächelte sie verschmitzt. »Ich muss mal sehen«, grummelte ich. »Keine Ausreden«, gab sie zurück. Und so war das Thema für sie abgehakt. Anderseits wollte ich ja schon wissen, ob ich mir das mit der Stimme nur eingebildet hatte.

Der Schulbus war am Ziel angekommen und wir stiegen aus. Mike wartete schon vor der Schule auf uns. Na, wohl eher auf Tina. So eine Klette würde ich aber nicht als Freund haben wollen, dachte ich. Obendrein war er auch noch sehr eifersüchtig. Wenn Tina auch nur einen anderen Typen anschaute, flippte er aus. Er grüßte mich knapp. Aber dann sagte er: »Na, du hast Jonathan ganz schön den Kopf verdreht was?« »Was?«, gab ich irritiert zurück. Mike Lawrence redete mit mir? Nie redete er auch nur ein Wort mit mir.

»Keine Ahnung«, stammelte ich. Er lachte nur und drehte sich dann wieder zu Tina. Hab ich irgendwas nicht mitgekriegt, grübelte ich und machte mich auf den Weg ins Klassenzimmer. Erste Stunde hatten wir Geschichte bei Mister Miller. Wieder mal nahm ich meinen Platz ganz hinten ein. Mike und Tina wieder direkt neben mir. Sie hielten Händchen. Ich beschloss, Tina noch nichts von der Stimme in meinem Kopf zu sagen. Sonst dachte sie bestimmt noch, dass ich nicht nur Depressionen, sondern auch noch Halluzinationen hatte.

Ich war gar nicht scharf auf ein Treffen mit Jonathan. Doch Tina ließ sich nicht davon abbringen. Umso mehr hoffte ich, dass sich der Unterricht an diesem Tag noch ein bisschen hinzog. Aber wie war es mit Ereignissen, auf die man keine Lust hat? Sie kamen erstens anders als erwartet und zweitens schneller, als man dachte. Hm, dachte ich, anders als erwartet wäre ja gar nicht schlecht. Dann würde es ja vielleicht doch nicht so grausam werden.

»Wir hatten vor, uns nach der Schule in unserem Lieblingscafé, dem Bills, zu treffen«, sagte Tina, als die Schule zu Ende war. »Von mir aus«, sagte ich beiläufig. Hatte ja kein Zweck, zu sagen, dass ich keine Lust hatte. Tina bemerkte meine Stimmung, die langsam in den Keller ging. »Na komm schon«, versuchte sie mich aufzumuntern. »Das wird bestimmt lustig.«

Also gingen Mike, Tina und ich in die Innenstadt zu unserem Lieblingscafé. Jonathan wartete vor dem Café auf uns. Ich musterte ihn von Weitem. Er hatte eine dunkelblaue Jeans an, dazu ein weißes Hemd und Sneakers. Im Gegensatz zu Sonntag hatte er eher meinen Kleidungsstil getroffen, dachte ich. Er lächelte mich an. Als er mich so ansah, bekam ich wieder diese Gänsehaut. Aber war das positiv? Kurz begrüßten wir uns und setzten uns dann ins Bills.

Wir hatten uns eine ruhige Ecke im hinteren Teil des Cafés ausgesucht. Ich saß Jonathan gegenüber und Tina Mike. Dadurch fühlte ich mich seinen Blicken ausgeliefert. Er musterte mich. Ich bestellte mir eine Cola, die anderen ebenso. Mike und Tina diskutierten über die langersehnten Sommerferien, die nächste Woche anfangen sollten. Sie überlegten, ob sie vielleicht am nahegelegenen See zelten gehen sollten.

Jonathan taxierte mich mit seinem Blick. »Geht's dir besser?«, fragte er mich mit seiner rauen Stimme. »Ja, geht schon«, sagte ich, ohne ihn dabei anzusehen. Ich merkte, wie ich rot anlief. Diese Worte hatte er eindeutig laut ausgesprochen. Ich hoffte, dass ich seine Stimme in meinem Kopf mir nur eingebildet hatte. Ganz direkt fragte er mich: »Warum siehst du mich nie an?« »Keine Ahnung«, murmelte ich. »Ich beiße nicht.« In seiner Stimme hörte ich, dass er lächelte. Ich nahm all meinen Mut zusammen und sah zu ihm auf. Seine graugrünen Augen sahen mich offen an. Er lächelte und ich hatte das Gefühl, dass er versuchte, meine Gedanken zu lesen. Aber es blieb stumm in meinem Kopf. Gott sei Dank, dachte ich. Meine Sinne hatten mir also nur einen Streich gespielt.

»Was machst du in den Ferien?«, fragte er mich. »Keine Ahnung«, gab ich zurück. »Vielleicht gehe ich meinen Vater besuchen.« »Wirklich?«, unterbrach mich Tina. »Der hat doch dieses große Haus in Atlantic City, oder? Wieso fahren wir nicht dorthin? Nur wir vier. Oder glaubst du dein Vater hätte was dagegen? Wir könnten Mikes Auto nehmen.«

Na toll, das wurde ja immer besser. Hätte ich nur meinen Mund gehalten. »Keine Ahnung«, gab ich zurück. »Ich frag ihn mal.« »Das wäre doch super«, jubelte Tina. »Rufst du ihn heute mal an?« »Ja«, gab ich zurück und hoffte innerlich, dass es meinem Vater nicht passen würde, wenn wir zu viert bei ihm auftauchen wollten. Jonathan sah mich an. Dann lächelte er leicht. »Also ich bin dabei.« Mike war sowieso dafür, weil er niemals dulden würde, dass Tina ohne ihn im Bikini am Strand von Atlantic City die Männer verrückt machte.

Der Nachmittag verlief ohne weitere Vorkommnisse und ich verabschiedete mich gegen fünf von den dreien. Ich machte mich auf den Weg nach Hause. Unterwegs begegnete ich meinem Kumpel Alex. Er wohnte im selben Haus wie ich und wir kannten uns jetzt schon fünf Jahre. »Hi, Susan«, rief er mir zu. »Na, was macht die Kunst?« Bei dem Satz ging er sich mit der rechten Hand durch seine Haare. Er hatte schwarze, kurze Haare, dunkle Augen und eine athletische Figur. Man sah ihm an, dass er viel Sport trieb. Seine Macke war, sich ständig durch die Haare zu gehen. Ich denke mal, dass das eine Verlegenheitshandlung war. Denn er war ein eher schüchterner Typ.

»Alles beim Alten«, gab ich zurück. »Von wo kommst du gerade?«, fragte er mich interessiert. Ich erzählte ihm von dem Treffen mit Jonathan, Mike und Tina. »Wann hast du denn mal wieder Zeit für mich?«, fragte er ganz direkt. »Wenn du willst, können wir morgen nach der Schule etwas zusammen unternehmen«, gab ich zurück. »Okay, ich warte vor der Schule auf dich.« Alex war eine Klasse höher als ich, dadurch sahen wir uns nicht so oft in der Schule, da er mehr mit seiner Clique abhing. »Okay, ich habe um fünfzehn Uhr Schulschluss.« »Dann sehen wir uns da«, gab er zurück. »Bis dann«, erwiderte ich.

Nun machte ich mich wieder auf den Nachhauseweg und freute mich auf den nächsten Tag. Ich war gerne mit Alex zusammen. Mit ihm hatte ich immer viel Spaß und er brachte mich zum Lachen.

Als ich zu Hause ankam, war meine Mutter gerade in der Küche. Sie kochte eine meiner Lieblingsspeisen. Nudeln mit Hackfleischsoße und Salat. Sie war voll in ihrem Element. Plötzlich fiel mir mein Wutausbruch vom Vortag ein und mein Entschluss, dass ich mich ja noch dafür entschuldigen wollte. Als ich in die Küche kam, begrüßte mich meine Mutter wieder ganz fröhlich. »Hi, Kleine, na wie war dein Tag?« »Ganz gut«, gab ich zurück. »Und hast du noch einmal darüber nachgedacht, ob du in den Ferien zu deinem Vater fahren willst?«

»Tina hat mich gefragt, ob wir vielleicht mit Mike und Jonathan zusammen hinfahren wollen«, sagte ich zögernd. »Na, das ist doch 'ne gute Idee. Platz genug haben sie ja im Haus. Ruf ihn doch mal an.« »Ja, mache ich später«, sagte ich.

Meine Mutter füllte mir das Essen auf den Teller und stellte es vor mir auf den Tisch. Dann setzte sie sich mit ihrem Essen mir gegenüber. Sie lächelte mich an. »Dann scheint der Jonathan ja doch nicht so schrecklich zu sein, wenn du ihn sogar mit zu deinem Vater nehmen würdest.« »Es war Tinas Idee«, gab ich zurück und »du weißt ja wie sie ist, wenn sie sich mal was in den Kopf gesetzt hat.« Ich zuckte mit den Schultern. »Mum«, sagte ich dann etwas nervöser, »tut mir leid wegen gestern Abend. Ich meinte das nicht so.« »Ist doch Schnee von gestern«, antwortete sie lächelnd. »Ich fände die Idee gar nicht schlecht, die Tina da hat. Du musst mal raus aus der Stadt und was anderes sehen.« »Ja«, sagte ich. »Ich ruf Dad gleich mal an und frag ihn.«

Nach dem Essen wuschen wir zusammen noch das Geschirr ab. Dann ging ich in mein Zimmer. Mit meinem Handy setzte ich mich an meinen Schreibtisch. Ich wählte die Nummer von meinem Vater und wartete auf das Freizeichen. Je eher ich es hinter mir hatte, desto besser.

Nach dem fünften Klingeln hob er ab. »Hallo, Susan«, hörte ich seine Stimme. »Wie geht's dir?« »Ganz gut, Dad«, log ich. »Ich wollte fragen, ob ich in den Ferien mit Mike, Tina und Jonathan mal zu dir kommen könnte.« Erst war Stille. Dann fragte er mich: »Wer ist denn Jonathan?« Oh Mann, dachte ich, hört das denn nie auf? »Ein Freund«, gab ich zurück. »Ich kenne ihn noch nicht so lange.« »Ein Freund oder dein Freund?«, fragte er und ich hörte das Grinsen in seiner Stimme. »Ein Freund«, sagte ich etwas genervt. »Ist kein Problem«, entgegnete er dann. »Wie lange wollt ihr denn bleiben?« »Ich denke, eine Woche ist ausreichend, ich möchte nur mal etwas anderes sehen und ich brauche mal einen Tapetenwechsel.« »Okay«, gab er zurück. »Ich habe nichts dagegen, Platz haben wir genug. Ich habe sowieso gerade Urlaub.« »Gut«, sagte ich. »Ich ruf dann Ende der Woche noch mal an, wann wir dann kommen.« »Okay, dann melde dich einfach und grüß deine Mutter.« »Mach ich. Bis dann.«

Nach dem Telefonat ging es mir gar nicht gut. Jetzt gab es kein Zurück mehr. Ich musste den Urlaub mit Mike, Tina und vor allem Jonathan durchziehen. Schnell schrieb ich eine SMS an Tina, dass mein Vater zugesagt hatte. Kurz darauf rief sie mich an. »Das ist ja super«, schrie sie mir ins Ohr. »Ich sage gleich Mike und Jonathan Bescheid.« »Gut«, sagte ich und schon war das Telefonat abgebrochen. Typisch Tina, grinste ich.

Zweifel

Am nächsten Morgen freute ich mich auf meine Verabredung mit Alex am Nachmittag. Die Schule ging zum Glück recht schnell vorbei und Tina erzählte mir strahlend, dass Mike und Jonathan auf jeden Fall mitfahren wollten.

Das beruhigte mich nicht gerade, aber damit wollte ich mich später erst beschäftigen. Jetzt freute ich mich erst einmal auf Alex. Nach dem Unterricht wartete er vor der Schule auf mich. Gut gelaunt gingen wir zusammen in den Roosevelt Park. Wir hatten uns jetzt länger nicht gesehen und hatten uns viel zu erzählen. Alex erzählte mir, dass er viel mit seinen Kumpels unterwegs war.

Meistens machten sie Radtouren, quer durch den Wald und auch mal am See entlang. Ich stellte mir die Strecke vor und bewunderte seinen Mut, der gleichzeitig auch Leichtsinn war. Denn die Strecken lagen oft neben tiefen Abgründen. Aber Alex war schon immer sehr waghalsig und liebte das Abenteuer. In der Schule schien es bei ihm auch gut zu laufen. Er war gerade dabei, sich an verschiedenen College-Institutionen zu bewerben, weil er nächstes Jahr schon mit der Highschool fertig war. Lange hörte ich ihm zu und sagte gar nichts. Ich mochte seine ruhige Art. Dadurch vergaß ich all meine Sorgen.

Irgendwann sah er mich von der Seite an. »Und was gibt's bei dir Neues? Fahrt ihr jetzt in den Urlaub zu deinem Vater oder nicht?« »Ja, ich habe meinen Vater gestern angerufen und er ist einverstanden, dass wir zu viert kommen.« Einen Moment zögerte er, dann fragte er: »Wer ist dieser Jonathan eigentlich?

Er ist doch nicht mehr in der Schule, oder? Geht er aufs College? Arbeitet er? Er ist doch älter als du, oder?« »Keine Ahnung«, sagte ich und da wurde mir zum ersten Mal bewusst, dass ich ja eigentlich gar nichts über Jonathan wusste. Das wollte ich später gleich nachholen und Tina anrufen.

»Aber wenn du gar nichts über ihn weißt, findest du es dann richtig, ihn direkt in den Urlaub mitzunehmen?« »Hm, ich bin ja nicht alleine mit ihm da. Tina und Mike kommen ja auch mit.« »Trotzdem«, sagte er. »Ich finde es etwas merkwürdig.« Kurze Stille trat ein. »Oder bist du in ihn verliebt und willst rausfinden, ob es passt zwischen euch?« »Was?«, sagte ich jetzt fast hysterisch. »Ein bisschen müsstest du mich aber schon langsam kennen, um zu wissen, dass ich nicht mit dem Erstbesten ins Bett steige.« Mein Kopf war knallrot. Alex stieg die Röte ins Gesicht. Dann fing er an zu stottern. »Nein, natürlich nicht, es tut mir leid. Ich mache mir nur Sorgen …« Ich war so sauer, wenn es auch ein bisschen übertrieben war. Wütend ließ ich Alex einfach im Park stehen. Ich wollte nur noch nach Hause. Hatten meine Freunde denn nichts anderes als Sex und Beziehungen im Kopf? »Sag mal, drehst du jetzt ganz am Rad?«, schrie Alex mir hinterher.

Fluchend ging ich nach Hause. Ich war ja auch nicht begeistert darüber, dass Jonathan mitkam, aber was sollte ich denn machen? Nun war es zu spät. Mein Gott, was sollte schon passieren? Er würde mich schon nicht umbringen, oder?

Bei dem Gedanken musste ich grinsen. Ich stellte mir Jonathan in dem Haus meines Vaters vor. Wie er vor uns stand und uns mit einer Waffe bedrohte. Und mein Vater versucht ihm im ruhigen Ton beizubringen, dass es keinen Sinn machen würde, uns zu töten. Mein Vater war nämlich Psychologe, von daher passte das. Nun musste ich lachen. Ich hatte wirklich eine blühende Fantasie. Zu Hause angekommen ging ich in mein Zimmer, um Tina anzurufen. Ein bisschen mehr wollte ich schon über Jonathan erfahren, bevor ich ihn mit zu meinem Vater nahm.

Ich war alleine zu Hause, meine Mutter war noch auf der Arbeit. Na ja, wirklich alleine kam man sich in diesem Haus ja nie vor. Über uns wohnte ein Pärchen mit zwei Kindern. Die Kinder waren immer recht laut, aber das störte mich nicht. Wirklich oft zu sehen bekam man sie auch nicht. Daneben wohnte ein Student. Wenn man ihn antraf, dann nur mit einem Buch in seiner Hand, in das er stets vertieft war. Ich glaube, er bekam noch weniger von seiner Umwelt mit, als ich.

Im zweiten Stock, direkt neben uns, wohnte Misses Timer. Sie hatte meistens Lockenwickler im Haar und war um die siebzig Jahre alt. Meistens trug sie Schürzen in allen Variationen. Sie war sehr neugierig und ich war mir sicher, sollte es irgendwann in der Straße zu einem Mord kommen, wäre sie die Erste, die der Polizei alles genau beschreiben könnte. Mit Täterbeschreibung und Tatmotiv. Wieder musste ich bei dem Gedanken lachen, wie sie alles genau der Polizei beschrieb und die Polizisten total überfordert wären, bei so viel Aufmerksamkeit. Ja, sie konnte schon nerven.

Im ersten Stock, genau unter mir, wohnte Alex mit seinen Eltern. Sein Vater war im Sicherheitsdienst tätig und seine Mutter war Sekretärin. Er sah seine Eltern aber auch nicht gerade oft. Genau wie ich. Bei den Gedanken an ihn versetzte es mir einen Stich ins Herz. Vorhin hätte ich nicht so ausrasten dürfen. Ich hasste es, mit Alex Streit zu haben. Das musste ich unbedingt später noch mit ihm klären. Die Wohnung neben ihm stand seit Längerem leer.

Ich erwachte wieder aus meinen Gedanken und starrte auf mein Handy. Was sage ich nur zu Tina? Ohne, dass es so klang, als wollte ich was von Jonathan.

Ich hatte keine Lust, dass sie durch die ganze Schule rannte und rumschrie: »Susan liebt Jonathan. Susan und Jonathan K.Ü.S.S.E.N sich.« Bei dem Gedanken grinste ich erneut. Na ja, so schlimm war sie auch wieder nicht. Aber es kam gefährlich nah in die Richtung. Ich atmete noch einmal tief durch. Dann rief ich Tina an, um sie über Jonathan auszufragen.

»Hi, Susan«, hörte ich sie am anderen Ende der Leitung sagen. »Hi«, gab ich zurück. »Und wie war dein Treffen mit Alex?« »Oh, ganz gut«, log ich. »Und was hast du so gemacht?«, fragte ich. Ich hielt es für klug, erst einmal Small Talk zu halten, bis ich mit der Sprache rausrücken wollte. »Oh, nicht viel«, gab sie zurück. »Ich war mit Sam draußen und bin mit Mike zur Werkstatt gefahren. Sein Vater meinte, wir sollten das Auto lieber noch einmal durchchecken lassen, bevor wir so eine lange Fahrt machen. Aber es ist alles okay, es kann losgehen.« »Gut, wie lange fahren wir eigentlich?«, fragte ich. »Na ja, laut Routenplaner 1728 Meilen. Das müssten circa anderthalb Tage sein.« Ich musste schlucken. So weit weg hatte ich Atlantic City gar nicht in Erinnerung gehabt. Aber es waren auch schon wieder zwei Jahre her, als ich das letzte Mal dort war.

»Ich hab mal die kürzeste Strecke ausgedruckt«, holte sie mich aus meinen Gedanken. »Hm, wir müssten dann aber auch auf halber Strecke mal irgendwo übernachten, Susan. Ich denke, am besten zelten wir, ein Hotel wäre einfach zu teuer …«, fuhr sie fort.

Das hörte sich für mich gar nicht gut an, dass ich so lange mit Jonathan in einem Auto aushalten würde, bezweifelte ich. Tina quasselte weiter drauf los und versuchte, mich davon zu überzeugen, einfach in einem Waldstück zu übernachten. Natürlich nur in einem Gebiet, wo es nicht zu gefährlichen Überraschungen kommen könnte.

»Mike und Jonathan haben sicher nichts dagegen«, plauderte sie munter weiter.

Jonathan, das war mein Stichwort. »›Tina?«, unterbrach ich sie. »Was weißt du eigentlich über Jonathan?« »Hm, nicht viel«, gab sie zurück. »Mike lernte ihn vor seinem Haus kennen. Er hatte Mike auf sein Auto angesprochen. Du weißt doch, seinem Heiligtum«, sie lachte. »Ich weiß nur, dass er zwanzig Jahre alt ist. Er ist mit der Highschool fertig und wollte mal was anderes sehen. Was von der Welt entdecken. Laut Mike hatte er sich ein paar Städte ausgesucht, die er sich mal ansehen wollte. Nur durch einen blöden Zufall ist er dann hier in Devils Lake hängen geblieben.« »Und will er auf kein College?«, fragte ich. »Doch«, gab sie zurück. »Er meinte, das hätte Zeit. Er will erstmal was sehen von der Welt.« Ich kam ins Grübeln. »Aber, wo schläft er denn?«, fragte ich misstrauisch. »In verschiedenen Hotels«, gab sie zurück. »Er hat wohl einiges geerbt und kann es sich von daher leisten. Mike sagt, er liebt die Freiheit und mag es, tun und lassen zu können was er will.« Klingt nach Alex, dachte ich.

Ich fand es schon komisch, dass ein Zwanzigjähriger um die Welt zog und das auch noch alleine. »Auf der Fahrt hast du ja genug Zeit, ihn auszuquetschen«, holte mich Tina aus meinen Gedanken zurück. »Mach dir keine Gedanken. Er ist in Ordnung. Du weißt doch, Mike lässt nicht jeden in sein Auto«, sie lachte laut auf. »Er hat eine gute Menschenkenntnis.« Dein

Wort in Gottes Ohr, dachte ich. »Zelte und Schlafsäcke haben wir auch genug«, nuschelte sie. »Du brauchst also nichts mehr besorgen. Das Einzige, was du mitbringen solltest, ist gute Laune.«

»Ist gut«, gab ich betont lässig zurück. Das war schon mehr als eine Herausforderung.

»Wir sehen uns ja morgen in der Schule«, unterbrach sie mich schnell. »Ich muss jetzt meine Mutter von der Arbeit abholen. Sie will mit mir noch ein neues Strandoutfit kaufen gehen. Wir sehen uns ja morgen.« »Ja, ich komme dann zur …« Den Satz konnte ich nicht zu Ende bringen. Tina hatte schon aufgelegt. Das ist ein Wirbelwind, dachte ich.

Ich kam ins Grübeln. Wirklich viel wusste ich ja jetzt immer noch nicht über Jonathan. Na ja, immerhin hatte er die Highschool beendet. Meine Mutter würde mir nie erlauben, alleine um die Welt zu reisen, auch nicht, wenn ich schon zwanzig Jahre alt wäre. Er ist bestimmt eher so der Einzelgänger. Also eigentlich wie ich. Er scheint auch die Ruhe zu mögen. Es half nichts, wenn ich wirklich etwas über Jonathan herausfinden wollte, müsste ich ihn wohl wirklich auf der Fahrt selber fragen. Klar war für mich auch, dass ich mir mit Sicherheit kein Zelt mit ihm teilen würde. Sollen sich die Jungs ein Zelt nehmen und ich eins mit Tina. Aber das würde schon klappen. Ich überlegte mir, ob ich mir auch einen neuen Badeanzug kaufen sollte. Meiner war nicht mehr ganz so aktuell. Die Farben waren auch schon recht verblasst.

Gegen Abend stand mir eine sehr unangenehme Aufgabe bevor, ich musste mich bei Alex entschuldigen. Ich nahm all meinen Mut zusammen und ging hinunter in den ersten Stock. Zögernd klingelte ich bei dem Namensschild Fuller.

Nervös wartete ich, bis jemand die Tür öffnete. Alex' Mutter Cathrine öffnete sie mir. Sie hatte eine Schürze umgebunden und einen Kochlöffel in der rechten Hand. Anscheinend war sie wohl gerade am Kochen. Sie hatte schöne, glänzende, dicke, lange, schwarze Haare. Die ihr glatt herunter fielen. Schöne, große, braune Augen. Sie war etwas kräftiger gebaut. Das lag aber daran, dass sie im sechsten Monat schwanger war. Sie erwartete noch einen Jungen. Durch die Schwangerschaft hatte sie eine schöne, strahlende Haut und ihr Lächeln sprach Bände. Einen Monat wollte sie noch arbeiten, bevor sie in den Schwangerschaftsurlaub gehen wollte. Sie vermied jedes Risiko. Die Schwangerschaft damals mit Alex war wohl nicht einfach gewesen. Dass sie noch einmal schwanger wurde, war nicht geplant gewesen, aber sie freuten sich alle auf das Baby.

Sie strahlte mich an. »Hallo, Susan, was treibt dich denn hierher?« »Ich wollte zu Alex, ist er da?«, fragte ich. »Nein, er war eben nur kurz zu Hause, hat sich sein Fahrrad geschnappt, und ist dann wie der Teufel losgefahren. Er war nicht besonders gut drauf.«

Mist, dachte ich. Wenn ihm etwas passieren würde, wäre das meine Schuld gewesen. Ich kannte ihn, wenn er auf einhundertundachtzig war. Dann ist er sehr waghalsig und unaufmerksam. »Okay, danke«, gab ich zurück. »Können Sie ihm vielleicht Bescheid sagen, dass ich da war und ob er sich mal bitte bei mir melden könnte?« »Sicher. Sobald er nach Hause kommt, sag ich ihm Bescheid.« »Vielen Dank.«

Ich ging wieder die Treppe rauf in unsere Wohnung. Kurzerhand beschloss ich, ihn auf seinem Handy anzurufen, aber nur die Mailbox antwortete. Also blieb mir nur zu hoffen, dass er sich melden würde, sobald er wieder zu Hause war. Dann kam meine Mutter nach Hause. Sie war völlig geschafft von der Arbeit. »Hallo, Kleine«, begrüßte sie mich. »Wie war dein Tag?« »Ging so«, gab ich zurück. »Ich mache gleich etwas zu Essen. Aber erst einmal gehe ich in die Badewanne, ich bin völlig erschöpft.« »Kein Problem«, sagte ich. »Ich kann ja auch kochen. Schmeckt dann zwar nicht so gut, wie bei dir, aber der Wille zählt.« Sie lachte. »Wenn du möchtest, kannst du gerne kochen.« Sie verschwand ins Bad.

Ich kochte Kartoffeln, dünstete Gemüse und bereitete ein paar Spareribs zu. Laut meiner Mutter ist an mir eine Köchin vorübergegangen. Ich erzählte ihr von unserer Fahrt. Sie war begeistert, dass ich die Reise wirklich machen wollte, hatte aber wegen des Zeltens leichte bedenken. Schließlich konnte ich sie doch davon überzeugen, dass wir bei Mike und Jonathan in sicheren Händen waren, das hoffte ich zumindest. Sie gab mir fünfzig Dollar, damit ich mir am nächsten Tag einen neuen Badeanzug kaufen konnte. Sie war einfach die Beste.

Am nächsten Tag machte ich nach der Schule einen gemütlichen Stadtbummel. Der Unterricht war schnell vorbei gewesen und Tina hatte heute Training. Sie spielte für ihr Leben gerne Tennis und hatte einmal die Woche Unterricht. Ständig ertappte ich mich dabei, wie ich auf mein Handy schaute. Alex hatte sich bisher noch nicht gemeldet. Es wird aber nichts passiert sein, das hätten mir seine Eltern erzählt. Seine Mutter hatte ihm bestimmt Bescheid gesagt, dass ich da war. Also wollte er einfach nicht mit mir reden. Kurz überlegte ich, ihm eine SMS zu schreiben. Ließ es aber dann doch bleiben. Ich traute mich nicht. Nun hoffte ich einfach, dass er sich bald melden würde.

So wirklich erfolgreich war ich nicht bei meinem Stadtbummel. Als ich abends nach Hause kam, hatte ich nur ein neues, schwarzes Oberteil in meiner Einkaufstüte. Einen schönen Badeanzug hatte ich nicht gefunden. Ich begutachtete mein neues Oberteil. Schon wieder schwarz, grübelte ich. Ich trug überwiegend schwarz. Passend zu meiner Stimmung. Tina wollte mir schon oft ein paar Kleidungsstücke von sich aufzwingen, damit ich nicht immer so depressiv rumlief, wie sie es beschrieb.

Die meisten Mädchen in meinem Alter behaupteten immer, dass eine Shoppingtour wahre Wunder vollbringen würde, wenn man schlecht gelaunt war. Aber bei mir war es leider nicht der Fall. Im Gegenteil, es frustrierte mich noch mehr, weil ich nicht wirklich was gefunden hatte. Aber ich war sowieso anders als normale Mädchen. Ich hatte nicht nur Jungs und Schminke im Kopf, für mich gab es wichtigere Dinge. Achtlos warf ich das neue Oberteil zu meinen anderen Sachen in den Schrank. Ich schaute erneut auf mein Handy, immer noch keine SMS von Alex.

Eine unheimliche Begegnung

Die restliche Woche verging wie im Flug. Inklusive Albträumen und Tinas euphorischer Stimmung wegen des Urlaubs. Der letzte Schultag war schnell vorbei.

Als alle Schüler begeistert die Schule verließen und sich auf zwölf schulfreie Wochen freuten, ging ich eher schleppend aus dem Schulgebäude. Wir hatten vor, am Montag recht früh morgens loszufahren. Noch zwei Tage. Dann ist es vorbei mit meiner Ruhe.

Tina war mir nicht böse, als ich ihr sagte, dass ich das Wochenende eher alleine verbringen wollte, um zu packen und noch ein bisschen meine Ruhe zu haben. Sie wusste, dass es eigentlich gar nicht mein Ding war, ständig mit anderen Leuten zusammen zu sein. Wie viel Überwindung mich das kostete. Aber ich hatte mir ja vorgenommen, mich zu ändern und das gehörte nun mal dazu. »Wird schon werden«, sagte sie mir noch aufbauend nach Unterrichtsschluss. Dann sprang sie zu Mike ins Auto. Sie fragte noch, ob sie mich nach Hause fahren sollten, aber ich hatte noch vor, ein bisschen spazieren zu gehen.

Wie automatisch lief ich Richtung Wald. Ich steuerte gerade meine Lichtung an, als mich ein Geräusch aus meinen Gedanken riss. Erschrocken drehte ich mich um. Doch da war niemand. Ich war etwas verunsichert, lief aber dennoch weiter. Wieder dieses Geräusch. Es war so eine Art Atmen, als stände jemand direkt hinter mir. Doch es war weit und breit niemand zu sehen. Dann, ganz plötzlich, wie aus dem Nichts und ganz deutlich, hörte ich sie wieder, Jonathans Stimme.

Wieder nahm ich sie nur in meinem Kopf wahr. »*Hast du Angst?*« Vor Schreck ließ ich meinen Rucksack fallen und lief nach Hause. Den Rucksack ließ ich liegen. Der war mir jetzt völlig egal. Dass alles erinnerte mich an meine Albträume. Der Unterschied war nur, dass es nicht dunkel war und mich nichts gepackt hatte ... Noch nicht. Doch darüber wollte ich gar nicht nachdenken.

Ich rannte und rannte und wäre fast mit Misses Timer im Treppenhaus zusammengestoßen. Verärgert tadelte sie mich, aber das interessierte mich nicht. Erst, als ich in meinem Zimmer war, kam ich zur Ruhe. Schnell schloss ich mich ein und setzte mich mit eingezogenen Beinen auf mein Bett. Ich versuchte, ruhig zu atmen, zitterte aber am ganzen Körper, ich war völlig aufgewühlt. Gerade, als ich mich etwas gesammelt hatte, klingelte es an der Haustür. Erschrocken fuhr ich zusammen. Ich überlegte, ob ich öffnen oder doch lieber in meinem Zimmer bleiben sollte. Von meinem Fenster aus hatte man Sicht auf die Straße. Ich schaute vorsichtig aus dem Fenster. Unten auf dem Bürgersteig stand Alex, mit Fahrrad und meinem Rucksack in seiner Hand. Beruhigt atmete ich durch. Ich schloss mein Zimmer auf und öffnete die Wohnungstür. Kurz darauf hörte ich Alex die Treppe hochlaufen.

»Was ist los?«, fragte er mich, als er mich verängstigt an der Tür stehen sah. »Ich war gerade mit dem Fahrrad im Wald unterwegs gewesen, als ich dich gesehen habe. Du hattest vor irgendwas tierische Angst bekommen und bist weggerannt. Dabei hast du deinen Rucksack verloren. Ich habe dich noch gerufen, aber du hast mich nicht gehört.« Besorgt musterte er mich. »Also, was war los?« »Ach, nichts Besonderes«, gab ich zurück. »Ich hatte ein Geräusch gehört und hatte Angst, dass es ein Wolf sein könnte, oder so.« »Ein Wolf?« Skeptisch sah er mich an. »Gibt es die bei uns überhaupt?« »Keine Ahnung«, ich zuckte mit den Schultern. »Aber sonst geht es dir gut?«, fragte er noch mal. »Ja«, gab ich leise zurück. »Bin wohl nur etwas übermüdet. Ich schlaf nicht so gut in letzter Zeit.« »Okay«, erwiderte er. »Wenn was ist, weißt du ja, wo du mich finden kannst.«

Er wollte gerade gehen da rief ich ihm zu: »Bist du nicht mehr sauer auf mich?«

Er drehte sich zu mir um. »Nein«, gab er achselzuckend zurück. »Du bist ein Mädchen, die sind öfter mal launisch«, er grinste. Sein Lächeln war ansteckend und so grinste ich zurück. »Okay, das ist schön.« »Wir sehen uns«, sagte er und lief wieder nach draußen, wo sein Rad stand.

Langsam ging ich zurück in mein Zimmer. Das alles musste ich erst einmal verarbeiten. Ich hatte eindeutig Jonathans Stimme in meinem Kopf gehört. Es war seine. Oder? Ich hatte sie ja noch nicht so oft gehört, aber ich war mir eigentlich sicher. Was hatte das zu bedeuten? Warum hörte ich Jonathans Stimme? Das musste ich unbedingt herausfinden. Na immerhin ist Alex nicht mehr sauer auf mich, dachte ich. Kurzerhand schrieb ich ihm eine SMS: *Danke, dass du meinen Rucksack gerettet hast und dass du mich noch ein bisschen leiden kannst*. Dahinter ein Smiley. Nach fünf Minuten schrieb er zurück: *Ja, so bin ich nun mal, ein echter Gentleman*. Ich musste grinsen. Meine Mutter würde jetzt sagen: »Siehst du, Susan, alles Schlechte hat auch seine Vorteile.«

Das Wochenende ging schnell vorbei. Samstag war ich überwiegend mit packen beschäftigt. Dann rief ich meinen Vater noch an. Ich sagte ihm, dass wir am Montag früh losfahren wollten und spätestens Dienstag im Laufe des Tages, wenn nichts dazwischen kam, bei ihm ankommen würden. Er freute sich schon auf uns. Jedenfalls einer, dachte ich. Da ich eh schon am Packen war, nutzte ich das aus und entmüllte mein Zimmer. Sprich, alles, was nicht zu einer 16-Jährigen passte, flog raus. Als ich damit fertig war, ähnelte mein Zimmer schon eher einer jungen Dame, als das eines Kleinkindes. Ich begutachtete mein Werk.

Mein großes Bett stand jetzt dicht neben meinem Fenster. Auf meiner Schrankwand waren jetzt überwiegend Bücher und keine Puppen mehr. Und unter meinem Müllberg, den ich auf dem Schreibtisch hatte, war wirklich ein PC versteckt. An den Wänden hing ich Poster von meinen Lieblingsfilmen auf. Beim Aufräumen fiel mir auf, wie viele Kerzen ich eigentlich hatte. Also war ich wohl doch der versteckt romantische Typ. Meine Mutter kam in mein Zimmer und staunte nicht schlecht. Schon lange bat sie mich, mein Zimmer mal zu entrümpeln.

Den Abend ließ ich eher ruhig ausklingen und hörte meine Lieblings-CDs. Aber immer wieder, egal wie abgelenkt ich auch war, kam mir die unheimliche Situation im Wald wieder vor Augen. Was war da los? Wieso hörte ich Jonathans Stimme? Und vor allem, in welchen Situationen? Egal wie ich es drehte und wendete, ich fand keine Antwort darauf.

Am Sonntag hatte ich dann beschlossen, noch einmal in den Wald zu gehen.
   Ganz geheuer war mir das zwar nicht, aber ich musste herausfinden, was der Auslöser gewesen sein könnte. Als ich im Wald ankam, verlangsamten sich wie automatisch meine Schritte. Sollte mein eigentlicher Ort der Entspannung nun ein Ort der Angst werden? Kaum vorstellbar. Langsam lief ich

durch den Wald. Aber nichts war zu hören. Als ich auf meiner Lichtung ankam und mich setzte, war alles ganz ruhig. Keine Stimme war zu hören. Niemand war zu sehen. Nicht, dass ich jemanden dort erwartet hätte. Nein, es war immer noch mein gleicher, vertrauter Ort, den ich so mochte.

Von der Lichtung aus schaute ich auf Devils Lake. Ich bin mein Leben lang eigentlich nur in dieser Stadt gewesen. Die Ausnahme war, wenn ich meinen Vater besuchte oder wir in den Urlaub fuhren. Aber das kam nicht oft vor. Wahrscheinlich hätte ich gar nicht den Mut dazu, um die Welt zu ziehen. Ich mochte das Vertraute und Gewohnte. Eine gute Woche musste ich meiner Stadt nun den Rücken kehren. Das gefiel mir überhaupt nicht, aber ich würde es schon überleben.

»Hi«, riss mich eine Stimme aus den Gedanken. Erschrocken drehte ich mich um. Hinter mir stand Jonathan. Er musterte mich. »Hi«, gab ich zurück. Mein Herz raste. Nun stand ich hier. Mit ihm. Alleine im Wald. Vorgestern brachte mich seine Stimme noch zum Flüchten. Wieder hatte er diesen durchdringenden Blick, als wollte er meine Gedanken lesen. »Bist du öfter hier?«, fragte er mich. »Ja«, stotterte ich. »Ich mag die Ruhe.« Wir sahen uns an. Ich war sprachlos. Einerseits, hatte ich irgendwie Angst vor ihm. Andererseits, so wie er jetzt da stand, hatte er eine gewisse Ausstrahlung. »Und hast du schon gepackt?«, fragte er mich weiter. »Ja, von mir aus kann es losgehen.« »Und dir macht es wirklich nichts aus, wenn ich mitkomme?« »Nein«, schwindelte ich. »Das stört mich nicht.«

Innerlich sah es bei mir anders aus. Natürlich wäre mir lieber, er würde nicht mitfahren. Er, den ich immer in meinem Kopf hörte und von dem ich gar nichts wusste. Das machte mir Angst. Ich erschauderte. Plötzlich lächelte Jonathan. »Was ist?«, fragte ich. »Das freut mich, dass es dir nichts ausmacht, wenn ich mitfahre.« Nun kam er etwas näher. Er stand jetzt höchstens noch zwei Schritte von mir entfernt. Dann beugte er sich zu mir herunter. Nun war er nur noch wenige Zentimeter von meinem Gesicht entfernt. Mein Herz überschlug sich regelrecht.

Mit der rechten Hand strich er mir über die Haare. Mit seiner rauen Stimme sagte er dann ganz leise und kaum hörbar: »Wir werden bestimmt gute Freunde werden.« Mir stockte der Atem. So nah war mir noch nie ein Junge gewesen. Ich spürte seinen Atem auf meiner Haut. Sein Parfum konnte ich riechen. Ich war gar nicht imstande, auch nur irgendetwas zu tun oder zu sagen. Er zog mich mit seinem Blick in seinen Bann. Dann, ganz plötzlich, als ich mich schon fast in seinen Augen zu verlieren glaubte, ging er wieder einen Schritt zurück. Er musterte mich. Ich fühlte die Hitze in mir hochsteigen und wieder kam da diese Gänsehaut.

»Du scheinst viele negative Dinge erlebt zu haben«, sagte er leise. »Wie kommst du darauf?«, fragte ich immer noch recht nervös. »Na ja«, sagte er im betont lässigen Ton. »Du bist lieber alleine unterwegs, als mit anderen. Das merkt man an deinem Verhalten. Du sitzt hier ganz alleine im Wald, an einem abgelegenen Ort, ganz in deinen Gedanken versunken. Ich kann eins und eins zusammenzählen.« Er grinste. Ich konnte darauf nichts antworten. Seine Stimme wirkte wie hypnotisch auf mich. »Wir sehen uns morgen«, sprach er. Er drehte sich ohne ein weiteres Wort um. Kurz darauf war er auch schon im Wald verschwunden.

Ich schaute immer noch auf die Stelle, wo er eben noch stand. Langsam fand ich wieder zu meiner normalen Atmung. So etwas hatte ich noch nie erlebt. Total benommen machte ich mich auf den Nachhauseweg. Was passierte da eben? Wieso war Jonathan genau im selben Waldstück wie ich? Zufall? Oder verfolgte er mich? In der Zeit, in der er mit mir sprach, war nichts in meinem Kopf als Leere. Etwas an ihm zog mich magisch an. Aber was war es? Er kam mir so nah. Nie hatte ich das bei einem Jungen zugelassen, aber wieso bei ihm?

Der Albtraum beginnt

Als ich zu Hause ankam, hatte meine Mutter gekocht und alles schön eingedeckt. »Unser letzter Abend, bevor du fährst«, empfing sie mich.

Ich wäre ja lieber in mein Zimmer gegangen. Aber sie hatte sich solche Mühe gegeben. Und ich wollte sie nicht enttäuschen. Es gab Nudelauflauf und Salat. Ich versuchte, meine Nachdenklichkeit zu überspielen. Es schien zu klappen, denn sie sah mich nicht besorgt an oder stellte mir bohrende Fragen. Nach dem Essen spielten wir noch Karten. Es war eigentlich ein recht schöner Abend. Meine Mutter schaffte es wirklich, mich eine Zeit lang von meinen Gedanken abzulenken.

Kurz bevor ich ins Bett ging, kam eine SMS von Alex. Er schrieb: *Hi, Susan, ich wünsche dir viel Spaß im Urlaub. Tu nichts, was ich nicht auch tun würde. Wenn was ist, kannst du mich jederzeit anrufen.* Ich musste grinsen. Er konnte es nicht lassen. Er misstraute Jonathan wirklich. Alex war wie ein großer Bruder, den ich nie hatte. Ich schrieb zurück, dass er sich keine Gedanken zu machen brauchte und dass ich ihn anrufen würde, sobald wir in Atlantic City angekommen waren. Am nächsten Morgen weckte mich mein Wecker um sieben Uhr. Als ich die Augen aufmachte, war ich gleich hellwach. Heute sollte es losgehen. Ich schaute aus dem Fenster. Man sah, dass es heute ein schöner Tag mit viel Sonne werden würde. Perfektes Reisewetter also. Ich zog mich rasch an. Eine blaue Jeans und mein neues, schwarzes Oberteil. Dazu rote Turnschuhe. Danach ging ich ins Bad. Ich wusch mich, putzte mir die Zähne und kämmte mir die Haare. Heute wollte ich sie mal offenlassen. Meine Mutter kam ins Bad und verabschiedete sich von mir. Sie musste zur Arbeit. »Fahrt vorsichtig und macht genügend Pausen. Besser eine zu viel als zu wenig«, sagte sie. »Ja«, gab ich genervt zurück. »Grüß deinen Vater und Tracy. Und ruf an, sobald ihr angekommen seid.« »Ja, Mum, mach ich, mach dir keine Sorgen.«

Sie gab mir noch einen Kuss auf die Stirn, dann machte sie sich auf den Weg zur Arbeit. Es fiel mir schon etwas schwer, von ihr Abschied zu nehmen. Auch wenn es nur für eine gute Woche war. Ich war bis jetzt nicht oft von meiner Mutter getrennt gewesen.

Meine Koffer hatte ich am Vorabend schon in den Flur gestellt. Ich hatte wieder mal mehr mitgenommen, als ich brauchte. Hoffentlich passte alles in Mikes Auto. Auf dem einen Koffer fiel mir ein Briefumschlag auf. Ich öffnete ihn.
Es war ein Brief von meiner Mutter darin und einhundert Dollar. Typisch meine Mum. Sie wusste genau, dass ich es nicht nehmen würde, wenn sie es mir so gegeben hätte. Ich hatte immer ein schlechtes Gewissen, Geld von ihr zu nehmen, weil sie so hart dafür arbeitete. Schon mein Taschengeld reichte mir. Ich bekam immer dreißig Dollar im Monat. Wenn ich etwas zum Anziehen oder etwas für die Schule brauchte, gab sie mir das Geld extra. Ich steckte den Umschlag in meinen Koffer. Den Brief wollte ich erst im Urlaub lesen. Ich schaute auf die Uhr. In zehn Minuten müssten die anderen da sein.

Kurze Zeit später klingelte es an der Tür. Ich atmete noch einmal tief durch und öffnete sie. Tina kam die Treppe hochgerannt. »Bereit?«, fragte sie mich ganz aufgeregt. »Mehr oder weniger«, gab ich zurück. Sie grinste. »Mike und Jonathan warten im Auto auf uns. Getankt haben wir auch schon.«

»Okay, von mir aus können wir los«, sagte ich. Tina half mir, meine zwei Koffer runter zu tragen. Mike verstaute sie dann im Kofferraum. Alles passte gerade so ins Auto. Jonathan saß auf dem Rücksitz. Ich grüßte ihn kurz und setzte mich dann neben ihn. Von der Seite her sah er mich an.

Unruhig sah ich mich um. Ich saß zum ersten Mal in Mikes Auto. Er fuhr einen roten Jeep Grand Cherokee V8. Die hinteren Scheiben hatte er schwarz getönt. Für was, wollte ich lieber gar nicht wissen. Er hatte eine große Anlage darin und in den hinteren Kopfstützen waren Bildschirme eingebaut. So konnte man während der Fahrt DVDs schauen. Die Sitze waren aus schwarzem Leder. Eine absolute Angeberkarre. Ich fühlte mich etwas unwohl und irgendwie fehl am Platz. Das Auto war zwar groß, aber ich fühlte mich so beengt, dadurch, dass Jonathan neben mir saß. Seine Blicke durchbohrten mich fast.

Mike drehte sich zu uns um. »Es gibt drei Regeln in diesem Auto«, sagte er. »Regel Nummer Eins: Es wird hier drin nicht gegessen. Regel Nummer Zwei: Es wird hier drin nicht geraucht. Und Regel Nummer Drei: Es ist mein Auto. Ich hab hier drin das Sagen und nur ich fahre dieses Auto. Also müsst ihr euch damit abfinden, dass wir öfter eine Pause machen müssen.« Ich nickte bloß. Das kann ja heiter werden, dachte ich. Tina lachte schrill. Bloß Jonathan sagte: »Aber atmen dürfen wir schon noch, oder?« Ich musste lachen. Mike antwortete nicht. Er drehte sich nach vorne und startete den Motor.

Als wir eine Zeit lang unterwegs waren, schaute ich auf meine Armbanduhr. Erst zwei Stunden waren vergangen. Es kam mir aber viel länger vor. Tina beschäftigte sich eifrig mit einem Kreuzworträtsel und kam nur mühselig voran.

Mike war wohl noch genervt von Jonathans Spruch. Sodass keiner sich traute, ihn anzusprechen. Weil keiner ein Wort sprach und Jonathan mich immer noch mit seinem starren Blick beobachtete, kamen mir die Minuten wie Stunden vor.

Es war so unangenehm, dieser Blick, der einen durchbohrte. Verzweifelt suchte ich nach einer Rettungsleine, die mich oder Jonathan aus dem Auto katapultieren würde. Im Blickwinkel konnte ich erkennen, dass Jonathan grinste.

Das nervte mich noch mehr. Die Meilen schlichen dahin. Dabei hatte Mike eigentlich einen zügigen Fahrstil.

Ich beschloss, Alex eine SMS zu schreiben. Schnell schrieb ich: *Hilfe, in diesem Auto bekomme ich Zustände. Jonathan starrt mich die ganze Zeit von der Seite her an. Das nervt. Du bist doch ein Junge, was will der von mir?*

Ich verschickte die SMS und hoffte, dass Alex schnell antworten würde.

Jonathans Grinsen hielt an. Wie gerne würde ich ihm das Grinsen aus dem Gesicht prügeln, dachte ich. Bei der Vorstellung musste ich grinsen. Nach ein paar Minuten kam von Alex die ersehnte SMS. Er schrieb: *Hi, Susan, du bist doch sonst nicht auf den Mund gefallen. Frag ihn doch einfach, was Sache ist.*

Na toll, das half mir jetzt auch nicht weiter.

Wir fuhren an einem Schild für eine zehn Meilen entfernte Raststätte vorbei.

Oh Mann, dachte ich, wäre das schön, mal anzuhalten und von Jonathan wegzukommen. Tina bemerkte ebenfalls das Schild. Lauthals bekundete sie, dass sie mal dringend auf die Toilette müsste. Danke, lieber Gott, schickte ich Gebete gen Himmel. Leicht genervt steuerte Mike die Raststätte an. Nachdem wir anhielten, stieg ich aus dem Wagen und vertrat mir auf einem anliegenden Rasenstück erst einmal die Beine. Ich sah mich um. Die Raststätte schien geradewegs aus einem billigen Horrorfilm zu stammen. Super!, dachte ich.

Vom Regen in die Traufe. Dunkle Büsche und ein großes, verwachsenes Waldstück, fassten das Gelände der Raststätte ein. Es roch nach alt. Schrottreife Autos standen verwahrlost irgendwo herum. Das Hauptgebäude sah heruntergekommen und nicht gerade einladend aus. Außer uns befand sich keine Menschenseele an diesem Ort.

Tina suchte die Toiletten. Ich glaube nicht, dass es hier funktionsfähige Toiletten gibt, schoss es mir durch den Kopf. Plötzlich stand Jonathan an meiner Seite. Kann der mich denn nie in Ruhe lassen?, dachte ich genervt.

Er sah mich an. Dann sagte er: »Nett hier, oder?« Er lächelte mich an. »Eine absolute Traumraststätte«, antwortete ich. Mike suchte seine Lieblings-CDs im Kofferraum. »Musst du nicht auf die Toilette?«, fragte mich Jonathan. »Doch, doch«, antwortete ich rasch. »Ich guck mal, wo Tina ist.« Ich machte mich auf den Weg zum Hauptgebäude. Bloß weg von Jonathan. Er stieg wieder ins Auto.

Vor dem Hauptgebäude konnte ich keine Toiletten erkennen. Tina war auch nicht zu sehen. Unschlüssig stand ich vor dem Eingang des Gebäudes, als mich von hinten jemand antippte. Erschrocken drehte ich mich um und ein ungepflegter, fast schon verwahrloster, älterer Mann trat aus dem Schatten des Vordaches hervor. »Kann ich was helfen?«, fragte er mich. »Ja, wo sind denn hier die Toiletten?«, fragte ich daraufhin. »Um die Ecke links«, gab er knapp zurück. Ich murmelte einen Dank und steuerte die besagte Ecke an. Als ich um die Ecke bog, kam mir Tina entgegen. »Die Toiletten sind ja widerlich!«, protestierte sie. »Da geh ich nicht drauf.« Ich warf nur einen kurzen Blick in die Toiletten. Hier musste seit Ewigkeiten nicht mehr geputzt worden sein. Aber was hatte ich in diesem Nest auch anderes erwartet.

Laut ertönte Mikes Autohupe. Wir gingen zurück zum Wagen. Tina hampelte nervös neben mir herum. »Ich muss aber jetzt aufs Klo«, jammerte sie. Mike schaute sie genervt an. »Warst du denn nicht auf der Toilette?«, fragte er gereizt.

»Nein, auf diesen Toiletten hole ich mir sonst was«, nörgelte sie. »Dann geh ins Gebüsch«, drängte Mike. »Ich will aber auf eine richtige, saubere Toilette«, sagte sie und drehte sich beleidigt weg. »Ich fahre jetzt nicht wegen dir jede Raststätte an, Tina«, fluchte Mike. Er setzte sich ins Auto. »Einen tollen Freund habe ich da«, schnauzte Tina. »Und was jetzt?« Sie sah mich fragend an. »Dann geh halt ins Gebüsch«, sagte ich. »So schlimm ist das auch wieder nicht.«

Tina verdrehte die Augen. »Aber du stehst Schmiere«, sagte sie genervt. Tina verschwand im Gebüsch und ich hielt vor ihr Wache. Mike drehte im Auto seine Anlage auf und laute Heavy Metal Musik schallte über den Platz. Jonathan saß hinten im Auto und rührte sich nicht. Als Tina fertig war, stiegen wir wieder ins Auto. Mike weigerte sich, die Musik leiser zu stellen. Und so fuhren wir mit dröhnenden Boxen weiter.

Wieder kam eine SMS von Alex: *Und, was sagt er?* Ich schrieb zurück: *Ich habe ihn noch nicht angesprochen. Tina musste aufs Klo und da haben wir an einer versifften Raststätte angehalten. Jetzt sind wir wieder unterwegs und Mike hat seine Anlage aufgedreht, sodass man sein eigenes Wort nicht versteht.*

Ich verschickte die SMS. Die Landschaft zog vorüber und von der Musik bekam ich Kopfschmerzen. Dann schrieb Alex zurück: *Na, das hört sich doch mal spannend an. Ich möchte nicht tauschen. Denk positiv. Schlimmer kann es nicht werden.* Ich musste grinsen. Positiv denken fiel mir zurzeit sehr schwer.

Mike versuchte vergebens, den Text mitzusingen. Tina war immer noch am Schmollen. Und Jonathan ging seinem Hobby nach, er starrte mich wieder an.

Meine Kopfschmerzen wurden stärker. Ich tippte Mike auf die Schulter. »Geht das auch ein bisschen leiser?«, brüllte ich in seine Richtung. Widerwillig drehte er die Musik leiser. »Danke«, sagte ich genervt. »Stehst du nicht auf Heavy Metal?«, fragte mich Jonathan. »Nein, ist nicht so meine Musikrichtung«, gab ich knapp zurück. »Warum bist du denn so gereizt?«, fragte er mich lächelnd. Na, weil ich stundenlang von dir dumm angeglotzt werde, ununterbrochen!, schrie ich innerlich. Aber aus meinem Mund kam nur ein Wort: »Kopfschmerzen.« Jonathans verschmitztes, herausforderndes Lächeln wandte sich zu einem verständnisvollen Gesichtsausdruck, sodass er mir schon fast sympathisch vorkam. Allmählich bewegte sich sein Kopf in meine Richtung und ich fragte mich nur, was denn jetzt schon wieder los sei. Leise flüsterte er dann: »Bei der grausamen Musik kein Wunder, nicht wahr?« »Ja, die ist echt ätzend«, gab ich zurück.

»Vielleicht sollte ich dich ein bisschen ablenken«, strahlte er mich an. »Erzähl mal was von dir.« Wieso sollte ich was von mir erzählen?, dachte ich. Er sollte lieber mal erzählen wieso er mit zwanzig um die Welt zog. »Über mich gibt es nicht viel zu erzählen«, sagte ich abweisend. Verunsichert drehte er sich Richtung Fenster. Das war wohl doch etwas zu forsch.

»Vielleicht kannst du mir ja was über dich erzählen«, sagte ich interessiert. Ich drehte mich in seine Richtung. Er sah mich prüfend an. »Was willst du wissen?«, fragte er. »Woher kommst du eigentlich ursprünglich?«, hakte ich nach. »Was glaubst du denn, woher ich komme?« »Wenn ich das wüsste, hätte ich nicht gefragt!«, konterte ich. Er lachte. »Okay, du hast gewonnen. Ich bin in Irland geboren.« »Echt?«, gab ich zurück. »Du hast gar keinen Akzent.« »Nee, den hab ich mir schon seit langer Zeit abgewöhnt, denn …«

Heftiges Gequietsche und ein starker Ruck unterbrach plötzlich unsere Unterhaltung. »Was war denn das?«, schrie ich durchs Auto und versuchte einen Blick durch die Windschutzscheibe nach draußen zu werfen. Was ich sah, war erschreckend. Vor dem Wagen stand ein Polizist. Winkend, mit einem Warnschild. Hinter ihm waren Trümmer verteilt. War das mal ein Auto? In der Ferne sah ich nur zwei Gebilde, die aussahen wie zwei zusammengedrückte Dosen. Langsam kam der Polizeibeamte näher und klopfte schließlich am Fenster. Mit ernster Mimik schaute Mike den Beamten an, während er die Fensterscheibe herunterkurbelte. »Was ist denn hier passiert?«, fragte Tina sich über Mike beugend. »Sie können hier nicht weiterfahren, die Straße ist vorerst gesperrt«, sagte der Polizist. Langsam drehte er sich wieder um. »Hallo? Ähm, hallo? Was ist denn hier passiert?«, brüllte Tina aus dem Fenster. Typisch, dachte ich. Tina wie sie leibt und lebt.

Den Beamten schien es nicht zu interessieren und er wandte sich komplett von unserem Wagen ab. Mike wartete, bis von dem Gegenverkehr kein Auto mehr kam und wendete. Als wir schon fast auf der Gegenfahrbahn waren, konnte man das ganze Unglück des Unfalls sehen. Es waren insgesamt vier Autos darin verwickelt, von denen man nur noch wenig erkannte. Drei Krankenwagen waren vor Ort und zwei Notärzte. Weiter hinten konnte man die Feuerwehr erkennen. Ein Notarzt versuchte verzweifelt, einen jungen Mann wiederzubeleben, doch er stoppte plötzlich, es war wohl zu spät. Eine schwer verletzte Frau schrie und wurde von einem der Polizisten zurückgehalten. Es schien die Freundin von dem Mann gewesen zu sein. Feuerwehrleute versuchten, aus einem Wrack zwei Menschen zu bergen, die vor Schmerzen schrien und blutüberströmt im Auto saßen. Ich war fassungslos. So etwas hatte ich nie zuvor gesehen.

Am Fahrbahnrand standen verletzte Kinder, die von einem Notarzt beruhigt wurden, weil die Eltern im Krankenwagen lagen. Überall das viele Blut, das Leid, das war einfach zu viel für mich. Ich konnte meine Tränen nicht länger zurückhalten.

Tina und Mike schauten ebenfalls fassungslos auf die Unfallstelle. Jonathans Gesicht war ausdruckslos. Ich schaute in die entgegengesetzte Richtung, weil ich den Anblick nicht mehr ertragen konnte. Wir fuhren weiter.
»Geschieht denen Recht …«, hörte ich plötzlich Jonathans Stimme in meinem Kopf. Erschrocken sah ich ihn an. Er lächelte schadenfroh. Als er bemerkte, dass ich ihn ansah, wandte er sich von mir ab und schaute aus dem Fenster. Wie erstarrt, schaute ich ihn an. Hatte ich gerade richtig gehört? Es geschieht denen Recht? So etwas hatte kein Mensch verdient, nicht einmal der größte Feind. Jonathan amüsierte sich über so was Schreckliches? Das war doch nicht normal. Und ich war mir sicher, dass ich ein Grinsen bei ihm erkennen konnte. Aber was noch schlimmer war, seine Stimme nahm ich wieder nur in meinem Kopf wahr.

Panisch drehte ich mich weg. Mir war speiübel. »Mike«, sagte ich fast panisch. »Könnten wir bitte kurz irgendwo anhalten, mir ist übel.« »Ich glaube, eine Pause können wir jetzt alle gut gebrauchen«, sagte er ruhig. Er hielt an einem nahe gelegenen Parkplatz. Kaum, dass der Wagen stillstand, sprang ich aus dem Auto. Hinter einem Baum musste ich mich dann übergeben. Tina kam sofort zu mir.

»Beruhige dich, Susan«, sagte sie im sanften Ton. »Das war so schrecklich«, gab ich zurück. »Ja, so etwas wünscht man niemandem. Es kann schneller vorbei sein, als man denkt. Man sollte nie vergessen, dass man nur das eine Leben hat und sich und andere schützen.« Sie sah mich prüfend an. »Geht's wieder besser?« »Ja, geht schon«, log ich.

Von Jonathan wollte ich ihr nichts erzählen. Sie würde es sowieso nicht glauben. Mir fiel es ja schon selber schwer zu glauben, dass ich nicht meinen Verstand verlor. Aber ich wusste, was ich gesehen und gehört hatte.

Jonathan stand lässig angelehnt am Auto. Mike unterhielt sich mit ihm. Als wir auf die beiden zukamen, drehte sich Mike in meine Richtung. »Alles in Ordnung?«, fragte er. »Ja, muss ja«, gab ich knapp zurück. »Ich würde mal sagen, wir fahren jetzt noch gute zwei Stunden und essen dann erst einmal etwas an einem Rastplatz.« »Aber an einem der nicht auseinanderfällt und wo man nach dem Essen drei Wochen bettlägerig ist«, sagte Tina. Mike ging nicht näher auf sie ein. »Brauchst du jetzt keine längere Pause?«, fragte ich ihn verunsichert. »Nein, durch den Unfall bin ich ziemlich aufgekratzt. Besser wir fahren weiter.« Also wieder zwei Stunden neben Jonathan. Das konnte ja heiter werden.

Ich setzte mich im Auto neben ihn. »Wo waren wir bei unserem Gespräch stehen geblieben?«, fragte er mich so, als ob nichts gewesen wäre. Entgeistert sah ich ihn an. »Sorry, aber mir ist nicht so nach Reden.« Ich wandte mich von ihm ab. Er musterte mich. Wieder dieser starre Blick. Ich hasste es, wenn er das machte. »Du bist ja emotional total aufgelöst«, sagte er immer noch grinsend. »Ja!«, giftete ich ihn an. »Komisch genug, dass du das so witzig findest.« »Siehst du mich lachen?«, fragte er immer noch grinsend. »Nein«, gab ich zurück. »Aber dämlich grinsen.« Das Grinsen gefror ihm im Gesicht. Plötzlich hatte sein Blick etwas Kaltes, fast Angst einflößendes. Ich wendete meinen Blick von ihm ab. Lange sagte keiner auch nur ein Wort. Ich traute mich auch nicht mehr, Jonathan anzuschauen, wusste aber genau, dass er mich von der Seite her ansah.

Mike fuhr jetzt langsamer als vorher. Ich denke mal, der Schreck von dem Unfall steckte ihm noch in den Knochen. Tina hatte ihre Hand auf Mikes Bein gelegt und musterte ihn besorgt. Ich war wieder in meinen Gedanken versunken. Das konnte ja noch ein schöner Urlaub werden. Jonathan wurde mir von Minute zu Minute unsympathischer. Die zwei Stunden Fahrt gingen zum Glück recht schnell vorbei. Ich war so in meinen Gedanken vertieft, dass ich gar nicht merkte, wie schnell die Meilen dahinzogen. Schließlich wurde ich aus meinen Grübeleien gerissen, als Mike an einer Raststätte haltmachte.

Der Schein trügt?

Mike stieg aus und machte ein paar Dehnübungen. Das lange Sitzen im Auto bekam ihm wohl nicht sonderlich gut. Tina steuerte direkt wieder die Toiletten an. Jonathan sah sich etwas um. Auch ich stieg nun aus dem Wagen und schaute mir die Raststätte an. Kein Vergleich zu der Ersten, dachte ich mir. Diese hier sah wirklich einladend aus.

Der Parkplatz war sehr gepflegt und überall waren Blumen gepflanzt. Wenn man einen Hund dabeihatte, wäre der auch gut versorgt gewesen, weil überall Näpfe mit Wasser und Trockenfutter standen. Das ganze Gebäude hatte eine freundliche Ausstrahlung. Durch die hellen Farben wirkte es einladend. Es roch nichts modrig oder alt. Im Gegenteil, es sah so aus, als hätte es vor Kurzem erst einen neuen Anstrich bekommen.

Überall liefen Angestellte herum und halfen den Menschen beim Tanken oder brachten kleine Snacks. Im Gegensatz zu der ersten Raststätte war hier der Teufel los. Was ich gut verstehen konnte. Mike und ich warteten, bis Tina und Jonathan wieder am Auto waren. Ich war bisher selten mit Mike alleine gewesen und wusste nicht, was ich mit ihm reden sollte.

»Und?«, fragte mich Mike. »Wie findest du Jonathan?« Er sah mich direkt an. »Manchmal ist er etwas sonderbar«, gab ich zurück. »Ich kann ihn schlecht einschätzen.« »Na ja, er ist eben etwas schüchtern. Ich glaube nicht, dass er schon sonderlich viel Erfahrung mit Mädchen hatte. Jedenfalls wirkt er nicht so«, sagte Mike. Während wir so sprachen, beobachteten wir Jonathan. Er stand vor dem Hauptgebäude und schaute sich ein Schild an, auf dem vor zu schnelles Fahren gewarnt wurde. Auf dem Bild war ein Autowrack abgebildet. Wieder kam mir schmerzlich der Autounfall ins Gewissen. »Der Unfall war wirklich schrecklich, oder?«, fragte ich Mike. Es war schön, mal so ganz zwanglos mit ihm zu reden. Ich hatte ja nie sonderlich viel mit ihm gesprochen und hätte ihn nie so eingeschätzt, dass man sich wirklich gut mit ihm unterhalten konnte. »Ja«, gab er zurück. »Da wurde mir auch ganz anders. All die verletzten Menschen. Ich glaube, der eine war sogar gestorben, der, den der Notarzt versucht hatte wiederzubeleben.« »Ja«, gab ich tonlos zurück. Bei dem Gedanken wurde mir wieder etwas übel.

»Ich bin auch ein Mensch, der mit dem Auto eher etwas zügiger unterwegs ist«, erzählte er weiter. »Aber in Zukunft werde ich wohl etwas vorsichtiger fahren. Ich trage ja nicht nur die Verantwortung für mich, sondern auch für die, die mit mir im Auto sitzen.« Er kam ins Grübeln. Sein Blick schweifte ab. So viel Vernunft hatte ich ihm gar nicht zugetraut.

Von Weitem sah ich nun Tina. Sie winkte uns zum Hauptgebäude heran. Jonathan stand neben ihr. »Tina ruft uns!«, sagte ich zu Mike. Er sah auf. »Ja, stimmt, wir wollten ja noch was essen. Komm.« Wir gingen rüber zu Tina und Jonathan. »Wollen wir hier etwas essen?«, rief Tina zu uns herüber und deutete auf ein Restaurant im Hauptgebäude. Ich nickte. Sie und Jonathan gingen hinein. Mike und ich folgen ihnen.

Drinnen war die Hölle los. Wir bekamen gerade noch im hintersten Eck einen freien Tisch. Es waren aber nur drei Stühle an unserem Tisch. Jonathan sah sich um. Ein paar Plätze weiter stand ein leerer Stuhl. Nur eine ältere Frau saß an dem Tisch. »Entschuldigung, Madam«, sagte er betont höflich.

»Könnte ich mir bitte für meine Freundin diesen Stuhl ausleihen?« »Aber sicher doch«, gab sie freundlich zurück.

Jonathan nahm den Stuhl und kam zu uns zurück an den Tisch. Er stellte ihn vor mir ab und deutete mir mit einem charmanten Lächeln an, dass ich mich doch setzen solle. Wie vom Blitz getroffen starrte ich ihn an. So was hätte ich ihm gar nicht zugetraut. Er war total charmant und in diesem Moment wusste ich wirklich nicht mehr, was ich von ihm halten sollte. Mit knallrotem Kopf setzte ich mich auf den Stuhl. Ich bedankte mich stotternd und Jonathan setzte sich neben mich. Die Frau winkte uns zu. »Sie haben da ja einen echten Gentleman!«, rief sie mir zu. »Ja«, gab ich irritiert zurück. »Das war wirklich nett von ihm.«

Mike grinste Tina vielsagend an. »Der Urlaub wird bestimmt lustig«, lachte Tina. Jonathan beugte sich ganz nah zu mir herüber. Mein Kopf war immer noch knallrot. »Siehst du«, hauchte er mir ins Ohr. »Ich bin ein echter Gentleman.« Mir wurde ganz heiß. Ich nickte bloß, konnte ihn aber nicht ansehen. Er lächelte leicht. »Was wollt ihr essen?«, fragte Mike. »Mir ist es egal«, sagte Jonathan. »Ich esse das, was ihr esst.« »Ich auch«, stimmte ich ihm zu. »Okay, ich schaue mal, was es gibt.« Tina folgte ihm.

Nun war ich mit Jonathan alleine am Tisch. »Ich bin also deine Freundin«, sagte ich grinsend. »Sonst hätte sie mir vielleicht den Stuhl nicht gegeben«, lachte er.

»Du hättest ihn durch deinen Charme bestimmt auch so bekommen«, entgegnete ich. »Ich habe also Charme?« Er sah mich abschätzend an. »Ja, manchmal kannst du sehr charmant sein.« »Und bei den anderen Malen?« Sein Blick wurde ernster. Ich wusste nicht genau, was ich darauf antworten sollte. Schließlich sagte ich: »Da bist du ganz anders. Manchmal gibt es Momente, wo ich das Gefühl habe, dich gar nicht zu verstehen.« Er sah mir lange in die Augen, dann lächelte er. »Es wird der Moment kommen, wo du mich verstehen wirst!«

Ich sah ihn nur verwundert an. Da bin ich ja mal gespannt, dachte ich. Denn zurzeit verstand ich so gar nichts an Jonathan. Mike und Tina kamen wieder zu unserem Tisch zurück. Zwei Tabletts in ihrer Hand. Darauf standen vier Cola und vier Cheeseburger. Sie stellten die Tabletts auf dem Tisch ab. »Ich hoffe, das ist was für euch«, sagte Mike. »Ist ganz schön teuer hier.« »Cheeseburger sind gut«, sagte ich schnell. »Ich esse alles«, entgegnete Jonathan.

Beim Essen fiel mir ein Pärchen am Nachbartisch auf. Sie stritten sich. Ich wollte eigentlich nicht lauschen, aber sie waren so laut, dass man gar nicht weghören konnte. Auch die anderen bemerkten die beiden. Sie waren so um die zwanzig Jahre alt. Sie war wirklich hübsch. Wunderschöne, lange, rötliche, gelockte Haare hatte sie. Eine schlanke Figur und klare, graublaue Augen, die jetzt aber böse zu ihrem Freund rüber blitzten. Er war eher unscheinbar. Ein großer, hagerer Typ, mit markanten Gesichtszügen und dunklen Augen. Er hatte sich die schwarzen Haare kurz abrasiert. Beide waren lauthals am Diskutieren und das halbe Restaurant hörte zu.

»Du weißt ja gar nicht, wovon du da redest«, sagte er zornig. »Aber du, ja?«, gab sie provozierend zurück. »Wer hat denn hier wen betrogen?«, fragte er gereizt. »Du bist mir doch fremdgegangen, mit diesem Lackaffen.« »Vielleicht bringst du es ja nicht«, stichelte sie zurück. »Du bist doch nur hinter meinem Geld her. Wahre Liebe kennst du doch gar nicht!«, brüllte er jetzt. »Heul doch«, nun lachte sie gehässig. Er stand auf und ging Richtung Toiletten. Sie lachte ihn noch aus.

»Die ist ja krass drauf«, staunte Tina. »Der würde ich was erzählen«, sagte Mike. Ich sah zu Jonathan. Sein Gesicht war wie versteinert, als würde vor seinen inneren Augen sein ganz eigener Film ablaufen. Seine Ader am Hals pulsierte. Dann sagte er im betont ruhigen Ton: »Ich geh mal kurz auf die Toilette.«

Er stand auf und ging dem jungen Mann nach. »Gibt schon blöde Weiber«, sagte Mike genervt. »Ich würde dich nie betrügen!«, sagte Tina mit ihrer süßen Mädchenstimme. Er gab ihr einen Kuss. »Ich weiß, Baby.« Er lächelte sie verliebt an.

Kurze Zeit später kam Jonathan zurück und setzte sich wieder auf seinen Stuhl. »Alles in Ordnung?«, fragte ich ihn vorsichtig. Er sah immer noch so durch den Wind und richtig sauer aus. »Ja, alles okay …« Mit einem Grinsen versuchte er, seine Wut zu überspielen. Doch er konnte mir nichts vormachen. Kurze Zeit später kam auch der junge Mann von der Toilette wieder zurück. Irgendwie verhielt er sich anders als vorher. Er war ruhiger und in Gedanken vertieft. Das Mädchen stichelte weiter. Aber er schien es gar nicht wahrzunehmen, sondern taxierte sie nur mit seinem Blick. Der Blick erinnerte mich an Jonathan, wenn er mich immer so anstarrte.

»Wollen wir wieder los?«, fragte Mike, nachdem wir alle gegessen hatten.

»Klar«, gab Tina zurück. »Je eher wir einen Platz zum Zelten gefunden haben, umso besser.« Wir machten uns wieder auf den Weg zum Auto. Ich sah noch einmal zu dem Pärchen am Nebentisch. Sie redete immer noch auf ihn ein und er saß immer noch reglos da und starrte sie an. Er tut mir echt leid, dachte ich. Jonathan sah auch noch einmal zu den beiden, wieder nahm sein Gesicht aggressive Züge an. Ob er wohl auch schon einmal so von einem Mädchen enttäuscht wurde?

Als wir wieder alle im Auto saßen und Mike noch getankt hatte, war Jonathan so merkwürdig still. Ich überlegte, ob ich ihn darauf ansprechen sollte. Aber ich wusste nicht so wirklich wie. Mike und Tina unterhielten sich darüber, was sie nach dem College gerne machen würden. Mike würde gerne Sport studieren und Tina würde gerne Krankenschwester werden. Aber ihre Berufswahl änderte sich ständig. Seit ich sie kannte, wollte sie bestimmt zehnmal etwas anderes werden. Das ging über Stewardess, Sekretärin, bis jetzt hin zur Krankenschwester. Und ich wurde das Gefühl nicht los, dass das etwas mit dem Unfall von vorhin zu tun hatte. Sie änderte ihre Berufswahl immer je nach aktueller Situation.

Da die beiden mit sich beschäftigt waren, nutzte ich die Chance, um mit Jonathan über das Pärchen zu sprechen. »Jonathan«, begann ich. Er sah mich direkt an. Sein Blick war leer. »Was war vorhin mit dir los? In dem Restaurant, meine ich.« »Was meinst du?«, fragte er mich tonlos. »Na ja, während das Pärchen sich gestritten hatte, war dein Blick so kalt, fast hasserfüllt. Ich dachte, du stehst gleich auf und mischst dich bei den beiden ein.«

Ich konnte ihn nicht direkt ansehen. Peinlich berührt fragte ich mich, ob ich jetzt zu weit in seine Privatsphäre vorrückte. »Ich hasse es, wenn Frauen so etwas tun!«, antwortete er bloß. »Was tun?«, fragte ich ihn aufmerksam. Er atmete tief durch, dann sagte er nur ein Wort. »Fremdgehen!« Dieses Wort kam kalt und voller Hass aus seinem Mund. Ich bekam eine Gänsehaut. Lange überlegte ich, ob ich die Frage stellen sollte, die auf meiner Zunge lag. Doch dann gab ich mir einen Ruck und stellte sie. »Ist dir schon einmal ein Mädchen fremdgegangen?« Er sah mich abschätzend an. Dann sagte er kühl: »Tun sie das nicht alle?«

Ich wusste nicht so recht, was ich darauf antworten sollte. Dann sagte ich schließlich: »Das kann ich dir nicht beantworten, ich hatte noch nie einen Freund.« »Ich weiß«, sagte er jetzt etwas ruhiger und seine Stimme klang nicht mehr ganz so hasserfüllt. »Woher?«, fragte ich erschrocken. »Tina«, sagte er bloß. Na vielen Dank, dachte ich. Die krall ich mir nachher noch. Warum erzählte sie ausgerechnet Jonathan davon? Ich schaute Tina böse von hinten an.

»Ich finde es nicht schlimm«, sagte er schließlich weiter. »Du bist schon anders als andere Frauen. Es gibt genug von der Sorte, die sich jedem an den Hals werfen.« Ich sagte nichts. Sorgfältig wog ich meine Worte ab. Dann sagte ich entschieden: »Na ja, ich warte auf den Richtigen.« »Den Richtigen, ha«, spottete Jonathan. »Du glaubst wirklich an die ganzen Märchen, oder? Dass ein Prinz auf einem Pferd angaloppiert kommt und dich aus den Fängen des Bösen befreit.« Jetzt kam er wieder ganz nah an mein Gesicht und flüsterte mit leiser, ruhiger Stimme: »In der realen Welt rettet dich niemand, Susan!«

Nun lächelte er leicht und setzte sich wieder aufrecht hin. Ich konnte darauf nichts erwidern, mein Atem stoppte fast. Immer war ich wie gelähmt, wenn er mir so nahe kam und mein Kopf war wie leer.

Es war mittlerweile neunzehn Uhr, die lange Fahrt setzte allen zu und die Müdigkeit übermannte uns alle allmählich, außer Jonathan, wie ungewöhnlich. Mike suchte schon nach einem geeigneten Platz zum Zelten, ich schloss mich der Suche an. Nach einer weiteren Stunde Fahrt schien ein Ort gefunden, notgedrungen.

Mike bog in ein Waldstück ab, die Sonne durchdrang die Bäume, es würde bald dunkel werden. Wir stiegen aus.

»Eine andere Möglichkeit haben wir nicht, die Sonne geht bald unter«, sagte Mike und schaute Richtung Sonnenuntergang. »Wir übernachten einfach hier auf der kleinen Wiese«, warf Tina in die Runde. »Finde ich ein bisschen zu riskant«, entgegnete Mike. »Wer weiß, was hier für Viehzeug rumrennt. Mir wäre es lieber, wenn wir die Zelte im Schutz der Bäume im Wald aufstellen würden, oder?« Er sah Jonathan und mich fragend an.

»Ich denke, du hast recht«, stimmte Jonathan ihm zu. »Im freien Feld sind wir leichte Beute.« Mike nickte ihm zu. »Was ist mit dir, Susan?«, fragte mich Mike direkt. »Ich denke auch, dass wir im Wald geschützter sind«, gab ich zurück. Nun wendete er sich an Tina. »Schatz?«, fragend blickte er sie an. »Mit dir gehe ich überall hin«, strahlte sie ihn an. »Gut, dann ist das beschlossen«, schlussfolgerte Mike daraus. »Dann holen wir jetzt mal die Schlafsäcke und Zelte aus dem Wagen. Nehmt bitte nur die Sachen mit, die ihr unbedingt für die Nacht braucht und am besten nichts zu essen, ihr wisst ja, wegen der Bären und so.«

Eine Gruselgeschichte

Wir räumten alles, was wir brauchten aus dem Wagen und stapelten es ordentlich auf der Wiese. Ich nahm meine Jacke mit. Nachts würde es sicher kalt werden. Meine Zahnbürste, Pyjama und Waschzeug packte ich zu Tina mit in den Rucksack. Dabei entdeckte ich ein paar Kondome in ihrer Seitentasche. Ich starrte sie an. »Was?«, lachte sie, »Vorsicht ist besser als Nachsicht.« »Du willst ja wohl nicht hier im Wald mit Mike Sex haben?«, fragte ich sie fassungslos. »Wieso nicht?«, entgegnete sie mir achselzuckend. »Ist doch aufregend.«

»Aber ich dachte, wir schlafen in einem Zelt zusammen«, sagte ich jetzt fast panisch. »Das geht nicht«, sagte sie wie nebenbei. »Mike will unbedingt, dass ich bei ihm schlafe und ich habe keine Lust, jetzt wegen so etwas Streit mit ihm anzufangen.«

»Ich will aber nicht mit Jonathan in einem Zelt schlafen«, sagte ich im Flüsterton. »Mein Gott, Susan, er wird dich schon nicht beißen. Du hast es doch im Restaurant gesehen. Er ist ein echter Gentleman. Von denen gibt es nicht mehr viele. Er wird dich weder betatschen, noch belästigen. Wir sind doch langsam erwachsene Leute«, sie grinste. Mir war gar nicht nach Grinsen zumute. »Hätte ich das gewusst, hätte ich mein eigenes Zelt mitgenommen«, giftete ich sie an. »Jetzt sind wir nun mal hier und jetzt können wir es auch nicht mehr ändern«, sagte sie flüsternd. »Wenn es dir so wichtig ist, dann frag du doch Mike, ob ihr tauschen wollt.« Sie nahm ihren Rucksack und ging mit Mike in den Wald. Wo war ich da nur rein geraten?

Plötzlich stand Jonathan neben mir. »Soll ich dir helfen, die Sachen zu tragen?«

»Danke, geht schon«, antwortete ich nervös. Ich schnappte meinen Schlafsack und folgte den beiden. Jonathan dicht hinter mir. Obwohl ich sehr gut alleine zurechtkam, half mir Jonathan dennoch, die Sachen zu tragen. Mike haute Tina auf den Hintern. »Heute Abend bist du fällig, Baby.« Sie lachte kindisch. Ich traute mich nicht, Mike zu fragen. Für ihn war das beschlossene Sache und ich hatte keine Lust auf Streit.

Entfernt hörte man eine Eule kreischen. Ein bisschen unheimlich war es hier schon, aber ich wollte mir nichts anmerken lassen. »Ich denke, die Männer sollten die Zelte aufbauen«, sagte Tina und setzte sich ins Gras. »Das ist Männerarbeit.« »Dann sucht ihr aber Feuerholz«, entgegnete Mike. »Es sei denn, ihr wollt von wilden Tieren heute Nacht Besuch bekommen.« »Ich will nur von einem wilden Tier Besuch bekommen«, sagte Tina und grinste in Mikes Richtung. Ich kotz gleich, dachte ich und schaute zu Jonathan. Er schien ähnlich zu denken.

»Komm, lass uns Feuerholz suchen«, sagte ich zu Tina. Sie konnte sich nur mühselig von Mike losreißen. Die Männer machten sich dran, die Zelte zwischen zwei riesigen Bäumen aufzubauen. Tina und ich gingen auf die Suche nach Feuerholz. Die Sonne versank schon fast am Horizont. »Ist Mike nicht süß?«, kicherte Tina. »Zum Niederknien«, antwortete ich. »Du bist ja nur neidisch«, gab sie trotzig zurück. »Warum sollte ich?«, fragte ich schlecht gelaunt. »Weil ich meinen Traumprinzen schon gefunden habe und du nicht«, sagte sie triumphierend. »Mir hat mal jemand gesagt, dass es keine Traumprinzen gäbe!«, gab ich genervt zurück und dachte an das Gespräch mit Jonathan. »Das liegt nur daran, weil du immer alles so pessimistisch siehst«, gab sie gelangweilt zurück. Darauf antwortete ich nicht. Ich hasste das Thema Männer und die große Liebe.

Nachdem wir genug Feuerholz zusammenhatten, machten wir uns auf den Weg zurück. Die Männer hatten die Zelte schon aufgebaut und legten gerade die Schlafsäcke hinein. Ich war wirklich schlecht gelaunt. Jonathan grinste mich an. »Schlecht gelaunt?«, fragte er mich höflich. »Und wie«, gab ich patzig zurück. Er lachte. Mann, ich schein ja echt 'ne Witzfigur zu sein, dachte ich. Mike legte ein paar Zweige übereinander und versuchte, ein Feuer zu machen. Jetzt war es schon fast ganz dunkel und langsam wurde es immer unheimlicher. Mit den Streichhölzern versuchte er vergebens, ein Feuer zu entfachen.

»So ein Mist«, schimpfte er. »Entweder sind die Äste zu feucht oder ich bin zu blöd dazu.« »Du bist doch nicht blöd«, hauchte Tina ihm ins Ohr. Sie küsste ihn und aus einem Kuss wurde eine regelrechte Knutschorgie.

»Lass mich mal«, sagte Jonathan genervt und nahm Mike die Streichhölzer ab. Er entfachte ein Streichholz und schaute es ganz intensiv an. So wie er mich auch immer anschaute und mir dabei ein Schaudern den Rücken herunterlief.

Dann, ganz plötzlich, spuckte es große Funken und die Äste brannten sofort lichterloh. Jonathan berührte mit dem Streichholz noch nicht einmal annähernd die Äste. Während er das tat, bekamen seine Augen einen leichten, roten Schimmer. Hatte nur ich das bemerkt? Ich schaute zu Tina und Mike, sie knutschten noch immer. Jonathan löste seinen Blick von dem Feuer und richtete sich auf.

Mike bemerkte dies, dann sagte er: »Wow, das ging aber schnell. Wie hast du denn das hinbekommen?« »Pfadfinder«, gab Jonathan nur beiläufig zurück. Jonathan sah mich direkt an. Er schaute abschätzend. Hatte ich wirklich richtig gesehen und seine Augen wurden für den Bruchteil einer Sekunde rot?

Hatte er bemerkt, dass ich es gesehen hatte? Ich schaute schnell woanders hin. Länger konnte ich seinem Blick nicht standhalten.

Wir holten unsere Schlafsäcke und setzten uns rund ums Feuer. Tina kuschelte sich in Mikes Arme und Jonathan saß dicht neben mir. Zu dicht, dachte ich bloß. Ich kam mir ein bisschen blöd vor. Tina knutschte ohne Schamgefühl mit Mike. Ich kam mir wie das fünfte Rad am Wagen vor, obwohl Jonathan noch da war. Aber der machte mir nur Angst. Er saß neben mir und ich hatte das Gefühl, dass er jeden Zentimeter meines Körpers musterte. Panik kroch in mir hoch. Mit dem musste ich heute in einem Zelt übernachten. Ich suchte verzweifelt nach einem Ausweg aus der ganzen Situation.

»Haben wir eigentlich etwas zum Essen?«, rief ich in die Runde. Mike und Tina stellten das Knutschen ein. »Klar«, rief Tina. Sie sprang auf und rannte zum Zelt. Ich stand auf und folgte ihr. Als ich Tina erreicht hatte, begann ich zögernd: »Du, Tina …« Sie drehte sich zu mir um und sah meine Unentschlossenheit.

»Was ist los?«, fragte sie ernst. Ich wusste nicht direkt, wie ich es sagen sollte. »Nun«, begann ich im leisen Flüsterton. »Jonathan macht mir irgendwie Angst!« »Angst?«, sagte sie überrascht und schaute zu Jonathan, der immer noch am Feuer saß und sich mit Mike unterhielt. »Wieso Angst?«, fragte sie mich jetzt ganz offen. »Na ja, er starrt mich immer so an«, sagte ich jetzt verzweifelt. Mir war wirklich nach Heulen zumute und wie gerne wäre ich jetzt zu Hause gewesen. »Er ist eben schüchtern und ich denke mal er mag dich, deshalb schaut er dich die ganze Zeit an. Vielleicht hofft er, dass du den ersten Schritt machst«, erklärte sie mir ganz sachlich, wie aus einem Lehrbuch. »Den ersten Schritt wofür?« Nun bekam ich wirklich Panik. »Vielleicht kann er sich mit dir mehr vorstellen«, sagte sie sanft und strich mir dabei eine Strähne aus dem Gesicht. Dazu konnte ich nichts sagen. Ich sah nun zu Jonathan, der in unsere Richtung schaute. »Das wird schon«, versuchte sie, mich zu beruhigen. Sie nahm ihren Rucksack und ging zurück zu den anderen. Ich atmete noch einmal tief durch und ging dann auch zurück.

Wieder setzte ich mich neben Jonathan. Wäre ja ein bisschen auffällig gewesen, wenn ich mich woanders hingesetzt hätte. Ich vermied es, Jonathan anzusehen. »Also«, unterbrach Tina meine Gedanken. »Wir haben Süßkram, Schinkenbrote und Marshmallows. Wer will was?« Sie grinste in die Runde. »Ich nehme was Süßes«, rief ich. Damit mein Kreislauf nicht ganz runter geht und ich hier noch umkippe, dachte ich insgeheim. Sie warf mir einen Schokoriegel zu.

»Ich will ein Schinkenbrot«, sagte Mike. »Ich bin ein Mann, ich brauch Fleisch.«

»Und du Jonathan?«, fragte Tina in seine Richtung. »Ich brauche nichts, danke«, sagte er. Tina nahm sich auch etwas Süßes.

Jonathan schaute ins Feuer. Er wirkte angespannt, genau wie ich. Ob Tina wohl recht hatte? Wollte er wirklich etwas von mir und starrte er mich deshalb immer so an? Empfand er etwas für mich? Noch nie hatte ein Junge etwas für mich empfunden. Schon gar nicht so einer. Er war wirklich anders als die anderen Jungs, die ich kannte. Ich schaute ihn schüchtern von der Seite an. Er hatte ein recht markantes Gesicht. Irgendwie kam es mir so vor, als wäre er die letzten Stunden gealtert. Wie Mitte zwanzig sah er aus. Was für ein Blödsinn. Das Feuer spielte mir sicher nur einen Streich. Ich überlegte, wie viele Freundinnen er wohl schon gehabt haben könnte.

Plötzlich hörte ich wieder seine Stimme in meinem Kopf, die im ruhigen Ton sagte: »*Nur eine!*« Dann sah er mich an. Erschrocken ließ ich meinen Schokoriegel fallen und sprang auf. »Was ist?«, fragten Mike und Tina wie aus einem Mund. »Ach, da war nur irgendein Vieh«, sagte ich stotternd. »Von denen gibt es hier haufenweise«, lachte Mike.

Ich wog kurz ab, was ich jetzt machen sollte. Weglaufen konnte ich ja schlecht und ins Zelt wollte ich auch nicht. Also setzte ich mich wieder zögernd auf meinen Platz. »Solange es kein Bär war«, scherzte Mike. Ich versuchte, zu grinsen, es gelang mir aber nicht wirklich. Der Schokoriegel war nun so schmutzig, dass ich ihn nicht mehr essen konnte. Ich warf ihn ins Feuer.

»Mir ist langweilig«, jammerte Tina. »Weiß jemand eine Geistergeschichte?« Sie schaute in die Runde. »Ich kenne eine von einem Axtmörder«, sagte Mike aufgeregt. »Der soll in Kanada die Runde machen und tötet alles, was ihm vor die Axt kommt.« »Ach, Mike«, sagte Tina genervt. »Die haben wir doch schon hundertmal gehört.« Mike brach ab. »Susan?«, sah sie mich fragend an. »Ich kenne keine«, gab ich zurück. »Susan kennt nur Märchen, die gut ausgehen und wo der Prinz die Prinzessin rettet«, spottete Jonathan. Ich hätte ihn erschlagen können. Böse funkelte ich ihn an. »Kennst du denn eine, Jonathan?«, fragte Mike interessiert. »Ich kenne nur eine«, sagte Jonathan im verbitterten Ton. »Dann erzähl«, sagte Mike herausfordernd. Jonathan schluckte, dann begann er zu sprechen.

»Vor vielen Jahrzehnten gab es einen jungen Mann, der unsterblich verliebt war!« »Oh Mann«, stöhnte Mike. »Keine Liebesschnulze.« Jonathan funkelte ihn zornig an. »Halt die Klappe, Mike. Warte es doch erst mal ab«, schimpfte Tina. Ruhe trat ein. Jonathan fuhr fort, dabei sah er ins Feuer.

»Die Frau, die er liebte, war wunderschön. Alles an ihr. Sie war …«, er zögerte einen Moment. »Perfekt!« »Perfekte Weiber gibt es nicht«, lachte Mike. Tina kniff ihm in die Seite.

»Sie hatte brünette, lange, gelockte Haare, die ihr bis zur Hüfte gingen«, fuhr Jonathan fort. »Schöne Augen, in die man hätte versinken können. Einen sinnlichen Mund. Ihr Gesicht war so rein, so unfehlbar.« Er schluckte. Man hatte das Gefühl, das er diese Frau genau vor seinem inneren Auge sehen konnte. »Ihr Körper war makellos. Ihre Stimme sanft und klar. Es klang wie eine Melodie, wenn sie sprach.« Alle starrten Jonathan an. Seine Stimme war beinahe hypnotisch. Sie klang rau und leise. Wie gebannt schauten alle auf Jonathan, selbst Mike. »Ihre Art, sich zu bewegen, war fast, als würde sie schweben.« Er schluckte erneut. »Er hätte alles für sie getan. Sein Leben für sie gegeben!«

Tina seufzte: »Wie romantisch!« Dann schmiegte sie sich noch enger an Mike.

»Drei Jahre waren sie ein Paar. Bis er eines Tages herausfand, dass sie ihn betrog.« Jonathans Miene wurde ernst und bitter. »Als er sie darauf ansprach, wieso sie es tat, lachte sie ihn nur aus. Ein schadenfrohes Lachen. Sein Leid war ihr völlig egal. Dieser Schmerz, den er fühlte, war unbeschreiblich. Wie ein Dolch den er mitten ins Herz bekam!«

Die Gesichtszüge von Jonathan waren nun hasserfüllt. Wenn er so sprach, bekam man Angst. Man hatte das Gefühl, er erzählte eine wahre Geschichte ... Er fuhr fort. »Er gab sich die größte Mühe, sein Mädchen zurückzuerobern, aber seine Versuche scheiterten und je mehr er sich bemühte und alles für seine Liebe gab, desto mehr lachte sie ihn aus!« Seine Stimme klang verbittert. »Aus lauter Verzweiflung schloss er einen Pakt mit einer Hexe. Sie half ihm, ein Dämon zu werden. Der Nachteil war, wenn sie ihn wirklich in einen Dämon verwandeln würde, dann könnte er nie wieder ein Mensch werden. Das nahm er in Kauf. Er hätte seine Seele dafür gegeben, um Rache an ihr zu nehmen. Sie sollte genau so viel Schmerz und Leid ertragen wie er. Und so verwandelte die Hexe ihn in einen Dämon, der sich nur von Angst, Hass, Trauer, Neid und Missgunst nährte. Je mehr er davon bekam, desto mächtiger und stärker wurde er!«

Jonathans Blick war jetzt fast der eines Wahnsinnigen. »Als er am höchsten Punkt der Macht war, suchte er seine Frau und brachte sie um. Sie flehte um ihr Leben und gebot ihm ewige Treue, wenn er sie verschonen würde. Aber er empfand nur noch Hass für sie! Der Schmerz war einfach zu groß. Wenn er sie nicht bekommen könnte, sollte auch kein anderer sie haben. Der Dämon zerstörte alles Schöne, alle positiven Gedanken. Die Menschen fühlten nur noch Trauer, Depressionen, Hass. Sie bekriegten sich gegenseitig. Eine Flut von Krankheiten und Todesfällen überflutete das Land. Die Pflanzen verwelkten, es gab keine Sonne mehr, nur Regen und Nebel. Eine Kälte überschattete das Land, alles nur durch die Hand des Dämons.« Jonathan grinste nun schadenfroh. Dann verfinsterte sich sein Blick wieder.

»Bis eines Tages sich das Blatt wendete. Die Hexe erschuf ein positives Wesen, das den Bösen vernichten sollte. Da sonst die Menschheit vollkommen aussterben würde. Es gab einen großen Kampf. Gut gegen Böse. Den der Gute dann gewann. Bis heute glaubt die Menschheit, dass der Dämon für immer vernichtet sei.« Er blickte dramatisch in die Runde. »Sie irrten sich. Er soll nun in diesem Augenblick wieder auf der Erde sein und will erneut wieder die Macht besitzen, Unheil und Schrecken bei den Menschen zu verbreiten.«

»Ach ja?«, unterbrach ihn Mike. »Wie soll er denn wieder auferstanden sein?«
Jonathan sah Mike lange an. Dann sagte er mit fester Stimme. »Er wurde erneut gerufen.« Mike lachte laut auf. »Ich glaub nicht an Dämonen und all den Scheiß. Deine Geschichte war ja nicht schlecht. Aber ich finde sie ein bisschen zu weit hergeholt.« Jonathan lächelte verschmitzt. »Vielleicht wirst du ja irgendwann eines Besseren belehrt.« Tina seufzte: »Die arme Frau.« »Wieso arm?«, konterte Mike. »Sie hat ihn beschissen, sie hatte selber Schuld.«

Ich schaute immer noch zu Jonathan, er sah nun wieder geistesabwesend ins Feuer. So eine Geschichte hätte ich ihm gar nicht zugetraut, dachte ich. Er erzählte sie so, als hätte er sie selbst erlebt. Jonathan sah mich an. Ganz lange und intensiv sah er mir in die Augen. Ich hatte das Gefühl, nicht wegsehen zu können. Dann grinste er und schaute wieder ins Feuer.

Eine unheimliche Entdeckung

Tina fing an, sich zu strecken und lautstark zu gähnen. »Ich glaube, ich geh ins Bett«, grinste sie in Mikes Richtung. »Das ist eine gute Idee«, sagte Mike und küsste sie auf die Stirn. Jonathan sah demonstrativ weg. Ihn schien das verliebte Getue ebenso zu nerven, wie mich. Ich gönnte es Tina ja, dass sie in ihren Augen den richtigen gefunden hatte, aber musste sie das immer so zur Schau stellen? Beide standen auf.

»Was ist mit euch?«, fragte Tina in meine Richtung. »Ich bleib noch ein bisschen wach, ich bin noch nicht so müde.« »Ich auch«, sagte Jonathan. »Verstehe«, grinste Tina und zwinkerte mir zu. Gar nichts verstehst du, dachte ich. Besser hier draußen mit Jonathan, als in diesem kleinen Zelt mit ihm. Ich hatte mir vorgenommen, so lange wach zu bleiben, wie es ging. Tina und Mike wünschten uns eine gute Nacht und verschwanden dann in ihrem Zelt. Jonathan sah mich an, dann sagte er: »Nervt das Getue dich auch so?« Ich musste grinsen. Wieder hatte ich das Gefühl, dass er meine Gedanken gelesen hatte. »Ich gönne es ihnen«, begann ich. »Aber ich fühle mich unwohl, wenn sie ständig aneinander rumfummeln.« »Verstehe«, grinste er.

Ich schaute nach oben. Der Himmel war übersät mit tausenden von Sternen. Es war eine sehr klare, milde Nacht. Jonathan legte noch etwas Feuerholz ins Feuer. Unter anderen Umständen wäre es eigentlich total romantisch gewesen. Die schöne Waldluft, in der Ferne hörte man ein paar Eulen kreischen, das Knistern des Feuers. Lange saßen wir einfach nur da und sagten gar nichts.

Plötzlich piepte mein Handy. Alex schrieb mir eine SMS: *Hi, Susan, hoffe, du hast den Tag halbwegs überlebt und Jonathan hat dich nicht gebissen, grins. Versuch, das alles etwas lockerer zu sehen und sag einfach immer das, was du denkst, ganz direkt und ehrlich. Schlaf gut. Alex.* Ganz direkt und ehrlich, ich musste grinsen. Das war gar nicht machbar in dieser Situation. Was sollte ich zu Jonathan sagen? Sorry, Jonathan, eine Frage. Ist es normal, dass ich dich manchmal in meinem Kopf höre und du vorhin rote Augen hattest? Ich musste lachen. Gerade, als ich diesen Satz zu Ende gedacht hatte, sah mich Jonathan erschrocken und mit großen Augen an.

»Was ist?«, fragte ich etwas nervös. Ich fühlte mich irgendwie ertappt. Wie ein Kind, das beim Süßigkeiten klauen erwischt wurde. »Wer schreibt dir?«, fragte er tonlos. Ich hatte aber nicht den Eindruck, dass ihn das wirklich interessierte. Er hatte sich eindeutig wegen etwas anderem erschrocken, versuchte es aber mit der Frage zu überspielen. »Ein Freund«, gab ich knapp zurück. »Derselbe, mit dem du im Auto geschrieben hast?« »Ja, derselbe«, sagte ich leise. »Läuft da etwas zwischen euch?« Er sah mich offen an. »Nein«, sagte ich jetzt mit rotem Kopf. Ich hasste solche Fragen. Sie machten mich immer etwas nervös. »Alex ist ein guter Freund und wohnt im selben Haus wie ich. Er ist eher wie ein Bruder.«

Als ich das so sagte, stellte ich mir Alex vor. Seine ganze Art und wie er sprach. Er war immer witzig und hörte mir zu, wenn ich Sorgen hatte. Wenn es ein Problem gab, war er einer der Ersten, die mir halfen, neben Tina natürlich. Er war auch recht attraktiv und ich mochte seine Ehrlichkeit. Ich musste lächeln. Dann stellte ich mir Alex und mich als Pärchen vor. Das könnte nicht gut gehen, dafür kannte ich ihn einfach schon zu lange. Ihn zu küssen, konnte ich mir auch nicht vorstellen. Ich war völlig in meinen Gedanken vertieft.

»Und sicher, dass er nichts von dir möchte?«, unterbrach Jonathan meine Gedankengänge. Ich überlegte lange, bevor ich antwortete. Manchmal hatte ich schon den Eindruck, dass er vielleicht etwas mehr empfand. Er wirkte ab und zu etwas eifersüchtig. Genau wie an dem Tag, wo er mich wegen Jonathan ausgefragt hatte. Und wenn ich ihn länger ansah, wurde er gelegentlich rot. Aber das wird daran liegen, dass er so schüchtern ist. »Ich denke, er empfindet genauso wie ich«, sagte ich nach einigen Überlegungen zu Jonathan. »Für ihn bin ich wie eine Schwester.« Jonathan sah mich lange an. »Oft sind die Dinge nicht so, wie sie scheinen«, sagte er ruhig. Er sprach immer so erwachsen, er wirkte gar nicht wie zwanzig. Ich nickte nur.

Ich schrieb Alex eine SMS zurück: *Hi, Alex. Ja, ich habe den Tag überlebt, gerade so, grins. Jetzt muss ich nur noch die Nacht überstehen und dann geht es bestimmt besser. Danke, dass du immer für mich da bist. Schlaf gut.*
Ich verschickte die SMS.

Plötzlich hörte ich ein Geräusch im Gebüsch. Es hörte sich an wie ein großes Tier. Erschrocken stand ich auf. Jonathan ebenfalls. Er stellte sich vor mich. Plötzlich tauchte aus dem Gebüsch ein riesiger Bär auf. Ich erstarrte vor Angst. Unfähig, mich zu bewegen oder auch nur einen Ton zu sagen, starrte ich nur auf das riesige Tier, das sich geradewegs Richtung Tinas Rucksack bewegte.

Er schien das Essen zu riechen. Hätten wir doch Mikes Spruch mit dem Essen und den Bären ernster genommen, schoss mir nur durch den Kopf. Das Tier bewegte sich langsam und kümmerte sich gar nicht um unsere Anwesenheit. Ich hatte noch nie so etwas Gigantisches gesehen. Seine Tatzen waren riesig. Ich wollte mir gar nicht ausmalen, was er alles damit anrichten könnte.

Jonathan deutete mir an, dass ich mich neben das Zelt stellen sollte. Ich tat, was er sagte.
Er blieb, wo er war. Selbst wenn ich etwas hätte tun oder sagen wollen, wäre ich nicht fähig dazu gewesen. Der Bär kam langsam auf Jonathan zu. Als er dann bei Jonathan war, stellte er sich aufrecht und brüllte aus Leibeskräften. Dieses Brüllen ging mir durch Mark und Bein.

Jonathan blieb ganz ruhig und sah dem Bären tief in die Augen. Und diesmal war ich mir sicher, die Augen von Jonathan wurden rot. Der Bär brüllte, als hätte Jonathan ihn geschlagen, dabei hatte er ihn nicht einmal berührt. Nur angesehen. Der Bär machte kehrt und rannte wie der Teufel davon. Durch das Brüllen des Bären kamen Tina und Mike aus ihrem Zelt gerannt. Mike nur in Boxershorts, Tina nur in Unterwäsche. Jonathans Augen normalisierten sich wieder, wie auf Knopfdruck. Nun hatte er wieder seine normale Augenfarbe.

»Was ist los?«, fragte Mike. Seine Haare waren noch zerzauster als sonst. Was genau sie im Zelt gemacht hatten, wollte ich lieber gar nicht wissen. »Da war ein Bär«, sagte Jonathan. Als wäre es das Normalste der Welt und als ob er denen täglich begegnen würde. »Ihr könnt euch wieder hinlegen. Er ist weg.« »Hat er euch was getan?«, fragte Tina panisch. »Wieso ist er wieder weggegangen?« Tina sah mich fragend an. »Ich denke mal, er wollte nur die Lebensmittel aus deinem

Rucksack«, stotterte ich. »Dann ist er wieder gegangen. Er hatte sicher nur Hunger.« Jonathan sah mich nicht an. »Tolle Idee mit dem Zelten«, schrie sie Mike an. »Das Vieh hätte uns umbringen können.«

»Beruhige dich, Schatz«, sagte Mike leicht nervös. »Der Bär ist ja wieder weg und es ist ja nichts passiert. Der kommt sicher nicht wieder. Oder?«, sah er Jonathan fragend an. »Er wird nicht wieder kommen«, erwiderte er im ruhigen Ton. Mike warf noch etwas mehr Feuerholz auf das Feuer. »Als ob das was nützen würde«, sagte Tina gereizt. Sie ging wieder genervt ins Zelt zurück. Mike folgte ihr.

Ich stand immer noch neben dem Zelt und war sprachlos. Was war hier los? Wer oder was war Jonathan? Das alles war doch nicht normal. Unsicher näherte ich mich ihm. Er setzte sich wieder ans Feuer. Ich stellte mich neben ihn. Mein Herz raste noch immer. Was war da eben geschehen? Und wieder waren da diese roten Augen. Ich war mir ganz sicher, dass sie rot waren. Nachdenklich musterte ich Jonathan von der Seite. Unablässig sah er ins Feuer. Ich räusperte mich.

»Wie hast du das gemacht?«, fragte ich zögernd. »Was gemacht?«, fragte er und sah mich an. »Na was wohl«, sagte ich nervös. »Na das eben, mit dem Bären.« »Ich bin einfach ruhig geblieben«, sagte er achselzuckend. Und hast rote Augen bekommen, dachte ich fast panisch. Wieder grinste er mich an. »Aber er wollte uns angreifen und du hast ihn nur angesehen und da verschwindet er einfach? Das ist doch nicht normal.«

Ich war vor Aufregung ganz außer Atem. »Beruhige dich erst mal«, sagte er mit seiner rauen Stimme. »Vielleicht triffst du ja öfter einen Bären, aber bei mir war es das erste Mal und ich hatte Todesangst.« Meine Worte überschlugen sich nur so. Ich war so aufgeregt. Jonathan stand auf und kam auf mich zu. Er stand mir direkt gegenüber und sah mir tief in die Augen. »Entspann dich«, sagte er und intensivierte seinen Blick. Ich fühlte mich plötzlich ganz leicht, mein Atem wurde ruhiger und ich hatte keine Angst mehr. Mein Kopf war leer von Gedanken, was ein sehr angenehmes Gefühl war. Sein Blick ließ von meinem ab und er setzte sich wieder ans Feuer. Ich war sprachlos. »Ich werde nicht schlau aus dir«, sagte ich leise. Er sah mich an, dann sagte er mit ernster Stimme: »Das wirst du noch.« »Ich denke, ich lege mich jetzt schlafen.« Er nickte bloß, sah mich aber nicht an.

Ich nahm meinen Schlafsack, ging ins Zelt und versuchte, mir unter meinem Schlafsack meine Kleidung aus- und meinen Pyjama wieder anzuziehen. Das war schwerer, als ich gedacht hatte. Ich stellte mich dabei nicht gerade geschickt an. Nun hoffte ich, dass Jonathan nicht sofort ins Zelt kommen würde. Nachdem ich es endlich geschafft hatte und alle Kleidungsstücke am richtigen Platz saßen, schlüpfte ich in meinen Schlafsack. Ich mummelte mich ein. Es wurde langsam tierisch kalt. Wird an der sternenklaren Nacht liegen, dachte ich. Ich schaute neben mich. Viel Platz war ja nicht gerade in diesem Zelt. Jonathan würde nah bei mir liegen. Oh Mann, hoffentlich geht die Nacht schnell rum.

Müde ließ ich den Tag noch einmal Revue passieren. Ich musste an den Unfall denken und an das ganze Leid. An Jonathan, den ich wieder in meinem Kopf hörte und der das eher witzig als schrecklich fand, dass da Menschen starben. Dann dachte ich an das Pärchen im Restaurant. Ich verstand einfach nicht, dass es Menschen gab, die sich mit Absicht gegenseitig verletzten. Dann kam mir Jonathans Geistergeschichte wieder in den Sinn. Er erzählte es so wahrheitsgemäß, als wäre das alles wirklich passiert. Aber das konnte nicht sein, so etwas gab es nicht. Und an die roten Augen, die Jonathan bekam, als er das Feuer entfachte, nahezu ohne die Äste auch nur ansatzweise mit dem Streichholz zu berühren. Ebenso, als der Bär kam. Das alles war nicht normal. Was für ein Mensch war Jonathan? Kurze Zeit erwischte ich mich bei dem Gedanken, dass er ja vielleicht gar kein Mensch sei. Ich versuchte den Gedanken sofort abzuschütteln. So etwas wie Dämonen, Geister, Hexen, das alles gab es nicht und damit basta.

Ich schloss die Augen und hoffte, schnell einzuschlafen. Das Zirpen der Grillen außerhalb vom Zelt hatte eine einschläfernde Wirkung auf mich. Ich war wieder in meinem Albtraum. Wieder lief ich durch den dunklen Wald, völlig panisch. Wieder jagte mich etwas, wieder fiel ich über die Baumwurzel. Ich lag auf dem Boden und drehte mich um. Über mir mit roten Augen stand ... Jonathan.

Erschrocken wachte ich auf. Mein Herz raste. Ich musste mich erst einmal orientieren, wo ich war. Als ich erkannte, dass ich im Zelt lag, beruhigte ich mich wieder etwas. Ich schaute neben mich. Jonathan war noch nicht da. Ich schaute auf meine Armbanduhr, wie spät es war. Es war zwei Uhr nachts. Ob ich mal nach Jonathan sehen sollte?

Ich zog mir meine Jacke und meine Turnschuhe an. Dann schlüpfte ich aus dem Zelt. Jonathan war nicht am Feuer, aber wo konnte er denn sein? Ich suchte die Lichtung nach ihm ab, aber er war nicht zu sehen. Dann plötzlich, ein paar Meter weiter, hörte ich ein Geräusch. Ich überlegte, was ich jetzt machen sollte. Irgendwo musste Jonathan ja sein. Langsam lief ich durch den Wald, immer dem Geräusch nach. Hoffentlich ist Jonathan nichts passiert. Ob der Bär wiedergekommen war? Mit starkem Herzklopfen bahnte ich mir einen Weg durch den Wald. Es war Vollmond und so hatte ich recht gute Sicht. Der Mond leuchtete mir den Weg. Die vielen Baumwurzeln erschwerten mir das Vorankommen. Dann in weiterer Ferne sah ich ihn, Jonathan.

Er stand mit dem Rücken zu mir und er hatte nur noch seine Jeans und seine Turnschuhe an. So muskulös hatte ich ihn mir gar nicht vorgestellt. Die Röte schoss mir leicht ins Gesicht. Ich hatte nicht gerade oft einen Mann mit nacktem Oberkörper gesehen, nicht einmal von hinten. Ganz schön arm mit fast siebzehn, dachte ich. Ich schaute wieder zu Jonathan. Er hatte sich nun zu seiner vollen Statur aufgebaut und schien sich auf etwas zu konzentrieren. Was macht der da? Sollte ich zu ihm gehen und fragen? Aber wie sollte ich das anstellen?

Ich stellte mir die Situation vor, wie ich zu ihm ging und sagte: »Hi, Jonathan, sag mal, stehst du oft mit nacktem Oberkörper im Wald herum?« Nun musste ich grinsen. Kurzum entschied ich mich da zu bleiben, wo ich war. Ich versuchte, mich leise zu verhalten und kauerte mich hinter einen Baum.

Was machte er da mitten im Wald? Ich hatte Angst, dass mich mein Atem oder mein lautes Herzklopfen verraten würden. Angespannt sah ich ihn an und wartete auf das Kommende. Nach einigen Minuten breitete er seine Arme aus. Aus seinen Händen stieg so eine Art rotes Licht auf, knapp über seinen Handinnenflächen blieb es dann stehen. Danach ging alles ganz schnell. Mit einem schnellen Stoß beider Arme nach vorne entwurzelte er einen großen Baum, ohne ihn auch nur zu berühren. Ich musste einen Schrei unterdrücken. Der Baum flog meterweit von Jonathan weg. Vor ihm flogen ein paar Vögel erschrocken über die Baumwipfel. Sie waren wohl nicht gewohnt, dass Bäume fliegen konnten. Ich war nicht gewohnt, dass Bäume fliegen konnten.

Mit großem Lärm krachte der Baumstumpf in die umliegenden Bäume. Jonathan entspannte sich daraufhin wieder. Dann wandte er sich zum Gehen. Panik stieg in mir hoch. Kein normaler Mensch konnte so etwas. Ohne jede Vorsicht drehte ich mich um und rannte, so schnell es ging, zurück zur Lichtung. Hoffentlich hatte Jonathan mich nicht gesehen. Wenn nicht gesehen, dann sicherlich gehört. In meiner Panik hatte ich so einen Lärm veranstaltet, der sogar Tote aufgeweckt hätte.

Bei der Lichtung angekommen, schlüpfte ich schnell in mein Zelt. Mit zitternden Händen zog ich hastig den Reißverschluss zu und zog mir schnell Jacke und Schuhe aus. Ich hörte Schritte neben dem Zelt. Das musste Jonathan sein. Ich kroch ängstlich in meinen Schlafsack und zog ihn bis zu meiner Nasenspitze hoch. Mit Herzklopfen lauschte ich in die Dunkelheit. Dann hörte ich den Reißverschluss von meinem Zelt und ich hatte das Gefühl, dass mein Herz gleich zerspringen würde. Ich kniff die Augen zu. Hoffentlich tut er mir nichts, dachte ich.

Jonathan war nun im Zelt. Ich hörte, wie er sich anscheinend auszog. Mein Herz pochte schneller. Dann kam er neben mich, unter seinen Schlafsack, den er mit ins Zelt gebracht hatte. Dann hörte ich nichts mehr, nur seinen Atem. Ich ließ die Augen fest verschlossen. Sicher beobachtete er mich wieder. Nun hörte ich Jonathans ruhigen Atem. Sein Parfum konnte ich riechen. Ich drehte mich von ihm weg. Immer noch war nichts zu hören. Durch meine Drehung rutschte mein Schlafsack nach unten. Ich traute mich nicht, ihn wieder nach oben zu ziehen. Er sollte nicht bemerken, dass ich wach war. Ich fing an, zu frieren. Plötzlich bemerkte ich seine Hand an meinem Schlafsack. Ich erstarrte vor Schreck. Er zog langsam meinen Schlafsack wieder nach oben und deckte mich wieder zu. Ich war wie versteinert. Dann hörte ich, wie er sich umdrehte, mit dem Rücken zu mir. Langsam beruhigte sich mein Atem wieder.

Ich konnte das alles nicht verstehen. Was für ein Mensch war Jonathan? Kein Mensch hatte solche Kräfte. Sicherlich bekam kein Mensch rote Augen und keinen anderen konnte ich in meinem Kopf hören. War er böse? Aber wenn er böse war, wieso versuchte er mich dann vor dem Bären zu schützen? Wieso deckte er mich eben zu, damit ich nicht fror oder holte für mich einen Stuhl im Restaurant? Das ergab alles keinen Sinn. Während ich nachgrübelte, schlief ich langsam ein.

Am Morgen erwachte ich durch lautes Vogelzwitschern. Ich rieb mir den Schlaf aus den Augen und schaute neben mich. Jonathan war schon aufgestanden. Ich zog mich wieder unter meinem Schlafsack um. Danach sah ich auf meine Armbanduhr, es war zehn nach sieben. Ich zog mir meine Schuhe an. Dann zog ich mir meine Jacke über und stieg aus dem Zelt.

Meine Kleidung fühlte sich so klamm an. Ich fror etwas, weil ich eigentlich viel zu wenig geschlafen hatte und völlig übermüdet war. Draußen war nur Jonathan. Er rollte gerade seinen Schlafsack zusammen.

»Na, ausgeschlafen?«, begrüßte er mich. »Es geht so«, antwortete ich, ohne ihn anzusehen. Mike und Tina waren noch am

Schlafen. Unsicher stand ich vor meinem Zelt. »Wollen wir unser Zelt schon abbauen?«, fragte er mich.

»Können wir machen«, antwortete ich ihm schüchtern. Er sah mich prüfend an. Dann sagte er zögernd: »Susan …« »Ja?« Ich sah ihn an. »Heute Nacht, da habe ich dich zugedeckt. Dein Schlafsack war verrutscht und ich wollte nicht, dass du frierst.« Ungläubig sah ich ihn an. »Ich hoffe, das war okay«, sagte er jetzt fast schüchtern. »Klar, danke«, gab ich irritiert zurück. Er lächelte. Wieder schoss mir die Dame aus dem Restaurant in meinen Kopf, die sagte: »Sie haben da ja einen echten Gentleman.«

Nun war ich noch verwirrter als vorher. Ich fing an, mit Jonathan das Zelt abzubauen. Seinen Blick spürte ich im Nacken. Was ging hier vor sich? Hatte er einen Plan? Wenn ja, was für einen? War ich Mittel zum Zweck? Wenn ja, für was? Ich bekam keine roten Augen und ich konnte keine Bäume ausreißen und meilenweit werfen, ohne sie auch nur zu berühren. Jetzt ist es amtlich, dachte ich. Bald würden sie mich in die nächste Psychiatrie einweisen.

»Wie hast du geschlafen?«, holte mich Jonathan aus meinen Gedanken. »Nicht so gut«, gab ich betont ruhig zurück. »Ich schlaf am besten in meinem eigenen Bett. Außerdem hatte ich Angst, dass der Bär zurückkommen könnte.« Ich sah ihn an. Er lächelte. Hoffentlich hatte er mich nicht durchschaut. Was würde er tun, wenn er wüsste, dass ich ihn heute Nacht beobachtet hatte? Ich sah ihn verunsichert von der Seite an. Dann fiel mir sein Satz vom Vortag ein: Es wird der Tag kommen, wo du mich verstehen wirst. Da war ich ja mal gespannt, wann das sein sollte. Lange hielt ich das jedenfalls nicht mehr aus.

Plötzlich stand Jonathan hinter mir, als ich gerade meinen Schlafsack zusammenrollen wollte. Ich spürte seine Hände an meinen Schultern. Das Blut gefror mir in den Adern. »Du bist so angespannt«, hörte ich seine Stimme leise an meinem Ohr sagen. Er fing an, mir die Schultern zu massieren. Das war zu viel für mich, was glaubte er eigentlich, wer er war? Ich drehte mich, ohne viel nachzudenken, um und gab ihm eine saftige Ohrfeige. Daraufhin schrie ich ihn an: »Niemand tatscht mich an, verstanden?« Erschrocken trat er einen Schritt zurück. Da sah ich es wieder, dieses rote Flimmern in seinen Augen. Hass stieg in ihm hoch.

»Was ist denn hier los?«, hörte ich Tina hinter Jonathan rufen. Jonathans Augen normalisierten sich wieder und er wandte sich von mir ab. »Schon okay«, sagte ich mit zitternder Stimme zu Tina. »Es war nur ein Missverständnis.« Jonathan drehte sich, ohne ein Wort, von uns weg und lief in den Wald. »Was ist denn mit dem los?«, fragte mich Tina überrascht. »Er hat eine Grenze überschritten«, sagte ich im sachlichen Ton. Weiter hinten, über den Baumwipfeln, sah ich Vögel erschrocken auffliegen. Ich war mir sicher, dass da eben ein entwurzelter Baum gelandet war. Tina sah mich abschätzend an. »Alles in Ordnung mit dir? Hat er dir etwas getan?« »Nein«, gab ich zurück. »Wie gesagt, es war nur ein Missverständnis.« Mike kam aus dem Zelt zu uns. »Hi, Ladys, wo ist Jonathan?« »Er muss sich abreagieren«, gab ich trocken zurück.

Ich drehte mich um, nahm eine Wasserflasche aus Tinas Rucksack, dann fing ich am Lichtungsrand an, mir die Zähne zu putzen. Was war da eben geschehen? Wollte Jonathan wirklich was von mir? Denkt er, nur weil ich damit einverstanden war, dass er mich zugedeckt hatte, dass er jetzt einen Freifahrtschein zum Tatschen hatte? Ich war echt sauer.

Wenn überhaupt, wollte ich einen normalen Jungen. Keinen der Bäume auswurzelte, weil er nicht wusste, wohin mit seiner Kraft. Keinen der ständig seine Augenfarbe wechselte, wie ein Chamäleon.

Langsam beruhigte ich mich wieder. Von dem Schlag gegen Jonathan, schmerzte meine rechte Hand. Es war, als hätte ich gegen einen Stein geschlagen. Er zuckte nicht mal mit der Wimper, als hätte er gar nichts gemerkt. Nach dem Zähneputzen ging ich wieder zurück zu den anderen. Tina und Mike hatten ihr Zelt ebenfalls zusammengepackt. Mike vergewisserte sich noch, dass die Feuerstelle wirklich aus war. Als wir alles gepackt und zusammengeräumt hatten, war Jonathan noch immer nicht da.

»Und was jetzt?«, fragte mich Mike. »Wieso schaust du mich dabei an?«, giftete ich zurück. »Na ja, anscheinend ist er wegen dir so durch den Wind. Geh ihm doch mal nach und kläre das, damit wir weiter fahren können.« Ich schaute zu Tina. Sie zuckte nur mit den Achseln, etwas Besseres schien ihr auch nicht einzufallen. Das stank mir wirklich. Er betatschte mich und ich konnte ihm jetzt noch nachlaufen und ihn zurückholen. Sollte er doch bleiben, wo der Pfeffer wächst. Voller Zorn ging ich ihm nach. Ich wusste ja in etwa, wo er war, ich musste nur den aufgeschreckten Vögeln folgen.

Nach circa zehn Minuten hatte ich mich dann bis zu Jonathan durchgeschlagen.
Er stand wieder mit dem Rücken zu mir. Diesmal, Gott sei Dank, angezogen. Vor ihm sah man nur aufgewühlte Erde, ich war mir sicher, dass da vor Kurzem noch drei Bäume standen.

»Jonathan«, begann ich, vorsichtig zu sprechen. Er atmete schnell ein und aus. Anscheinend war er noch wütend und das machte mir Angst. Er drehte sich nicht zu mir um. Ich sprach weiter: »Wir haben fertig gepackt und wollen jetzt weiterfahren, kommst du?« Nichts geschah. Das machte mich sauer.

»Falls du denkst, dass ich mich bei dir entschuldige, dann hast du dich geschnitten. Du hast mich betatscht.« »Du warst emotional aufgewühlt, ich wollte dich nur beruhigen«, sagte er im ruhigen Ton. »Tja, hat anscheinend nicht geklappt«, sagte ich gereizt.

Jonathan drehte sich zu mir um. Sein Blick war hasserfüllt. Ich hatte ja schon öfter Angst vor ihm – seit ich ihn kannte – aber kein Vergleich zu jetzt. Jetzt stand ich hier, alleine mit ihm. Tina und Mike waren nicht gerade in der Nähe. Würden sie mich hören, wenn ich schreien würde? Würde mir Jonathan jetzt wehtun? Panik kroch in mir hoch. Mein Herz drohte, zu zerspringen. Jonathan taxierte mich mit seinem Blick und sah mir wieder tief in die Augen. Ein kurzes Lächeln umspielte sein Gesicht, was dann wenige Augenblicke später schon wieder hasserfüllt aussah. Er kam langsam auf mich zu. Selbst wenn ich gewollt hätte, ich hätte keinen Schritt gehen können. Es war, als würde mich Jonathan mit seinem Blick zwingen stillzustehen.

Jetzt stand er bloß noch einen Schritt von mir entfernt. Nun kam er mir ganz nah, nur noch wenige Zentimeter von meinem Gesicht entfernt, hielt er inne. Seine Augen wurden knallrot, sie glühten fast. Ich konnte nicht mal schreien, ich war wie erstarrt. Seine Stimme klang plötzlich so fremd, nicht wie die, die ich von ihm kannte. Er sprach langsam und mit kräftiger Stimme. »Schlag. Mich. Nie. Wieder!« Er betonte jedes Wort einzeln. Seine roten Augen funkelten zornig. Ich konnte bloß stumm nicken. Seine Augen wurden wieder normal und er sah wieder wie der Jonathan aus, den ich kannte. Er lief an mir vorbei und ließ mich stehen.

Langsam hatte ich wieder das Gefühl, mich bewegen zu können. Was war da gerade geschehen? Was wollte Jonathan damit bezwecken? Wollte er mir Angst machen? Fühlte er sich stärker, wenn er merkte, dass ich Angst vor ihm hatte? Ich drehte mich um und machte mich wieder auf den Rückweg zur Lichtung.

Jonathan sprach mit Mike. Tina kam auf mich zu. »Alles in Ordnung mit dir?«, fragte sie mich mit weit aufgerissenen Augen. »Ja, alles in Ordnung«, versuchte ich, mit normaler Stimme zu sagen. Aber ich konnte meine Stimme beim Sprechen nicht ruhig halten. »Du bist ganz blass«, musterte sie mich erschrocken. »Ich mag nur keine Diskussionen«, gab ich knapp zurück. Sie nickte verständnisvoll. »Lass uns weiterfahren. Wir haben noch eine schöne Strecke vor uns. Oder willst du darüber reden?« »Nein!«, sagte ich bestimmt. »Ich habe alles mit Jonathan geklärt.« Sie lächelte tröstend.

Dann drehte sie sich zu Mike und Jonathan. »Wollen wir los?« »Ich bin startklar«, sagte Mike gut gelaunt. Jonathan nickte bloß. Wir nahmen unsere ganzen Sachen und machten uns durch den Wald, über die Wiese, auf den Weg zurück zum Wagen.

Ankunft in Atlantic City

Mike und Tina liefen vor mir. Jonathan knapp hinter den beiden. Ich war die Letzte und hatte wirklich Probleme, die Sachen zu tragen. Genervt dachte ich: Ein toller Gentleman ist das. Plötzlich stoppte Jonathan vor mir. Er drehte sich in meine Richtung und kam dann zügig auf mich zu. »Was ist?«, fragte ich ihn gereizt. Er nahm mir grob meine Sachen ab und lief dann weiter Richtung Auto. Ich war total perplex und konnte darauf gar nicht reagieren. Tina, die das Ganze mitbekam, grinste und sagte zu Mike: »Vielleicht ist der Zug zwischen den beiden doch noch nicht ganz abgefahren.« Mike lachte. Schön, dass die sich jedenfalls amüsieren, dachte ich trotzig.

Als wir am Wagen ankamen, verstauten wir die Sachen schnell im Auto. Ich schaute auf meine Armbanduhr. Durch die ganze Action hatten wir unnötig Zeit verplempert. Wir wären schon längst unterwegs gewesen, wenn ich nicht Jonathan hätte nachrennen müssen. Gerade wollte ich ins Auto steigen, da kam mir Jonathan zuvor und öffnete mir die Autotür. »Ladys First«, sagte er grinsend. »Ich werde aus dir nicht schlau«, sagte ich laut und stieg ein. Als alle eingestiegen waren, fuhren wir weiter. Ich versuchte an gar nichts zu denken. Wenn Jonathan wirklich Gedankenlesen konnte, dann wollte ich ihm keine Gedanken geben. Jonathan grinste mich an. Dann hörte ich seine Stimme in meinem Kopf die sagte: *»Netter Versuch!«*

Ich verdrehte die Augen und drehte mich von ihm weg. Spontan überlegte ich, Alex eine SMS zu schreiben. Ich nahm mein Handy heraus und schrieb: *Hi, Alex, die Nacht habe ich endlich überstanden. Ich bin froh, wenn wir heute Abend irgendwann bei meinem Vater ankommen. Diese Autofahrt zieht sich ziemlich. Susan.*

Kurze Zeit später klingelte mein Handy, ich sah aufs Display. Es war Alex.
»Hi, Alex«, begrüßte ich ihn freundlich. »Hi, Susan, na da bin ich aber froh, dass du die Nacht überlebt hast. Ich hatte mir schon Sorgen gemacht«, er lachte. Es tat gut Alex' Stimme zu hören. Endlich mal jemand Normales, mit dem man reden konnte. »Und wie läuft es mit Jonathan?«, fragte er mich direkt. »Schlecht zu sagen«, erwiderte ich zögernd. Er lachte erneut.

»Ja, ist auch schwierig, darüber zu sprechen, wenn er neben dir sitzt, oder?« »Ja«, gab ich grinsend zurück. »Dann sag nur ja oder nein. Verstehst du dich gut mit ihm?« »Es geht«, sagte ich leise. »Ach, Susan, das wird schon«, flüsterte er. »Hast ja genug Zeit, ihn kennenzulernen. Sei nicht so hart mit ihm.« In seiner Stimme hörte man, dass er grinste.

»Wie geht es Mike und Tina?« »Gut, die haben viel Spaß.« »Dann schau, dass du dich auch mal ein bisschen amüsierst«, sagte er ernst. »Ja, ich versuche es«, gab ich kleinlaut zurück. »Wenn was ist, kannst du mich immer anrufen. Das weißt du doch, oder?« »Ja, das weiß ich. Vielen Dank, Alex.« »Rufst du mich an, wenn ihr angekommen seid?« »Ja, klar.« »Okay, grüß die anderen noch von mir.« »Mach ich.« »Dann bis später.« »Ja, bis dann.« Ich legte auf.

»War das Alex?«, fragte Tina und drehte sich in meine Richtung. »Ja«, antwortete ich. »Ich soll euch grüßen.« »Und wie geht's ihm?«, fragte Mike.

»Fährt er auch in den Urlaub?« »Oh, es geht ihm ganz gut. Ich weiß gar nicht, ob er auch irgendwo Urlaub macht. Vielleicht macht er mit seinen Kumpels ja wieder ein paar Radtouren.« »Cool«, gab Mike zurück. Dann bekam ich ein schlechtes Gewissen.

Ich nervte Alex ständig mit meinen Sorgen. Aber ich kam nicht auf die Idee, ihn mal zu fragen, was er in den Sommerferien machte. Ich war ganz schön egoistisch. Das wollte ich in Zukunft ändern. Jonathan beobachtete mich wieder von der Seite. Ich glaube, es störte ihn am meisten, wenn ich ihn einfach nur ignorierte.

»Tina?«, fragte ich in ihre Richtung. »Ja?«, drehte sie sich fragend zu mir. »Hast du eigentlich deinen MP3 Player dabei?« »Klar«, sagte sie und öffnete ihr Handschuhfach. »Ich habe aber überwiegend nur Balladen drauf«, sagte sie fast entschuldigend. »Das ist okay«, sagte ich und nahm den MP3 Player entgegen. Ich setzte mir die Kopfhörer auf, drückte die Starttaste und schloss die Augen. Tina hatte wirklich schöne Lieder auf dem Player. Man konnte sich dabei richtig entspannen. Die Melodien wirkten ermüdend auf mich. Ich schlief ein.

Wieder war ich im Wald. Es sah so aus, als suchte ich nach etwas. Aber wonach? Dann hörte ich Schritte hinter mir. Ich schien zu wissen, dass es etwas Negatives war, was da auf mich zukam, denn ich rannte panisch in die entgegengesetzte Richtung. Wieder fiel ich über die gleiche Baumwurzel, über die ich immer fiel.

Ich spürte wieder etwas Kaltes am Rücken. Dann heißen Atem an meinem Nacken. Ich schrie aus Leibeskräften. Es war klar, wer hinter mir war, es konnte nur er sein, wie beim letzten Traum auch. »Jonathan, bitte nicht!!!«

Ich schreckte hoch. Wir fuhren nicht. Wieso fuhren wir nicht? Ich sah mich fieberhaft um und blinzelte in die Sonne. Es dauerte einen Augenblick, bis ich mich ans Tageslicht gewöhnt hatte. Ich sah mich um. Wir standen auf einem Parkplatz. Und jetzt sah ich es erst. Mike, Tina und Jonathan starrten mich an.

»Was ist los?«, fragte ich. »Wieso fahren wir nicht?« »Das fragst du noch?«, sagte Tina mit offenem Mund. »Du hast geträumt. Hattest geschrien im Schlaf und du hattest gesagt …« Sie hielt kurz inne, als wüsste sie nicht, ob sie es wirklich erzählen sollte. »Du hattest gesagt«, wiederholte sie: »Jonathan, bitte nicht.«

Tina sah verlegen drein, Mike beobachtete Jonathan. Ich traute mich nicht, zu ihm herüber zu schauen. Das war wirklich eine peinliche Situation. Wie kam ich da jetzt wieder raus? »Keine Ahnung, wieso ich das gesagt habe«, sagte ich tonlos. »Es war nur der Bär hinter mir her. Der von gestern«, stotterte ich. Noch immer sah ich Jonathan nicht an. »Willst du etwas trinken?«, fragte mich Tina besorgt. »Nein, danke, mir geht's gut«, sagte ich kleinlaut. »Also, können wir weiterfahren?«, fragte mich Mike vorsichtig. »Ja …, sicher«, ich lief rot an.
Mike startete den Motor und fuhr weiter.

Tina drehte sich wieder nach vorne, schaute aber noch einmal besorgt in den Rückspiegel. Ich versuchte, im Blickwinkel zu erkennen, ob Jonathan mich ansah. Aber er sah mich nicht an. Er schaute in die entgegengesetzte Richtung, aus dem Fenster. Oh Mann, dachte ich. Hörten diese Träume denn niemals auf? Jetzt war Jonathan auch noch in meinem Albtraum. Als ob er mich in der Realität nicht schon genug nerven würde. Nein, er musste mir jetzt auch noch in meinen Träumen auf den Geist gehen. Also schien er mich anscheinend auch in meinem Unterbewusstsein zu beschäftigen. Aber wen wunderte das schon? Wann traf man schon mal so jemanden wie Jonathan? Ob ich das jemals jemanden erzählen konnte? Aber wer würde mir schon glauben? Nein, ich würde es für mich behalten und erst einmal selber herausfinden, was das alles zu bedeuten hatte. Wie spät war es eigentlich? Wie lange hatte ich geschlafen? Ich sah auf meine Armbanduhr. Es war schon drei Uhr nachmittags. Also hatte ich sehr lange geschlafen.

Zeit verging, Wälder kreuzten unseren Weg und das Fenster auf meiner Seite wurde für mich zu einer Art Fernseher. Lustige, interessante Dinge spielten sich am Straßenrand ab, ich war komplett abgelenkt, bis ich nach vorne schaute. Tina schlief tief und fest auf dem Beifahrersitz. Mike sah sie liebevoll an und lächelte. Ich glaube, er liebte sie wirklich.

Jonathan beobachtete ebenfalls die beiden. Aber er sah nicht gerade begeistert aus. Ich glaubte nicht, dass Jonathan ständig meine Gedanken las. Wenn er sie wirklich las; aber das wären alles schon ziemlich viele Zufälle gewesen. Ich glaube, das machte er nur, wenn er mich so anstarrte. Wenn er so geistig abgelenkt war wie jetzt, dann las er sie nicht. Ich dachte, dass ich sonst schon längst seine Stimme wieder in meinem Kopf gehört hätte oder er mich anlächeln würde. Sicher war ich mir dennoch, dass er wusste, dass ich das schon bemerkt hatte. Er machte im Wald ja auch keinen Hehl daraus, dass er rote Augen bekam, wenn er Hass empfand. Aber nur, wenn er Hass empfand? Ich beschloss, in Zukunft genau darauf zu achten, wann er diese roten Augen bekam. Irgendwann würde ich schon noch herausfinden, was der Grund dafür war und was er damit bezwecken wollte. Ob er mich die

Nacht auch bemerkt hatte? Ich war mir fast sicher. Aber hatte er keine Angst, dass ich es anderen erzählen könnte? Wahrscheinlich dachte er ähnlich wie ich, dass es mir sowieso niemand glauben würde.

»Mike?«, holte mich Jonathans Stimme aus den Gedanken. »Ja?«, sagte Mike und schaute in den Rückspiegel, zu Jonathan. »Wie lange seid ihr schon ein Paar?« »Seit einem Jahr«, gab Mike zurück. Eine kurze Pause trat ein. »Warum fragst du?« Er schaute wieder interessiert in den Rückspiegel. »Ihr wirkt so frisch verliebt«, sagte Jonathan beiläufig. Mike grinste. »Ja, sie ist echt der Hammer. Meine absolute Traumfrau. Sie hat alles, was ich an einer Frau liebe. Sie sieht gut aus, ist witzig, sogar an ihre Launen habe ich mich schon gewöhnt«, er lachte verlegen. »Ich könnte mir zurzeit kein Leben ohne sie vorstellen.«

Nun sah er im Rückspiegel zu mir. Ich lächelte unsicher. »Das ist schön«, sagte Jonathan tonlos. Ich hatte aber irgendwie das Gefühl, dass Jonathan das nicht wirklich so meinte, wie er es sagte. »Irgendwann findest du sicher auch die Richtige«, sagte Mike und grinste mich durch den Rückspiegel an. Ich wurde rot. »Vielleicht«, sagte Jonathan nur geistesabwesend. Tina schlief noch immer. Sie hätte sich sicher über Mikes Worte gefreut, wenn sie sie gehört hätte. Ich hätte sie Mike jedenfalls nicht zugetraut. In der Schule wirkt er immer so draufgängerisch. Ich glaube, ich hatte zu vorschnell über ihn geurteilt.

Was mein Vater wohl von Jonathan halten würde? Tina und Mike kannte er ja schon. »Weißt du schon, was wir in Atlantic City alles unternehmen können?«, holte mich Mike aus meinen Gedanken. Ich überlegte schnell und antwortete gleich. »Mike, Atlantic City, das bedeutet Strand, Party, Glücksspiel und Shoppen, zumindest, wenn wir das wollen. Außerdem liegt das Haus meines Vaters fast direkt am Strand.« »Klingt nach Spaß«, grinste Mike. »Seine neue Freundin, wie ist die denn so? Wie hieß sie noch mal?« Er sah mich fragend an.

»Tracy«, gab ich stöhnend zurück.

»Ich komme nicht so gut mit ihr klar. Sie modelt und hält sich gerne für was Besseres. Die meiste Zeit des Tages verbringt sie vor dem Spiegel«, ich verdrehte die Augen. Mike lachte. »Na ja, wenn sie die meiste Zeit im Bad ist, kann sie uns jedenfalls nicht nerven, oder?« Ich musste lachen. »Wie lange fahren wir noch?« »Es dürfte nicht mehr lange dauern, zwei Stunden höchstens.« Bald geschafft, dachte ich. Langsam konnte ich auch nicht mehr sitzen. Wir hatten lange keine Pause mehr gemacht. Jedenfalls keine, die ich mitbekam, ich hatte ja geschlafen.

Ich denke mal, die anderen wollten auch endlich die endlose Fahrt hinter sich haben. »Cool«, antwortete ich. »Langsam tut mir alles weh.« »Mir auch«, stimmte Mike mir zu. Jonathan sagte immer noch nichts. Er war total in seinen Gedanken vertieft. Allmählich kam mir die Umgebung bekannt vor und ich wusste, dass es bald geschafft war. Letztendlich wies mich das große Ortsschild »Welcome to Atlantic City« daraufhin, dass wir angekommen waren.

»Wach auf, Schlafmütze, wir sind gleich da«, rief Mike Tina zu. Müde rieb sich Tina die Augen und streckte sich. »Hab ich was verpasst?«, fragte sie murmelnd. »Den halben Sonnenuntergang«, sagte Mike zärtlich und strich ihr über die Wange. Sie lächelte verlegen. Jonathan sah wieder demonstrativ weg.

Von Weitem erkannte ich schon das Haus meines Vaters. Das Haus war abgelegen. Das einzige Geräusch, das man vernehmen konnte, war das Rauschen des Meeres. Es war umgeben von Dünen und hohen Gräsern, die mit dem Wind schwankten. Mike steuerte geradewegs den Parkplatz an, der zum Haus zu gehören schien. Erleichtert stiegen wir aus. Tina begutachtete das Haus und schaute mich ganz entgeistert an. Sie schrie hysterisch: »Das ist ja ein Schloss.«

Schnell griff sie nach Mikes Hand und strahlte ihn an. »So ein Haus will ich auch mal mit dir haben.« Mike küsste sie zärtlich. »Ja, so lässt sich's aushalten«, stimmte er ihr zu. Jonathans Miene war ausdruckslos. Bloß keine Emotionen, dachte ich. Wir nahmen unsere Sachen aus dem Auto und machten uns auf den Weg zum Haus.

Mühsam wanderten wir den Kiesweg entlang, der sich durch die Sanddünen schlängelte, bis hin zum Haus. »Ich habe keine Lust mehr, zu laufen«, jammerte Tina. »Hast es doch gleich geschafft«, ermutigte sie Mike. Jonathan bewunderte das Meer. Ich genoss die salzige Seeluft. Wenige Schritte vom Haus entfernt, ließen wir das Anwesen auf uns wirken. Möwen zogen über dem beigen Holzhaus ihre Kreise, große Fenster zierten das Gebäude. Von den Balkonen aus hatte man eine schöne Aussicht aufs Meer.

Am Haus angekommen, betraten wir die große Veranda, die um das ganze Haus führte. Viele Blumen verschönerten den Eingangsbereich. Eine Hollywoodschaukel lud zum Entspannen ein. Ich wollte gerade an der Haustür klopfen, als sie schon von innen mit Schwung aufgerissen wurde. Völlig hysterisch kam Tracy aus dem Haus gestürmt und fiel mir um den Hals. Vor Schreck ließ ich meinen Koffer fallen und erwiderte zögernd die Umarmung. »Endlich seid ihr da«, schrie sie begeistert. Sie hatte eine sehr hohe, fast piepsige Stimme. Die, je lauter man sie hörte, leicht zum Hörsturz führen konnte. Sie war wie immer perfekt gestylt. Ob das bei allen Models so war, dass sie immer die passenden Accessoires zu ihren Outfits trugen? Sie trug einen blauen Hosenanzug mit dazu passenden Pumps. Ihre blonden Locken hatte sie elegant hochgesteckt und mit edlen Spangen fixiert. Ihr Make-up war wie immer perfekt. Ich wurde das Gefühl nicht los, dass sie sich vor Kurzem hatte liften lassen. Sie kam mir noch dünner vor, als das letzte Mal, als ich sie sah. Sicherlich machte sie wieder eine ihrer Abmagerungsdiäten, weil sie ja sonst angeblich einem Walross immer ähnlicher werden würde, wie sie es beschrieb.

Hektisch umarmte sie auch die anderen. Tina sah über Tracys Schultern hinweg in meine Richtung und verdrehte die Augen. Ich konnte mir ein Grinsen nicht verkneifen. Mike machte auf mich den Eindruck, als hätte er rein gar nichts dagegen, dass sie ihm so um den Hals fiel. Na ja, aus Sichtweise eines Mannes war sie schon sehr hübsch. Wenn sie nicht sprechen würde, wäre sie noch hübscher. Bei dem Gedanken musste ich lachen.

Nun war sie bei Jonathan angekommen. Gerade, als sie sich ihm um den Hals werfen wollte, hielt er sie zurück und gab ihr höflich aber bestimmt die Hand. Etwas irritiert schüttelte Tracy sie. Aber nur wenige Augenblicke später fasste sie sich schon wieder.

»Kommt doch rein.« Sie tänzelte voraus und wir gingen wie gehorsame Hunde hinterher. Nun betraten wir die Eingangshalle. Ja, man konnte schon Eingangshalle dazu sagen. Fast hatte ich vergessen, wie groß das Haus eigentlich war. Ich verdrängte immer gerne, wie viel besser es meinem Vater finanziell doch ging. Im Gegensatz zu meiner Mutter und mir. Alles war überwiegend in hellen Farben gehalten. Viele Gemälde hingen an den Wänden. Rechts ging es in die Küche, das wusste ich noch von meinem letzten Besuch. Links kam man zu einem gemütlichen Wohnzimmer und einem Zimmer, das schon fast einer Bücherei glich. Dieses Zimmer konnte man von zwei Seiten aus erreichen. Einmal vom Wohnzimmer aus und einmal direkt von der Eingangshalle. Mein Vater war oft in diesem Raum. Er bildete sich unheimlich gerne weiter. Oder forschte über verschiedene Verhaltensweisen nach, wenn er mal einen Patienten hatte, bei dem er nicht wirklich weiterkam. Dann gab es noch ein schönes Bad mit einer großen Badewanne. Tina war entzückt. Ein echter Mädchentraum. Die Treppe rauf ging es zu den Schlafzimmern und zu den zwei Gästezimmern. Oben gab es auch noch ein Badezimmer, nicht minder so klein wie das untere.

»Stellt eure Sachen einfach hier ab. Unsere Haushälterin bringt sie dann in eure Zimmer.« Sie deutete neben die Eingangstür, wo sich ein kleines Sofa befand. Wie in einem Warteraum. »Wir können auch selber unsere Sachen nach oben bringen«, sagte ich etwas gereizt. Ich hasse es, wenn sie immer die Diva raushängen ließ und mit ihrem Personal prahlte. Das in ihren Augen sowieso nur eine Minderheit war. »Unsinn«, sagte sie gekünstelt und prüfte dabei mit ihrer linken Hand, ob ihre Frisur noch saß. »Es gibt Personal für so was.« Ich sah zu Tina und verdrehte die Augen. Sie kicherte. Nur zu gut wusste sie, was ich von so Leuten hielt. Ich war fest davon überzeugt, hätte sie zu Sklavenzeiten gelebt, hätte sie bestimmt mindestens zehn Sklaven gehabt, die alle verzweifelt versuchten, es der Herrin so angenehm wie möglich zu machen. Da das aber nicht der Fall war, gab es hier nur zwei.

Einmal die Haushälterin Celine. Sie war schon etwas älter, fünfzig vielleicht, ich mochte sie. Durch sie glänzte das Haus. Sie gab sich große Mühe, dass es nicht so steril wirkte, in dem sie frische Blumen in die Räume stellte. Oder die Gäste mit gutem Essen verzauberte, das man im ganzen Haus riechen konnte. Sie war eine kleine, pummelige Frau, die ihre braunen Haare meistens zum Dutt trug. Sie wohnte ein paar Straßen weiter, landeinwärts, in einem kleinen Appartement. Was für Tracy natürlich praktisch war, da sie so immer abrufbereit war, wenn Madam etwas nicht passen sollte. Ich war mir auch sicher, dass Tracy gezielt darauf geachtete hatte, dass sie sich keine junge Schönheit ins Haus holte, die meinem Vater vielleicht schöne Augen machen könnte. Ich hörte Geräusche aus der Küche. Sicher war Celine gerade dabei, etwas Leckeres für uns zu kochen.

Dann war da noch Tom, der Zweitangestellte im Haus. Er war so etwas wie eine Art Hausmeister. Er kümmerte sich um alle Reparaturen oder wenn etwas neu gestrichen werden sollte. Tracy änderte oft die Einrichtung. Je nachdem, was sie wieder in verschiedenen IN-Zeitschriften gesehen hatte. Hinzu kam noch, dass er für Miss Daisy, ich meine natürlich Tracy, den persönlichen Chauffeur spielen durfte. Sie fuhr nicht selber und zeigte der Außenwelt gerne, wie gut es ihr finanziell doch ging. Tom war ein sehr verschlossener Mann. Ich erinnere mich noch, dass ich in meinem letzten Urlaub bei meinem Vater nicht viel mit ihm gesprochen hatte. Er war immer recht mürrisch und man hatte das Gefühl, dass er nicht allzu viel Wert auf eine Unterhaltung legte.

Tom war recht groß und hager. Seine dunklen Haare bekamen schon langsam einen Graustich und er roch immer nach Old Spice. Er verhielt sich oft wie ein Geist, man merkte gar nicht, wenn er einen Raum betrat.

Unschlüssig standen wir in der Eingangshalle herum. Aus dem Wohnzimmer war klassische Musik zu hören. Tracy machte sich auf den Weg Richtung Wohnzimmer. Sie versuchte grazil und elegant zu laufen, was ein bisschen lächerlich aussah. Kurze Zeit später, nachdem sie im Wohnzimmer verschwunden war, kam sie wieder in die Eingangshalle. »Wo bleibt ihr denn?«, fragte sie verdutzt in unsere Richtung. Ich denke mal, sie war vom Personal her gewohnt, dass man ihr immer folgte. Wie das Fußvolk dem König. Aber wir waren kein Fußvolk. Wir waren Gäste und was noch dazu kam, ich war nicht nur ein Gast, sondern auch noch die Tochter des Hausherrn, der ihr diesen ganzen Luxus doch erst ermöglichte. Gut, zugegeben, sie verdiente auch nicht schlecht in ihrer Modelbranche. Etwas überrumpelt setzten wir uns dann in Bewegung. Als wir im Wohnzimmer ankamen, deutete Tracy uns an, Platz zu nehmen und verließ dann den Raum.

Wir setzten uns auf eine große, beige Couch, die sich fast durch den ganzen Raum zog. An der Wand war ein großer Kamin, wo einige Familienfotos draufstanden. Eine Schrankwand, auf der man viel Porzellan sehen konnte. Dies sah so aus, als hätten sie das nicht gerade auf dem Flohmarkt erworben. Auch hier hingen verschiedene Gemälde von unterschiedlichen Künstlern. Mike fand gleich eine Holzschachtel mit Zigarren auf dem Wohnzimmertisch. Er nahm sich eine heraus, legte die Füße auf den Tisch und nahm sie in den Mund. Mit der linken Hand nahm er Tina in den Arm. Sie kicherte und versuchte, ihm die Zigarre abzunehmen. Ich konnte mich gar nicht daran erinnern, dass mein Vater jemals Zigarre geraucht hatte. Sicher wieder nur eine von Tracys Dekorationsartikel, um Eindruck zu schinden.

Jonathan sah sich das Zimmer genau an. Es musste doch komisch für ihn sein, hier bei meinem Vater Urlaub zu machen. Er kannte ihn ja gar nicht und konnte mit den ganzen Familienfotos, all den Menschen auf den Bildern, gar nichts anfangen. Bei mir war das anders. Ich konnte sie alle zuordnen. Auf dem einen Foto war ich mit neun vor meiner Geburtstagstorte. Meine Mutter und mein Vater standen hinter mir und feuerten mich an, die Kerzen auszublasen. Ich weiß noch, als sie mir verkündeten, dass sie sich trennen wollten.

Traurige Erinnerungen

Ich kam nach der Schule nach Hause. Meine Mutter und mein Vater saßen mit ernsten Mienen am Küchentisch. Damals hatten wir noch ein Haus mit großem Garten. Nachdem mein Vater dann ausgezogen war, konnten wir es uns nicht mehr leisten. Und meine Mutter war zu stolz, Geld von meinem Vater anzunehmen. Wir zogen daraufhin in unsere jetzige, kleine Wohnung in Devils Lake. Sie wollte es alleine schaffen, aus Prinzip. Als ich damals die Küche betrat, wirkten beide sehr nervös auf mich. Meine Mutter sah so aus, als hätte sie geweint. Ihre Augen waren ganz verquollen und stark gerötet. Ich schluckte bei diesem Anblick. »Was ist passiert?«, fragte ich mit belegter Stimme. Meine Mutter stand auf und umarmte mich zögernd. Dann führte sie mich zu einem leeren Stuhl am Küchentisch.

»Wir müssen mit dir reden«, sagte mein Vater und nahm meine rechte Hand in seine Hände. Sie fühlten sich kalt an und ich spürte, dass er leicht zitterte. Ich merkte, wie mir übel wurde. Hier stimmte etwas ganz und gar nicht. Meine Mutter setzte sich mir gegenüber. »Susan«, begann mein Vater und schluckte. Offensichtlich konnte er nicht die richtigen Worte finden. Das sah ihm gar nicht ähnlich; ihm als Psychologen fiel eigentlich immer das Passende ein. Er begann von Neuem und sah mich dabei offen an. »Du erinnerst dich doch bestimmt an den Streit, den ich mit deiner Mutter letzte Woche hatte?« Ich überlegte, was er meinte. Dann fiel es mir wieder ein. Ich kam abends von Tina nach Hause und hörte die beiden, schon kurz vor dem Haus. Man konnte nichts verstehen, nur dass sie sich heftig stritten. Als ich die Tür aufschloss, beendeten sie sofort ihren Streit und gingen in verschiedene Räume. Meine Mutter versuchte, sich mir gegenüber so zu verhalten, als wäre alles wie immer. Aber ich glaubte ihr nicht. Gedanklich wieder zurück am Küchentisch, sagte ich zögernd: »Ja, ich erinnere mich.«

Zärtlich streichelte mein Vater meinen Handrücken. Meine Mutter begann erneut zu schluchzen. Mein Vater räusperte sich, dann sagte er mit brüchiger Stimme: »Susan, zwischen deiner Mutter und mir ist es nicht wie früher.«

Ich verstand das nicht wirklich und schaute immer zwischen meiner Mutter und meinem Vater hin und her. Unfähig, etwas zu sagen. Mein Vater sprach weiter.

Leise und auf diese ruhige Art und Weise, die ich so mochte.

»Wir haben uns auseinandergelebt und vertreten heute, nach zwanzig Jahren, andere Interessen.« Ich war entsetzt. Mein Herz raste, mein Puls beschleunigte sich ungewöhnlich schnell. Ich zog meine Hand weg und sprang auf. Es war, als hätte mich ein Stromschlag dazu gezwungen. Ich stellte mich hinter meinen Stuhl, als könnte er mich vor den kommenden Worten schützen. Meine Mutter stand erneut auf und kam beschwichtigend auf mich zu. »Susan, wir lieben dich«, ihre Stimme klang fast flehend. Sie wollte mich umarmen, aber ich konnte jetzt einfach keine Nähe ertragen. »Lass sie, Maria«, hörte ich meinen Vater auf meine Mutter einreden. Meine Mutter setzte sich wieder zögernd auf ihren Stuhl. Nun konnte sie ihre Trauer nicht mehr länger unterdrücken. Ihr Körper wurde von heftigen Schauern erschüttert. Mein Vater strich ihr sanft über die Schulter.

Ich verstand das alles nicht. Was ging hier vor? Was war da los zwischen meinen Eltern? Die in meinen Augen ein echtes

Traumpaar zu sein schienen. Ich sah Bilder vor mir von unseren letzten Campingausflügen. Oder wie mein Vater meine Mutter immer zum Lachen brachte. Oder wie sie auf der letzten Feier eng und vertraut und vor allem verliebt miteinander tanzten. Das alles konnte doch keine Lüge gewesen sein. Aber wenn ich sie jetzt so am Küchentisch sitzen sah, traurig, ängstlich und verzweifelt, kam es mir fast so vor, als hätte ich das alles nur geträumt. All die guten Zeiten, wo wir eine glückliche Familie waren.

»Ihr wollt euch trennen?«, schrie ich panisch heraus. Dabei umklammerte ich fest die Rückenlehne meines Stuhls, in der Hoffnung, dass er mir Halt geben könnte. Mein Atem ging schnell, ich hatte Angst zu Hyperventilieren.

»Susan«, nun war es mein Vater, der von seinem Stuhl langsam aufstand und auf mich zukam. »Bitte, setz dich. Wir möchten es dir in Ruhe erklären.«

Am liebsten wäre ich weggerannt, irgendwohin. Hauptsache, ich musste diesen Anblick von meiner Mutter nicht mehr länger ertragen. Andererseits wollte ich wissen, was sie zu ihrer Verteidigung zu sagen hatten. Und so ließ ich mich erneut von meinem Vater zu meinem Stuhl führen. Erst als er wieder Platz genommen und noch einmal tief durchgeatmet hatte, sprach er weiter.

»Es ist so, Susan, wir mögen uns noch, aber wir lieben uns nicht mehr. Es ist nicht so, dass wir uns hassen. Ganz im Gegenteil. Ich achte deine Mutter und habe sehr viel Respekt vor ihr.« Er seufzte. Ich meinte auch bei ihm Tränen in den Augen erkennen zu können. Meine Mutter schluchzte noch immer und hielt sich krampfhaft an einem Taschentuch fest. Sie sah nicht zu uns auf.

»Ich sage es dir ganz direkt, Susan«, er sah mich lange an, bevor er weitersprach. »Es gibt eine neue Frau in meinem Leben.« Er versuchte, noch einmal meine Hand zu nehmen, aber ich zog sie vom Tisch. In diesem Moment empfand ich nichts als Hass für meinen Vater. Wie konnte er nur nach zwanzig Jahren Ehe meine Mutter und mich jetzt so verletzen? Meine Mutter hielt die ganze Situation nicht mehr aus und verließ das Zimmer. Auch ich wusste nicht, was ich daraufhin sagen sollte. Ich war mit allem völlig überfordert. Hastig stand ich auf, warf meinen Stuhl in die Ecke und lief in mein Zimmer. Aber nicht ohne meinem Vater noch einige Schimpfwörter entgegen zu schleudern, die mir jetzt im Nachhinein leidtaten. Aber damals wusste ich es nicht besser.

Zwei Wochen später, nach diesem schrecklichen Abend, zog mein Vater aus und wir in unsere kleine Wohnung. Für mich war es selbstverständlich, dass ich bei meiner Mutter wohnen wollte. Das stand außer Frage.

Tracys schrille Stimme holte mich wieder aus meinen Gedanken. Ich versuchte, mich zwanghaft von dem Foto auf dem Kamin loszureißen. Jonathan beobachtete mich aufmerksam. Sicher hatte er mich die ganze Zeit beobachtet und ich war mir fast sicher, dass er gehört hatte, was ich dachte. Mike nahm schnell die Füße vom Tisch und versuchte seine Zigarre hinter Tinas Rücken zu verstecken. Tina kicherte nur kindisch und kuschelte sich daraufhin in Mikes Arm.

»Ich habe hier was zu Trinken für euch«, trällerte Tracy. Sie tänzelte in den Raum und Haushälterin Celine kam mit einem Tablett hinter ihr her. Ich bewunderte Celine. Sicherlich könnte ich das nicht aushalten, mit so einem Hausdrachen als Chefin. Celine stellte das Tablett ab und ging geradewegs wieder in die Küche. Sie sah müde und erschöpft aus. Sie begrüßte mich auch nicht, obwohl sie mich doch kannte. Durfte sie von Tracy aus keine Gespräche mit uns führen? Gewundert hätte es mich nicht.

»Wo ist Dad?«, fragte ich Tracy, die jetzt auf einem Sessel nahe dem Kamin Platz nahm. »Er kommt sicher gleich. Er musste noch wegen eines Notfalls zu einem Patienten.« Typisch Dad, dachte ich. Ich glaube, wenn man ihn als Psychologen hatte, hatte man wirklich Glück. Er nahm seinen Job sehr ernst. »Wie war eure Reise?«, fragte Tracy und schwang dabei ein Glas Weinbrand in ihrer Hand. Tina und Mike nahmen sich ein Glas Limonade vom Tablett. Jonathan starrte Tracy an. Ich glaubte nicht wegen ihrem makellosen Aussehen. Wohl eher, weil er in ihrem Kopf versuchte, jede auch noch so kleine Information von ihr zu sehen.

Viel Intelligenz wirst du da nicht finden, dachte ich. Von der Seite konnte ich ein leichtes Lächeln von Jonathan wahrnehmen. »War ganz gut«, gab ich knapp zurück. »Die Fahrt zog sich nur etwas.« Ich hatte keine Lust, mich groß mit ihr zu unterhalten und hoffte, dass mein Vater bald kommen würde. Nervös fummelte ich an meinen Fingernägeln herum, damit ich einen Grund hatte, Tracy nicht ansehen zu müssen. Sie bemerkte dies sofort. »Du könntest viel mehr aus dir machen, Susan, Schatz.« Ihre Stimme klang herablassend. »Danke, ich bin sehr zufrieden, so wie ich bin«, gab ich zurück. Ich konnte einen barschen Ton in meiner Stimme nicht unterdrücken. Und das Schatz kannst du dir sparen, dachte ich gereizt.

»Du kannst auch damit zufrieden sein, so wie du bist«, hörte ich Jonathans Stimme, wieder in meinem Kopf. Er sah mich aber nicht an. Auch wenn ich eigentlich Angst vor so einem Menschen oder der Stimme haben sollte, war ich doch sehr dankbar für diese Zustimmung.

Danke, dachte ich, das war für Jonathan. Zu Tracy sagte ich allerdings bloß: »Ich finde, jede Frau sollte ihren eigenen Stil haben und sich nicht nur an den Modepüppchen in den Zeitschriften orientieren.« Ich lächelte süffisant. »Das nennst du Stil?«, sie musterte mich von oben bis unten. »Eine alte Jeans und ein nichtssagendes Top?« Jetzt war es Tina, die sprach. Langsam ging Tracy ihr auch auf die Nerven und ich konnte immer auf ihre Unterstützung zählen, wenn mich jemand bewusst verbal angriff. »Es ist immer noch Susans Entscheidung, was sie gerne anziehen möchte. Wenn das für sie der richtige Stil ist, dann sollte man das auch akzeptieren und sie nicht versuchen, in eine Rolle zu drängen, die nicht zu ihr passt.« Sie nickte am Satzende, als wäre das Thema damit erledigt. Dann sah sie mich lächelnd an und zwickte mir freundschaftlich in die Seite. Ich war ihr so dankbar dafür. Durch ihre Freundschaft hatte ich oft das Gefühl, alles meistern zu können. Sie lehnte sich wieder an Mike. Er trank weiterhin seine Limonade und sah sich im Raum um.

Jonathan starrte immer noch Tracy an, als gebe es dort doch mehr Informationen, als ich ihr zugetraut hätte. Schließlich sagte er im ruhigen Ton: »Ist bestimmt schön, ein Haus direkt am Meer zu haben, oder?« Während er sprach, ließ er sie nicht aus den Augen. »Oh ja«, lächelte sie gekünstelt und schlug ein Bein über das andere. »Man kann in diesem Haus sehr viel Spaß haben«, sie lächelte ihn an. Deutlich konnte man erkennen, dass sie von Jonathans Aussehen recht angetan war. Hinzu kam sicherlich noch die konsequente Zurechtweisung an der Haustür. Sie war es nicht gewohnt, dass Männer sie zurückwiesen. Ich fragte mich ernsthaft, was mein Vater an ihr fand. Sie war kein Vergleich zu meiner Mutter. Aber vielleicht war das Absicht von ihm, er wollte das pure Gegenteil von ihr. War sie treu? Ich konnte es mir nicht vorstellen.

Nun sah Jonathan mich wieder an und ich konnte ganz leicht ein leises: »Hättest du wohl gerne«, vernehmen. Ich musste lachen. Sie dachte wohl wirklich an sein gutes Aussehen. Er wirkte ja auch viel reifer als andere Zwanzigjährige. Tracy sah mich fragend an. »Ich denke, ich rufe jetzt mal meine Mutter an, dass wir angekommen sind«, sagte ich, ohne sie anzusehen und stand vom Sofa auf. »Grüß sie von mir«, rief mir Tracy nach, als ich schon fast an der Tür nach draußen war. »Klar, mach ich«, gab ich zurück. Aber innerlich dachte ich nur, ich kann mich beherrschen. Jetzt war es Jonathan, der lachte.

Als ich in der Eingangshalle war, setzte ich mich auf das Sofa, wo auch noch unsere Koffer standen. Hoffentlich bekam Celine keinen Ärger, wenn sie noch nicht hochgeräumt waren, wenn Tracy die Eingangshalle betrat und sie da noch stehen sehen sollte. Ich nahm mein Handy aus der Hosentasche und wählte die Nummer von meiner Mutter. Ihre Handynummer hatte ich im Kopf, wie alle Nummern die mir wichtig waren. Ich lehnte mich zurück und zog meine Beine zu mir heran, um es mir etwas gemütlicher zu machen. Celine hörte man immer noch in der Küche hantieren. Aus dem Wohnzimmer hörte man gar nichts. Anscheinend hatte jemand die klassische Musik ausgeschaltet. Während ich dem Freizeichen an dem anderen Ende der Leitung lauschte, schaute ich auf meine Armbanduhr. Es war schon spät. Meine Mutter war sicher zu Hause, aber sollte sie es nicht sein, hatte sie ihr Handy immer dabei, für Notfälle. Nach dem vierten Klingeln nahm sie ab.

»Smith?« »Hi, Mum, ich bin's«, sagte ich und versuchte, gut gelaunt zu klingen. »Susan, Schatz«, kam freudig vom anderen Ende der Leitung. »Seid ihr gut angekommen? Ist alles okay? Ist dein Vater auch da?« Ihre Fragen überschlugen sich fast. »Ja, wir sind vor einer halben Stunde angekommen. Uns geht's gut. Dad ist noch kurz weg, bei einem Notfall. Aber er kommt sicher auch gleich.« »Das ist schön«, hörte ich meine Mutter am anderen Ende durchatmen. Sie schien jetzt beruhigter zu sein, denn ihre Stimme klang jetzt viel sanfter und nicht ganz so aufgeregt. »Wie war das Zelten?« »Oh, war nicht schlecht, ist aber nichts Aufregendes passiert.«

Innerlich dachte ich an den Bären, Jonathans rote Augen und dass er die Bäume mit bloßer Willenskraft auszureißen schien. Ich musste grinsen. »Und was macht ihr heute noch?«, fragte sie interessiert. »Och, ich denke, nicht mehr viel. Etwas essen, Koffer ausräumen und mit Dad quatschen.« Ich hörte nichts, war mir aber sicher, dass sie nickte. »Dann können wir morgen ja noch mal telefonieren, wenn du dich etwas ausgeruht hast. War ja bestimmt eine lange Fahrt.«

»Ja«, gab ich zurück. »Das können wir machen.« »Gut, ich rufe dich dann gegen Mittag an.« »Alles klar, ich hab dich lieb, Mum.« »Ich dich auch.« »Bis morgen.« Ich legte auf.

Kurze Zeit sah ich auf mein Handy. Dann wählte ich die Nummer von Alex. Ihn wollte ich ja auch anrufen, wenn ich angekommen war. »Hi, Susan«, hörte ich seine mitreißende Stimme am anderen Ende. »Hi, Alex.« »Und? Gut angekommen?« »Ja, Gott sei Dank, es zog sich wirklich.« Ich schnitt eine Grimasse. »Hast du gerade das Gesicht verzogen?« Ich musste lachen, er kannte mich wirklich gut. »Ja«, gab ich schmunzelnd zurück. Er stimmte in mein Lachen ein. »Und wie geht's deinem Dad?« »Er ist noch nicht da, er kommt aber sicher bald.« Ich fummelte an meinem Hosenbein herum. »Und freust du dich, ihn zu sehen?« Das hatte ich mir noch gar nicht so überlegt. Unser Verhältnis war nicht mehr so wie früher, als er noch mit meiner Mutter zusammen war.

Alex wusste das. »Ich denke schon«, gab ich nachdenklich zurück. »Das wird schon«, sagte Alex wieder mit seiner optimistischen Art.

»Wie läuft es mit Jonathan?« Diese Frage versetzte mir einen Stich. Normalerweise erzählte ich Alex alles. Aber ich konnte einfach niemandem erzählen, was zwischen mir und Jonathan ablief. All die unheimlichen Dinge und dass ich ihn geschlagen hatte, weil er mir meines Erachtens nach zu nah kam …

Ich atmete einmal tief durch und sagte dann: »Es wird langsam.« Kurze Stille trat ein. »Sicher, dass du mir nichts erzählen willst?« Seine Stimme klang besorgt. Mist, dachte ich. Ich vergaß immer, dass man Alex nichts vormachen konnte, wenn es einem schlecht ging. »Na ja, ich werde nicht ganz schlau aus ihm«, sagte ich zögernd. »Susan«, sagte er daraufhin, mit seiner ruhigen, sanften Stimme. »Es muss nichts passieren, was du nicht willst. Wenn er dir zu nah kommt, sagst du stopp. Wenn er dich nervt, sagst du geh und wenn du dich zu ihm hingezogen fühlst, lass es zu!«

Alex schaffte es immer, die Dinge so locker und doch einleuchtend zu erklären. Ja und dann bekommt er wieder rote Augen und rastet aus, dachte ich insgeheim. Aber laut sagte ich nur: »Du hast recht, danke, Alex. Alex?«

»Ja?« »Ich bin eine schlechte Freundin!« »Wie kommst du denn darauf?« »Ich jammere dich immer mit meinen Problemen zu. Aber dich frage ich nie, wie es dir geht oder was du in den Sommerferien machst.« Ich schluckte und mein Hosenbein war langsam aber sicher ganz ausgefranst. So sehr zog ich am Stoff. Es fiel mir nicht leicht, das zu sagen.

Er lachte. »Das ist alles? Susan, das stört mich nicht. Ich

erzähle dir schon, wenn es etwas zu erzählen gibt und natürlich würde ich dich anrufen, wenn ich ein Problem hätte. Ich weiß, ich kann auf dich bauen.« Das beruhigte mich sehr. Ich glaubte auch nicht, dass er es nur so dahinsagte. »Das ist schön«, gab ich zurück.

»Ich mache nicht viel in den Sommerferien. Überwiegend werde ich wahrscheinlich mit meinen Kumpels abhängen oder dich anrufen«, er lachte. Ich hörte einen Schlüssel in der Eingangstür. Mein Vater schien nach Hause zu kommen. »Ich muss Schluss machen«, sagte ich zu Alex gewandt. »Mein Vater kommt nach Hause.« »Okay, wir Simsen.« Er legte auf.

Mein Vater stand nun in der Tür und grinste mich an. »Wegen mir hättest du nicht aufhören müssen, zu telefonieren.« Ich stand von dem Sofa auf und sah ihn an. Er hatte sich kaum verändert. Noch hatte er seine braunen, kurzen Haare, die er immer noch nicht schaffte, zu bändigen. Sie standen in alle Richtungen ab. Er trug noch dieselbe Brille, wie beim letzten Mal, sie ließ ihn wie ein Professor aussehen. Schlank war er immer noch. Ich hatte aber das Gefühl, er hatte etwas zugenommen. Es war ein kleiner Bauchansatz zu erkennen. Kam bestimmt von Celines gutem Essen. Er hatte noch immer die kleinen Grübchen, wenn er lächelte. Und wie immer hatte er einen Kaugummi in seinem Mund. Er wirkte dadurch lässig und man würde nie auf die Idee kommen, dass er Psychologe war. Nachdem er seine Aktentasche abgestellt hatte, strahlte er mich an. Er hatte eine blaue Jeans und einen schwarzen Pullover an. Keinen Anzug, den er sonst immer trug, wenn er auf die Arbeit fuhr. Anscheinend war der Notfall so dringend, dass er keine Zeit mehr hatte, sich umzuziehen. Ich ging auf ihn zu und wir schlossen uns in die Arme.

Es tat gut, ihn im Arm zu haben. Anscheinend hatte ich ihn doch mehr vermisst, als ich zugeben wollte. Auch seine Freude kam echt rüber, nicht so gespielt wie bei Tracy. Langsam löste er sich aus unserer Umarmung. Er ging einen Schritt zurück und musterte mich. Dann sah ich wieder diese vertraute Falte auf seiner Stirn, die er immer bekam, wenn er etwas sah oder hörte, dass ihm nicht gefiel. »Du hast abgenommen, Susan«, er musterte mich weiter besorgt. »Und du bist sehr blass. Bist du krank?«

Mein Vater war immer sehr direkt und offen im Umgang mit Menschen. Früher hatte mir das auch nichts ausgemacht, aber in meiner momentanen Situation konnte ich nur schwer damit umgehen. »Kann sein«, gab ich leise zurück, ohne ihn dabei anzusehen. »Celines Essen wird dich wieder auf den Damm bringen. Sie bewirkt wahre Wunder«, er zeigte auf seinen Bauch. Ich musste lachen. »Wir haben ja genug Zeit, um uns zu unterhalten. Vielleicht magst du mir ja mal erzählen, was dich bedrückt. Und die gute Seeluft tut ihr Übriges.« Er lächelte leicht. Ich nickte und schloss ihn noch einmal in meine Arme. Ich mochte das vertraute Gefühl. Er hatte immer noch dasselbe Parfum wie früher. »Wo sind die anderen?«, fragte er mich nach gefühlten fünf Minuten. »Im Wohnzimmer«, ich deutete zur Wohnzimmertür. Mein Vater ging voran. Schnell nahm ich mein Handy vom Sofa und folgte ihm. Ich hatte überhaupt keine Lust auf Tracy, aber mein Vater war ja jetzt da.

Als mein Vater das Wohnzimmer betrat, stand Jonathan auf. Ich konnte ihn gut verstehen. Mein Vater strahlte eine Menge Autorität aus und für ihn war Jonathan ja fremd in seinem Haus. Jonathan trat ihm entgegen und reichte ihm die Hand. »Hallo, Mister Smith, ich bin Jonathan«, sagte er mit festem

Händedruck und selbstbewusstem Blick. »Freut mich«, erwiderte mein Vater. »Du kannst mich Jason nennen. Ganz so alt bin ich noch nicht, dass du mich siezen musst. Es sei denn, du willst mal mein Patient werden.« Beide lachten.

Gar nicht so eine schlechte Idee, dachte ich. Vielleicht würde mein Vater ja Jonathans rote Augen und diese abnorme Kraft in den Griff bekommen können. Ich musste grinsen. Jonathan funkelte mich böse an. Schnell schaute ich weg. Tina und Mike gaben meinem Vater ebenfalls die Hand. Beide kannten ihn ja noch von früheren Zeiten. Tracy kam von ihrem Sessel herübergestöckelt und gab meinem Vater einen Kuss auf den Mund. Er strich ihr zärtlich übers Haar. Hat sie gar nicht verdient, dachte ich und sah demonstrativ weg.

Wir setzten uns alle auf die große Couch. Jonathan setzte sich neben mich. Es musste für Außenstehende wirklich so aussehen, als wären wir ein Paar. Schon alleine, weil er mich immer so anstarrte und anlächelte. Ich wusste, dass es bestimmt nur davon kam, weil er einen für ihn positiven Gedanken in meinem Kopf gesehen hatte. Aber für Menschen, die ihn gar nicht kannten, musste es so aussehen, als wäre Jonathan in mich verliebt. Oder war er es wirklich? Bei dem Gedanken musste ich schlucken. Ich nahm eine ganz verkrampfte Haltung ein. Meinem Vater entging das nicht. »Wie lange kennt ihr euch schon?«, fragte er in unsere Richtung. Ich öffnete den Mund, aber Jonathan antwortete: »Circa zwei Wochen. Ich weiß noch nicht sehr viel über sie«, er sah mich an. Dann sagte er leise, »leider.«

Mein Vater grinste. Ihm musste das wie ein verstecktes Liebesgeständnis vorkommen. Doch ich wusste es besser. Er hatte noch nicht alle meine Gedanken gelesen, die ihn immer so amüsierten. Mein Vater lächelte leicht. »Na, hier hast du ja genug Gelegenheit, sie näher kennenzulernen.« Ich wurde rot. Plötzlich kam Celine ins Wohnzimmer. »Wir können dann essen, wenn Sie möchten«, sagte sie leise. »Sicher, Celine, wir kommen sofort«, sagte mein Vater freundlich. Celine lächelte nervös. Man sah ihr an, dass sie mit meinem Vater wohl viel besser zurechtkam, als mit Tracy. »Wollen wir?«, sah mein Vater fragend in die Runde. Er stand auf und ging vor, Richtung Küche. Wir folgten ihm. Alle, bis auf Tracy. »Ich möchte um diese Uhrzeit nichts mehr essen, danke«, sie nippte weiter an ihrem Glas. Wir legen auch nicht viel Wert auf dich, dachte ich genervt.

In der Küche angekommen, steuerte mein Vater die kleine Essecke im hinteren Bereich an. Uns verschlug es die Sprache, als wir den gedeckten Tisch sahen. Celine hatte sich wirklich Mühe gegeben. Es war alles mit schönem Porzellan eingedeckt und es roch wirklich lecker. Wir setzten uns an den Tisch.

Es gab Hühnchen mit Reis und Gemüse. Celine verabschiedete sich von uns. Sie wollte nach Hause, weil sie ja am nächsten Morgen wieder früh da sein wollte. Das Essen war sehr gut und erst jetzt merkte ich, wie hungrig ich eigentlich war. Durch die ganze Aufregung hatte ich heute ja noch nichts gegessen. Während dem Essen unterhielten wir uns nicht viel. Mein Vater erzählte uns von seiner Arbeit und dass er bald mit Tracy in den Urlaub fahren wollte. Dass wir nicht sonderlich viel erzählten, schob er darauf, dass wir von der Fahrt bestimmt müde wären. Er hatte recht. Nach dem Essen merkte ich immer mehr, wie mir die Augen zu fielen.

Ich gähnte herzhaft. »Ich zeige euch jetzt eure Zimmer«, sagte mein Vater und stand auf. Unsere Koffer im Eingangsbereich waren nicht mehr zu sehen. Tom oder Celine schienen sie hochgetragen zu haben. Die Treppe oben angekommen, kam mir ein angenehmer Blumenduft entgegen. Auch hier standen überall Blumen in großen verzierten Vasen. Mein Vater öffnete die erste Tür und deutete Mike und Tina an einzutreten. »Das ist euer Zimmer«, sagte er. »Hoffe, es ist alles in Ordnung. Wenn ihr was braucht, zögert nicht, zu fragen.« Ich riskierte einen kurzen Blick ins Zimmer. Es war auch sehr dezent gehalten. Helle Möbel, ein großes Doppelbett stand in der Mitte. Dann noch ein Kleiderschrank und eine kleine Kommode.

»Es ist perfekt«, strahlte Tina. »Ich denke mal, es bringt nichts, euch zu trennen«, sagte mein Vater mit einem Augenzwinkern zu Tina gewandt. Tina schmiegte sich zu Mike in den Arm. »Nein, nicht wirklich«, sie himmelte Mike an und er küsste sie liebevoll auf die Stirn. »Na ja, ihr seid alt genug. Ich denke mal nicht, dass ich euch noch aufklären muss«, er lachte. »Nicht nötig, Jason«, sagte Mike und versuchte dabei, einen erwachsenen Blick aufzusetzen. »Wir sehen uns morgen«, sagte ich und lief weiter. Sie schlossen die Tür.

Das nächste Zimmer war dann mein Zimmer. Ich kannte es noch vom letzten Mal. Also musste ich gar nicht hineinschauen. Mich interessierte erst mal nur, wo Jonathan schlafen würde. Bei mir jedenfalls nicht. Die dritte Tür führte dann ins Bad und die Vierte gehörte zu Jonathans Zimmer. »Du verstehst, dass ich dich nicht mit meiner Tochter in einem Zimmer schlafen lassen will?«, fragte er Jonathan und verschränkte die Arme vor der Brust, wie ein Türsteher. »Sicher«, gab Jonathan zögernd zurück und räusperte sich. Er sah mich an. »Wir sehen uns morgen, Susan«, er lächelte leicht. »Ja, bis morgen«, gab ich zurück. Er ging ins Zimmer und schloss die Tür.

Ich steuerte geradewegs mein Zimmer an. Es hatte sich nichts verändert. Alles war noch genau dort, wo ich es beim letzten Besuch zurückgelassen hatte. Ich ließ das Zimmer gerade auf mich wirken, dass ich gar nicht bemerkte, dass mein Vater auch eingetreten war.

»Hast du alles, was du brauchst?«, fragte er mich mit seiner väterlichen Stimme. Zum ersten Mal an diesem Abend hörte er sich nicht wie ein Psychologe an. »Ja, Dad, ich brauche nichts«, sagte ich leise. »Jonathan scheint ganz nett zu sein und vernünftig.« Ich konnte dazu nichts sagen. Das verunsicherte meinen Vater etwas. »Okay, dann lass ich dich mal zur Ruhe kommen«, sagte er und drehte sich zur Tür. »Danke, Dad«, sagte ich etwas unsicher. »Kein Problem, für dich jederzeit.« Er sah mich kurz prüfend an, dann ging er hinaus und schloss die Tür.

Ich setzte mich auf mein Bett und sah mich um. Nichts war verändert. Ich konnte fast noch mein Parfum von damals riechen. Ob mein Vater wohl ab und zu in dieses Zimmer kam und an mich dachte? An uns dachte? Vermisste er uns doch ab und an, sagte es uns aber nicht? Er gab sich wirklich Mühe mit meinem Zimmer. Ein echter Mädchentraum. In der Mitte stand ein großes Himmelbett, auf dem ich jetzt saß. Mit vielen Kissen und einem Sternenhimmel. Alles in romantischen Cremefarben. Wenn ich nach rechts sah, schaute ich genau auf die Balkontür. Nur wenige Schritte brauchte ich vom Bett zum Balkon. Von ihm aus hatte man eine fantastische Sicht aufs Meer. An der Wand gegenüber stand ein großer, schöner Kleiderschrank, der mit lila Blüten verziert war. Dicht daneben eine Kommode, mit einem großen Spiegel. Bei dem Anblick musste ich lächeln. Mein Vater gab die Hoffnung wohl immer noch nicht auf, dass aus mir mal eine Lady werden würde und ich mich irgendwann anfing, zu schminken. Auf der Kommode standen etliche Kosmetikartikel, Puder, Cremes, Wimperntusche, mehrere Parfüme. Zögernd stand ich auf und begutachtete die Artikel. Ich hatte irgendwie das Gefühl, dass das Ganze nicht auf Tracys Mist gewachsen war. Sie würde niemals so etwas für mich tun. Bei ein paar Sachen musste ich schmunzeln. Das konnte nur ein Mann ausgesucht haben. Zwischen den vielen Cremes standen grelle Lidschatten und Dinge, die nur für Frauen ab dreißig zu sein schienen … Ich musste lachen.

Mein Vater war tatsächlich alleine losgezogen und hatte für mich Kosmetikartikel besorgt, dass es mir ja an nichts fehlte. Ich stellte ihn mir im Geschäft vor den vielen Regalen vor, völlig hilflos, um dann völlig unentschlossen von jedem etwas einfach in seinen Einkaufswagen zu werfen. Sicher hatte er keine Hilfe von einer Verkäuferin angenommen. Er wollte das alleine durchziehen, für seine Tochter.

Flüchtig schaute ich auf den Fernseher, der neben der Kommode auf einem kleinen Schränkchen stand, den hatte ich noch nie benutzt. Warum auch? Meist hatte man sehr schönes Wetter in Atlantic City, das Meer ist da wesentlich spannender als der Fernseher.

Überhaupt sah das ganze Zimmer so aus, als hätte Tracy rein gar nichts mit der Einrichtung zu tun gehabt und das war auch gut so. Überall hingen Fotos von unserer Familie.

An einer Wand waren mit viel Liebe Schmetterlingsmotive gemalt. Mein Vater wusste, dass ich die Natur und Tiere liebte und mich so sicher am wohlsten fühlen würde.

Ob mein Vater auch neue Anziehsachen für mich gekauft hatte? Ich öffnete den Kleiderschrank und tatsächlich. Oberteile, Pullover und Hosen zierten ihn in allen Variationen.

Überwiegend in leuchtenden Farben. Ich verzog das Gesicht. Er gab nicht auf, mich irgendwann mal fröhlicher zu sehen und nicht nur in meinen tristen, schwarzen Klamotten.

Ich fasste zusammen, wie mich mein Vater gerne sehen würde. Etwas ladyliker und vor allem farbenfroher. Ich seufzte, ich bezweifelte, dass er mich jemals so sehen würde. Leise schloss ich die Schranktür und ging auf den Balkon. Es war herrlich, diese salzige Seeluft auf der Haut zu spüren. Tief atmete ich durch. Ich schaute auf die tosende See. Es war schon dunkel und man konnte das Meer mehr erahnen, als sehen. Trotzdem war es wunderschön. Ich fand eine Liege auf dem Balkon und legte mich drauf. Völlig entspannt begutachtete ich die Sterne und lauschte dem Meeresrauschen. Hier bleibe ich die ganze Woche, dachte ich und schloss die Augen.

Es klopfte an meiner Tür. Erschrocken fuhr ich hoch. »Ist offen«, rief ich Richtung Tür. Sie öffnete sich und Jonathan betrat mein Zimmer. Wie unter Strom stand ich auf. Ich konnte das nicht abschalten. Sobald ich ihn sah, klopfte mein Herz, als würde es mich warnen, dass er mir nichts Gutes wollte. Er ließ seinen Blick durch mein Zimmer schweifen und blieb dann bei mir hängen. Langsam kam er näher. Ich wusste nie, wie ich mit diesem Verhalten umzugehen hatte. Er sagte nie viel, er schaute immer bloß. Das irritierte mich etwas. Ich konnte ihm auch nie lange in die Augen sehen.

»Hi«, sagte er mit seiner rauen Stimme, als er mir gegenüberstand. »Hi«, gab ich knapp zurück. »Du musst meinen Koffer haben.« »Wie bitte?« »Du musst meinen Koffer haben, bei Tina und Mike ist er nicht.« Er sah sich wieder im Zimmer um. »Ich schau mal«, sagte ich zögernd und suchte das Zimmer nach seinem Koffer ab. Rechts neben meinem Bett, am

Nachtschrank, fand ich ihn dann. »Hier ist er«, ich hob ihn auf und drehte mich um. Wohl etwas zu stürmisch, denn Jonathan war zu mir gekommen und stand hinter mir. Ich stieß hart mit ihm zusammen. Zu hart. Er hatte einen Körper wie aus Stein. Oder hatten alle Männer so einen harten Körper? Mit so etwas hatte ich ja keine Erfahrung gehabt. Ich fiel hinten über und stieß mir den Kopf an meinem Nachtschrank. Ein höllischer Schmerz durchfuhr meinen Kopf.

»Alles okay?«, fragte mich Jonathan und hielt mir seine Hand hin. Ich nahm sie, er zog mich hoch und plötzlich nahm ich ganz verzerrt ein Bild in meinem Kopf wahr. Es erinnerte mich an die letzte Raststätte, wo wir waren. Aber ich konnte nichts Genaueres erkennen. So schnell, wie das Bild kam, ging es auch wieder.

Jonathan sah mein erschrockenes Gesicht und hielt inne. Dann sah er mich eindringlich an. Seine Augen bekamen wieder einen ganz leichten Rotstich. Ohne ein Wort zu sagen, ließ er meine Hand los, nahm seinen Koffer und ging raus. Mein Herz begann wieder zu rasen. Was war denn das jetzt schon wieder? Reichten nicht schon die roten Augen?

Seine Stimme in meinem Kopf und die enorme Kraft, die er zu haben schien? Mussten es jetzt noch Bilder sein, mit denen ich nichts anzufangen wusste? Und war es normal, dass sich Männer so hart wie Stein anfühlten? Grübelnd beschloss ich, ins Bett zu gehen. Ich nahm meinen Pyjama und machte mich auf den Weg ins Bad. Dort zog ich mich um und putzte mir rasch die Zähne.

Als ich das Bad verließ, schlich ich mich an Jonathans Tür und lauschte. Nichts war zu hören. Ich machte mich wieder auf den Weg in mein Zimmer. Auch von Tina und Mike war nichts zu hören, außer leisem Schnarchen. In meinem Zimmer schlüpfte ich direkt unter meine Decke. Meine Koffer wollte ich morgen auspacken, ich war einfach zu müde dazu. Die Balkontür ließ ich offen. Ich liebte das Rauschen des Meeres und wenn die frische Luft in mein Zimmer wehte. Sehr schnell schlief ich ein.

Ein merkwürdiger Ausflug

Ich träumte nur wirres Zeug. Jonathans rote Augen, dann die Raststätte, wo das Pärchen sich gestritten hatte. Alles ergab überhaupt keinen Sinn. Morgens wachte ich dann durch lautes Möwengeschrei auf. Ich blinzelte, um mich erst einmal an das Tageslicht zu gewöhnen. Langsam nahm mein Zimmer wieder Formen und Konturen an. Ich setzte mich aufrecht ins Bett und rieb mir die Augen. Dann stand ich auf und schloss die Balkontür. Es war kalt im Zimmer. Ich zog mir dicke Socken an und öffnete meinen Koffer. Von unten hörte man schon Geräusche und die Stimmen von den anderen. Ich sah auf meine Armbanduhr. Es war schon elf Uhr mittags. Was soll's, dachte ich mir, ich habe Ferien. Ich beeilte mich auch nicht sonderlich.

Ordentlich räumte ich meine Sachen in den Kleiderschrank. Danach überlegte ich, was ich anziehen sollte. Wie automatisch griff ich wieder zu Jeans und schwarzem Oberteil; sogar die Unterwäsche war schwarz, ich seufzte. Beim Hinausgehen blieb mein Blick wieder bei den Schminksachen auf der Kommode hängen. Die würde ich in diesem Leben sicherlich nicht mehr anrühren. Ich würde Tina fragen, ob sie etwas damit anfangen könnte.

Lustlos schleppte ich mich ins Bad und nahm eine heiße Dusche. Das bewirkte wahre Wunder, danach ging es mir schon viel besser. Ich zog mich an, putzte mir die Zähne und kämmte mir grob die Haare. Mein Spiegelbild sah immer noch furchtbar aus. Ich war blass und die Wangen eingefallen, hatte dicke Augenränder und ähnelte einem Zombie.

Nun musste ich wirklich anfangen, regelmäßiger zu essen. Es half nichts, ich musste wirklich zunehmen. Langsam näherte ich mich einem gefährlichen Gewichtsverlust. Ich hoffte, dass mein Vater recht hatte und Celines Essen und die Luft Wunder bewirken würden.

Meine Hände waren auch recht knochig und die Nägel sahen furchtbar aus. Ich neigte zum Nägelkauen, wenn es mir schlecht ging. Müde streckte ich meinem Spiegelbild noch die Zunge raus und ging runter zu den anderen.

Langsam ging ich die Treppe hinunter, dem Lärm nach zu urteilen, waren sie alle in der Küche. Ich schleppte mich durch die Eingangshalle und öffnete die Küchentür. Alle saßen am Esstisch beim Frühstück. Tracy und mein Vater mit eingeschlossen. Sie drehten sich zu mir um. Mein Vater stand auf und kam mit einem Lächeln zu mir. »Susan, na, ausgeschlafen?« Ich nickte und versuchte, zu lächeln, es gelang mir aber nicht wirklich.

»Setz dich doch«, er deutete auf den leeren Stuhl, neben Jonathan. Ich setzte mich und sah in die Runde. Mike und Tina stritten sich spielerisch um ein Stück Obst. Tracy blätterte in einer IN-Zeitschrift und Jonathan sah mich lächelnd an. Mein Vater beobachtete mich kritisch.

»Du siehst furchtbar aus, Susan. Hast du nicht geschlafen?« »Doch«, wieder versuchte ich, ein Lächeln vorzutäuschen. »Vielleicht nur etwas zu wenig. Ich bin spät ins Bett gegangen.« Mein Vater gab sich mit dieser Antwort zufrieden und schaute in die Runde. »Was habt ihr heute vor? Es ist ein herrlicher Tag. Die Sonne strahlt, wollt ihr vielleicht an den Strand?« »Das ist eine prima Idee«, sagte Tina. »Ich habe mir in Devils Lake extra ein neues Strandoutfit gekauft.« »Und ich muss dich darin unbedingt sehen«, neckte Mike sie und gewann den Kampf um das Stück Obst. »Susan?«, sah mich Tina fragend an. »Ist das okay? Hast du Lust dazu?« »Sicher«, willigte ich ein. Es war mir lieber an den schönen, ruhigen Strand zu gehen, als in die Stadt zu den vielen Menschen. Auf Trubel hatte ich überhaupt keine Lust. Jonathan nickte zustimmend, für ihn schien es auch in Ordnung zu sein. Tracy schaute auf die Uhr. »Um Himmels willen!« Sie gab meinem Vater einen flüchtigen Kuss und verabschiedete sich rasch von uns. In der Eingangshalle hörte man sie nach Tom rufen.

Ich begann, mir ein Brötchen zu schmieren. Tina und Mike standen auch hastig auf. Sie wollten ihre Strandsachen zusammensuchen. Nun war ich mit Jonathan und meinem Vater alleine am Frühstückstisch.

Oh nein, den Blick, den mein Vater jetzt auflegte, kannte ich nur zu genau, er wollte Jonathan ausfragen. Schließlich, wollte er ja wissen, wer da mit seiner Tochter unterwegs war. Dabei wusste ich das ja selber nicht genau. Das könnte ja heiter werden. Mein Vater räusperte sich, bereit zum verbalen Angriff.

»Nun, Jonathan«, begann er, im fachmännischen Ton zu sprechen. Jonathan sah zu ihm auf. »Was treibst du so in Devils Lake?« Jonathan sah ihn offen an. So sieht er mich nie an, dachte ich. Bei mir guckte er immer wie ein Psychopath.

»Ich bin sozusagen auf der Durchreise«, begann er. »In Irland habe ich die Highschool beendet und möchte mir nun erst einmal ein paar Städte ansehen, bevor ich mit dem College weitermache.« Mein Vater hörte ihm aufmerksam zu. Ich versuchte konzentriert, mein Brötchen zu essen, aber innerlich interessierte es mich ungemein, was Jonathan meinem Vater erzählen würde.

»Zu meinem Glück, hatte ich etwas Geld geerbt und habe daher die finanziellen Mittel zu reisen. Ich möchte mir Menschen und Kulturen ansehen und habe schon viel erlebt und gelernt.«

Ich bekam immer mehr den Eindruck, dass mein Vater eine Frage dachte und Jonathan sie aber schon beantwortet hatte, bevor mein Vater sie überhaupt aussprechen konnte. Jonathan fuhr fort. »Ich möchte noch ein, zwei Jahre reisen und dann aufs College gehen.« Stille trat ein. Mein Kauen kam mir ungewöhnlich laut vor. »Und was führt dich zu meiner Tochter?« Mein Vater sah Jonathan mit prüfendem Blick an. »Das war nur ein glücklicher Zufall«, er sah in meine Richtung und lächelte. Mir wäre fast das Brötchen im Hals stecken geblieben. »Ich hatte Mike zuerst kennengelernt. Nebenbei erzählte mir dann seine Freundin Tina von Susan. Sie fragte mich, ob ich nicht Lust hätte, mit ins Kino zu gehen und sie kennenzulernen. Ich hatte nichts dagegen und nun sitze ich hier.« Mein Vater sah mich an und grinste. »Typisch, Tina.« »Typisch, Tina«, stimmte ich ihm zu und schluckte meinen letzten Bissen von meinem Brötchen hinunter. Mein Vater grübelte. Spontan fiel ihm wohl keine passende Frage mehr ein. Schließlich sagte er bloß noch: »Wollt ihr euch nicht auch für den Strand fertigmachen? Wie ich Tina kenne, sitzt sie oben schon auf heißen Kohlen und wartet auf euch.« »Sicher.«

Jonathan stand als Erstes auf und lief Richtung Eingangshalle. Ich lächelte meinen Vater unsicher an und folgte ihm. Mein Vater blieb am Tisch sitzen und hatte wieder seine Sorgenfalte aufgesetzt. Sicher wurde er genauso wenig schlau aus Jonathan, wie ich. Oder wurde überhaupt jemand schlau aus ihm? Als ich in der Eingangshalle ankam, war Jonathan nicht mehr zu sehen. Ist der geflogen?

Sicher war er oben in seinem Zimmer und machte sich für den Strandausflug fertig. Er musste dennoch gerannt sein, ich war doch dicht hinter ihm gewesen. Na ja, langsam aber sicher wunderte ich mich bei ihm über gar nichts mehr.

Oben in meinem Zimmer angekommen, steuerte ich mürrisch den Kleiderschrank an. Im Nebenzimmer hörte man Tina kreischen und Mike laut lachen. Sicher ärgerten sie sich wieder gegenseitig. Immerhin hatten die beiden Spaß, dachte ich mir, als ich genervt in meinen Klamotten wühlte. Schließlich fand ich meinen uralten Badeanzug. Natürlich in meiner Lieblingsfarbe, schwarz. Ohne viel Schnickschnack. Von dem vielen Waschen wurde er schon langsam gräulich und sah schon richtig abgetragen aus. Was soll's, dachte ich mir und schloss meine Zimmertür ab. Danach zog ich mich aus und meinen Badeanzug an. Ich begutachtete mich im Kommodenspiegel. »Eine Misswahl gewinnst du so nicht«, sagte ich zu meinem Spiegelbild. Egal wie ich mich drehte und wendete, dadurch wurde es nicht besser. Ich zog mir ein schwarzes Kleid drüber und schlüpfte in meine Flipflops. Dann entriegelte ich die Tür.

Nun hörte ich Tina und Mike in der Eingangshalle laut lachen. Anscheinend warteten sie unten auf mich. Gerade als ich die Treppe herunterlaufen wollte, kam Jonathan aus seinem Zimmer. Er trug eine braune, kurze Hose und ein schwarzes Hemd. Die Anziehsachen sahen recht neu aus. Sie standen ihm wirklich gut. Ich bemerkte peinlich berührt, dass ich etwas länger Jonathan anschaute, als es in dieser Situation eigentlich nötig war. Wieder schoss mir die Röte ins Gesicht. Jonathan bemerkte dies und setzte sein Siegerlächeln auf.

»Wollen wir?«, fragte er mich leise. »Klar«, gab ich nervös zurück. Wir gingen gemeinsam die Treppe herunter.

Unten angekommen, standen Mike und Tina eng umschlungen bei der Haustür. Tina trug ein rotes Sommerkleid, mit gelben Blüten drauf, dazu rote Sandalen. Sie sah wirklich hübsch aus. Mike hatte eine blaue, kurze Jeans und ein weißes T-Shirt an, auch ihm stand das sehr gut, weil er schon etwas braun war. »Na endlich«, seufzte Tina, als sie uns die Treppe herunterkommen sah. »Ihr braucht ja ewig.« »Sieht nicht so aus, als hättest du dich gelangweilt«, sagte ich genervt und schaute zu Mike. Sie ging nicht näher darauf ein und öffnete die Haustür, in der Hand hielt sie einen Korb. »Was ist das alles?«, fragte ich sie und deutete auf den Korb. »Trinken, was zu essen, Handtücher. Celine hat uns was eingepackt.«

Als hätte Celine nicht genug zu tun, dachte ich gereizt. Jetzt musste auch noch Tina sie mit Extrawünschen nerven. Als hätte Tina meine Gedanken gehört, sagte sie barsch: »Keine Angst, ich habe Celine nicht genervt, sie hatte es von sich aus gemacht.«

Celine kam gerade in die Eingangshalle mit frischer Wäsche im Arm. Ich deutete auf den Korb und rief in ihre Richtung. »Danke, Celine.« »Immer wieder gerne, Susan«, antwortete sie strahlend. Sie sah nicht so kaputt aus wie am gestrigen Abend. Anscheinend war sie da wohl nur nicht so gut drauf gewesen. Denn heute verhielt sie sich wie immer. So wie ich sie von meinem letzten Besuch her kannte.

»Können wir jetzt los?«, frage Tina und zappelte von einem Bein aufs andere. Sie konnte ganz schön nerven, wenn es ihr nicht schnell genug ging. Ich nahm noch schnell zwei Decken mit, die auf dem Sofa neben der Eingangshalle lagen. Wir verließen das Haus. Es war wirklich schön, den Wind auf der Haut zu spüren und die frische Seeluft einzuatmen. Die Sonne schien kraftvoll vom Himmel und die Gräser wogen sich sanft im Wind. Wir liefen ein paar Meter vom Haus den Strand entlang. Ein paar Möwen stritten sich um einen Fisch. Durch den starken Wind schlugen die Wellen kraftvoll an die großen Steine, die teilweise am Strand lagen. Meine Haare ließen sich nicht bändigen und flogen mir ständig ins Gesicht. Irgendwann gab ich dann auf, sie zu zähmen. Mike und Tina liefen vor, Händchen haltend. Obwohl wir eine Vierergruppe waren, kam es mir immer wie zwei Gruppen vor. Die eine Gruppe bestehend aus Mike und Tina und die zweite aus Jonathan und mir.

Wir liefen etwa eine halbe Stunde den Strand entlang. Kaum einer sagte ein Wort, wir genossen nur die Atmosphäre. Später konnten wir einen schönen Platz ausfindig machen. Er war relativ windgeschützt und abgelegen. Wie eine kleine Bucht. Um uns herum zierten riesige Felsen den Platz. Tina stellte den Korb ab und nahm mir die zwei Decken ab. Dann breitete sie beide nebeneinander aus. Danach zog sie ihr Kleid aus. Sie trug einen hübschen, roten Bikini darunter, mit ähnlichem Muster wie das von ihrem Sommerkleid. Schließlich legte sie sich auf den Bauch. Jonathan setzte sich teilnahmslos auf die andere Decke. Ich fragte mich, ob er nie auf weibliche Reize reagierte. Tina sah wirklich hübsch aus in ihrem Bikini, aber er würdigte sie keines Blickes. Im Gegenteil, es sah so aus, als würde er den Blick extra von ihr abwenden. Das erstaunte mich noch mehr. Jeder normale zwanzigjährige Mann würde bei so einer hübschen Frau einen Blick riskieren. Das dachte wohl auch Mike. So eifersüchtig er auch war, so gab er trotzdem gerne mit Tina an. Dass Jonathan so gar nicht nach ihr schaute, irritierte ihn etwas. Auch Mike zog seine Sachen aus. Er trug eine blaue Badeshorts unter seiner Jeans. Dann legte er sich zu Tina. Sie kuschelte sich daraufhin in seinen Arm und er kraulte ihr mit der linken Hand zärtlich den Nacken.

Ich stand etwas unschlüssig neben den Decken herum. »Nun mach schon, Susan«, drängte Tina, als sie mich so hilflos am Rand stehen sah.

Ich hatte Hemmungen, mich vor den anderen auszuziehen, auch wenn ich einen Badeanzug drunter trug. Neben Tina sah ich wie ein hässliches Entlein aus. Ich zögerte noch immer. »Soll Jonathan dir helfen?«, stichelte Mike. »Wir gucken dir schon nichts ab.« Böse funkelte ich ihn an. Tina schien meinen Blick zu verstehen, denn sie zog Mike wieder zu sich heran. Sie mahnte ihn. »Lass sie in Ruhe, wenn sie nicht will, will sie nicht. Nerv sie dann nicht noch.« Ich war froh über Tinas Reaktion und dass sie Mike versuchte, abzulenken. Es war schon schwierig genug für mich. Schnell hatte er nur noch Augen für sie.

Ich stellte mich hinter Jonathans Rücken und zog zügig mein Kleid aus. Danach legte ich mich schnell auf den einzig freien Platz neben Jonathan auf den Bauch. Ich versteckte mein Gesicht unter meinen Haaren und hoffte, dass mich Jonathan nicht wieder so anglotzen würde. In der momentanen Situation würde ich mich noch ausgelieferter fühlen. Dass ich noch rein gar keine Erfahrungen mit Jungs hatte, kam noch erschwerend hinzu. Mindestens zehn Minuten blieb ich wie erstarrt in dieser Haltung. Dann bemerkte ich, dass Jonathan neben mir aufstand. Er fing an, sich auszuziehen. Sofort spürte ich wieder die Hitze in mir aufsteigen. Das kam ganz automatisch, ich konnte das nicht beeinflussen. Ich wollte ihn nicht beobachten, aber ich konnte nicht wegsehen. Er hatte wirklich einen schönen Körper. Am Rücken und an den Oberarmen sah er sehr trainiert aus. Wenn er angezogen war, sah man es nicht so deutlich wie jetzt. Ich schaute zu Mike und Tina. Mike schien über Jonathans Körperbau genau so erstaunt zu sein, wie ich. Er sah fast etwas neidisch aus.

Tina begutachtete Jonathan von oben bis unten und formte mit ihren Lippen, versteckt hinter Mikes Rücken, das Wort 'wow, in meine Richtung. Sie kicherte und wandte sich wieder Mike zu. Jonathan legte sich neben mich auf den Rücken und schloss die Augen. Ich versteckte mich wieder hinter meinen Haaren und zwang mich, nicht hinzuschauen.

Tina wurde immer hibbeliger, mir war klar, dass sie es nicht schaffte, lange stillzuliegen. »Wer kommt mit ins Wasser?«, fragte sie und sprang von der Decke auf. »Bin dabei«, sagte Mike und stand ebenfalls auf. »Ich bleib noch liegen«, sagte ich mehr Richtung Decke, als in Tinas Richtung. »Ich auch«, schloss sich Jonathan mir an, ohne die Augen zu öffnen. »Langweiler«, lachte Tina und rannte kichernd mit Mike Richtung Wasser. Ihre Stimmen entfernten sich immer mehr von uns. Bald hörte man nur noch das Rauschen des Meeres und Jonathans gleichmäßige Atmung.

Nach fünf Minuten unveränderter Geräuschkulisse, traute ich mich, einen Blick auf Jonathan zu riskieren. Mein Blick wanderte an seinem Körper hinab, auch am Bauch war er sehr muskulös. Wieder spürte ich, dass ich errötete. Reiß dich mal ein bisschen zusammen, dachte ich mir und drehte mich auf den Rücken. Langsam brannte mir die Sonne im Nacken.

Nun sah Jonathan mich an. Ich schaute schnell in den Himmel. Die Sonne brannte mir in den Augen. Ich spürte seine Blicke. Jonathan stand auf und ging zu Tinas Korb. Er wühlte in ihm herum, als suchte er nach etwas. Im Blickwinkel sah ich, dass er wieder zu mir kam. Anscheinend hatte er gefunden, was er suchte, er hatte etwas bei sich.

»Du wirst dich verbrennen«, hörte ich seine Stimme, nahe neben meinem Ohr. »Was?«, erschrocken drehte ich mich in seine Richtung und war jetzt ganz nah mit meinem Gesicht an seinem. Ich traute mich kaum, zu atmen oder mich zu bewegen. »Du wirst dich verbrennen«, sagte er jetzt leiser, ohne sich zu bewegen. Ich begriff nicht sofort, was er meinte. Dann setzte er sich aufrecht und zeigte mir eine Flasche Sonnencreme in seiner Hand. »Willst du heute Abend wie ein Krebs aussehen? Komm, ich creme dich ein.« »Nicht nötig«, gab ich zurück und wollte gerade aufstehen. Doch Jonathan hielt mich sanft am Arm fest. »Ich bestehe darauf«, sagte er mit seiner rauen Stimme. Ich setzte mich hin. Mich ihm zu widersetzen, traute ich mich nicht. Ich konnte das nicht verstehen. Nie hatte ich ein Problem damit, Jungs die Meinung zu sagen, wenn ich etwas nicht wollte. Aber Jonathan war anders, für mich ging eine gewisse Gefahr von ihm aus. Und meine innere Stimme war sich sicher, dass es besser war zu machen, was er sagte.

Er stand auf und setzte sich hinter mich. Nun spürte ich Creme auf meinem Rücken, dann seine Hände. Sie fühlten sich heiß und rau an. Vorsichtig cremte er mich ein. Erst die Schultern, dann den Nacken. Nun verkrampfte ich mich total. Ich war es nicht gewohnt, von einem Jungen berührt zu werden. Wenn ich nicht so eine Angst vor ihm gehabt hätte, wäre es sicher sehr schön gewesen. Er machte das sehr liebevoll und zärtlich. Fast fing ich an, es zu genießen. Ich wollte gerade die Augen schließen, da hörte er plötzlich abrupt auf und sprang auf. Wieder sah man seine Ader am Hals pulsieren und er atmete schneller, seine Augen wurden rötlich. Schließlich drehte er sich um und rannte den Strand entlang.

Er war ungewöhnlich schnell, schon kurze Zeit später konnte ich ihn nicht mehr sehen. Unschlüssig saß ich auf meiner Decke. Was ging hier vor sich? Was wollte Jonathan von mir?

Wieso rannte er jetzt weg? Er hatte doch selber vorgeschlagen, mich einzucremen. Entfernt nahm ich wieder die Stimmen von Tina und Mike wahr. Sie kamen zu unserem Platz zurück. Ganz außer Atem, ließ sich Tina neben mir auf die Decke fallen. Mike stöberte in dem Korb nach Handtüchern.

»Was ist denn mit Jonathan los?«, fragte mich Tina neugierig. »Er ist eben wie ein Blitz an uns vorbeigelaufen und reagierte überhaupt nicht auf unsere Rufe.« Sie sah mich misstrauisch an. »Keine Ahnung«, log ich. »Wo er eben noch bei mir war, war noch alles in Ordnung.« Ich versuchte, ein überraschtes Gesicht zu machen. »Ich schau mal, was los ist.« Ich stand auf und zog mir mein Kleid wieder über. Der Wind war recht frisch, wenn man direkt am Meer entlanglief. Kurz verabschiedete ich mich von Mike und Tina und machte mich dann auf den Weg, Jonathan zu suchen.

Der Himmel sah so aus, als braute sich ein Unwetter zusammen und der Wind wurde stärker. Ich suchte die Küste nach Jonathan ab, aber ich konnte ihn nirgends sehen. Der Wind wurde zunehmend stärker. Ohne eine Jacke war es wirklich unangenehm.

Ich lief ungefähr eine Stunde den Strand entlang, aber er war nirgends ausfindig zu machen. Unschlüssig stand ich am Strand. Was sollte ich jetzt tun? Vielleicht war er ja gar nicht mehr am Strand. Aber wo sollte er sonst hin, nur in Badehose? Nun fing es an, zu regnen und die Wellen wurden immer kräftiger und höher. Die Möwen kreischten und suchten sich einen geschützten Platz. Ich überlegte kurz, beschloss dann aber, nicht weiter nach Jonathan zu suchen. Er würde schon wieder nach Hause kommen, wenn er bereit dazu war und dann könnte ich ihn immer noch fragen, was los war. Ich schaute Richtung Tina und Mike und überlegte, wieder zurückzugehen. Beschloss dann aber doch, nach Hause zu laufen. Es war jetzt so stark am Regnen und Stürmen, dass Tina und Mike sicher nicht mehr am Platz waren, sondern sicher auch nach Hause gegangen waren. Ich beeilte mich, nach Hause zu kommen.

Zitternd und frierend klopfte ich an der Verandatür. Tina öffnete mir. Auch sie war durchgefroren und klatschnass, aber sie strahlte trotzdem über das ganze Gesicht. »Da bist du ja, Süße«, begrüßte sich mich gut gelaunt. »Hast du Jonathan gefunden?« »Ist er denn noch nicht da?«, fragte ich verdutzt. »Nein, hier ist er nicht. Wir sind vor zehn Minuten angekommen und Celine hat ihn auch nicht gesehen.« Sie sah meinen beunruhigten Blick und sagte dann schnell: »Aber er kommt sicher bald. Vielleicht stellt er sich nur irgendwo unter.« Ich nickte besorgt. »Ich gehe dann mal mich umziehen«, sagte ich zu Tina gewandt und ging die Treppe hoch, in mein Zimmer. Ich schloss die Tür und zog meine nassen Sachen aus. Aus dem Kleiderschrank holte ich meinen Lieblingsjogginganzug. Als ich mich umgezogen hatte, trocknete ich mir die Haare. Ich schaute aus der Balkontür.

Draußen stürmte und regnete es noch immer. Angespannt lehnte ich mich an den Türrahmen und versuchte, irgendwo da draußen Jonathan zu erspähen. Endlich, nach einer gefühlten Ewigkeit, sah ich ihn. Lässig kam er von der Küste auf unser Haus zu. Er war klatschnass, aber das schien ihm überhaupt nichts auszumachen. Ganz gemütlich und ohne das Gesicht zu verziehen, ging er in aller Seelenruhe zu unserem Haus. Sein Gesicht war ausdruckslos. Dann war er so nah am Haus, dass ich ihn nicht mehr sehen konnte. Er bemerkte mich nicht.

Ich hörte es unten Klopfen und Celine öffnen. »Sie sehen ja furchtbar aus«, hörte ich ihre Stimme, gedämpft durch meine Zimmertür. »Soll ich Ihnen ein Handtuch bringen oder einen Tee?« »Nein, danke, Celine. Ich gehe auf mein Zimmer und ziehe mich um.« Leise hörte ich ihn die Treppe heraufkommen. Ich lehnte meinen Kopf an meine Tür und lauschte, ob ich noch irgendein anderes Geräusch wahrnehmen konnte. Jonathan hielt einen kurzen Augenblick vor meiner Tür inne. Seine Schritte verstummten. Mein Herz klopfte nervös. Dann nahm ich seine Schritte wieder wahr, er ging in sein Zimmer und schloss die Tür.

Die Zeitungsanzeige

Ich öffnete meine Tür und lief die Treppe runter. Zielstrebig lief ich geradewegs in die Küche. Celine war am Kochen und Mike und Tina spielten ein Gesellschaftsspiel am Küchentisch. »Hi, Susan«, begrüßte mich Mike. »Willst du mitspielen?« »Nein, danke, ich such meinen Vater. Habt ihr ihn gesehen?« »Ja«, antwortete mir Celine. »Er ist in seinem Entspannungszimmer.« Sie konnte nur seine Bücherei meinen. »Danke, Celine.« Ich ging aus der Küchentür und steuerte die Bücherei an. Die Tür war geschlossen. Etwas unschlüssig überlegte ich, ob ich wirklich anklopfen sollte. Schließlich atmete ich noch einmal tief durch und klopfte an. »Herein«, hörte ich von innen die vertraute Stimme meines Vaters. Ich trat ein.

Mein Vater saß an seinem Schreibtisch und las ein Buch. Auch hier roch es nach frischen Blumen, aber auch wie in einer Bücherei. Nach alten Büchern und Schriften. »Susan«, begrüßte er mich freudig. »Komm doch rein und setz dich.«

Ich setzte mich auf das blaue Sofa, gegenüber von meinem Vater und zog die Beine an. Mein Vater legte sein Buch zur Seite und sah mich an. Er lächelte sanft. »Wie war dein Tag? Hattet ihr Spaß, bevor das Wetter so schlecht wurde?« »Ja, es ging«, gab ich zurück und versuchte, sein Lächeln zu erwidern.

»Du bist zurzeit lieber alleine, oder?« »Ja, schon. Ich denke viel nach und genieße jeden Tag, wo ich nicht von irgendjemand genervt werde.« »Du empfindest deine Freunde als nervig?« Er lächelte noch immer. »Manchmal«, erwiderte ich und wurde leicht rot. Man konnte es mir wirklich nicht recht machen, andere Leute hatten gar keine Freunde. Ich hatte welche und wusste es überhaupt nicht zu schätzen. »Du bist in einem schwierigen Alter, Susan. Du musst dich erst einmal selbst finden.« »Ja, vielleicht.« Mein Blick schweifte ab.

»Wie steht's mit dir und Jonathan?« Wieder diese Sorgenfalte auf seiner Stirn. Ich überlegte lange, bis ich antwortete. Mein Vater ließ mir Zeit, beobachtete mich aber weiterhin genau. »Ich weiß noch nicht viel über ihn«, begann ich. »Er ist anders als die Jungen, die ich bis dahin kannte.« Er nickte. »Ich verstehe, was du meinst, er ist manchmal etwas sonderbar und er redet auch nicht gerade viel. Mich wundert es, dass Mike gerade mit so jemandem um die Häuser zieht. Normalerweise sind seine Kumpels allesamt doch sehr gesprächig und das absolute Gegenteil von ihm. Wie hat er ihn kennengelernt?« »Tina hat mir erzählt, dass er Mike vor seinem Haus angesprochen hat.« Ich zuckte mit den Achseln. »Sie haben sich über Mikes Auto unterhalten, dieser Angeberkarre«, ich verdrehte die Augen.

Mein Vater lachte. »Woher hat Mike das viele Geld für sein Hobby?« »Sein Vater verkauft Autos und verdient sehr gut dabei. Er hat ihm den zum sechzehnten Geburtstag geschenkt.« Mein Vater grübelte. »Du hast auch bald Geburtstag. Dann wirst du siebzehn«, er lächelte. »Eine richtige, junge Frau. Deinen Führerschein hast du ja schon, aber wir haben uns noch nie über ein Auto unterhalten.« »Ich brauch kein Auto, Dad.« »In der heutigen Zeit und gerade in deinem Alter ist es wichtig, ein Auto zu haben. Du hast viel mehr Freiheiten und bist nicht auf Bus und Bahn angewiesen.« »Ich fahre gerne mit Bus und Bahn«, sagte ich trotzig. Mein Vater grinste. »Unverbesserlich, meine Kleine.« Ich grinste zurück. »Den Dickkopf habe ich von dir.« »Wenn du es dir anders überlegst, weißt du ja, wo du mich finden kannst.« »Ich werde es mir nicht anders überlegen«, sagte ich bestimmt.

Oben hörte ich Jonathans Zimmertür, er schien runterzukommen. Wie automatisch bekam ich Herzklopfen. »Weißt du schon, auf welches College du gerne gehen möchtest?«, holte mich mein Vater aus meinen Gedanken. »Nein, nicht wirklich«, sagte ich tonlos. »Du hast zwar noch ein Jahr Zeit, aber ich würde mich trotzdem schon jetzt informieren. Da du gute Noten hast, kannst du dich bei guten Institutionen bewerben. Das Finanzielle übernehme dann ich.« »Ich brauche keinen Goldesel, Dad«, sagte ich genervt.

»Das hat doch nichts mit Goldesel zu tun. Du bist meine Tochter und ich will, dass es dir gut geht.« »Es geht mir gut, Dad«, bei dieser Aussage sah ich ihn nicht an und konzentrierte mich auf meine Füße. »Du siehst aber nicht danach aus«, hörte ich meinen Vater leise sagen. Ich hatte keine Lust, über das Thema zu sprechen und stand auf. »Ich schau mal, was die anderen machen.« »Tu das. Du weißt ja, wo du mich findest.« Nachdenklich sah er mir nach. Zügig verließ ich das Zimmer.

Im Wohnzimmer traf ich auf Tom, er befestigte ein neues Regal an der Wand. »Hallo, Tom«, begrüßte ich ihn leise. Von ihm hörte ich nur ein Brummen, was wohl so viel wie ›Hallo‹ heißen sollte. Ich überlegte, ob ich auf mein Zimmer gehen sollte, entschied mich dann aber doch anders und ging in die Küche.

Tina und Mike spielten noch immer. Dem genervten Gesichtsausdruck von Mike nach zu urteilen, gewann Tina. Jonathan hatte einen Tee in der Hand und schaute aus dem Fenster. Als er mich reinkommen sah, nahm er die Zeitung vom Tisch und verließ den Raum. Ich verstand das nicht, was hatte ich ihm getan?

»Dicke Luft?«, fragte mich Tina und sah von ihrem Spiel auf. »Keine Ahnung, was er hat«, gab ich zurück und setzte mich zu den anderen an den Tisch. »Wer gewinnt?«, fragte ich, um vom Thema abzulenken.

»Tina«, gab mir Mike brummend zur Antwort. »Aber sie betrügt, sie schlägt mich mit den Waffen einer Frau.« Tina lachte. Sie sah richtig glücklich aus und das freute mich für sie. Ich wünschte ihr nur das Beste. Mir fiel das Gespräch mit meinem Vater ein.

»Mike«, begann ich. Er sah zu mir auf. »Wie hast du Jonathan genau kennengelernt?« »Na ja, ich war zu Hause und meine Mutter sagte mir, dass ein Typ vor dem Haus stünde und das Haus beobachtete. Ich bin dann raus und habe ihn gefragt, was er hier macht. Er meinte dann bloß, dass ihm mein Auto aufgefallen wäre. Das machte mich stolz. Sind schließlich viele Arbeitsstunden in dem Wagen, bis er so wurde, wie er jetzt ist. Wir unterhielten uns über den Wagen und er fragte mich, ob er vielleicht mal mitfahren dürfte. Ich hatte nichts dagegen. Er kam ja auch sehr sympathisch rüber. Also hatten wir 'ne Spritztour gemacht. Dabei erzählte er mir von seiner Reise, dass er die Welt entdecken wollte und so weiter. Ich fand das ganz interessant, endlich mal jemand der nicht sein Leben nach Schema: Highschool, College, Frau, Arbeit, Heirat durchzog. Ich dachte mir, endlich mal jemand, der das tat, worauf er Lust hatte. Bei unserem zweiten Treffen lernte er dann Tina kennen und sie fand ihn auch ganz nett oder, Schatz?«, er sah fragend in ihre Richtung. »Klar«, gab sie zurück und konzentrierte sich wieder auf das Spiel. »Dann überlegten wir, dass es vielleicht mit euch zwei passen würde.

Er ist ja auch eher ein ruhiger Mensch, so wie du. Deshalb kamen wir auf den Kinobesuch.«

Ich hörte mir seine Worte genau an. Konnte mir aber immer noch nicht erklären, warum er ausgerechnet in Devils Lake Urlaub machte. In unserer Stadt gab es ja nichts Besonderes. Nichts, was Touristen anziehen könnte. Okay, man konnte bei uns ganz gut fischen und wir hatten eine unglaublich schöne Landschaft. Ideal zum Entspannen.
Auf mich wirkte Jonathan allerdings nicht so, als würde er gerne angeln oder sich viel für die Natur interessieren. »Warum kam er ausgerechnet nach Devils Lake?«, fragte ich Mike ganz offen. »Keine Ahnung«, gab er achselzuckend zurück. »Darüber haben wir nie gesprochen. Frag ihn doch mal«, sagte er ermutigend. »Ja, vielleicht mach ich das mal.«

Celine unterbrach unsere Unterhaltung. »Wenn ihr wollt, können wir jetzt essen.« »Sehr gut«, sagte Mike. »Ich sterbe schon vor Hunger.« Tina und Mike packten das Spiel zusammen. Celine deckte den Tisch, ich half ihr dabei. »Ich hole mal die anderen«, sagte Mike und ging hinaus. Bin mal gespannt, wie sich Jonathan am Esstisch verhält, dachte ich mir. Ob er mir da auch keine Beachtung schenkte?

Mein Vater kam zuerst in die Küche. »Das riecht ja lecker, Celine.« Sie errötete leicht und stellte das Essen auf den Tisch. »Tracy kommt heute erst spät nach Hause, sie hat ein Shooting. Wir können ihr ja was aufheben und später warm machen.« Er setzte sich an den Esstisch. Mike kam zurück in die Küche. »Jonathan möchte nichts essen, er fühlt sich nicht so wohl.« Ich schluckte. »Vielleicht hat er sich erkältet«, sagte Tina. »Er ist ja lange nur in Badehose durch das Unwetter gelaufen.« »Das kann sein«, stimmte mein Vater ihr zu. »Du solltest nach dem Essen mal nach ihm sehen, Susan. Vielleicht findest du ja heraus, was ihm fehlt.« Er nickte mir ermutigend zu. »Klar, nach dem Essen schaue ich mal, was er hat.« Ich schaute auf meinen Teller. Innerlich dachte ich mir: Klar, er hat sicher Lust, mich jetzt zu sehen. Ist ja nicht so, dass er nur wegen mir durch den Regen gelaufen wäre.

Nun konzentrierte ich mich auf mein Essen. Mit Jonathan wollte ich mich danach beschäftigen. Es gab einen leckeren Braten mit Kartoffeln und Gemüse. Zum Nachtisch Schokoladenpudding. Celine hatte sich wieder selbst übertroffen. Ich schaute aus dem Fenster. Der Regen hatte genauso abrupt aufgehört, wie er gekommen war und die Abendsonne kam heraus. Nach dem Essen verschwand mein Vater wieder in seiner Bücherei und Celine wusch das Geschirr ab.

»Hat sehr gut geschmeckt, Celine«, rief ich in ihre Richtung. »Das freut mich«, gab sie strahlend zurück. Wieder errötete sie leicht. »Ja«, stimmte Mike mir zu, »vielleicht können wir Sie ja überreden, mit zu uns nach Hause zu fahren. Meine Mutter kocht miserabel.« Sie lachte verlegen.

Tina stand auf und ging ans Fenster. »Oh, schau mal, Schatz, der Sonnenuntergang. Wollen wir einen Abendspaziergang machen? Es regnet ja nicht mehr und die Sonne geht unter. Schau mal, das Abendrot. Das sieht man in Devils Lake nicht so schön, wie hier.« »Sicher, Schatz«, er stand ebenfalls auf. »Willst du mitkommen, Susan?«, wandte sich Tina an mich. Es war sicher nett gemeint, aber ich merkte, dass sie schon gerne alleine mit Mike im Sonnenuntergang spazieren gehen wollte. »Nein, geht ihr mal alleine«, antwortete ich mit einem leichten Lächeln. »Ich schaue mal nach Jonathan.« Schon alleine, dass Tina nicht versuchte, mich zu überreden, zeigte, dass sie lieber mit Mike alleine gehen wollte. Sie verabschiedeten sich eilig und gingen hinaus. Ich blieb am Tisch zurück und versuchte zu überlegen, was ich Jonathan sagen könnte. Celine bemerkte meine Unentschlossenheit.

»Es geht mich ja nichts an, Susan«, begann sie. »Aber man kommt am besten bei Jungs an, wenn man sich so gibt, wie man ist. Wenn man sich verstellt, kommt die Wahrheit sowieso irgendwann ans Tageslicht.« Sie lächelte liebevoll. »Celine, haben Sie Kinder?«, fragte ich leise. »Nein, leider nicht«, sie atmete schwer ein und aus. »Mein Mann ist frühzeitig bei einem Autounfall verstorben und ich konnte mich danach in keinen anderen Mann mehr verlieben.«
Sie wurde traurig und wischte sich eine Träne aus dem Gesicht. »Sie wären bestimmt eine gute Mutter geworden«, sagte ich. »Sie sind so liebevoll und fürsorglich, ich fühle mich immer wohl in Ihrer Nähe.« »Nett, dass du das sagst«, nun lächelte sie leicht.

Plötzlich hörte ich die Stimme meines Vaters. »Susan? Telefon!« Ich stand auf und folgte seiner Stimme. Er war im Wohnzimmer, dort angekommen stand er nahe dem Kamin und hielt mir den Telefonhörer hin. »Deine Mutter«, sagte er lächelnd. Ich nahm den Hörer. »Hi, Mum.« »Susan«, hörte ich ihre nervöse Stimme, am anderen Ende der Leitung. »Ich habe den ganzen Tag versucht, dich auf deinem Handy zu erreichen.« »Ist etwas passiert?«, fragte ich verunsichert. »Nein, nein, alles in Ordnung. Wir hatten doch ausgemacht, dass ich dich mittags anrufe. Aber du bist nicht an dein Handy gegangen.« Mist, dachte ich, das hatte ich ganz vergessen. Ich biss mir auf die Unterlippe. »Sorry, Mum, ich hatte das ganz vergessen, dass wir telefonieren wollten. Mein Handy liegt oben im Zimmer, ich hatte nicht daran gedacht, es mitzunehmen.« »Macht doch nichts, Schatz, ist doch schön, wenn du Spaß hast.« Na ja, Spaß sah anders aus, dachte ich mir insgeheim. »Was habt ihr heute gemacht?« »Oh, wir waren am Strand, aber dann kam plötzlich ein Unwetter und wir mussten es abbrechen. Aber jetzt hat sich das Wetter beruhigt. Mike und Tina sind noch draußen und machen einen Abendspaziergang.«

»Wieso bist du nicht mitgegangen?« »Och«, sagte ich langsam. »Mir reicht es für heute. Ich bin vorhin klitschnass geworden. Jonathan hatte auch keine Lust, vielleicht unternehme ich mit ihm noch etwas.« »Und was habt ihr morgen vor?« »Bis jetzt ist noch nichts geplant, ich denke mal, wir entscheiden das spontan.« »Genug zum Unternehmen gibt es ja bei euch«, in der Stimme hörte ich, dass sie lächelte. »Was macht dein Vater?« »Er ist in seiner Bücherei und liest.« »Und Tracy?« »Die ist nicht zu Hause, sie hat ein Shooting.« Meine Mutter schluckte. Ich glaube, ganz so egal war es ihr nicht, dass es eine neue Frau in dem Leben meines Vaters gab. Aber sie gab sich selbstbewusst. »Hoffentlich haben die dort auch die passende Lippenstiftfarbe für sie, dass sie nicht wieder ausrastet.« Nun musste ich lachen. Ich mochte den trockenen Humor meiner Mutter. »Und bei dir alles in Ordnung?«, fragte ich. »Ja, alles okay ... Ist nur ein bisschen einsam abends, ohne dich. Aber ich werde es schon überleben. Du bist ja bald wieder zu Hause. Es sei denn, du willst bei deinem Vater einziehen«, sie schmunzelte. »Ich würde dich niemals verlassen«, protestierte ich lautstark. »Ich weiß, mein Engel.« Stille trat ein. Ich wusste auch nicht wirklich, was ich noch erzählen sollte. »Okay, dann melde ich mich die Tage noch mal«, unterbrach meine Mutter die Stille. »Ist gut, Mum, ich hab dich lieb.« »Ich dich mehr.« Ich lächelte. Dann legte sie auf. Als ich den Hörer aufgelegt hatte, machte ich mich auf den Weg in mein Zimmer.

Ich kramte mein Handy aus der Jackentasche heraus. Kurz schaute ich aufs Display. Acht Anrufe in Abwesenheit. Typisch meine Mutter, hatte sie bestimmt gleich wieder Panik geschoben, weil sie mich nicht erreicht hatte. Und eine SMS von Alex, er schrieb: *Hi, Susan und wie läuft es bei dir? Hoffe, du kommst gut mit deinem Vater und Jonathan zurecht. Du weißt, wenn was ist, kannst du mich jederzeit anrufen. L.G. Alex.*

Schließlich legte ich mein Handy weg, ich wollte ihm später zurückschreiben.

Ich öffnete meine Balkontür, um frische Luft reinzulassen. Durch den Regen roch es besonders intensiv nach Meer und Sand. Ich atmete tief ein und aus. Aus dem Zimmer von Jonathan war nichts zu hören. Ich wusste immer noch nicht genau, was ich zu ihm sagen sollte. Dies wollte ich spontan entscheiden. Erst mal schauen, wie er auf mich reagierte.

Nachdem ich all meinen Mut zusammengenommen hatte, ging ich zu seiner Tür. Ich klopfte an. Von drinnen war nichts zu hören. Ich öffnete sie. Jonathan stand mit dem Rücken zu mir, auf dem Balkon. Ohne mich anzusehen, sagte er: »Betrittst du immer unaufgefordert Zimmer von anderen Menschen?« Diese ablehnende Haltung verunsicherte mich noch mehr. Aber ich wollte das jetzt durchziehen. Auf seine blöde Bemerkung reagierte ich gar nicht. Ich ging in sein Zimmer und schloss die Tür. Er blieb immer noch mit dem Rücken zu mir stehen.

»Ich wollte nur wissen, was mit dir los ist«, begann ich stotternd. »Was soll denn mit mir los sein?«, fragte er genervt. »Na, du bist vorhin einfach weggelaufen. Wieso?« Nun drehte er sich zu mir um. Er verschränkte die Arme vor seiner Brust und funkelte mich böse an. »Ich wüsste nicht, was dich das interessieren sollte«, sagte er mit kalter Stimme.

Noch einmal ließ ich die Situation am Strand vor meinem inneren Auge abspielen. Ich wüsste nicht, was ich dort falsch gemacht hatte. Begeistert war ich zwar nicht, als er mich eincremen wollte, aber ich ließ es dennoch zu. Was war also sein Problem? »Es interessiert mich aber«, gab ich trotzig zurück und verschränkte auch die Arme vor der Brust. Ein bisschen kindisch war es schon, aber ich wollte eine Antwort, jetzt und hier. Jonathan sah meine Entschlossenheit im Gesicht. Er verzog seine Lippen zu einem gehässigen Grinsen. Dann kam er langsam näher. Ich versuchte, seinem Blick standzuhalten. Kurz vor mir blieb er stehen. Dann sagte er leise: »Glaub mir, das willst du nicht wissen, warum ich gegangen bin.« Seine Augen bekamen prompt wieder einen Rotstich.

Das nervte mich. Wenn er glaubte, dass er mir so wieder Angst machen konnte, hatte er sich geschnitten. Exakt in diesem Moment, als ich das dachte, blitzte und donnerte es draußen heftig. Der Regen wurde noch stärker als am Nachmittag und ich sah Äste und Blätter am Balkon vorbeifliegen.
Die Atmosphäre war etwas unheimlich. Ich musste mich stark zusammenreißen, dass ich nicht aus dem Zimmer lief. »Ich habe keine Angst vor dir«, versuchte ich, mit kräftiger Stimme zu sagen, was sich aber eher wie ein Krächzen anhörte.

Lässig lief Jonathan zu seinem Bett und holte die Zeitung, die er aus der Küche mitgenommen hatte. Er reichte sie mir und sagte dann leise, fast drohend, nun mit stechend roten Augen: »Das solltest du aber.« Nun grinste er breit. Mit offenem Mund nahm ich die Zeitung entgegen und sah ihn fragend an. »Schau mal auf Seite vier!«

Er packte mich am Arm und bugsierte mich unsanft aus der Tür. Dann schloss er sie wieder. Völlig perplex schaute ich auf die Zeitung in meiner Hand. Was meinte er nur? Ich ging wieder in mein Zimmer und setzte mich auf mein Bett. Draußen tobte der Sturm und durch den Wind hörte man es überall knacksen. Mit zitternden Händen schlug ich die Zeitung auf, bis zur vierten Seite. Ich suchte die Seite nach einer Überschrift ab, die er meinen könnte. Was ich dann sah und las, stockte mir den Atem. Er konnte nur das meinen. Dort war ein Foto von der Frau aus der Raststätte abgebildet. Die Frau, die sich mit ihrem Freund so heftig gestritten hatte.

Die Schlagzeile lautete:

Mysteriöser Tod einer 23 Jährigen!

Ich schluckte und zitterte heftig, als ich weiterlas. Dort stand unter der Schlagzeile:

Schock für einen Besucher einer Raststätte, in Minnesota.
Als ein 45-jähriger Mann seine Fahrt nach einer Rast im kleinen Ort Fergus Falls fortführen wollte, fiel diesem ein Fahrzeug am Ende des Raststätten- Parkplatzes auf. Die Fahrertür stand offen und es dröhnte laute Musik aus dem Wagen. Als sich der Passant dem Wagen näherte, fand er die Leiche einer jungen Frau auf dem Beifahrersitz und rief umgehend die Polizei.
Bei der Toten handelt es sich wohl um die dreiundzwanzigjährige Nancy Scott aus Pomona, New Jersey. Die Todesursache ist noch unklar. Nach ersten Einschätzungen der Gerichtsmedizin, handelte es sich allerdings um kein Sexualdelikt und kein direktes Gewaltverbrechen, dennoch scheint der Zustand der Leiche Fragen aufzuwerfen. Laut Polizei soll die junge Frau beim Todeszeitpunkt völlig verängstigt gewesen sein, zumindest deutet das ihr Gesichtsausdruck an.
Von der Polizei befragte Zeugen berichteten von einem hefti-

gen Streit der jungen Frau mit ihrem Freund, der bis jetzt noch als vermisst gilt. Damit rückt dieser, dessen Identität noch unklar ist, ins Fadenkreuz der Ermittler.
Durch Zeugenaussagen wurde ein Phantombild erstellt.

Daneben war eine Skizze abgebildet, die dem Mann im Restaurant sehr nahe kam. Darunter stand weiter geschrieben:

Der Mann ist circa 1.85cm – 1.90cm groß, weiß und um die fünfundzwanzig Jahre alt. Er trägt eine blaue Jeans und ein weißes Hemd. Sollten Sie Hinweise zu diesem Fall haben oder den Mann auf dem Phantombild erkennen, melden Sie sich bitte bei der nächsten, umliegenden Polizeidienststelle.

Ich las den Artikel immer wieder und wieder durch. Das konnte doch nicht wahr sein. Die Frau war tot. Ich schluckte. Panik stieg in mir hoch. Aber was hatte Jonathan damit zu tun? Warum gab er mir die Zeitung, damit ich das sah? Und was meinte er mit dem Satz, ich sollte besser Angst vor ihm haben? Hatte er etwa etwas mit dem Mord zu tun? Aber das konnte nicht sein. Er war doch die ganze Zeit bei mir und als wir gegangen waren, lebte die Frau noch.

Mir war nun richtig übel. Ich stellte mir die Situation noch einmal vor. Sie war wirklich nicht fair zu ihm. Aber war er wirklich fähig, sie umzubringen? Kurz bevor wir gegangen waren, sagte er doch gar nichts mehr und schaute sie nur an.

War es vielleicht eine Kurzschlussreaktion von ihm? Mein Vater hatte mir schon oft erklärt, dass es Menschen gab, gerade wenn sie emotional so verletzt wurden, die zu solchen Taten fähig waren. Ich musste sofort mit jemandem darüber sprechen.

Ein nächtlicher Ausflug mit Folgen

Ich nahm die Zeitung und rannte die Treppe hinunter. Schnell schaute ich in der Küche nach, aber da war keiner. Panisch rannte ich weiter ins Wohnzimmer, dort saßen Tina und Mike auf der Couch und schauten Fernsehen. Tina hatte klatschnasse Haare und trocknete sie gerade ab, anscheinend waren sie schon wieder ins Unwetter geraten. Abrupt blieb ich vor den beiden stehen. Beide standen auf, als sie meine Panik in meinem Gesicht sehen konnten. Mike kam auf mich zu. Dann nahm er meine beiden Arme fest in seine Hände. Mit ernster Miene sagte er zu mir: »Ganz ruhig, Susan, beruhige dich! Was ist passiert?«

Er sah mich ernst an. Ich hielt ihm die Zeitung hin und sagte stotternd:

»Seite vier.« Er blätterte sie schnell auf, seine Pupillen weiteten sich, als er den Bericht las. »Das kann doch nicht sein«, sagte er leise und hielt Tina die Zeitung hin. Sie wurde ganz blass und stotterte: »Die ist … tot? Aber warum? Das kann doch nicht sein.«

Wir setzten uns auf die Couch und starrten auf den Bericht. Da stand es, schwarz auf weiß. Wir konnten es nicht fassen. Stille trat ein. Keiner wusste, was er dazu sagen oder davon halten sollte. Mein Vater betrat das Wohnzimmer. »Was ist denn hier für eine Trauerstimmung?«, fragte er und lächelte uns an. Mike schaltete den Fernseher aus. Mein Vater setzte sich zu uns.

Tina biss sich nervös auf die Unterlippe. »Das trifft es ziemlich genau«, sagte ich zu meinem Vater und gab ihm die

Zeitung. Ich zeigte mit dem Finger auf den Bericht. Er las ihn aufmerksam durch und bekam wieder seine Sorgenfalte. Dann sah er auf und uns jeden einzeln an. »Und was habt ihr damit zu tun?« »Wir haben die Frau gesehen«, sagte Tina leise. »Sie saß am Nebentisch, mit diesem Typ. Sie hatten sich gestritten. Aber als wir fuhren, lebte sie noch«, sie schluckte. Mein Vater sah mich prüfend an. Dann sagte er ganz sachlich. »Hat er sie bedroht?« Ich überlegte, schließlich sagte ich nachdenklich: »Nein, überhaupt nicht. Am Ende war er sogar relativ ruhig und ließ ihre Beleidigungen einfach an sich abprallen.« Mein Vater schaute wieder auf den Bericht und dachte nach.

»Dad?«, unterbrach ich ihn in seinen Gedanken. »Ja?« Er sah zu mir auf. »Du hast mal zu mir gesagt, dass gerade die unscheinbaren Menschen zu Kurzschlusshandlungen neigen können, wenn sie emotional aufgewühlt sind.« »Das ist richtig«, sagte er immer noch im nachdenklichen Ton. »Er ist immer noch auf der Flucht«, sagte er mehr zu sich selbst, als zu uns. »Meinst du, er stellt sich selbst?«, fragte ich zögernd. »Ich kann es dir nicht sagen, Susan. Vielleicht ist er ja noch in einer Art Schockzustand und hat noch nicht begriffen, was er getan hat ... wenn er es war.« »Wer soll es denn sonst gewesen sein?«, fragte Mike. »Nur, weil es die einfachste Schlussfolgerung aus dem Ganzen ist, muss es nicht auch die Richtige sein.«

Er stand von seinem Platz auf. »Braucht ihr die Zeitung noch?« Ich schüttelte den Kopf. »Macht euch nicht so viele Gedanken, sicher ist es schlimm, was da passiert ist, aber ihr könnt es nicht ändern. Am besten, ihr geht jetzt auf eure Zimmer und ruht euch etwas aus. Es ist schon spät.« Mike und Tina nickten benommen und standen auf. »Wir sehen uns morgen, Susan.« Sie verließen den Raum. Auch ich stand nun auf. Mein Vater hielt mich sanft an der Schulter fest, bevor ich ging. »Alles in Ordnung, Susan?« Er sah mich liebevoll an. »Wird schon«, antwortete ich und versuchte zu lächeln.

Ich ging rauf auf mein Zimmer. Aus Jonathans Zimmer hörte man gar nichts.

Ob er schon schlief? Konnte er nach dem ganzen Stress, der heute war, wirklich seelenruhig schlafen? Ich schaute aus der Balkontür. Draußen tobte immer noch ein Unwetter. Hoffentlich ist es morgen besser, dachte ich genervt. Ich zog mich rasch um und machte mich bettfertig. Dann schlüpfte ich in meinem Bett unter meine Bettdecke.

Hellwach konzentrierte ich mich auf meinen Sternenhimmel über meinem Bett. Ich hoffte, dass es mich ein bisschen von meinen Gedanken ablenken würde.

Nach einer Zeit schaute ich auf meine Armbanduhr, es war halb zwölf. Wie gerne würde ich mir noch eine Meinung von jemand Außenstehenden holen, dachte ich nervös. Aber konnte ich Alex jetzt noch anrufen? War es nicht schon zu spät? Ich beschloss, ihm eine SMS zu schreiben, wenn er noch wach sein sollte, rief er mich sicher an. Schnell holte ich mein Handy von der Kommode und schlüpfte wieder in mein Bett. Ich schrieb: *Hi, Alex, hier geht es drunter und drüber. Könntest du mich bitte anrufen, sobald du diese SMS liest? Egal wie spät es ist. Es ist wirklich wichtig, ich muss mit dir reden.* Ich verschickte die SMS. Dann wartete ich. Nach einer gefühlten halben Stunde hörte ich noch immer nichts von Alex. Ich ging davon aus, dass er bestimmt schon schlief. Sobald er die SMS lesen würde, würde er sich bestimmt bei mir melden. Da war ich mir sicher.

In dieser Nacht drehte ich mich unruhig in meinem Bett hin und her. Wieder träumte ich nur wirres Zeug. Ich träumte von der Raststätte, von der jungen Frau, die wirklich hübsch war. Verzweifelt versuchte ich, sie vor ihrem Freund zu warnen, doch es gelang mir nicht. Sie nahm mich nicht wahr. Später sah ich sie tot im Wagen liegen. Plötzlich lief ich durch ein Unwetter. Ich war klatschnass und Jonathan verfolgte mich. Bis er mich schließlich einholte und mich am Arm packte. Grob riss er mich rum und fragte mich mit roten Augen und kalter Stimme: »Hast du jetzt Angst vor mir?«

Erschrocken wachte ich auf. Ich musste geschrien haben im Schlaf, weil ich meinen unterdrückten Schrei noch immer hören konnte, als ich aufwachte. Mein Herz raste und ich war schweißgebadet. Völlig gerädert schaute ich auf meine Armbanduhr, wir hatten fünf Uhr nachts. Benommen krabbelte ich aus meinem Bett und fasste mir an den Nacken. Ich war völlig verspannt. Langsam ging ich aus meinem Zimmer, dann die Treppe runter und in die Küche. Müde schlurfte ich zum Kühlschrank, öffnete ihn und holte mir eine Flasche Wasser heraus. Ich trank die Flasche halb leer, ohne sie auch nur einmal abzusetzen. Zaghaft lehnte ich mich an den Esstisch und schaute aus dem Fenster. Draußen stürmte es noch immer. Und der Regen hatte auch noch nicht nachgelassen. Ich war gespannt, was mir der nächste Tag wohl bringen würde.

Spontan überlegte ich, was ich jetzt machen sollte, ich war hellwach. Und durch die Albträume hatte ich Angst, weiterzuschlafen. Ich lief zurück in mein Zimmer und zog mich an. Trotz Unwetter wollte ich an die frische Luft. Ich zog mir warme Sachen an und meine Regenjacke. Meine Kapuze zog ich so fest zu, wie es ging. Nur meine Augen schauten noch heraus.

Ich schlich mich in die Eingangshalle. Dann suchte ich den Schlüssel von meinem Vater. Meistens legte er ihn auf das kleine Tischchen neben der Eingangstür. Dort fand ich ihn dann auch. Ich steckte ihn ein und ging nach draußen; leise zog ich die Haustür zu. Mein Handy hatte ich auch mitgenommen, für den Fall, das Alex anrufen sollte.

Draußen war es bitterkalt und ich fühlte mich nach wenigen Schritten schon durchgefroren. Soll das der Monat Juli sein?, dachte ich genervt. Das hatte mit Sommer überhaupt nichts zu tun. Ich lief geradewegs den Strand entlang. Der Regen prasselte auf mich nieder. Am Himmel zeigten sich Blitze in allen Variationen, es war ein echtes Naturschauspiel. Durch die Kälte und den Regen, weckte es alle Lebensgeister in mir. Ich atmete tief ein, spürte den Sand und den Salzgeschmack in meinem Mund.

Nach circa zwanzig Minuten überlegte ich, ob ich wieder umkehren sollte. Plötzlich sah ich in weiter Entfernung etwas leuchten. Ich hielt kurz inne und versuchte, es genauer zu erkennen, aber durch den starken Regen sah ich alles bloß verschwommen. Deshalb beschloss ich, nun nahe der Straße zu laufen und nicht am Meer. Ich wollte nachsehen, was es war und konnte mich im Notfall so besser verstecken. Notgedrungen musste ich über ein paar Felsen und Steine steigen. Sie waren glatt und durch die Algen und den Schlick roch es modrig. Nach circa zehn Minuten mühsamen Vorankommens war ich dem Licht schon ein ganzes Stück nähergekommen. Nun stand ich oberhalb des Meeres und konnte auf den Strand hinunterschauen. Ich kniete mich hin und versuchte, etwas mehr zu erkennen. Nach längerem Hinsehen konnte ich eine Person erkennen. Hm, wer war denn noch so verrückt und würde bei diesem Wetter und dieser Uhrzeit am Strand unterwegs sein? Und was war das für ein Licht? Eine Taschenlampe jedenfalls nicht und auch kein Feuer, das hätte anders ausgesehen. Ich musste noch näher an die Person herankommen, wenn ich etwas sehen wollte.

Nach kurzem Überlegen nahm ich all meinen Mut zusammen und schlich mich an einen Aussichtsturm für Rettungsschwimmer heran. Ich dachte mir, dass ich von oben vielleicht mehr erkennen könnte. Langsam und mit Bedacht stieg ich die Leiter hinauf. Oben angekommen, legte ich mich auf den Bauch und machte mich ganz klein. Nun war ich etwas näher und konnte mehr erkennen. Im Gegensatz zu mir war die Person nicht wirklich dem Wetter passend angezogen. Sie trug kurze Sommersachen. Aber sie machte nicht den Eindruck, als würde sie frieren oder der Regen sie stören. Merkwürdig, dachte ich.

Ich stand wieder auf und duckte mich etwas, plötzlich ließen die Holzdielen unter mir nach und ich krachte hindurch. Mit den Armen stemmte ich mich nach oben, schaffte es aber nicht, mich hochzuziehen. Ich versuchte, nicht in Panik auszubrechen. Zaghaft sah ich mich um. Glück im Unglück, dachte ich. Hätte ich es nicht geschafft, mich mit den Armen oben zu halten, wäre ich bestimmt acht Meter gestürzt. Und wer weiß, wie es dann ausgegangen wäre. Aber meine jetzige Situation reichte mir auch schon. Mir tat höllisch das rechte Bein weh und am rechten Arm war meine Jacke kaputt und Blut kam zum Vorschein. Fieberhaft überlegte ich, was ich jetzt machen sollte. War mein Bein gebrochen?
 Bitte nicht, das fehlte mir gerade noch. In der ganzen Aufregung bemerkte ich gar nicht, dass die Person nun näherkam und ein paar Meter entfernt von mir am Wasser stand.

Ich versuchte, nicht an meine Schmerzen zu denken und sah hinüber zu ihr. Mein Herz raste, als ich erkannte, wer es war. Es war Jonathan. Wieder hatte er seine beiden Arme nach vorne gestreckt und das Licht, was ich die ganze Zeit nicht richtig deuten konnte, kam wieder aus seinen Händen. Es war nun dunkelrot. Ich erschauderte und das kam nicht von der Kälte oder den Schmerzen. Er machte mit den Händen eine schnelle Bewegung nach vorne und vor ihm baute sich eine riesige Welle auf. Je nachdem wie er seine Arme bewegte, bewegte sich die Welle auch in die Richtung. Ich glaubte nicht, was ich da sah. Er wiederholte dies zwei, dreimal und nickte dann zufrieden mit dem Kopf. Dann wandte er sich zum Gehen. Ich versuchte, mich so klein wie möglich zu machen. Er durfte mich auf keinen Fall sehen. Mein Herz tobte in meiner Brust und mein Bein schmerzte unangenehm.

Jonathan stand nun seitlich zu mir, er atmete einmal tief durch. Bitte, schau nicht nach rechts, dachte ich panisch. Aber ich hatte Glück. Mit roten Augen rannte er wie der Teufel davon. Nach wenigen Sekunden war er außer Sichtweite.

Nun hing ich da, auf dem Aussichtsturm in der Luft und bei jeder Bewegung durchfuhr mich ein heftiger Schmerz im rechten Bein. Was sollte ich jetzt tun? Alleine kam ich da nie raus. Ich schaffte es, vorsichtig mein Handy aus der Jackentasche zu holen. Langsam wählte ich die Nummer von Tina. Während ich dem Freizeichen lauschte, schaute ich auf meine Armbanduhr, es war noch sehr früh am Morgen. Je länger es klingelte, desto nervöser wurde ich. Mensch, Tina, geh ran, dachte ich nervös.

»Ja?«, hörte ich schließlich ihre schläfrige Stimme am anderen Ende der Leitung. »Tina, ich bin's, Susan.« »Susan? Was gibt's? Wo bist du denn?« »Tina, hör mir bitte nur zu, wir haben keine Zeit.« »Okay!«, hörte ich ihre gespannte Stimme, nun schon etwas wacher.

»Du musst mir helfen. Ich bin nicht zu Hause. Sondern etwa eine Meile von dem Haus meines Vaters entfernt. Bei dem Aussichtsturm. Weißt du noch, wo wir uns gesonnt hatten?« »Ja«, sagte sie zögernd. »Da, nur noch etwas weiter, bin ich oben auf einem Aussichtsturm eingebrochen. Ich kann mein Bein nicht richtig bewegen und schaffe es nicht alleine, mich hochzuziehen.«

Ich hörte Tina am anderen Ende der Leitung tief durchatmen. »Du musst kommen und mir helfen. Aber du musst alleine kommen, Tina, nicht mit Mike oder Jonathan. Am besten ist, wenn sie gar nicht mitbekommen würden, wo du hingehst. Wenn niemand erfährt, wo du hingehst. Und nimm ein Seil mit. Du musst mich rausziehen.« »Susan, was …?« »Erzähl ich dir alles später«, unterbrach ich sie. »Beeil dich!« Ich wusste, dass sie das Flehen und die Dringlichkeit in meiner Stimme wahrnahm. Sie überlegte kurz, schließlich willigte sie ein und legte auf.

Nun hieß es warten, bis Tina bei mir war. Was anderes konnte ich nicht tun. Ich versuchte, mich so gut es ging kaum zu bewegen, damit ich nicht ganz durchbrach. Der Regen wollte nicht weniger werden. Ich hoffte, dass der Holzboden mein Gewicht so lange tragen konnte. Jede Bewegung hätte es wahrscheinlich nur noch schlimmer gemacht. Wie sollte ich Tina erklären, wie ich in diese verzwickte Lage geraten war? Ich konnte ihr nichts von den ganzen unheimlichen Vorkommnissen erzählen. Tina wollte ich da nicht mit hineinziehen. Sie war meine Freundin und ich wollte nicht, dass ihr etwas passierte. Wer weiß, wozu Jonathan noch alles in der Lage war. Es half nichts, ich würde mir spontan etwas einfallen lassen müssen. Ich hoffte nur, sie würde mich ernst nehmen und wirklich alleine kommen. Es kam mir wie eine Ewigkeit vor, als ich da in dem Holzboden eingeklemmt hing. Hoffentlich konnte sie mich finden und mir raushelfen.

Nach weiteren Minuten sah ich sie endlich am Strand entlanglaufen. Sie war Gott sei Dank alleine und hatte ein großes Seil dabei. In meinem Handy hatte ich eine Taschenlampe. Ich machte sie an und versuchte, damit auf mich aufmerksam zu machen. Rufen wollte ich nicht, wer weiß, ob Jonathan noch in der Nähe war. Das wäre dann bestimmt ein gefundenes Fressen für ihn gewesen. Nach kurzer Zeit wurde Tina dann auf mich aufmerksam. Sie verstand sofort und machte sich auf den Weg zu mir. Nach wenigen Minuten war sie dann außer Sichtweite. Kurz darauf hörte ich ihre Stimme unter mir. »Susan, beweg dich nicht, ich bin gleich bei dir.« »Sei vorsichtig«, sagte ich nervös. »Nicht, dass die Leiter auch noch kracht.«

Ich hörte sie langsam die Leiter hinaufkommen. Schließlich vernahm ich ihre Stimme, dicht hinter mir. »Oh, Susan, wie hast du denn das geschafft?« »Das erkläre ich dir später. Wir müssen uns beeilen.« Ich spürte, dass das Holz nachgab. »Lange kann ich mich nicht mehr halten!«, sagte ich panisch. »Okay«, sagte Tina ruhig. »Ich binde dir das Seil jetzt um den Bauch.« Ich nickte langsam. Jede schnelle Bewegung hätte mich einstürzen lassen können. Ich spürte das Seil um meinen Bauch und wie Tina es festzog. Dann fädelte sie das Seilende durch einen Haken an der Decke, der normalerweise für die Rettungsbojen war. Im Blickwinkel konnte ich ihren angespannten Gesichtsausdruck erkennen. »Meinst du, du hast die Kraft, mich rauf zu ziehen?«, fragte ich ängstlich. Empört stemmte sie beide Arme in ihre Taille und schaute wütend auf mich herab. »Hast du vor Kurzem mal in den Spiegel gesehen, Susan? Du bist nur noch Haut und Knochen. Ich bin zwar eine Frau, aber dich kann ich mit Leichtigkeit tragen.«

Plötzlich hörte ich das Holz unter mir knacksen. Tina reagierte sofort. Sie packte das Seilende und zog so fest sie konnte. Im gleichen Moment fiel ich durch den Boden. Ich schrie und taumelte hoch oben in der Luft, mein Bein schmerzte höllisch. »Ganz ruhig«, rief mir Tina nervös zu. »Um dich runterzulassen reicht das Seil nicht. Ich versuche, dich jetzt vorsichtig hochzuziehen.« Ich nickte, vergaß aber, dass sie das ja nicht sehen konnte und rief zu ihr herauf: »In Ordnung.« Krampfhaft hielt ich mich am Seil fest, das sich jetzt stramm um meine Achseln schnürte, da es durch die Wucht des Sturzes nach oben gerutscht war, es brannte höllisch. Aber noch mehr schmerzte mein Arm.

Stück für Stück gewann ich an Höhe. Hoffentlich hält der Haken, dachte ich angespannt und versuchte, mich leicht zu machen. Schließlich war ich wieder am Holzboden angekommen und versuchte, mich mit den Armen hochzuziehen. Ich mobilisierte noch einmal alle meine Kräfte und Tina auch. Kurze Zeit später hatten wir es endlich geschafft und ich stemmte mich aus dem Loch. Ich ließ mich erschöpft daneben auf den Holzboden fallen. Dann krächzte ich völlig außer Atem, »Danke.« Tina stand vor mir und stützte ihre Hände auf die Knie, sie war ebenso völlig außer Atem. »Dich kann man auch nie alleine lassen«, grinste sie in meine Richtung. »Was hattest du denn hier oben zu suchen?« Sie half mir aufzustehen und löste das Seil von meinem Brustkorb. Als sie merkte, dass ich mit dem rechten Bein nicht richtig auftreten konnte, stützte sie mich mit dem linken Arm. Ich klammerte mich an das Geländer. Tina nahm das Seil vom Haken und wickelte es auf. Dann band sie es zusammen und legte es sich über die Schulter. »Okay«, sagte sie im fachmännischen Ton. »Du gehst zuerst die Leiter runter und mach langsam. Nicht, dass die auch noch durchbricht.«

Langsam und mit Bedacht stieg ich Sprosse für Sprosse die Leiter herab. Ich war sehr langsam, weil mein Bein ständig verkrampfte und schmerzte. Unten angekommen, kniete ich mich erschöpft hin. Das Unwetter tobte noch immer über unseren Köpfen. Nun kam Tina langsam die Leiter hinunter. »Hast du denn das Schild nicht gesehen?«, fragte sie gereizt und deutete neben die Leiter. Dort stand auf einem großen Schild, was man selbst im Dunkeln gut erkennen konnte: **Einsturzgefahr!!! Betreten verboten!!!**

Ich schluckte. »Nein, das habe ich nicht gesehen.« Tina grinste. »Typisch, Susan.« Sie half mir aufzustehen und hielt mich auf der linken Seite fest. Wir kamen nur sehr schleppend voran. »Also«, begann Tina von Neuem. »Was hattest du dort zu suchen? Und warum durfte ich niemandem sagen, was passiert ist?« Sie sah mich mit ihrem skeptischen Blick von der Seite an. »Nun ja«, begann ich zögernd, würde mir jetzt so schnell eine Notlüge einfallen? »Es ist etwas peinlich.« »Nun sag schon!«, drängte Tina. Sie hasste es, wenn man so rumdruckste.

»Ich bin vorhin früh aufgewacht und konnte nicht mehr schlafen.«
Während ich das erzählte, versuchte ich, sie nicht anzusehen. »Obwohl es so stark regnete, hatte ich Lust raus an die frische Luft zu gehen. Ich lief am Strand entlang und der

Regen wurde immer stärker. Dann sah ich den Aussichtsturm und wollte mich dort unterstellen, bis der Regen etwas nachgelassen hätte. Doch plötzlich gab der Boden unter mir nach und ich brach ein.«

Tina blieb erst stumm und dachte nach. Schließlich sagte sie: »Aber warum durfte ich niemandem etwas davon sagen, vor allem nicht Mike oder Jonathan?«
Sie legte die Stirn in Falten. Ich schluckte und überlegte fieberhaft eine plausible Antwort auf ihre Frage. Schließlich errötete ich leicht und sagte zögernd: »Es wäre mir peinlich vor den Jungs gewesen.« Das schien sie mir abzukaufen. »Ach, Susan«, sagte sie nun lächelnd. »Von mir werden sie nichts erfahren, versprochen.« Ich hatte einen Kloß im Hals. Es gefiel mir gar nicht, Tina anzulügen. Aber es war zu ihrer eigenen Sicherheit.

Schließlich konnten wir von Weitem das Haus meines Vaters erkennen. »Da wäre noch etwas«, sagte ich leise, als ich das Haus von meinem Vater in der Ferne erkennen konnte. »Es wäre gut, wenn mich jetzt keiner so sehen würde. Schon gar nicht mein Vater. Er würde ausflippen, wenn er wüsste, dass ich mitten in der Nacht am Strand und auf den Aussichtsturm geklettert wäre. Und mich dann auch noch verletzt hätte.« Sie nickte zustimmend. »Du hast recht. Es ist am besten, wenn nur wir beide etwas von deinem kleinen Ausflug wissen«, sie zwinkerte mir zu. Ich war erleichtert.

Am Haus angekommen, blieb ich auf der Veranda stehen. Tina wollte zuerst reingehen und schauen, ob die Luft rein war. Ich gab ihr den Schlüssel von meinem Vater. Sie schloss die Tür auf und verschwand im Haus. Nach wenigen Minuten kam sie wieder zu mir. »Die Luft ist rein!«, flüsterte sie.

»Am besten bringst du mich ins obere Badezimmer«, nuschelte ich. Sie stützte mich wieder. Wir schlichen langsam Schritt für Schritt die Treppe herauf. Oben angekommen, ging ich geradewegs ins Bad. Tina ging in mein Zimmer und holte mir trockene Sachen. Sie kam zu mir ins Bad und legte sie auf einen Stuhl neben der Badewanne. »Brauchst du mich noch?«, fragte sie leise. »Nein. Geh lieber wieder zu Mike, bevor er aufwacht. Ich danke dir, Tina!« »Kein Problem, Süße.« Sie lächelte mich an und verließ das Bad.

Die Wahrsagerin

Kaum war sie aus der Tür, schloss ich ab und setzte mich auf den Badewannenrand. »Geschafft«, murmelte ich. Das war gerade noch mal gut gegangen. Kritisch begutachtete ich mich im Spiegel. Ich sah furchtbar aus, klatschnass und schmutzig. Langsam ging ich zur Badewanne und ließ mir Wasser ein. Dann zog ich meine nassen Sachen aus. Meine Jacke konnte ich direkt entsorgen, die war nicht mehr zu retten. An meinem rechten Arm prangte eine tiefe Schnittwunde. Mein Bein war wohl nicht gebrochen, ich denke, es war nur eine Prellung. Es war auf der rechten Seite übersät mit Blutergüssen, die jetzt schon ein gefährliches lila annahmen. Ich seufzte und legte mich in die Badewanne. Erschöpft schloss ich die Augen und genoss die wohlige Wärme, die durch meinen Körper fuhr. Ich atmete den sanften Seifengeruch ein und spürte, dass mein Körper immer schwerer wurde. Schließlich schlief ich ein.

Dann hörte ich ein lautes Klopfen. Ich schreckte hoch, mein Wasser war eiskalt.

Wieder hörte ich das laute Klopfen. Es war Celines Stimme, die sprach. »Hallo? Ist da jemand?«, fragte sie energisch. »Ja, Celine«, sagte ich benommen. »Entschuldigung, ich bin in der Badewanne eingeschlafen.« Vor der Tür hörte ich sie leise lachen. »Alles klar, Susan, lass dir Zeit.« Ich hörte, wie sich ihre Schritte von der Tür entfernten.

Ich bewegte mich langsam im eiskalten Wasser. Schließlich ließ ich etwas Wasser raus und Heißes wieder rein. Meine Haut war schon ganz schrumpelig. Ich schaute auf eine Uhr, die rechts von mir an der Wand hing. Es war kurz nach neun. Ich musste eine gute Stunde geschlafen haben. Als mein Wasser wieder angenehm warm war, seifte ich mich ordentlich ab und wusch mir die Haare. Meine Wunde am Arm sparte ich aus. Sie brannte auch so schon wie Feuer. Als ich damit fertig war, stieg ich vorsichtig aus der Badewanne. Die Wärme hatte meinem Körper gut getan, aber mein Bein schmerzte noch immer. Ich trocknete mich ab und zog mich an. Tina hatte mir eine dunkelblaue Jeans und ein rotes Oberteil gebracht. Dazu weiße, schöne Unterwäsche. Das alles musste von den neuen Sachen aus meinem Schrank stammen. Was soll's, dachte ich und zog es an. Ich begutachtete mich im Spiegel. Durch das rote Oberteil sah ich nicht mehr ganz so blass aus, das gefiel mir. Ich föhnte meine Haare und putzte mir die Zähne. Dann suchte ich nach etwas Brauchbarem für meinen Arm. Auf der linken Seite fand ich einen Erste-Hilfe-Kasten an der Wand. Ich öffnete ihn und fand eine Salbe für Schürfwunden und eine Mullbinde. Vorsichtig cremte ich mir die Wunde ein. Es brannte stark. Dann legte ich mir die Mullbinde an. Es war etwas schwierig mit einer Hand, aber mit Ruhe und Geduld bekam ich es hin.

Ich nahm meine nassen Sachen und schloss die Tür auf. Dann spähte ich raus, ob auch niemand im Gang war. Aber niemand war zu sehen. Schnell lief ich in mein Zimmer und schloss die Tür. Meine Sachen stopfte ich in meinen Koffer. Dann nahm ich einen schwarzen Pullover aus dem Kleiderschrank und zog ihn mir über.

Im Kommodenspiegel überprüfte ich dann, ob mein rechter Arm dicker durch die Mullbinde aussah, als der linke. Aber es war nichts zu erkennen. Jetzt musste ich nur noch darauf achten, dass ich halbwegs normal ging und nicht humpelte. So schmerzhaft das auch sein würde. Niemand durfte etwas bemerken. Wie hätte ich sonst die Verletzungen erklären sollen? Ich atmete einmal tief durch und setzte mich auf mein Bett. Gedanklich ließ ich die letzten Stunden noch einmal Revue passieren. Wieder sah ich Jonathan vor meinem inneren Auge, wie er diese riesige Welle erzeugte, mit dieser enormen Kraft. Ich erschauderte bei diesem Gedanken. Wieso tat er das? Was für ein Ziel verfolgte er?

Das Klingeln meines Handys holte mich aus meinen Gedanken. Ich schaute, von wo das Klingeln kam. Es kam aus dem Schrank. Ich hatte mein Handy aus Versehen mit den nassen Anziehsachen in den Koffer gestopft. Hektisch wühlte ich in dem Koffer, bis ich mein Handy endlich in meiner Jackentasche fand. Ich schaute auf das Display. Es war Alex. Mit zitternden Händen hob ich ab.

»Hi, Alex«, rief ich ins Handy. »Susan«, hörte ich seine nervöse Stimme. »Ich habe deine SMS erst jetzt gelesen. Es tut mir leid, was ist los?« Ich setzte mich auf mein Bett und atmete tief durch. »Susan, was ist los?«, fragte Alex jetzt drängender. »Ich weiß nicht, wo ich anfangen soll«, begann ich leise. Nun spürte ich ein Brennen in den Augen und ich hatte einen Kloß im Hals. Ich wollte ihm von dem Mord erzählen. Aber auf keinen Fall von Jonathan und dass er vielleicht in dem Ganzen mit drinsteckte. Nur wie, das wusste ich noch nicht. Ich konzentrierte mich darauf, das Brennen in den Augen zu unterdrücken und dass sich meine Stimme kräftig anhörte.

»Alex«, begann ich. »Gestern habe ich die Zeitung gelesen und habe dort eine schlimme Entdeckung gemacht.« »Welche?«, fragte er ernst. »Auf der Fahrt zu meinem Vater haben wir an einer Raststätte haltgemacht. Wir aßen dort etwas, in einem von den Restaurants. Neben uns stritt sich ein Pärchen. Es ging wohl darum, dass sie ihn betrogen hatte. Sie beleidigte ihn die ganze Zeit. Als wir nach dem Essen wieder weiterfahren wollten, redete sie auf ihn ein und er saß nur da und sagte gar nichts.«

Ich schluckte, weil ich die Szene genau vor meinem inneren Auge sehen konnte. Alex sagte nichts, er hörte nur aufmerksam zu. Ich fuhr fort. »Gestern habe ich dann in der Zeitung gelesen, dass die Frau tot ist. Er gilt als dringend tatverdächtig und ist auf der Flucht. Aber ich kann mir das nicht vorstellen. Er machte auf mich nicht den Eindruck, als wäre er zu so etwas fähig.« Ich schwieg. Alex räusperte sich. »Ich habe davon gehört, es kommt ständig in den Nachrichten.« »Was?«, fragte ich irritiert. »Es kam in den Nachrichten. Ich habe es heute Morgen im Radio gehört. Aber du kannst nichts dafür, Susan.« »Ich weiß«, sagte ich jetzt schluchzend.

»Aber wenn ich es geahnt hätte, hätte ich sie vielleicht warnen können.« »Susan, woher hättest du denn ahnen sollen, dass er sie hätte umbringen wollen? Millionen Menschen streiten sich täglich. Da kann man auch nicht von ausgehen, dass sie sich direkt an die Gurgel gehen und sich umbringen.« Ich nickte stumm. Schließlich sagte ich bloß: »Du hast recht, Alex. Sorry, ich habe überreagiert.«

»Ist schon in Ordnung, Susan. Das muss dir nicht leidtun. Ich wäre sicher auch geschockt, wenn ich die Person zwei Tage vorher noch gesehen hätte. Ob ich sie nun gut kannte oder nicht. So etwas ist nicht immer leicht zu verstehen. Wenn es so schlimm für dich ist, dann wende dich an deinen Vater. Er kann dir sicher helfen, dass es dir bessergeht.« »Du hast recht«, sagte ich nun tonlos. »Vielleicht sollte ich das wirklich machen. Ich danke dir, Alex.« »Kein Problem, für dich bin ich jederzeit da, das weißt du doch.«

Wieder bekam ich ein schlechtes Gewissen, weil ich ihm nur die Hälfte erzählte.

Aber ich konnte das alles mit Jonathan nicht erzählen, auch nicht, dass er eventuell da mit drinsteckte, wie auch immer. »Ich werde es schon überleben«, sagte ich nun und versuchte optimistisch zu klingen. »Sie werden den Typ schon zu fassen kriegen«, sagte Alex voller Zuversicht. »Vertrau mir.« »Danke, Alex, mir geht es schon viel besser«, log ich. »Das freut mich. Ich werde mein Handy nun jederzeit bei mir tragen, dass du mich immer erreichen kannst.« »Das ist gut.« »Okay, Süße, ich muss jetzt leider los, ich bin noch verabredet. Wir hören voneinander, in Ordnung? Und mach dir nicht so viele Gedanken.« »Okay, ich versuchs.« Er verabschiedete sich noch kurz, dann legte er auf.

Ich schaute auf mein Handy in meiner Hand und spürte, dass mir die Tränen hinunterliefen. Das Brennen in meinem Hals wurde stärker und ich fragte mich, wie lange ich das alles noch aushalten könnte. Es fiel mir schwer, mit niemandem über die mysteriösen Dinge sprechen zu können. Aber wer war stark genug, damit umzugehen, mir zu glauben und vor allem, es für sich zu behalten? Viele fielen mir da nicht ein. Vielleicht Alex, er würde es sicher niemandem sagen. Er würde mir auf jeden Fall glauben, so wahnsinnig die Geschichte auch klingen mag. Tina auf keinen Fall! Belanglose Dinge war sie sicher in der Lage, für sich zu behalten, aber so etwas? Undenkbar. Mike würde sie es auf jeden Fall erzählen und dann könnte ich es auch gleich jedem selber sagen. Mein Vater? Auf keinen Fall. Er würde sich zu viele Sorgen machen und ich weiß nicht, ob er mich vielleicht für verrückt erklären und mich in die nächste Psychiatrie einweisen lassen würde. Natürlich zu meiner eigenen Sicherheit.

Ich überlegte weiter, wer vielleicht noch infrage käme. Hm,

meiner Mutter konnte ich es auch nicht erzählen. Sie hatte genug Stress, da brauchte ich ihr nicht noch mit einer weiteren Last zu kommen.

Viel mehr blieben nicht übrig. Das waren die Menschen, die mir am nächsten waren. Wenn man alles zusammennahm, war Alex wirklich der Einzige, der infrage käme. Aber das würde ich mir erst noch mal in Ruhe durch den Kopf gehen lassen. Am Telefon sowieso nicht. Wenn, würde ich ihm das persönlich erzählen, um seine Reaktion zu sehen, ob er mir wirklich Glauben schenkte.

Ich wischte mir die Tränen aus dem Gesicht und öffnete meine Balkontür. Draußen war herrlicher Sonnenschein. Man wäre niemals darauf gekommen, dass es vor wenigen Stunden noch bitterkalt war und man vor starkem Regen kaum noch etwas sehen konnte. Das mit dem Wetter kam mir schon merkwürdig vor, noch nie hatte ich so einen Wetterumschwung erlebt. Na ja, die Küste war ja für ihre Wetterlaunen bekannt.

Einige Minuten stand ich da und beobachtete die Möwen bei ihren waghalsigen Flugmanövern. Nur mühsam konnte ich mich von dem Anblick losreißen. Mein verletzter Arm schmerzte und mein rechtes Bein pochte unangenehm. Wieder kamen mir die letzten Stunden in den Sinn, als ich dort völlig hilflos auf dem Aussichtsturm festhing. Die ganze Situation hätte auch anders ausgehen können. Ich hätte tiefer stürzen und mich ernsthafter verletzen können. Oder Jonathan hätte mich entdecken und mir etwas antun können …

Aber würde er mir etwas antun? Wirklich verneinen konnte ich das nicht. Zügig ging ich zu meinem Kommodenspiegel und schaute, ob ich verheult aussah. Ich wollte nicht, dass man mir das ansah. Müde und blass sah ich aus, aber nicht so, als hätte ich noch vor wenigen Minuten die Fassung verloren.

Ich nahm mir fest vor, nicht mehr an die letzte Nacht zu denken. Jonathan durfte nicht erfahren, dass ich ihn beobachtet hatte. Nur meine Schmerzen in Arm und Bein sollten mich noch an diese Nacht erinnern. Es tat mir nicht gut, mich damit zu beschäftigen. Ich würde ja doch auf keine Idee kommen, was das alles zu bedeuten hatte.

Kurz darauf öffnete ich meine Zimmertür und machte mich auf den Weg in die Küche. Ich versuchte, normal zu laufen und nicht zu humpeln. Das fiel mir sehr schwer, gerade bei den Treppenstufen spürte ich mein Bein bedrohlich brennen.

Aber ich biss die Zähne zusammen und versuchte, den Schmerz zu ignorieren.

In der Küche angekommen, saßen nur Tina und Mike beim Frühstück. »Guten Morgen«, sagte ich zu den beiden, als hätte ich Tina an diesem Morgen noch nicht gesehen. »Guten Morgen«, sagte Mike gut gelaunt und machte sich weiter an seinem Müsli zu schaffen. Tina lächelte nur breit. »Gut geschlafen, Susan?« »Es ging so«, sagte ich ruhig und versuchte, zurückzulächeln. Ich setzte mich zu den beiden. Mike sah nicht so aus, als hätte Tina ihm etwas erzählt. Darüber war ich erleichtert. Sie schien Wort zu halten.

»Wo sind die anderen?«, fragte ich und sah mich in der Küche um. Tina schob mir einen Teller mit Müsli und einen Löffel zu, dann sagte sie zu mir gewandt: »Alle ausgeflogen.« Ich sah sie immer noch fragend an. Dann fuhr sie fort. »Tracy ist ganz früh zu einem Shooting gefahren, dein Vater wollte nur kurz in sein Büro und Jonathan ist joggen gegangen.«

»Er ist joggen gegangen?« Ich sah sie ungläubig an. »Ja, anscheinend«, sagte Mike und stand auf, um seinen Teller in die Spüle zu bringen.

»Ich bin ihm vor einer halben Stunde begegnet, er hatte Sportkleidung an und sagte, er geht sich jetzt mal auspowern.« Er lehnte sich an die Spüle und sah zu mir herüber. Was Jonathan mit auspowern meinte, wollte ich lieber gar nicht wissen. »Was machen wir heute?«, fragte er schließlich und sah abwechselnd Tina und mich an. »Hier gibt es so viel zu sehen«, sagte Tina aufgeregt. Sie deutete wieder auf meine Müslischüssel, was wohl so viel wie ›iss was‹ heißen sollte. Missmutig begann ich, mein Müsli zu essen. Sie hatte ja recht, ich musste zunehmen.

»Wir könnten doch in die Stadt fahren«, sagte sie immer noch euphorisch und brachte ebenfalls ihre leere Müslischüssel zur Spüle. »Klar«, sagte Mike. »Ich bin dabei.« Beide sahen mich fragend an. Ich sah Tinas flehenden Blick, dem sich wohl niemand widersetzen konnte und nickte schließlich stumm in ihre Richtung. »Du bist die Beste«, sagte sie laut, kam stürmisch auf mich zu gerannt und fiel mir um den Hals. Sie vergaß völlig meinen verletzten Arm und ein stechender Schmerz ließ mich kurz aufschreien. »Oh, tut mir leid«, sagte sie leise zu mir und löste sofort ihre Umarmung. »Bist du verletzt?«, fragte Mike in meine Richtung und schaute auf meinen Arm, den ich jetzt mit schmerzverzerrtem Gesichtsausdruck rieb.

»Nein, nein«, sagte ich schnell und zwang mich, nicht länger an meinem Arm zu hantieren. »Ich habe mir da wohl irgendwas gezerrt.« Skeptisch sah er auf meinen Arm. Tina bemerkte dies und sagte schnell: »Komm, Schatz, wir machen uns schon mal für unseren Stadtbummel fertig.« Sie nahm ihn an die Hand und zog ihn mit nach draußen. Nur widerwillig ging er mit ihr mit, immer noch die Augen auf meinen Arm gerichtet.

Langsam aß ich mein Müsli weiter, nun war ich alleine in der Küche. Nach langem Überlegen kam ich zu dem Entschluss, dass es vielleicht besser ist, in die Stadt zu fahren, als hier zu Hause oder am Strand zu sitzen und zu grübeln. Vielleicht würde es ja ganz witzig werden. Soweit es mit Jonathan überhaupt witzig werden konnte. Insgeheim hoffte ich ja, dass er vielleicht gar nicht mit uns mitfahren wollte. Wäre bestimmt auch mal schön, nicht ständig seinen Blick im Nacken zu haben. Ich hoffte, dass mein Bein mitspielen und mich nicht verraten würde.

Als ich mein Müsli aufgegessen hatte, stellte ich ebenfalls meine Schüssel in die Spüle. Dabei fiel mir die heutige Zeitung auf. Ich blätterte sie auf und suchte jede Seite nach neuen Hinweisen über Nancys Mord ab. Auf Seite acht sah ich dann links unten ein paar Zeilen über den Fall, dort stand:

Überschrift: **Todesursache der Nancy Scott nun aufgeklärt**.

Weiter stand dort geschrieben: *Die Autopsie der Nancy S., die am Montagabend tot in einem Wagen, in Fergus Falls, Minnesota, auf einer Raststätte gefunden wurde, ist nun abgeschlossen. Laut Gerichtsmediziner Richard Mills handelte es sich um einen Herzstillstand. Nancy S. musste einen heftigen Schock erlitten haben, der dann zum Herzstillstand führte.*

Körperliche Gewalt oder gar sexueller Missbrauch konnten nun definitiv ausgeschlossen werden. Die Polizei steht noch immer vor einem Rätsel. Was hat es mit diesem mysteriösen Mord auf sich? Was hat Nancy S. so viel Angst gemacht, dass sie vor Schreck starb?

Sollten Sie noch weitere Hinweise über den Fall oder den Verbleib des mutmaßlichen Täters haben, melden Sie dies bitte an die umliegenden Polizeidienststellen.

Ich schaute noch einmal auf das kleine Foto von Nancy, was neben dem Artikel abgedruckt war und dann auf das Phantombild, was ihren Freund darstellen sollte. Ordentlich faltete ich die Zeitung wieder zusammen und legte sie dorthin, wo ich sie gefunden hatte. Mühsam versuchte ich, die Bilder der Raststätte aus meinem Kopf mit einem Kopfschütteln zu vertreiben und machte mich auf den Weg in mein Zimmer. Unterwegs traf ich auf Celine, die gerade in der Eingangshalle neue Blumen hinstellte.

»Guten Morgen, Susan«, begrüßte sie mich freundlich. »Hallo, Celine«, lächelte ich zurück. »Hast du gesehen?«, fragte sie mich unentwegt lächelnd. »Der Regen hat aufgehört, die Sonne strahlt stärker denn je.« »Ja, ich bin froh, dass man jetzt wieder durch die Tür kann, ohne bis auf die Knochen nass oder von einer Windböe erfasst zu werden.« Sie lachte herzhaft. Ihr mitreißendes Lachen war ansteckend. »Celine?«, fragte ich nun interessiert. »Wissen Sie, warum mein Vater ins Büro wollte? Er hat doch Urlaub.« »Nein, Susan, das weiß ich leider nicht. Er las heute Morgen die Zeitung. Kurz darauf hatte er es sehr eilig und sagte zu mir, dass er noch einmal kurz ins Büro wollte. Aber so war er schon immer. Wenn ihm etwas in den Kopf kam, wollte er es direkt erledigen.«

Ich nickte bloß nachdenklich und machte mich weiter auf den Weg in mein Zimmer, während Celine versuchte, die Blumen in ein richtiges Licht zu rücken. Schließlich lächelte sie zufrieden und verschwand in der Küche.

Oben in meinem Zimmer angekommen, überlegte ich, was mein Vater wohl dazu brachte, im Urlaub ins Büro zu fahren. Ein Notfall schien es ja nicht gewesen zu sein, da mein Vater nach dem Zeitung lesen direkt aufbrach. Nach dem Zeitung lesen. Diese Wörter vernahm ich langsam und Wort für Wort, in meinen Gedanken. Ob er auch den Artikel über Nancy gelesen hatte? Aber was schlussfolgerte er daraus? Konnte er dem Artikel mehr Stoff zum Nachdenken entnehmen, als ich? Er war Psychologe, er sah die Dinge in einem anderen Licht. Ich beschloss, ihn später zu fragen, wenn ich ihn sah.

Nun zog ich meine roten Turnschuhe an und suchte im Kleiderschrank nach einer passenden Jacke. Eine meiner Lieblingsjacken hatte ich ja letzte Nacht geschafft, kaputtzumachen. Ich entschied mich für meine schwarze Übergangsjacke. Die Sonne schien zwar stark vom Himmel, aber ich wollte gewappnet sein, falls es erneut zu einem Wolkenbruch kam.
Deshalb zog ich die Jacke erst mal nicht an, noch war es warm genug draußen. Ich würde sie erst anziehen, wenn es anfangen sollte zu regnen. Kurz kämmte ich mir an der Kommode noch die Haare und überprüfte meine Kleidung. Ja, so konnte ich vor die Tür gehen. Die neue, blaue Jeans von meinem Vater sah gar nicht so schlecht aus. Das rote Oberteil ließ ich angezogen unter meinem schwarzen Pullover. So ganz konnte ich dann doch noch nicht von meinem Kleidungsstil ablassen.

Ich öffnete meine Zimmertür und lief ohne zu schauen hinaus. Plötzlich merkte ich einen harten Schlag an meinem Brustkorb und taumelte etwas zurück. Irritiert schaute ich Richtung Flur. Ich war mit Jonathan zusammengestoßen, der wohl gerade in sein Zimmer gehen wollte. Er stand vor mir und lächelte mich an. »Du hast es aber eilig«, sagte er leise mit seiner rauen Stimme. Ich musterte ihn von oben bis unten. Er trug eine blaue Jogginghose und ein weißes T-Shirt, er war verschwitzt und sah wirklich so aus, als hätte er Sport getrieben.

»Ich wollte zu Tina«, sagte ich und sah ihn nervös an. »Wir wollten in die Stadt fahren.« »Ich weiß, Mike hat es mir gerade erzählt«, sagte er im lässigen Ton.

Oh nein, dachte ich innerlich und biss mir auf die Unterlippe. Ich hatte so gehofft, dass Jonathan nicht mitfahren würde. Er schien meine Gedanken erneut zu lesen, denn sein Grinsen wurde breiter. Dann sagte er langsam und mit sarkastischer Stimme. »Einen Tag mit dir kann ich mir doch nicht entgehen lassen.« Er musterte mich kurz und lief weiter in sein Zimmer. Von Weitem rief er mir zu: »Bin in zehn Minuten fertig.« Wie erstarrt stand ich immer noch im Türrahmen. Wieder tat er so, als wäre nichts gewesen. Als wäre die ganze Situation in seinem Zimmer am vorigen Tag nicht passiert. So, als hätte er mir nicht die Zeitung gegeben und mir mit drohender Stimme gesagt, dass ich besser Angst vor ihm haben sollte. Ich schluckte, als ich die Worte wieder in meinen Gedanken, mit seiner bedrohlichen Stimme und den roten Augen, wahrnahm.

Tinas Stimme riss mich aus meinen Überlegungen und meiner erstarrten Haltung. »Bist du so weit?«, vernahm ich ihre gut gelaunte Stimme neben mir. Erschrocken sah ich sie an. »Ja, von mir aus können wir los«, sagte ich tonlos und mit zitternder Stimme. »Hast du einen Geist gesehen? Du siehst so erschrocken aus ...« »Nein, nein, mir geht's gut. Wollen wir?«, fragte ich nun leicht lächelnd in ihre Richtung. »Klar, komm.«

Ich nahm einen kleinen Rucksack mit. Wo ich mein Geld und andere Dinge wie Labello, Taschentücher, einen Stift, Papier, Deo und viele andere unwichtige Dinge hineintat. Meine Mutter sagte immer zu mir: »Eine Frau muss für jede Situation vorbereitet sein.« Ich lächelte, als ich ihre gewichtige Miene vor mir sah und sie mir strahlend den Rucksack überreichte. »Eine Handtasche willst du ja nicht«, sagte sie und machte einen Schmollmund.

Als ich aus meinen Gedanken erwachte, nahm ich wieder die vorbeiziehende Landschaft wahr. Nun saß ich im Auto, auf meinem alten Platz und Jonathan saß wieder taxierend neben mir. Diesmal, Gott sei Dank, nicht ganz so lange, dachte ich mir und sprach mir so selber Mut zu. Bis zur Innenstadt fuhr man nicht länger als fünfzehn Minuten. Dann stellten wir in einem Parkhaus unseren Wagen ab. In der Stadt war reges Treiben. Sofort fühlte ich mich unwohl und bedrängt. Ich war nicht gerne mittendrin, unter so vielen Menschen.

Jonathan bemerkte dies. Mit leiser, sanfter Stimme sagte er mir ins Ohr: »Keine Sorge, Susan, ich bin bei dir, dir wird nichts geschehen.« Ich nickte kurz und atmete tief durch. Es kann niemanden geben, der aus Jonathan schlau wurde, dachte ich mir. Er kann so böse und furchterregend sein und auf der anderen Seite liebevoll und zärtlich. Tina und Mike schienen in dem ganzen Trubel regelrecht aufzublühen. Tina lief von Laden zu Laden und drückte an jedem Schaufenster ihre Nase platt. Mike interessierte sich mehr für einen Laden, wo es Autozubehör gab. Fast eine Stunde waren wir in diesem Geschäft, weil es niemand schaffte, ihn da weg zu bekommen. Stundenlang liefen wir durch die Stadt und Tina probierte in jedem zweiten Shop verschiedene Outfits an. So richtig konnte ich mit keinem Laden etwas anfangen.

Ich war einfach nur froh, dass ich Jonathans Stimme ausnahmsweise mal nicht in meinem Kopf wahrnahm und er wirklich nett zu mir war. Der Tag ging schnell vorbei. Wir setzten uns noch in eine Pizzeria und ich glaube, ich habe noch nie so eine gute Pizza gegessen, wie in diesem Restaurant. Völlig satt und zufrieden machten wir uns wieder auf den Weg zum Parkhaus. Niemand rechnete bis dahin mit dem, was dann geschah.

Kurz vor dem Parkhaus war eine Wahrsagerin, die Leuten in der Fußgängerzone anbot, ihre Zukunft vorauszusagen. Sie trug ein buntes Gewand, wie manche indische Frauen es trugen. Ihre langen, schwarzen Haare, hatte sie zu einem Zopf geflochten. Sie war sehr grell geschminkt und trug große Ohrringe. An beiden Armen hatte sie viele goldene und silberne Armreifen. Sie schien mir noch recht jung zu sein, nicht älter als Mitte zwanzig. Bei sich trug sie Tarot Karten und ein Pendel. Energisch sprach sie mehrere Passanten an. Wir wollten gerade an ihr vorbeigehen und sie wollte uns gerade ansprechen, als sie völlig entsetzt und fast panisch Jonathan anblickte. Dann sah sie nacheinander Tina, Mike und dann mich an. Schließlich packte sie mich am linken Arm und sagte mit ängstlicher, fast verschwörerischer Stimme: »Du bist in großer Gefahr!«

Wieder sah sie ängstlich zu Jonathan und versuchte, mich von ihm wegzuziehen. Jonathan reagierte sofort. Mit schnellen Schritten war er jetzt bei der Wahrsagerin und löste ihren Arm von meinem. Dann sah er ihr tief in die Augen.
Nur ich und die Wahrsagerin konnten diese beängstigenden, roten Augen wahrnehmen, da war ich mir sicher. Mit leiser, bedrohlicher Stimme, sagte er zu ihr: »Es ist besser, wenn Sie jetzt gehen!« Als er sie wieder losließ, schaute sie mit

leerem Blick in unsere Richtung und verschwand benommen Richtung Innenstadt.

»Was war denn das für eine Wahnsinnige?«, sagte Tina und klammerte sich an Mikes Arm. Sie schaute in die Richtung der Wahrsagerin, als hätte sie Angst, dass sie zurückkommen könnte. Mike nahm sie schützend in seinen Arm. »Keine Angst, Schatz, mit so was machen die Geld. Ich habe das mal in einer Reportage im Fernsehen gesehen. Die machen dir Angst, damit du ihnen Geld gibst, um mehr zu erfahren.« Aber auch er schaute verunsichert Richtung Wahrsagerin, die jetzt nicht mehr zu sehen war. Ein paar Passanten waren stehen geblieben, um zu schauen, was bei uns für ein Tumult war. Auch sie gingen nun ihres Weges, weil die Situation geklärt zu sein schien.

Jonathan sagte nichts. Ich sah aber wieder bedrohlich die Ader an seinem Hals pulsieren und die Augen böse funkeln. Zornig schloss er seine Hände zu Fäusten. Ich war völlig perplex über die ganze Situation. Was wollte die Frau von mir? Was meinte sie mit den Worten, ich wäre in großer Gefahr? Und sie hatte eindeutig versucht, mich von Jonathan wegzuziehen, als sie das sagte. »Lasst uns weitergehen«, sagte Jonathan in einem bemüht ruhigen Ton.

Im Parkhaus angekommen, stiegen wir ins Auto. Tina war immer noch ganz aufgeregt wegen dem Zwischenfall. »Ist ja gut, Schatz«, versuchte Mike, mit beruhigender Stimme, auf Tina einzureden. »Das war eine Betrügerin. Susan ist in keiner Gefahr, das ist von denen die Masche. Das war doch wirklich ein schöner Tag heute, lasst uns das nicht durch so einen Vorfall kaputtmachen.« Sie nickte langsam. »Du hast recht, lass uns das vergessen.« Sie küssten sich.

Dann startete Mike den Motor. Ich schaute rüber zu Jonathan. Er sah gedankenverloren aus dem Fenster, seine Ader pulsierte noch immer. Eins war klar, ich konnte die Situation nicht so abtun, wie Mike. Schließlich betraf sie mich. Ich denke, hätte sie die Worte zu Mike gesagt, hätte er sie auch nicht so schnell vergessen können.

Die ganze Autofahrt lang grübelte ich darüber nach. Sollte die Wahrsagerin recht haben? Ist Jonathan eine Gefahr für mich? Ich kannte ja die Dinge, wozu er fähig war. Konnte sie das auch sehen, als sie ihn ansah? Wusste sie, was Jonathan vorhatte und wollte sie mich deshalb warnen?

Hatte sie vielleicht so etwas wie eine Vision, als sich ihre Blicke mit Jonathans kreuzten? Wie ich das hatte, als er mir nach meinem Sturz aufhelfen wollte? Als ich kurz die Raststätte wie ein Bild verschwommen wahrnahm. Ging es ihr ähnlich wie mir? Vielleicht war sie ja gar keine Schwindlerin.

Gefühlschaos

Als wir am Haus meines Vaters ankamen, konnte ich seinen Wagen auf dem Parkplatz stehen sehen. Er schien vom Büro wieder zu Hause zu sein. Auf der Veranda angekommen, klopften wir an die Tür. Celine öffnete sie. »Da seid ihr ja«, strahlte sie uns an. »Wie war's? Hattet ihr Spaß?« »Ja, war ganz schön«, lächelte Tina, die die Geschichte mit der Wahrsagerin wohl schon wieder vergessen hatte. Sie wedelte mit ihren Einkaufstüten. Dann zeigte sie Celine, was sie sich alles gekauft hatte. Sie war die Einzige, die sich was gekauft hatte.

Mike hatte in dem Autozubehörgeschäft nichts Passendes für seinen Wagen finden können. Und Jonathan hatte sich auch nichts gekauft. Ich hatte nur zwei Sachen bei mir. In einem Souvenirladen hatte ich für meine Mutter ein Bild gekauft, auf dem ein blauer Leuchtturm am Strand abgebildet war, mit tosendem Meer und Möwen drum herum. Meine Mutter liebte alles, was mit Meer zu tun hatte und ich hoffte, dass sie sich darüber freuen würde. Celine bestaunte ebenfalls mein Bild und war sich sicher, dass meiner Mutter das Geschenk bestimmt gefallen würde.

Mein anderes Geschenk, was ich in einem Sportgeschäft gekauft hatte, war für Alex. Es war eine Trekking Zeitschrift, mit sämtlichen Radtouren und Strecken aus der ganzen Welt. Ich war mir sicher, dass sich Alex darüber freuen würde. Er hatte mir schon öfter erzählt, dass er gerne mal verreisen und eine andere Radtour machen würde. Am besten durch die Wildnis. In der Zeitschrift gab es viele solcher Touren, die von verschiedenen Veranstaltern angeboten wurden. Sicher konnte er damit etwas anfangen. Wir gingen alle nach oben.

Ich steuerte direkt mein Zimmer an. Jonathan lief schweigsam und nachdenklich an mir vorbei und ging in sein Zimmer. Leise schloss er die Tür. Ein bisschen leid tat er mir schon. Wie würde ich reagieren, wenn mich jemand beschuldigen würde, dass ich eine Gefahr für jemanden sei? Aber bei mir wusste ich auch, dass ich für niemanden eine Gefahr war. Konnte er das auch von sich behaupten? Ich betrat mein Zimmer und verstaute das Bild für meine Mutter in meinem Kleiderschrank. Die Zeitschrift für Alex ebenfalls. Meine Jacke hing ich dazu. Ich hatte sie nicht gebraucht. Das Wetter blieb warm und freundlich.

Es klopfte an meiner Tür. »Ja, bitte«, sagte ich und schaute Richtung Tür. Celine betrat mein Zimmer. »Entschuldigung, Susan, möchtest du mit zu Abend essen? Die anderen möchten nichts mehr essen.« Eigentlich war ich auch noch satt von der Pizza. Aber als ich Celines enttäuschtes Gesicht sah, über so wenig Zustimmung für ihr Abendessen, gab ich mir einen Ruck und sagte freundlich: »Ich esse gerne noch etwas mit, Celine. Ich komme gleich.« Ein Strahlen umgab ihr ganzes Gesicht. Dann schloss sie leise die Tür. Ich sah hinunter auf meinen Bauch, eigentlich war ich ja pappsatt und hatte das Gefühl, dass ich gar nichts mehr runter bekam, aber Celine zuliebe wollte ich jedenfalls ein bisschen essen. Sie hatte sich sicher wieder viel Mühe mit dem Essen gemacht.

Ich zog meinen Pullover aus und begutachtete meinen Arm. Der Verband saß noch richtig gut, ich wollte ihn erst vorm Schlafengehen erneuern. Vorsichtig zog ich meinen Pullover wieder an. Meinen Schmerzen im Bein nach zu urteilen, waren meine Blutergüsse sicher schon in einem hässlichen lila. Doch ich schaute nicht nach. Über den ganzen Tag hinweg hatte ich meine Rolle perfekt gespielt. Ich glaubte nicht, dass jemand meine Verletzungen bemerkt hatte. Überwiegend konnte ich normal laufen, ich gewöhnte mich langsam an den dumpfen Schmerz. Ich steckte mein Handy in meine Hosentasche und lief in die Küche.

Als ich an Mike und Tinas Zimmer vorbeikam, hörte ich Tina eifrig auf Mike einreden. »Schatz, nun guck mal richtig. Sieht das wirklich gut aus?« Und ihn hörte ich genervt sagen: »Mindestens genauso gut wie die anderen fünf Teile, die du vorher getragen hattest.« Ich musste ein leises Lachen unterdrücken. Sicher machte Tina wieder eine ihrer Modenschauen und wehe, Mike ließ nicht über jedes Outfit ein ausführliches Urteil fallen. Normalerweise musste ich immer für ihre Modenschauen herhalten. Ich war ganz froh, dass diesmal wohl der Kelch an mir vorbeigegangen war.

In der Küche angekommen, saßen Tracy und mein Vater schon beim Essen. Beide sahen auf, als ich den Raum betrat, aber nur mein Vater begrüßte mich. Tracy ließ wieder abschätzend ihren Blick über mein Outfit wandern.

Mein Gott, dachte ich genervt, hatte diese Frau denn nur Oberflächlichkeiten im Kopf? Gab es in ihrem Leben nicht auch noch andere, wichtigere Dinge? Sogar ein Blinder würde erkennen, dass Tracy und ich einfach nicht miteinander auskamen. Wir akzeptierten uns, aber wir mochten uns nicht.

Ich setzte mich zu den beiden. Mein Vater berührte kurz meine Hand und lächelte mir zu. »Alles in Ordnung mit dir, Susan?« »Ja, danke, Dad, alles okay.« Bei diesem Satz sah ich ihn nicht an und füllte mir etwas zu Essen auf. Es gab gefüllte Paprika mit Reis und zum Nachtisch Schokoladenkuchen. Vorsichtig nahm er seine Hand von meiner und begann, langsam weiterzuessen. »Wie war euer Tag?«, fragte er schließlich ganz zwanglos. »Hat Spaß gemacht«, gab ich zurück und versuchte, optimistisch zu klingen. »Tina hat die halbe Stadt aufgekauft. Sie hat bestimmt sieben neue Outfits. Oben macht sie gerade eine Modenschau für Mike.« Er lächelte sanft. »Ja, wenn Frauen im Kaufrausch sind, sind sie manchmal nicht mehr zu stoppen.« Er schaute seitlich zu Tracy und lächelte mich vielsagend an. Tracy entging der Wink mit dem Zaunpfahl nicht.

»Du hättest dich ruhig mal von Tina beraten lassen können, Susan«, sagte sie schroff. »Die hat jedenfalls Stil.« Ich funkelte sie böse an. »Lass gut sein«, redete mein Vater mit ruhiger, aber bestimmter Stimme auf Tracy ein. »Wir haben doch schon darüber gesprochen, dass du das lassen sollst.«

Beleidigt stand Tracy auf und verließ den Raum. »Was habe ich getan?«, fragte ich irritiert. »Gar nichts, Susan!«, sagte mein Vater mit seiner beruhigenden Stimme. »Manchmal habe ich einfach nur das Gefühl, dass Tracy eifersüchtig ist, weil mein Herz noch einer anderen, hübschen Frau gehört«, er lächelte mich an. Ich erwiderte sein Lächeln.

»Was hast du heute im Büro gemacht?«, fragte ich ohne Umschweife. »Oh«, sagte er überrascht von dem plötzlichen Themawechsel. Er räusperte sich. »Ich habe heute Morgen in der Zeitung einen weiteren Artikel über den Mordfall von dieser Nancy Scott gelesen. Und dabei fiel mir der Name eines sehr guten Freundes von mir auf, der wohl an ihr diese Autopsie durchgeführt hat.« »Richard Mills«, sagte ich wie nebenbei.

»Du kennst ihn?«, fragte er überrascht. »Nein, ich habe den Artikel auch gelesen«, ich zuckte mit den Achseln und aß weiter. Lauschte ihm aber nebenbei interessiert.

Mein Vater fuhr fort. »Jedenfalls bin ich ins Büro gefahren, um seine Telefonnummer zu suchen, um mit ihm über den Fall zu reden.« »Und was ist dabei rausgekommen?«, fragte ich mit vollem Mund. »Nicht viel, er kann sich auch keinen Reim daraus machen. Er hat wohl noch nie so etwas vor sich gehabt.« Lustlos stocherte er in seinem Essen herum.

»Na ja und ich bin beauftragt worden, mit den Eltern der jungen Frau zu reden, die wohnen nicht weit von hier, in Pomona. Vielleicht können sie sogar Aufschluss darüber geben, wo der mutmaßliche Täter steckt.« »Wurden die denn noch nicht befragt?« »Doch, aber sie verweigern jegliche Aussage. Der Schock sitzt zu tief.« Er seufzte. »Ich kann sie verstehen, wenn ich bedenke, wenn dir so etwas passieren würde …«, er sah mich an und erschauderte. »Eventuell habe ich mehr Glück, vielleicht geben sie mir ja eine Chance, mit ihnen zu reden.«

»Sicher schaffst du das, Dad. Wenn nicht du, wer dann?« Ich lächelte ihn zuversichtlich an. »Schön, dass du das sagst«, erwiderte er mein Lächeln. »Ich werde morgen ganz früh mal zu ihnen fahren. Damit der Fall endlich geklärt werden kann.« »So viel zu deinem Urlaub.« »Das hier ist wichtiger«, sagte mein Vater weise.

Nach dem Essen räumten wir zusammen ab und alberten in der Küche herum. Es war wie in früheren Zeiten, als mein Vater noch mit meiner Mutter zusammen war. Kurz darauf kam Tracy wieder in die Küche. »Kann ich dich mal sprechen?«, sagte sie mit verschränkten Armen und böse blickend zu meinem Vater. »Sicher, Schatz«, sagte er ruhig und ging mit Tracy aus der Küche. Sie funkelte mich noch einmal böse an. Ich streckte ihr die Zunge raus. Beleidigt trottete sie meinem Vater hinterher.

Müde ging ich rauf auf mein Zimmer. Mein Bauch war jetzt zum Platzen gespannt. Mehr ging wirklich nicht rein. Bei Mike und Tina hörte man den Fernseher laufen. Wahrscheinlich machten sie sich einen gemütlichen Abend und da wollte ich nicht stören. In meinem Zimmer angekommen, ließ ich meinen Blick auch zum Fernseher schweifen. Ich überlegte kurz, dann ging ich hinüber und schaltete ihn ein. Erschöpft setzte ich mich auf mein Bett und klickte durch die Programme.

Bei den Nachrichten blieb ich stehen, weil ich die Raststätte erkannte, an der wir gegessen hatten. Ein Reporter befragte gerade Angestellte, ob ihnen vor dem Mord an Nancy Scott etwas aufgefallen sei. Aber niemandem war etwas aufgefallen. Es war komisch, die Raststätte so direkt vor Augen zu haben. Schließlich zeigten sie noch das Fahrzeug, in dem Nancy Scott gefunden wurde. Ich sah es mir genau an und überlegte, ob es mir bekannt vorkam. Aber mir war es während unseres Aufenthalts nicht aufgefallen. Warum auch, keiner rechnete mit so etwas Schrecklichem. Zum Schluss zeigten sie noch einmal das Phantombild von dem angeblichen Täter. Nach den Nachrichten schaltete ich weiter und blieb bei einer Kussszene stehen. Innig küsste sich ein verliebtes Paar. Man konnte richtig mit der Frau mitfühlen, so überzeugend spielte sie ihre Rolle. Gerade, als ich völlig in dem Film versunken zu sein schien, klopfte es an meiner Tür. Erschrocken stellte ich den Fernseher leiser.

»Ist offen«, sagte ich heiser. Jonathan betrat mein Zimmer. »Hi«, sagte er knapp. Ich nickte ihm zu. »Was machst du?«, fragte er interessiert und schaute zum Fernseher. Gerade küsste sich das Pärchen wieder innig. Jonathan legte seine Stirn in Falten. Ich schaltete schnell den Fernseher aus. »Oh, nichts Besonderes«, sagte ich peinlich berührt. »Ich schaue ein bisschen Fernsehen.« »Wegen mir musst du ihn nicht ausmachen. Ich habe in meinem Zimmer keinen Fernseher, wenn du willst, können wir zusammen ein bisschen Fernsehen schauen.« »Okay.« »Darf ich?«, fragte er und zeigte zum Bett. »Klar«, sagte ich verlegen. Er setzte sich dicht neben mich. Ich rückte etwas zur Seite und schaltete den Fernseher wieder ein.

»Was willst du sehen?«, fragte ich in seine Richtung. »Das ist mir egal«, sagte er leise und schaute mich von der Seite her an. »Ich will nur bei dir sein.« Ich schluckte. Die Röte stieg mir wieder ins Gesicht. Ich hasste es, wenn das passierte, aber ich konnte das nicht steuern. Langsam schaltete ich durch die Kanäle, in der Hoffnung, etwas Passendes zu finden. Am besten etwas, das nichts mit Knutschen zu tun hatte. Bei einer Szene, wo ein Werwolf durch den Wald lief, blieb ich stehen. »Ist das okay?«, fragte ich ihn unsicher. »Sicher«, sagte er lächelnd, ohne auf den Fernseher zu achten. Er sah nur mich an, unentwegt. Ich versuchte, mich auf den Film zu konzentrieren, der wirklich blöd war.

Jonathan schaute sich in meinem Zimmer um. Mit seinem Blick blieb er bei meiner Kommode hängen. »Schminksachen«, sagte er lächelnd. »Ja«, antwortete ich nervös. »Ich habe noch nie gesehen, dass du dich schminkst.« Neugierig begutachtete er mein Gesicht, als suchte er irgendeine Spur von Kosmetikartikeln. »Mein Vater hat mir die gekauft. Er hofft wohl immer noch, dass ich irgendwann mal eine Lady werden würde.« Ich lächelte leicht. »Du bist eine Lady«, sagte er sanft. Nun musste ich knallrot gewesen sein, so heiß wie mir wurde. Er konzentrierte sich nun auf den Film im Fernseher.

Je länger wir den Film schauten, umso ruhiger wurde ich. Bis jetzt hatte mir Jonathan nichts getan, warum sollte er mir also jetzt etwas antun. Es klopfte erneut an der Tür. Jonathan sprang sofort vom Bett auf und versteckte sich auf dem Balkon. Ich verstand das nicht ganz, sagte aber nichts. »Herein«, stotterte ich. Es war mein Vater. Er trat ein und lächelte. »Ich wollte dir nur 'Gute Nacht' sagen.« Er kam näher. »Gute Nacht, Dad.« »Willst du die Balkontür auflassen? Es wird kalt heute Nacht.« Er wollte gerade die Tür schließen, da sagte ich schnell: »Ich schließe sie später, Dad.« Er sah mich an. »Ich wollte etwas frische Luft reinlassen.« Warum Jonathan sich versteckte, wusste ich nicht, aber er wird einen Grund dafür gehabt haben. »Gut, wie du willst. Hast du dich etwas beruhigt, Nancy betreffend?« »Ja, Dad, mir geht's gut.«

Ich wollte nicht, dass er jetzt mit diesem Thema anfing. Jonathan hörte sicher alles mit, was wir sprachen. Ich überlegte, wie ich es schaffen könnte, dass er keine weiteren Dinge über das Thema ausplauderte. »Ich bin jetzt wirklich müde, Dad«, sagte ich und streckte mich demonstrativ. »Na schön, Kleines, ich lass dich dann jetzt schlafen. Wir reden morgen weiter, wenn ich wieder zurück bin. Vielleicht sind wir dann ja schon ein Stück weiter.« Ich nickte. Mein Vater gab mir einen Kuss auf die Stirn. Dann sah er auf den Fernseher, wo gerade der Werwolf einen Menschen zerfleischte. »Sicher, dass das der richtige Film für dich ist?« »Oh, ich schaue gerne sowas«, sagte ich betont lässig. Mein Vater sah mich skeptisch an. »Okay, ganz wie du willst, schlaf gut.« »Du auch, Dad.« Er ging aus dem Zimmer und schloss hinter sich die Tür.

Keine fünf Sekunden später stand Jonathan wieder neben mir. Er lächelte breit und setzte sich wieder neben mich. »Warum hast du dich versteckt?«, fragte ich direkt. »Ich glaube nicht, dass er es so toll finden würde, wenn ich um diese Uhrzeit noch bei dir bin. Noch dazu mit dir in einem Bett.« Er lächelte charmant. Ich dachte nach. Er hatte recht. Für einen Außenstehenden, gerade für meinen Vater, musste es so aussehen, als hätten wir irgendetwas Unanständiges vor. Das hatten wir natürlich nicht, aber wie hätte ich das erklären sollen? Stumm schauten wir den Film zu Ende. Danach kam irgendein Actionfilm. Ich schaute zu Jonathan. Er nickte bloß, als wäre er einverstanden, dass ich das Programm einfach weiterlaufen lassen würde.

Ich schaute auf meine Armbanduhr, es war schon halb zwölf. »Bist du müde?«, fragte Jonathan, er hörte sich hellwach an. »Nein, nein«, flunkerte ich. »Es geht schon.« Ich legte mich etwas bequemer hin. Jonathan blieb so sitzen, wie er war. Nun merkte ich, wie ich müde wurde. Ich wollte meine Augen nur zwei Sekunden schließen; ich hoffte, dass ich so wieder wacher werden würde. Aber schließlich schlief ich ein.

Wieder träumte ich von dem Wald, der so unheimlich war. Es war stockdunkel. Ich lief panisch durch Büsche und sprang über Baumwurzeln. Wieder fiel ich an der gleichen Stelle. Wie immer spürte ich den Atem im Nacken und eine kalte Hand an meinem Arm. Grob wurde ich herumgerissen. Erneut schaute ich in Jonathans Gesicht. Diesmal hatte er keine roten Augen. Er lächelte sanft und strich mir eine Haarsträhne aus meinem verschwitzten Gesicht. Schließlich kam er näher und ich konnte seinen Atem auf meinem Gesicht spüren. Er versuchte, mich zu küssen, fast hatte er schon seine Lippen auf meinen …

Erschrocken wachte ich auf. Alles um mich herum war stockdunkel. Ich setzte mich aufrecht hin und versuchte, mich an die Dunkelheit zu gewöhnen, um etwas erkennen zu können. Ziemlich gerädert stand ich vom Bett auf und tastete mich die Wand entlang zum Lichtschalter. Ich schaltete ihn ein und blinzelte mit den Augen. Das Licht war grell und blendete mich.

Als sich meine Augen an das Licht gewöhnt hatten, schaute ich mich um. Jonathan war nicht mehr da und die Balkontür schien er auch geschlossen zu haben. Den Fernseher hatte er ausgeschaltet. Ansonsten war nichts in meinem Zimmer verändert. Es war mir wirklich peinlich, dass ich eingeschlafen war. Wieso hatte er mich nicht geweckt? Ich erinnerte mich vage, dass ich zugedeckt war, als ich aufgewacht bin. Und was hatte mein Traum zu bedeuten? Ich hatte immer noch Todesangst, aber wieso dann plötzlich diese Wendung? Jonathan wollte mich in dem Traum küssen, aber wollte ich das zulassen? So ganz konnte ich mich nicht mehr an die Szene erinnern.

Ich schaute auf meine Armbanduhr, es war kurz nach drei. Benommen zog ich mir meine Hose und Strümpfe aus. Mein Bein war wirklich dunkellila, wie ich es schon geahnt hatte. Danach zog ich meinen Pullover und mein Oberteil aus. Vorsichtig nahm ich den Verband ab. Kurz begutachtete ich meine Verletzung, sie sah schon viel besser aus. Ich beschloss, keinen Verband mehr drum zu machen. Es war sicher besser, wenn Luft an die Wunde kam. Schnell zog ich meinen Pyjama an und kroch wieder in mein noch warmes Bett. Auf der Seite, wo Jonathan saß, konnte ich noch sein Parfum riechen. Es war irgendwie angenehm. Ich kuschelte mich eng unter meine Decke und schlief sehr schnell wieder ein. Die weitere Nacht träumte ich nichts.

Als ich schließlich erneut erwachte, war es schon heller Morgen. Ich streckte mich ausgiebig. Meine Armbanduhr zeigte mir an, dass es schon fast Mittag war. Ich fühlte mich richtig ausgeschlafen. Voller Elan sprang ich aus dem Bett. Als ich die Balkontür öffnete, sah ich einen strahlend blauen Himmel. Das machte mir noch mehr gute Laune. Ich suchte mir rasch etwas zum Anziehen aus meinem Kleiderschrank und machte mich auf den Weg ins Bad. Im Flur traf ich auf Tina, die gerade nach unten gehen wollte.

»Na, Süße«, grinste sie mich an. »Du scheinst einen sehr schönen Abend gehabt zu haben.« »Was meinst du?«, stotterte ich leicht errötet. »Ich habe so um eins Jonathan aus deinem Zimmer schleichen sehen. Er sah sehr gut gelaunt aus.« Sie grinste noch breiter. »Oh, das«, stammelte ich. »Ja, wir haben zusammen Fernsehen geschaut.« »Nur Fernsehen geschaut?«, grinste sie provokant. »Ja, nur Fernsehen«, giftete ich sie an und verschwand ins Bad. Meine Laune war so schnell wieder gegangen, wie sie gekommen war. Ich sprang schnell unter die Dusche, zog mich an und putzte mir die Zähne. Nach dem Haareföhnen ging ich dann schließlich runter in die Küche.

Mike, Tina und Jonathan saßen beim Frühstück. Ich erinnerte mich, dass mein Vater ja zu den Eltern von Nancy fahren wollte und Tracy sicher wieder bei einem Shooting oder shoppen war. Was sie wohl gestern von meinem Vater wollte? Ich setzte mich neben Jonathan und nahm ein Brötchen.

»Guten Morgen, Susan«, sagte Mike demonstrativ, weil ich sie nicht begrüßt hatte. »Mein Morgen fing sehr gut an, bis deine Frau mir auf die Nerven ging«, sagte ich ironisch lächelnd in seine Richtung. Tina wurde feuerrot im Gesicht. »Es tut mir leid, Susan«, stammelte sie. »Ich meinte das nicht so. Ich war ja nur froh, dass du anscheinend einen schönen Abend gehabt hattest, mit Jonathan«, fügte sie schüchtern hinzu. »Nein, mit deinen Aussagen hattest du eher angedeutet, dass ich sonst was mit Jonathan gemacht hätte.« Ich schrie nun fast.

Peinlich berührt fiel mir dann ein, dass Jonathan ja direkt neben mir saß. Mike musste ein Lachen unterdrücken. Tina lief noch roter an als vorher. Jonathan nahm zärtlich meine Hand und sagte dann mit ruhiger Stimme, den Blick zu mir gewandt. »Es war doch ein sehr schöner Abend, oder nicht?«
Zögernd versuchte ich, etwas zu sagen; ich öffnete meinen Mund, dann schloss ich ihn wieder. Ich musste wie ein Fisch ausgesehen haben, der nach Luft japste. Schließlich nickte ich ihm bloß zu. Er nahm seine Hand wieder von meiner und aß weiter.

»Es war ja auch ein schöner Abend«, sagte ich nun leise. »Ich mag nur nicht, dass dann sofort falsche Schlüsse daraus gezogen werden.« »Lasst uns das Thema wechseln«, sagte nun Mike mit genervter Miene. Zu Tina sagte er:
»Schatz, es geht uns nichts an, was zwischen den beiden läuft. Du magst es auch nicht, wenn sich jemand bei uns beiden einmischt.« »Ja, ich weiß, es war wirklich nicht böse gemeint.« »Ich weiß, Schatz«, sagte er nun mit sanfterer Stimme. »Du bist halt manchmal sehr direkt und da kann nicht jeder mit umgehen.« »Ich werde daran arbeiten«, sagte sie etwas peinlich pikiert.

»Sagt lieber mal, was wir heute machen wollen«, sagte Mike nun etwas lauter, um das Thema zu wechseln. »Es gibt hier in der Nähe einen großen Freizeitpark. Wir könnten doch dorthin fahren«, sagte Tina mit leuchtenden Augen. »Du scheinst dich ja richtig erkundigt zu haben«, erwiderte Mike lächelnd.

»Klar, ich will doch auch was erleben, wenn ich im Urlaub bin«, sie grinste breit. »Dann fahren wir in den Freizeitpark, oder?«

Er sah Jonathan und mich abwechselnd an. »Von mir aus«, sagte ich mürrisch. »Abgemacht«, stimmte Jonathan zu.

Ich schaute aus dem Fenster. Leider war kein Regen in Sicht, der mich eventuell hätte retten können. Wer will schon bei Regen in den Freizeitpark? Tina und Mike räumten nach dem Frühstück ihre Teller in die Spüle und gingen nach oben, um sich fertigzumachen. Ich knabberte noch halbherzig an meinem Brötchen herum. Der Appetit war mir vergangen. Jonathan lächelte mich an.

»Bist du sauer auf mich?«, fragte er mich von der Seite her. Mit großen Augen sah ich ihn an. »Warum sollte ich denn sauer auf dich sein?« »Na ja, ich bin gestern einfach gegangen.« »Aber nur, weil ich so respektlos war und eingeschlafen bin.« Ich sah ihn nicht an.

Mühsam konzentrierte ich mich auf meinen Teller. »Du sahst wunderschön aus, als du geschlafen hast«, sagte er und schluckte nervös. »Ach, das sagst du doch nur so.« Ich stand auf, zärtlich nahm er wieder meine Hand in seine. Mit fester Stimme sagte er dann: »Ich meine immer alles so, wie ich es sage.«

Er stand ebenfalls auf und stellte sich mir gegenüber. Sein Gesicht hatte sich irgendwie verändert. Es kam mir noch markanter, erwachsener vor und seine Haare waren irgendwie dunkler geworden. Nicht mehr so hellblond wie vorher. Aber das hatte ich mir sicherlich nur eingebildet. Vielleicht dachte ich das nur, weil ich ihn zurzeit jeden Tag sah und ich sein Äußeres nun ganz anders wahrnahm. Jonathan zog mich etwas näher zu sich heran. Ich schaute ihm tief in die Augen, die nun gar nichts Beängstigendes ausstrahlten. In seinen Augen konnte man sich richtig verlieren. Er strich mir vorsichtig und ganz langsam eine Haarsträhne aus dem Gesicht. Mein Herz begann zu rasen. Nun kam er näher, ganz langsam und ohne seinen Blick von mir abzuwenden. Das Geräusch der Küchentür riss mich aus seinem Bann. Es war Tracy.

»Junge Liebe«, sagte sie spöttisch und stemmte ihre Arme in die Taille, als hätte sie Kinder beim Blödsinnmachen erwischt. Jonathan ließ meine Hand los und wandte sich von mir ab. Genervt ging er an Tracy vorbei und dann zur Küche raus. Tracy sah mich abschätzend an, dann sagte sie gekünstelt. »Ist Susan Schatz verliebt?« »Susan Schatz, ist bloß froh, dass Tracy Dummerchen nicht ihre Mutter ist«, sagte ich mit verstellter Stimme, die Tracys sehr nah kam.

Die Sondermeldung

Ich stellte das Geschirr von Jonathan und mir in die Spüle und ging dann hoch erhobenen Hauptes an Tracy vorbei, Richtung Eingangshalle. Mit offenem Mund schaute sie mir hinterher. Zielstrebig steuerte ich mein Zimmer an. Mein Herz raste noch immer, als würde Jonathan mir noch immer gegenüberstehen.

Oben angekommen, setzte ich mich auf mein Bett und atmete tief durch. Jonathan hatte eindeutig versucht, mich zu küssen, schoss es mir prompt durch den Kopf. Hätte ich es zugelassen? In dem Moment habe ich mich ja schon sehr wohl in seiner Nähe gefühlt.

Trotzdem, im Nachhinein war ich froh, dass Tracy uns dazwischengefunkt hatte. Die Angst über Jonathan siegte, wenn man sich mal alle seine Eigenarten vor Augen halten würde. Ob Jonathan nun sauer auf mich war? Aber warum sollte er?

Schließlich war Tracy für diese Unterbrechung verantwortlich. Ob er es wieder probieren würde? Bei dem Gedanken beschleunigte mein Puls.

Ich lief zu meinem Schrank und suchte mir etwas Passendes zum Anziehen für den Freizeitpark heraus. Schließlich entschied ich mich für eine schwarze Stoffhose und ein rotes Oberteil. Etwas Kurzes konnte ich noch nicht anziehen, weil man dann meine Verletzungen sehen würde. Ich kämmte mir die Haare, schnappte mir meinen Rucksack und machte mich dann auf den Weg in die Eingangshalle. Es schien noch niemand fertig zu sein. Deshalb beschloss ich, mich auf das Sofa neben der Eingangstür zu setzen und zu warten. Ich nahm mein Handy aus der Hosentasche und schrieb Alex eine SMS. Ich schrieb: *Hi, Alex, wie geht es dir? Mir geht es langsam etwas besser. Wir fahren heute in einen Freizeitpark, hoffe, dass mich das etwas ablenkt. L.G. Susan.* Ich verschickte die SMS.

Kurz darauf kam Tina die Treppe herunter. Sie trug ein blaues Sommerkleid und dazu passende Sandalen. Schüchtern kam sie auf mich zu. »Bist du noch sauer, Susan?« »Nein, ist schon okay«, sagte ich mit gelassener Stimme. Das meinte ich ehrlich, ich war wirklich nicht mehr sauer auf sie. »Es ist nur ...«, begann ich zögernd. »Du weißt doch, wie ich auf solche Andeutungen reagiere.« »Ich weiß«, unterbrach sie mich rasch. »Ich habe einfach nicht darüber nachgedacht, was ich sage. Freunde?« Sie reichte mir ihre Hand. »Freunde«, sagte ich lächelnd und wir schlossen uns in die Arme. Dabei schmerzte erneut mein rechter Arm.

»Auweia«, sagte sie mitfühlend. »Tut es noch sehr weh?« »Etwas«, sagte ich zähneknirschend und mit geschlossenen Augen. »Solltest du nicht besser zu einem Arzt gehen?«, fragte sie besorgt, den Blick unentwegt auf meinen Arm gerichtet. »Nein, das wird schon. Prellungen und Schürfwunden sind manchmal schmerzhafter als Brüche.« Sie nickte langsam.

»Aber, wenn es schlimmer wird, sagst du mir Bescheid und wir fahren zum Arzt. Versprochen?« Ich nickte. »Versprochen.« Oben hörte man eine Tür zufallen. Mike kam die Treppe heruntergerannt. In einer lässigen blauen Jeans und einem schwarzen Oberteil. Er sah auf die Uhr. »Hoffentlich ist Jonathan bald fertig. Muss sich schon lohnen, in den Freizeitpark zu fahren.« Schließlich kam auch er die Treppe herunter. Er trug das Outfit, was er schon einmal in Devils Lake vor dem Café anhatte. Eine blaue Jeans, ein weißes Hemd und Sneakers. Ich errötete leicht. Zu meiner Erleichterung sah er gut gelaunt aus.

Gerade als er bei uns angekommen war und wir losfahren wollten, kam Tom völlig entnervt in die Eingangshalle. Er zog mit großen Schritten an uns vorbei und schenkte uns keinerlei Beachtung. Nun fluchte er und murmelte verständnislose Worte vor sich hin. Dann schaute er in jede Ecke und in jeden Schrank, als suchte er etwas. Keiner traute sich so recht ihn anzusprechen, so schlecht gelaunt, wie er war. Schließlich gab sich Mike einen Ruck, er rief in seine Richtung.

»Suchen Sie etwas, Tom?« »Ja«, schnauzte er zurück. »Irgendjemand hat mein großes Seil aus meinem Werkzeugschrank geklaut. Da schließt man den einmal nicht ab und schon fehlt was.« Eifrig suchte er weiter. Tina und ich tauschten nervöse Blicke aus. Tina lief knallrot an. »Ich habe ein Seil oben im Badezimmer gesehen«, sagte ich stotternd. »Was?«, blaffte mich Tom an. »Wie kommt das denn da hin?« Tina und ich zuckten zeitgleich mit den Achseln. Wutentbrannt lief Tom die Treppe hoch.

»Was für ein durchgeknallter, alter Kauz«, sagte Mike kopfschüttelnd. Tina und ich verfielen in stummes Lachen. Nur Jonathan sah uns skeptisch an, hoffentlich konnte er sich daraus keinen Reim machen. Gedanklich war ich jedenfalls nicht mehr oft bei dieser Nacht, als das Seil zum Einsatz kam. Schließlich wollte ich nicht, dass er erfuhr, dass ich ihn bei seinen nächtlichen Aktivitäten beobachtet hatte.

»Komm, wir fahren schnell, bevor er zurückkommt«, sagte Tina immer noch kichernd. Gerade als wir alle im Auto saßen, piepte mein Handy. Es war die Antwort von Alex: *Hi, Susan. Das ist doch schön, dass es dir bessergeht. Wenn ein Frei-*

zeitpark dich nicht ablenkt, was dann? Kannst mir ja später mal schreiben, wie es war. Ich lächelte und steckte mein Handy in meinen Rucksack.

Da sich Tina wohl vor unserem Urlaub schon genau über den Freizeitpark erkundigt hatte, waren wir schnell und ohne uns auch nur einmal zu verfahren vor Ort. Von außen sah er schon mal vielversprechend aus. Von Weitem konnte man eine riesige Achterbahn erkennen. Wir stellten uns in die Warteschlange. Der Park war sehr voll mit Menschen. Wieder spürte ich leichte Panik in mir hochsteigen. Ich konnte mir das nicht abgewöhnen, große Menschenansammlungen beengten mich irgendwie. Schließlich waren wir an der Reihe und bezahlten.

Generell hatte der Park einiges zu bieten. 3D Kinos, Wasserbahnen, verschiedene Karussells und Achterbahnen. Es gab auch viele Schießstände, an denen man lebensgroße Teddys gewinnen konnte. An jedem zweiten Stand konnte man Süßigkeiten kaufen. Mike war ständig irgendwas am Kauen. Ich wunderte mich immer, dass er es nach jeder Achterbahnfahrt drinnen behalten konnte. Er schien einen robusten Magen zu haben.

Das letzte Mal, dass ich in einem Freizeitpark war, war zu meinen Kindszeiten, mit meinem Vater. Es war wie eine Zeitreise in die Vergangenheit. Wir fuhren mit sämtlichen Fahrgeschäften und hatten viel Spaß. Nur Jonathans Gesichtsausdruck war immer derselbe, ausdruckslos. Er konnte irgendwie so gar nichts mit dem Ganzen anfangen. Manchmal, wenn wir besonders viel Spaß hatten, hatte ich das Gefühl, ihm war es sogar etwas unangenehm. Der Tag flog vorbei, zumindest aus meiner Sicht. Aber ich hatte das Gefühl, je mehr Zeit wir in diesem Freizeitpark verbrachten, umso schlechter ging es Jonathan.

Er sah schon fast krank aus. »Geht es dir nicht gut?«, fragte ich zögernd. »Doch, doch, geht schon«, sagte er und versuchte, zu lächeln. Es ähnelte aber eher einer Grimasse.

Ich überlegte schon ernsthaft, die anderen zu fragen, ob wir lieber heimfahren sollten, weil es Jonathan zunehmend schlechter ging. Plötzlich veränderte sich seine Miene zu einem breiten Grinsen. »Kommt, wir gehen in diese Geisterbahn dort drüben«, er zeigte mit dem Finger auf sie. »Die sieht ja cool aus«, sagte Mike freudestrahlend und setzte sich in Bewegung, Richtung Geisterbahn. Tina und ich liefen den beiden nach. »Ich hasse Geisterbahnen«, jammerte Tina und klammerte sich an meinen linken Arm fest. »Ich habe da immer eine furchtbare Angst.« »Das ist der Sinn einer Geisterbahn«, sagte Jonathan mit fast irrem Blick. Wir stellten uns in der Warteschlange an. Jeder der Besucher, der aus der Geisterbahn wieder herauskam, war entweder grün oder kreidebleich im Gesicht. Zwei Jungen liefen an uns vorbei und ich hörte sie sagen: »Hast du das viele Blut gesehen? Und die ganzen Zombies, ich habe mir fast vor Angst in die Hose gemacht.«

Ich schluckte nervös. Bald kamen wir dem Eingang immer näher und mein Herz begann, schneller zu schlagen. Tina krallte sich noch immer an meinen Arm und war jetzt schon leichenblass. Ihre Lippen zitterten leicht. »Ich habe jetzt schon Angst, Susan.« Irgendetwas Aufbauendes hätte ich ihr gerne gesagt, aber ich hatte selber ein mulmiges Gefühl im Bauch. Mike und Jonathan unterhielten sich über die äußerliche Aufmachung der Geisterbahn. Draußen waren blutrünstige Zombies abgebildet und Vampire mit knallroten Augen. Die ganze Geisterbahn war von unheimlichen Geräuschen umgeben. Knurren und Schlurfen, dass einem die Haare zu Berge standen. Jonathan schien in seinem Element zu sein. Er sah schon viel besser aus. Ich hatte den Eindruck, je mehr verängstigte Menschen die Geisterbahn verließen, umso besser ging es ihm. Nun waren wir an der Reihe.

Das war nicht eine von diesen Geisterbahnen, wo man in einem kleinen Wagen durchfuhr, nein, man musste durchlaufen. Tina jammerte bei jedem Schritt und mein Arm fühlte sich schon ganz taub an, so stark umklammerte sie ihn. Drinnen konnte man von allen Seiten Schreie hören, von Leuten, die sich ängstlich durch die Gänge schlichen und von Schaustellern erschreckt wurden. Wir begegneten blutrünstigen Zombies, die versuchten, uns festzuhalten und anzuknabbern. Tina schrie wie am Spieß. Vampire, die durch Kontaktlinsen und Schminke wirklich echt aussahen, jagten uns. Mein Herz raste und dadurch, dass Tina bei jedem bisschen gleich losschrie, steckte sie mich an und ich schrie bei jedem kleinsten Geräusch auch sofort los.

Jonathan und Mike amüsierten sich köstlich. Sie kümmerten sich nicht um unsere Ängste und staunten über die wirklich gut gemachte Kulisse. Es kam mir ewig vor, dass wir durch die Geisterbahn liefen. Kurz vor Ende flog noch ein Fledermausschwarm über unsere Köpfe hinweg. Das war zu viel für Tina, schreiend löste sie sich von meinem Arm und lief aus der Geisterbahn. Jonathan lachte schallend. »Oh, oh«, sagte Mike. »Ich schaue besser mal nach ihr.« Er folgte Tina.

Kurze Zeit später waren wir dann auch endlich aus der Geisterbahn draußen. Tina stand zitternd und leichenblass davor. Ich konnte mir vorstellen, dass ich auch nicht viel besser aussehen musste als sie. »Ich habe genug«, sagte sie mit bibbernder Stimme. Mike versuchte, sie zu beruhigen. »Wir haben ja jetzt auch genug gesehen«, sagte er mit besänftigender Stimme. »Lasst uns fahren oder wollt ihr noch bleiben?« Er sah fragend in unsere Richtung. »Wir können ruhig fahren«, sagte ich zustimmend. »Ich habe auch nichts dagegen«, sagte Jonathan gut gelaunt. Er war ganz anders drauf als noch vor einer Stunde. So ganz verstand ich das nicht; nicht, dass es mich stören würde. Ich war froh, dass es ihm besser ging. Aber wieso diese plötzliche Wendung?

Kurze Zeit später saßen wir wieder in Mikes Wagen. Wir hatten schon kurz nach acht. So lang kam mir unser Aufenthalt im Freizeitpark gar nicht vor. Aber ich musste sagen, dass es im Großen und Ganzen echt ein schöner Tag war. Trotz der vielen Menschenmassen und Tinas Gefühlsausbruch. Sie war eben ein ängstlicher Mensch und leicht zu erschrecken. Ich überlegte mir, wie sie wohl mit dem Ganzen umgehen würde, wenn sie an meiner Stelle wäre und Jonathan bei den ganzen mysteriösen Dingen beobachtet hätte. Bestimmt nicht so wie ich. Sie wäre bestimmt nur noch ein psychisches Wrack und hätte es weitererzählt.

Schließlich kamen wir wieder an dem Haus meines Vaters an. Sein Auto stand noch nicht da, anscheinend dauerte sein Termin länger. Doch war das ein gutes Zeichen? Als wir an der Eingangstür klopften, öffnete uns Celine die Tür. »Ihr kommt gerade richtig, Essen ist gleich fertig.« »Das ist ja super«, sagte Mike. »Ich sterbe vor Hunger.«

Ich wunderte mich, wie viel er doch essen konnte, ohne zu platzen. Er hatte im Freizeitpark sehr viel Eis und Süßigkeiten gegessen. Wenn ich er wäre, würde ich nichts mehr runter bekommen. »Wir kommen sofort, Celine«, sagte ich lächelnd. Sie nickte glücklich und ging zurück in die Küche.

Wir liefen nach oben, um unsere Sachen ins Zimmer zu bringen. Ich hatte mich am Schießstand versucht und immerhin einen kleinen Teddybären gewonnen. Zudem hatte ich mir noch etwas Popcorn gekauft. In meinem Zimmer angekommen, legte ich die Süßigkeiten, den Teddybären und meinen Rucksack auf meine Kommode. Dann streckte ich mich kurz auf meinem Bett aus. Heute spürte ich mein Bein noch schlimmer, als am Vortag. Sobald ich zur Ruhe kam, pochte es stärker denn je. Ich hoffte, dass sich das bald legen würde. Mein Arm hingegen juckte etwas, anscheinend verheilte die Wunde. Ich war etwas müde und musste mich zwingen, mich aufzurappeln, um runter zum Essen zu gehen. Schließlich stand ich auf und machte mich auf den Weg in die Küche.

In der Küche angekommen, waren die anderen schon am Essen. »Wir dachten schon, du bist verschollen«, rief mir Tina zu. »Ich bin nur etwas müde«, gab ich zurück und setzte mich auf meinen Stammplatz neben Jonathan. Ich füllte mir Braten, Gemüse und Kartoffeln auf. »Wisst ihr, ob mein Vater schon wieder da ist?«, fragte ich in die Runde. »Nein«, sagte Tina mit vollem Mund. »Ich hab ihn nicht gesehen.« Na ja, zur Not würde ich ihn morgen fragen, ob er was erreichen konnte. Beim Essen unterhielten wir uns nicht sehr viel. Anscheinend waren alle etwas müde von dem Tag. Nur Jonathan schien wie immer hellwach zu sein. Wie machte er das nur?

Nach dem Essen schleppten wir uns alle nach oben auf unsere Zimmer. Mein Vater war noch immer nicht aufgetaucht. Ich musste mich also bis morgen gedulden. Ganz so früh wollte ich noch nicht schlafen. Obwohl ich hundemüde war. Also schaltete ich den Fernseher ein. Ich schaute mir gelangweilt einen Spielfilm an, als die Sendung plötzlich von einer Sondermeldung unterbrochen wurde.

Ein Reporter stand vor einem Restaurant. Um ihn herum standen zwei Krankenwagen. Viele Menschen liefen im Hintergrund panisch hin und her. »Wir berichten live aus Minneapolis, wo sich eben Hochbrisantes abgespielt hat. Vor circa einer halben Stunde wurde der mutmaßliche Täter und Freund, der kürzlich ermordeten Nancy Scott, an diesem Ort hinter mir gesichtet.« Er deutete auf das Restaurant. »Von Augenzeugen wurde er als geistig verwirrt beschrieben. Umgehend riefen die Passanten die Polizei, die wenige Minuten später gleich vor Ort waren. Sechs Beamte versuchten, den Mann festzunehmen, doch nach langem Gerangel konnte der Verdächtige schließlich fliehen. Passanten berichten von einer unglaublichen Kraft des jungen Mannes. Mit der Schnelligkeit eines Athleten soll er dann geflohen sein. Beim Versuch, den Täter zu stellen, wurden drei Polizisten und ein Passant ernsthaft verletzt. Sie befinden sich hinter mir in den Krankenwagen.«

Ich war nun hellwach und starrte auf den Fernseher. Plötzlich kam ein Passant vor die Kamera. Ein Jugendlicher mit bunten, hochgegelten Haaren. Ich glaube, es war ein Punker. Er wirkte angetrunken. »Ich schwöre euch, der hatte rote Augen.« Er wurde von Teamkollegen des Reporters von der Kamera weggezogen. Der Reporter fing sich recht schnell wieder. »Rote Augen«, sagte er scherzend. »Ja, sicher, Halloween ist schon lange vorbei, mein Junge.«

Dann sagte er wieder mit ernster Stimme: »Sobald wir neues über den Täter erfahren, erfahren Sie es live vor Ort.« Der Spielfilm lief weiter.

Wie hypnotisiert starrte ich noch immer auf den Fernseher. Noch einmal lief der Beitrag vor meinem inneren Auge ab. Drei Details ließen mir das Blut in den Adern gefrieren. Er war sehr schnell, er war ungewöhnlich stark und er hatte rote Augen. Ich merkte, wie mir übel wurde. Jonathan war auch ungewöhnlich stark und auch er bekam rote Augen, meistens, wenn er sauer wurde und auch er konnte extrem schnell rennen. Hatte Jonathan also wirklich etwas damit zu tun?

Aber wie? Ich wusste nicht mehr, was ich davon halten sollte. Meine Angst vor Jonathan wurde noch stärker. Ich stand auf und schloss mein Zimmer ab. Sicher, es war etwas albern, schließlich hatte er mir noch nie wirklich etwas getan, er hatte mir nur Angst eingejagt. Trotzdem fühlte ich mich so sicherer. Ich machte mich bettfertig und legte mich ins Bett. Danach stellte ich meinen Fernseher leiser, dass ich gerade noch etwas hören konnte.

Plötzlich hörte ich Jonathans Tür nebenan. Dann Schritte. Schließlich klopfte er an meiner Tür. Ich hielt den Atem an. Er klopfte erneut. Schnell zog ich mir die Decke über den Kopf. Er wandte sich von meiner Tür ab und ging wieder in sein Zimmer.

Gerade als ich wieder aufatmen wollte, hörte ich seine beängstigende Stimme wieder in meinem Kopf, die sprach:
»Du entkommst mir nicht!«
Mein Herz machte einen Aussetzer. Ich hörte, dass er seine Zimmertür wieder schloss. Hatte er den Bericht im Fernsehen mitbekommen? War er deshalb sauer? Oder warum machte er mir solche Angst? Wenn ich nicht abgeschlossen hätte, wäre er dann einfach in mein Zimmer gekommen? Und was dann? Ich erschauderte bei dem Gedanken. Leise schaltete ich mein Licht ein und setzte mich aufrecht ins Bett. Ich wollte nicht einschlafen. Was wäre, wenn Jonathan versuchte die Tür zu öffnen? Würde er sich das trauen? Langsam traute ich ihm

alles zu. Meine Augen brannten vor Müdigkeit. Ich versuchte, mich extra unbequem hinzusetzen, um nicht einzuschlafen. Das Brennen in meinen Augen wurde stärker. Kurz fiel ich in einen Sekundenschlaf und rappelte mich dann wieder panisch auf. Schließlich verlor ich den Kampf und schlief ein.

Ich träumte wieder von dem Wald, diesmal war ich noch panischer als sonst. Im Traum spürte ich mein Herz bis zum Hals schlagen. Ich spürte die Äste, an denen ich beim Laufen hängen blieb, noch intensiver als sonst. Es war stockdunkel. Wieder hörte ich jemanden mir dicht auf den Fersen nachjagen. Ich fiel über die Baumwurzel und stürzte hart auf den Waldboden. Wieder merkte ich den heißen Atem im Nacken und wurde grob herumgerissen. Ich zwang mich, nicht die Augen aufzumachen.

Es war klar, wer da vor mir stand. Ich wollte nicht in Jonathans rote, drohende, Augen schauen. »Schau mich an!«, hörte ich seine dunkle, böse Stimme. »Nein!«, schrie ich voller Angst. Nun spürte ich seinen Atem näher an meinem Gesicht. Was hatte er vor? Schreiend wachte ich auf.

Ungereimtheiten

Ich musste mich erst einmal orientieren. Den Traum kannte ich ja schon auswendig, aber jedes Mal veränderte er sich etwas. Letztes Mal wollte Jonathan mich noch küssen und heute war er wieder so grob und brutal. Was hatte das zu bedeuten? Würde ich jemals wieder ohne Albträume friedlich durchschlafen können? Ich brauchte einen Moment, um wieder ruhig zu atmen. Mein Licht und mein Fernseher waren ja noch an. Ich war froh darüber.

Dunkelheit konnte ich jetzt gar nicht ertragen. Kurz schaute ich auf meine Armbanduhr. Es war erst kurz nach vier. Eigentlich hatte ich Durst, traute mich aber nicht, die Tür aufzuschließen und mir in der Küche etwas zu trinken zu holen.

Nun hatte ich richtig Angst, wieder einzuschlafen. Ich konnte diese Albträume einfach nicht mehr ertragen. Was würde ich nicht alles dafür geben, mal eine ganze Nacht friedlich durchzuschlafen. Hinzu kam ja noch, dass ich diese Träume so gar nicht verstand. Dass ich vor Jonathan Angst hatte, war klar. Was mich nur verunsicherte, war, dass es immer derselbe Traum war, nur hin und wieder etwas verändert. Wurde mein Albtraum durch die Angst in meinem Unterbewusstsein gesteuert? War er vielleicht eine Warnung? Oder eine Art Vision? Wo ich das kurze Bild von der Raststätte vor Augen hatte, als Jonathan mir nach meinem Sturz aufhelfen wollte, könnte das auch eine Vision gewesen sein? Ich kam ins Grübeln. Irgendetwas hatte er definitiv mit dem Mord an Nancy zu tun, ich wusste nur noch nicht was. Es konnte wirklich nicht so weitergehen. Ich hoffte, dass ich bald endlich eine Lösung für diese ganzen mysteriösen Dinge finden würde.

Mein Leben hatte sich, seit ich Jonathan kannte, wirklich drastisch verändert und nicht gerade zum Positiven. Was ich aber überhaupt nicht verstand, und was so gar nicht in sein Schema passte, war seine nette, liebevolle Art, die er ab und zu so an sich hatte. Ich wurde einfach nicht schlau aus ihm. Erstmal konnte ich nur hoffen, dass mein Vater etwas herausfinden würde. Damit ich immerhin in dem Mordfall schon mal weiterkommen würde. Je länger ich so nachgrübelte, desto müder wurde ich wieder. Mir fielen die Augen zu und ich schlief erneut ein. Ich schlief sehr unruhig, träumte aber nichts.

Als ich das zweite Mal erwachte, war es taghell. Mein Licht und mein Fernseher waren noch an. Ich stand auf und schaltete beides aus. Dann sah ich aus der Balkontür. Draußen tobte wieder ein Unwetter. Sehr stark und drohend pfiff der Wind um unser Haus. Es blitzte und donnerte und der Regen war so stark, dass man draußen kaum Konturen wahrnehmen konnte. Ich erschauderte bei dem Anblick. Kurz überlegte ich, was für ein Tag heute war. Wir hatten Samstag. Mal sehen, was uns heute erwartete. Rasch zog ich mich an und schloss dann meine Zimmertür auf. Nachdem ich im Bad war, lief ich geradewegs in die Küche. Nur Tina und Mike saßen am Frühstückstisch.

»Morgen«, sagte ich noch etwas verschlafen. »Wohl eher Mittag«, grinste Tina. Ich schaute auf die Küchenuhr, es war schon halb zwölf. »Habt ihr auch so lange geschlafen?«, fragte ich benommen und setzte mich zu den beiden. »Ja, ich war schon um acht Uhr wach, aber da habe ich das blöde Wetter gesehen und habe mich wieder hingelegt.« »Wo sind mein Vater und Jonathan?«, fragte ich unter lautem Gähnen. »Dein Vater ist in seiner Bücherei und Jonathan ist joggen.« Plötzlich war ich hellwach. »Er ist joggen?«, fragte ich ungläubig und mit offenem Mund. Ich schaute aus dem Küchenfenster. »Bei dem Wetter?« Tina zuckte mit dem Achseln und aß ihr Brötchen weiter.

Mike blätterte in der Zeitung herum. »Habt ihr gehört?«, fragte er stirnrunzelnd.

»Der Typ, der diese Nancy ermordet haben soll, wurde gestern gesichtet.« »Und?«, fragte Tina neugierig. »Hier steht, dass er sechs Polizisten entkommen konnte und dass er sehr stark und schnell war.« Ich schluckte. »Drei Polizisten und ein Passant wurden schwer verletzt.« Er schüttelte mit dem Kopf. »Was hat der davon? Der soll sich lieber stellen, dann hat er es hinter sich.« Er legte die Zeitung beiseite. »Sonst steht da nichts?«, fragte ich und versuchte, belanglos zu wirken. »Nein, sollte da noch etwas stehen?« Beide schauten in meine Richtung. »Nein«, sagte ich schnell.

»Hätte ja sein können, dass die eine Ahnung haben, wo der jetzt steckt.« Ich zuckte mit den Achseln. »Nein, darüber stand nichts drin.« Innerlich war ich heilfroh, dass dort nichts mit den roten Augen stand. Anscheinend tat das die Presse als ein Hirngespinst ab und deshalb erwähnten sie es nicht.

Ich nahm mir ein Brötchen und fing an, zu essen. Tina stand auf und schaute aus dem Fenster. »Oh Mann, was sollen wir denn bei diesem Wetter heute schon groß machen?« Sie machte einen Schmollmund. »Ach, Tina«, sagte Mike mit vollem Mund. »Man muss doch nicht jede freie Minute in Aktion sein. Es ist Samstag, relax.« »Das ist mir aber zu langweilig«, jammerte sie. »Außerdem hätte ich mal wieder Lust, in eine Disco zu gehen.« »Wir machen einen Deal«, sagte Mike mit gewichtiger Miene. »Du relaxt heute mal ein bisschen und dafür gehen wir heute Abend in die Disco.«

Sie lief um den Küchentisch herum und setzte sich auf seinen Schoß. Dann legte sie die Arme um seinen Hals und überlegte, ob das ein guter Deal war. »Aber nur, wenn du mit mir irgendwas Aufregendes spielst.« Er seufzte. »Du bist unverbesserlich, von mir aus.« Er küsste sie zärtlich.

»Wollt ihr zwei dann mitkommen?«, fragte Mike in meine Richtung. Wieso glaubte er, ich könnte für Jonathan mitreden? Wir waren kein Paar! Aber sicher glaubte er das. »Von mir aus komme ich mit«, sagte ich langsam kauend. »Ob Jonathan Lust dazu hat, weiß ich nicht.« Hoffentlich nicht, dachte ich insgeheim. »Okay, dann ist das abgemacht«, sagte Mike grinsend zu Tina gerichtet. »Ich frage dann später Jonathan, ob er mit will.« Beide standen auf und räumten ihre Sachen weg. »Bis später«, sagten sie zu mir gewandt und verschwanden aus der Tür. Ich fand das gar nicht mal so schlecht, heute jedenfalls mal ein bisschen Ruhe zu haben. Später wollte ich meine Mutter und Alex mal anrufen. Und was noch viel wichtiger war, ich wollte meinen Vater fragen, ob er etwas herausgefunden hatte.

Nach dem Frühstück räumte ich den Tisch ab. Dabei ließ ich mir viel Zeit. Die hatte ich ja jetzt, ich musste mich nicht beeilen. Plötzlich hörte ich ein Klopfen an der Haustür. Das war bestimmt Jonathan. Mein Herz begann, wild zu schlagen. Es klopfte erneut. Ich hörte niemanden Richtung Haustür gehen, anscheinend hatte es keiner gehört, außer mir. Es klopfte noch einmal, diesmal fordernder. Schließlich nahm ich all meinen Mut zusammen und ging zur Haustür. Ich öffnete sie. Draußen stand Jonathan. Klatschnass und nur mit einer Trainingshose bekleidet.

Ich musterte ihn. Sein Körper schien noch muskulöser geworden zu sein. Er trat ein. »Hi«, sagte er lässig. »Gehst du immer halb nackt joggen?«, fragte ich ihn mit leicht errötetem Gesicht. »Manchmal«, sagte er achselzuckend. »Bei dem Wetter?«, fragte ich stirnrunzelnd. »Ist gut für die Abwehrkräfte.« »Und wenn du krank wirst?« »Das ist schon sehr unwahrscheinlich«, sagte er jetzt lachend. Dann drehte er sich um und rannte die Treppe hinauf in sein Zimmer. Ich stand noch immer an der Haustür, den Türgriff in meiner Hand. Leise schloss ich sie wieder. Jonathan gab mir immer mehr Fragezeichen auf. Das musste man ihm lassen, langweilig wurde es mit ihm nicht.

Nun wollte ich erst einmal Alex und meine Mutter anrufen, bevor ich mit meinem Vater reden wollte. Ich ging in mein Zimmer und setzte mich auf mein Bett. Dann nahm ich mein Handy und wählte die Nummer von meiner Mutter. Ich wusste nicht, ob sie auf der Arbeit war, wollte es aber dennoch versuchen. Ungeduldig lauschte ich dem Freizeichen und hoffte, dass sie abhob. Nach dem vierten Freizeichen ging sie schließlich dran.

»Smith?« »Hi, Mum, ich bin's.« »Susan, das ist aber eine schöne Überraschung. Wie geht es dir?« »Oh, ganz gut.« Es tat gut, ihre Stimme zu hören. »Hast du schon viel erlebt?« »Oh ja, wir waren im Freizeitpark und wir haben einen Stadtbummel gemacht. Ich habe ein Geschenk für dich, wenn ich wieder nach Hause komme.« »Ach, Susan, du sollst doch dein Geld nicht für mich ausgeben. Kauf dir doch mal etwas Schönes.« »Das ist schon okay, Mum. Ich freue mich, wenn ich dir eine Freude machen kann.« Ich wusste, dass ihr das schmeichelte und sie lächelte. »Wann kommt ihr wieder nach Hause?«, fragte sie beiläufig. »Oh, ich weiß es nicht genau. Eigentlich wollte ich ja nur eine Woche bleiben, aber ich muss mich ja auch ein bisschen nach den anderen richten.« »Du hast drei Monate Sommerferien, Susan. Außerdem siehst du deinen Vater so selten, bleib doch noch etwas. Ich bin froh, wenn du mal Spaß hast.« »Ja, mal sehen. Was gibt's bei dir Neues, Mum?« »Oh, nichts Besonderes. Ich bin meistens auf der Arbeit. Wenn ich dann zu Hause bin, bin ich zu müde, um noch auszugehen. Zugegeben, du fehlst mir schon sehr.« »Du mir auch, Mum.«

»Das ist schön, Schatz. So, ich muss jetzt leider zur Arbeit, aber nett, dass du angerufen hast. Oder wolltest du irgendetwas Bestimmtes?« »Nein, nein, ich wollte dich nur mal so anrufen.« »Das freut mich, Susan. Dann grüß die anderen ganz lieb von mir. Ich ruf dich die nächsten Tage mal an, okay?« »Ja, ist gut, Mum. Ich hab dich lieb.« »Ich dich auch.« Sie beendete das Gespräch.

Einen Moment sah ich noch aufs Handy, dann legte ich es auf mein Bett. Meine Mutter vermisste mich schon sehr, das konnte ich an ihrer Stimme hören. Sie wäre sicher froh, wenn ich bald nach Hause käme. Aber ich wollte erst noch schauen, wie es mit dem flüchtigen Täter weiterging. Das ging am besten, wenn ich bei meinem Vater war, da er Kontakt zu vielen wichtigen Quellen hatte. Ich war echt gespannt, ob er durch Nancys Eltern schon etwas Neues herausgefunden hatte. Grübelnd legte ich mich aufs Bett und schloss die Augen. Ich hatte wirklich eine nervenaufreibende Nacht hinter mir.

Plötzlich hörte ich Tina und Mikes Tür aufgehen. Ich schaute zum Flur und lauschte. Jemand ging an meiner Tür vorbei und klopfte an Jonathans. Ich richtete mich auf und schlich mich zu meiner Tür. Angespannt lauschte ich auf das Folgende und versuchte, leise zu atmen. Schließlich öffnete sich Jonathans Tür und Mikes Stimme sprach. »Hi, Jonathan. Ich wollte dich fragen, ob du Lust hast, heute Abend mit in die

Disco zu gehen.« »Sicher«, hörte ich nun Jonathans Stimme. »Kommt Susan auch mit?« »Ja, sie kommt auch mit.« »Okay.« Kurze Stille trat ein. »Dann bis später.« »Ja, bis später.« Jonathans Tür schloss sich wieder und Mike ging wieder in sein Zimmer. Dann war nichts mehr zu hören.

Kurz wartete ich, dann öffnete ich meine Tür und lief die Treppe herunter. Unten war Celine gerade am Staubwischen. »Haben Sie meinen Vater gesehen, Celine?«, fragte ich zögernd. Sie sah mich an und lächelte. »Wo kann der wohl sein?« Beide gleichzeitig sagten wir dann grinsend: »In der Bibliothek.« Sie lächelte gut gelaunt. Ich lief durchs Wohnzimmer und klopfte geradewegs an der Tür, die zur Bibliothek führte. Einen Moment hörte ich gar nichts, schließlich vernahm ich die ernste Stimme meines Vaters. »Herein.«

Ich öffnete die Tür. Mein Vater saß wieder mit nachdenklicher Miene hinter seinem Schreibtisch. Er sah müde und erschöpft aus. »Susan, wie schön, dich zu sehen.« Ich schenkte ihm ein Lächeln. »Setz dich doch.« Ich setzte mich wieder auf das kleine Sofa und schaute meinen Vater aufmerksam an. Er sah sehr kaputt aus, als wäre er mindestens um zehn Jahre gealtert.

»Du siehst erschöpft aus, Dad«, sagte ich besorgt. »Das bin ich auch, Susan. Der Fall beschäftigt mich sehr. Ich konnte die Nacht kein Auge zumachen, weil ich aus dem Ganzen einfach nicht schlau werde.« Er nahm seine Brille ab und rieb sich müde die Augen. Dann setzte er sie wieder auf. Das Gefühl kenne ich, dachte ich in meinem Inneren.

»Hast du es schon gehört? Es kam gestern in den Nachrichten und heute stand es in der Zeitung.« »Dass er wieder gesichtet wurde?«, unterbrach mich mein Vater. »Ja.« »Ja, das habe ich gehört«, er sagte es langsam und leise. Jede Silbe schien ihn Überwindung zu kosten.

»Dad, warst du gestern bei Nancys Eltern?« Erst sah er mich lange an, dann fing er an, mir von seinem gestrigen Tag zu erzählen. Er schien sich vor unserem Gespräch genau überlegt zu haben, wie und vor allem was genau er mir davon erzählen wollte. Es hörte sich wie eine Rede und sehr durchdacht an. Ich wusste, er würde mir nur das Nötigste erzählen und nichts, was meine Verzweiflung vielleicht noch verschlimmern könnte. Er begann langsam und mit ruhiger Stimme zu sprechen.

»Nun ja, ich fuhr gestern Morgen also nach Pomona zu den Eltern dieser Nancy. Ich klingelte an der Haustür und die Mutter öffnete mir. Zuerst stellte ich mich vor und sie ließ mich, zu meinem Erstaunen, ohne Diskussion ins Haus. Es war ein sehr altes Haus, sehr renovierungsbedürftig. Sie führte mich ins Wohnzimmer und ich setzte mich auf ein altes Sofa. Ich war froh, dass ihr Mann nicht zu Hause war. Laut Polizei war er der Hauptgrund, dass sie keine Aussage von ihnen bekamen. Man merkte, dass sie sich sehr unwohl in ihrer Haut fühlte. Ich war mir sicher, dass sie eigentlich ihrem Mann versprochen hatte, nicht auszusagen. Falls so ein Psychomensch, wie er uns Psychologen nennt, noch mal auftauchen würde.« Er lächelte matt. »Wie hast du es geschafft, dass sie doch etwas erzählt?«, fragte ich mit offenem Mund. »Eigentlich hat sie mir erst etwas erzählt, als ich ihr von dir erzählt habe.« »Von mir?«, fragte ich verwirrt. »Was habe ich damit zu tun?«

»Ich sagte zu ihr, dass ich sie sehr gut verstehen könnte und ich mit ihr mitfühlen kann. Dann erzählte ich von dir und dass ich Höllenqualen durchleiden würde, wenn dir so etwas passieren würde. Ich sagte ihr, dass er noch auf freiem Fuß sei und dass sie mir helfen könnte, dass er keinem anderen Mädchen mehr so etwas antun kann. Von da an merkte ich, dass ich ihren harten Kern geknackt hatte. Sie wollte genau so wenig wie ich, dass einem anderen Mädchen etwas passierte. Ich stellte ihr Fragen über ihre Tochter und dem mutmaßlichen Täter. Sie erzählte mir, dass sie seit drei Jahren mit ihm«, er sah mich direkt an, »Jacob Planks, zusammen war. Sie beschrieb ihn als sehr liebevoll, ehrlich und zielstrebig. Nie ist er ihrer Tochter gegenüber gewalttätig geworden. Er wollte nur das Beste für sie und arbeitete sehr viel, um ihr ein schönes Leben zu ermöglichen. Sie räumte auch ein, das Nancy sehr viel Temperament hatte und ihn im Streit oft provoziert hatte. Aber er ist immer ruhig geblieben und wurde niemals ausfallend Nancy gegenüber. Jedenfalls soweit sie es mitbekommen haben. Jacobs Eltern bestätigten mir telefonisch diese Aussagen. Ihr Junge wäre nie negativ aufgefallen. Ansonsten sind sie nicht sonderlich kooperativ. Darum habe ich mir auch von Nancys Mutter ein Bild von ihm geben lassen. Sie lebten mit Nancys Eltern zusammen in dem Haus. Nancy und Jacob wollten sich bald ein eigenes Haus kaufen. Als du sie bei der Raststätte angetroffen hast, waren die beiden auf einer kleinen Urlaubsreise, bei der sie ebenfalls ein Haus anschauen wollten.«

Er hielt kurz inne und konzentrierte sich auf einen Stift, den er in seiner Hand hielt. Dann fuhr er fort. »Im Großen und Ganzen hat mir das Gespräch nicht weitergeholfen. Außer, dass sie mir ein Foto von Jacob gegeben hat und ich es an die Polizei weitergeleitet habe. Sie gaben es sofort zur Fahndung raus und heute Abend soll es in den Abendnachrichten kommen. Ich bin keinen Schritt weiter. Das macht es nur noch mysteriöser, dass er nie als gewalttätig aufgefallen ist. Wieso dann so eine schreckliche Tat?«

Ich sah meinen Vater an, er tat mir sehr leid. Er suchte verzweifelt nach einer Lösung und stand wie ich vor einer hohen Mauer und kam nicht weiter. »Er wurde in den Nachrichten als sehr stark und schnell beschrieben«, sagte er leise, mehr zu sich selbst, als zu mir. Ich schluckte.

Wieder sah ich Jonathan vor mir, wie er Bäume ausriss und schnell am Strand entlanglief. Ich schaute woanders hin, damit mich mein Blick nicht verriet und mein Vater mir unangenehme Fragen stellen konnte. Doch er sah nicht auf. Er war immer noch in seinen Gedanken versunken. Das alles brachte uns keinen Schritt weiter, im Gegenteil. Jacob schien ein lieber Junge zu sein, warum so eine Tat? Ich merkte, dass mein Vater völlig in seinen Gedanken versunken war und wollte ihn nicht weiter stören.

»Ich lass dich wieder alleine, Dad«, sagte ich ruhig. »Vielleicht fällt dir ja noch was Wichtiges ein«, ich zögerte, »oder mir.« Er nickte langsam. »Ja, vielleicht, ich sage dir Bescheid, falls ich was herausbekomme.« Ich nickte, dann ging ich zu meinem Vater und umarmte ihn kurz, er atmete tief durch. »Bis später, Dad.« »Ja, bis später«, sagte er knapp und war sofort wieder in seinen Gedanken versunken.

Ich machte mir Sorgen, wegen meinem Vater. War er wirklich nur wegen diesem Fall so nachdenklich? Oder steckte noch etwas anderes dahinter? Was machte ein Psychologe, wenn es ihm schlecht ging? Mit wem redete er oder macht er das mit sich selber aus? Ich denke, eher das Zweite. Er sagt immer zu mir, man muss sich jemanden anvertrauen, wenn es einem schlecht ging. Aber er würde es keinem erzählen. Er wollte niemandem zur Last fallen.

Missmutig machte ich mich wieder auf den Weg in mein Zimmer. Wirklich weiter war ich ja noch nicht gekommen. Ich beschloss, Alex nicht anzurufen. Er würde sofort an meiner Stimme hören, dass es mir nicht gut ging und ich wollte nicht, dass er sich unnötig Sorgen machte. Als ich auf die Uhr schaute, sah ich, dass ich noch viel Zeit hatte, bis ich mich für die Disco fertigmachen musste. Ich sah aus dem Fenster. Es war noch dunkel bewölkt, aber der Regen hatte aufgehört. Erst zog ich mir meine Schuhe und dann die Jacke an. Danach ging ich aus meinem Zimmer.

Im Flur begegnete ich Tina, sie war jetzt schon dabei, ihr Stylingprogramm für die Disco durchzuziehen. Sie hatte eine Pflegemaske im Gesicht und ihre Haare locker auf Lockenwickler aufgedreht. Vorsichtig pustete sie auf ihre Nägel. Anscheinend hatte sie sich vor Kurzem neuen Nagellack aufgetragen.

»Hi, Süße, wo willst du hin?«, fragte sie mich neugierig. »Ich geh ein bisschen spazieren.« »Geht es dir gut?«, fragte sie mit skeptischem Blick. »Ja, es geht schon«, flunkerte ich. »Ich möchte nur etwas Zeit für mich haben und nachdenken.« Ich konzentrierte mich auf ihre Lockenwickler, damit ich sie nicht direkt ansehen musste. Sie würde sofort sehen, dass ich log. Ihr Blick wurde nun durchdringender, als versuchte sie, hinter meine Fassade zu schauen. Sie hatte schon längst erkannt, dass es mir nicht gut ging. Kurze Zeit schwiegen wir. »Soll ich dir helfen beim Alleinsein und mitkommen?«, sagte sie mit einem liebevollen Lächeln. »Nein«, sagte ich kopfschüttelnd. »Diesmal muss ich wirklich allein alleine sein.« Ich lächelte matt. »Ist es wegen Jonathan?«, fragte sie und strich mir sanft über meinen Arm. »Auch«, sagte ich zögernd und trat nervös von einem Bein aufs andere. Sie nickte verständnisvoll. »Ich kann dich verstehen, er ist nicht leicht zu durchschauen.«

Wem sagst du das, dachte ich innerlich und biss mir auf die Unterlippe. »Was ist es noch?«, fragte Tina leise. Ich zuckte mit den Schultern. Sie sah mich kurz ernst an, dann sagte sie: »Susan, du bist ein wunderbarer Mensch, so wie du bist. Jonathan wäre bescheuert, wenn er das nicht genauso sehen würde«, nun lächelte sie breit. »Vielleicht ist es mal ganz gut, wenn du etwas spazieren gehst und über alles nachdenkst.« Ich nickte und machte mich auf den Weg zur Treppe. Gerade als ich hinuntergehen wollte, rief sie mir zu: »Jonathan kommt übrigens heute Abend mit.« Ich nickte halbherzig. Als ich fast unten war, sagte sie weiter: »Ich helfe dir nachher, das passende Outfit zu finden, okay?« Ich drehte mich zu ihr um und verdrehte die Augen. Sie streckte mir die Zunge raus und verschwand in ihrem Zimmer.

Vor der Haustür angekommen, atmete ich tief durch. Langsam lief ich den Strand entlang. Ohne ein Ziel. Ich wollte einfach nur alleine sein und über alles nachdenken. Über Jonathan, Nancy, meinen Vater und wie es in der Zukunft mit mir weitergehen sollte. Ich durchlebte noch einmal alle Situationen mit Jonathan, das Schlechte überragte ... leider. Wieso konnte er nicht immer diese liebevolle und offene Art haben, wieso gab es noch den anderen Jonathan? Der Jonathan, vor dem ich mich fürchtete und der es schaffte, dass ich mich in meinem Zimmer einschloss. Hatte er wirklich etwas mit dem Mord an Nancy zu tun? Ich konnte die Frage nicht beantworten. Vom Logischen her gesehen, nein. Aber von den Fakten her und von dem, was ich in den Nachrichten gehört hatte, all die Verhaltensübereinstimmungen, die Jonathan auch hatte, steckte er dort mit drin.

Ich hoffte, dass mein Vater bald weiterkam und dass es ihm dadurch dann besser ging. Ich merkte, dass er sich als Verlierer fühlte, aber er war kein Verlierer. Ganz im Gegenteil. Ich hatte noch nie einen Menschen gesehen, der so diszipliniert und ehrgeizig an einer Sache dranblieb, wie er. Gedankenverloren setzte ich mich auf einen großen Felsen am Strand und schaute aufs Meer. Alles war nass und schlammig, aber das war mir egal. Das Meer war noch immer sehr unruhig.

Ich war völlig in meinen Gedanken vertieft, als ich plötzlich Jonathans Stimme neben mir hörte. »Hi.« Erschrocken sah ich zu ihm auf. »Hi«, erwiderte ich und stand zügig auf. »Was machst du hier alleine?«, fragte er mit seinem durchdringenden Blick. »Dasselbe könnte ich dich auch fragen.« Er lächelte leicht. »Ich habe dich von meinem Balkon aus beobachtet, du sahst so einsam aus, deshalb bin ich runtergekommen.« Ich schluckte. »Gehen wir ein paar Schritte?«, fragte er und deutete mit dem Kopf Richtung Felsen. »Sicher«, sagte ich zögernd. Wir liefen eine Weile stumm nebeneinander her.

Jonathan hatte seine Hände in den Jackentaschen vergraben und blickte stur geradeaus. Etwas überfordert war ich schon mit der ganzen Situation. Ich bekam immer mehr ein mulmiges Gefühl, als wir uns immer weiter von dem Haus entfernten. Nun waren wir völlig außer Sichtweite und weit und breit war niemand zu sehen.

Mein Herz raste und meine Hände waren ganz kalt. Nach gefühlten zwanzig Minuten blieb Jonathan abrupt stehen. Dann drehte er sich zu mir um und sah auf meine Hände. Schnell nahm er sie in seine und begutachtete sie. »Ist dir kalt?«, fragte er direkt. »Etwas«, nickte ich schüchtern. Seine Hände fühlten sich heiß und rau an. »Willst du meine Jacke haben?« Noch ehe ich darauf antworten konnte, hatte er sie schon ausgezogen und mir übergelegt. Ich nickte zögernd. Seine Jacke fühlte sich genauso heiß an, wie seine Hände. »Ist dir jetzt nicht zu kalt?«, fragte ich stotternd. Er zuckte mit den Achseln. »Nein, ich friere nicht.« »Nie?«, fragte ich mit offenem Mund. »Nie!«, sagte er kalt.

Wieder diese Stimmungsschwankung. Das ging ganz schnell bei ihm, von jetzt auf gleich, von charmant auf kalt. »Wieso bist du so?«, fragte ich vorsichtig. »Wie bin ich denn?« Nun hörte sich seine Stimme etwas sanfter an. Er sah mir direkt in die Augen. Hilflos sah ich mich um, wie kam ich da nur wieder raus? Jonathan sah mich weiterhin fordernd an. Es half nichts, ich musste ihm darauf antworten. Wieder nahm er meine Hand, als ob es so nicht schon schwierig genug wäre. »Nun«, begann ich zögernd. »Deine Launen …« Ich stockte. »Ich blicke bei dir einfach nicht durch. Auf der einen Seite bist du nett und charmant und auf der anderen Seite kannst du auch sehr …«, ich zögerte. »Sehr was?« Seine Stimme klang wieder hart und berechnend. »Angst einflößend sein.«

Er ließ meine Hand los und ging einen Schritt zurück. Wieder pulsierte seine Ader bedrohlich und seine Augen flackerten. Ich merkte, dass er sich bemühte, ruhig zu bleiben. »Susan«, sagte er mit leiser und drohender Stimme. »Du hast mich noch nie gesehen, wenn ich jemandem Angst einjage.« Sein Körper zitterte vor Zorn und weil er versuchte, sich im Zaum zu halten. »Mir hast du schon öfter Angst gemacht«, platzte es schnell aus mir heraus. »Ach ja?«, sagte er drohend und seine Augen wurden sofort feuerrot. In dem Moment donnerte es bedrohlich über unseren Köpfen und es fing an, zu regnen. Blitze schossen über uns hinweg. Dann kam er näher. »Du weißt gar nichts über mich, Susan. Du weißt nicht, wozu ich fähig bin.« Er lief an mir vorbei und drehte sich noch einmal um, dann sagte er leise: »Und bete, dass du es nie erleben wirst!«

Er rannte davon. Wieder in dieser enormen Geschwindigkeit. Ich blieb wie vom Donner gerührt stehen und sah ihm hinterher, bis er nicht mehr zu sehen war.

Binnen weniger Sekunden war ich klatschnass. Schließlich machte ich mich auf den Weg zurück zum Haus. Ich beeilte mich, weil es nun wieder zu stürmen anfing.

Der Discobesuch

Zu Hause angekommen klopfte ich hektisch an der Tür. Mike öffnete sie mir. »Hey, Susan, was ist denn mit Jonathan los? Er ist außer sich vor Wut in sein Zimmer gerannt.« Er musterte mich von oben bis unten. Dann fielen ihm die zwei Jacken auf, die ich trug. »Habt ihr euch gestritten?«, fragte er besorgt. »Nur eine kleine Meinungsverschiedenheit«, sagte ich leise.

»Meinungsverschiedenheit ... und da ist er so drauf?« »Ich kann dir dazu nichts sagen, Mike«, sagte ich bestimmt und lief an ihm vorbei nach oben in mein Zimmer. Mike sah mir nachdenklich hinterher. Ich schloss die Tür ab und zog mir die nassen Sachen aus, dann zog ich mir schnell etwas Trockenes über. Irgendetwas, das greifbar war. Bevor wir in die Disco gingen, wollte ich sowieso noch duschen. Wenn Jonathan jetzt überhaupt noch mit wollte. Ich hoffte nicht. Ich setzte mich aufs Bett und schaute aus dem Fenster. Das Wetter war wirklich wie verhext.

Es klopfte an der Tür. Ich ging zu ihr und schloss sie auf. Ohne zu schauen, wer es war, setzte ich mich wieder auf mein Bett. Tina kam herein und schloss die Tür. »Susan, alles okay mit dir? Mike hat mir erzählt, dass du dich wohl mit Jonathan gestritten hast.« Sie setzte sich neben mich und sah mich erwartungsvoll an.

Wie gerne hätte ich ihr die ganze Wahrheit erzählt. Aber es ging einfach nicht. »Ja, wir haben uns etwas gestritten«, sagte ich ruhig und sah auf meine Füße. »Schlimm?«, fragte sie mich mitfühlend. Ich nickte. »Willst du darüber reden?« Ich schüttelte den Kopf. »Es gibt gleich Abendessen. Soll ich dir lieber etwas hochbringen, damit du Jonathan erst mal nicht begegnen musst?« Ich nickte, dankbar für diesen Satz. Tina stand auf und ging zur Tür. »Ich bin gleich wieder da.« Gott sei Dank, dachte ich mir. Jedenfalls hatte ich so ein paar Stunden Zeit, mir einen Schlachtplan zu überlegen, wie ich mich Jonathan gegenüber verhalten wollte.

Kurze Zeit später tauchte Tina wieder mit einem Tablett mit Essen auf. »Danke«, sagte ich lächelnd. »Ich habe denen unten erzählt, dass du dich fertigmachen musst und lieber oben essen willst. Sie haben es mir abgekauft.« Nun strahlte sie über das ganze Gesicht. »Du bist die Beste«, sagte ich zu ihr gewandt und fing an zu essen. »Ist Jonathan unten beim Essen?«, fragte ich und versuchte, dass es nicht zu nervös klang. »Nein, er ist in seinem Zimmer. Mike redet gerade mit ihm«, sie seufzte. »Aber wir machen uns trotzdem einen schönen Abend, oder?« Sie machte einen Schmollmund. »Klar«, sagte ich leicht lächelnd und versuchte, es optimistisch klingen zu lassen.

»Wann wollen wir los?« Tina sah auf ihre Uhr. »Drei Stunden hast du noch Zeit. Und du kommst nicht drum herum, dass ich das Outfit auswähle.« »Oh nein«, ich verdrehte die Augen. »Tina, hab Erbarmen.« »Keine Widerrede«, sagte sie im gebieterischen Ton. »Sobald du geduscht hast, komm ich rüber und wir verwandeln dich in eine Prinzessin.« Sie strahlte übers ganze Gesicht und ging aus dem Zimmer.

Nebenan hörte ich Jonathans Tür auf und sofort wieder zu gehen. Mike schien sein Gespräch beendet zu haben, wie gerne hätte ich dabei Mäuschen gespielt. Ich hörte Mike in sein Zimmer gehen. Dann hörte ich ihn, wie er sich mit Tina unterhielt, ich konnte aber leider nichts verstehen. Was hatte er wohl mit Jonathan gesprochen? Ob er heute Abend, trotz unserer Auseinandersetzung, wohl mit in die Disco kam? In drei Stunden würde ich es erfahren.

Ich stellte mein Essen auf den Schoß und schaltete den Fernseher an. Zügig schaltete ich durch die Kanäle, auf der Suche nach Nachrichten. Schließlich fand ich einen Sender. Ich wartete auf Neuigkeiten, im Fall Nancy. Kurz vor Nachrichtenschluss zeigten sie das Bild von Jacob Planks und sie sagten, dass er immer noch auf freiem Fuß sei. Seit gestern wurde er nicht mehr gesichtet. Ich seufzte und schaltete den Fernseher wieder aus. Dann stellte ich meinen leeren Teller zur Seite und suchte in meinem Kleiderschrank nach frischer Unterwäsche. Leise ging ich ins Bad und nahm eine lange Dusche. Danach fühlte ich mich schon viel besser. Meine Blutergüsse an meinem Bein verheilten langsam und meine Wunde am Arm sah auch nicht mehr so schlimm aus.

Schnell zog ich mir einen Jogginganzug über und putzte mir die Zähne, danach föhnte ich mir die Haare. Als ich gerade in mein Zimmer gehen wollte, kam Tina grinsend aus ihrem Zimmer auf mich zu. »Du entkommst mir nicht, Susan«, sagte sie gut gelaunt. Tina selbst war schon fertig gestylt. Sie trug einen weißen Jeansrock, ein rotes, enganliegendes Oberteil und rote Sandalen. Die Haare trug sie offen und durch die Lockenwickler waren sie leicht gewellt. Sie hatte sich dezent geschminkt. »Du bist ja schon fertig«, sagte ich erstaunt. »Bei mir geht das ruckzuck«, sagte sie lächelnd. »Ich habe da mehr Übung drin als du.« Sie musterte mich. »Bei dir werden wir etwas länger brauchen.« Ich verdrehte die Augen, dann gingen wir in mein Zimmer.

Ich setzte mich aufs Bett und Tina durchforstete meinen Kleiderschrank. »Hast du nur schwarze Anziehsachen?«, fragte sie kopfschüttelnd. Dann fielen ihr die neuen Sachen von meinem Vater auf. »Na, hier haben wir ja doch etwas Brauchbares«, sagte sie und hielt triumphierend einen blauen, knielangen Jeansrock, in die Höhe. »Tu mir das nicht an«, sagte ich flehend. Tina grinste. »Susan, mir zuliebe, okay? Wir machen einen Deal. Du ziehst diesen Jeansrock an und dafür darfst du dir ein schwarzes Oberteil aussuchen.« Ich nickte genervt.

Es brachte nichts, sich dagegen zu sträuben und ich wollte mit Tina wegen so etwas keinen Streit anfangen. Ich zog den Jeansrock an und mein schwarzes, neues Oberteil, was ich mir in Devils Lake gekauft hatte. Tina gab mir von sich noch schwarze Sandalen, die gut dazu passten.

Sie begutachtete mich von allen Seiten. »Perfekt«, strahlte sie übers ganze Gesicht. »Setz dich«, sie nahm meine Hand und bugsierte mich auf den Stuhl vor der Kommode. »Deine Haare lassen wir offen«, sagte sie im fachmännischen Ton. »Jetzt musst du nur noch geschminkt werden.« »Alles«, sagte ich protestierend, »aber keine Schminke.« »Susan«, sagte sie mit gewichtiger Miene. »Vertrau mir oder willst du, dass sie dich nicht in die Disco lassen?« »Ist mir egal«, sagte ich trotzig. »Mir aber nicht«, sagte sie unentwegt lächelnd. »Nur ein bisschen die Augen und die Lippen, Susan.« Ich schwieg und ließ es über mich ergehen.

Als Tina fertig war, musste ich zugeben, dass es wirklich gar nicht so schlecht aussah. Es sah auch nicht angemalt aus, sondern wirklich ganz dezent. Ich stellte mich hin und betrachtete mich von allen Seiten im Spiegel. »Jonathan wird

Augen machen«, hörte ich Tinas Stimme hinter mir sagen. »Wir werden sehen«, sagte ich nervös. Tina sah sehr zufrieden mit ihrem Werk aus. Sie lief Richtung Tür und rief mir zu: »Ich habe noch etwas für dich, ich bin gleich wieder da.« Nachdem ich mich noch einmal vor dem Spiegel gedreht hatte, war Tina auch schon wieder zurück. In der Hand hielt sie eine schwarze, schicke Bluse. »Hier, zieh die über, dass man deine Wunde am Arm nicht sieht.« Meine Blutergüsse am Bein konnte man zum Glück nicht sehen. Der Rock war lang genug, um sie zu verbergen.

»Die Jungs warten schon unten«, sagte sie aufgeregt. Also kam Jonathan trotz allem mit, ich schluckte nervös. »Kann ich wirklich so gehen?«, fragte ich unsicher. »Klar«, sagte Tina und zog mich aus der Tür. »Du siehst super aus.« Tina zog mich an der Hand die Treppe herunter, ich traute mich nicht aufzuschauen. Ich spürte die Blicke beider Jungs auf mir.

»Wow, Susan, du siehst echt heiß aus«, sagte Mike. Tina knuffte ihn in die Seite. »Kein Vergleich zu dir, Darling!«, sagte er lächelnd und gab ihr einen Handkuss. Sie kicherte verlegen. Schüchtern schaute ich auf. Mike trug eine schwarze Jeans und ein blaues Hemd. Jonathan trug eine blaue Jeans und ein weißes Hemd, das er offen trug. Darunter hatte er ein weißes Shirt, durch das sich die Bauchmuskeln abzeichneten. Prompt wurde mir wieder heiß. Er würdigte mich keines Blickes und wirkte angespannt. Mike klopfte ihm aufbauend auf die Schulter und nahm dann Tinas Hand. Sie machten sich auf den Weg nach draußen. Tina lächelte mir vielsagend zu. Ich ging langsam hinterher.

Wir kannten uns nicht wirklich gut aus in Atlantic City. Also fuhren wir durch die Stadt und hofften, dass uns etwas Gutes ins Auge stechen würde. Nach langem Hin und Her fanden wir endlich etwas Passendes. Beziehungsweise Tina fand es. Wir wären fast an der Disco vorbeigefahren, wenn Tina nicht mit einem lauten Kreischen »Stopp« geschrien hätte. Ich hätte fast einen Herzinfarkt bekommen.

Mike trat so hart auf die Bremse, dass ich mir fast den Kopf am Vordersitz gestoßen hätte. Eine Gehirnerschütterung hätte mir jetzt gerade noch gefehlt. Mike schimpfte so lang mit Tina, bis wir geparkt und vor der Disco in der Warteschlange gestanden hatten. Tina entschuldigte sich mehrere Male für ihr Temperament, wie sie es ausdrückte. Der Klub schien brechend voll zu sein, die Warteschlange war endlos lang und es standen sechs Sicherheitsbeamte davor. Jedenfalls schien man hier in Sicherheit zu sein, dachte ich mir, als ich die muskelbepackten Männer vor dem Eingang stehen sah.

Nach langem Warten waren wir dann an der Reihe. Zum Glück fragte uns niemand nach dem Ausweis, aber die zwei Jungs wollten sie abtasten. Mike hob die Arme und spreizte die Beine, wie bei einer Festnahme. Der Sicherheitsbeamte tastete ihn kurz ab und ließ ihn dann, mit einem Kopfnicken, weitergehen. Nun war Jonathan an der Reihe. Reglos stand er vor dem Beamten und sah ihn mit seinem durchdringenden Blick an. »Was ist nun?«, fragte der Mann gereizt. »Bist du taub? Ich sagte Arme auseinander und Beine spreizen, damit ich dich nach Waffen abtasten kann.« Jonathan reagierte nicht. Tina und Mike waren in ein Gespräch vertieft und bekamen von dem Ganzen nichts mit. Jonathan machte einen Schritt auf den Mann zu, dann sagte er leise und drohend: »Du willst doch nicht, dass dein Chef erfährt, dass du mit seiner Frau ins Bett gehst, oder?« Irritiert schaute der Mann Jonathan an, der Schweiß stand ihm auf der Stirn. Er ging einen Schritt zurück und winkte ihn rein. Jonathan lächelte matt und stellte sich neben Mike. Ich schluckte.

Jonathan musste diese Sache in den Gedanken von dem Mann gesehen haben. Ich drehte mich noch einmal zu ihm um. Es schien zu stimmen, was Jonathan da zu ihm gesagt hatte. Der Mann schaute nervös seine Kollegen an, dann blickte er zu Jonathan. Als versuchte er, sich daran zu erinnern, ob er ihn kannte oder woher er diese Information gehabt haben könnte. Der Mann sah mich an. Ich wandte meinen Blick von ihm ab und folgte den anderen.

Wir bezahlten an der Kasse und gingen dann hinein. Die Disco war riesig. In der Mitte war die Tanzfläche aufgebaut, die voll besetzt war. Links und rechts der Tanzfläche entlang gab es zwei große Theken und verschiedene Tische mit Stühlen und Sofas. Es sah recht gemütlich aus und ähnelte einer Lounge. In der Mitte, am Kopfende der Tanzfläche, war ein Podest, auf dem der DJ saß und für Stimmung sorgte.

Zurzeit spielte er laute Hip-Hop Musik. Die Bässe dröhnten in den Boxen und durch den Bass vibrierte es in meinem Magen. Überall standen große Käfige, in denen Gogo-Tänzer und Tänzerinnen tanzten. Viele bunte Scheinwerfer tauchten die Disco in ein gemütliches Licht. Tina begann, auf der Stelle neben Mike zu tanzen. Sie war voll in ihrem Element. Mike bewegte nur den Kopf zum Rhythmus. Ich schaute zu Jonathan, er ließ seinen Blick durch die Menge schweifen und sah sich genau um. Mir war das schon fast zu viel des Guten. Ich mochte es nicht so, mittendrin zu stehen. Auf der rechten Seite sah ich einen leeren Tisch. »Wollen wir uns da rübersetzen?«, schrie ich in Tinas Richtung. Sie nickte lächelnd und lief zu dem Tisch herüber. Mike und Jonathan folgten ihr.

Als Jonathan an mir vorbeilief, musterte er mich kurz und lächelte mich zaghaft an. Ich schloss mich ihnen an. Wir setzten uns alle vier an den Tisch und sahen uns um. Mike lehnte sich zu Tina herüber. »Ich hole uns was zu Trinken.« Sie nickte stumm. »Was wollt ihr trinken?«, sagte er an Jonathan und mich gewandt. »Eine Cola«, sagte ich zaghaft. »Und du, Jonathan?« »Ich auch«, sagte er mit fester Stimme. Mike nickte und stand auf, um zur Theke hinüber zu gehen. Ich ließ meinen Blick wieder über die Menge schweifen, mir fiel eine Gruppe junger Männer auf. Sie schauten zu uns herüber. Es waren fünf Stück, die zusammenzugehören schienen. Sie schauten zu uns und tuschelten.

Einer von ihnen, ein großer Typ mit langen, schwarzen Haaren und sportlicher Figur schien an Tina Interesse zu haben. Ich schaute zu ihr, sie bemerkte von alldem nichts. Es lief gerade einer ihrer vielen Lieblingssongs und sie sang ihn lauthals mit. Einer der Fünf musterte mich interessiert von oben bis unten. Er sah etwas draufgängerisch aus, war groß und hatte breite Schultern. Sein Gesicht sah wie in Stein gemeißelt aus. Er hatte kurze, schwarze Haare und war an beiden Armen tätowiert. So stellte ich mir einen Schläger vor. Er trug eine blaue Jeans und ein schwarzes T-Shirt. Mir lief es eiskalt den Rücken hinunter. Jonathan bemerkte mein Unbehagen und was es ausgelöst hatte. Er schaute erst zu mir, dann zu der Gruppe. Jeden sah er sich einzeln an. Sein Blick war wachsam und angespannt.

Mike kam mit den Getränken auf einem Tablett zurück. Er stellte sie auf den Tisch und setzte sich wieder zu uns. Nun bemerkte er ebenfalls die Typen. Wachsam folgte er Jonathan und meinem Blick und entdeckte sofort den Typen, der Tina regelrecht mit seinem Blick auszog. Er nahm Tina demonstrativ in den Arm und funkelte böse zu dem Kerl herüber.

Dieser lächelte provokant und lenkte seinen Blick Richtung Tanzfläche.

Zwei Mädchen liefen an ihnen vorbei und einer der Jungs haute ihnen auf den Hintern. Empört und zügig gingen die Mädchen weiter. Die Kerle lachten laut über die Entrüstung der Mädchen. »Was für Idioten«, sagte ich laut. »Das ist wohl wahr«, sagte Mike durch die Zähne hindurch. Er sah sehr geladen aus. Ich musste mal dringend auf die Toilette, traute mich aber nicht alleine. Ich tippte Tina auf die Schulter und zeigte auf das Schild wo ›Toiletten‹ draufstand. Sie verstand mich sofort. Sie tippte Mike an und schien ihm zu sagen, dass wir kurz zur Toilette gehen wollten. Er nickte kurz und sah wieder zu der Gruppe. Sie stand auf und lief mit mir in Richtung Toiletten. Mike und Jonathan ließen uns nicht aus den Augen. Wir bahnten uns einen Weg durch die Menge. Was sich als sehr schwierig erwies, es war ein großes Gedränge und Geschubse.

Nun waren wir fast bei der Gruppe Jungs angekommen, an denen wir leider vorbei mussten, um zu den Toiletten zu kommen. Der Typ, der ein Auge auf Tina geworfen hatte, packte sie am Arm. »Hey, Süße, wie wär's mit uns zwei?«

Mike reagierte sofort. Aus dem Augenwinkel sah ich, dass er abrupt aufstand und zu Tina kommen wollte. Jonathan hielt ihn am Arm zurück und deutete ihm an, sich wieder zu setzen. Er setzte sich wieder hin, wenn auch widerstrebend. Jonathan deutete ihm an, ruhig zu bleiben. Ich wandte meinen Blick wieder zu Tina. »Danke, kein Interesse!«, sagte sie im selbstbewussten Ton und entriss sich seinem festen Griff. Sie lief weiter Richtung Toiletten und ich folgte ihr.

Auf der Toilette angekommen, war es genau so voll wie auf der Tanzfläche. Ich suchte mir zielstrebig eine freie Kabine.

Tina ging zum nächsten Waschbecken und überprüfte ihr Make-up. »Was für ein blöder Typ«, hörte ich sie verärgert durch die Toilettentür sagen. »Ja«, sagte ich leise zurück. »Ich mag solche Typen auch nicht.« »Dem sollte man mal Manieren beibringen«, hörte ich sie weiter verärgert fluchen. »Packt mich da am Arm, was glaubt der eigentlich, wer er ist? Wenn das Mike mitbekommen hätte.« »Er hat es mitbekommen«, unterbrach ich sie in ihrer Wut. »Hat er?«, fragte sie mit erstaunter Stimme. »Ja, hat er. Er wollte zu dir kommen, aber Jonathan hat ihn zurückgehalten.« »Ach so …«

Als ich auf der Toilette fertig war, ging ich aus der Kabine und wusch mir meine Hände. Tina wartete auf mich. »Meinst du, Jonathan fordert dich mal zum Tanzen auf?«, fragte sie neugierig. »Ich kann es mir nicht vorstellen«, gab ich gelassen zurück. »Er ist nicht der Typ für so was und ich tanze ja auch nicht gerne.«
»Ihr würdet schon ein schönes Paar abgeben«, sagte sie grinsend. »Ansichtssache.« Als ich mit dem Händewaschen fertig war, machten wir uns wieder auf den Weg zu den anderen. Wieder mussten wir, wohl oder übel, an der Gruppe vorbei, um zu Mike und Jonathan zu gelangen. Gerade als ich gehofft hatte, dass wir ohne einen blöden Spruch an denen vorbeikamen, stellte sich der tätowierte Typ, der mich die ganze Zeit beobachtet hatte, vor mich. Wenn man direkt vor ihm stand, sah er noch bulliger aus.

»Hi«, sagte er breit grinsend. »Hi«, sagte ich tonlos und wollte gerade an ihm vorbeigehen, als er sich erneut vor mich stellte. »Willst du mit mir tanzen?«, fragte er selbstbewusst. Gerade als ich verneinen wollte, hatte er mich schon am Arm gepackt und auf die Tanzfläche gezogen. Tina sah mir hilflos hinterher. Jonathan und Mike konnte ich durch die vielen Menschen nicht erkennen.

Mein Herz begann zu rasen und ich fühlte mich sehr unwohl bei diesem Typen. Auf der Tanzfläche angekommen, begann ein neues Lied, ein sehr langsames, was ideal für verliebte Pärchen gewesen wäre. Ich wurde das Gefühl nicht los, das die ganze Aktion geplant war, auch mit der langsamen Musik, die jetzt lief.

Der Typ schaute hoch zu dem Podest von dem DJ und winkte ihm zu. Dieser grinste hämisch und winkte zurück. Na toll, dachte ich mir. Ich versuchte, mit dem Blick Tina zu erspähen, konnte sie aber nicht ausfindig machen. Der Typ zog mich eng an sich und roch sehr unangenehm. Er roch nach Schweiß und Bier. Ich versuchte, mich aus der Umarmung zu lösen, doch vergebens.

Nun konnte ich Tina, Mike und Jonathan im Blickwinkel erkennen. Mike schien sich einen Überblick über die Lage zu machen. Er sah immer wieder zu mir und dann zu den anderen vier dazugehörigen Typen. Jonathan schaute nur zu mir.

Seine Ader pulsierte heftig und ich sah den blanken Hass in seinen Augen. Es kam mir wie eine Ewigkeit vor, die ich mit diesem widerlichen Kerl tanzen musste. Aber in Wirklichkeit war es nur ein Lied lang. Plötzlich stand Jonathan neben uns. Er sah mein verängstigtes Gesicht, worauf seines noch schärfere Züge annahm. Dann sah er zu dem Typen auf, der ein ganzes Stück größer und kräftiger als Jonathan war.

»Ich will jetzt mit ihr tanzen«, sagte Jonathan, mit seiner gefährlich ruhigen Stimme. Die Augen nicht einmal von dem Typen abgewandt. »Vergiss es«, sagte der Typ mit rebellischer Miene. »Such dir 'ne andere Tussi.« Der Typ drehte sich wieder zu mir um und lächelte mich an. Er drängte sich immer mehr an mich. Ich schaffte es nicht, mich aus der unangenehmen Umarmung zu lösen, so sehr ich mich auch anstrengte.

Jonathan versuchte, sich zu beruhigen, das merkte ich daran, dass er wieder die Hände zu Fäusten schloss. Er tippte dem Typen auf die Schulter, dieser drehte sich verärgert zu ihm um. »Ich sagte, ich will jetzt mit ihr tanzen«, wiederholte Jonathan. »Bist du taub?«, antwortete der Typ gereizt und beugte sich etwas zu Jonathan hinunter. »Ich sagte, such dir eine andere Tussi.«

Jonathan packte blitzschnell meinen Arm und zog mich hinter sich. »Das Mädchen gehört zu mir!«, sagte er bestimmt. Immer noch den Blick auf den Typen gerichtet. Ich merkte, wie Tina mich von hinten von der Situation wegzog. »Sagt wer?«, fragte der Typ und stellte sich zu seiner vollen Größe auf. »Ich!«, entgegnete Jonathan breit grinsend.

Das Grinsen von Jonathan provozierte den Typen bloß noch mehr. »Wir klären das draußen«, sagte er mit drohender Stimme und lief zum Ausgang. Ich sah, dass die vier anderen ihm folgten.

»Du willst dich ja wohl nicht mit denen prügeln?«, hörte ich Tina verängstigt zu ihm sagen. »Natürlich nicht«, sagte Jonathan und machte sich wieder auf den Weg zu unserem Tisch. Wir folgten ihm und setzten uns ebenfalls. »Danke«, murmelte ich leise zu Jonathan gewandt. »Du musst selbstbewusster werden«, erwiderte er kühl. »Ja, vielleicht.«

Der Abend verlief noch recht ruhig. Mike und Tina tanzten viel miteinander. Jonathan und ich blieben meistens an unserem Platz sitzen und beobachteten die Menschen. Wir redeten nicht viel. Trotzdem empfand ich seine Nähe als sehr angenehm. Alle paar Minuten erschienen zwei von den Typen, um zu schauen, wo wir waren. Wenn sie uns mit ihren Blicken entdeckt hatten, verließen sie wieder den Klub. Ich glaube, die warten draußen auf uns, dachte ich panisch. »*Da hast du recht!*«, hörte ich Jonathans Stimme in meinem Kopf. Dabei sah er mich nicht an. Ich schluckte und sah zu Tina und Mike, die sich verliebt küssten. Wenn es zu einer Schlägerei kommen sollte, würde sich Mike sicher einmischen, um Jonathan zu helfen. Ich würde es nicht ertragen können, wenn ihm etwas passieren und er schwer verletzt werden würde. Tina würde durchdrehen. Um Jonathan machte ich mir keine Gedanken, ich kannte ja seine enormen Kräfte. Ein leichtes Lächeln huschte über Jonathans Gesicht. Er schien meine Gedanken weiter gehört zu haben.

Je später der Abend wurde, desto nervöser wurde ich. Ich rutschte auf meinem Platz hin und her. »Entspann dich«, flüsterte Jonathan mir zu. Ich nickte nervös, aber mir fiel nicht im Traum ein, mich zu entspannen. Als es schon fast früher Morgen war, liefen die Türsteher durch die Reihen und erklärten den Gästen, dass sie gleich schließen würden. Gleich würde sich rausstellen, ob die Typen draußen auf uns warten. Mike und Tina kamen gut gelaunt von der Tanzfläche. »Wollen wir fahren?«, fragte Tina fröhlich. »Sicher«, sagte ich beunruhigt und stand auf. Jonathan ebenfalls. Beide schienen nicht zu bemerken, wie angespannt wir waren.

Als wir den Klub verließen, war erst weit und breit nichts von der Gruppe zu sehen. Wir liefen zu unserem Wagen. Tina und Mike immer noch in bester Laune. Wir mussten etwas weiter abgelegen parken, weil wir direkt am Klub nirgendwo eine freie Parklücke gefunden hatten. Immerhin regnete es gerade mal nicht. Fast waren wir am Wagen und ich wollte schon durchatmen, als ich hinter uns das Geräusch einer weggetretenen Dose vernahm. Neben mir kam sie zum Stoppen, es war eine leere Bierdose. Ich sah auf und die fünf Typen lässig auf uns zukommen.

»Scheiße«, hörte ich Mike murmeln, der sofort Tina hinter sich zog. Tina stellte sich verängstigt hinter ihn. Jonathan schaute angespannt zu der Gruppe. Der Tätowierte schien der Anführer zu sein, er lief an der Spitze. Lässig ging er auf Jonathan zu. »Sieh an, wen wir da haben, den Sprücheklopfer.« Dann sah er hinter Jonathan zu mir. »Da ist ja meine Kleine. Hast du mich vermisst?« Ich schluckte und wich einen Schritt zurück. Jonathan blieb, wo er war. »Ey, Smokie, fandest du die Kleine nicht süß?«, drehte er sich zu dem Typen mit den langen, schwarzen Haaren um und deutete auf Tina. »Klar!«, grinste Smokie. Mike stellte sich noch dichter vor sie. Er versuchte, alle fünf im Blick zu behalten, die sich jetzt um uns herum aufteilten. Die anderen lachten gehässig. Der Tätowierte drehte sich nun wieder zu Jonathan um und sagte lächelnd: »Nette Mädels habt ihr da.« Jonathan machte einen total entspannten Eindruck und lächelte ironisch. »Dass bei dir keine freiwillig bleibt, kann ich mir vorstellen.«

Von jetzt auf gleich eskalierte die Situation. Zwei packten sich Mike und fingen sofort an, auf ihn einzuschlagen. Die anderen zwei hielten Tina und mich fest. Tina schrie wie am Spieß. Mike lag auf dem Boden und krümmte sich vor Schmerzen. Der Tätowierte wollte gerade Jonathan packen, doch dieser war schneller. Er packte den Typen an der Gurgel und warf ihn von sich weg, mit einer enormen Kraft und Schnelligkeit. Tina verstummte sofort. Auch die anderen wurden unruhig. Jonathan steuerte nun die zwei Kerle an, die auf Mike eintraten.

Er packte sie nacheinander am Kragen und warf sie ebenfalls im hohen Bogen in die Richtung, wohin auch schon der Tätowierte geflogen war. Die zwei Typen, die uns festhielten, ließen sofort von uns ab, als sie Jonathan auf sich zukommen sahen und liefen zu den anderen. Ich bemerkte Jonathans enorme Wut und dass er wieder knallrote Augen hatte. Tina bemerkte dies nicht, sie lief sofort zu Mike und kniete sich weinend neben ihn. Jonathan sah mich einen kurzen Moment mit seinen knallroten Augen an. Dann lief er davon. Er musste sich bestimmt abreagieren, dachte ich nervös, da ich sein Verhalten so langsam kannte. Die Typen rappelten sich auf und liefen fluchend davon.

Ich lief zu Mike und Tina. Mike sah wirklich schlimm aus. Er hatte eine Platzwunde am Kopf, die heftig blutete und seine Lippe war aufgeplatzt. Nun krümmte er sich vor Schmerzen. Er tat mir so leid. Hilflos stand ich daneben. »Lasst uns nach Hause fahren«, sagte ich schnell und ließ meinen Blick umherschweifen, in der Hoffnung, dass die Kerle nicht wieder auftauchten.

»Mike, gib mir die Autoschlüssel!«, sagte ich drängend. Er sah mich mit erschrockener Miene an. »Jetzt ist nicht die Zeit darüber zu diskutieren, dass nur du mit dem Ding fährst!«, sagte ich genervt. Widerwillig griff er in seine Hosentasche und gab mir die Schlüssel. Ich rannte zum Auto und schloss es auf. Dann lief ich zurück und half Tina, Mike zu stützen. »Am besten ihr setzt euch beide nach hinten«, sagte ich zu Tina gewandt, die immer noch heftig schluchzte. Sie nickte und zusammen versuchten wir, Mike vorsichtig ins Auto zu bugsieren. Gerade wollte ich auf der Fahrerseite einsteigen, als mich eine Hand grob herumriss.

»Du schuldest mir noch einen Tanz!«, hörte ich die drohende Stimme des tätowierten Kerls. Ich sah auf und zitterte vor Angst. Nur er war zurückgekommen, von den anderen vieren war nichts mehr zu sehen. Ich versuchte, die Nerven zu behalten, was in dieser Situation gar nicht so einfach war.

Mike hörte ich im Auto stöhnen und Tina schrie wieder wie am Spieß. Ich erinnerte mich an Jonathans Worte: »Du musst selbstbewusster werden.«

»Fass mich nicht an«, sagte ich laut und versuchte, seinem Blick standzuhalten. Er lachte polternd los. »Und wie willst du das verhindern?«, fragte er im sarkastischen Ton. »Sie nicht, aber ich!«, hörte ich Jonathans Stimme hinter ihm sagen.

Ich sah das Entsetzen in dem Gesicht von dem Kerl. Jonathan drehte ihn mit einer schnellen Bewegung um und schlug ihm hart ins Gesicht. Seine Augen waren nun knallrot und er schlug wieder und wieder auf den Kerl ein. Als ich merkte, dass der Typ sich kaum noch rührte, sagte ich panisch zu ihm: »Hör auf, Jonathan, er liegt doch schon am Boden.« Jonathan reagierte nicht und schlug weiter auf den Kerl ein. »Du bringst ihn sonst um!«, sagte ich hysterisch. Nun sah er mein entsetztes Gesicht und ließ von dem Kerl ab, der nun blutüberströmt am Boden lag. Er stöhnte leise. Immerhin lebt er noch, dachte ich verängstigt. Jonathan kam auf mich zu.

Er musterte mich mit seinen roten Augen und schließlich wurde sein Atem ruhiger. Nach und nach, ganz langsam, normalisierten sich seine Augen wieder. Ich schaute ins Auto. Tina weinte hemmungslos und Mike hielt sich schwer atmend die Rippen. »Ich fahre!«, sagte Jonathan kalt und hielt mir seine Hand entgegen. Ich zögerte, gab ihm aber dann doch die Autoschlüssel. Schnell stieg ich auf der Beifahrerseite ein und sah noch einmal zu dem Kerl. Er begann, sich langsam aufzurichten. Jonathan steckte den Schlüssel ins Zündschloss und drehte ihn um. Dann fuhr er los. Ich sah noch einmal in den Rückspiegel. Die vier Typen, die zu dem Kerl gehörten, kamen zurück und halfen ihm auf. Das ist gut, dachte ich insgeheim. Die würden sich schon um ihn kümmern, wenn er in ein Krankenhaus müsste.

»Als ob der es verdient hätte, gerettet zu werden!«, hörte ich erneut Jonathans Stimme in meinem Kopf. Ich sah ihn von der Seite her an. Sein Gesicht war wutverzerrt und er umklammerte aggressiv das Lenkrad. Jonathan fuhr sehr zügig und achtete nicht auf rote Ampeln. Ich hörte Mike hinter mir lauter stöhnen, war mir aber sicher, dass es wegen seinem geliebten Wagen und nicht wegen seiner Verletzungen war. Als das Auto schließlich hart auf dem Straßenboden aufprallte, als wir zügig über eine Bodenwelle fuhren, hörte man Mike schließlich leise wimmern. »Jonathan, bitte …!« Er verstand sofort und verringerte seine Geschwindigkeit. Mike nickte dankbar.

Eine merkwürdige Beobachtung

Als wir zu Hause ankamen, wurde es schon langsam hell. Es war sechs Uhr morgens. Mit meinem Vater hatte Tina ausgemacht, dass er seinen Haustürschlüssel unter die Fußmatte legen sollte. Da fand ich ihn auch. Ich schloss leise die Tür auf und trat ein. Jonathan und Tina stützten Mike und brachten ihn hinein. Auf dem Sofa neben der Eingangstür setzten sie ihn ab. »Sollten wir ihn nicht lieber zu einem Arzt bringen?«, fragte ich besorgt, als ich seine immer noch blutende Platzwunde am Kopf sah. »Nicht nötig«, stöhnte Mike. »Ich werd schon wieder.« »Oben im Bad ist ein Verbandskasten«, sagte ich zögernd. Tina sprang sofort auf. »Ich hol ihn«, sie sah froh aus, endlich mal was Nützliches tun zu können. Sie rannte die Treppe herauf.

Wir schienen uns recht laut verhalten zu haben, denn plötzlich tauchte mein Vater oben auf der Treppe in seinem Morgenmantel auf. Er ließ seinen Blick über die Szenerie schweifen. Mike, der blutüberströmt auf dem Sofa lag. Ich kniete neben ihm und hielt ihm die schwarze Bluse auf die blutende Platzwunde, die ich kurz entschlossen ausgezogen hatte, weil mir alles andere zu lange gedauert hatte. Jonathan, der neben uns stand, den Autoschlüssel in seiner Hand und nun hinaufblickte zu meinem Vater.

Mit offenem Mund lief mein Vater die Treppe hinunter. »Was ist denn hier los?«, fragte er entsetzt, den Blick auf Mike gerichtet. Mike versuchte, sich mühsam und unter Schmerzen aufzurichten. »Da waren ein paar Kerle«, erklärte er unter großer Anstrengung. »Die hatten Streit mit uns angefangen.«

Er brach mitten im Satz ab und ließ sich wieder langsam aufs Sofa sinken. »Susan?«, sah mein Vater mich nun direkt an. »Erzähl, was war vorgefallen?« »Da haben ein paar Kerle Tina und mich angebaggert«, sagte ich zögernd. »Sie wollten uns einfach nicht in Ruhe lassen und haben dann nach der Disco auf uns gewartet und eine Schlägerei angefangen.«

Mein Vater schaute auf meinen rechten Arm. »Ist das auch davon?«, fragte er skeptisch. Auch Jonathan schaute jetzt auf meinen Arm und seine Pupillen weiteten sich. »Nein«, sagte ich verlegen. »Den habe ich mir woanders verletzt. Ist schon eine ältere Narbe.« Ich biss mir auf die Unterlippe. Mist, dachte ich mir, die Wunde hatte ich ganz vergessen. Mein Vater fragte nicht weiter nach. Ich konnte aber an seinem Blick erkennen, dass das Thema noch nicht ausdiskutiert war. Jonathan blickte noch immer auf meinen Arm. »Und du bist nicht verletzt?«, riss ihn die Stimme meines Vaters aus seinen Gedanken. »Nein, Sir«, sagte er ruhig. »Ich habe Glück gehabt.« »Wäre Jonathan nicht gewesen, hätte es schlechter ausgehen können«, sagte Mike lächelnd, in Jonathans Richtung. »Danke, Mann!« »Kein Thema«, sagte Jonathan achselzuckend. Tina kam die Treppe wieder heruntergerannt, sah meinen Vater und bemühte sich, gesittet die Treppe runter zu gehen.

»Hallo«, sagte sie zögernd und peinlich berührt in seine Richtung. Dann kniete sie sich neben Mike. »Wir reden später noch einmal darüber«, sagte mein Vater zu mir. Zu Mike sagte er mit sachlicher Stimme: »Wenn sich die Blutung nicht stoppen lässt, musst du zu einem Arzt. Versucht es erst einmal so mit dem Verbandskasten. Aber sollte das nichts nützen, fahren wir ins Krankenhaus.« Mike und Tina nickten. »Ich geh wieder ins Bett«, sagte er und wandte sich zum Gehen. Noch einmal ließ er den Blick auf meine Wunde wandern, dann sah er zu Jonathan. Er sah meinem Vater direkt in die Augen und hielt seinem Blick stand. Mein Vater nickte ihm zu und ging dann wieder nach oben in sein Schlafzimmer. »Komm, Schatz«, sagte Tina. »Wir gehen nach oben ins Bad, ich muss die Wunde zuerst reinigen.« »Schafft ihr es alleine?«, fragte ich besorgt. »Ja, geht schon« sagte Tina müde lächelnd. Sie half Mike aufzustehen und sie gingen langsam die Treppe hinauf zum Badezimmer. Mike schien schlimme Schmerzen zu haben.

Als sie außer Sichtweite waren, sah ich zu Jonathan. Er schaute wieder auf meine Wunde, dann sah er mich direkt an. Ich bemühte mich, nicht an die Nacht zu denken, in der ich mir die Wunde zugefügt hatte. Aber es gelang mir nicht wirklich. »Die Wunde hast du von dem Aussichtsturm, oder?«, sagte er mit seiner kalten, ruhigen Stimme. Ich spürte, wie mir die Farbe aus dem Gesicht wich. »Was hast du dort gemacht?«, fragte er forsch. »Gar nichts« sagte ich nervös. Plötzlich veränderte sich Jonathans Gesicht zu einem kalten Lächeln. »Du hast mich beobachtet, oder? In der Nacht am Strand.« Ich schluckte und schüttelte den Kopf. Seine Augen waren wieder feuerrot. Er kam einen Schritt auf mich zu und sagte mit drohender Stimme: »Misch dich nicht in Dinge ein, die dich nichts angehen, Susan.« Ich nickte panisch und wich einen Schritt vor ihm zurück. Jonathan wandte sich mit roten Augen von mir ab und rannte die Treppe hoch, in sein Zimmer.

Unschlüssig stand ich an der Treppe und schaute auf meine Wunde, die schon fast verheilt war. Mist, da hatte ich eine Minute nicht aufgepasst und jetzt hatte ich den Salat.

Ich schleppte mich die Treppe rauf und ging in mein Zimmer. Nebenan im Badezimmer hörte ich Tina Mike verarzten. Ich ließ mich auf mein Bett fallen und schloss einen Moment die Augen. Es war schon hell am Morgen und ich hatte nur noch einen Wunsch, schlafen. Ich hörte ein lautes Donnern und schrak hoch. Draußen begann es, wieder stark zu regnen und zu gewittern. Ich wunderte mich schon lange nicht mehr über diesen komischen Wetterumschwung. Müde stand ich auf und zog mich rasch fürs Bett um. Danach schlüpfte ich unter meine Decke und schlief schnell ein.

Als ich wieder erwachte, hörte ich noch immer den Regen gegen die Scheibe prasseln. Ich streckte mich und sah auf die Uhr. Es war schon vier Uhr mittags. Nichts anderes hatte ich erwartet, ich war ja erst um circa acht Uhr eingeschlafen. Ich stand auf und zog mich schnell um. Dann lief ich ins Bad, wusch mir das Gesicht und putzte mir die Zähne. Danach kämmte ich mir die Haare. Ich verzog das Gesicht. Sie rochen nach Rauch. Später musste ich unbedingt noch duschen gehen. Aber erst einmal wollte ich sehen, wie es Mike ging.

Ich machte mich auf den Weg nach unten. Wie automatisch steuerte ich die Küche an. Dort traf ich nur auf Celine. »Hallo, Celine«, sagte ich. »Oh, hallo, Susan«, entgegnete sie gut gelaunt. »Wo sind denn alle?«, fragte ich nervös. »Mike und Tina sind ins Krankenhaus gefahren.« Ich schaute sie mit großen Augen an. »Keine Angst, Liebes«, sagte sie schnell. »Es geht ihm schon besser. Nur eine Vorsichtsmaßnahme. Dein Vater ist in seinem Lieblingszimmer und Tracy ist arbeiten.«

»Und Jonathan?« »Der ist vorhin rausgegangen. Ich denke mal, er ist spazieren gegangen. Auch wenn er sich nicht gerade das beste Wetter ausgesucht hat.« Sie deutete aus dem Fenster. Das Wetter schien noch schlimmer zu sein als heute Morgen. »Danke, Celine«, sagte ich ruhig und wollte gerade die Küche verlassen, als sie mir zurief: »Ich soll dir übrigens ausrichten, dass dein Vater gerne mit dir unter vier Augen sprechen möchte.« Ich biss mir auf die Unterlippe. »Oh, oh«, sagte ich ängstlich. Sie lächelte mich mitfühlend an. Ich lief aus der Küche und steuerte die Bibliothek meines Vaters an. Er wollte sicher mit mir über den nächtlichen Discobesuch sprechen. Oder hatte er Neuigkeiten über Nancys Mord?

Ich zögerte kurz, dann klopfte ich an. »Herein!«, hörte ich sofort die Stimme meines Vaters, als hätte er schon auf mich gewartet. Sofort öffnete ich die Tür und sah meinen Vater wie immer hinter seinem Schreibtisch sitzen. Unschlüssig stellte ich mich vor den Schreibtisch und sagte zögernd: »Du wolltest mich sprechen, Dad.« »Ja, Susan, setz dich doch.« Mein Vater sah sehr ernst aus und das verunsicherte mich etwas. Ich setzte mich ihm gegenüber aufs blaue Sofa und schaute ihn direkt an. Mein Herz schlug unregelmäßig. Meine Hände wurden kalt. Ich war nervös. Mein Vater lächelte leicht. »Ausgeschlafen?«, fragte er, immer noch lächelnd. Ich nickte kurz. »Ja, es war eine chaotische Nacht.« »Das ist wohl wahr, Susan.« Er nahm seine Brille ab und seine Sorgenfalte war größer denn je. »Tina und Mike sind ins Krankenhaus gefahren.« »Ich weiß, Celine hat es mir eben gesagt.« »Mike hatte noch starke Schmerzen auf den Rippen und ich sagte ihm, er solle sich lieber röntgen lassen. Nicht, dass er sich was gebrochen hat. Tom fährt die beiden.« Ich nicke zustimmend.

»Was genau war da gestern los, Susan?« »Ich habe es dir heute Morgen doch schon erklärt. Ein paar Typen haben Tina und mich einfach nicht in Ruhe gelassen. Sie hatten dann nach unserer Abfuhr vor der Disco auf uns gewartet. Sie haben Streit angefangen. Mike und Jonathan wollten uns beschützen und dabei hat Mike sich die Verletzungen zugezogen.« Mein Vater musterte mich eindringlich. Dann sagte er langsam und jedes Wort durchdacht: »Findest du es nicht komisch, dass Jonathan gar nichts abbekommen hat?«

Mein Vater sah auf die Wunde an meinem Arm, darauf wollte er also hinaus. Er dachte, dass Jonathan mir eventuell die Verletzung zugefügt hatte. Oder, dass er vielleicht mit den Typen unter einer Decke steckte. Mein Vater konnte ja nicht wie ich wissen, wozu Jonathan alles fähig war. »Dad«, sagte ich aufgebracht. »Jonathan hat mich nie angerührt. Die Wunde an meinem Arm ist durch meine eigene Dummheit entstanden. Er würde mir nie etwas tun.« Innerlich war ich mir dessen zwar nicht sicher, aber ich musste dies sagen, um meinen Vater zu beruhigen. Er sah mir lange in die Augen. Als er meine Entschlossenheit sah, setzte er seufzend seine Brille wieder auf. »Okay, Susan, ich glaube dir. Aber tu mir einen Gefallen und komm zu mir, wenn du irgendein Problem haben solltest.« Ich nickte, was mir wie eine Lüge vorkam.

Da gab es so viel, was ich zu gerne hätte sagen wollen, aber ich konnte es nicht erzählen. »Ach, Susan, ich vergesse immer, dass du nicht mehr mein kleines Mädchen bist. Du bist drauf und dran, erwachsen zu werden. Nun musst du langsam deine eigenen Fehler machen und daraus lernen. Du wirst am besten wissen, wer dir guttut und wer nicht.«

Wir sahen uns lange an, dann hörte ich Tina und Mikes Stimmen im Flur. Ich wurde nervös, denn ich wollte unbedingt wissen, was das Krankenhaus gesagt hatte. Mein Vater bemerkte meine Nervosität und sagte mit einem Kopfnicken zur Tür: »Na, geh schon.« Ich grinste ihn an und lief aus dem Zimmer.

In der Eingangshalle traf ich dann auf die beiden. Mike hielt sich immer noch die Rippen. »Und was haben die Ärzte gesagt?«, fragte ich. »Mike hat sich drei Rippen angebrochen«, sagte Tina leise und schaute Mike liebevoll und mitfühlend an. »Oh, das ist sicher schmerzhaft«, sagte ich ruhig und verzog das Gesicht. »Ja, aber innerlich hat er sonst nichts verletzt, keine Organe oder so.« »Das ist gut.« »Ich muss mich halt schonen«, sagte Mike mit gepresster Stimme. Das Sprechen schien ihm Schmerzen zu bereiten. »Sie haben noch seine Platzwunde versorgt. Aber eine Gehirnerschütterung hat er Gott sei Dank nicht.« Ich nickte erleichtert. »Ohne Jonathan würde ich wahrscheinlich nicht mehr hier stehen«, sagte Mike mit schmerzverzerrtem Gesichtsausdruck. Tina warf mir ihren ›wo er recht hat, hat er recht‹- Blick zu. Ich schaute zu Boden. Tina war wohl immer noch der Meinung, dass ich mit Jonathan gut zusammenpassen würde. Sie kannte ja nicht seine andere Seite. »Komm, Schatz«, sagte Tina aufmunternd lächelnd. »Ich bringe dich hoch ins Bett. Der Arzt sagt, du musst dich schonen.« »Soll ich euch helfen?« »Danke, geht schon«, sagte Mike müde lächelnd. »Ich habe meine ganz persönliche Krankenschwester, in null Komma nichts bin ich wieder auf dem Damm.« Ich nickte erleichtert. Mike war nicht mehr ganz so blass wie heute Morgen und ich war froh, dass ihn ein Arzt vorsichtshalber noch einmal untersucht hatte.

Ich lief in die Küche, um mir etwas zu Essen zu holen. »Celine?«, fragte ich mit knurrendem Magen. »Ich sterbe vor Hunger. Haben Sie etwas, damit ich nicht verhungere?« »Sicher, Susan, ich habe Gemüsesuppe für alle gekocht. Ich dachte mir, nach der nervenaufreibenden Nacht, die ihr hattet, könnte euch eine Suppe wieder stärken.« »Das hört sich gut an.« Celine füllte mir etwas Suppe in eine Schüssel und holte zwei Brötchen aus dem Schrank. Ich nahm mir einen Löffel aus der Schublade und legte ihn in die Schüssel. »Ich esse in meinem Zimmer, Celine. Wenn das okay ist.« »Sicher.« Ich stellte alles auf ein Tablett und nahm es mit rauf auf mein Zimmer.

Trotz Unwetter öffnete ich meine Balkontür, weil ich etwas frische Luft reinlassen wollte. Unten hörte ich die Haustür auf- und zugehen. Ob das Jonathan war? Was machte er da draußen, bei so einem Wetter? Dasselbe, wie in der Nacht, als ich ihn beobachtet hatte? Aber was hatte er davon? Ich hörte ihn die Treppe heraufkommen und in sein Zimmer gehen. Mein Balkon war überdacht und ich setzte mich auf die Liege nach draußen. Die frische Luft tat mir gut. Ich aß meine Suppe, bis ich plötzlich Jonathans Balkontür hörte. Er schien sie ebenfalls geöffnet zu haben. Ich konnte nicht zu ihm rüber sehen, eine Wand war dazwischen. Aber ich konnte ihn hören. Ich setzte vorsichtig meine Suppenschüssel auf den Boden und stellte mich an die Wand. Dann versuchte ich mitzubekommen, was Jonathan auf dem Balkon machte.

Ich hörte, wie er tief durchatmete. Dann sprach er leise. Seine Stimme klang fremd und drohend. Es hörte sich so an, als ob er mit jemandem sprach. Ob er telefonierte? Aber ich hatte bisher noch nie ein Handy bei ihm gesehen. Er sprach: »Nun brauche ich deine Dienste nicht länger. Ich bin nun stark genug, um es alleine durchzuziehen!« Dann hörte ich ihn schwer atmen. Er schien auf seinem Balkon auf und ab zu laufen.

Mit wem sprach er da? Er war alleine und ich konnte mir nicht vorstellen, dass er telefonierte. Dann hörte ich ihn wieder in sein Zimmer gehen und die Balkontür schließen.

Verwirrt blieb ich an der Wand stehen. Was meinte Jonathan damit, dass er die Dienste nicht mehr bräuchte und dass er nun stark genug sei, es alleine durchzuziehen? Vor allem, wessen Dienste? Hatte er einen Komplizen? Aber wen und vor allem wofür? Langsam stieg wieder leichte Panik in mir hoch. Ich setzte mich auf mein Bett und versuchte, mir einen Reim aus diesem Satz zu machen. Aber ich kam zu keinem Ergebnis, wie bei vielen anderen Dingen, die mit Jonathan zu tun hatten, auch.

Eine Zeit lang blieb ich noch in meinem Zimmer und grübelte über Jonathans Aussage nach, kam aber zu keinem Ergebnis. Egal wie ich es auch drehte und wendete. Schließlich beschloss ich, noch einmal nach Mike zu sehen. Ich lief aus meinem Zimmer und klopfte an Tina und Mikes Zimmertür. »Herein«, hörte ich Tinas Stimme laut sagen. Ich öffnete die Tür und trat ein. Mike lag im Bett und Tina saß neben ihm und hielt seine Hand. Es war ein sehr harmonisches Bild. Beide lächelten, als sie mich sahen. »Krankenbesuch«, sagte ich leise und setzte mich ans Bettende. »Wie geht's dir?«, fragte ich Mike. »Schon etwas besser«, sagte er leicht lächelnd. »Ich habe ja meine persönliche Krankenschwester.« Er hielt fest Tinas Hand und lächelte sie zärtlich an. Ich fühlte mich irgendwie fehl am Platz und stand wieder auf. »Das ist schön. Dann erhol dich gut und dann sehen wir uns ja morgen. Wenn was ist, wisst ihr ja, wo ihr mich finden könnt.« Beide nickten. Leise ging ich nach draußen und schloss die Tür.

Dann machte ich mich auf den Weg ins Bad. Meine Haare rochen immer noch fürchterlich nach Rauch aus der Disco. Spontan beschloss ich, ein schönes, heißes Bad zu nehmen. Ich ließ mir Badewasser ein und holte mir aus meinem Zimmer Unterwäsche und meinen Pyjama. Danach schloss ich mich im Badezimmer ein und zog meine Kleidung aus. Dann stieg ich in die Badewanne. Es tat gut, in dem heißen Wasser zu liegen. Ich konnte spüren, dass sich mein Körper immer mehr entspannte. Ich schloss die Augen und genoss die wohlige Wärme. Draußen tobte noch immer ein Sturm und es regnete stark. Man konnte den Regen aufs Dach prasseln hören. Ich nahm mir vor, heute mal etwas früher ins Bett zu gehen. Die vorigen Nächte waren so nervenaufreibend, dass ich hoffte, heute mal eine ruhigere Nacht zu haben. Ohne Albträume. Durch das Wasser wurde meine Haut langsam schrumpelig. Ich stieg aus der Badewanne und trocknete mich ab. Dann zog ich mir meine Schlafsachen an.

Plötzlich hörte ich Jonathans Tür aufgehen. Leise schlich er an der Badezimmertür vorbei. Lautlos schloss ich die Tür auf und spähte nach draußen. Ich konnte gerade noch sehen, dass er sich die Treppe runter schlich. Was hatte er vor? Auf Zehenspitzen ging ich zur Treppe und beobachtete ihn. Er schaute sich um, dann ging er aus der Haustür und zog leise die Tür zu. Was hatte er vor? Wo wollte er hin um diese Uhrzeit? Ob er vielleicht doch telefoniert hatte und sich nun mit der Person treffen wollte? Ich konnte ihm jetzt auf gar keinen Fall folgen, da ich meinen Pyjama anhatte. Bis ich mich angezogen hätte, wäre er sicher schon über alle Berge.

Schnell lief ich in mein Zimmer und schaute aus dem Fenster nach draußen. Jonathan lief blitzschnell am Strand entlang. Kurze Zeit später war er außer Sichtweite. Nachdenklich lief ich zurück ins Bad und föhnte mir die Haare. Dabei überlegte ich mir, was Jonathan jetzt wohl vorhatte und wo er hinlief. Nach dem Föhnen kämmte ich mir die Haare und putzte mir gelangweilt die Zähne. Ich hatte von meiner Mutter, als ich noch ein Kind war, mal eine silberne Halskette mit meinem

Sternzeichen geschenkt bekommen. Ich war vom Sternzeichen Löwe. Seitdem trug ich diese Kette als Talisman.

Ich zog sie an, in der Hoffnung, dass sie mir in Zukunft Glück bringen würde. Gerade als ich wieder in mein Zimmer gehen wollte, konnte ich erkennen, dass Jonathan seine Zimmertür nur angelehnt hatte.

Kurz blieb ich unschlüssig im Flur stehen, dann siegte meine Neugier und ich öffnete ein Stück Jonathans Tür. Drinnen war alles dunkel. Konnte ich es wagen, das Licht einzuschalten? Oder würde Jonathan gleich zurückkommen? Er war schnell, aber wirklich so schnell, dass er, was immer er auch da draußen tat, nach zehn Minuten wieder auftauchen würde? Ich nahm all meinen Mut zusammen und schaltete das Licht ein. Sein Zimmer war penibel aufgeräumt. Auch das Bett sah so aus, als wäre es noch nicht einmal benutzt worden. Hektisch lief ich durchs Zimmer und sah mich um. Ich suchte nach etwas. Wonach, wusste ich nicht. Irgendetwas, was ihn vielleicht verraten würde. Etwas über Nancys Tod oder falls er einen Komplizen haben sollte, über diesen.

Hektisch riss ich die Kleiderschranktür auf und sah hinein. Alles war akkurat aufeinandergestapelt. Immer wieder sah ich über meine Schulter, um mich zu vergewissern, dass Jonathan nicht wiederkam. Jedes noch so kleine Geräusch ließ mich panisch zusammenzucken. Hier würde ich nichts finden. Ich schloss die Schranktür wieder und schaute in die Schublade von seinem Nachtschrank. Auch da fand ich nichts Unnormales. Fieberhaft überlegte ich, wo er vielleicht etwas versteckt haben könnte.

Plötzlich hörte ich unten die Haustür. Ich merkte, wie mein Körper erzitterte und mein Herz fast herauszuspringen drohte. Schnell machte ich das Licht aus. Nun hörte ich ihn schon auf der Treppe. Ich würde es nicht mehr rechtzeitig in mein Zimmer schaffen. Schnell huschte ich in seinen Kleiderschrank. Gerade als ich im Kleiderschrank versteckt war, war er auch schon in seinem Zimmer. Er schubste seine Tür auf, die ja nur angelehnt war und schaltete das Licht an. Ich traute mich kaum zu atmen. Er schloss die Zimmertür und zu meinem Entsetzen drehte er den Schlüssel um. Nun war ich eingeschlossen. Wusste er, dass ich hier war? Hatte er vielleicht von draußen Licht in seinem Zimmer gesehen und war deshalb so schnell wieder zurückgekommen?

Ich sah Jonathans Schuhe, er schien klatschnass zu sein. Hin und wieder sah ich vereinzelte Tropfen zu Boden fallen. Nun stand er vor seiner Kommode und holte etwas aus der Schublade. Er setzte sich auf den davorstehenden Stuhl und begutachtete etwas in seiner Hand. Ich versuchte, Näheres zu erkennen. Es sah so aus, als hielt er ein Foto in seiner Hand. Mit einer Hand strich er langsam und wie in Trance über das Bild. Zu meinem Schrecken fing er an zu sprechen. Erst dachte ich, dass er mich entdeckt und angesprochen hatte. Aber so war es nicht, er sprach zu dem Bild in seiner Hand. »Nun, Liebes, ist es so weit. Du bist schuld, dass es so weit kommen musste. Hättest du mich so behandelt, wie ich es verdient hätte, würde ich nicht hier sitzen.« Er schluckte kurz. Seine Hände zitterten. Er sah nun aus wie ein Wahnsinniger. Mein Herz schlug bis zum Hals.

»Du bist schuld an dem ganzen Leid, das in näherer Zukunft auf uns zukommen wird. Nur du allein. Ich hoffe, du bist jetzt glücklich, da wo du bist.« Seine Augen waren nun kalt und berechnend. »Mit mir konntest du es ja anscheinend nicht werden. Ich hätte alles für dich getan.« Nun stand er auf und lief hektisch hin und her. Hoffentlich entdeckt er mich nicht, betete ich zu Gott. Noch wusste er nicht, dass ich im Zimmer war, sonst hätte er niemals zugelassen, dass ich das mit anhören konnte. »Aber alles, was ich dir geben konnte, war wohl immer noch nicht genug.« Seine Stimme klang nun verändert. Unheilvoller und kalt.

Auch wenn ich sein Gesicht nicht erkennen konnte, war ich mir sicher, dass seine Augen feuerrot sein mussten. Ich versuchte, mich so klein wie möglich im Schrank zu machen. »Mein Herz hast du mitgenommen, für immer.«

Er blieb abrupt stehen. »Zumindest dachte ich das bis vor Kurzem. Wer hätte gedacht, dass jemals eine Frau mich noch berühren könnte. Mein Herz, was eigentlich gar nicht mehr vorhanden sein dürfte, berühren könnte. Aber das darf nicht sein, ich darf das nicht zulassen. Ich habe eine Mission und ich werde sie auch durchziehen. Meinen Helfer brauche ich nun nicht mehr«, er lachte spöttisch. »Weißt du, was das Gute ist, Liebes? Er wird sich an nichts erinnern. Niemals. Wenn er wüsste, was er getan hat ...« Er hielt inne. Dann sah ich, dass sich seine Füße in meine Richtung drehten. Ich hielt eine Hand auf meinen Mund, damit mich mein Atem nicht verriet. Er trat näher an den Schrank.

Ich war mir sicher, wenn er mich jetzt erwischen würde, würde er mir gewiss etwas antun. »Wie dem auch sei«, hörte ich ihn weiter sprechen. »Ich bin nur zurückgekommen, um dir zu sagen, dass ich über dich hinweg bin, für immer!«

Schließlich hörte ich das Zerreißen von Papier, dann sah ich, dass er das Bild wieder in die Schublade legte. Kurz hielt er inne. Dann schloss er langsam die Tür wieder auf. Noch einmal hielt er inne. »Ich muss mich abreagieren«, hörte ich ihn sagen. Dann schaltete er das Licht aus und schloss die Tür.

Ich wartete noch einen Moment. Kurze Zeit später hörte ich erneut die Haustür zuschlagen. Diesmal sehr laut und unkontrolliert. Als hätte er sie mit voller Wucht zugeschlagen. Ich kam vorsichtig aus dem Schrank hervor geschlichen. Dann spähte ich aus dem Balkonfenster. Jonathan lief schon wieder wie ein Wahnsinniger davon.

Ich atmete tief durch und schaltete das Licht wieder ein. Nun lief ich zielstrebig zu der Schublade, in die Jonathan das Bild hineingelegt hatte. Ich öffnete sie. Darin befand sich nur ein Bild, in zwei Teile zerrissen. Ich nahm es in meine Hände und fügte die zwei Teile zusammen.

Auf dem Bild war eine wunderschöne Frau. Sie hatte lange, dunkle Haare, die ihr bis zur Hüfte gingen. Ein makellos schönes Gesicht und eine schlanke Figur. Sie saß auf einem Stuhl und lächelte strahlend in die Kamera. Was mich an dem Bild irritierte war, dass es schwarzweiß war. Und die Kleidung, die die Frau trug, war auch nicht von dieser Zeit. Sie trug ein langes Kleid, das sich nach unten hin weit öffnete. Mit vielen Rüschen. In der Hand hielt sie einen Fächer. Auf dem Kopf trug sie einen altertümlichen Hut.

Unschlüssig sah ich auf das Foto. War das die Frau, die Jonathan so verletzt hatte? Anscheinend; wenn man es mit dem verglich, was er gesprochen hatte. Aber das konnte nicht sein. Die Frau, die auf dem Foto abgebildet war, musste schon vor Jahrzehnten gelebt haben. Ich legte es wieder in die Schublade und achtete darauf, dass ich es genauso hinlegte, wie ich es vorfand. Dann machte ich das Licht aus und schloss die Tür. Auf Zehenspitzen ging ich in mein Zimmer. Als ich die Tür hinter mir schloss, fiel mir ein Stein vom Herzen.

Wahre Freunde

Mein erster Gedanke war, dass Jonathan mich nicht entdeckt hatte. Ich war sehr erleichtert darüber. Mein zweiter Gedanke war, konnte die Frau auf dem Bild wirklich die Frau sein, die Jonathan einst so verletzt hatte? Aber das Bild war schwarzweiß. Sicher, man konnte sich in der heutigen Zeit auch schwarzweiß Bilder anfertigen lassen. Aber so sah das Bild nicht aus und es war auch schon recht alt und vergilbt gewesen. Es musste von einer Zeit stammen, die schon länger zurücklag. Ich legte mich auf mein Bett und schaute in meinen Sternenhimmel. Jonathan sagte, dass er nie gedacht hätte, dass jemals wieder eine Frau sein Herz berühren würde. Also war er verliebt. Aber in wen? Ich schluckte. Sollte Tina wirklich recht haben und er hatte sich in mich verliebt? Aber dann würde er sich doch anders verhalten und mir nicht ständig Angst machen. Die Male, die er nett zu mir war, waren sehr gering. Ich schüttelte den Gedanken ab, das konnte nicht sein, kein Mensch, der verliebt war, würde sich so aufführen.

Plötzlich schoss mir ein Gedanke durch den Kopf, der mir die Nackenhaare aufstellen ließ. Jonathan sagte, sein Helfer würde sich an nichts mehr erinnern. Aber Jonathan wusste, dass er furchtbare Dinge getan hatte. Dann sprach er von einer Mission und dass sie schuld daran sei, für das ganze Leid, das uns schon bald bevorstand. Ich erschauderte. Das waren zu viele Dinge auf einmal für mich. Jonathan hatte einen Plan. Das stand nun fest. Nur was für einen und was er damit erreichen wollte, das wusste ich immer noch nicht. Wieder sah ich ihn in seiner Wut vor mir. Diese roten Augen und die Stimme, die sich immer dann veränderte, wenn er auf dem höchsten Stand seiner Wut war.

Draußen blitzte es und Donner grollte über unser Haus. Schnell schloss ich meine Zimmertür ab und legte mich in mein Bett. Ich hoffte, bald eine Eingebung zu haben und endlich zu wissen, was das alles zu bedeuten hatte. Sicher passte alles wie ein Puzzle zusammen, aber ich hatte das Rätsel noch nicht gelöst. Was wäre, wenn wirklich ich die Frau wäre, in die er sich verliebt hatte? Wenn er einen bösen Plan hatte, könnte ich ihn vielleicht davon abbringen, indem ich mehr auf ihn einging?

Sicher würde er mir niemals erzählen, was er vorhatte oder was er schon bereits getan hatte. Aber könnte ich ihn mit Zuneigung von dem Ganzen abbringen? Wenn er sich auf mich konzentrierte und ich mal etwas netter und offener zu ihm wäre, würde er es sich dann vielleicht noch einmal anders überlegen, Böses zu tun? Es würde mir sehr schwer fallen, meine Angst zu überspielen und nett zu Jonathan zu sein. Dennoch musste ich es versuchen. Vielleicht würde er sich irgendwann verraten. Dann wüsste ich, was zu tun wäre, um das zu verhindern, was er vorhatte.

Ich nahm mir fest vor, es am nächsten Tag zu versuchen und netter zu Jonathan zu sein. Mal sehen, wie er darauf reagieren würde. Sicher, es war ein Spiel mit dem Feuer, aber etwas Besseres fiel mir nicht ein. Wichtig war, dass er niemals erfahren durfte, dass ich in seinem Zimmer war und sein Selbstgespräch mitbekommen hatte. Ich musste vermeiden, daran zu denken, wenn er bei mir saß. Noch wusste ich nicht, wann er meine Gedanken las und wann nicht. Es würde mir vieles erleichtern, wenn ich das wüsste. Ich wusste nur: Blickkontakt brauchte er dafür nicht. Kurz überlegte ich mir eine Strategie für den nächsten Tag und schloss dann die Augen.

Ich fing an zu träumen. Wieder war ich im Wald. Aber diesmal schien ich gar keine Angst zu haben. Es war dunkel, aber nicht so dunkel, dass man nichts sehen konnte. Irritiert über meine fehlende Angst ging ich weiter. Es war ein komisches Gefühl. Ich wusste, dass ich träume, aber meine Gedankengänge waren so, als wäre ich noch wach und würde nicht schlafen. Schließlich kam ich auf eine Lichtung und sah mich um. Nichts war zu sehen oder zu hören.

Was hatte das zu bedeuten? Normalerweise hieß dieser Traum für mich Angst und Panik, wieso nicht heute?

Langsam ging ich weiter. Plötzlich vernahm ich eine Stimme hinter mir. »Susan.« Erschrocken drehte ich mich um. Vor mir stand die Frau von dem Foto. Sie trug die gleiche Kleidung und auch sie war schwarzweiß. Es war so, als sprach ich mit einem überdimensionalen Bild. Es flackerte leicht. Sie sah traurig aus. »Susan, ich bin hier, um dich zu warnen!« »Wovor?«, fragte ich nervös und sah mich hektisch um. »Jonathan ist nicht der, der er vorgibt zu sein. Er ist schlecht!« Ich schluckte. »Was hat er dir angetan?« »Sicher hatte ich es verdient«, sagte sie und die Tränen liefen über ihr wunderschönes Gesicht. »Ich bin nicht hier, um über mich zu sprechen«, sagte sie nun mit festerer Stimme. »Ich habe nicht viel Zeit. Halte dich fern von Jonathan. Er wird sonst dich und andere in große Gefahr bringen.« Ich nickte benommen. »Was hat er vor?« Doch darauf bekam ich keine Antwort. Das Bild flackerte wie ein Fernseher, der den Geist aufgab. Sie versuchte, mir noch etwas zu sagen, aber ich konnte sie nicht verstehen und schließlich verschwand sie ganz.

Ich wachte auf. Ich war schweißgebadet. Mein Bett war aufgewühlt, ich musste mich im Schlaf viel gedreht und gewendet haben. Sie war gekommen, um mich zu warnen. Ich richtete mich auf und schaltete das Licht ein. Lange würde ich das nicht mehr ertragen können. Es passierten immer mehr mysteriöse Dinge und ich wusste nicht, wie ich damit umgehen sollte. Ich schaute aus dem Fenster, draußen war es noch stockdunkel. Widerwillig legte ich mich wieder ins Bett und noch ehe ich überlegen konnte, was zu tun war, schlief ich erneut ein.

Als ich erwachte, war es taghell. Ich schlüpfte aus meinem Bett und zog mich um. Ich hatte mir vorgenommen, netter zu Jonathan zu sein, um zu sehen, was passierte. Wichtig dabei war, dass er in meinen Gedanken nichts finden durfte, das mich verriet. Zum Beispiel, dass ich in seinem Zimmer war oder dass mich in meinem Traum seine Frau besucht hatte, die er einst so liebte.

In der Küche angekommen, traf ich nur auf Mike, Tina und, mein Herz machte einen Aussetzer, Jonathan. Ich versuchte, mir nichts anmerken zu lassen und setzte mich dazu.

»Morgen.« »Guten Morgen«, sagten alle bis auf Jonathan. Er aß sein Brötchen und sah mich nicht an. Neben der Spüle lief leise das Radio. »Wie geht's dir?«, fragte ich Mike. »Oh, schon viel besser«, sagte er gut gelaunt und seine Stimme hörte sich auch nicht mehr so gepresst an. »Ich habe noch Schmerzen, aber sie sind auszuhalten.« »Das ist schön.« Ich nahm mir ein Brötchen und begann zu essen.

Plötzlich hörte man im Radio den Moderator sagen: *»**Jacob Planks endlich gefasst. Mehr dazu in wenigen Minuten.**«* Tina verschluckte sich fast an ihrem Brötchen. Mike und mir ging es nicht anders. Nur Jonathan verzog keine Miene. »Mach mal lauter«, sagte Mike zu Tina gewandt. Sie stand auf und drehte die Lautstärke auf. Angespannt lauschten wir dem Radio. Schließlich begannen die Nachrichten. *»Ist Nancy Scotts Mörder nun endlich gefasst? Gestern Abend wurde der mutmaßliche Mörder Jacob Planks in Atlantic City gesichtet.«*

Ich sah zu Jonathan, ein leichtes Lächeln umspielte seine Lippen. Ich schluckte.

»Ohne Gegenwehr konnte die Polizei den jungen Mann festnehmen. Nun sitzt er in Untersuchungshaft. Der Psychologe Jason Smith wird in den nächsten Tagen versuchen, nähere Informationen aus Jacob Planks herauszubekommen.«

Die Musik spielte weiter. Tina schaltete das Radio aus. »Krass«, sagte Mike mit offenem Mund in meine Richtung. »Dein Vater darf den befragen?« Auch Tina sah mich mit erstauntem Gesichtsausdruck an. »Anscheinend«, sagte ich achselzuckend und versuchte, belanglos auszusehen, denn ich merkte, dass Jonathan mich von der Seite her beobachtete. »Wow, dann erfahren wir ja alles aus erster Hand!«, sagte Tina mit gespannter Miene. »Das glaube ich nicht. Mein Vater muss sich an die ärztliche Schweigepflicht halten.« »Ach, vielleicht macht er bei uns ja mal eine Ausnahme.« »Das glaube ich nicht!«, hörte ich meinen Vater gut gelaunt sagen, der gerade zur Küchentür herein spaziert kam. Tina errötete leicht.

»Morgen, Dad«, sagte ich grinsend. »Guten Morgen zusammen.« Er lief an die Kaffeemaschine und holte sich einen Kaffee. »Seid ihr jetzt beruhigt?«, fragte er in die Runde. »Jacob Planks ist endlich gefasst. Was aber nicht heißen muss, dass er auch wirklich der Mörder war. Vielleicht hatte er ja auch einen Komplizen.« Im Augenwinkel konnte ich erkennen, dass Jonathans Gesicht harte Züge annahm. Er schaute nicht auf, sondern konzentrierte sich auf seinen Teller. »Der war's bestimmt«, sagte Mike völlig überzeugt. »Wo sie ihn das erste Mal festnehmen wollten, hatte er sich doch auch mit Händen und Füßen gewehrt. Das macht man doch nicht, wenn man es nicht war.« »Das muss nichts heißen«, sagte mein Vater lächelnd. »Vielleicht ist er nur Zeuge oder wusste, dass er überall gesucht wird. Da kann man schon mal überreagieren. Wir werden es erfahren. Bin ja mal gespannt, ob ich etwas aus dem Kerl rausbekomme. Habe gerade mit der Polizei telefoniert. Zurzeit schläft er, als hätte er seit Tagen nicht geschlafen.« Jonathan schluckte. »Morgen früh fahre ich hin«, sagte mein Vater weiter. Gerade wollte er die Küche verlassen, als er sich noch einmal umdrehte.

»Ach, übrigens, ich wollte euch fragen, ob ihr Lust habt, heute mal mit mir ins Kasino zu gehen. Ihr könnt doch nicht nach Atlantic City kommen und nicht einmal dort hingehen.« »Das wäre super«, kreischte Tina und schaute zu Mike. Dann wurde ihr Gesicht wieder ernst. »Oder hast du noch zu starke Schmerzen, Schatz?« »Nein, das geht schon. Ich muss nur etwas langsam tun.« »Susan«, sagte nun mein Vater in meine Richtung. »Hast du Lust dazu?« »Klar«, sagte ich zögernd. Dann nahm ich all meinen Mut zusammen und sagte ganz nett zu Jonathan: »Hast du auch Lust dazu, Jonathan?« Tina, Mike und auch Jonathan starrten mich an. Noch niemals hatten sie erlebt, dass ich ihn direkt ansprach. »Sicher«, sagte er irritiert lächelnd. »Das freut mich«, entgegnete ich und versuchte, auch ein Lächeln aufzusetzen. Jonathan war völlig perplex. Mike und Tina grinsten sich vielsagend an. »Dann ist das abgemacht«, sagte mein Vater fröhlich. »Heute Abend um sieben geht's los.«

»Wahnsinn!«, sagte Tina, als mein Vater aus der Küche verschwunden war. »Ich bin noch nie in einem Kasino gewesen, das wird bestimmt aufregend. Da gibt es bestimmt auch Shows, die man sich ansehen kann oder, Schatz?«, fragte sie in Mikes Richtung. »Alles, was du willst«, sagte er verliebt lächelnd. Ich glaube, die Verletzung von Mike hatte die beiden noch enger zusammengeschweißt.

»Wie lange wollen wir eigentlich noch in Atlantic City bleiben?«, fragte ich wie nebenbei in die Runde. Jonathans Züge verhärteten sich. Mike sah mich offen an und Tina machte einen beleidigten Schmollmund. »Willst du etwa schon fahren?«, fragte sie mit gespielt trauriger Stimme. »Es muss ja noch nicht jetzt sein«, sagte ich schnell. »Ich möchte nur ungefähr wissen, wann wir wieder nach Hause fahren, damit ich mich darauf einstellen kann.« »Wir sind noch nicht mal eine Woche hier, Susan. Eine Woche hattest du uns fest zugesagt«, sagte sie weiter schmollend.

»Heute ist Montag, am Dienstag sind wir erst angekommen«, sagte Mike sachlich, um seine Tina zu unterstützen. Ich sah ihm an, dass er es nicht ertrug, seine Freundin so traurig zu sehen. Missmutig aß sie ihr Brötchen weiter. »Ich sage ja auch nicht, dass es morgen sofort losgehen muss. Ich frage nur, wann.« Mike sah zu Tina. Mit sanfter Stimme sagte er: »Was wäre denn für dich ein guter Kompromiss, Schatz?« »Freitag?«, sagte sie mit ihrem entwaffnenden Lächeln in meine Richtung, dem ich mich noch nie schaffte zu widersetzen. So wurden zwar aus einer Woche fast zwei, wenn man die ewig langen Autofahrten mitrechnete, aber gegen Tinas Hundeblick kam ich nicht an. »Okay«, sagte ich schlecht gelaunt und fummelte an meinem Brötchen herum.

»Dann sind wir sogar rechtzeitig zu deinem Geburtstag zurück«, sagte sie grinsend. »Dann haben wir noch eine Woche Zeit, die Feier zu planen.«

Nun wurden Jonathans Augen wacher, interessierter. »Du hast bald Geburtstag?«, sah er fragend in meine Richtung. Gerade als ich darauf antworten wollte, sagte Tina schnell: »Ja, am dreiundzwanzigsten Juli wird sie siebzehn.«

Jonathan lächelte mich leicht an und konzentrierte sich dann wieder auf seinen Teller. »Ich will gar nicht feiern«, sagte ich, nun immer genervter. »Keine Widerrede«, sagte Tina im fachmännischen Ton. »Der wird gefeiert!«

Die nächsten fünfzehn Minuten erzählte Tina unaufhörlich und im euphorischen Ton, wen sie alles einladen würde und was sie alles geplant hatte. Ich hörte nur halb hin, mir war gar nicht nach Feiern zumute. Bis ich schließlich den Satz von ihr vernahm: »Jonathan, du kommst doch auch zu Susans Geburtstag, oder?«

Er sah abrupt auf und mich an. »Natürlich, wie könnte ich das verpassen?« Kurz sah ich ihn an, er lächelte breit. Ich zwang mich zurückzulächeln, schließlich wollte ich ja versuchen, netter zu ihm zu sein. Tina strahlte über beide Backen. Dann holte Mike Tina aus ihrem Konzept. »Wieso willst du eigentlich unbedingt nach Hause, Susan?« »Na ja, ich vermisse meine Mutter«, sagte ich, ohne aufzuschauen. Dann sah ich aus dem Fenster. »Und dieses Wetter macht mich krank.« Jonathans Züge verhärteten sich wieder, dann stand er auf und ging hinaus. Ohne einen Ton zu sagen. Oben hörte man seine Zimmertür zuknallen.

»Hab ich was Falsches gesagt?«, fragte ich erschrocken. »Vielleicht warst du ein bisschen taktlos«, sagte Mike sanft. »Inwiefern?«, fragte ich irritiert. »Wenn ich jetzt Jonathan wäre, würde ich mir denken, dass dich eine Zeit lang ohne deine Mutter nicht umbringen würde und dass dich schlechtes Wetter dazu bringt, nach Hause zu wollen. Ich würde mir denken, dass meine Anwesenheit es nicht schafft, dass du gerne hierbleiben würdest. Freiwillig.« Er lächelte leicht. Ich sah ihn immer noch fragend an. »Ach, Susan«, sagte er nun ungeduldig. »Ich würde mir denken, dass du nichts von mir willst!«

Nun machte es Klick, ich biss mir auf die Unterlippe. »Mist«, sagte ich leise. »Das war keine Absicht«, stotterte ich. »Ich wollte ihn nicht verletzen.« »Mir musst du das nicht sagen.« »Aber ihm«, fügte Tina hinzu. Ich seufzte. »Am besten sofort«, sagte Mike milde lächelnd. »Ich weiß ja gar nicht, ob ich mehr für ihn empfinde.« »Du weißt aber auch nicht, ob es vielleicht doch der Fall ist«, entgegnete Mike weise. »Deshalb würde ich es jetzt lieber geradebiegen.« Ich atmete einmal schwer aus und ein. »Jungs«, sagte ich laut und ging mürrisch Richtung Tür. Mike lachte laut auf. »Wir räumen dann den Tisch ab«, rief er mir hinterher. »Hm«, machte ich gereizt.

Langsam lief ich die Treppe hoch. Aus Jonathans Zimmer hörte es sich so an, als würde er Dinge durch den Raum werfen. Das verunsicherte mich noch mehr. Hatte ich ihn so hart getroffen? Das konnte ich mir gar nicht vorstellen, er redete ja nie viel mit mir. Fast nie und da sollte er so viel für mich empfinden?

Wenn man etwas für einen anderen Menschen empfindet, würde man ihm dann drohen? Und macht demjenigen Angst? Eine komische Art Liebe auszudrücken.

Zaghaft klopfte ich an die Tür. Jonathan öffnete mir. Er war ganz außer Atem und seine Ader am Hals pulsierte bedrohlich. Ich war mir sicher, dass seine Augen vor ein paar

Sekunden noch rot waren. Ich zögerte. Dieser Anblick seiner Wut erleichterte mir nicht gerade mein Anliegen. »Hi«, presste ich mühsam hervor. Er antwortete mir nicht, sondern sah mich nur mit seinem kalten Blick forschend an. »Darf ich reinkommen?«

Er öffnete die Tür nun einen größeren Spalt und deutete mir mit einem Kopfnicken an, dass ich eintreten durfte. Ich schluckte und betrat sein Zimmer. Alles war durcheinander und verwüstet. Die Möbel waren nicht kaputt. Gott sei Dank, mein Vater hätte ihn umgebracht. Aber sie waren umgeworfen oder standen nicht mehr an ihrem ursprünglichen Platz, sondern auf der anderen Seite des Zimmers. Ich schluckte erneut bei diesem Anblick. Schließlich wusste ich ja, wie akkurat sein Zimmer noch vor ein paar Stunden ausgesehen hatte. Aber das durfte er nie erfahren und so verdrängte ich sofort wieder den Gedanken. Jonathan schloss hinter mir die Tür und verschränkte die Arme vor der Brust. Mein Vater würde jetzt sagen, ›eine ablehnendere Haltung gibt es nicht‹.
Na toll, dachte ich verunsichert. Ich wurde das Gefühl nicht los, dass, egal was ich jetzt sagte, es Jonathan herzlich wenig interessieren würde.

»Was gibt's?«, fragte er stirnrunzelnd und ließ mich dabei nicht aus den Augen. Bestimmt versuchte er, in meinem Kopf den Grund meines plötzlichen Auftretens zu analysieren. Er schaute skeptisch drein. »Was ist hier passiert?«, fragte ich stotternd und zeigte auf das Chaos in seinem Zimmer. »Ich bin ein Mann, bei denen sieht es immer so aus«, sagte er ohne eine Spur von schlechtem Gewissen. Doch ich wusste es besser, zumindest von Jonathan. »Bist du hier, um mit mir über mein Zimmer zu diskutieren?«, fragte er gereizt. »Nein. Ich wollte dich fragen, warum du eben so schnell aufgestanden und gegangen bist. Mike sagte, ich sollte lieber mal nach dir schauen.«

Sein Kiefer spannte sich unheilvoll an. Dann sagte er mit noch kühlerer Stimme: »Mike hat das gesagt? Du bist nicht von selbst auf die Idee gekommen?« Ich biss mir auf die Unterlippe. Dann sagte ich verunsichert: »Doch, sicher, ich …« »Ach, komm schon, Susan«, unterbrach er mich und schrie nun fast. »Bist du nicht langsam mal alt genug, um selber zu wissen, was du zu tun hast? Müssen dir immer noch andere sagen, was richtig und falsch ist?« Ansehen konnte ich ihn nicht. Ich fühlte mich wie Wild, das vom Jäger in die Enge getrieben wurde.

Angespannt lief er nun zwischen seinem Chaos auf und ab. Ab und zu trat er etwas aus dem Weg. Dann drehte er sich direkt zu mir um. »Werd erwachsen, Susan!«

Es klopfte an der Tür. Doch derjenige, der klopfte, wartete nicht ab, dass geöffnet wurde, sondern öffnete schnell die Tür. Es war Mike und dahinter etwas schüchterner, Tina. Beide ließen ihre Blicke über die Szenerie schweifen. Erst über das Chaos in Jonathans Zimmer und darüber, wie ich verängstigt in der Ecke stand. Dann auf Jonathan, der mir mit Angst einflößendem Blick gegenüberstand. Mike betrat rasch das Zimmer. Tina blieb draußen stehen und verschränkte eingeschüchtert die Arme. Sie wirkte nervös und angespannt.

»Was ist hier los?«, fragte Mike mit wachsamem Blick. »Wir haben eine kleine Diskussion«, sagte Jonathan nun mit kaltem Blick zu Mike gewandt. »So sieht bei dir eine Diskussion aus?«, fragte Mike mit fester Stimme und deutete auf das Chaos im Zimmer und dann zu mir. Jonathan antwortete nicht. Ich sah, dass er Mühe hatte, sich zurückzuhalten. »Jonathan, so behandelt man keine Frau. Man macht ihr nicht

Angst und nimmt die halbe Zimmereinrichtung auseinander. Wenn du etwas für sie empfindest, ist das der falsche Weg.« Jonathan sagte nichts. Er schoss an Mike vorbei, Tina konnte ihm noch gerade so ausweichen, dann lief er die Treppe hinunter. Kurze Zeit später hörte man die Eingangstür zuknallen.

Langsam löste ich mich aus meiner verkrampften Haltung. Mike kam auf mich zu. »Alles in Ordnung?«, fragte er sanft. Tina hatte wirklich Glück mit ihm. Er schien so herrlich unkompliziert zu sein. Ich nickte langsam. »Das Zimmer sah schon so aus, als ich zu ihm kam«, sagte ich ruhig. »Er hat mir nichts getan.«

Innerlich dachte ich mir, dass ich keine weiteren Konflikte zwischen meinen Freunden und Jonathan wollte. Weil ich Angst hatte, dass er ihnen etwas antun könnte. Also versuchte ich, die Situation zu entschärfen. Kurz sagte niemand etwas. Dann unterbrach Mike die Stille. »Du musst wissen, was du tust, Susan. Wir wollten gerade in unser Zimmer gehen, als wir den Lärm aus Jonathans Zimmer hörten. Erst waren wir unsicher, ob wir anklopfen sollten. Aber Tina hielt es für das Beste. Wir waren uns nicht sicher ...« Er hielt kurz inne und sah Tina an, dann sah er wieder mit gequältem Gesichtsausdruck zu mir. »Wir waren uns nicht sicher, ob er dir etwas antun würde.« Er blickte zu Boden, als schämte er sich für diese Aussage. »Ist schon in Ordnung«, sagte ich daraufhin leicht lächelnd. »Ich bin ja froh, dass ihr auf mich aufpasst. Aber wie gesagt, es war nur eine Diskussion und Jonathan hat eben eine Menge ... Temperament.« Ich schaute zu Tina, sie nickte unsicher.

Kurz sah ich mich im Zimmer um, dann sagte ich in bemüht lässigen Ton: »Ich glaube, ich bring das hier wieder in Ordnung. Bevor mein Vater dieses Chaos sieht.« »Soll ich dir helfen?«, fragte Tina leise. »Nein, nein, ich mache das. Geht doch ganz schnell.« »Na ja, ganz schnell«, sagte Mike skeptisch und schaute sich erneut das Chaos an. »Aber du musst es wissen. Wenn was ist, weißt du ja, wo du uns findest.« Ich nickte unsicher. Beide gingen nach draußen und schlossen die Tür.

Ich fing erst einmal an, alles auf sein Bett zu legen, was auf dem Boden verstreut lag. Die Möbel konnte ich nicht wieder an ihren richtigen Platz stellen, soviel war sicher. Mit Mühe versuchte ich, die Kommode anzuheben, aber die war schwer wie Blei. Ich fragte mich ernsthaft, wie Jonathan es schaffte, so eine enorme Kraft aufzubringen, um die zu bewegen. Obwohl, wer mit Bäumen um sich werfen konnte, für den sollte so eine Kommode kein Problem darstellen. Ich seufzte. Soviel dazu, dass ich versuchen wollte, netter zu ihm zu sein, um etwas mehr über ihn herauszufinden. Der Schuss ist ja mächtig nach hinten losgegangen. Ich schaute nach draußen, das Unwetter wollte einfach nicht nachlassen. Im Gegenteil, es wurde schlimmer.

Circa zwei Stunden war ich dran, sein Zimmer wieder einigermaßen bewohnbar herzurichten. Wie konnte man es nur schaffen, innerhalb von fünf Minuten so ein Chaos anzurichten? Ich legte und stellte die Dinge wieder an die Plätze, wo sie meiner Meinung nach gestern noch standen. Sein Bett machte ich wieder ordentlich und wunderte mich, dass es noch genauso glatt und ungebraucht aussah. Ich schnupperte an der Decke. Sie roch überhaupt nicht nach Jonathan. Weder nach seinem Parfum, noch sonst was. Merkwürdig, wo sollte er denn sonst schlafen, wenn nicht im Bett? Ich sah mich um. Viele andere Möglichkeiten hatte er nicht gerade. Seine Kleidung legte ich wieder ordentlich in seinen Kleiderschrank. Dann schaute ich noch einmal in die Kommodenschublade, ob das Bild von der Frau noch dort lag. Aber es war weg. Ich schaute mich noch einmal kurz um. Ja, so konnte ich es lassen. Hoffentlich rastete Jonathan nicht wieder aus, wenn er sah, dass ich aufgeräumt hatte. Es war so eine Art Friedensangebot, von meiner Seite her.

Ich lief aus seinem Zimmer und schloss die Tür. Gerade wollte ich in mein Zimmer gehen, als mir Jonathan klatschnass entgegenkam. Er schaute mich skeptisch an, weil ich aus seinem Zimmer kam, sagte aber nichts. Auch ich blieb stumm, ging in mein Zimmer und schloss die Tür. Nun war ich wirklich gespannt. Wie würde er reagieren, wenn er sah, dass ich aufgeräumt hatte? Ich hörte, wie er in sein Zimmer ging. Dann Stille. Mein Herz fing erneut an schneller zu schlagen.

Wieder hörte ich Jonathans Tür. Nun klopfte mein Herz noch heftiger. Vor meiner Zimmertür blieb er stehen, ich schaute angespannt zur Tür. Dann klopfte er. Nervös stand ich auf und öffnete ihm. Wie ein begossener Pudel stand er davor. Er sah mich nicht an. Wieder schloss er seine Hände zu Fäusten und sein Körper erzitterte leicht. Sein Gesicht hatte harte Züge angenommen. Jetzt rastet er gleich wieder aus, dachte ich angespannt. Als hätte er meine Gedanken gelesen, sah er erschrocken auf. Nun entspannte sich sein Gesicht etwas. Er atmete einmal tief durch, dann sagte er nur ein Wort. »Danke.« Verblüfft sah ich ihn an, mit allem hätte ich gerechnet, aber nicht damit. »Kein Problem!«, gab ich leise zurück. Er machte auf dem Absatz kehrt und verschwand wieder in seinem Zimmer. Nun konnte ich im Blickwinkel erkennen, dass Tina aus ihrem Zimmer spähte. Sie lächelte breit, ich grinste zurück. Dann sahen wir uns an und sagten gleichzeitig laut: »Männer!« Tina lachte und schloss wieder ihre Tür von innen. Auch ich zog mich wieder in mein Zimmer zurück.

Das Kasino

Unschlüssig darüber, was ich jetzt machen könnte, schnappte ich mein Handy und wählte die Nummer von Alex. Nach dem fünften Freizeichen hob er ab. Er hörte sich ziemlich außer Atem an, als er sprach. »Hi, Susan«, sagte er heiser am anderen Ende der Leitung. »Hi, Alex«, sagte ich freudig. »Du hörst dich so gestresst an, was machst du gerade?« »Ich mache gerade mit meinen Kumpels eine Radtour und du hast mich an einem verzwickten Berg erwischt.« Ich lachte. »Keine Ausdauer?«, neckte ich ihn. »Doch, das schon«, sagte er lachend. »Aber wir hatten heute nicht mit so einer Hitze gerechnet.« Ich schaute aus meinem Fenster. Hitze, da waren wir weit von entfernt. Im Gegenteil, man konnte problemlos eine dicke Jacke anziehen. »Habt ihr es gut«, sagte ich im gespielt schmollenden Ton. »Warum?« »Bei uns regnet und stürmt es seit Tagen. Man kann nicht einen Schritt an den Strand machen, ohne klatschnass zu werden.« »Oh, das ist blöd«, japste Alex ins Telefon. »Das ist aber ungewöhnlich für Atlantic City, um diese Jahreszeit. Da scheint doch meistens die Sonne. Und im Sommer hast du so gut wie gar keinen Regen.« »Ja, das dachte ich auch. Fährst du gerade?« »Ja!« »Mit einer Hand?« »Nein, ich habe mein Headset dabei.« »Ach so«, sagte ich lachend. »Wann beehrst du mich denn mal wieder mit deiner Anwesenheit?«, fragte er und ich konnte an seiner Stimme hören, dass er lächelte. »Freitag fahren wir los. Heute wollen wir in ein Kasino gehen.« »Oh, das ist doch cool«, sagte er immer lauter schnaubend. »Ja, mal sehen.«

Schließlich fiel mir ein, dass ich ja mal überlegt hatte, Alex alle mysteriösen Dinge mit Jonathan zu erzählen. Ich hielt kurz inne. »Susan, bist du noch dran?« »Ja, ja, ich bin noch dran«, sagte ich stotternd. Dann etwas leiser. »Alex?« »Ja?« »Wenn ich wieder zurück bin, muss ich dir etwas erzählen.« »Okay«, hörte ich ihn am anderen Ende krächzen. »Worum geht's?« »Das kann ich dir am Telefon nicht sagen. Das wäre zu kompliziert.« »Ist es etwas Schlimmes?« »Für mich schon«, meine Stimme klang leicht hysterisch, als ich das sagte. »Du weißt, Susan, ich bin für dich da. Das ist nicht nur so ein blöder Spruch.« »Ich weiß und ich bin dir sehr dankbar dafür.« »Also erfahre ich es spätestens in einer Woche?« »Ja, spätestens.« »Okay, da bin ich ja mal gespannt.«

Hoffentlich hält er mich dann nicht für verrückt, dachte ich innerlich. »Ich bin froh, dich als Freund zu haben«, sagte ich nun etwas lauter. Denn Alex' Stöhnen und Krächzen wurde schlimmer. »Das kannst du auch«, sagte er japsend. »Ich bin unbezahlbar!« Er lachte. Ich streckte die Zunge raus. »Und glaub ja nicht, ich weiß nicht, dass du mir eben die Zunge rausgestreckt hast.« Ich musste lachen. Für ihn war ich ein offenes Buch. Hoffentlich blieb er auch weiterhin mein Freund, auch wenn ich ihm alles erzählt hatte. Nicht, dass er mich für irre hielt. »Dann lass ich dich mal weiterstrampeln«, sagte ich lächelnd. »Ja, habe heute noch fünfundzwanzig Meilen vor mir. Und die meiste Zeit ging es bergauf.« »Dann hast du ja bestimmt Waden wie ein Fußballspieler, wenn ich dich das nächste Mal sehe.« »Mindestens.« Er lachte unter großer Kraftaufbringung auf. »Ich melde mich wieder bei dir, wenn wir auf der Nachhausefahrt sind.« »Alles klar, Susan. Dann halt die Ohren steif.« »Ja, du auch.« »Klar!« Ich legte auf. Immerhin hatte Alex bisher schöne Ferien. Ich war gespannt, was bei unserem Gespräch rauskommen würde.

Den Rest des Tages machte ich nicht viel. Ich schaute Fernsehen, wo noch einmal darüber berichtet wurde, dass Jacob Planks nun endlich gefasst worden war. Dann ging ich duschen und machte mich für unseren Ausflug ins Kasino fertig. Irgendwie freute ich mich schon auf diesen Abend. Bis jetzt hatte ich ja noch nicht viel in diesem Urlaub mit meinem Vater unternommen.

Ich war meistens mit den anderen unterwegs und er beschäftigte sich mit dem Fall Nancy. Ob er sich wohl auch so viel damit beschäftigen würde, wenn wir ihm nicht erzählt hätten, dass wir das Pärchen gesehen hatten? Sicherlich nicht. Es sei denn, die Polizei hätte ihn speziell um seine Mithilfe gebeten. Da er schon öfter Gespräche mit Gewaltverbrechern geführt hatte. Ich war sehr gespannt darauf, was mein Vater wohl am nächsten Tag herausfinden würde. Fest stand für mich auf jeden Fall, dass er etwas herausfinden würde, da er ein wirklich guter Psychologe war. Und das dachte ich nicht nur, weil er mein Vater war. Ob dann vielleicht ans Tageslicht kam, dass Jonathan da mit drinsteckte? Plötzlich wurde ich nervös. Daran hatte ich ja noch gar nicht gedacht. Was wäre, wenn wirklich herauskam, dass Jonathan mit drinsteckte? Was würde mein Vater sagen? Was würde er zu mir sagen? Schließlich hatte ich dann einen Mörder oder Mittäter in sein Haus gebracht. Zugegeben, wenn es so wäre, konnte ich nichts dafür. Ich kannte Jonathan ja vor dem Urlaub so gut wie gar nicht, als ich ihn mitbrachte. Aber trotzdem. Vielleicht war Alex nicht ohne Grund so skeptisch Jonathan gegenüber gewesen. Anderseits konnte Jonathan Nancy nicht umgebracht haben. Wie denn und vor allem, wann? Er war doch die ganze Zeit bei mir. Doch zu viele Dinge sprachen dafür, dass er da mit drinsteckte … Egal wie ich es drehte und wendete. Wieso hätte mir Jonathan sonst die Zeitung gegeben und mir damit angedeutet, dass es besser wäre vor ihm Angst zu haben? Er konnte nur diesen Artikel meinen. Oder die Drohung durch die Tür, als ich die Meldung im Fernsehen gesehen und mich eingeschlossen hatte. »*Du entkommst mir nicht.*« Oder als ich ihn auf dem Balkon und im Zimmer belauscht und beobachtet hatte. Als er von jemandem die Dienste nicht mehr brauchte. Die Dienste von wem?

Ruck zuck war es kurz vor sieben abends. Ich stand mit den anderen in der Eingangshalle und wartete auf meinen Vater. Verschämt schaute ich zu Jonathan herüber, der heute wirklich gut gekleidet war. Er schien sich Mühe gemacht zu haben. Er trug eine blaue Jeans und ein weißes Hemd, mit einem schwarzen Jackett darüber. Dieses Outfit stand ihm wirklich gut. Auch wenn er mir überwiegend Angst einjagte, konnte man nicht abstreiten, dass er gut aussah. Er bemerkte, dass ich ihn beobachtete und lächelte leicht in meine Richtung. Dann musterte auch er mich von oben bis unten. Auch ich hatte mir mit meinem Outfit Mühe gegeben. Aber mehr für meinen Vater, als für Jonathan. Ich dachte mir, dass er sich bestimmt freuen würde, wenn ich etwas von seinen Sachen, die er mir gekauft hatte, tragen würde. Nach langem Überlegen hatte ich mir ein dunkelrotes, langes Kleid angezogen und dazu passende Schuhe von Tina ausgeliehen. Sie schminkte mich dann, passend zu dem Outfit. Die Haare hatte sie mir hochgesteckt. So wirkte ich direkt etwas älter und erwachsener.

Auch Tina hatte sich ins Zeug gelegt und ein blaues Abendkleid angezogen. Ebenso hatte sie sich die Haare hochgesteckt und dezent geschminkt. Sie lächelte zu Mike, der sah weniger glücklich über sein Outfit aus. Tina hatte ihn gezwungen, einen dunkelblauen Anzug anzuziehen. Mit einem weißen

Hemd drunter. »Das gehört sich so in einem Kasino«, hatte sie trotz seinem Augenverdrehen gesagt. Schließlich gab er nach, er wusste nur zu gut wie ich, dass Diskutieren mit Tina gar nichts brachte.

Endlich kam mein Vater die Treppe herunter. Er trug einen schicken, schwarzen Anzug, mit einer weißen Krawatte. Sehr fesch sah er aus. Die Haare hatte er wieder mal versucht zu bändigen. Wie immer gelang ihm das aber nicht. Ich hatte mich schon daran gewöhnt, es war wie sein Markenzeichen, plus des Kaugummis in seinem Mund natürlich. Man traf ihn kaum ohne an. Als er am Treppenende ankam, strahlte er mich an.

»Schau mal einer an. Diese bezaubernde, junge Lady kann unmöglich meine Tochter sein.« Er kam näher, nahm meine Hand und drehte mich einmal, um mich von allen Seiten begutachten zu können. Dann gab er mir einen Handkuss. »Freut mich, dass dir die Kleidungsstücke, die ich dir gekauft habe, gefallen.« Ich lächelte leicht. Dann sah er sich die anderen an. »Wow, ihr habt euch ja richtig rausgeputzt.« »Du siehst aber auch gut aus, Dad«, sagte ich lächelnd. »Kommt Tracy nicht mit?« »Nein, Tracy ist zu einem Event eingeladen. Sie macht sich nichts aus Kasinos und ich nicht aus diesen Schickimicki-Events. Außerdem würde es zwischen euch beiden wieder nur Stress geben und ich will mich heute mal mit meiner Tochter amüsieren.« Er nahm mich in den Arm und küsste mich auf die Stirn. Es war mir etwas peinlich, vor den anderen. Aber die schienen nichts Peinliches daran zu finden. »Wir fahren mit meinem Auto, okay?«, sagte er zu Mike gewandt. Dieser stimmte gut gelaunt zu.

Wir gingen nach draußen und stiegen in den schwarzen BMW meines Vaters. Ich saß auf dem Beifahrersitz. Aber erst, nachdem mir Jonathan wie ein Gentleman die Tür geöffnet und Tina mich breit angegrinst und mit den Lippen das Wort 'süß' geformt hatte. Tina, Mike und Jonathan setzten sich nach hinten. Mein Vater fuhr langsam mit uns durch Atlantic City und zeigte uns ein paar Sehenswürdigkeiten. Abends sah alles noch viel schöner aus. Man kam sich vor wie in Las Vegas, durch die ganzen Lichter und dem farbenfrohen Treiben. Irgendwann fuhr er dann in ein Parkhaus und wir liefen gemütlich durch die Stadt. »Es wird euch bestimmt gefallen«, sagte mein Vater freudestrahlend. »Die Kasinos an sich sind schon interessant, aber das Ganze drum herum, die vielen verrückten Leute und Shows, sind noch viel aufregender.« Tina und Mike liefen Händchen haltend. Jonathan lief dicht neben mir und ich hatte das Gefühl, dass er überlegte, ob er meine Hand nehmen sollte. Als ich ihn ansah und leicht lächelte, entschied er sich doch anders und vergrub seine Hände in seinem Jackett. Noch mal Glück gehabt, dachte ich mir innerlich. Das hätte mir jetzt gerade noch gefehlt.

Mein Vater lief vor und erzählte uns, in welchen Läden er schon war und was dort geboten wurde. Nach circa fünfzehn Minuten kamen wir dann in die Straße mit den Kasinos. Dort herrschte reges Treiben. Wir hatten Mühe, uns bis zum Haupteingang vorzukämpfen. Schließlich hatten wir endlich unser Ziel erreicht und standen in einer riesigen Halle. Überall standen Spielautomaten, einarmige Banditen, Blackjack Tische und Roulette. Das Publikum war völlig unterschiedlich. Vielen sah man an, dass sie viel Geld besaßen. Man sah es alleine daran, wie viel sie setzten. Aber auch Leute mit kleinerem Geldbeutel konnte man beobachten. Sie setzten nur kleine Beträge und hatten einfach nur Spaß am Spiel.

Ihnen ging es nicht ums Geld. Wir liefen durch die Menge und sahen uns um. Überall konnte man eine gewisse Aufregung spüren, sie war ansteckend.

Auch ich spürte ein Kribbeln im Bauch. Man fühlte sich wie in einer anderen Welt. Tina und Mike wussten gar nicht, wo sie zuerst hinschauen sollten. Schließlich blieben sie bei einem einarmigen Banditen stehen und warfen ein paar Cent ein. Sobald sie ein paar Dollar gewonnen hatten, waren sie von dem Ding nicht mehr wegzubewegen. »Am besten machen wir eine Uhrzeit aus, wann wir uns wieder treffen. Dann kann jeder dort hingehen, wo er will«, schlug mein Vater vor.

Alle waren damit einverstanden. »Okay, dann treffen wir uns vor dem Haupteingang. So um«, er sah auf seine Uhr, »eins. Ist das okay?« Tina und Mike nickten, waren aber sofort wieder auf den einarmigen Banditen konzentriert, der erneut ein paar Dollar ausspuckte. »Ich kann schon verstehen, warum manche spielsüchtig werden«, sagte ich grinsend zu meinem Vater. Er lachte laut auf. »Willkommen in meiner Welt. Du glaubst gar nicht, wie viele Patienten ich mit diesem Problem habe.« Dann sah er sich kurz um. »Wollen wir uns zusammen an einen Spieltisch setzen?« Er sah Jonathan und mich fragend an. »Klar«, sagte ich gut gelaunt.

Dann sah ich zu Jonathan. Er schaute gerade bei einer Partie Roulette zu, als hätte er so etwas noch nie gesehen. »Jonathan, willst du mit uns mitkommen?«

Er sah von dem Tisch auf und grinste mich an. »Sicher.« Wir bahnten uns einen Weg durch die Menge, bis wir an einen Tisch kamen, wo noch ein paar Plätze frei waren. Zuerst blieben wir etwas entfernt stehen und sahen den anderen zu.

Ein Mann fiel mir besonders auf. Er war um die dreißig Jahre alt. Er trug einen blauen Anzug und eine Sonnenbrille. Die blonden Haare hatte er sich nach hinten gegelt. Er schien eine Glückssträhne zu haben und war fürchterlich von sich überzeugt. Am Tisch war er der Lauteste und der, der die meisten Chips vor sich hatte. Links und rechts von ihm hatte er zwei hübsche Frauen in knappen Outfits sitzen, die nach jedem Satz von ihm übertrieben laut lachten. Er war mir mehr als unsympathisch. Jonathan beobachtete ihn genau. Mein Vater unterhielt sich mit einem Mann, den er wohl vom Büro her kannte. »Ich muss mal auf die Toilette«, hörte ich den Mann am Tisch sagen und er stand auf. »Mädels, ihr passt auf mein Geld auf.« Die zwei Frauen kicherten unaufhörlich. Jonathan schaute sich weiter das Spiel an.

Der Mann kam in unsere Richtung, sah nicht nach vorne und rempelte unsanft Jonathan an. Dieser drehte sich langsam zu dem Mann um. Aber anstatt, dass sich der Mann bei Jonathan entschuldigte, fing er noch an, ihn zu schubsen. »Was fällt dir ein, mir hier im Weg rumzustehen?«, blaffte er Jonathan an. Jonathan sagte nichts, aber sein Blick sprach Bände. Nachdem der Mann von der Toilette wieder zurückkam, ließ Jonathan ihn nicht eine Minute aus den Augen. Ich traute mich nicht, Jonathan anzusprechen. Er hatte wieder diesen kalten Blick drauf, den ich so fürchtete. Ich schaute nach meinem Vater; er war noch immer im Gespräch. Tina und Mike konnte ich nirgends sehen, vielleicht waren sie sich eine Show ansehen gegangen. Unsicher blieb ich neben Jonathan stehen. Ich wollte auch nicht, dass das Ganze erneut eskalierte. Nun konzentrierte er sich intensiv auf den Mann. Ob er wohl seine Gedanken las?

Die nächsten Spiele verlor der Mann. Zuerst war er immer noch bester Laune. Aber als das Geld immer weniger wurde,

wurde er wütender. Hinzu kam noch, dass er immer nur ganz knapp verlor. Immer eine Zahl neben seiner gesetzten. Je aggressiver er wurde, umso breiter grinste Jonathan. Irgendwann schickte der Typ seine Frauen weg. Da sie bestimmt der Grund seien, weshalb er auf einmal verlor. Nun hatte er nur noch ganz wenig Geld und fing an, die anderen Mitspieler zu beleidigen. Als er schließlich keinen Cent mehr hatte, verspielte er noch seine Uhr und sein Auto. Dann war er pleite. Das war zu viel für ihn, plötzlich rastete er komplett aus und schlug um sich. Sofort war der Sicherheitsdienst bei ihm und brachte ihn nach draußen. Er schrie aus Leibeskräften und trat um sich. Ich war entsetzt. Aber Jonathan sagte mehr als gut gelaunt: »Willst du dich setzen, Susan?« Und deutete auf den Stuhl, wo eben noch der Mann gesessen hatte. Ich grinste ihn an, irgendwie hatte er es ja auch verdient, so arrogant und unfreundlich, wie er war. Geld alleine macht eben nicht glücklich und sympathischer wird man dadurch auch nicht. »Gerne!«, lächelte ich ihn an und nahm Platz. Nun war auch mein Vater wieder bei uns und setzte sich ebenfalls dazu.

»Was muss ich tun?«, fragte ich leise meinen Vater. »Du setzt auf eine Zahl und hoffst, dass dann die Kugel nach dem Einwurf auf deiner Zahl stoppt. Dann hast du gewonnen.« »Klingt ja ganz leicht«, sagte ich nervös. »Aber ich kenne mein Glück.« »Du schaffst das«, sagte Jonathan und nahm zärtlich meine Hand. Es hatte etwas Beruhigendes, so widersprüchlich das auch war. »Dann nehme ich die Fünf«, sagte ich zögernd und mein Vater setzte zehn Dollar.

»Darf man hier an diesem Tisch überhaupt mit kleinen Beträgen spielen?«, fragte ich. »Klar«, antwortete mir mein Vater. »Es gibt Tische für hohe Beträge, für kleinere, aber auch gemischte Tische, wo man kleine und große Beträge setzen kann. Wir sind an einem gemischten Tisch.«

Schließlich hörte ich von dem Mann, der den Tisch bediente, meine Zahl, die Fünf. Ich jubelte laut auf. Den ganzen Abend über hatte ich viel Spaß. Mal gewannen wir kleine Beträge, mal verloren wir sie wieder. Als wir später aufhörten, hatte ich, wenn überhaupt, zwanzig Dollar gewonnen. Aber es ging mir ja gar nicht ums Gewinnen, nur um den Spaß. Den ganzen Abend über beobachtete mich Jonathan und suchte gezielt meine Nähe. Ich hatte das Gefühl, dass er versuchte, mir auf einer besonderen Art und Weise näher zu kommen. Was immer das auch zu bedeuten hatte. Ich lachte viel mit meinem Vater und war froh, dass er dabei war.

Um ein Uhr nachts trafen wir uns dann alle wieder am Haupteingang. Auch Tina und Mike hatten kleinere Beträge gewonnen und waren sehr gut gelaunt. Mein Vater sah auf die Uhr. »Ich will ja nicht hetzen, aber ich muss morgen früh raus und ins Gefängnis fahren. Dort wartet Jacob Planks auf mich.« Ich nickte nervös, das hatte ich fast vergessen. »Ich weiß, man kann hier mit Leichtigkeit die halbe Nacht verbringen, aber man sollte aufhören, wenn es am schönsten ist.« Er lächelte in die Runde. »War trotzdem cool, Jason«, sagte Tina. »Ja, war mal was anderes«, kam von Mikes Seite.

Wir machten uns wieder auf den Weg ins Parkhaus. Dort trafen wir auf den Mann, der vor drei Stunden aus dem Kasino rausgeflogen war. Er saß auf dem Bürgersteig und schien stark angetrunken zu sein. Irritiert schaute er auf und erkannte Jonathan. Dann stand er schwerfällig auf. »Du bist doch der Vollidiot, der mich angerempelt hat!«, sagte er provozierend und stellte sich einen halben Meter vor Jonathan.

Jonathans Gesicht nahm sofort schärfere Konturen an, dann sah er schnell zu meinem Vater. Seine Gesichtszüge entspannten sich etwas. Dann sah er dem Mann tief in die Augen. »Sie nehmen sich jetzt wohl besser ein Taxi und fahren nach Hause.« Der Blick von dem Mann wurde sofort leer. Dann sagte er mit benommenem Blick. »Ja, das sollte ich tun.«

Er verschwand aus dem Parkhaus. »Soviel zur Spielsucht«, sagte mein Vater leise. »Vor vier Stunden besaß er noch ein Auto und war finanziell oben auf. Nun schaut ihn euch jetzt an. Ich hoffe, dieses Beispiel schreckt euch ab.« Tina und Mike nickten ernst. Mein Vater stieg ins Auto. »Du ziehst den Ärger förmlich an, was, Jonathan?«, sagte Mike lachend und klopfte ihm freundschaftlich auf die Schulter. Jonathan lächelte nicht, er setzte sich ohne ein weiteres Wort ins Auto. Tina und Mike ebenfalls.

Kurze Zeit später waren wir auch schon wieder zu Hause. Mein Vater wünschte uns noch eine gute Nacht und machte sich gleich darauf auf den Weg in sein Zimmer. Er wollte sich noch ein paar Unterlagen zusammensuchen und dann ins Bett gehen. Wir wünschten ihm noch viel Glück und gingen dann auch rauf, auf unsere Zimmer. Ich wünschte den anderen noch eine gute Nacht, dann machte ich mich bettfertig und kletterte in mein Bett. Ständig fragte ich mich, ob der Regen jemals wieder aufhören würde. Anfangs fand ich es ja noch ganz gemütlich, wenn ich im Bett saß und ich den Regen aufs Dach prasseln hörte. Aber nun fand ich es einfach nur noch nervig. Am heutigen Abend war der Regenschirm auch unser ständiger Begleiter.

Ich ließ den Tag noch einmal Revue passieren. Viel hatte ich ja noch immer nicht rausfinden können. Aber mir war klar, dass das nicht von heute auf morgen ging. Ich war gespannt, was mir mein Vater morgen Abend erzählen würde. Einerseits wollte ich es wissen, ob Jonathan etwas mit dem Mord zu tun hatte. Anderseits hatte ich auch Angst davor. Wie würde es weitergehen? Morgen Abend würde ich die Antwort wissen. Ich schlief sehr schnell ein und hatte zum Glück eine sehr unruhige aber albtraumlose Nacht.

Mein Treffen mit Jacob Planks – Jason Smiths Gedanken

Noch einmal sah ich auf die Uhr, es war kurz nach neun. Ich musste mich beeilen, um zehn hatte ich mein Gespräch mit Jacob Planks. Normalerweise wäre ich ja schon fast da gewesen, wenn Susan nicht extra für mich noch früh am Morgen Frühstück gemacht hätte. Eigentlich esse ich so früh am Morgen ja nichts, aber ihr zuliebe habe ich mich dann doch an den Frühstückstisch gesetzt und mit ihr zusammen gefrühstückt. Die anderen schliefen noch. Nur Jonathan ist schon um sieben Uhr morgens zum Joggen gegangen. Wenn ich so aus meinem Auto schaute, würde mich keiner bei so einem Wetter freiwillig rausbekommen, schon gar nicht zum Joggen.

Der Junge war manchmal schon merkwürdig. Aber Susan musste mit ihm zurechtkommen. Es war wichtig, dass sie glücklich war, nicht ich. Zurzeit wirkte sie allerdings gar nicht so glücklich auf mich. Und ich bin der Meinung, dass sie schon wieder an Gewicht verloren hatte. Aber so richtig kam ich noch nicht an sie heran. Ich war mir aber sicher, sie verheimlichte mir etwas, irgendwas, das auch für ihre Traurigkeit, Zurückgezogenheit und den Gewichtsverlust verantwortlich war. Dennoch bezweifelte ich, dass ich das verantwortliche Übel noch in den paar Tagen herausfinden würde.

Susan hatte mir heute Morgen erzählt, dass sie Freitag schon abreisen wollten. Etwas enttäuscht war ich schon, ich hatte sie gerne bei mir. Aber aus logischer Sicht hatte sie zu Hause vielleicht mehr Spaß. Was sollte sie hier bei diesem schlechten

Wetter schon groß unternehmen. Ich war meistens am Arbeiten und mit Tracy kam sie überhaupt nicht zurecht. Wobei ich dazu sagen musste, dass Tracy es ihr auch nicht gerade einfach machte. Am Abend, als ich mit Susan in der Küche herumgealbert hatte und Tracy zu mir gekommen und um ein Gespräch unter vier Augen gebeten hatte, hatten wir noch ein langes Gespräch über Susan und Susans Mutter Maria. Ich denke mal, dass Tracy einfach nur Angst hatte, dass ich über Susan zu viel mit meiner Exfrau in Kontakt stand und dann wieder zu ihr zurückkehren würde. Ich versicherte ihr, dass sie sich darum keine Gedanken machen brauchte, aber sie glaubte mir nicht. Seit Tagen redeten wir nur das Nötigste miteinander und sie war kaum zu Hause. Ich hoffte, dass sich die Wogen wieder glätten würden, sobald Susan wieder zu Hause war.

Erneut schaute ich auf die Uhr, viertel vor zehn. Zum Gefängnis waren es noch höchstens fünf Minuten, aber ich stand jetzt schon ewig bei einer Baustelle und die Ampel wollte einfach nicht grün werden. Wäre Mike jetzt am Steuer, wäre er sicherlich schon ausgerastet. Bei dem Gedanken musste ich lächeln. Er war ein lieber Junge, aber, wenn ich an seinen Fahrstil dachte, dann würde ich den Bus bevorzugen. Ein gutes Jahr war er jetzt schon mit Tina zusammen. Hätte ehrlich gesagt nicht gedacht, dass es so lange halten würde, nicht, dass ich es den beiden nicht gönnen würde. Sie waren ein schönes Paar.

Mike war vorher allerdings nicht so der Beziehungsmensch. Wie ich von seiner Mutter hörte, hatte er immer wieder andere Mädchen. Bei Tina schien es etwas Ernstes zu sein und das freute mich für die beiden. Sie ergänzten sich gut. Und was noch viel wichtiger war, es waren auch die Menschen, die sich gut um Susan kümmerten und die ein Auge auf sie hatten, jetzt, wo ich nicht mehr in Devils Lake wohnte.

Aber den anderen Kumpel, Alex, den sie noch hatte, mochte ich auch sehr gerne.

Ab und zu hatte ich mal gehofft, dass aus den beiden vielleicht mal ein Pärchen werden würde. Ich fand ihn sehr erwachsen und vernünftig. Aber als ich Susan mal darauf ansprach, konnte ich mir eine Stunde lang anhören, dass es zwischen Mann und Frau nicht immer zum Äußeren kommen musste. Sondern, dass man auch nur miteinander befreundet sein konnte. Ich musste lachen, als ich an ihren genervten Gesichtsausdruck dachte, während dieses Gesprächs. Sie hatte dann denselben Blick drauf wie ihre Mutter.

Sie war, beziehungsweise ist, schon eine klasse Frau. Ich kann nicht sagen, wieso das alles so kam, wie es kam. Zufällig lernte ich Tracy auf einer Feier bei meinem Kollegen Rick kennen und hatte plötzlich nur noch Augen für sie. Ich kann nicht sagen, dass mir bei Maria etwas fehlte. Wenn ich ehrlich sein sollte, hatte ich alles, was sich ein Mann nur wünschen konnte, Geborgenheit, Vertrauen, Liebe und Zuneigung. Trotzdem entschied ich mich für Tracy. Ob das die richtige Entscheidung war, konnte ich jetzt noch nicht sagen. In den drei Jahren, die ich jetzt mit Tracy zusammen bin, hatten wir viele Diskussionen und Streits. Meistens ging es um meine Arbeit und dass ich zu wenig Zeit mit ihr verbringen würde und dass meine Arbeit mir wichtiger wäre, als sie. Wenn sie sich richtig reinsteigerte, versuchte sie mir noch ständig Affären mit irgendwelchen Frauen anzudrehen.

Meine Arbeit war mir nun mal wichtig und ich nehme meinen Job nun mal sehr ernst. Den Menschen, die zu mir kamen, ging es psychisch sehr schlecht. Es ist für mich der größte Lohn, zu sehen, wie es ihnen zunehmend besser ging, je öfter wir uns unterhielten. Maria hatte sich nie über meinen

Beruf beschwert. Im Gegenteil, sie fand es schön, was ich mache. Mit Maria hatte ich kaum gestritten, wir verstanden uns blind. Gut, zum Ende unserer Beziehung hin stritten wir schon öfter, ich bekam nicht mehr wirklich die Zuneigung, die ich mir gewünscht hätte. Man konnte die beiden aber auch nicht miteinander vergleichen. Sie waren zwei völlig unterschiedliche Charaktere. Auch Tracy hatte ihre guten Seiten. Ich hatte auch schon viele schöne Abende und Situationen mit ihr erlebt. Aber wirklich tiefsinnige Gespräche konnte man mit ihr nicht führen. Dafür war sie einfach zu oberflächlich. Aber ich hatte mich schon daran gewöhnt.

Endlich ging es weiter voran. Von Weitem konnte ich schon das Gefängnis sehen, es war gigantisch. Die Sicherheitsvorkehrungen waren extrem. Ich musste an drei Stationen mit Sicherheitspersonal vorbei, die meinen Ausweis kontrollierten und zu einer Leibeskontrolle, damit ich auch nichts zu den Gefangenen mit rein schmuggle. Dabei bin ich hier, um zu helfen, nicht um es noch schlimmer zu machen, dachte ich genervt, als ich zum fünften Mal kontrolliert wurde. Aber man konnte ihnen keinen Vorwurf machen, sie taten auch nur ihren Job. Besser Vorsicht als Nachsicht.

Dann endlich wurde ich zu einem ziemlich abseits liegenden Raum geführt. »Gibt es noch etwas, was ich über den Gefangenen wissen muss?«, fragte ich den Polizisten, der vor dem Raum Wache hielt. »Noch sind uns keine sonderbaren Verhaltensweisen aufgefallen. Außer, dass er viel schläft«, sagte mir der Polizist in sachlichem Ton. Ich nickte ihm zu und er öffnete mir die Tür. Drinnen saß auch ein Polizist, zu meiner linken, an der Wand.
Ich denke mal, dass er zu meinem persönlichen Schutz da war. Obwohl ich mich ernsthaft fragte, was Jacob Planks mir

unter den Umständen antun sollte. Er trug Handschellen und Fußfesseln. Man durfte aber auch nicht vergessen, es ging hier um Mord. Ich hatte mich auf mein Gespräch gut vorbereitet und hatte einiges in petto. Am heutigen Tag wollte ich unbedingt etwas erreichen. Für Susan und für die Mutter von Nancy. Ein Stück weit auch für mich, weil ich das Ganze überhaupt nicht verstand. Die ganze Sache passte nicht zu dem Menschen, der nun wie ein Häufchen Elend vor mir saß.

Jacob Planks sah sehr mitgenommen aus. Er war sehr dünn und ausgemergelt. Nervös wippte er auf seinem Stuhl hin und her und schaute auf seine Knie. »Hallo, ich bin Jason Smith. Ich bin Psychologe und habe ein paar Fragen an Sie.« Er sah nicht auf und das Wippen wurde stärker. Ich setzte mich auf den Stuhl ihm gegenüber. Dann nahm ich mein Diktiergerät heraus und schaltete es ein. »Mister Planks, Sie wissen, wieso Sie hier sind?«, fragte ich ruhig. Er nickte leicht. »Möchten Sie mir etwas über Nancy erzählen?« Lange kam keine Reaktion. Ich ließ ihm Zeit, auf meine Frage zu antworten. Er schien sehr verstört zu sein und ich wollte ihn nicht unter Druck setzen. Nach einiger Zeit sagte er schließlich leise und kaum vernehmlich. »Ich habe sie geliebt.« Immer noch sah er nicht auf und das Wippen wurde stärker. Ich sah Tränen seine Wangen herunterlaufen. Still und leise.

»Können Sie mir erzählen, was an jenem Tag, an dem Nancy starb«, bei diesem Wort zuckte er nervös zusammen, »passiert ist?« »Ich kann mich an nichts erinnern«, sagte er im Flüsterton. Er fing an zu schluchzen. »Mister Planks, ich bin hier, um Ihnen zu helfen. Sie stehen hier unter Mordverdacht. Wenn Sie nichts mit dem Mord an Nancy zu tun haben oder wissen, wer es getan hat, müssen Sie mir das erzählen. Ich kann Ihnen sonst nicht helfen. Nancy ist an einem Schock

gestorben, wissen Sie, was der Auslöser gewesen sein könnte?«
Er reagierte nicht auf meine Worte. »Die Wärter haben mir
erzählt, dass Sie viel schlafen«, fuhr ich im ruhigen und leisen
Ton fort. Er nickte leicht, unterbrach aber nie das Wippen,
es hatte etwas Rhythmisches.

»Ich kann mich an nichts erinnern«, wiederholte er nochmals,
diesmal etwas lauter. Ich nahm ein Foto von Nancy aus meiner Aktentasche und legte es vor Jacob auf den Tisch. »Wollen
Sie nicht, dass derjenige, der Nancy das angetan hat, bestraft
wird?« Er sah kurz auf, schaute auf das Foto und konzentrierte
sich wieder auf seine Knie. »Ich war's nicht«, sagte er leise
und ein Schütteln durchfuhr seinen Körper. »Das glaube ich
Ihnen auch, aber Sie müssen mir helfen, den richtigen Täter
zu finden. Sie wollen doch nicht, dass er noch andere Frauen
tötet, oder?« Er schüttelte panisch den Kopf. »Mister Planks,
lassen Sie uns den Tag, an dem Nancy gestorben ist, noch
einmal Schritt für Schritt durchgehen. Von Nancys Mutter
habe ich erfahren ...«

»Sie waren dort?«, unterbrach er meinen Satz und sah abrupt
auf. Seine Augen waren dick geschwollen, seine Wangenknochen waren eingefallen und seine Blässe ähnelte einer Leiche.
»Ja, ich habe sie besucht und befragt«, sagte ich aufrichtig und
sah ihm direkt in die Augen. »Was hat sie gesagt?«, fragte er
tonlos und stellte das Wippen ein. Seine Haltung wurde nun
aufrechter. »Sie sagte, dass sie es sich nicht vorstellen könnte,
dass Sie etwas mit dem Mord zu tun haben. Sie beschrieb Sie
als sehr liebevoll, ehrlich und einfühlsam Nancy gegenüber.«
Er stellte das Weinen ein und sah mich lange an. »Nancy war
alles für mich«, sagte er mit brüchiger Stimme. »Und weil das
so ist, müssen wir zusammenarbeiten«, sagte ich, den Blick
nicht eine Sekunde von ihm abgewandt.

Ich fuhr fort: »Nancys Mutter hat mir gesagt, dass Sie an dem besagten Tag sich mit Nancy zusammen ein Haus anschauen wollten.« Er schaute ins Leere, als würde sich vor seinem inneren Auge ein Film abspielen. »Ja, das stimmt«, sagte er benommen. Er schluckte. »Was geschah genau an dieser Raststätte, Mister Planks?« Er sammelte sich einen Moment, dann begann er, ruhig und sehr durchdacht zu sprechen. »Kurz bevor wir zu unserem Besichtigungstermin losfahren wollten, fand ich in Nancys Handy eine SMS von einem anderen Kerl. Er schrieb, dass er sie vermisse und die letzte Nacht schön mit ihr war. Sie war die vorige Nacht nicht zu Hause gewesen, sie wollte mit einer Freundin ausgehen und auch bei ihr übernachten.« Er schluckte erneut. »Ich sprach sie darauf an. Sie gab alles zu, dass sie seit Monaten mit ihm ein Verhältnis hatte.« Wieder liefen Tränen über sein Gesicht.

»Ich hatte das Gefühl, dass es ihr überhaupt nicht leidtat. Sie grinste mir dabei herablassend ins Gesicht. Ich hoffte, dass es wieder was werden würde … mit uns. Schließlich überredete ich sie trotzdem, mit mir zum Besichtigungstermin zu fahren. Wir wollten die Besichtigung mit ein paar Urlaubstagen verbinden. Ich hatte mir erhofft, wenn sie das Haus sah, das ich für uns ausgesucht hatte, würde es ihr leidtun und sie würde merken, dass ich nur das Beste für sie wollte. Dadurch erhoffte ich mir, dass sie wieder zu mir zurückkommen würde. Sie willigte ein und wir fuhren los. An der Raststätte machten wir dann halt und wollten etwas essen. Sie fing ständig an, beim Essen zu sticheln und dass sie mit dem Kerl mehr Spaß hatte, als mit mir. Dass ich es nicht bringen würde und dass ich sie nicht verdient hätte.«

Ich hörte aufmerksam zu und nun sah man den Hass in seinen Augen aufblitzen. »Wurden Sie schon einmal betrogen?«, sah er mich nun direkt an. »Nein, das wurde ich nicht.« »Seien Sie froh«, sagte er nun laut, »denn es tut verdammt weh.« »Das glaube ich Ihnen«, sagte ich ruhig. Ich wartete einen Moment, bis er sich beruhigt hatte. »Was passierte dann?« Er atmete einmal tief durch und sprach dann weiter. »Als ich dort in der Raststätte saß und sie mich nur beleidigte, hatte ich das Gefühl, aus der Situation heraus zu müssen.« »Verständlich«, nickte ich ihm zu. »Weiter.« »Ich stand auf und ging auf die Toilette. Von da an weiß ich von nichts mehr. Ich kann mich erst wieder daran erinnern, dass ich hier in Atlantic City aufwachte und nicht mehr wusste, wo ich war.« »Sie waren aufgewacht? Hatten Sie geschlafen?« »Nein, ich glaube nicht, ich weiß es nicht. Ich konnte auf einmal wieder klar sehen und stand in einer Seitenstraße. Als ich dann ein paar Passanten ansprach, wo ich sei, gerieten sie bei meinem Anblick in Panik und liefen davon. Ich konnte das nicht verstehen. Kurze Zeit später waren überall Polizisten. Ein S.W.A.T. Team nahm mich dann fest.«

»Sie wurden schon einmal gesichtet und sollten festgenommen werden, da Sie zuletzt mit Nancy gesehen wurden und als dringend tatverdächtig galten. Obendrein haben Sie drei Polizisten und einen männlichen Passanten ernsthaft verletzt und sind als sehr schnell und stark beschrieben worden. Sie konnten schließlich flüchten. Können Sie sich daran erinnern? An diesen Abend, als Sie festgenommen werden sollten?« »Nein«, er schüttelte hektisch den Kopf. »Von der Toilette bis wo ich festgenommen wurde, kann ich mich an nichts mehr erinnern.« Ich nickte langsam. »Nehmen Sie Drogen, Mister Planks?« Er sah zu mir auf. »Drogen? Nein, ich verabscheue das Zeug, wie ich auch Gewalt verabscheue.«

Ich dachte kurz nach. Viel weiter war ich noch nicht gewesen. Dennoch wurde ich aber das Gefühl nicht los, dass der Junge die Wahrheit sprach und sich an nichts mehr erinnerte. Schließlich sagte ich: »Als Sie auf der Toilette waren, war da noch jemand bei Ihnen?« »Nein«, er hielt kurz inne. »Doch, einen Moment mal, da war ein Kerl.« »Ein Kerl?« Ich sah ihn aufmerksam an. »Können Sie ihn beschreiben?« »Er war groß, muskulös und hatte lässige Klamotten an. Dunkelblonde, kurze Haare. Ich glaube helle Augen.« »Hatte er sich mit Ihnen unterhalten?« »Ja, er sagte zu mir, dass Nancy mich nicht verdient hätte. Dass es wohl besser wäre, wenn ich sie verlassen würde. Ich erinnere mich, dass er wohl am Nebentisch mit noch drei anderen saß. Einem Jungen und zwei Mädchen. Er hatte bestimmt unseren Streit mitbekommen«, er hielt kurz inne. »Wir hatten laut gestritten. Ich sagte ihm, dass ich sie liebe und dass das alles nicht so einfach wäre. Aber er spottete nur über die Liebe. Dann sah er mich noch einen Moment an. Von da an kann ich mich an nichts mehr erinnern.«

Ich dachte nach, hatte er da vielleicht mit dem Täter gesprochen? Aber wieso konnte er sich an nichts mehr erinnern? Das würde ich mir später alles durch den Kopf gehen lassen. »In Ordnung, Mister Planks, ich danke Ihnen für dieses Gespräch. Ruhen Sie sich nun etwas aus. Ich werde jetzt etwas recherchieren, ob jemand diesen Mann gesehen hatte oder ob er sich auffallend verhalten hatte. Dann werde ich wieder zu Ihnen kommen, in Ordnung?« Er nickte ruhig. Ich stand auf und packte das Bild von Nancy wieder in meine Aktentasche. Danach schaltete ich das Diktiergerät aus und legte es ebenfalls in meine Tasche. Gerade als ich den Raum verlassen wollte, rief Jacob mir zu. »Doc?« Ich drehte mich um. »Ja?« »Sie helfen mir doch, hier rauszukommen, oder?« »Ich werde es versuchen.« Ich drehte mich wieder zum Ausgang. »Danke!« Ich drehte mich noch einmal um und lächelte ihm zu, dann verschwand ich aus der Tür.

Als ich aus dem Gefängnis draußen war, atmete ich einmal tief durch. Dieser Fall war noch schwieriger, als ich dachte. Viel konnte ich Susan nicht erzählen. Susan!!! Plötzlich schoss mir ihre Sicht der Dinge durch den Kopf. Jacob sagte, neben ihm saßen zwei Jungs und zwei Mädchen. Könnten das Tina, Mike, Susan und Jonathan gewesen sein? Und die Beschreibung, die Jacob mir über den Kerl gab, könnte auf Jonathan zutreffen. Mein Puls ging schneller. Konnte das sein? Ich musste unbedingt Susan fragen, ob Jonathan während dem Raststättenaufenthalt auf der Toilette war und ob ihr etwas aufgefallen sei. Sollte meine eigene Tochter nun einer der Hauptzeugen werden? Und steckte Jonathan da mit drin? Ich hoffte, dass ich das bald herausfinden würde.

Daraufhin fuhr ich in mein Büro, um ein paar Zeugenaussagen von der Raststätte auszuwerten. Der Tag flog dahin und als ich aus dem Büro kam, war es schon spät am Abend. Heute konnte ich Susan nicht mehr befragen. Notgedrungen musste ich es auf den nächsten Tag verschieben. Ich überlegte, ob ich ihr vielleicht das Gespräch, das ich ja auf dem Diktiergerät aufgezeichnet hatte, vorspielen sollte. Schließlich war sie ein Zeuge und ich war gespannt, was sie für Reaktionen aufzeigen würde. Würde auch sie Jonathan anhand der Beschreibung des Mannes auf der Toilette wiedererkennen? Ich war gespannt darauf.

Manipulation

Als ich am Morgen erwachte, spürte ich ein aufgeregtes Kribbeln in meinem Bauch. Mein Vater war gestern den ganzen Tag unterwegs gewesen. Abends um zehn war er immer noch nicht da und ich wollte ihn zu einer späteren Uhrzeit nicht mehr stören. Sicher war er müde und hatte einen anstrengenden Tag gehabt. Ich fand, eine geistige Arbeit ging einem immer mehr an die Substanz, als eine körperliche. Der gestrige Tag zog sich wie Kaugummi. Das Wetter wollte einfach nicht besser werden und so blieb uns nicht viel anderes übrig, als zu Hause zu bleiben und einen Spieltag zu machen. Tina war nun auch nicht mehr so strikt dagegen, nach Hause zu fahren, weil sie von mir erfahren hatte, dass in Devils Lake strahlender Sonnenschein auf uns wartete. Auch Jonathan verhielt sich den ganzen Tag zurückhaltend, aber freundlich. Ich versuchte weiterhin, nett zu ihm zu sein, es irritierte ihn nach wie vor, aber er schien auch nichts dagegen zu haben.

Schnell kletterte ich aus meinem Bett und zog mich rasch um. Als ich im Bad fertig war, war mein erster morgendlicher Gang wie immer die Küche. Ich hoffte, dort auf meinen Vater zu treffen, wurde aber enttäuscht. Nur Mike, Tina und Jonathan waren zu sehen. Ich wunderte mich über eine etwas kühlere Stimmung als sonst. Mike sah sehr gereizt aus und zu meiner Verwunderung saß er heute neben Jonathan und nicht neben Tina. Unsicher setzte ich mich neben Tina, die ebenfalls genervt aussah. Nur Jonathan hatte ein leichtes Lächeln auf den Lippen.

»Guten Morgen«, sagte ich etwas verunsichert. »Morgen«, sagte Tina mürrisch, Mike nickte mir nur kurz zu und Jonathan strahlte mich an. Unsicher nahm ich mir ein Brot. »Hab ich was verpasst?«, fragte ich vorsichtig in die Runde. Gestern Abend schien mir noch alles in bester Ordnung zu sein. Tina und Mike wollten trotz schlechtem Wetter noch etwas spazieren gehen, aber was sollte dabei schon groß passiert sein, was diese schlechte Stimmung erklären würde. »Das frage ich mich auch«, sagte Mike gereizt. »Anscheinend bin ich Tina nicht gut genug«, er lachte spöttisch. Tina sah traurig auf ihren Teller. »Ich habe es dir doch erklärt, Schatz. Das muss ein Missverständnis gewesen sein. Ich kann mich nicht einmal mehr daran erinnern, dass ich das getan habe.« »Ja, sicher, Tina«, sagte Mike laut. »Verarschen kann ich mich alleine.« Er stand abrupt auf und sah zu Jonathan. »Jonathan, gehst du heute joggen?« »Ja«, sagte er immer noch lächelnd. »Und würdest du jetzt joggen gehen? Und würde es dir etwas ausmachen, wenn ich da mitkäme? Ich muss mich abreagieren.« »Das kenne ich«, sagte Jonathan in bester Laune. »Komm, Mike, wir ziehen uns schnell um und dann gehen wir.« Jonathan stand auf und sie gingen aus der Küche. Ob Joggen eine gute Idee bei Mikes angeschlagenen Rippen ist, wagte ich zu bezweifeln. Aber wahrscheinlich wollte Mike auch nur Tina aus dem Weg gehen.

Tina fing zeitgleich an zu weinen, dicke Tränen kullerten ihr die Wangen hinunter. »Was ist passiert, Tina?«, fragte ich sie schnell und nahm sie in den Arm. Ihr Schluchzen wurde heftiger und ich konnte sie durch die Tränen kaum verstehen. »Gestern Abend wollten wir doch noch spazieren gehen«, sagte sie mit tränenerstickter Stimme. Ich nickte ihr ernst zu. »Wir waren schon fast aus der Haustür, als Jonathan uns fragte, ob es okay wäre, wenn er mitkäme.« Bei mir schlugen sofort die Alarmglocken. Was hatte er jetzt schon wieder getan?

»Ich fand es etwas komisch«, sagte sie weiter. »Aber ich hatte auch nichts dagegen.« »Und weiter?«, fragte ich drängender.

»Als wir an der Promenade lang liefen, war da ein Typ, so in unserem Alter und ist spazieren gegangen. Wir sahen zu ihm herüber und plötzlich blieb der Typ stehen. Es war merkwürdig, weil es so abrupt geschah. Er sah mich an und kam auf uns zu. Dann weiß ich nichts mehr.« »Wie, du weißt nichts mehr?«, fragte ich mit offenem Mund. »Auf einmal war mein Kopf leer. Ich sah alles verschwommen und ich fühlte mich ganz weit weg.« Sie schluckte angewidert bei dem Gedanken.

»Als ich aus diesem merkwürdigen Zustand erwachte, stand mir Mike fassungslos gegenüber. Er fragte mich, wie ich ihm das antun könnte, auch noch vor seinen Augen und ob er mir nicht genügen würde und dass er niemals so eine Aktion von mir gedacht hätte. Dann drehte er auf dem Absatz um und lief nach Hause.«

»Und dann?«, fragte ich aufgeregt. »Ich fing an zu weinen und fragte Jonathan, was ich getan hätte. Er blieb weiter neben mir stehen und sah mich forschend an. Dann erzählte er mir, dass der Typ wohl zu mir herübergekommen war und zu mir gesagt hätte, dass er mich hübsch fände. Ich hatte daraufhin angeblich gesagt, dass ich ihn auch attraktiv finden würde. Dann kam der Typ wohl näher und hat mich geküsst, einfach so, vor Mike und Jonathan. Und ich hätte wohl mitgemacht.« Sie schluchzte wieder hemmungslos. »Aber ich kann mich nicht daran erinnern. Ich weiß, das klingt bescheuert, Susan, aber ich weiß wirklich nichts davon. Mike hat dann wohl den Typ weggezogen und hat ihn angeschrien. Jonathan sagte mir, dass sie sich aber nicht geprügelt hätten. Er sei dazwischen gegangen und der Typ ist dann wieder abgehauen. Als ich aufwachte, war er schon weg.« Sie lehnte sich an meine Schulter und weinte heftiger. »Die Nacht hat er im Wohnzimmer auf der Couch geschlafen. Er glaubt mir nicht, dass ich mich an nichts erinnere.« »Das ist ja furchtbar, Tina«, sagte ich tröstend und strich ihr beruhigend über die Haare.

Aber in meinem Inneren kochte ich vor Wut, das konnte nur Jonathan gewesen sein. Nur ihm traute ich so etwas Hinterlistiges zu. Irgendetwas konnte er bei einem Menschen hervorrufen, das eine Art Blackout auslöste, aber wie machte er das und warum? Panik stieg in mir hoch. Ob er so etwas schon einmal mit mir gemacht hatte? Wenn ja, wüsste ich ja nichts mehr davon. Fieberhaft ging ich die letzten Tage noch einmal durch; ich hatte keinen Blackout. Ich konnte mich noch an alles erinnern, was ich getan hatte, jede Minute. Warum machte er das? Was hatte er davon? Und vor allem, wie machte er das? Das mit den Nettigkeiten hat sich erledigt, dachte ich genervt. Der bekommt etwas von mir zu hören, wenn er mit Mike wieder auftauchte und Mike genauso.

»Ich gehe in mein Zimmer«, hörte ich Tinas Stimme, die mich aus meinen Gedanken riss. »Soll ich mitkommen?«, fragte ich leise. »Nein, danke, ich möchte jetzt lieber alleine sein.« Ich nickte ihr zu. Dies verstand ich nur zu gut. Ich würde nach so etwas auch lieber alleine sein wollen. Mürrisch räumte ich den Küchentisch ab, der Appetit war mir gehörig vergangen. Die konnten was erleben, wenn sie wiederkamen. Eine geschlagene Stunde war vergangen und sie waren immer noch nicht zurück. Das machte mich nur noch wütender.

Dann endlich hörte ich es Klopfen. Ich ging sofort zur Tür und öffnete sie, bereit zum verbalen Angriff. Vor der Tür stand aber nur Jonathan. »Wo ist Mike?«, blaffte ich ihn an. »Er ist beschäftigt«, sagte er breit grinsend. »Womit?« Ich schob ihn unsanft nach draußen und glaubte nicht, was ich da sah. Mike saß in seinem Auto. Neben ihm eine brünette Frau und sie küssten sich, leidenschaftlich und innig.

Der Mund blieb mir offen stehen, das konnte nicht sein. Was passierte hier? Waren denn alle jetzt vollkommen durchgeknallt? Ich dachte gerade noch, dass das Tina auf keinen Fall sehen durfte, aber zu spät. Plötzlich stand sie neben mir und sie erschrak ebenso wie ich. Sie war unfähig, etwas zu sagen oder sich zu bewegen. Irgendetwas musste ich tun. Ich lief zu Mikes Wagen und öffnete die Tür. Jonathan mir dicht auf den Fersen. Auch er sah zu Mike. »Mike, hast du jetzt völlig den Verstand verloren?« Ich schrie aus Leibeskräften, ich war so sauer. Wie konnte er nur? So etwa Dreistes hatte ich noch nie erlebt. Ich packte ihn am Arm und zog ihn aus dem Wagen. »Und du, verschwinde«, blaffte ich die Frau an. Jonathan schaute sie kurz an und sie stieg aus dem Wagen. Als sie ein paar Meter weitergelaufen war, blieb sie stehen, als hätte sie die Orientierung verloren, fasste sich einen Augenblick später wieder und lief davon.

»Was willst du von mir, Susan?«, fragte er mich, blanker Hass stand ihm ins Gesicht geschrieben. »Was ich will? Ich will, dass du zur Vernunft kommst! Schau doch mal, was du Tina angetan hast.« Ich deutete zu der Haustür. Wie ein Häufchen Elend war sie nun zusammengesackt und weinte hemmungslos. Mike schaute zu ihr herüber und schluckte kurz. Ganz kurz sah ich einen Hauch von Mitleid in seinen Augen, doch dann sagte er zu mir mit kaltem Blick: »Das hat sie sich selber zuzuschreiben. Sie hat zuerst mit der Scheiße angefangen. Ich wollte, dass sie sieht, was für ein Gefühl das ist, von der Person, die man liebt, so hintergangen zu werden.«

In seiner Wut sah ich nun Tränen sein Gesicht herunterlaufen. Ich musste schlucken. Noch nie hatte ich Mike weinen gesehen. Überhaupt einen Jungen weinen gesehen. Ich konnte dazu nichts sagen. Irgendwie konnte ich ihn verstehen. Er wollte, dass Tina verstand, was sie da angerichtet hatte. Er konnte ja nicht wie ich wissen, dass sie rein gar nichts dafür konnte und hundert pro Jonathan an der ganzen Misere schuld war. Ich bekam immer mehr Hass auf Jonathan. Was glaubte er eigentlich, wer er war?

Mike drehte sich in Tinas Richtung. »Fühlst du das, Tina?«, schrie er sie an. »Spürst du, wie schmerzhaft dieses Gefühl ist, betrogen zu werden? Ich liebe dich und du machst so eine Scheiße.« Schnell stieg er in sein Auto, startete den Motor und fuhr davon. Hoffentlich baut er in seinem Zustand keinen Unfall, dachte ich beklommen. Es regnete prasselnd auf uns nieder. Ich war innerhalb von den fünf Minuten schon klatschnass. Jonathan ebenfalls. Aber er stand immer noch lächelnd an meiner Seite, als wäre das für ihn eine interessante Fernsehserie.

»Glaub ja nicht, dass ich nicht weiß, dass du etwas damit zu tun hast, Jonathan!«, sagte ich laut und aggressiv zu ihm. Sein Blick wurde sofort kalt und bedrohlich, aber das war mir egal. Ich spürte nur noch Hass in mir. Wütend ging ich an ihm vorbei und half Tina aufzustehen. Sie weinte bitterlich, sie tat mir so leid. Ich brachte sie nach oben in ihr Zimmer. Hinter uns schloss ich die Tür. »Es tut mir so leid, Tina«, sagte ich leise und strich ihr eine Strähne aus dem Gesicht.

Nun kam ich mir so hilflos vor. Ich wusste nicht, wie ich ihr helfen konnte. Es gab so viele Dinge in meinem Leben, für die ich keine Lösung wusste.

Nachdem ich mich umgezogen hatte, blieb ich noch eine Weile bei Tina auf dem Bett sitzen. Sie hatte sich hingelegt und ich wollte sichergehen, dass sie alles hatte, was sie brauchte. Wir redeten nicht. Sie weinte still vor sich hin und starrte an die Decke. Ich hielt beruhigend ihre Hand. Etwas Besseres fiel mir nicht ein. Ich versetzte mich in ihre Lage. Was würde ich in diesem Moment wollen, was würde mich beruhigen? Nichts! Ich würde einfach nur meine Ruhe haben wollen. Aber zu wissen, dass jemand, den ich mochte, bei mir war, hätte mir sicherlich geholfen. Irgendwann schlief Tina schließlich ein.

Ich stand auf und schloss leise hinter mir die Tür. Kurz atmete ich einmal tief durch. Müde ging ich in mein Zimmer, um erst einmal halbwegs einen klaren Kopf zu bekommen. Ich setzte mich auf mein Bett und überlegte, ob ich die Beziehung zwischen Mike und Tina noch retten könnte. Jonathan hatte ganze Arbeit geleistet. Leider wurde ich das Gefühl nicht los, dass das erst der Anfang war. Meine Wut hatte sich noch nicht einmal halbwegs gelegt. Ich überlegte mir, ob ich zu ihm rübergehen und ihn zur Rede stellen sollte, aber ich wusste nicht, ob dass das Richtige wäre. Sicherlich würde es dann noch schlimmer werden, wenn das überhaupt möglich war. Ich wäre froh, wenn wir wieder zu Hause wären. Dort hätte ich Alex und könnte ihm endlich alles erzählen. Ob er mir das alles glauben würde, stand auf einem anderen Blatt geschrieben.

Ich beschloss, meinen Vater aufzusuchen, in der Hoffnung, dass er etwas über Jacob Planks herausbekommen hatte. Zielstrebig steuerte ich die Bibliothek an. Zu meinem Erstaunen kam Jonathan aus der Bibliothek, gerade als ich anklopfen wollte. Er sah mich mit kalten Augen an. Nachdem er an mir vorbeigelaufen war, hörte ich ihn die Treppe nach oben hochrennen und schließlich mit einem lauten Knall seine Zimmertür zuschlagen.

Mit offenem Mund schaute ich ihm hinterher. Hatte er jetzt auch versucht, meinen Vater zu manipulieren oder hatte mein Vater das Gespräch mit ihm gesucht? Unsicher betrat ich die Bibliothek.

»Hi, Susan«, sagte er leicht lächelnd. »Ich hatte dich schon eher erwartet.« Er sah auf die Uhr. »Wundert mich, dass du es bis drei ausgehalten hast. Setz dich doch.« Ich setzte mich etwas unsicher auf das Sofa. »Was wollte Jonathan von dir?«, fragte ich nervös. Mein Vater sah nicht verändert aus. Er hatte auch keinen leeren Blick, wirkte auch nicht verwirrt und sprach wie immer. Ich konnte mir nicht vorstellen, dass Jonathan ihn manipuliert hatte und war erleichtert darüber. Vorsichtig blieb ich trotzdem. »Alles zu seiner Zeit«, sagte er lächelnd. »Es gibt vieles, was wir zu besprechen haben.« Hatte Jonathan ihm irgendeinen Mist erzählt? Wenn ja, konnte er sich auf was gefasst machen.

»Mein gestriger Tag war ganz schön anstrengend, das kann ich dir sagen.« Er nahm sich seine Brille ab und rieb sich erschöpft die Augen. »Ich habe noch die halbe Nacht wach gelegen und über alles nachgedacht.« »Nun erzähl schon«, sagte ich hibbelig. Er lächelte sanft. »Du musst noch lernen, Geduld zu haben, Susan. Auch ich brauchte sie gestern. Aber ich hatte auch nicht erwartet, dass er direkt alles erzählen würde, sobald ich den Raum betreten würde. Ich musste erst einmal durch die ganzen Sicherheitsmaßnahmen, ich wurde mindestens fünfmal kontrolliert. Eines steht fest, entwischen kann er denen dort nicht.«

»Also war er's?«, fragte ich überrascht. »Immer langsam, Susan. Es hat sich herausgestellt, dass du eine wichtige Zeugin für mich sein könntest.«
»Ich? Aber ich habe dir doch schon gesagt, was ich weiß. Ich hatte nichts mitbekommen.« »Ich möchte dir das Gespräch von Jacob und mir vorspielen. Eigentlich mache ich so etwas ungern. Aber da ich der Meinung bin, dass dir währenddessen vielleicht ein paar wichtige Dinge einfallen könnten, habe ich dann doch beschlossen, es zu tun. Mir ist dabei wichtig, dass dieses Gespräch, was wir jetzt führen, nur in diesem Raum stattfindet. Du kannst mit mir über alles sprechen, aber nicht mit Mike oder Tina oder sonst jemanden. Die waren zwar dabei, aber ich halte es für besser, wenn wir sie nicht weiter damit konfrontieren. Hast du das verstanden?« Ich nickte zustimmend.

Dann holte er das Diktiergerät aus seiner Aktentasche. Mein Herz schlug schneller, was würde ich gleich zu hören bekommen? Würde ich meinem Vater weiterhelfen können? Er startete das Diktiergerät und sah mich an. Zuerst hörte ich nur meinen Vater sprechen. Anscheinend wollte Jacob nicht antworten. Dann vernahm ich seine Stimme, leise aber deutlich. Als ich seine Stimme hörte, musste ich schlucken. Ich erkannte sie sofort. Mein Vater beobachtete meine Reaktionen genau. Ich hörte mir alles genau an und war schockiert über die Affäre, die Nancy zu haben schien und über ihr Verhalten Jacob gegenüber.

Aber hatte sie deshalb den Tod verdient? Keiner hatte wegen so etwas den Tod verdient. Ich lauschte weiter angespannt dem Diktiergerät. Etwas davon kannte ich schon, als er von dem heftigen Streit in der Raststätte erzählte und was Nancy ihm dort alles an den Kopf geworfen hatte. Schließlich war es bei dieser Lautstärke nicht möglich, es nicht mitzubekommen. Jacob berichtete von seinem Gang zur Toilette. Dass er sich nicht an seine erste Begegnung mit der Polizei erinnerte, als er festgenommen werden sollte und anschließend stellte er klar, dass er keine Drogen nahm und Gewalt verabscheute.

Aber was ich dann hörte, ließ mir das Blut in den Adern gefrieren.

Jacob erzählte von einem Kerl, der ihn auf der Toilette angesprochen hatte. Und das brachte mich völlig aus der Fassung. Er beschrieb Jonathan und zu meinem Entsetzen fiel mir ein, dass er ja auf die Toilette gegangen war, als Jacob sich ebenfalls zur Toilette begeben hatte. Das hatte ich total vergessen. Als Jacob schließlich erzählte, was Jonathan zu ihm gesagt hatte, erkannte ich seine Art direkt wieder. Die war unverwechselbar. So sprach nur Jonathan, auch diese ablehnende Haltung der Liebe gegenüber. Ich kannte niemanden, der das Wort Liebe mit so viel Hass aussprach, wie er.

Er fing an, uns am Nebentisch zu beschreiben. Zwei Jungs, zwei Mädchen. Ich war mir sicher, dass er uns beschrieb, weil ich meinte, mich daran zu erinnern, dass nicht noch so eine Vierergruppe in seinem Umfeld saß.

Gebannt starrte ich das Diktiergerät an und lauschte angespannt Jacobs Stimme. Mein Vater machte sich leise ein paar Notizen, fragte mich aber nichts.

Schließlich war das Gespräch beendet und mein Vater schaltete das Diktiergerät aus. Dann legte er es wieder in seine Aktentasche. Er sah mich mit wachsamen Blick an. »Nun,

Susan, was sagst du dazu?« Ich versuchte, mir nichts anmerken zu lassen. Sicher konnte ich mir schon denken, wie Jonathan da mit drinsteckte. Er hatte Jacobs Gedanken manipuliert, er beschrieb seinen Zustand fast genauso, wie Tina ihn mir vorhin beschrieben hatte. Gott war ich froh, dass mein Vater keine Gedanken lesen konnte. »Er hatte uns beschrieben«, sagte ich wahrheitsgetreu. »Wir waren die Vierergruppe.« »Ja«, nickte er mir zustimmend zu, »das dachte ich mir auch. Ich hatte noch einen Gedanken, könnte es möglich sein, dass Jonathan der Junge auf der Toilette war?«

Ich tat so, als müsste ich überlegen, wusste aber natürlich genau, dass er es war. Natürlich fühlte ich mich auch nicht gut dabei, meinem Vater etwas vorzuspielen, aber es war zu seiner eigenen Sicherheit. Denn nur ich wusste, zu was Jonathan fähig war. Was er war, wusste ich nicht und dabei musste ich schlucken. Fakt war, dass er nur wenig menschliche Züge besaß.

»Ja, das kann sein«, sagte ich weiterhin im bemüht lässigen Ton. Aber mein Herz drohte, in meiner Brust zu zerspringen. »Er war kurz auf der Toilette und kam dann wieder.« »Und dann?«, fragte mein Vater fordernder. »Kurz danach kam Jacob zurück.« »Und war er danach etwas verändert?« Ich wusste, wenn ich jetzt ›Ja‹ sagen würde, konnte sich mein Vater denken, dass Jonathan irgendetwas damit zu tun hatte. Das wollte ich vermeiden. Also log ich. »Nein, er war genauso wie vorher auch. Glaubst du, Jonathan hatte etwas damit zu tun?«, fragte ich direkt. Ich hatte Mühe, meinem Vater dabei in die Augen zu sehen. »Ich weiß nicht«, sagte er nachdenklich. »Heute wurde ein Drogentest bei Jacob durchgeführt, der alle Betäubungsmittel von den letzten drei Monaten anzeigen würde. Aber da war nichts. Nicht eine. Der Junge hatte die Wahrheit gesagt. Ich bin mir sicher, dass er mir in allem, was er mir erzählte, die Wahrheit sagte. Er kann sich wirklich an nichts mehr erinnern, aber wieso, wenn es nicht Drogen waren?« »Dann kann Jonathan ja nichts damit zu tun haben«, sagte ich weiter. »Wie hätte er das denn machen sollen?« »Ich verstehe, was du meinst«, sagte mein Vater, die Augen nicht einmal von mir abgewandt. »Ich verstehe, wenn du Jonathan schützen willst, Susan, aber wir müssen alles in Betracht ziehen.« Von wegen beschützen, dachte ich angewidert, von mir aus könnte er in der Hölle schmoren.

»Deswegen war Jonathan eben bei mir«, sagte er leise. »Ich habe ihn dazu befragt.« »Und was hat er dazu gesagt?« »Er erzählte mir, dass er auf der Toilette mit Jacob gesprochen hat. Und als er wieder zu euch gegangen war, wäre Jacob wie vorher gewesen. Er konnte keinen Unterschied feststellen.« Verlogenes Schwein, dachte ich.

»Und was jetzt?«, fragte ich meinen Vater. Ich merkte, wie sich mein Körper immer mehr verspannte. »Na ja, viel nützt mir das noch nicht. Morgen werde ich wieder in das Gefängnis fahren und Jacob erzählen, dass ich nun weiß, mit wem er gesprochen hatte, aber uns das auch nicht viel weiterhilft. Ich glaube nicht, dass er weiter im Gefängnis bleiben muss. Nancy ist an einem Schock gestorben, durch keine Gewalteinflüsse. Das kann durch alles Mögliche hervorgerufen worden sein. Man kann Jacob also nicht wirklich etwas nachweisen. Dass er eine Art Blackout hatte, über so einen langen Zeitraum, sicher, das ist mehr als merkwürdig. Aber ich denke, dass man das auch in einer Psychiatrie klären kann und nicht im Gefängnis. Ich werde morgen mit dem zuständigen Richter sprechen, ob er verlegt werden kann. Sicher werde ich sein zuständiger Psychologe bleiben. Auch für mich ist es eine neue Herausforderung herauszufinden, wie das kam. Es wird seine Zeit brauchen und ich denke, dass er eine lange Zeit dort verbringen wird. Um auszuschließen, dass er wirklich nichts mit dem Mord zu tun hatte, wenn es Mord war …«

Ich nickte langsam. Jonathan hatte es wieder mal geschafft, noch einer Person das Leben kaputtzumachen. Ich seufzte. »Alles okay, Susan?«, fragte mich mein Vater besorgt. »Sicher«, sagte ich und bemühte mich, zu lächeln. Hoffentlich fand er wirklich nicht heraus, dass Jonathan da mit drinsteckte. Mein Vater war sehr clever.

»Was habt ihr heute noch vor?«, fragte er mich, um vom Thema abzulenken. »Nicht viel. Tina und Mike haben sich zerstritten!« »Oh«, sagte mein Vater interessiert. »Deshalb hat Mike die Nacht auf dem Sofa im Wohnzimmer übernachtet. Ich hatte mich schon gewundert. Meinst du, es renkt sich wieder ein?« »Ich denke mal, so schnell nicht.« Mein Vater seufzte. »Schade, ich finde, sie passen gut zusammen. Vielleicht ist es wirklich besser, wenn ihr dann übermorgen fahrt. Eventuell liegt es ja wirklich an dem merkwürdigen Wetter. Langsam schlägt es auch mir aufs Gemüt. Wirklich sehr ungewöhnlich für diese Jahreszeit.« Ich nickte zustimmend.

»Wo ist Tracy eigentlich?«, fragte ich beiläufig. »Sie ist viel unterwegs. Zurzeit reden wir nicht viel miteinander. Aber ich denke, das renkt sich bald wieder ein. Wenn du mich jetzt entschuldigen würdest, Susan, ich muss für morgen noch etwas Papierkram erledigen.« Ich nickte und ging zur Tür. »Susan?« »Ja?« »Wenn dir noch etwas zu dem Thema Jacob einfällt, lass es mich wissen.« Ich nickte und verschwand aus der Tür.

Ein unangenehmer, nächtlicher Besuch

Langsam ging ich wieder hinauf auf mein Zimmer. Vorher schaute ich noch leise bei Tina vorbei, aber sie schlief noch immer fest. In meinem Zimmer angekommen, öffnete ich die Balkontür und setzte mich nach draußen. Eigentlich hatte ich ja nichts gegen Regen, aber langsam war ich wirklich genervt von ihm. Ich dachte darüber nach, was ich jetzt tun sollte. Nun war es also raus, Jonathan schien Gedanken manipulieren zu können. Das war die logischste Erklärung, wenn auch nicht die einfachste. Erst manipulierte er Jacob und dann Tina. Aber wie machte er das? Beim Gedankenlesen brauchte er keinen Blickkontakt, da war ich mir sicher. Aber wie war es, wenn er jemanden manipulieren wollte? Brauchte er da Blickkontakt? Mir schoss die Szene in den Kopf, wo Mike mit der Frau geknutscht hatte. Ich glaube nicht, dass Mike manipuliert gewesen war, er wusste genau, was er tat. Er wollte Tina nur verletzen, weil er von ihr auch so verletzt worden war. Wenn er wüsste, wer hinter dem Ganzen steckte, würde er sicherlich versuchen, Jonathan in Grund und Boden zu hauen. Nur ich wusste, dass seine Chancen, bei einem Kampf zu gewinnen, gleich null waren.

Bei der brünetten Frau sah die Sache schon anders aus. Als sie vom Auto ein paar Schritte weggegangen war, wirkte sie, als würde sie aus einem Trancezustand erwachen. Ich konnte mich natürlich auch irren. Aber welche Frau würde schon mit einem Mann mitfahren und dann auch noch mit ihm herumknutschen, wenn sie ihn kaum kannte? Das war, wenn überhaupt, eine von hundert. Die Chance war also gering, dass sie es freiwillig tat. Meine Wut auf Jonathan war unbeschreiblich. Er provozierte mich absichtlich. Er wusste doch genau, dass ich über manche Fähigkeiten von ihm Bescheid wusste, er war sich anscheinend sehr sicher, dass ich alles für mich behalten würde. Aber da irrte er sich. Alex sollte der Erste sein, dem ich alles erzählen wollte. Vielleicht hatte er eine Idee, was Jonathan vorhatte und was er davon hatte, so viele Menschen zu verletzen.

Es klopfte an der Tür und Celine trat ein. »Wir können dann essen, Susan.« »Ich komme sofort, Celine.« Sie machte kehrt und schloss leise die Tür. Ich beschloss, Tina etwas zu Essen hinauf zu bringen. Sie hatte es ja auch schon einmal für mich getan, als ich mit Jonathan Streit hatte. Nun musste ich für sie da sein. Das war ich ihr schuldig. Schließlich konnte ich immer auf sie bauen. Ich machte mich auf den Weg in die Küche. Ob Mike schon wieder da war?

Es war niemand in der Küche außer Celine. »Wo sind denn alle?«, fragte ich sie direkt. »Dein Vater isst in der Bibliothek, da isst er öfter, wenn er so viel zu tun hat. Mike ist noch nicht zu Hause. Und Jonathan möchte nichts essen. Tracy isst außerhalb und Tina schläft.« »Ja, ich weiß, ich wollte ihr etwas rauf bringen, ihr geht es nicht so gut.« »Verstehe«, sagte Celine mitfühlend lächelnd. Sie hatte bestimmt gestern Abend etwas von dem Streit zwischen Mike und Tina mitbekommen. »Ich nehme mir dann auch etwas zu Essen mit rauf und esse bei Tina, damit sie nicht so alleine ist.« Sie nickte. Ich füllte Gemüse, Fisch, Kartoffeln und Soße auf zwei Teller, dann legte ich Besteck dazu. Anschließend machte ich mich auf den Weg zu Tina. Leise öffnete ich ihre Tür. Sie saß aufrecht im Bett und sah mich an.

Unsicher lächelte ich sie an. »Zimmerservice«, sagte ich

leise. »Ich habe keinen Hunger«, sagte sie mit tränenerstickter Stimme. »Keine Widerrede. Ich habe eine gute Freundin, die mich auch immer zwingt zu essen.« Sie lächelte leicht. Dann nahm sie doch ihren Teller und begann, langsam zu essen. Ich setzte mich aufs Bett und stellte den Teller auf meine Beine und aß ebenfalls. Lange sagten wir gar nichts. Schließlich sagte Tina: »Weißt du, Susan, ich hätte niemals gedacht, dass einmal so etwas zwischen Mike und mir steht. Wir waren ein gutes Team. Und was noch viel schlimmer ist, ich weiß nichts von alldem, was ich angeblich getan haben soll.«

Sie atmete einmal tief ein und aus. »Nun habe ich ihn verloren ... endgültig.« »Warte es doch erst einmal ab«, sagte ich tröstend zu ihr. »Das renkt sich alles bestimmt wieder ein.« Sie schüttelte den Kopf. »Das glaube ich nicht. Ich habe ihn noch nie so sauer erlebt und gekränkt. Hast du gesehen, er hat sogar geweint.« Ich nickte. »Ja, das habe ich gesehen. Aber du darfst nicht vergessen, dass er genauso mit einem anderen Mädchen geknutscht hat.« »Ja«, sagte sie ruhig. »Das hat er aber nur getan, um mir zu zeigen, wie verletzt er ist.« Sie sah zu mir auf. »Ist er denn wieder zurück?« »Nein, er ist immer noch unterwegs.« »Ich glaub nicht, dass er mir verzeiht. Als wir zusammengekommen waren, sagte er einmal zu mir, dass er so etwas wie Fremdgehen niemals verzeihen würde und dass das für ihn ein Grund wäre, sich zu trennen.« »Ihr habt euch doch nur geküsst«, sagte ich schnell. »Ja«, sagte sie mit tränenerstickter Stimme. »Du darfst aber nicht vergessen, wie respektlos das für ihn gewesen sein musste, dass es direkt vor ihm geschah und vor Jonathan. Was denkt Jonathan wohl über mich?« Sie fing wieder an, zu weinen. »Der denkt nichts Schlechtes über dich«, versuchte ich, beruhigend auf sie einzureden. Innerlich dachte ich mir, er war doch schuld an dem ganzen Schlamassel, aber das konnte ich ihr natürlich nicht sagen.

Unten hörte man die Haustür zufallen. Mike oder Tracy mussten zurückgekommen sein. Jemand kam die Treppe herauf, lief an der Tür vorbei und klopfte bei Jonathan. Man hörte seine Tür auf- und kurze Zeit später wieder zugehen. Tina seufzte. »Er unterhält sich bestimmt gerade mit Jonathan«, sagte sie leise. Ja, und der ist gar kein guter Umgang für ihn, dachte ich voller Hass. Kurze Zeit später kam Mike zur Tür herein. Tina wischte sich schnell die Tränen weg und sah in eine andere Richtung. Mike nahm seinen Koffer und stopfte hastig ein paar Kleidungsstücke hinein. »Was hast du vor?«, fragte ich ihn.

»Ich penn bei Jonathan«, antwortete er gereizt. »Hier halte ich es keine Sekunde länger aus!« Er nahm seinen Koffer und schlug laut hinter sich die Tür zu. »Willst du bei mir schlafen?«, fragte ich Tina liebevoll. »Nein, danke, das ist nett gemeint, aber ich bin zurzeit lieber alleine.« »Verständlich.« Bei diesem Wort hörte ich mich genauso an wie mein Vater.

Wir schauten noch zusammen etwas Fernsehen. Als Tina schließlich eingeschlafen war, deckte ich sie zu und ging leise in mein Zimmer. Dort angekommen, machte ich mich bettfertig und legte mich ins Bett. Ich versuchte vergebens, einzuschlafen. Doch es gelang mir nicht. Ich hatte so eine Wut in mir, auch auf Jonathan. Definitiv musste ich mit Mike reden, jetzt, sonst würde ich keine Ruhe finden.

Hastig sprang ich aus meinem Bett und machte mich auf den Weg zu Jonathans Tür. Auf dem Weg schnappte ich mir noch Jonathans Jacke, die ich immer noch bei mir hatte. Kurz überlegte ich, ob ich das wirklich tun sollte, dann siegte meine Wut und ich klopfte an. Ich wartete nicht darauf, von drinnen etwas zu hören, was mir erlaubte einzutreten. Wild entschlossen öffnete ich einfach die Tür. Mike lag in Jonathans Bett und schlief. Jonathan saß kerzengerade auf dem Kommodenstuhl und schaute zum Fernseher. Soviel dazu, dass er keinen Fernseher in seinem Zimmer hatte. Der war mir vorher noch nie aufgefallen. Als ich reinkam, stand er auf. Sein Blick war abschätzend.

Zielstrebig ging ich zu Mike, Jonathan ignorierte ich völlig. Seine Jacke warf ich auf das Bett. Unsanft weckte ich Mike. Er öffnete seine Augen und setzte sich mühsam aufrecht. »Ich muss mit dir reden«, sagte ich in gebieterischem Ton und verschränkte die Arme vor der Brust. »Jetzt?«, fragte er müde dreinblickend. »Sofort«, sagte ich gereizt. »Mensch, Susan, ich bin müde«, sagte er genervt. »Das ist mir egal«, erwiderte ich laut und zog ihm die Decke weg. Etwas errötete ich dann, er trug nur Boxershorts. Ich fasste mich sofort wieder und sagte dann ruhig: »Ich warte draußen auf dich.«

Mit hoch erhobenem Haupt lief ich an Jonathan vorbei. Dieser packte mich am Arm und fragte mich drohend: »Was wird das hier?« »Das geht dich gar nichts an«, sagte ich ihm direkt in die Augen und riss mich los. »Lass sie, Jonathan«, hörte ich Mike im Hintergrund sagen. »Ich kläre das.« Jonathan setzte sich wieder hin, wenn auch widerwillig. Ich ging hinaus und wartete vor der Tür auf Mike. Kurze Zeit später kam er dann aus dem Zimmer. Nun trug er eine Jogginghose und ein T-Shirt.

»Was gibt's?«, fragte er mich gereizt. »Wir gehen in mein Zimmer.« Er folgte mir. Begeistert sah er nicht aus, aber das war mir egal. Ich setzte mich auf mein Bett, Mike auf den Stuhl, der bei meiner Kommode stand. »Also, was gibt's?«, fragte er noch einmal. »Mike«, begann ich langsam. »Tina liebt dich.« »Das hab ich gesehen«, sagte er im spöttischen Ton. »Deshalb wirft sie sich auch dem Erstbesten an den

Hals.« »Sie kann sich an nichts mehr erinnern«, sagte ich nun etwas lauter. »Das glaubst du ihr?« Er lachte ironisch. »Wer es glaubt. Überleg mal, jeder, der so eine Scheiße baut, behauptet, dass er sich an nichts mehr erinnern könnte und der gegenüber würde demjenigen glauben. Die Menschen würden doch gleich denken, dass sie einen Freifahrtschein hätten.« Er schüttelte sauer den Kopf. »Ich glaub ihr kein Wort, Susan. Wer weiß, wie oft sie mich noch betrogen hat.« »Jetzt mach aber mal einen Punkt«, sagte ich genervt und stand auf. Mike ebenfalls. »Susan, lass gut sein«, sein Gesicht sah gequält aus. »Das lässt sich nicht mehr geradebiegen.«

Er öffnete abrupt die Tür und ging nach draußen. Fast wäre er mit Tina zusammengestoßen, die wohl gerade zu mir kommen wollte. Oder sie hatte mein Gespräch mit Mike mitbekommen und wollte etwas dazu sagen. Beide standen sich gegenüber. »Mike, ich …«, sagte Tina stotternd. »Vergiss es, Tina«, erwiderte er mit kaltem Blick, den ich ihm nicht so ganz abkaufte. »Es ist aus zwischen uns!« Er machte auf dem Absatz kehrt und lief wieder in Jonathans Zimmer. Tina schluchzte heftig und ging ebenfalls in ihr Zimmer. Bei Jonathan hörte ich Mike laut ausrasten und rumschreien. Jonathan hörte ich leise etwas zu ihm sagen, konnte es aber leider nicht verstehen, was er sagte. Ich war mir aber sicher, dass er Mike bis jetzt nicht manipuliert hatte. Mike war immer noch Mike. Bis jetzt noch. Hoffentlich konnte ich es schaffen, alles wieder geradezubiegen.

Ich ging zurück in mein Zimmer und schloss die Tür. Heute wollte ich meine Zimmertür nicht abschließen, falls Tina zu mir kommen wollte. Eigentlich konnte ich mir nicht vorstellen, dass Jonathan heute Nacht zu mir kommen würde. Schließlich schlief Mike bei ihm. Genervt legte ich mich wieder in mein Bett und versuchte, erneut zu schlafen. Bald würde ich wieder zu Hause sein. Wie würde es dort weitergehen? Hätte ich weiterhin Kontakt zu Jonathan? Ich konnte mir nicht vorstellen, dass er mich so einfach in Ruhe ließ.

Müde schloss ich die Augen und schlief kurz darauf ein. Wie erwartet war ich im Wald. Wieder war alles ruhig und ich verspürte überhaupt keine Angst. Ich lief geradewegs auf die Lichtung zu. In der Hoffnung, Jonathans alte Liebe wieder zu sehen und tatsächlich, sie wartete erneut auf mich. Noch immer sah sie traurig aus. Langsam lief ich auf sie zu, sie sah mich direkt an.

»Ich habe dich gewarnt, Susan und das war erst der Anfang. Es wird noch schlimmer kommen. Du ahnst gar nicht, wozu er fähig ist. Er ist nur glücklich, wenn andere leiden.« »Aber warum?«, fragte ich mit verzweifelter Stimme, aber schon wieder war sie verschwunden.

Wieder wachte ich auf. Kurz orientierte ich mich, wo ich war, als ich plötzlich erschrak. Neben mir am Bett stand Jonathan. Schnell stand ich auf und schaltete das Licht ein. »Was willst du hier?«, fragte ich stotternd. »Die Fronten klären«, sagte er im kalten Ton. Dann kam er näher. Die Augen feuerrot auf mich gerichtet. Ich stellte mich ganz eng an die Wand, mein Herz schlug mir bis zum Hals. Nun stand er ganz nah vor mir. »Susan, was habe ich dir denn jetzt schon hundertmal gesagt? Misch dich nicht in Dinge ein, die dich nichts angehen. Du machst es sonst nur noch schlimmer.« »Ich habe mich nicht eingemischt«, sagte ich zögernd.

»Vermisst du nicht etwas?«, sah er mich fragend an. Irritiert schaute ich zu ihm auf. Dann zeigte er mir in seiner Hand meine silberne Halskette. Der Mund blieb mir offen stehen, als er meine Hand nahm, sie grob öffnete und die Halskette dort hineinlegte. Dann schloss er meine Hand wieder. Ich musste sie in Jonathans Schrank verloren haben, als ich mich dort versteckt hatte. »Du spionierst mir also hinterher«, sagte er kalt lächelnd. Ich schüttelte energisch den Kopf. Würde er mir jetzt etwas antun? Lange sah er mir tief in die Augen. Ich versuchte, an nichts zu denken und sah ihn nur an. Hoffentlich manipulierte er mich jetzt nicht.

»Na gut«, sagte er schließlich breit lächelnd, aber seine Augen blieben weiterhin Angst einflößend. »Du hast Glück, ich mag dich.« Langsam strich er mir über meine Haare. »Sehr sogar. Warum konzentrierst du deine Intelligenz nicht auf andere Dinge, als auf mich?« Er sprach im leisen Flüsterton. Nun strich er mir langsam über den Hals, dann über die Arme. Er schluckte erregt. »Wäre doch schade, wenn es noch jemand anderem schlecht gehen würde, oder?« Ich nickte eingeschüchtert, ich hatte zu große Angst, ihm zu widersprechen. »Ich sehe, wir verstehen uns.« Er küsste mich auf die Stirn und verschwand aus meinem Zimmer.

Geschockt sackte ich an der Wand zusammen und fing unaufhörlich an zu zittern. Schnell stand ich auf und schloss die Tür hinter ihm ab. Dann ging ich zurück ins Bett und zog mir die Decke über den Kopf. Mein Herz raste noch immer. Inwieweit wusste er, dass ich ihn durchschaut hatte? Er wusste, dass ich wusste, dass er enorme Kräfte hatte, dass er in der Wut rote Augen bekam und vielleicht, dass ich mir dachte, dass er Menschen manipulieren konnte. Dachte er vielleicht, dass ich noch mehr Dinge wusste? Ahnte er, dass ich das Bild von seiner Freundin gesehen oder dass sie mich im Traum gewarnt hatte? Vielleicht sogar, warum er das alles tat? Bekam er vielleicht doch Angst, dass ich ihm einen Strich durch die Rechnung machen könnte? Er sagte, dass es mein

Glück wäre, dass er mich mochte. Also gab er zu, dass er etwas für mich empfand. Mehr als Freundschaft?

Ich war völlig panisch. Vor ein paar Tagen fühlte ich mich ja auch ab und an ganz wohl in seiner Nähe. Besonders, wenn er nett und charmant war. Aber jetzt empfand ich nur noch Hass für ihn und Angst. Ja, ich hatte wirklich Angst vor ihm. Furcht, dass er mich manipulieren könnte, dass er mir etwas antun könnte oder dass er meiner Familie und meinen Freunden noch mehr antun würde. Ich hatte keine Ahnung, wie ich mich und andere vor ihm schützen könnte.

Ängstlich blieb ich unter meiner Decke versteckt. Zum Glück konnte Jonathan nicht durch Wände und Türen gehen. Obwohl mich das langsam auch nicht mehr wundern würde. Ich hatte noch nie einen Menschen wie ihn getroffen. So konnte kein normaler Mensch sein. Meine Kette hielt ich ganz fest in meiner Hand, als könnte sie mich beschützen. Mitten in meinen Gedanken schlief ich schließlich ein.

Mein zweites Treffen mit Jacob Planks – Jason Smiths Gedanken

Neun Uhr morgens. Wieder war ich im strömenden Regen Richtung Gefängnis unterwegs. Ich musste mir heute Morgen sogar eine wärmere Jacke anziehen, weil die dünne Regenjacke nicht mehr reichte.

Ständig dachte ich über meine gestrigen Gespräche mit Susan und Jonathan nach. Ich bleibe dabei, dass ich das Gefühl habe, dass Susan mir etwas verheimlichte. Aber was? Was war so schlimm, dass sie es mir nicht hätte sagen können? Früher hatte ich immer das Gefühl, dass sie mit allem zu mir kam. Aber ich denke, seit wir nicht mehr in so engem Kontakt standen, war das anders geworden. Inständig hoffte ich, dass sie noch irgendwann mit der Sprache herausrücken würde. Ob das auch etwas mit Jonathan zu tun hatte, was ihr so schwer auf der Seele lag? Er war schon ein komischer Junge. Kein Vergleich zu anderen Zwanzigjährigen, die ich kannte. Er wirkte viel erwachsener und reifer. Ich denke schon, dass er an Susan interessiert war. Er starrte sie immerzu an. Klar, ich hatte als junger Mann auch das Mädchen, das ich mochte, öfter mal angeschaut, aber nicht ständig und nicht auf diese Art und Weise, wie er es tat. Er schaute immer so, als könnte er etwas in ihrem Gesicht lesen. Vielleicht sah er etwas in ihr, was andere vielleicht nicht wahrnehmen konnten. Eventuell kannte er sie sogar besser als ich.

Im Moment war es eine recht komische Stimmung im Haus. Tina und Mike hatten sich wohl getrennt, was unfassbar für mich war, als ich es erfuhr. Ich fand immer, sie passten gut zusammen. Wieso diese Trennung stattfand, hatte ich nicht genau mitbekommen. Es musste etwas Gravierendes sein, sonst hätte Mike nicht so abrupt einen Schlussstrich gezogen. Ich hoffte, dass es sich wieder einrenken würde. Susan hatte heute Morgen noch geschlafen, als ich gefahren war. Jedenfalls dachte ich das. Als ich nach ihr sehen wollte, war ihre Zimmertür abgeschlossen. Na ja, sie war ein junges Mädchen, da sucht man nach mehr Privatsphäre.

Mit Tracy lief es immer noch nicht wirklich besser. Hoffentlich legte sich das bald wieder. Genauso wie ich hoffte, dass sich bald mal wieder die Sonne blicken ließ. Langsam ertrug ich das Wetter nicht mehr. Ich hatte heute in der Zeitung gelesen, dass selbst Wetterexperten sich keinen Reim daraus machen könnten, da das Unwetter wohl hauptsächlich rund um Atlantic City regierte.

Nun war ich fast beim Gefängnis angekommen und legte mir geistig schon die passenden Worte zurecht, die ich Jacob Planks gleich sagen wollte. Viel war es ja nicht gerade, was ich herausgefunden hatte. Vielleicht hatte ich Glück und ihm ist im Nachhinein noch etwas eingefallen. Irgendetwas, das uns ein Stück weiter brachte. Ich hielt vor dem Gefängnis und nahm meine Aktentasche von dem Rücksitz. Als ich das Gefängnis betrat, musste ich wieder durch die üblichen Sicherheitsvorkehrungen. Nach circa zwanzig Minuten kam ich wieder an demselben Raum an, wo ich auch schon das letzte Mal das Gespräch mit Jacob geführt hatte. Kurz sah ich den Polizisten, der vor der Tür stand, fragend an. Er verstand meinen Blick sofort. »Keine Vorkommnisse«, sagte er mit ernster Miene. Ich nickte und trat ein.

In der Ecke links von mir saß derselbe Polizist, wie beim letzten Mal. Ich grüßte ihn kurz und setzte mich dann an den Tisch, wo Jacob schon auf mich wartete. Er sah zu mir auf und grüßte mich leise. Immerhin wippte er nicht mehr so nervös wie bei unserem ersten Gespräch. Im Gegenteil, er hatte eine gerade Haltung und sah mich offen an. Er hoffte sicherlich, dass ich etwas herausgefunden hatte. Ich grüßte ihn freundlich. Er sah immer noch sehr schlecht aus und ich war mir sicher, dass er in der kurzen Zeit noch mehr an Gewicht verloren hatte. Vor allem im Gesicht. Ich nahm mein Diktiergerät aus meiner Aktentasche und legte es in die Mitte auf den Tisch. Dann stellte ich es an.

»Wie geht es Ihnen, Mister Planks?« »Nicht so gut«, sagte er leise. »Das glaube ich Ihnen gerne. Keine leichte Situation, in der Sie sich befinden.« Er nickte langsam. »Ist Ihnen in der Zeit nach unserem Gespräch bis jetzt noch irgendetwas eingefallen?« Er schüttelte den Kopf und sagte mit fester Stimme: »Nichts!« »Ich hatte mir unser Gespräch noch ein paar Mal angehört. Nun weiß ich, wer die vier Personen am Nebentisch waren und wer mit Ihnen auf der Toilette gesprochen hat.« Mit großen Augen sah er mich an. »Und?« »Wie es der Zufall so will, war es meine Tochter mit ein paar Freunden.« Jacob schluckte. Ich fuhr fort.

»Meine Tochter konnte mir ebenfalls alles genau über Ihren Streit mit Nancy erzählen. Sie erzählte es mir genauso, wie Sie es mir schilderten. Der Junge, mit dem Sie gesprochen haben, das war ein guter Freund von ihr. Ich kann mir aber nicht vorstellen, dass er mit der Sache etwas zu tun hat. Aber es auszuschließen, dafür ist es noch zu früh, um so ein Urteil abzuliefern. Fakt ist, dass er Ihnen keine Drogen verabreicht haben konnte oder ähnliches, da die Drogentests allesamt negativ waren. Aber eines kann ich Ihnen schon sagen: Ich habe mit dem zuständigen Richter gesprochen und er hat mir gestattet, Sie in eine Psychiatrie zu überführen. Nancy ist an einem Schock gestorben, nicht an äußerlicher Gewalt. Sprich, man kann Ihnen in der Hinsicht nichts nachweisen.«

Er nickte geistesabwesend. »Aber eine schlechte Nachricht habe ich noch.« Er sah zu mir auf. »Sie hatten ja bei der ersten versuchten Festnahme drei Polizisten und einen Passanten schwer verletzt. Da wird es noch zu einer Verhandlung kommen, auch wenn Sie sich zurzeit an nichts erinnern können.« Er seufzte. »Wenn Sie möchten, bleibe ich Ihr Psychologe.« Er nickte. »Auf jeden Fall.«

Ich lächelte leicht. Irgendwie war es mir wichtig, dem Jungen zu helfen. »Sie haben einen guten Anwalt?« »Ja, Mister Brown.« »Ah ja, der ist sehr gut. Ich werde mich dann später mit ihm in Verbindung setzen. Gibt es noch etwas, was ich für Sie tun kann?« Er überlegte kurz. »Nichts, außer, dass Sie mir bitte helfen, mich wieder zu erinnern.« »Ich werde mein Bestes tun. Erst einmal werde ich nun alles Weitere in die Wege leiten, damit Sie hier rauskommen und dann in einer guten Psychiatrie weiter behandelt werden können.« Er nickte. »Sobald Sie dort sind, beginnen wir mit Ihrer Behandlung. Ist das in Ordnung für Sie?« Er nickte erneut.

Langsam stand ich auf und schaltete das Diktiergerät aus, dann steckte ich es wieder in die Aktentasche. »Mister Smith?«, sagte er leise. »Ja?« Ich sah ihn an. »Ich habe für Nancys Mutter einen Brief geschrieben, könnten Sie ihn ihr bitte geben?« »Sicher.« Er hielt mir den Brief hin und ich nahm ihn in meine Hand. Kurz sah ich auf den Brief. »Sie wissen aber schon, dass ich ihn lesen muss, bevor ich ihn Nancys Mutter gebe? Damit Sie keine geheimen Botschaften nach draußen bringen.« »Kein Problem, ich vertrau Ihnen.«

Ich lächelte leicht, es tat gut, den Satz von ihm zu hören. »Ich bringe ihn ihr gleich noch vorbei.« »Das ist nett.«
»Dann sehen wir uns in ein paar Tagen, Mister Planks.« »Ja …« »Wenn noch etwas sein sollte und Sie mit mir sprechen möchten, dann geben Sie es an die Polizisten weiter, die werden mich dann kontaktieren.« »Alles klar.« »Denken Sie daran, Sie sind nicht alleine. Ich werde Ihnen helfen.« »Das weiß ich, vielen Dank.« Ich nahm meine Aktentasche und ging langsam aus der Tür.

Als ich wieder in meinem Wagen saß, schloss ich die Augen und atmete einmal tief durch. Dann fiel mir der Brief für Nancys Mutter wieder ein, den ich immer noch in der Hand hielt. Einen Moment zögerte ich, dann öffnete ich ihn. Er war hektisch geschrieben worden und an manchen Stellen war die Tinte verschmiert. Ich denke mal, dass er weinte, als er dies schrieb. Aufmerksam begann ich zu lesen, dort stand in hektischer Schrift geschrieben:

Liebe Allen, lieber Mattheus,
  es tut mir leid, was dort mit eurer Tochter Nancy passiert ist. Aber ich schwöre euch, dass ich nichts damit zu tun habe. Ich habe eure Tochter geliebt. Mehr als mein eigenes Leben. Noch niemals habe ich eine Frau so geliebt wie sie. Ich hätte ihr niemals etwas antun können. Ich wollte mein ganzes Leben mit ihr verbringen. Sie war immer die einzige Frau für mich und das wird sie auch immer bleiben. Auch wenn ich sie jetzt leider niemals wiedersehen werde. Ich hoffe, ihr könnt mir das glauben. Es ist mir wichtig, dass ihr mich nicht für den Mörder haltet. Ich würde mein Leben dafür geben, wenn ich sie so wieder zurückholen könnte. Aber das geht leider nicht. Natürlich wünsche ich euch alles Gute und dass ihr es schafft, mir irgendwann zu glauben. Ich könnte es nicht verkraften, wenn ihr mich hassen würdet. Jacob

Ich las den Brief zweimal durch, dann faltete ich ihn zusammen und steckte ihn in meine Jackentasche. Der Junge tat mir wirklich leid. Hoffentlich schaffte ich es in näherer Zukunft, dass er sich wieder an irgendetwas erinnern konnte. Ich startete von meinem Wagen den Motor und machte mich auf den Weg zu Nancys Eltern. Dort angekommen, läutete ich an der Tür. Kurze Zeit später öffnete mir Nancys Mutter. Sie sah sehr blass und mitgenommen aus. Als sie mich sah, ließ sie mich direkt eintreten, ohne zu zögern. Anscheinend hatte ich bei meinem letzten Besuch einen guten Eindruck auf sie gemacht. Sie führte mich erneut ins Wohnzimmer und ich setzte mich auf die alte Couch. Ihr Mann war wieder nicht zu Hause.

»Misses Scott, warum ich heute hier bin, hat mehrere Gründe.« Sie nickte angespannt. »Wir wissen noch immer nicht, woran Nancy gestorben ist. Was der Auslöser für den tödlichen Schock war. Jacob Planks beteuert, dass er sich an nichts mehr erinnern könnte und wir wissen noch nicht den Grund für diesen Gedächtnisverlust.« Sie schaute ins Leere. »Er wird demnächst in eine Psychiatrie überführt, wo er bei mir weiterhin in Behandlung bleibt. Dort werde ich dann die nächste Zeit versuchen, seine Erinnerung wiederzuholen.« Sie schluckte und atmete schwerfällig ein und aus.

»Dies wird aber eine längere Zeit in Anspruch nehmen. Es tut mir wirklich leid, dass ich Ihnen keine besseren Neuigkeiten sagen kann.« »Ist schon in Ordnung«, sagte sie leise, sie hörte sich verschnupft an, weil ihr die Tränen in den Augen standen. »Dann habe ich noch etwas für Sie.« Sie sah zu mir auf. »Jacob gab mir diesen Brief hier«, ich nahm ihn aus meiner Jackentasche, »und bat mich, Ihnen den zu geben.« Sie schluckte kurz, nahm aber den Brief entgegen. Mit großen

Augen musterte sie ihn in ihrer Hand. Dann gab ich ihr eine Visitenkarte von mir. Auch diese nahm sie an.

»Wenn Sie reden möchten oder irgendwelche Fragen auf dem Herzen haben, können Sie mich gerne jederzeit anrufen.« Sie versuchte, zu lächeln, es gelang ihr aber nicht wirklich. »Danke.« »Gerne«, lächelte ich sie an.

Ich stand von der Couch auf und machte mich bereit zum Gehen. Misses Scott stand ebenfalls auf und begleitete mich zur Tür. »Vielen Dank für alles«, sagte sie mit brüchiger Stimme. »Immer wieder gerne«, sagte ich lächelnd und gab ihr zum Abschied die Hand.

Als ich wieder im Auto saß, beschloss ich noch, ins Büro zu fahren, um die Einweisung in die Psychiatrie zu regeln und Mister Brown anzurufen, um mich mit ihm abzusprechen. Im Büro angekommen, machte ich mich gleich an die Arbeit. Alles klappte wie am Schnürchen. Binnen weniger Tage würde es klappen, dass Jacob in die Psychiatrie kam.

An diesem Tag kam ich wieder mal sehr spät nach Hause. Schließlich hatte ich auch noch andere Fälle, die es genauso verdienten, meine ganze Aufmerksamkeit zu bekommen. Als ich zu Hause ankam, war es schon spät am Abend. Nachdem ich das Haus betreten hatte, hörte ich nichts, alle schienen schon zu schlafen. Es wunderte mich nicht, es war schon weit nach Mitternacht. In ein paar Stunden würde meine Susan wieder nach Hause fahren. Ich war traurig darüber. Aber vielleicht war es auch besser so, wenn man sich die Umstände so ansah. Mike und Tina getrennt und mit Tracy zerstritten. Und bei diesem Wetter konnten sie ja auch nicht so viel unternehmen. Es schien das Beste für alle zu sein.

Konflikte im Hotel

Unsanft holte mich mein Wecker aus dem Schlaf. Müde rappelte ich mich aus meinem Bett. Da mein Wecker mich geweckt hatte, mussten wir acht Uhr morgens haben. Gähnend streckte ich mich und schaute aus dem Fenster. Das gleiche Bild wie jeden Morgen. Regen, Sturm und Blitze. Wie wenig würde ich das vermissen. Ich sah zu meinem Kleiderschrank. Dort standen schon meine Koffer, bereit zur Abreise. Daneben hatte ich schon meine Anziehsachen für die Fahrt bereitgelegt. Meine Lieblingsjeans und meinen schwarzen Lieblingspullover. Eben die Sachen, in denen ich mich am wohlsten fühlte. Wenn die Stimmung schon so schlecht war, wollte ich mich jedenfalls in meiner Kleidung wohlfühlen. Ich hatte auch die Anziehsachen eingepackt, die mein Vater mir gekauft hatte. Sicher wäre er sonst sehr enttäuscht, wenn ich weg wäre und die Sachen zurückgelassen hätte.

Auf dem einen Koffer lag der Brief von meiner Mutter, den sie mir vor meiner Abreise plus hundert Dollar mitgegeben hatte. Ich hatte ihn jetzt schon mindestens zehn Mal durchgelesen. Schade, dass ich ihn nicht eher gefunden hatte. Das hätte mich bestimmt in schwierigen Zeiten aufgebaut. Ich hatte ihn ganz vergessen. Sie schrieb, wie sehr sie mich liebte und dass sie sehr stolz auf mich wäre. Dann, dass sie froh war, mich an ihrer Seite zu haben. Ich dachte mir, dass sie bestimmt doch etwas Angst hatte, dass ich bei meinem Vater bleiben wollte. Aber diese Angst war unbegründet. Ich war froh, wieder nach Hause zu kommen. Gestern verlief der Tag ruhig und ohne besondere Vorkommnisse. Wir packten alle unsere Sachen und sprachen nicht sehr viel miteinander. Mein Vater musste wieder erst spät nach Hause gekommen sein. Als ich um elf ins Bett ging, war er immer noch nicht da.

Gerade als ich mich fertig angezogen hatte, betrat mein Vater mein Zimmer.

Er sah müde und blass aus. »Hallo, meine Kleine.« »Hi, Dad«, sagte ich und lächelte ihn an. Er setzte sich auf mein Bett und sah mich direkt an. »Heute ist es also so weit, mein kleines Mädchen fährt wieder nach Hause.« Er sah traurig aus, als er das sagte. Ich setzte mich neben ihn. »Ach, Dad, ich komme dich doch mal wieder besuchen.« Er lächelte leicht. »In den nächsten Ferien, okay?« »Spätestens«, sagte er mit einem Grinsen. »Ja, Atlantic City ist nun mal nicht gerade um die Ecke.« »Ich weiß, ist schon ein gutes Stück zu fahren.« Ich nickte. An die lange Fahrt wollte ich gar nicht denken. Es graute mir jetzt schon davor. »Was hatte das Treffen mit Jacob noch ergeben?« »Nicht viel«, er atmete schwerfällig aus. »Er kann sich immer noch an nichts erinnern. Na ja, sobald er in der Psychiatrie ist und in Behandlung, hoffe ich, dass er sich wieder an etwas erinnern kann.« Ich nickte zustimmend, war mir aber sicher, dass er sich bestimmt an nichts mehr erinnern würde. Jonathan hatte schon dafür gesorgt, dass es so war.

»Ich muss auch gleich wieder ins Büro, ich wollte mich nur von dir verabschieden. Wann fahrt ihr los?« »Oh, ich denke mal, in ungefähr einer Stunde.« »Fahrt schön vorsichtig.« »Machen wir doch immer.« »Und haltet euch von gefährlichen Raststätten fern«, er lächelte unsicher. »Ach, ehe ich es vergesse«, er griff in seine Hosentasche und gab mir etwas Geld. »Wofür ist das?« »Ich dachte mir, dass es besser wäre, wenn ihr am Abend in einem Hotel übernachtet und nicht in einem Zelt. Es wäre einfach sicherer.« Ich überlegte kurz, nahm das Geld dann aber gerne an. Mir war ein Hotelzimmer auch lieber, als eine Nacht im Zelt. Obwohl ich diesmal bestimmt das Glück hätte und mit Tina in einem Zelt schlafen würde. Aber mein Vater hatte schon recht, so war es am sichersten.

»Danke, Dad.« »Kein Problem. Celine macht euch gerade in der Küche etwas zu Essen für die Fahrt.« »Das ist schön.« »Hat es dir denn jedenfalls ein bisschen bei uns gefallen?« »Ja, sicher, Dad. Alleine dich mal wieder zu sehen, war die Reise wert.« »Denselben entwaffneten Charme wie deine Mutter.« Er seufzte. »Rufst du mich an, wenn ihr wieder zu Hause seid?« »Sicher.« »Gut. Erzähl deiner Mutter besser nichts von Nancy. Ich möchte nicht, dass sie sich aufregt.« »Nein, ich behalte es für mich.« »Das ist sicherlich das Beste. Wie geht es Tina und Mike?« Ich schluckte. »Gestern sind sie sich die ganze Zeit aus dem Weg gegangen und haben kein Wort miteinander geredet. Mike war immer bei Jonathan im Zimmer und Tina in ihrem. Sie wollte auch nicht groß darüber reden, deshalb hatte ich sie alleine gelassen.« »Verstehe«, sagte mein Vater und sah sich in meinem Zimmer um.

»Was ist mit den Anziehsachen? Hast du alle mitgenommen?« »Ja, Dad.« »Das freut mich, ich hoffe, du ziehst sie dann auch an. Nicht, dass sie im Schrank vor sich hin stauben.« »Nein, ich werde sie hin und wieder tragen.« Er sah mich mit hochgezogenen Augenbrauen an. »Versprochen«, sagte ich und drehte mit den Augen. Er lachte laut auf. »Und was ist mit den Schminksachen?«, er deutete auf die Kommode. Ich verzog mein Gesicht zu einer Grimasse. »Dad, sei mir nicht böse, aber ich halte nicht so viel von Schminke.« Er lächelte sanft. »Dann lässt du sie hier, vielleicht findet Tracy ja etwas, das ihr gefällt.«

Er hielt kurz inne. »Und was ist mit Jonathan?« Bei dem Namen erschrak ich kaum vernehmlich. »Was meinst du?« »Na ja, seht ihr euch wieder? Ist der Funke übergesprungen?« Mit Sicherheit nicht, dachte ich mir genervt. Aber zu meinem Vater sagte ich nur: »Ich glaube eher nicht.« Dabei musste ich wenig begeistert ausgesehen haben, denn mein Vater lachte leicht, als er meinen Gesichtsausdruck sah.

Dann kicherte er leise in sich hinein. »Was?«, fragte ich grinsend. »Dann kann ich ja vielleicht noch hoffen, dass aus dir und Alex doch noch was wird.« »Dad«, schrie ich laut und boxte ihn in die Seite. »Okay, okay, war nur ein Scherz. Ich kann mich noch an die letzte Standpauke von dir erinnern.« Ich streckte ihm die Zunge raus. Dann sah er auf die Uhr. »So, mein Schatz, ich muss nun wirklich los.« Er stand auf, ich ebenfalls. »Ich habe dich lieb, Dad!« »Ich dich auch.« Wir nahmen uns in die Arme und er küsste mich zum Abschied auf die Stirn.

»Von den anderen habe ich mich schon verabschiedet«, sagte er leise. »Ich fahre dann jetzt ins Büro. Sag Bescheid, wenn ihr angekommen seid. Grüß deine Mutter und sonst alle die mich kennen«, er lachte kaum vernehmlich. »Mach ich.« Er umarmte mich noch einmal, diesmal etwas fester. Wir hatten beide ein paar Tränen im Gesicht. Wer weiß, wann wir uns wiedersahen. Er löste sich aus der Umarmung. Winkte mir noch einmal zu und verschwand dann aus der Tür.

Kurz darauf schleppte ich mich ins Bad. Ich wusch mir schnell das Gesicht und putzte mir die Zähne. Die Haare kämmte ich mir nur grob durch und band sie dann zusammen. Als ich wieder zurück in meinem Zimmer war, machte ich noch schnell mein Bett und stellte alles an seinen Platz zurück. Dann nahm ich meine Koffer und ging zur Tür, kurz sah ich mich noch einmal um. Wer weiß, wann ich dieses Zimmer wieder betreten würde. Ich lief nach draußen und schloss hinter mir die Tür. Dann schleppte ich die Koffer nach unten in die Eingangshalle. Dort setzte ich mich auf das Sofa neben der Eingangstür und wartete auf die anderen.

Celine kam aus der Küche und gab mir einen kleinen Korb mit Essen und Trinken. »Vielen Dank für alles, Celine.« »Habe ich doch gerne gemacht, Susan.« Ich stand auf und nahm sie in den Arm. Sie errötete leicht. »Wo ist Tracy?«, fragte ich sie. Ich mochte sie zwar nicht, aber anstandshalber wollte ich mich von ihr verabschieden. »Sie ist nicht da, sie übernachtet woanders.« Sie sah mich nicht an, als sie mir das sagte. Wahrscheinlich stand es schlechter um die beiden, als mein Vater zugab. Ich nickte kurz. »Sobald sie auftaucht, grüßen Sie sie bitte von uns. Und Tom auch.« »Das mache ich.« Sie hatte Tränen in den Augen. »Schade, dass ihr geht, Susan. Das Haus war so voller Leben, als ihr hier wart. Jetzt wird es wieder ruhiger werden.« »Wir sehen uns in den nächsten Ferien wieder, Celine.« »Das ist schön«, sie schnäuzte in ein Taschentuch.

Endlich kamen auch die anderen mit ihren Koffern die Treppe herunter. Einer mieser gelaunt als der andere. Vorneweg lief Mike. Er verabschiedete sich kurz von Celine und ging dann Richtung Wagen. Jonathan ebenfalls. Als er an mir vorbeilief, musterte er mich mit seinem kalten Blick. Mir lief es eiskalt den Rücken hinunter. Tina lief dicht hinter Jonathan. Sie sah sehr blass aus, sie schien immer noch viel zu weinen. Kurz verabschiedete sie sich ebenfalls von Celine und lief dann zum Wagen. »Mach's gut, Celine.« »Du auch, Susan.«

Ich nahm meine zwei Koffer und machte mich auf den Weg nach draußen. Tina saß schon hinten im Auto. Mike und Jonathan verstauten die Koffer. Ich stellte meine zwei dazu und setzte mich in den Wagen nach hinten, neben Tina. Als alles verstaut war, setzte sich Mike ans Steuer und Jonathan auf den Beifahrersitz. Mike sah noch kurz in den Rückspiegel zu Tina. Er seufzte und startete dann den Motor.

Jonathan sah ausdruckslos nach vorne. Mike fuhr schnell tanken und dann machten wir uns endlich auf den Weg nach Hause. Tina hatte ihren MP3 Player in der Hand und hörte Musik. Dabei liefen ihr lautlos Tränen die Wange hinunter. Sie schien sehr unter der ganzen Situation zu leiden. Ich nahm mein Handy aus meiner Hosentasche und schrieb: *Hi, Alex. Wir sind jetzt auf dem Weg nach Hause. Ich denke mal, dass wir spätestens morgen Abend wieder zu Hause sind. Ich muss dir so viel erzählen und freue mich schon dich zu sehen. Susan.* Schnell verschickte ich die SMS. Ich konnte immer wieder sehen, wie Mike Tina im Rückspiegel beobachtete. Beide taten sich so schwer mit der ganzen Situation, aber keiner hatte den Mut, den ersten Schritt zu machen. Jedenfalls wirkte es so auf mich. Jonathan schaute ab und an mal zu mir, aber ich beachtete ihn gar nicht.

Die nächsten Stunden vergingen einigermaßen schnell. Schließlich bog Mike rechts ab und machte an einer Raststätte halt. Sofort bekam ich einen Kloß im Hals. Ich denke, es würde eine Weile dauern, bis ich wieder mit einem ruhigen Gefühl auf eine Raststätte gehen könnte. Mike stieg ohne ein Wort aus und machte sich auf den Weg zu den Toiletten. Tina sah ihm nach. »Musst du auch mal auf die Toilette?«, fragte ich sie leise. Sie schüttelte energisch den Kopf. Wieder fing sie heftiger an zu weinen. Sie tat mir so leid. Ich sah Jonathan im

Blickwinkel grinsen. Daran kann ich nichts Witziges finden, Jonathan, dachte ich gereizt, in der Hoffnung, dass er es in meinen Gedanken lesen würde. Und tatsächlich, seine Miene verfinsterte sich sofort und er stieg ebenfalls aus dem Auto aus. Ich blieb sitzen.

Mike kam von der Toilette zurück und unterhielt sich mit Jonathan. Leider konnte ich nichts verstehen. Ich konnte nur sehen, dass Mike schimpfte und genervt wirkte. Wahrscheinlich war es für ihn zu viel, mit Tina auf so engem Raum zu sein. Ein paar Augenblicke später beruhigte er sich wieder. Beide stiegen in den Wagen. Wir fuhren weiter. Die Stimmung war zum Zerreißen gespannt. Ein sehr unangenehmes Gefühl. Immerhin wurde das Wetter langsam besser, je weiter wir uns von Atlantic City entfernten. Ich war froh darüber. Es schien zwar nicht die Sonne, aber es hatte immerhin aufgehört, zu regnen.

Die Stunden vergingen, schließlich hatten wir auch Ohio hinter uns gelassen. Alex hatte mir zurückgeschrieben, dass er sich auch schon auf unser Treffen freute und dass er schon gespannt war, was ich ihm erzählen wollte. Die Stimmung im Auto veränderte sich kaum. Mikes Aggressionen legten sich mit der Zeit, er wurde ruhiger und sah eher traurig als wütend aus. Jonathan schien bester Laune zu sein. Er sah richtig entspannt aus und lächelte leicht. Ich konnte das nicht verstehen. Wie konnte man sich nur über das Leid anderer so amüsieren?

Mit der Zeit wurde es Abend. Langsam musste ich erwähnen, dass ich von meinem Vater Geld für ein Hotel bekommen hatte. Kurz vor Chicago fasste ich all meinen Mut zusammen und räusperte mich. »Ähm, Leute.« Tina schaute mich von der Seite her an, Mike schaute durch den Rückspiegel zu mir, Jonathan schaute starr geradeaus. »Mein Vater hat mir Geld gegeben, damit wir in einem Hotel übernachten können. Er meinte, das wäre vielleicht sicherer, als zu zelten.« Erst sagte keiner ein Wort. Schließlich murmelte Mike: »Von mir aus.« Tina zuckte mit den Achseln. Von Jonathan her kam keine Regung. »Mein Gott, das ist ja fürchterlich mit euch«, sagte ich genervt und verschränkte die Arme vor der Brust. »Ist ja gut«, sagte Mike gereizt. »Ich mache an einem blöden Hotel halt.«

Nach circa zehn Minuten entdeckten wir ein Schild, wo ein Hotel drauf abgebildet war. Noch zwanzig Meilen entfernt. Na endlich, dachte ich. Je eher ich aus diesem Wagen raus kam, desto besser. »*Ich empfinde deine Nähe als recht angenehm!*«, hörte ich Jonathans Stimme in meinem Kopf. Ich zuckte zusammen. Mein Herz begann sofort schneller zu schlagen.

Sofort kam mir sein nächtlicher Besuch bei mir in den Sinn, wo er mir ganz nah kam und ich seine Lippen auf meiner Stirn spürte. Ich schluckte bei diesem Gedanken.

Kurze Zeit später machten wir vor dem Hotel halt. Wie froh war ich, endlich aus dem Wagen heraus zu kommen. Tina schien es ähnlich zu gehen. Wir stiegen aus dem Auto aus und holten das Nötigste aus dem Kofferraum.

»Wir nehmen zwei Doppelzimmer, oder?«, fragte ich direkt Mike. Ich hatte das Gefühl, dass die anderen beiden noch weniger bei der Sache waren. Er sah mich skeptisch an. Genervt verdrehte ich die Augen. »Tina und ich nehmen eins und du und Jonathan.« Er überlegte kurz, dann nickte er langsam, ohne Tina eines Blickes zu würdigen. Ich hatte das Gefühl, dass ich die Einzige in der Gruppe war, die noch klar denken konnte. Unschlüssig standen wir vor dem Hotel herum. Schließlich nahm ich meine Sachen und lief vor. Langsam setzten sich auch die anderen in Bewegung. Es war ein recht großes Hotel. Sehr nobel und luxuriös wirke es auf mich. Ich fragte mich, ob ich genug Geld zur Verfügung hatte, um die Zimmer zu bezahlen.

Es war sehr freundlich und hell gehalten. In der Empfangshalle prangte ein großer Kronleuchter an der Decke. Der Boden bestand größtenteils aus Marmor. Links ging es zu drei Aufzügen und rechts gab es eine große, gemütliche Sitzecke. Die meisten Leute, die wir trafen, waren sehr nobel angezogen. Ich fühlte mich etwas unwohl. Wir passten hier so gar nicht rein. Ich drehte mich zu den anderen herum. »Wartet doch kurz da hinten bei der Sitzecke. Ich besorge uns zwei Zimmer.« Kurz schaute ich in meine Hosentasche, wie viel Geld mein Vater mir gegeben hatte. Es waren stattliche dreihundert Dollar. Mein Vater war wirklich verrückt, mir so viel Geld zu geben. Nervös schaute ich mich noch einmal um, billig würden die Zimmer nicht sein. Zur Not könnte ich ja noch etwas von meinem Geld beisteuern. Zu einem anderen Hotel wollte ich auf keinen Fall fahren. Niemand bekam mich heute noch einmal mit denen in ein Auto.

Zielstrebig steuerte ich die Rezeption an. Eine gut gekleidete Dame begrüßte mich freundlich. Aber ihr Blick sprach Bände. Sie fand genau so wenig wie ich, dass wir in dieses Hotel passten. »Hallo«, sagte ich nervös. »Haben Sie noch zwei Doppelzimmer für uns frei?« Sie schaute in ihrem PC nach. »Ja, in der zweiten Etage sind noch zwei Doppelzimmer frei, mit Balkon und Fernseher.« Ich nickte unsicher. »Was würde das denn kosten?« »Für eine Nacht?« »Ja.« »Beide zusammen, dreihundertundzwanzig Dollar.« Ich schluckte, ließ mir aber nichts anmerken. »Okay«, sagte ich mit betont lässigem Gesichtsausdruck. So musste ich zwanzig Dollar von meinem Geld dazugeben, das ging ja noch. Ich erledigte die Formalitäten und gab ihr das Geld und sie gab mir dafür lächelnd zwei Zimmerschlüssel.

»Ab sieben Uhr gibt es Frühstück. Der Frühstücksraum befindet sich dort hinten«, sie deutete mit der Hand in den hinteren Teil des Hotels. Ich nickte. »Wenn Sie etwas vom Zimmerservice wünschen, brauchen Sie nur die Null auf Ihrem Telefon zu wählen und wir sind sofort für Sie da.« »Vielen Dank.« Ich nahm die Schlüssel und machte mich auf den Weg zu den anderen.

Was für ein Trauerspiel, dachte ich entnervt, als ich die Drei in der Sitzecke sitzen sah. Tina hörte noch immer Musik und schaute auf den Boden. Wäre die Situation zwischen ihr und Mike anders gewesen, hätte sie sich sicherlich gefreut, in so einem schönen Hotel zu übernachten, da war ich mir sicher. Mike saß ihr gegenüber und musterte sie nachdenklich. Tina bemerkte von alldem nichts. Jonathan sah mich offen an, als ich auf sie zukam. Er schenkte mir sein Siegerlächeln. Ich stellte mich vor die Drei.

»Ich habe zwei Zimmer bekommen.« Kurz klapperte ich mit den Schlüsseln in meinen Händen. »Wir müssen in den zweiten Stock.«

Plötzlich kam ein Page zu uns. »Soll ich Ihnen helfen, die Koffer in Ihre Zimmer zu bringen?«, fragte er freundlich und unentwegt lächelnd. »Nein, danke, sehr nett von Ihnen, aber wir schaffen das schon alleine«, sagte ich bestimmt. Er verneigte sich kurz und lief wieder zur Rezeption. Wir nahmen unsere Sachen und machten uns auf den Weg zu den Fahrstühlen. Ich drückte auf den Knopf und wartete, dass der Fahrstuhl endlich kam. Die Stimmung war kaum noch auszuhalten. Keiner sprach auch nur ein Wort. Endlich kam der Fahrstuhl. Wir stiegen ein und ich drückte den Knopf mit der Nummer zwei. Mit uns im Fahrstuhl war eine hübsche, blonde Frau, in einem schwarzen Abendkleid. Sie lächelte Mike an und musterte ihn von oben bis unten. Er lächelte leicht zurück und musterte die Frau ebenfalls. Tina entging das nicht, wieder rann ihr eine Träne die Wange hinunter. Es musste furchtbar für sie sein, zu sehen, dass Mike eine andere Frau anlächelte.

Endlich kamen wir im zweiten Stock an und stiegen aus. Ich schaute auf die Schlüssel. Wir hatten die Zimmer drei- und vierundzwanzig. Schnell suchte ich die Türen nach den richtigen Nummern ab. Endlich fand ich sie. Genervt gab ich Mike den Schlüssel für das Zimmer mit der Nummer vierundzwanzig. Ich sagte ihm, dass man ab sieben Uhr frühstücken könnte und ob wir uns dann um acht im Frühstücksraum treffen wollten. Er nickte kurz. Jonathan ignorierte ich völlig. Ich blieb dabei, dass er an der ganzen Misere schuld war.

Als Mike und Jonathan in ihrem Zimmer verschwunden waren, schloss ich unsere Tür auf. Was ich dann sah, raubte mir fast den Atem. Tina schien es ähnlich zu gehen. Sie nahm ihren MP3 Player ab und schaute sich mit offenem Mund um. »Wow«, sagte ich mit stockendem Atem. »Nicht schlecht«, staunte Tina. Es war ein sehr großer Raum. Mit edlen Möbeln, hell und freundlich. Wenn man reinkam, führte links eine Tür in einen anderen Raum, ich denke mal, dass sie zum Badezimmer führte. Rechts stand ziemlich mittig ein großes Himmelbett. Es ähnelte einem Bett wie aus einem Märchen, mit schönen Verzierungen und großen Matratzen. Auf jeder Seite stand ein Nachtschränkchen.

Geradeaus kam man direkt auf den Balkon und es gab eine gemütliche Sitzecke mit Fernseher und Minibar. Viele Gemälde und Blumen zierten das Zimmer. Auf dem Tisch in der Sitzecke stand ein kleiner Obstkorb und eine kleine Flasche Sekt mit zwei Gläsern. Ich staunte nicht schlecht und freute mich irgendwie darauf, in diesem Bett zu schlafen. Es sah sehr gemütlich aus.

Ich stellte meine Sachen bei der Sitzecke ab und schaute, was sich hinter der zweiten Tür verbarg. Wie vermutet war es ein schönes Badezimmer mit Eckbadewanne und zwei Waschbecken. Darüber, über die halbe Wand, hing ein großer Spiegel. Im hinteren Bereich war die Toilette und ein Bidet. Tina stand plötzlich neben mir und schaute sich ebenfalls das Bad an. »Cool, oder?«, fragte ich sie lächelnd. Sie nickte knapp und ging wieder hinaus. Ich konnte sie ja verstehen, dass sie deprimiert war. Aber ich vermisste die witzige Tina, die Tina, die immer lachte und immer einen lockeren Spruch auf den Lippen hatte. Die Tina, die bei so einem Hotel normalerweise ausflippen würde. Aber diese Tina schien weit weg zu sein. Leider. Seufzend schloss ich die Badezimmertür.

Tina hatte die Balkontür geöffnet und stand auf dem Balkon. Ich ging zu ihr und sah nach draußen. Man schaute direkt auf einen Swimmingpool, wo noch vereinzelt ein paar Leute die laue Nacht genossen. Die ganze Anlage war in ein angenehmes Licht gehüllt. »Willst du vielleicht schwimmen gehen?«, fragte ich Tina lächelnd. Sie schüttelte den Kopf und setzte sich missmutig aufs Bett. »Mensch, Tina«, sagte ich leise. »Ich verstehe dich ja. Die Trennung von Mike ist furchtbar für dich. Aber du kannst dich nicht so hängen lassen. Versuche, dich abzulenken. Früher wärst du bei so einem Hotel ausgeflippt vor Begeisterung.« »Ich weiß. Es ist ja auch sehr schön hier.« »Ja, man sieht's dir an, dass es dir gefällt«, sagte ich im ironischen Ton und setzte mich neben sie aufs Bett.

»Komm, lass uns schwimmen gehen. Es ist doch noch nicht so spät, dass wir schon ins Bett gehen müssen. Außerdem sollte sich der Preis für dieses Zimmer schon lohnen. Ich habe dreihundertundzwanzig Dollar für beide bezahlt.« Tina starrte mich mit offenem Mund an. »Wahnsinn«, sagte sie verblüfft. »Ja, da hättest du einige Schuhe für bekommen«, sagte ich milde lächelnd. Sie lächelte leicht. »Was war das denn?«, fragte ich gespielt entrüstet. »Sag bloß, du hast gelächelt.« Sie lächelte erneut. »Also, wollen wir schwimmen gehen?« »Von mir aus«, sagte sie entnervt. »Aber dann muss ich noch mal ans Auto, in dem einen Koffer ist mein Bikini.« »Ja, ich muss dann auch meinen Badeanzug holen«, sagte ich nachdenklich. »Ich gehe rüber zu den Jungs und zwinge Mike, den Autoschlüssel rauszurücken.«

Ich ging aus dem Zimmer und klopfte bei den Jungs an der Tür. Jonathan öffnete mir. Er strahlte mich an. Den soll verstehen, wer will. Ohne ihn zu beachten, lief ich an ihm vorbei und schaute mich im Zimmer um. Es war fast genauso aufgebaut wie unseres. »Wo ist Mike?«, fragte ich nervös. Jonathan hatte die Tür geschlossen und ich fühlte mich sofort beengt, mit ihm alleine. »Er wollte nach unten an die Bar gehen«, sagte er leise und taxierte mich interessiert. Wie ein Löwe, der frische Beute erspäht hatte. »Okay, dann suche ich ihn.« Gerade wollte ich an Jonathan vorbeigehen, als er mich sanft am Arm festhielt. Er stand mir dicht gegenüber und schloss die Augen, dann atmete er tief durch. »Ich mag deinen Geruch.« Ich lief rot an. »Schön«, sagte ich knapp und wollte mich gerade losreißen, doch es gelang mir nicht. Er verstärkte seinen Griff. Als Jonathan die Augen wieder öffnete, waren sie feuerrot. Obwohl ich das bei ihm schon tausendmal gesehen hatte, erschrak ich trotzdem.

»Susan«, sagte er leise. »Wir würden gut zusammenpassen.« Er strich mir leicht über die Haare. Sofort durchfuhr mich ein leichter Stromstoß, als mich seine Hand berührte. »Das halte ich aber für ein Gerücht«, sagte ich leise, aber so, dass er mich verstand. Er lächelte breit. »Alles spricht dafür. Dein Herz rast, wenn du mich siehst. Wenn ich dir ein Kompliment mache, errötest du jedes Mal. Lächle ich dich an, wirst du nervös.« Er schluckte erregt. »Du verwechselst Verliebtheit mit Angst«, sagte ich ruhig. Seine Augen wurden sofort kalt. Dann sagte er mit seiner kühlen Stimme: »Glaub mir, ich erkenne den Unterschied zwischen Verliebtheit und Angst.« »Anscheinend nicht«, sagte ich kaum vernehmlich und mein Herz raste. Er ließ meinen Arm los und öffnete die Zimmertür. »Wie gesagt, Mike ist an der Bar«, sagte er bestimmt und deutete nach draußen. Etwas irritiert über die plötzliche Wendung, verließ ich das Zimmer. Jonathan schloss leise hinter mir die Tür.

Im Flur angekommen, atmete ich erst einmal tief durch. Er schien wirklich mehr für mich zu empfinden. Aber ich nicht für ihn, oder? Nein, das konnte nicht sein. Er hatte schon recht, bei seiner Anwesenheit beschleunigte mein Puls und ich wurde leicht rot, wenn er mir ein Kompliment machte. Man konnte ja auch nicht abstreiten, dass er wirklich gut aussah. Und wenn er nett war, hatte er schon eine Art und Ausstrahlung, in die man sich gewiss verlieben könnte. Aber das Negative überragte bei Weitem.

Alleine die mysteriösen Fähigkeiten, die er hatte, machten mir große Angst. Hinzu kam, dass er mit den ganzen Streitigkeiten in meinem Umfeld und dem Mord an Nancy etwas zu tun hatte.

Ich sammelte mich kurz und machte mich dann auf den Weg, Mike zu suchen.

Verunsichert lief ich den Flur entlang und fand schließlich ein Schild, auf dem zu erkennen war, dass die Bar im ersten Stock zu sein schien. Schnell fuhr ich mit dem Fahrstuhl in den ersten Stock und suchte die Bar, in der Hoffnung, Mike dort zu finden. Kurze Zeit später fand ich sie dann. Ich ließ meinen Blick durch den Raum schweifen, in der Hoffnung, Mike irgendwo zu entdecken.

Dann sah ich ihn und mir verschlug es die Sprache. Er saß an einem hinteren Tisch, mit einem Drink in seiner Hand. Aber er war nicht alleine, bei ihm saß die hübsche Frau aus dem Aufzug und sie schienen miteinander zu flirten. Mike sah gar nicht mehr traurig aus, im Gegenteil, er ließ seinen ganzen Charme spielen. Er machte ihr Komplimente und strahlte sie an. Fieberhaft überlegte ich, was ich jetzt tun sollte. Sollte ich rübergehen und Mike die Meinung sagen? Unsicher stand ich an der Bar. Ich fand es ganz schön dreist, was er dort abzog. Er wusste genau, wie sehr Tina unter der ganzen Situation litt. Und ich dachte die ganze Zeit, dass es ihm auch sehr nahe ging. Anscheinend nicht. Unschlüssig stand ich ein paar Meter vor ihm und beobachtete das Geschehen.

Plötzlich stand Jonathan neben mir. Er sah zu Mike, dann zu mir. »Für manche Dinge sind die Menschen selbst verantwortlich«, sagte er im sanften Ton. Ich sagte nichts. Schließlich erspähte ich Tina im Raum. Panik stieg in mir hoch, sie durfte Mike auf keinen Fall sehen, dann würde das Ganze eskalieren. Ich wollte gerade zu ihr gehen, als ich an ihrem Gesichtsausdruck erkennen konnte, dass sie Mike entdeckt haben musste. Mit entsetztem Gesicht schaute sie erst auf ihn, dann auf die Frau. Mike bemerkte von alldem nichts. Er war damit beschäftigt mit der Frau zu flirten, die anscheinend gar nichts dagegen einzuwenden hatte, sie stieg völlig auf den Flirt ein. Schnellen Schrittes steuerte Tina die beiden an. Ich konnte nichts tun, außer hilflos zuzusehen. Tina stellte sich direkt vor Mike und stemmte die Arme in die Taille. Mike sah gelassen zu ihr auf. Die anderen Hotelgäste schienen ebenfalls erkannt zu haben, dass hier etwas nicht stimmte. Sie schauten auch zu dem Tisch herüber.

»Du mieses Schwein«, sagte Tina mit tränenerstickter Stimme. Dann nahm sie das Glas von Mike und kippte es der Frau über, diese kreischte erschrocken auf. Schließlich gab Tina Mike eine schallende Ohrfeige. Weinend rannte sie schließlich aus der Bar. Jonathan lächelte. »Shit happens.« Ich funkelte ihn böse an. »Halt die Klappe!« Er reagierte nicht. Mike machte Anstalten, Tina nachzulaufen. Doch ich war schneller und hielt ihn am Arm fest. »Lass sie, Mike«, sagte ich bestimmt. »Du machst es sonst nur noch schlimmer.« Böse funkelte ich ihn an. Widerwillig blieb er stehen und ich lief Tina nach.

Erst dachte ich, dass sie bestimmt in unserem Zimmer wäre, doch da war sie nicht. Ich lief durch das ganze Hotel und suchte nach ihr. Doch keine Spur von Tina. Ich sprach ein paar Gäste an, ob sie sie gesehen hatten. Doch keiner war ihr begegnet. Schließlich hatte ein Page sie gesehen. Sie schien am Pool zu sein. Ich lief nach draußen. Weinend saß sie am Wasser. Sie tat mir schrecklich leid. Ich setzte mich neben sie und nahm sie in den Arm. Sie lehnte sich an meine Schulter und weinte hemmungslos. Ich strich ihr liebevoll über das Haar. »Mensch, Tina, das tut mir so leid«, sagte ich leise. Ich war echt verzweifelt, wie konnte ich ihr nur helfen?

»Wie kann er mir das nur antun?«, sagte sie mit brüchiger Stimme. »Woher wusstest du denn, dass er in der Bar war?«, fragte ich. »Du kamst nicht zurück, also habe ich an der Zimmertür von den Jungs geklopft. Jonathan sagte mir dann, wo ihr seid.« Mistkerl, dachte ich gereizt und biss mir auf die Unterlippe. »Was soll ich denn jetzt machen?«, fragte sie mit tränenerstickter Stimme. »Ich weiß es nicht.«

Plötzlich tauchte Mike auf, mit zügigen Schritten lief er auf uns zu. Jonathan versuchte, ihn zurückzuhalten, aber es gelang ihm nicht wirklich. Genervt gab er auf. Abrupt blieb Mike vor uns stehen. Tina stand hastig auf und wischte sich die Tränen aus dem Gesicht. Ich stellte mich hinter sie. Mit angespannter Mimik sah Jonathan mich an. Ich schaute zu Mike. Er hatte einen leidenden Gesichtsausdruck. »Tina, ich …«, begann er flehend zu sprechen. »Ich will nichts hören, Mike«, sagte sie schreiend. »Wie konntest du nur? Bedeutete dir die Beziehung mit mir denn gar nichts? Musst du jetzt jedem Rock hinterherlaufen, auch noch vor meinen Augen? Der Teufel soll dich holen!«

Sie schluchzte wieder heftig. Ich fasste sie sanft an der Schulter, sie sollte wissen, dass sie nicht alleine war. »Ich schwöre dir, keine Ahnung, was da eben passiert ist. Ich kann mich nicht daran erinnern, mich mit dieser Frau dort hingesetzt zu haben.« »Ja, klar, Mike«, schrie Tina hysterisch. »Warum sollte ich dir glauben? Mir wolltest du ja auch nicht glauben, dass ich mich an nichts erinnern kann.« Sie schluckte. »Also verarsch mich nicht. Die Ausrede zieht bei mir nicht.«

»Es ist keine Ausrede, Tina. Ja, ich bin zur Bar hinuntergegangen, aber mehr weiß ich nicht mehr. Dort wollte ich mich betrinken. Ich hoffte, dadurch mal ein paar Stunden an nichts denken zu müssen. Dann setzte ich mich an den Tisch, mehr weiß ich nicht. Erst als du mir eine geknallt hast, war es, als würde ich aufwachen. Tina, ich liebe dich! Du bist die einzige Frau, die mir etwas bedeutet.« Tina starrte ihn entgeistert an. Er beschrieb dieselben Symptome, die Tina mir beschrieben hatte. Langsam begriff ich, ich schaute mit offenem Mund zu Jonathan. Kurz schaute er zu mir, dann packte er Mike an seinem Arm. »Lass gut sein, Mike.« Mike drehte sich zu ihm um, dann riss er sich los und sagte mit gereizter Stimme. »Jonathan, bitte, du bist ein netter Typ, aber misch dich hier nicht ein, sonst raste ich aus.« Er drehte sich wieder zu Tina.

Jonathans Augen flackerten leicht, dann lief er Richtung Hoteleingang. Ich zögerte kurz, dann folgte ich ihm. Er war schon fast am Zimmer, da rief ich ihn. »Jonathan, warte mal«, ich musste mich beherrschen, in meiner Wut nicht laut zu schreien. Er blieb stehen und drehte sich langsam und mit geballten Fäusten zu mir um. Seine Augen flackerten bedrohlich. »Was willst du, Susan?«, sagte er durch die Zähne hindurch. »Du warst das, oder?«, schrie ich ihn an. »Du hast ihn manipuliert!« In meiner Wut schubste ich ihn gegen die Wand.

Blitzschnell packte er meinen Arm. »Vorsicht, Susan!«, sagte er mit feuerroten Augen. »Ich sagte dir schon einmal, misch dich nicht in meine Angelegenheiten. Außerdem, wie sollte ich das gemacht haben?« »Ich weiß es nicht«, entgegnete ich eingeschüchtert. Mein Arm schmerzte stark, so extrem hielt er mich fest. »Siehst du«, sagte er und ließ meinen Arm los. »Du beschuldigst unschuldige ...«, er zögerte einen Moment, dann sagte er und es klang aus seinem Mund wie ein Schimpfwort, »Menschen.« Er musterte mich kurz und verschwand in seinem Hotelzimmer.

Wie vom Donner gerührt stand ich im Flur. Was ging hier vor sich? Drehte ich nun wirklich langsam durch? Jonathan hatte recht, wie sollte er das gemacht haben? Wie konnte ich beweisen, dass er hinter dem Ganzen steckte? Aber ich war mir sicher, dass er es war. Und wie er das machte, würde ich schon noch herausfinden. Ich machte kehrt und lief schnell zum Pool zurück. Als ich um die Ecke bog, blieb ich abrupt stehen. Ich glaubte nicht, was ich da sah. Tina lag bei Mike in den Armen, beide weinten hemmungslos und bekundeten sich gegenseitig ihre Liebe. Mir wurde warm ums Herz, als ich das sah. Vielleicht würde sich ja doch wieder alles einrenken. Lächelnd beobachtete ich die beiden, sie sahen so süß zusammen aus.

Plötzlich konnte ich im Augenwinkel Jonathan erkennen. Er beobachtete ebenfalls die beiden und blanker Hass spiegelte sich in seinen Augen wider. Seine Hände hatte er zu Fäusten geschlossen. Wag es ja nicht, Jonathan, dachte ich so laut ich konnte. Nicht einmal eine Sekunde später schaute er zu mir herunter. Er schenkte mir sein kältestes Lächeln und verschwand vom Balkon. Langsam beruhigte sich mein Puls wieder. Ich machte mich auf den Weg zu meinem Hotelzimmer. Vielleicht würde sich ja jetzt wieder alles zum Guten wenden.

Als ich im Hotelzimmer ankam, steuerte ich den Balkon an und sah hinunter. Mike nahm gerade Tinas Gesicht in seine Hände und küsste sie zärtlich. Plötzlich holte mich ein unangenehmer Gedanke aus meinen Träumereien. Was sollte ich tun, wenn Tina jetzt mit Mike in einem Hotelzimmer schlafen wollte, um ihre Versöhnung zu feiern? Mit Jonathan bekam mich niemand in ein Hotelzimmer. Wenn Tina tauschen wollte, würde ich ihr ganz klar sagen, dass ich nicht tausche. Dann musste ich eben einen Streit mit ihr riskieren. Aber erst einmal wollte ich abwarten. Aus lauter Langeweile schaute ich Fernsehen. Ich schaltete durch die Kanäle. Mir waren schon fast die Augen zugefallen, als es an der Tür klopfte. Ich öffnete sie. Es war Tina. Kurz verabschiedete sie sich noch, im siebten Himmel lächelnd, von Mike, dann kam sie ins Zimmer.

»Da strahlt aber jemand«, sagte ich lächelnd. »Happy End?« »Happy End«, nickte sie überglücklich. »Wir sind ja praktisch quitt«, sagte sie immer noch lächelnd. »Komisch ist es schon. Ich kann mich an nichts erinnern und er angeblich auch nicht.« Ich schluckte nervös. »Weißt du, was ich glaube?«, sagte sie zu mir mit weit aufgerissenen Augen. »Was denn?« Hoffentlich hatte sie Jonathan nicht durchschaut. »Ich glaube, Mike hat sich das nur ausgedacht, dass er sich an nichts erinnert.« Erleichtert atmete ich aus. Zum Glück zog sie falsche Schlüsse daraus. »Ich denke mal, als ich ihm eine geknallt habe, hat er endlich eingesehen, dass das alles ein Fehler von ihm war. Er wusste sonst nicht, wie er es sonst versuchen sollte, mich zurückzubekommen. Also hat er einfach erzählt, dass er sich auch an nichts erinnern könnte.« Sie strahlte mich an. Endlich konnte man wieder dieses wunderschöne Leuchten in ihren Augen erkennen. »Das wird's sein«, sagte ich lächelnd. Innerlich war ich heilfroh, dass sie so gar nichts verstand.

»Natürlich habe ich Mike nicht gesagt, dass ich ihm das nicht abkaufe. Er wollte übrigens Jonathan fragen, ob er mit dir in ein Zimmer geht.« Ich schluckte. »Und?«, fragte ich unsicher. »Ich habe Nein gesagt. Ich habe gesagt, dass du die Einzige warst, die zu mir gestanden hat, als es mir so mies ging. Und dass ich als Dankeschön mit dir einen Mädelsabend machen wollte. Beziehungsweise Mädelsnacht.« Erleichtert atmete ich aus. »Das ist eine gute Idee.« Endlich war sie wieder die alte, spontane Tina, die ich so mochte.

Wir schlossen uns in die Arme. Die restliche Nacht weihten wir die riesige Badewanne ein und plünderten die Minibar. Es hatte wirklich Spaß gemacht und es tat gut, Tina wieder lachen zu sehen. Zu viele Tränen hatte sie wegen Mike vergossen. Wir schliefen nicht viel die Nacht, wenn überhaupt drei Stunden. Um acht Uhr morgens machten wir uns dann auf den Weg in den Frühstücksraum.

Als wir den Raum betraten, erkannten wir von Weitem schon Mike und Jonathan. Mike kam strahlend auf Tina zu und küsste sie leidenschaftlich. In seiner Hand hielt er eine rote Rose, die er ihr dann schüchtern gab. Jonathan saß schlecht gelaunt am Tisch und sah nicht auf. Ich konnte mir denken, wieso. Sein Plan war nicht aufgegangen, was auch immer er davon hatte, Tina und Mike auseinander zu bringen. Aber es ist schwer Menschen, die sich wirklich liebten, auseinander zu bringen.

Ich freute mich insgeheim, dass sein Plan fehlgeschlagen war und setzte mich gut gelaunt neben ihn. Die anderen beiden setzten sich ebenfalls an den Tisch. Zu meinem Erstaunen, wendete sich Mike an mich. »Susan«, begann er schüchtern zu sprechen. Ich sah ihn an. »Ja?« »Ich hoffe, du hast nicht ein allzu schlechtes Bild von mir bekommen. Also, ich liebe Tina wirklich und bin dir dankbar dafür, dass du für sie da warst, als es ihr so schlecht ging.«

Er sah verlegen auf seine Serviette. »Kein Problem«, sagte ich lächelnd. »Habe ich gerne gemacht. Und ich denke genauso über dich wie vorher auch. Was zwischen euch beiden abläuft, geht mich nichts an.« Er lächelte mich dankbar an.

Endlich war die Stimmung beim Frühstück wieder so, wie ich sie mochte. Tina hatte endlich ihr Lachen wiedergefunden und Mike himmelte sie wieder verliebt an. Ich war froh, dass sie wieder zusammen waren. Sie waren wie füreinander geschaffen. Nur Jonathan sah teilnahmslos und in Gedanken versunken aus. Ich war froh, dass seine Aktion gescheitert war. Nach dem Frühstück machten wir uns weiter auf den Weg nach Hause.

Wieder zu Hause

Nun war es nicht mehr weit. Es gab nur einen Nachteil bei der Sache. Auf der Weiterfahrt musste ich wieder neben Jonathan sitzen, da Tina wieder vorne bei Mike saß. Das hieß, dass ich wieder seine starren Blicke aushalten musste. Zum Glück war es nicht mehr sehr weit. Relativ schnell hatten wir Minneapolis passiert. Ich vermied es, Jonathan anzuschauen. Gelangweilt schaute ich aus dem Fenster und konzentrierte mich auf die vorbeiziehende Landschaft. So ließ es sich halbwegs ertragen. Ich versuchte, an nichts zu denken, er sollte nicht wissen, dass ich mir über ihn den Kopf zerbrach. Die Meilen vergingen immer schneller und ich spürte ein nervöses Kribbeln in meinem Bauch. Ich war froh, endlich wieder zu Hause zu sein. Endlich konnte ich von Weitem meinen geliebten Wald entdecken, es kam mir wie eine Ewigkeit vor, als ich ihn das letzte Mal sah. Ich spürte Jonathans Blick im Nacken, was dachte er wohl in diesem Moment? Würde ich ihn wiedersehen? Wollte ich ihn überhaupt wiedersehen? Wohl eher nicht, nachdem, was er mir und anderen alles angetan hatte. Aber ich musste dranbleiben, wenn ich herausfinden wollte, was sein eigentlicher Plan war.

Wir bogen in die Mainstreet ab, von Weitem konnte ich unser Haus entdecken. Verstohlen sah ich zu Jonathan herüber. Er schaute mir direkt in die Augen. Ich wartete darauf, seine Stimme in meinem Kopf zu hören, aber es kam nichts. Schließlich hielt Mike vor unserem Haus an. Wir stiegen aus dem Wagen. Mike holte meine zwei Koffer aus dem Kofferraum. »Bist du jetzt zufrieden, Susan?«, fragte Tina grinsend. »Du bist wieder zu Hause.« »Ja, endlich.« »War es denn so schrecklich? Abgesehen von Nancy«, sagte sie leise. »Nein, es war schon in Ordnung.« Und wenn Jonathan nicht dabei gewesen wäre, wäre es noch besser gewesen, dachte ich genervt. Tina nahm mich in den Arm. »Wir telefonieren, okay?« »Okay.«

Plötzlich stand Jonathan neben mir. Tina und Mike taten so, als würden sie sich über etwas Interessantes unterhalten. Ich wusste aber genau, dass sie lauschten. Wie gerne würden sie Jonathan und mich als Paar sehen. Wenn sie wüssten, dass Jonathan an ihrem Streit schuld war, würden sie natürlich anders darüber denken. Aber das würden sie nie erfahren. Zumindest nicht von mir.

»Nun ist der Urlaub vorbei, Susan.« »Ja«, sagte ich zögernd. Sein gutes Aussehen machte mich trotz allem noch nervös. »Ich danke dir für alles.« »Kein Problem.« Die Hitze stieg mir wieder in den Kopf. Schließlich sagte er leise, so dass nur ich ihn hören konnte. »Und ich bleibe dabei, dass wir gut zusammenpassen würden.« Er lächelte sanft. »Und ich bleibe bei meiner Aussage«, sagte ich im Flüsterton. Er nickte leicht. Dann flüsterte er mir ins Ohr. »Mal sehen, wie lange du dich mir noch widersetzen kannst.« Ich erzitterte. »Komm jetzt, Jonathan. Meine Mutter muss gleich zur Arbeit und ich habe ihr noch nicht beigebracht, dass du eine Weile bei uns wohnen wirst.« Mit großen Augen starrte ich zu Mike, dann zu Jonathan. Jonathan lächelte sein Siegerlächeln und nahm vorsichtig meine Hand. Dann gab er mir sanft einen Handkuss, dabei sah er mir tief in die Augen. Das machte mich noch nervöser. »Wir sehen uns, Susan«, sagte er leise und stieg wieder ins Auto. »Wir hören voneinander«, sagte Tina grinsend und stieg ebenfalls in den Wagen. Mike schloss den Kofferraum. »Vielen Dank für alles, Susan.« »Kein Problem. Bis dann.« Er stieg ebenfalls ein und startete den Motor.

Wenige Augenblicke später waren sie auch schon nicht mehr zu sehen.

Es war ein komisches Gefühl, nun ohne sie zu sein. Auch wenn ich froh war, wieder zu Hause zu sein. Fast zwei Wochen waren wir nun ständig zusammen. Irgendwie hatte ich mich daran gewöhnt. Ich nahm meine zwei Koffer und schloss die Haustür auf. Als ich fast den zweiten Stock erreicht hatte, traf ich auf unsere Nachbarin Misses Timer. »Hallo, Susan.« »Hallo, Misses Timer.« »Warst du im Urlaub?«, fragte sie mich neugierig, mit dem Blick auf meine Koffer gerichtet. »Ja«, sagte ich genervt. »Ich war bei meinem Vater in Atlantic City.« »Aha und ist er immer noch mit dieser komischen Frau zusammen?« Das geht dich gar nichts an, dachte ich gereizt und schloss die Wohnungstür auf. Laut sagte ich das natürlich nicht, stattdessen nickte ich bloß mit dem Kopf. Sie redete immer weiter auf mich ein, aber ich hörte nicht hin, sondern verabschiedete mich knapp und ging in die Wohnung. Hastig schloss ich hinter mir die Tür.

Ich stellte meine Koffer im Flur ab und schaute, ob meine Mutter zu Hause war. Aber sie war nicht da, wahrscheinlich war sie noch arbeiten. Ich betrat mein Zimmer und setzte mich auf mein Bett. Es war komisch, wieder in meinem alten Zimmer zu sein. Das nur halb so groß war, wie das Zimmer bei meinem Vater. Ich würde das Meeresrauschen vermissen, wenn ich das Fenster öffnete.

Mein Zimmer war noch genauso, wie ich es verlassen hatte. Ich schaute aus dem Fenster. Im Gegensatz zu Atlantic City schien hier kräftig die Sonne vom Himmel. Das tat wirklich gut und steigerte die Laune. Ich holte meine Koffer aus dem Flur und fing an, sie auszuräumen. Das Bild für meine Mutter und die Zeitschrift für Alex legte ich aufs Bett.

Kurze Zeit später hörte ich den Schlüssel in der Wohnungstür. Meine Mutter kam endlich nach Hause. Schnell lief ich in den Flur. »Hi, Mum.« Erschrocken drehte sie sich zu mir um. »Susan, Schatz, da bist du ja wieder.« Sie schloss mich in ihre Arme. »Ich dachte, du wolltest mich anrufen, wenn du wiederkommst.« »Ja, ich weiß, Mum. Es tut mir leid, ich hatte nicht mehr daran gedacht, dass ich anrufen wollte.« »Das macht doch nichts, Hauptsache, du bist wieder da.« Sie strahlte mich an. »Ich koche uns jetzt etwas und dann musst du mir alles erzählen.« Ich nickte. Während meine Mutter kochte, stieg ich erst einmal in die Dusche. Danach ging es mir schon viel besser, die lange Fahrt hatte mich doch mehr geschlaucht, als ich dachte.

Plötzlich fiel mir ein, dass ich ja noch meinen Vater anrufen musste, dass wir gut angekommen waren. Ich machte es mir auf meinem Bett bequem und wählte seine Nummer. Es dauerte ewig lang, bis er dranging. Endlich konnte ich seine Stimme am anderen Ende der Leitung hören. »Smith?« »Hi, Dad, ich bin's.« »Susan.« An dem Klang der Stimme wusste ich, dass er lächelte. »Seid ihr wieder zu Hause?« »Ja, wir sind vor circa zwei Stunden angekommen.« »Und habt ihr in einem Hotel übernachtet?« »Ja, wir haben ein sehr schönes gefunden. Danke noch mal, Dad.« »Keine Ursache. So hatte auch ich ein ruhigeres Gefühl, als wenn ihr zelten gegangen wärt. Ansonsten alles okay bei dir?« Ich verdrehte die Augen. Er wusste genau, dass ich ihm nicht alles gesagt hatte und ihm etwas verheimlichte. »Ja, alles in Ordnung«, sagte ich mit betont kräftiger Stimme. »Ist deine Mutter auch da?« »Ja, sie kocht gerade.« »Das ist schön, grüß sie dann von mir.« »Mach ich.« Ich zögerte kurz.

»Ist Tracy auch wieder zu Hause?« Kurze Stille trat ein. »Sie kommt heute Abend wieder.« Ich merkte, dass er traurig war. »Ist alles okay zwischen euch?« »Na ja, es könnte besser sein, aber ich bin mir sicher, dass wir das wieder in den Griff bekommen werden.« Ich schnitt eine Grimasse. Im Gegensatz zu meinem Vater, war ich mir nicht so sicher, ob sich die Spannung zwischen den beiden noch legen würde. »Wie geht's Mike und Tina?«, fragte er schnell, um vom Thema abzulenken. »Oh, sehr gut. Sie haben sich im Hotel wieder vertragen.« »Oh, wirklich? Das sind ja mal gute Neuigkeiten. Und was ist mit Jonathan? Bleibt er noch in Devils Lake oder will er weiterreisen?« »Nein, er bleibt noch. Er wird eine Zeit lang bei Mike wohnen.« Stille. »Dann scheinen die beiden sich ja wirklich gut zu verstehen.« Ich konnte die Skepsis in seiner Stimme hören. Er fand das Ganze genauso unnormal wie ich.

»Seht ihr euch wieder?«, fragte er neugierig. »Ich denke schon«, ich versuchte, diese Aussage lässig klingen zu lassen. »Spätestens, wenn Tina meine Geburtstagsparty organisiert.« »Ja, in ein paar Tagen wird mein kleines Mädchen siebzehn.« Er seufzte. »Die Zeit ist so schnell vergangen.« Die Stimme meiner Mutter riss mich aus der Unterhaltung. »Susan, Essen ist fertig.« »Ich muss jetzt Schluss machen, Dad, Mum ruft mich.« »In Ordnung, Susan, wir unterhalten uns dann spätestens an deinem Geburtstag wieder.« »Okay, ich hab dich lieb.« »Ich dich auch. Bis dann.«

Als ich in die Küche ging, hatte meine Mutter alles schön eingedeckt und eines meiner Lieblingsessen gekocht. Ich setzte mich an den Tisch und meine Mutter stellte mir einen Teller hin. Dann setzte sie sich mir gegenüber. »Also, Susan, erzähl«, sagte sie ungeduldig. »Wie war es bei deinem Vater?« »Ganz gut, Mum«, log ich. Viel konnte ich ihr ja nicht erzählen. Als sie mich weiter erwartungsvoll ansah, seufzte ich verhalten.

»Wir waren viel unterwegs. Im Freizeitpark und mit Dad

waren wir im Kasino. Das Wetter war so schlecht, also konnten wir nicht so viel an den Strand gehen. Tina und Mike hatten sich eine Zeit lang in der Wolle, also haben wir da auch nicht so viel unternommen.« »Oh«, sagte meine Mutter mit überraschtem Gesichtsausdruck. »Sind sie jetzt getrennt?« »Nein, im Hotel haben sie sich wieder vertragen.« »Ihr wart in einem Hotel?« »Ja, Dad gab mir Geld, weil er meinte, dass das Zelten zu gefährlich sei.« Sie nickte gedankenverloren. »Und wie war's dort?« »War ganz schön. Ich habe mit Tina eine Mädelsnacht gemacht. Wir haben die Minibar geplündert und die ganze Nacht geredet.«

Ich lächelte leicht bei dem Gedanken an die letzte Nacht. Lange hatte ich schon nicht mehr so viel Spaß mit Tina gehabt. Meistens war sie mit Mike unterwegs gewesen. Ob sich das geändert hätte, wenn sie getrennt geblieben wären? Ich schüttelte den Kopf bei dem Gedanken, es war schon in Ordnung, so wie es jetzt war. Tina war so unglücklich, als sie getrennt waren. Da war es mir so dann doch lieber. Meine Mutter setzte ein breites Grinsen auf. »Was?«, fragte ich irritiert. »Und was ist mit Jonathan?« Ich verschluckte mich fast, als ich diesen Namen hörte. »Nichts.« »Gar nichts?«, fragte sie enttäuscht. »Gar nichts«, lächelte ich sie an. »Schade.« Ich sagte dazu nichts. »Ich hatte gehofft, dass du endlich mal deine erste große Liebe bekommen würdest.« Unsicher lächelte ich sie an. Sie bemerkte mein Unbehagen. Zärtlich nahm sie meine Hand. »Du bekommst auch noch den Richtigen, Süße.« »Das hat Zeit«, sagte ich leise und konzentrierte mich auf meinen Teller.

In der nächsten halben Stunde versuchte sie, mich noch über Tracy und meinen Vater auszuquetschen. Ich gab nur knappe Antworten. Nach dem Essen räumten wir zusammen ab und ich machte mich auf den Weg in mein Zimmer. Die Stimme meiner Mutter ließ mich stoppen.

»Was wünschst du dir eigentlich zum Geburtstag, Susan?« »Gar nichts, Mum«, sagte ich genervt. »Gar nichts, gibt's nicht«, sie strahlte mich an. »Ich bin schon gestraft damit, dass Tina eine Geburtstagsfeier für mich organisieren will«, sagte ich gereizt und verdrehte dabei die Augen. »Das ist doch nett von ihr«, sie lächelte liebevoll. »Ansichtssache«, sagte ich leise und lief in mein Zimmer.

Auf dem Bett fiel mir das Bild für meine Mutter auf, dass ich ihr aus Atlantic City mitgebracht hatte. Ich hob es auf und ging noch einmal zu meiner Mutter. »Hier, Mum, habe ich dir mitgebracht.« Sie nahm es in ihre Hand und strahlte über das ganze Gesicht. »Susan, das ist ja wunderschön.« Sie nahm mich in den Arm. »Dankeschön.« »Bitte, Mum.« »Das hänge ich sofort auf«, sie machte sich auf den Weg Richtung Wohnzimmer.

Wieder zurück im Zimmer, legte ich mich aufs Bett und schaute rauf an die Decke. Wie erwartet, vermisste ich meinen Sternenhimmel und das Meeresrauschen. Es war schon spät und ich beschloss, zu schlafen. Morgen war mein großer Tag. Dann wollte ich Alex alles erzählen. Hoffentlich würde er mir glauben. Ich machte mich schnell bettfertig und legte mich dann schlafen.

Wieder träumte ich von dem Wald. Erneut hatte ich fürchterliche Angst. Hastig jagte mich etwas. Wer mich jagte, wusste ich natürlich genau. Ich rannte durch die Bäume hindurch, so schnell mich meine Beine trugen. Doch wieder fiel ich über dieselbe Baumwurzel, über die ich immer fiel. Schließlich wurde ich grob herumgerissen. Ich schaute in Jonathans rote

Augen und er sprach mit kalter Stimme: »Du kannst mir nicht entkommen, Susan.«

Schweißgebadet wachte ich auf. Draußen war es schon taghell. Benommen schlüpfte ich aus dem Bett und schleppte mich Richtung Bad. Meine Mutter schien schon zur Arbeit gegangen zu sein. Ich war alleine in der Wohnung. Auch daran musste ich mich erst einmal wieder gewöhnen. In dem Haus meines Vaters war immer irgendjemand zu hören. Nach meiner morgendlichen Katzenwäsche zog ich mich rasch an und würgte mir etwas zu Essen hinunter. Ich nahm die Zeitung für Alex und schaute noch einmal in den Spiegel. Leider sah ich immer noch blass und erschöpft aus. Kurz sah ich noch mal aus dem Fenster, die Sonne schien nun nicht mehr. Stattdessen war es bewölkt und düster. Nicht schon wieder, dachte ich genervt. Ich nahm meinen Wohnungsschlüssel und verließ die Wohnung.

Einen Stock tiefer blieb ich dann nervös vor Alex' Haustür stehen, hoffentlich war er zu Hause. Ich atmete einmal tief durch und drückte dann auf das Klingelschild Fuller. Kurze Zeit war nichts zu hören, dann öffnete mir erneut seine Mutter die Tür. Sie lächelte mich an und hielt liebevoll ihren Bauch. Seit meinem letzten Besuch schien er noch etwas gewachsen zu sein. Sie schien mächtig stolz zu sein.

»Hallo, Misses Fuller, ist Alex zu Hause?« »Sicher, Susan, komm doch rein.« Ich betrat die Wohnung. »Er ist in seinem Zimmer.« Sie deutete zu einer Tür, wo ein Peacezeichen in der Mitte prangte. Typisch Alex, dachte ich lächelnd. Von innen konnte man dumpf laute Rockmusik wahrnehmen.

Ich zögerte kurz und klopfte dann an seiner Zimmertür. Von drinnen hörte man, dass die Musik leiser gedreht wurde. Dann Schritte. Schließlich öffnete er mir die Tür. Erstaunt sah er mich an. »Susan«, strahlte er, dann deutete er in sein Zimmer. »Willkommen in meinem Schloss.«

Ein erleichterndes Gespräch

Ich war schon ewig nicht mehr in seinem Zimmer gewesen. Meistens war er dann bei mir. Es sah ganz anders aus als das letzte Mal. Erwachsener. Links stand ein kleines Bett, was recht wüst aussah. Total durcheinander und überall lagen Sportzeitschriften verteilt. Unter dem Fenster stand sein Schreibtisch, wo sein PC und ein Haufen Schulkram lagen. Sein Kleiderschrank stand offen und seine Kleidung lag kreuz und quer verteilt. Alex trug Boxhandschuhe, die er sich nun schnell auszog. Während ich mich umsah, versuchte Alex, alles in den Kleiderschrank zu stopfen und ihn dann zuzubekommen. Es gelang ihm nicht wirklich. Auf dem Boden lag überall zerknülltes Papier. Dazwischen lagen Hanteln. An den Wänden waren Poster von Sportlern. Vereinzelte Medaillen hingen daneben, die er bei verschiedenen Marathons gewonnen hatte. Rechts von mir hing ein Sandsack von der Decke, der sich noch leicht bewegte, anscheinend hatte ich ihn gerade beim Training gestört.

»Soll ich später noch einmal wiederkommen?«, fragte ich verunsichert. »Blödsinn, setz dich doch«, sagte Alex und räumte mir einen Stuhl frei. »Hätte ich gewusst, dass du so früh kommst, hätte ich aufgeräumt.« Er lächelte nervös. »Das stört mich nicht«, sagte ich gelassen und setzte mich auf den Stuhl. Er setzte sich aufs Bett. »Nun bist du wieder da.« »Ja, endlich.«

Plötzlich fiel mir die Zeitschrift in meiner Hand auf. »Ach ja, Alex, die habe ich dir mitgebracht.« Er sah auf die Zeitschrift und nahm sie in seine Hand. Dann begann er darin zu blättern. »Wow, Wahnsinn«, seine Augen leuchteten. »Da sind alle bekannten Strecken drin und wie ich dahin komme. Danke, Susan.« »Gern geschehen.« Er war völlig von der Zeitschrift gebannt. Die Zeit wollte ich nutzen und überlegte mir, wie ich Alex meine ganzen Erlebnisse erzählen sollte. Je länger ich dort saß, desto nervöser und unsicherer wurde ich. Alex bemerkte dies. Schnell legte er die Zeitschrift weg. Dann musterte er mich von oben bis unten.

»Du siehst krank aus, Susan.« »Ja, mir geht's auch nicht so gut.« Er nickte nachdenklich. »Du wolltest mir etwas Wichtiges erzählen.« »Ja, wollte ich«, sagte ich leise und schluckte nervös. »Susan, sieh mich an.« Ich sah zu ihm auf. »Du kannst mir alles erzählen, egal was es ist. Alles, was du mir jetzt sagst, wird diese vier Wände nicht verlassen.« Er sah mich ernst an. Ich war dankbar für seine Worte. »Es ist alles nicht so einfach«, sagte ich verunsichert und ich war den Tränen nahe. Alex kam zu mir und setzte sich vor mir in die Hocke. »Susan, egal was es ist, ich werde dir glauben. Es ist bestimmt besser, wenn du darüber redest. Wenn du es für dich behältst, wird es nur noch schlimmer.« Ich sah in seinen Augen, wie ernst es ihm war. »Okay«, sagte ich stotternd. Er setzte sich wieder auf sein Bett und sah mich ganz offen an. Ich atmete noch einmal tief durch.

»Nun ja, es geht um Jonathan.« Alex nickte mir aufmunternd zu. »Er ist anders als normale Menschen«, sagte ich zögernd. »Inwiefern?«, sah er mich fragend an. »Oh Gott«, sagte ich verunsichert. »Wo soll ich da anfangen?«

»Am Anfang.« Er lächelte. »Als ich ihn das erste Mal im Kino traf, schien noch anfangs alles normal zu sein. Doch während des Films hörte ich plötzlich seine Stimme in meinem Kopf.« Er sah mich mit offenem Mund an. »Wie meinst du das? Ohne, dass er mit dir sprach?« »Ja, er saß so dicht neben mir und ich dachte nur genervt, tatsch mich ja nicht an und da hörte ich ihn in meinem Kopf. Er sagte: Keine Angst, ich werde dich nicht betatschen.« »Und was dann?«, fragte Alex erstaunt. »Ich bin aufgestanden und schnell auf die Toilette gerannt. Als ich wiederkam, lächelte er mich an. Später, als wir essen gingen, machte er das schon wieder. Er sagte, dass ich süß wäre, wenn ich mich aufregen würde.« Ich atmete einmal tief durch. »Kurzum, ich höre ihn oft in meinem Kopf. Mal sind es Bedrohungen, mal Komplimente.« Alex stand auf und lief nervös in seinem Zimmer hin und her. Dann sah er wieder zu mir.

»Und was weiter?« »Als wir auf der Fahrt zu meinem Vater waren, kamen wir an einem schlimmen Autounfall vorbei. Wir waren alle schockiert. Dann hörte ich wieder Jonathans Stimme in meinem Kopf, die sprach: Geschieht denen recht.« Es schüttelte mich bei dem Gedanken. »Als ich dann zu ihm sah, lächelte er belustigt. Ich konnte das nicht verstehen, er amüsierte sich über das Leid anderer Leute.«

Alex setzte sich aufs Bett und ging sich durch die Haare. Wie er es immer tat, wenn er nervös war. Ich wartete einen Moment, bis er sich gesammelt hatte. Erst als er mich wieder ansah, fuhr ich fort.

»Beim Zelten passierten auch viele mysteriöse Dinge.« »Welche?«, fragte Alex leise. »Na ja, Mike wollte ein Lagerfeuer machen. Er versuchte, mit einem Streichholz das Feuer zu entfachen, aber es gelang ihm nicht. Schließlich versuchte es Jonathan. Er nahm es in seine Hand und dann bekam er …«, ich stoppte. Was würde Alex von mir denken, wenn ich ihm das sagen würde? Meine Freundschaft zu ihm war mir mehr als wichtig gewesen. »Bekam er was?«, versuchte er, mich zum Weitererzählen zu ermutigen. Sein Gesichtsausdruck war ernst, ich konnte mir nicht vorstellen, dass er mich auslachen würde oder ähnliches, »… rote Augen«, vollendete ich leise meinen Satz. »Danach entzündete sich das Feuer wie durch Geisterhand. Er hatte das Holz nicht einmal mit dem Streichholz berührt.«

Alex sah mich erschrocken an. »Rote Augen? Bist du dir sicher?« »Ganz sicher. Ich habe sie nun schon oft bei ihm gesehen. Immer wenn er emotional aufgewühlt ist.« »Ist noch etwas vorgefallen?« »Einiges. Als wir so am Lagerfeuer saßen, nur Jonathan und ich, tauchte plötzlich ein Bär auf. Ich hatte furchtbare Angst und Jonathan deutete mir an, mich neben unser Zelt zu stellen. Dann stellte er sich vor den Bären und schaute ihm tief in die Augen. Sie wurden erneut feuerrot und der Bär lief weg, einfach so.« »Einfach so«, wiederholte Alex meine Worte. Dann sagte er mit weit aufgerissenen Augen. »Wahnsinn!«

Ich wartete wieder einen Moment und fuhr dann fort. »Ich musste mit Jonathan in einem Zelt schlafen. Du kennst ja Mike und Tina«, ich verdrehte die Augen. »Der Gedanke, mit ihm in einem Zelt schlafen zu müssen, war sehr unangenehm für mich.« »Das kann ich mir vorstellen.« »Als ich endlich eingeschlafen war, bin ich von meinem üblichen Albtraum wieder aufgewacht.« Alex hob eine Augenbraue, bei dem Wort Albtraum. »Erzähle ich dir später«, sagte ich schwer atmend. Es war nicht einfach für mich, über die ganze Sache zu sprechen. Er nickte mir zu.

»Jedenfalls wachte ich auf und Jonathan war nicht im Zelt. Da es mitten in der Nacht war, wollte ich mal sehen, wo er bleibt. Ich kletterte aus dem Zelt und schaute bei dem Lagerfeuer nach, ob er dort war. Aber da war er nicht. Ich hatte Angst, dass der Bär wieder aufgetaucht war und beschloss, etwas in den Wald hinein zu gehen, ob er da ist. Kurze Zeit später sah ich ihn dann im Wald stehen.« Ich schluckte, als ich das Bild vor Augen sah. »Er stand ein paar Meter von mir entfernt und hatte sein Oberteil ausgezogen«, ich errötete leicht bei dem Gedanken. Alex ignorierte das wie ein Gentleman. »Er stand mit dem Rücken zu mir. Plötzlich spannte er seinen ganzen Körper an und aus seinen Händen kam ein rotes, grelles Licht. Dann schoss er mit beiden Armen nach vorne und er …«

Ich stoppte nervös. Für einen Außenstehenden musste es sich so anhören, als hätte ich sie nicht mehr alle.

»Nur weiter«, ermutigte mich Alex, den Blick nicht einmal von mir abgewandt. »Er entwurzelte einen Baum, der dann ein paar Meter weiter zu Boden fiel«, sagte ich schnell. Alex sah mich überrascht an. »Danach lief ich schnell ins Zelt, war mir aber sicher, dass er mich bemerkt hatte. Als wir dann bei meinem Vater angekommen waren, passierte auch sehr viel Unheimliches.« »Erzähl«, sagte Alex fordernd. »Ich war eines Nachts am Strand unterwegs, weil ich wieder mal nicht schlafen konnte. Plötzlich konnte ich von Weitem eine Person erkennen und ein unheimliches Leuchten. Ich fand das merkwürdig, weil die Person trotz Unwetter in Sommersachen unterwegs war. Spontan kletterte ich auf einen Aussichtsturm. Also auf so einen, den die Rettungsschwimmer benutzen.«

Alex nickte mir zu. »Als ich oben war, konnte ich erkennen, dass Jonathan die Person war und er …« Ich kam wieder ins Stottern. Alex sah mich ermutigend an.

»Er hatte wieder dieses rote Licht, das aus seinen Händen kam, wieder schoss er mit den Armen nach vorne und er schaffte es nur durch seine Hände, die Wellen zu lenken.« »Er konnte die Wellen lenken?«, sagte Alex mit erschrockenem Gesichtsausdruck. »Ja«, sagte ich knapp. »Das ist krass«, sagte er, wie gebannt hatte er seine Augen auf mich gerichtet. »Jedenfalls brach ich auf dem Aussichtsturm ein und ich musste Tina anrufen, dass sie mir da raushalf. Dabei verletzte ich mir meinen rechten Arm und mein rechtes Bein.« Ich zog meinen rechten Ärmel von meinem Pullover hoch und zeigte Alex die Wunde, die schon fast verheilt war. Erschrocken sah er auf meinen Arm. »Das ist ja furchtbar, Susan«, sagte er mitfühlend. Ich nickte.

Wieder stand Alex auf und lief nervös in seinem Zimmer auf und ab. »Susan, das ist einfach unglaublich.« »Ich weiß«, sagte ich leise. »Okay, jetzt immer mit der Ruhe.« Er setzte sich wieder aufs Bett. »Ist noch etwas passiert?« »Ja«, sagte ich im Flüsterton. »Ich bin ganz Ohr.« »Wir waren in Atlantic City in der Stadt gewesen. Also Mike, Tina, Jonathan und ich. Als mich plötzlich eine Wahrsagerin festhielt, zu Jonathan schaute und mir sagte, dass ich in großer Gefahr sei. Jonathan packte sie dann am Arm. Sofort bekam er wieder diese roten Augen, nur ich und die Wahrsagerin bekamen dies mit. Er sah ihr lange in die Augen und sagte ihr, dass sie jetzt gehen sollte. Sie tat es. Sofort.«

Plötzlich durchfuhr mich ein Geistesblitz. Auch sie hatte Jonathan also manipuliert. Nur so ergab es einen Sinn. Alex sah mich weiterhin mit großen Augen an, sagte aber nichts. Er wartete darauf, dass ich fortfuhr. »An einem anderen Tag waren wir dann in einem Kasino gewesen. Dort war ein Typ, der Jonathan anrempelte und beleidigte. Jonathan konzentrierte sich danach eine Zeit lang auf ihn, kurze Zeit später verlor er all sein Geld. Als wir später nach Hause fahren wollten, trafen wir auf denselben Typen beim Parkhaus. Er fing wieder an, auf Jonathan einzureden. Jonathan sah ihn wieder mit diesem Blick an und sagte ihm, er solle sich ein Taxi nehmen und nach Hause fahren. Er tat es sofort.« Ich schluckte. Nun war alles klar, auch ihn hatte er manipuliert, dachte ich schockiert. »Heftig«, sagte Alex leise.

»Das ist noch nicht alles.« »Ich höre«, sagte er mit wachsamen Blick zu mir gewandt. »Ich war mit Tina, Mike und Jonathan in einer Disco. Dort machte uns eine Gruppe Typen an. Also Tina und mich. Ich war froh, dass Jonathan kam und mir half … Was wir nicht wussten, die Gruppe wartete vor der Disco auf uns. Es waren fünf. Schließlich kam es zu einer Prügelei. Mike hatte bös was abbekommen, wir mussten mit ihm noch ins Krankenhaus, er hatte sich drei Rippen angebrochen. Jonathan mischte die ganze Gruppe auf, wieder bekam er rote Augen und hatte eine enorme Kraft. Es sah so aus, als wäre es für ihn ein Leichtes, die Typen zu verprügeln. Aber das Schlimmste kommt erst noch.« »Was kann denn noch schlimmer sein?«, fragte Alex angespannt. »Er wollte Tina und Mike auseinanderbringen.« »Was?« Alex war völlig außer sich. »Und hat er es geschafft?« »Kurze Zeit ja, aber im Hotel haben sie sich Gott sei Dank wieder vertragen.« »Wie hat er das geschafft?« »Ich vermute mal«, sagte ich langsam, »dass er dazu in der Lage ist, Menschen zu manipulieren.«

Alex sah mich fragend an. »Wie meinst du das?« »Tina erzählte mir, dass sie mit Mike und Jonathan spazieren war. Dann trafen sie auf einen jungen Typen. Sie sagte mir schließlich, dass sie sich an das Kommende nicht mehr erinnern könnte. Angeblich hat sie mit dem Typen vor den anderen beiden rumgeknutscht.« Alex schaute mich schockiert an. »Das passt nicht zu Tina, sie liebt Mike.« »Eben«, sagte ich leise. »Sie konnte erst wieder klar denken, als schon alles vorbei war.«

»Aber mal angenommen, Jonathan wäre zu so etwas in der Lage. Wieso tut er das, was hat er davon?« »Ich kann es dir nicht sagen. Es gab eine Situation, wo ich ihn belauschen konnte. Ich war heimlich in seinem Zimmer, er kam zurück und ich versteckte mich in seinem Kleiderschrank. Dort konnte ich ihn beobachten, er sprach mit sich selbst. Beziehungsweise mit einem Foto in seiner Hand.« »Einem Foto?« »Ja, als ich später wieder aus dem Schrank kam, schaute ich es mir an. Auf dem Foto war eine hübsche Frau abgebildet. Was mich irritierte, das Foto war schwarzweiß und die Frau auf dem Bild sah so aus, als wäre es schon ein paar Jahrzehnte alt. Die Frau trug altertümliche Kleidung. Ein weites, langes Kleid, einen Hut und einen Fächer. Er sprach mit dem Bild, als wäre sie seine Exfreundin oder so etwas, das fand ich irgendwie merkwürdig. Aber was mir wirklich Angst gemacht hatte, war, dass er von einer Mission erzählte. Er schien etwas Böses vorzuhaben. So sprach er jedenfalls davon.«

Ich hielt kurz inne. »Ich hatte dir doch von Nancy, die von der Raststätte, erzählt?« »Ja, in den Nachrichten kam, dass der Typ gefasst wurde.« »Ja, aber ich glaube nicht, dass er etwas damit zu tun hat, wenn überhaupt indirekt.« »Wie meinst du das?« »Als ich Jonathan belauschte, sprach er davon, dass er die Dienste von seinem Helfer nicht mehr bräuchte.« Ich atmete einmal tief durch. »Ich bin mir sicher, dass Jonathan Jacob Planks manipuliert hatte.«

Alex schaute mich entgeistert an. »Aber wie und vor allem wann sollte er das gemacht haben?« »Wie, kann ich dir nicht sagen, aber wann. Als wir auf der besagten Raststätte waren, ging Jonathan zeitgleich wie Jacob auf die Toilette. Auf der Toilette muss er ihn manipuliert haben. Als Jacob nämlich später wieder zu seinem Platz zurückkam, war er wie ausgewechselt. Er war wie in einem Trancezustand. Genauso wie

Tina mir ihren Zustand beschrieb, beschrieb er es auch. Er ist bei meinem Vater in Behandlung. Jacob erzählte ihm, dass er sich an nichts mehr erinnern könnte.« »Was passiert jetzt mit Jacob?«, fragte er wie gebannt. »Er kommt nun in eine Psychiatrie. Man kann ihm nur die Körperverletzung an den drei Polizisten und dem Passanten nachweisen, nicht den Mord. Nancy ist an einem Schock gestorben. Das hätte durch alles Mögliche ausgelöst werden können.« Ich schwieg.

Alex stand auf und schaute angespannt und nachdenklich aus dem Fenster. Kurz ließ ich ihn über alles nachdenken. Ich hatte das Gefühl, dass mir ein ganzer Felsen vom Herzen fiel. Es tat gut, über das Ganze zu sprechen. Eine Zeit lang verharrte Alex am Fenster. Dann drehte er sich zu mir um.

»Das ist unglaublich, was du alles erlebt hast, Susan.« »Du glaubst mir nicht?«, fragte ich und stand auf. »Natürlich glaube ich dir«, schnell stand er an meiner Seite. Er zögerte kurz, dann nahm er mich in den Arm. Es tat gut, in seinem Arm zu stehen, ich fühlte mich sicher und geborgen. Schließlich konnte ich meine Tränen nicht länger zurückhalten. Alex nahm mich fester in seine Arme. »Ist schon gut, Susan. Ich bin ja bei dir.« Es war mir überhaupt nicht peinlich, vor Alex zu weinen. Er löste sich vorsichtig aus der Umarmung und suchte etwas auf seinem Schreibtisch. Schließlich fand er ein Päckchen Taschentücher. »Hier.« »Danke.«

Wir setzten uns auf sein Bett. »Du glaubst mir also?« »Natürlich glaube ich dir, so etwas kann man sich nicht ausdenken.« Er musterte mich mit ernstem Gesichtsausdruck. »Weißt du, was das Schlimme ist?«, sagte ich unter heftigem Schluchzen. »Nein, was?« »Jonathan kann auch wirklich nett, charmant und einfühlsam sein. Ich habe mit ihm mal einen Fernsehabend gemacht, dort war er sehr liebevoll und machte mir Komplimente. Im Hotelzimmer meinte er zu mir, dass wir gut zusammenpassen würden. Ich sagte ihm, dass ich das nicht glauben würde. Er ließ mich gehen. Aber als wir wieder zu Hause angekommen waren, flüsterte er mir zu, dass er gespannt wäre, wie lange es dauern würde, mich vom Gegenteil zu überzeugen. Das Schlimme daran war, dass es sich fast wie eine Drohung anhörte.«

»Er wird dir nichts tun, ich passe auf dich auf.« Als er das sagte, spannte er seine Unterarme an und seine Gesichtszüge verhärteten sich.

»Wo ist er denn jetzt? Ist er wieder abgereist?« »Nein, er übernachtet eine Weile bei Mike.« »Was?« Alex sprang auf. »Wieso das denn? Was sagen die denn zu dem Verhalten von ihm? Schließlich wollte er sie auseinanderbringen.« Ich stand ebenfalls auf und versuchte, Alex zu beruhigen. »Sie wissen von alldem nichts, niemand weiß etwas darüber. Alex, bitte, du musst mir versprechen, dass du niemandem etwas darüber erzählst. Schon gar nicht Tina und Mike. Wer weiß, wozu Jonathan noch fähig ist.« Alex setzte sich wieder und ging sich nervös durch die Haare. »Ich werde niemandem etwas sagen. Das hatte ich dir doch versprochen und das werde ich auch halten.« Einen Augenblick später sah er mich an. »Und was jetzt?« »Ich weiß es nicht, Alex.« »Ich meine, wenn er etwas vorhat, etwas Schlechtes, und wir wissen, zu was er fähig ist, dann müssen wir versuchen, es zu verhindern. Aber erst mal müssen wir herausfinden, was er vorhat«, sagte er mehr zu sich selbst, als zu mir.

Liebevoll sah er mich von der Seite her an. »Mit allem hätte ich gerechnet, aber nicht mit so etwas. Fassen wir zusammen: Er hat viel Kraft, er bekommt rote Augen, wenn er emotional aufgewühlt ist und er kann Menschen manipulieren. Was wissen wir noch?« Er sah mich fragend an. »Er ist ungewöhnlich schnell und ich habe immer das Gefühl, dass er glücklich ist, je mehr Negatives um ihn herum passiert.« »Komisch«, sagte Alex im nachdenklichen Ton. »Vielleicht hat er mit irgendetwas schlechte Erfahrung gemacht.« »Ich weiß nur, dass seine Exfreundin ihn betrogen haben muss. Jedenfalls schließ ich das aus seinen Aussagen.« »Die von dem Foto?« »Ich weiß es nicht, das kann doch aber nicht sein, die Frau auf dem Bild musste vor Jahrzehnten gelebt haben. Da war er doch noch gar nicht auf der Welt.«

Alex nickte gedankenversunken. »Und du kannst dir überhaupt nicht vorstellen, was er vorhat?« Ich schüttelte den Kopf. »Nein.« »Aber wie macht er das mit dem Manipulieren?« Ich zuckte mit den Achseln. »Wenn du etwas denkst, antwortet er dir dann manchmal in deinem Kopf?« »Ja.« »Also kann er Gedanken lesen?« »Ja.« »Von jeder Person?« »Ich denke schon.« Alex stand wieder hektisch auf und lief auf und ab. »Ich sage es ungern, Susan, aber die Fähigkeiten, die du mir beschreibst, haben wenig menschliche Züge an sich.« »Was meinst du damit?« »Ich kann es noch nicht sagen. Aber alleine diese roten Augen und diese enorme Kraft und Geschwindigkeit sind mir noch von keinem Menschen bekannt.«

Plötzlich gab es einen Schlag und Alex und ich zuckten erschrocken zusammen. Ich sah aus dem Fenster, es donnerte und blitzte. Harter Regen prasselte gegen das Fenster. »Oh nein«, sagte ich genervt. »Davon hatte ich schon in Atlantic City genug.« »Bei uns hat es nicht einmal geregnet. Im Gegenteil, es war sehr heiß.« »Dann hast du echt Glück gehabt.«

»Ja. Siehst du ihn bald wieder?« Ich dachte kurz nach. »Ja, ich denke mal, spätestens zu meiner Geburtstagsfeier. Tina wollte eine Feier für mich organisieren und da hat sie ihn auch gefragt, ob er kommen würde. Er hat Ja gesagt.« Alex nickte nachdenklich. »Wir müssen irgendwie herausfinden, was er vorhat und weshalb er solche Fähigkeiten besitzt.« »Ja, aber wie?« »Das weiß ich noch nicht. Vielleicht finden wir bei der Feier ja was heraus.« »Hoffentlich«, stöhnte ich.

Alex sah mich unsicher von der Seite her an. »Was?«, fragte ich verunsichert. »Du erwähntest vorhin, dass du Albträume hättest.« »Richtig«, sagte ich leise und schaute dabei zu Boden. »Immer derselbe, nur ab und zu etwas verändert. Und ich träume ihn fast jede Nacht. Es ist schon sehr lange her, dass ich fest durchgeschlafen habe.«

Er musterte mich, dann räusperte er sich. »Möchtest du mir vielleicht davon erzählen?« Ich sah zu ihm auf. »Sicher.« Er lächelte. »Nun ja, es fängt immer damit an, dass ich voller Angst und Panik durch den Wald laufe. Irgendetwas ist hinter mir her und versucht, mich zu packen. Meistens stolpere ich dann über eine Baumwurzel und etwas packt mich grob von hinten. Dann merke ich heißen Atem in meinem Nacken.« Ich erschauderte bei diesem Gedanken. »Dann werde ich grob herumgerissen und da sehe ich ihn dann.« Ich schluckte. »Wen?« Ich schaute Alex in die Augen. »Jonathan.« Mit offenem Mund sah er mich an. »Wie lange hast du den Traum schon?« »Eine längere Zeit. Bestimmt schon zwei Monate lang.« »Aber da kanntest du Jonathan doch noch gar nicht.« »Dass ich sehe, wer hinter mir steht, habe ich erst, seit ich Jonathan kennengelernt habe.« Alex fiel in Gedanken.

Kurze Zeit später sah er mich wieder an. »Und sagt er auch etwas zu dir?« »Je nachdem, was ich an dem vorigen Tag mit ihm erlebt habe. Manchmal ist er liebevoll und er«, ich zögerte, »versucht, mich zu küssen.« Ich schaute verlegen zu Boden, fasste mich aber relativ schnell wieder. »Aber größtenteils droht er mir.« »Mit was?«, fragte Alex leise flüsternd. »Na ja, er sagt dann, dass er mich gewarnt hätte oder dass ich ihm nicht entkommen würde oder ob ich jetzt Angst vor ihm hätte.« Ich erschauderte bei dem Gedanken. »Und immer hat er diese roten, Angst einflößenden Augen.« »Verstehe.«

»Weißt du noch, als du mir meinen Rucksack aus dem Wald wiedergebracht hast?« Er überlegte kurz. »Ja.« »Da hatte ich ihn auch gehört, er fragte mich, ob ich Angst hätte.« »Unfassbar«, sagte Alex leise.

»Weißt du, was mich noch mehr irritiert hat?« »Nein, was?« »Als ich mir das Foto angeschaut hatte, von der Frau.« Ich zögerte einen Moment. »In derselben Nacht träumte ich von ihr.« Alex' Augen wurden größer. »Und was genau?« »Sie warnte mich vor Jonathan. Außerdem sagte sie mir, dass er böse sei und dass es ihm nur gut gehen würde, wenn andere um ihn herum leiden würden.«

»Das ist wirklich unheimlich.« »Ja, das ist es«, stimmte ich ihm zu. »Zweimal träumte ich bis jetzt von ihr. Jedes Mal warnte sie mich.« »Ich finde es komisch, dass du schon vorher diesen Traum hattest. Bevor du Jonathan kennengelernt hast. Das ist fast wie eine Zukunftsvision oder so etwas Ähnliches.« »Na, hoffentlich nicht.« »Was meinst du?« »Na, dann würde er mich jagen und packen und wer weiß was mit mir anstellen.« Alex sah mich lange an. »Das würde ich niemals zulassen.« Ich lächelte ihn an. Er erwiderte mein Lächeln. Dann stand er auf.

»Oh Mann«, er streckte sich ausgiebig. »So viele Infos auf einmal.« »Soll ich dich alleine lassen?« »Nein, nicht nötig.

Geht gleich schon wieder. So etwas erlebt man nur nicht jeden Tag, verstehst du?« »Ja, ich verstehe sehr gut, was du meinst.« »Aber, wenn der Kerl wirklich etwas für dich empfindet, dann würde er dir doch nichts antun, oder?« Ich zuckte mit den Schultern. »Ich kann es dir nicht sagen, Alex.« »Wir werden wohl oder übel deine Geburtstagsfeier abwarten müssen.« Ich nickte. »Bin mal gespannt, wie das noch enden wird«, sagte ich mit einem lauten Seufzen am Ende. »Wir schaffen das schon«, sagte Alex mit seinem ganzen Optimismus, den er aufbringen konnte.

»Wenn du das sagst ...« »Dann ist das auch so«, sagte er lachend.

Den ganzen Tag verbrachte ich mit Alex. Wir unterhielten uns noch über seine ersten Ferienwochen. Und darüber, dass seine Mutter ja bald das Baby bekommen würde und sich alle schon riesig darüber freuen würden.

Seine Mutter brachte uns zwischendurch noch etwas zu Essen und grinste uns dabei augenzwinkernd an. Als sie wieder aus dem Zimmer ging, schaute ich erstaunt zu Alex. »Was war das denn gerade?« Alex errötete kaum merklich und ging sich wieder verlegen durch die Haare. »Meine Mutter denkt, dass wir gut zusammenpassen würden«, sagte er lachend. »Machst du Witze?«, sagte ich mit offenem Mund. »Mein Vater glaubt das auch.« »Mach keinen Scheiß«, sagte er und plötzlich überfiel uns ein heftiger Lachanfall. Schon ewig hatte ich nicht mehr so gelacht. Ich fühlte mich so unglaublich wohl bei Alex. Nur bei ihm hatte ich das Gefühl, dass ich wirklich ich selbst sein konnte.

Erst spät am Abend machte ich mich wieder auf den Weg nach oben in unsere Wohnung. Wir hatten völlig die Zeit vergessen. Und da es draußen sowieso heftig gewitterte, konnten wir eh nicht viel mehr machen, als drin zu sitzen. Oben in unserer Wohnung angekommen, hörte ich, dass im Wohnzimmer der Fernseher lief. Ich schaute um die Ecke. Meine Mutter lag ausgestreckt auf dem Sofa und war eingeschlafen. Ich holte eine Decke und legte sie ihr über, danach schaltete ich leise den Fernseher aus.

In meinem Zimmer angekommen, machte ich mich bettfertig und schlüpfte unter die Bettdecke. Draußen grollte und blitzte es. Wie in Atlantic City, dachte ich seufzend. Müde ließ ich den Tag noch einmal Revue passieren. Ich war froh, dass Alex mir Glauben schenkte und ich war mir sicher, dass er es ernst meinte. Er tat nicht nur so als ob. Langsam schlief ich ein. Ich schlief sehr unruhig, aber die Nacht blieb Gott sei Dank traumlos.

Wahre Gefühle?

Als ich am Morgen erwachte, war meine Mutter schon auf der Arbeit. Ich sprang unter die Dusche und zog mir etwas Bequemes an. Spontan beschloss ich, in meinen geliebten Wald zu gehen. Es war zwar noch bewölkt draußen, regnete aber nicht mehr. War wahrscheinlich auch nicht schlecht gewesen, dass es mal regnete, schließlich war es ja lange sehr heiß in Devils Lake. Gemütlich lief ich durch die Stadt, Richtung Wald. Ich freute mich auf meinen geliebten Platz, an dem ich mich immer so wohl fühlte und wo ich am besten nachdenken konnte. Kurze Zeit später erreichte ich endlich diesen Ort, von wo aus ich über die ganze Stadt schauen konnte. Selig setzte ich mich ins Gras und atmete tief ein und aus. Ich befand mich gerade in einer Art Dämmerzustand, als mich eine Stimme aus den Gedanken riss.

»Hallo, Susan.« Erschrocken drehte ich mich um. Diese Stimme kannte ich nur zu gut. Ich würde sie aus Tausenden wiedererkennen. Es war die Stimme von Jonathan. Lässig angelehnt an einem Baum, sah er mich lächelnd an. Ich stand schnell auf. »Hi«, stammelte ich nervös. »Ich wusste, dass ich dich hier finden würde. Wie geht es dir?« »Gut. Was führt dich hier her?«, fragte ich stotternd. »Ich hatte Sehnsucht nach dir«, sagte er breit grinsend und in diesem gefährlichen Unterton. Ich konnte dazu nichts sagen. »Magst du mit mir etwas spazieren gehen?«, fragte er leise. Ich zögerte, dachte mir aber auch, dass es etwas auffällig wäre, wenn ich nicht mit ihm mitgehen würde. Schließlich musste ich ja mit ihm in Kontakt bleiben, wenn ich mehr über seine Mission herausfinden wollte. Langsam ging ich auf ihn zu.

»Ich beiße nicht«, flüsterte er. Dafür machst du viele andere mysteriöse Dinge, dachte ich verängstigt. Jonathan schien meine Gedanken gelesen zu haben, denn er lächelte daraufhin noch breiter. Langsam liefen wir tiefer in den Wald. »Was hast du die Ferien noch vor?«, fragte er ganz belanglos und so, als hätte es die ganzen Zwischenfälle zwischen uns nicht gegeben. »Oh, nicht viel«, sagte ich zögernd. »Ich plane selten etwas, bei mir kommen die Einfälle meistens spontan.« »Verstehe.« »Und du?«, fragte ich mit angespannter Mimik. »Was meinst du?« »Was hast du die nächste Zeit so vor?« Mein Herz raste. »Hm«, er sah mich von der Seite her an. Dann sah er sich im Wald um. »Ich finde es eigentlich ganz nett hier in Devils Lake.« Er setzte sein breites Grinsen auf.

»Eine Frage, Susan …« Er sah mich von der Seite her an. »Ja?« »Wie kommt es, dass du noch nie einen Freund hattest?« Mein Puls schlug schneller. Sein Blick durchbohrte mich nun fast, das machte mich nur noch nervöser. »Ähm, es hatte sich nie ergeben.« Er sah mich weiterhin prüfend an. »War denn nie jemand dabei, für den du etwas empfunden hattest?« Ich überlegte kurz. Dann sagte ich leise und kaum vernehmbar: »Nein.« Er nickte nachdenklich und wandte den Blick wieder von mir ab. »Das ist aber schade«, sagte er leise. »Warum?«, fragte ich irritiert. »Nun ja, es kann sehr schön sein, jemanden zu lieben.« »Ja, bis man von demjenigen verletzt wird«, sagte ich nun etwas lauter. Sofort nahmen seine Gesichtszüge wieder schärfere Konturen an und seine Augen flackerten leicht. »Ja, bis man verletzt wird«, sagte er durch die Zähne gepresst. Dann blieb er stehen, ich ebenfalls. Er sah mich direkt an. »Es gibt Menschen, die verdienen es, bestraft zu werden.« Sein Blick war kalt und erbarmungslos. Ich wusste nicht, was ich darauf antworten sollte und sah eingeschüchtert zu Boden.

Jonathan kam nun näher und blieb ganz dicht vor mir stehen. Sanft strich er mir über die Haare. Ich zuckte kaum merklich zusammen und sah ihn an. »Du wirkst so zerbrechlich auf mich. Ich kann mir nicht vorstellen, dass du mich je verletzen könntest«, hauchte er. Er schluckte. Seine Augen waren nun feuerrot. Ich wusste nicht, ob er dies bemerkte. Er war zu sehr mit seinen Gedanken beschäftigt und ich hatte den Eindruck, dass er wieder mehr mit sich selbst sprach, als mit mir. »Weder körperlich«, er lachte leicht auf. »Nein, körperlich auf keinen Fall … noch verbal.« Er strich mir noch immer durch die Haare. Dann fuhr er mir zärtlich die Arme entlang. Er sah mir starr in die Augen. Obwohl ich eigentlich Angst haben müsste, blieb ich, wo ich war. Er zog mich mit seiner rauen Stimme und seinen sanften Berührungen irgendwie in seinen Bann. Er zog mich enger zu sich.

Mein Herz schlug unregelmäßig. Er lächelte leicht. Dann sagte er leise: »Du bist wunderschön, Susan.« Ich wusste nicht, warum ich dies sagte, doch ich hörte mich leise sagen: »Du auch.« Er war so hübsch, als er so vor mir stand. Trotz der roten Augen. Sein Gesicht war markant und doch sah es perfekt aus. Nun blieb mein Blick auf seinen Lippen hängen. Ich schluckte. Er lächelte leicht und kam nun näher. Oh Gott, dachte ich, was tue ich hier? Er ist böse, ich darf das nicht tun. Sein Lächeln hielt an. Dann hörte ich seine Stimme in meinem Kopf.

»*Wenn du es auch willst, lass es zu, Susan!*« Mein ganzer Körper zog sich zusammen. Dann sagte ich kaum vernehmlich und zu meinem eigenen Schreck:

»Küss mich.« Nun waren seine Lippen fast auf meinen. Ich schloss schon die Augen und wartete auf dieses Gefühl, das ich bisher noch nicht kannte.

Als plötzlich ... »Susan?« Alex' Stimme uns aus der Situation riss. Erschrocken öffnete ich die Augen und sah zu Jonathan auf. »Alex«, stammelte ich. Jonathan sah kurz weg und ich wusste, dass er versuchte, die Augen zu normalisieren. Als er mich wieder ansah, waren seine Augen wieder in dem normalen Graugrün, das ich so mochte. Alex stand wie angewurzelt da. Denk an nichts, Alex, dachte ich verzweifelt. Jonathan darf nie erfahren, dass ich dir alles erzählt habe. Hoffentlich las er nicht gerade meine Gedanken, denn dann wüsste er es jetzt. Zu meinem Glück waren seine Augen aber nur auf Alex fixiert. Er versuchte, ihn einzuschätzen. Also hatte er sich nicht auf mich konzentriert, weil ich wusste, dass dies seine ganze Aufmerksamkeit forderte. Alex kam näher. Jonathan machte einen Schritt nach vorne. Dann hielt er Alex seine Hand hin.

»Hallo, ich bin Jonathan.« Alex zögerte einen Moment, ich nickte ihm leicht zu. »Alex«, sagte er knapp und sie schüttelten sich die Hände. »Der Alex?«, sagte Jonathan zu mir gewandt. »Der, mit dem du im Urlaub immer gesprochen hattest?« Ich nickte nervös. Jonathan stellte sich neben mich und legte einen Arm um meine Schulter, so, als wären wir ein Paar. Die Augen nicht einmal von Alex abgewandt.

»Nun«, sagte Jonathan mit fester Stimme. »Was können wir für dich tun, Alex?« »Susan, deine Mutter sucht dich«, stammelte Alex. »*Lüge!*«, hörte ich Jonathans Stimme in meinem Kopf. Ich schluckte panisch. »Nun, dann sollte ich wohl lieber gehen«, sagte ich stotternd zu Jonathan. »Ich werde dich nicht aufhalten«, entgegnete dieser und strich mir dabei sanft durch die Haare. Dann kam er näher und küsste mich auf die Stirn. Alex sah demonstrativ weg. Ich konnte aber erkennen, wie angespannt und völlig überfordert er mit der ganzen

Situation war. Er ging sich wieder nervös durch die Haare. Während Jonathan mir so nah war, hörte ich ihn in meinem Kopf sagen: *»Wir haben noch genug Zeit, um uns näher zu kommen.«* Ich errötete kaum merklich. Jonathan sah noch einmal zu Alex. »Wir sehen uns«, sagte er knapp. Alex nickte kalt. Jonathan drehte sich um und machte sich auf den Weg in die entgegengesetzte Richtung.

»Was zum …!?«, sagte Alex schockiert. »Kein Wort, Alex, und versuch, an nichts zu denken bis wir zu Hause sind. Er ist noch hier.« Er nickte angespannt und sah sich um.

Der Weg bis zu unserem Haus kam mir ewig vor. Mir brannte so vieles auf der Seele, was ich Alex sagen wollte und vor allem, was ich nicht verstand. Endlich am Haus angekommen, liefen wir in meine Wohnung und direkt in mein Zimmer. Alex fing wieder an, nervös hin und her zu laufen. »Susan, ich verstehe das nicht. Ich denke, er ist böse und du hast Angst vor ihm. Ihr hättet euch beinahe geküsst«, sagte er außer sich vor Zorn.

Plötzlich sah er mich entsetzt und mit großen Augen an. Langsam kam er mir näher und sah mir intensiv in die Augen. Danach hielt er zwei Finger hoch. »Wie viele Finger zeige ich dir?« »Ach, Alex«, sagte ich genervt und schlug die Hand runter. »Ich bin nicht manipuliert.« »Bist du nicht?«, sagte er mit offenem Mund. »Aber warum tust du das dann? Willst du unbedingt sterben, Susan?« »Natürlich nicht.«

Unsicher ließ ich mich auf mein Bett fallen. Alex stellte sich vor mich und verschränkte die Arme vor der Brust. »Erkläre es mir, Susan, jetzt!« »Mann, ich weiß doch auch nicht, was da mit mir los war. Ich wollte wieder an meinen Lieblingsplatz an meiner Lichtung gehen. Als ich dort saß, hörte ich plötzlich seine Stimme hinter mir.« »Was wollte er?«, fragte Alex kühl. »Er meinte, dass er wusste, dass ich dort sei und dass er mich vermisst hätte.« Ich schluckte verlegen und sah zu Boden.

»Wir gingen ein Stück zusammen spazieren.« »Du bist mit ihm tiefer in den Wald gegangen? Wie naiv kann man sein, Susan?« »Ich weiß ja, Alex, aber was hätte ich denn machen sollen? Wenn ich Nein gesagt hätte, würden wir doch nie herausfinden, was er vorhat.« »Und? Weißt du, was er vorhat?« »Nein. Er sagte mir nur, dass es ihm in Devils Lake gefallen würde und dass er noch eine Weile bleiben möchte. Zumindest schließe ich das aus seiner Aussage.« »Na, das sind doch mal gute Neuigkeiten«, sagte Alex gereizt und ging sich ungestüm durch die Haare.

Wieder begann er, auf und ab zu gehen. »Susan, du musst dir endlich bewusst werden, dass mit diesem Kerl etwas nicht stimmt. Ich meine, ich kenne niemanden, der sich so aufführt. Und wenn es den Tatsachen entspricht und er Jacob Planks wirklich manipuliert hat, dann ist er sogar für einen Mord verantwortlich. Für einen Mord!« Er sah mich mit großen Augen an. Hastig stand ich auf. »Ich weiß ja, Alex. Keine Ahnung, was dort in mir vorging. Er war so liebevoll und zärtlich.« Ich sah Alex nicht an, als ich dies sagte. Wusste aber genau, dass er mich mit einem entsetzten Gesichtsausdruck ansah. »Er war so nett und er sah so gut aus«, stammelte ich leise.

Schnell war Alex bei mir und packte mich unsanft an beiden Armen, dann schüttelte er mich leicht. »Susan, hast du dir noch nie überlegt, dass das nur eine Taktik von ihm sein könnte, um näher an dich heranzukommen? Immer wenn er merkt, dass du dich mehr und mehr von ihm entfernst, ist er wieder nett zu dir. Und versucht, dich in seinen Bann zu ziehen.« Ich riss mich aus seinem Griff los. »Ach ja«, sagte ich beleidigt. »Du hältst es also für absolut unmöglich, dass man sich auch nur einfach so in mich verlieben könnte?« »Was?« Alex' Augen waren nun weit geöffnet und er schaute mich irritiert an. »Nein, Susan, so meinte ich das nicht«, stotterte er.

»Er wird dir wehtun, Susan«, sagte er nun leise und seine Augen sahen verzweifelt aus. »Ich will nicht, dass dir jemand wehtut. Klar möchte ich, dass du einen Mann findest, der dich liebt und alles bereit ist, für dich zu tun. Aber glaube mir, Jonathan ist es nicht.« Ich setzte mich aufs Bett und spürte wieder, wie mir stumm die Tränen runter liefen. »Ich weiß auch nicht, was mit mir los war. In diesem Moment hätte ich ihn gerne geküsst. Der Augenblick erschien mir«, ich zögerte kurz, »perfekt.«

Einen Moment blieb es still. Alex musterte mich. »Hast du noch nie einen Jungen geküsst?« Ich schüttelte den Kopf. Es war komisch, aber obwohl Alex einer meiner besten Freunde war, hatten wir selten das Thema Beziehungen oder inwieweit der eine mit jemandem sexuelle Erfahrungen hatte. So etwas besprach ich dann doch lieber mit Tina und Alex mit seinen Kumpels. Alex sah mich forschend an. Dann setzte er sich neben mich, liebevoll sah er mir in die Augen. »Gerade deshalb solltest du deine ersten Erfahrungen nicht mit Jonathan machen. Der erste Kuss kommt nie wieder. Das solltest du mit einem Jungen machen, den du wirklich liebst.« »In dem Moment hatte ich Gefühle für Jonathan«, sagte ich leise. Und ich verfluchte mich dafür, dass ich so darüber dachte. Ich wusste genau, wozu er fähig war und war trotzdem so blöd, mich auf ihn einzulassen.

»Susan.« Ich sah zu ihm auf, weil er nicht weitersprach. »Der erste Kuss ist etwas Magisches. Wenn du deinem Gegenüber in die Augen schaust und du das Gefühl hast, dass er das Gleiche wie du empfindet. Und du das Gefühl hast, dass eure Herzen gemeinsam schlagen. Dann ist es der richtige Zeitpunkt, sich zu küssen.« Mein Herz schlug schneller. So viel Tiefgründigkeit hätte ich Alex gar nicht zugetraut. Er lächelte sanft. »Hast du schon einmal ein Mädchen geküsst?« »Ja, das habe ich.« Sein Lächeln wurde breiter.

»Wer war sie?« »Sie hieß Lucy. Ich hatte sie durch einen Freund von mir kennengelernt. Sie war einfach unglaublich. Alles an ihr. Wie sie sprach, wie sie sich bewegte, all die kleinen Gesten, die sie tat. Es war Liebe auf den ersten Blick, zumindest bei mir.« »Empfand sie nicht so für dich?«, fragte ich interessiert. »Anfangs nicht, aber ich gab nicht auf und schließlich kamen wir zusammen. Unser erster Kuss, der war einfach, wow. Ich war mir sicher, die oder keine. In meinen Augen war sie perfekt. Als sich unsere Lippen berührten, war es für mich so, als würde ein Feuerwerk in mir explodieren. Ich hatte mein Herz noch nie so deutlich und klar gespürt, wie in diesem Moment.« »Wieso seid ihr nicht mehr zusammen?« »Nach einer Zeit merkten wir, dass wir wohl doch nicht perfekt füreinander waren. Wir stritten sehr viel. Schließlich trennten wir uns. Wir sind aber im Guten auseinandergegangen. Und ich bleibe dabei, dass genau sie die Richtige für meinen ersten Kuss war.«

Nachdenklich sah ich ihn an. Dachte ich das auch bei Jonathan? Nein, in diesem Moment hatte ich einfach nur ein sehr starkes Verlangen nach ihm, aber ich hatte nicht gedacht, dass er der Richtige wäre. Sicher war es gut, dass es nicht passiert war. Plötzlich hatte ich einen ganz anderen Gedanken in meinem Kopf. »Alex«, sagte ich fast panisch. »Hattest du etwas gedacht, als Jonathan dich ansah? Ich meine, hattest du an ein paar Dinge gedacht, die ich dir erzählt hatte? Wenn ja, könnte es sein, dass er jetzt weiß, dass ich dir alles erzählt habe.« Alex überlegte kurz. »Nein, ich habe eigentlich nur nicht glauben können, was ich da sah. Ich dachte mir bloß: Wieso lässt sie ihn so nah an sich herankommen?« Das würde erklären, wieso mich Jonathan so demonstrativ in den Arm genommen hatte, dachte ich unruhig. Er war auf eine gewisse Art und Weise eifersüchtig auf Alex gewesen. Das konnte ich an seinem Tonfall heraushören. »Dann können wir nur hoffen«, sagte ich angespannt.

Kurz sprach keiner etwas. »Woher wusstest du eigentlich, wo ich war?«, fragte ich interessiert. »Das war ein blöder Zufall. Ich saß auf meinem Fensterbrett und habe deine Zeitschrift gelesen. Als ich dich aus dem Haus gehen sah. Ich dachte mir: Sicher geht sie wieder zu ihrem Lieblingsplatz zum Nachdenken. Nur Bruchteile später sah ich einen Typen dir nachgehen. Seine Augen waren nur auf dich fixiert. Ich kannte Jonathan ja nicht vom Aussehen, aber von der Beschreibung her, passte er eindeutig. Zumal ich auch fand, dass er nicht wie ein normaler Jugendlicher lief. Sondern irgendwie uncool.« Alex lachte laut auf.

Dann wurde er wieder ernst. »Ich bin euch nachgelaufen, aber du warst schon außer Sichtweite und Jonathan war ein ganzes Stück schneller als ich. Deshalb hatte es etwas gedauert, bis ich bei euch war. Als ich da vor ihm stand und er mir seine Hand gab, empfand ich ihn schon als eine Art Gefahr. Seine Augen waren so kalt und durch die markanten Gesichtszüge, machte er einen noch härteren Eindruck auf mich.« Er grinste mich an. »Er ist jetzt bestimmt sauer, weil ich ihm die Tour vermasselt habe.«

Mir war gar nicht so nach Grinsen zumute. Denn ich wusste ja, was Jonathan so alles tat, wenn er wütend war. Alex schien zu sehen, was ich dachte. »Komm schon, Susan«, er knuffte mir freundschaftlich in die Seite. »Keine Angst, mir passiert schon nichts. Was meinst du, wofür ich so hart trainiere?« Er stand auf und machte ein paar Boxhiebe und Tritte in die Luft. »Für einen Gegner wie Jonathan.« Er lachte schelmisch. »Ja«, sagte ich betont lässig. »Nur leider wird dir das bei ihm nicht viel nutzen.« »Gemeinsam sind wir stark«, sagte er breit grinsend. »Du verführst ihn und in diesem Moment schlag ich zu.« Wir mussten beide lachen. »Wenn es nur so einfach wäre.«

Plötzlich klingelte mein Handy. Es war Tina. »Ja?«, sagte ich gut gelaunt. »Hi, Susan, ich bin's. Ich wollte dir nur sagen, dass es mit der Party klappt. Wir feiern bei Mike, die haben mehr Platz im Garten. Ich habe schon alle eingeladen.« Sie klang richtig euphorisch. »Das hättest du nicht machen brauchen, Tina.« »Doch, Susan, es wird gefeiert. Ist auch ein kleines Dankeschön dafür, dass du uns mit in den Urlaub genommen hast. Jonathan wird auch da sein.« »Okay«, sagte ich betont ruhig. »Er freut sich schon auf dich«, sie kicherte. »Er kann wirklich charmant sein.« »Ja, das kann er.« »Alex weiß auch schon Bescheid.« Ich sah zu Alex, der gerade in einem meiner Schulbücher blätterte. »Okay.« »Also kommst du dann an deinem Geburtstag so um«, sie überlegte kurz, »sieben Uhr abends?« »In Ordnung.« »Klasse, bis dann. Hab dich lieb.« Sie legte auf.

Seufzend warf ich mein Handy aufs Bett. »Soso, du weißt auch schon Bescheid.« Alex sah überrascht auf, dann legte er mein Schulbuch beiseite. »Über was?« »Meine Party«, sagte ich genervt. »Oh, das, ja«, er lächelte mich an. »Tina hatte mich gestern spät am Abend angerufen und es mir gesagt.« Er fuhr sich wieder unsicher durch die Haare. »Was wünschst du dir eigentlich? Einen Jonathan-Ganzkörper-Schutzanzug?« Er lachte laut auf. »Hahaha«, sagte ich grinsend. »Ich wünschte mir, es würde keine Party geben.« »Gönn Tina doch ihren Spaß. Sie meint es doch nur gut.« »Ja, ich weiß. Wieviele kommen eigentlich?« »Ich glaube, so um die vierzig.« »Vierzig?« Ich starrte ihn an. »Wer soll das denn alles sein?« »Keine Ahnung«, er grinste mich breit an. »Na, tolle Sache«, sagte ich entnervt und warf mich, mit allen Vieren von mir gestreckt, aufs Bett. Alex lachte. Dann sah er auf die Uhr. »Mist, schon so spät. Ich muss meiner Mutter noch etwas helfen. Wir sehen uns, Susan. Wenn was ist, ruf mich an.« »Alles klar«, sagte ich mehr zu meinem Bett, als zu Alex. Kurze Augenblicke später hörte ich die Wohnungstür zufallen.

Nachdenklich blieb ich auf meinem Bett liegen. Mein Kopf war voll mit allen möglichen Gedanken. Immer wieder konnte ich bruchstückhaft Jonathans Gesicht vor meinem inneren Auge sehen. Wieder schlug mein Herz schneller. Er war heute so liebevoll gewesen und zärtlich. Ich hätte ihn trotz allem gerne geküsst. Auch wenn ich das nicht verstehen konnte. In wenigen Tagen sollte meine Geburtstagsfeier stattfinden. Ich mochte gar nicht dran denken.

Ein Kuss der wahren Liebe?

Wie erwartet, flogen die nächsten Tage nur so dahin. In der Zeit gab es keine weiteren Vorkommnisse, alles war wie immer. Ich ging viel spazieren und traf mich mit Alex. Jonathan sah ich nicht mehr. Tina rief mich ab und zu an, um mir zu berichten, wie es mit den Vorbereitungen für meine Feier lief. Sie wollte aber nicht, dass ich ihr half. Meine Mutter bekam ich nur wenig zu Gesicht, sie arbeitete sehr viel. Überwiegend war ich alleine, was eigentlich ganz schön war, wenn nur nicht diese ständigen Albträume wären. Ehe ich mich versah, hatte ich Geburtstag.

Als ich am Morgen meines Geburtstages erwachte, war ich sofort hellwach. Mein Herz schlug automatisch schneller, wenn ich daran dachte, dass ich Jonathan heute wiedersehen würde. Als ich in die Küche kam, stand eine Torte mit dem Schriftzug: *Happy Birthday, Susan*, auf dem Küchentisch.

Aber meine Mutter war nirgends zu sehen, sicher war sie schon wieder arbeiten. Ich seufzte und setzte mich vor meine Torte. Meinen Geburtstagsmorgen hatte ich mir irgendwie anders vorgestellt. Ich schlurfte ins Bad und nahm eine lange Dusche. Danach lief ich zu meinem Kleiderschrank und überlegte mir, was ich denn anziehen könnte. Meine Frage erübrigte sich, als ich den Schrank geöffnet hatte. Im Vordergrund hing ein dunkelrotes Kleid, mit dazu passender Robe und Schuhen. Daran hing ein Zettel, auf dem stand: *Damit du auf deiner Feier richtig glänzen kannst! Ich hab dich lieb, Mum.*

Lächelnd nahm ich die Sachen aus dem Schrank und hielt sie an meinen Körper. Misstrauisch begutachtete ich mich dabei im Spiegel. Ich konnte mir nicht vorstellen, dass ich darin wirklich hübsch aussehen würde. Aber meiner Mutter zuliebe würde ich es anziehen.

Den restlichen Tag bis zum Abend hin verbrachte ich damit, nicht durchzudrehen. Je näher der Abend rückte, desto nervöser wurde ich. Wer würde wohl alles auf der Party sein? Mein Handy blieb bis jetzt stumm. Niemand hatte mich angerufen, um mir zu gratulieren, nicht einmal mein Vater. Was mich etwas irritierte, aber er würde sich bestimmt noch melden. Sicher hatte er auf der Arbeit viel zu tun und würde mich später noch anrufen. Aber was wäre, wenn er meinen Geburtstag vergessen hatte? Ich würde sehr enttäuscht darüber sein. Noch hatte ich Hoffnung, etwas von ihm zu hören.

Um drei Uhr begann ich, mich umzuziehen und für die Feier zurecht zu machen. Meine Haare wollte ich mir hochstecken, ich dachte, dass das vielleicht am besten zu dem Kleid aussehen würde. Aber ich bekam es einfach nicht hin. Immer wieder fiel meine Frisur zusammen. Ich wollte es schon fast aufgeben, da klingelte es an der Tür. Nachdem ich sie geöffnet hatte, stand vor mir eine junge Frau mit einem silbernen Koffer.

»Hallo, ich bin Nicky«, sagte sie gut gelaunt und hielt mir ihre Hand entgegen. »Bist du Susan?« »Ja.« »Happy Birthday, Susan.« »Danke«, sagte ich immer noch etwas verwirrt. »Darf ich eintreten?« »Sicher«, ich trat zur Seite und öffnete die Tür einen Spaltbreit weiter. Als sie im Flur war, lächelte sie mich an. »Du weißt, warum ich hier bin?« »Nein.« »Tina schickt mich. Ich soll dir die Haare und das Make-up machen«, sie deutete auf ihren Koffer. Dann musterte sie mich von oben bis unten. »Umgezogen bist du ja schon einmal, perfekt, das Kleid sieht super an dir aus. Wo kann ich meine Sachen abstellen?« »Ähm, am besten gehen wir in mein Zimmer.«

Unsicher setzte ich mich dort auf meinen Stuhl nahe dem Schreibtisch. Sofort begann Nicky, mir die Haare zu stylen und mich zu schminken. Sie verstand ihr Handwerk. Im Handumdrehen hatte sie mir die Haare hochgesteckt und mir ein perfektes Make-up gezaubert. Als sie fertig war, stellte sie mich vor meinen Spiegel. »Und?«, fragte sie mich freudestrahlend. Ich musterte mich im Spiegel. Nun sah ich viel erwachsener aus und nicht mehr ganz so blass. Das hatte Nicky wirklich gut hinbekommen. »Danke.« »Bitte, gern geschehen.« Sie schaute hektisch auf die Uhr. »So, nun muss ich aber los, ich habe noch einen Termin. Ich wünsche dir viel Spaß heute.« »Vielen Dank.« Sie nickte mir freundlich zu und verschwand aus der Wohnungstür.

Ich schaute auf die Uhr, halb sieben. Langsam musste ich mich auf den Weg machen. Bis zu Mike hatte ich circa zwanzig Minuten zu laufen. Ich war es gar nicht gewohnt, in höheren Absätzen zu gehen. Allem Widerwillen zum Trotz, nahm ich mir eine passende Handtasche von meiner Mutter. Dort legte ich mein Handy hinein und meine üblichen unwichtigen Dinge wie Taschentücher, Stift und Zettel. Nachdem ich meinen Haustürschlüssel in der Handtasche verstaut hatte, atmete ich noch einmal tief durch. Was würde mich heute erwarten? Was würde mir der Abend bringen? Und vor allem, wer würde alles dort sein?

Langsam und mit Bedacht, wegen den neuen, hohen Schuhen, lief ich die Treppe hinunter. Wie gerne wäre ich mit Alex zusammen hingegangen, um nicht alleine dort aufzukreuzen. Ich ärgerte mich im Nachhinein darüber, dass ich ihn nicht gefragt hatte. Da ich mich nicht traute, bei ihm zu klingeln, lief ich an seiner Tür vorbei. Als ich unten angekommen war, öffnete ich die Haustür und erschrak leicht, als ich Mike mit seinem Wagen vor unserer Tür stehen sah. Er stand lässig und schick gekleidet an seiner Fahrertür angelehnt. Lächelnd sah er mich an. »Wow, wenn dass nicht das Geburtstagskind ist.«

Langsam kam er auf mich zu und gab mir die Hand. »Alles Gute zum Geburtstag, Susan.« »Vielen Dank, Mike.« »Ich bin heute Abend dein Chauffeur.« Er deutete auf sein Auto. »Das wäre doch nicht nötig gewesen«, sagte ich leicht errötend. »Tina bestand darauf.« Er lachte. »Sie hat mich die letzten Tage wahnsinnig gemacht.« »Das glaube ich gerne«, sagte ich grinsend. »Tut mir leid«, sagte ich mit Unschuldsblick. »Kein Problem, heute ist dein Tag. Wollen wir?«

Er hielt mir seinen Arm hin und ich hakte mich unsicher ein. Dann geleitete er mich zur Beifahrertür und öffnete sie. Nachdem ich eingestiegen war, schloss er hinter mir die Tür. Kurze Zeit später saß er neben mir auf der Fahrerseite. Er sah mich direkt an. »Was?«, fragte ich verunsichert und schaute im Rückspiegel, ob etwas mit meinen Haaren nicht in Ordnung war. Mike lächelte leicht. »Keine Panik, Susan, alles in Ordnung. Ich hatte mir nur gedacht, dass du vielleicht gerne von Jonathan abgeholt werden würdest.« Verlegen schaute ich auf meine Knie. Vielleicht wollte ich das sogar wirklich. Ich hätte mich ohrfeigen können für diesen Gedanken. Dann sagte ich leise: »Nein, ist schon in Ordnung, Mike.« »Er wollte noch etwas für dich besorgen«, er lächelte sanft. »Deshalb bat er mich, dich zu holen. Worüber ich im Nachhinein froh bin. Ich hätte ihm meinen Wagen geben müssen, schließlich schulde ich ihm etwas.« Von wegen, dachte ich gereizt. »Aber du kennst ja seinen Fahrstil«, er lachte laut auf. »Das wollte ich meinem Wagen nicht antun.« Er lächelte mich breit an. Unsicher lächelte ich zurück. »So, dann wollen wir mal, oder?«, sah er mich fragend an. »Nicht, dass du zu deiner eigenen Geburtstagsfeier zu spät kommst.« Er startete den Motor und fuhr los.

Mit dem Auto waren es circa zehn Minuten bis zu Mikes Haus. Schon von Weitem konnte ich laute Musik hören. Als wir an seinem Haus ankamen, öffnete mir Mike die Beifahrertür. »Madam«, sagte er charmant lächelnd. »Danke«, sagte ich nervös.

Er bot mir wieder seinen Arm an. Ich war froh darüber, ich fühlte mich sicherer mit jemandem an meiner Seite. Nun fiel mir auf, wie groß das Haus von Mike eigentlich war und anscheinend hatte jeder sein eigenes Auto. In der Garage standen noch ein schwarzer BMW und ein blauer Mercedes. An Geld schien es ihnen nicht zu mangeln. Ein großes, helles Haus, das mitten im Grünen stand. Es wirkte sehr nobel und man konnte erkennen, dass hier nicht gerade arme Leute wohnen mussten. Mike führte mich einmal rund ums Haus. Von Weitem konnte ich schon viele Lichterketten erkennen und man konnte lautes Lachen und Stimmengemurmel hören. Bevor wir um die Ecke in den Garten gingen, atmete ich noch einmal tief durch.

Als ich mit Mike schließlich im Garten ankam, stockte es mir schier den Atem. Vor mir standen viele Leute, die alle im Chor »Happy Birthday, Susan!«, riefen und dann applaudierten. So richtig erkennen konnte ich erst einmal nicht, wer dort alles stand. Erst als einige auf mich zukamen und mir gratulierten, konnte ich sehen, wer eigentlich alles da war.

Zuerst fiel mir Tina um den Hals und beglückwünschte mich stürmisch. Danach kamen ein paar Bekannte aus der Schule zu mir, überwiegend aus meiner Klasse. Es waren auch einige dabei, wo ich nicht so unbedingt verstand, was ich mit denen zu tun hatte. Das waren eher Freunde von Tina und Mike, aber das war okay. Ich denke mal, Tina dachte sich: Wenn schon feiern, dann richtig. Als ich circa zehn Minuten lang bekannte und fremde Hände geschüttelt hatte, stand meine Mutter vor mir und nahm mich in den Arm. Darüber freute ich mich sehr, da ich sie heute ja noch gar nicht gesehen hatte.

»Happy Birthday, mein Engel«, sagte sie mit Tränen in ihren Augen. »Du siehst wirklich toll aus in dem Kleid. Siebzehn Jahre«, sie schüttelte den Kopf. »Es kommt mir so vor, als wäre es erst gestern gewesen, wo du noch als kleines Baby in meinem Arm lagst.« »Ach, Mum«, sagte ich verlegen. »Ich werde immer dein kleines Mädchen bleiben.« Sie lachte leicht auf und nahm mich noch einmal in den Arm. »Genieß deine Party, Tina hat sich so viel Mühe gegeben.« Ich nickte und auch ich musste mir eine Träne verkneifen. Tina führte mich durch die Menge und stellte mir vereinzelte Leute vor, die ich noch nicht kannte. Viele waren aus unserer Schule, die ich aber nur vom Sehen her zuordnen konnte. Mit einigen hielt ich kurz einen Small Talk. Tina hatte sich wirklich viel Mühe gegeben.

An der Seite, unter vielen Luftballons, hatten sie ein großes Buffet aufgebaut und in der Mitte hatten sie aus Holz eine Tanzfläche improvisiert. »Das muss doch ein Vermögen gekostet haben«, sagte ich zu Tina gewandt und schaute mich erstaunt um. »Mach dir darüber keine Gedanken, ich habe mit ein paar Leuten zusammengelegt.« Sie grinste mich an, plötzlich wurde ihr Blick ernst. »Außerdem hatte ich gehofft, dass es dir etwas besser gehen würde, wenn du mal einen schönen Abend erleben würdest, wo es nur um dich geht. Ich fand, dass du dich in letzter Zeit immer mehr zurückgezogen hast. Du wirkst oft irgendwie traurig und verschlossen.« Ich nickte. »Ja, ich weiß auch nicht, was mit mir los ist.« »Das wird schon wieder, Susan. Aber ich hoffe, du kommst zu mir, wenn du irgendein Problem haben solltest.« »Sicher«, sagte ich betont lässig und versuchte, eine gut gelaunte Miene aufzusetzen. »Ich habe noch eine Überraschung für dich«, sie grinste mich an. »Noch eine? Was denn?« Sie deutete auf die andere Seite des Gartens. »Schau mal nach dort drüben.«

Ich schaute auf die andere Seite und mir verschlug es fast die Sprache. Dort stand in einem schicken Anzug mein Vater. Prompt schossen mir die Tränen in die Augen. Auch wenn ich ihn vor Kurzem erst gesehen hatte, freute ich mich riesig, dass er da war. Breit lächelnd kam er auf mich zu. »Susan«, wir schlossen uns in die Arme. »Alles Gute, meine Kleine.« »Danke, Dad.« Ich ging einen Schritt zurück und strahlte ihn an. »Wie kommt es denn, dass du hier bist?« »Tina hatte mich angerufen, wie konnte ich das denn verpassen?« »Danke, Tina«, verlegen sah sie zu Boden. »Kein Problem, schließlich bist du meine beste Freundin. Ich lasse euch zwei dann mal alleine.« Sie machte sich wieder auf den Weg zu Mike. Dieser winkte mir grinsend zu. Ich lächelte ihn an.

»Wie geht's dir, Dad?«, wandte ich mich wieder meinem Vater zu. »Ganz gut«, aber in seinen Augen konnte ich erkennen, dass das nicht so ganz stimmte. »Wo ist Tracy? Ist sie auch mitgekommen?« »Nein«, mein Vater sah traurig aus. »Sie wollte nicht mitkommen. Ist vielleicht besser so, nicht, dass sie hier auf deiner Party Stress macht.« Er lächelte matt. »Aber ist wieder alles in Ordnung zwischen euch?«, fragte ich vorsichtig. »Na ja, es könnte besser sein, aber das wird schon wieder.«

»Das hoffe ich für dich.« »Danke, Susan.« »Wie lange kannst du bleiben?« »Morgen früh muss ich schon wieder fahren. Jacob wartet auf mich. Ist ja eine längere Fahrt und ich muss ja zwei Tage für die Rückfahrt einplanen.« »Ist er jetzt in der Psychiatrie?« »Ja, seit zwei Tagen.« Ich zögerte einen Moment. »Und hast du schon etwas herausgefunden?« »Nein, nichts. Er kann sich nach wie vor an nichts erinnern.«

Nichts anderes hatte ich erwartet, dachte ich insgeheim. Mein Vater tat mir wirklich leid und ich fühlte mich schlecht dadurch, dass ich ihm nicht erzählte, was ich wusste. Aber es ging nicht anders, nur so konnte ich ihn schützen. Er holte mich aus meinen Gedanken. »Wow, Susan, du siehst wirklich hübsch aus. Wo hast du das Kleid her?« »Das hat mir Mum heute geschenkt.« »Aha, sehr schön, macht dich erwachsener.« »Danke, Dad.« »Ich habe noch etwas für dich.« Er lächelte mich vielsagend an. »Was ist es?«, fragte ich neugierig. Ich schaute in seinen Händen nach, ob er dort etwas versteckt hielt. »Es ist zu groß, um es in den Händen zu verstecken«, sagte er grinsend. »Was ist es?«, fragte ich nun fordernder. »Nun ja, ich gehe mal davon aus, dass du mit mir schimpfen wirst, wenn ich es dir zeige. Aber du hast keine andere Wahl«, er lachte leicht auf. »Nun sag schon«, quengelte ich. »Na dann komm mal mit«, er nahm sanft meine Hand und lief mit mir Richtung Straße. Vielleicht hat er es noch im Auto, dachte ich neugierig.

»Ich bin froh, dass du hier bist, Dad«, sagte ich leise. »Das freut mich, Susan«, liebevoll küsste er mich auf die Stirn. Kurz bevor wir an der Straße ankamen, drehte er sich zu mir um. »Um das Ganze noch etwas spannender zu machen und dass du dir überlegen kannst, wie du mich beschimpfen willst, schließ die Augen.« »Ach, Dad.« »Keine Widerrede!« Ich verdrehte die Augen, schloss sie dann aber doch. Langsam führte mich mein Vater zur Straße. »Warum sollte ich dich beschimpfen?« Ich hörte ihn leise lachen. »Das wirst du gleich sehen.« Plötzlich blieben wir stehen.

»Okay«, hörte ich ihn sagen und tief durchatmen. Ich machte mich auf alles gefasst. »Augen auf.« Zögernd öffnete ich die Augen und musste mich erst einmal wieder an das Licht gewöhnen. Eine Straßenlaterne blendete mich. Ich blinzelte in die gerade begonnene Nacht. Vor mir stand ein schwarzer Golf. »Was meinst du?«, fragte ich irritiert und schaute um das Auto herum. »Hm«, machte mein Vater und lächelte breit. »Ich hätte doch einen größeren Wagen kaufen sollen.« Mit offenem Mund schaute ich auf das Auto. »Du meinst den Wagen?«, sagte ich stotternd in seine Richtung. »Jep«, entgegnete mein Vater lächelnd und gab mir den Autoschlüssel. »Auch noch in deiner Lieblingsfarbe, schwarz …«

»Dad, du solltest doch nicht …« »Ich weiß«, unterbrach er mich grinsend. »Du fährst gerne Bus und Bahn, aber ich dachte mir, ein Auto wäre mal eine gute Alternative. Außerdem könntest du öfters mal zu mir fahren, wenn dir danach ist. Du wärst freier, unabhängiger. Du bist nun auf niemanden mehr angewiesen. Mir ist es wichtig, dass du das Gefühl hast, jederzeit zu mir kommen zu können.« Er sah zu Boden. Meine Wut verging so schnell, wie sie gekommen war. Ich nahm ihn in meine Arme und drückte ihn fest an mich. »Danke, Dad, es ist sehr schön.« »Das freut mich, Susan.«

Immer noch fassungslos löste ich mich aus der Umarmung und lief vorsichtig um das Auto herum. Ich war völlig platt.

Mit allem hatte ich gerechnet, aber nicht damit. Langsam schloss ich die Autotür auf und setzte mich hinters Lenkrad. Alles roch neu und nach Leder. »Wahnsinn«, flüsterte ich. Es fühlte sich gut an, das Auto wurde sofort zu einem Teil von mir. Mein Vater kam neben mich, auf die Fahrerseite. »Es ist ein Gebrauchtwagen, aber ich habe ihn gründlich Grundreinigen lassen. Ich hoffe, das ist in Ordnung so.« »Er ist perfekt«, seufzte ich. Mein Vater lächelte leicht. »Das freut mich!«

Ich blieb noch einen Moment im Auto sitzen, dann stieg ich aus und schloss den Wagen wieder ab. Den Schlüssel steckte ich in meine Handtasche. »Danke noch mal, Dad.« Noch einmal schloss ich ihn in die Arme.

Plötzlich hörte ich die Stimme von meiner Mutter. »Respekt, Jason, du lebst noch.« Wir sahen beide zu ihr auf. »Susan hat dich noch nicht gelyncht?« »Nein, sie hatte noch einmal Erbarmen mit mir«, sagte er lächelnd zu ihr gewandt. »Hallo, Maria. Du siehst sehr hübsch aus heute Abend.« »Danke sehr«, sie errötete leicht. »Du auch.« Unsicher sahen sich die beiden an. Ich empfand mich plötzlich als Störfaktor und wollte die beiden alleine lassen. »Ich gehe dann mal zurück zu den anderen, nicht, dass sie noch eine Suchaktion nach mir starten.« Ich entzog mich der Umarmung und machte mich wieder auf den Weg in den Garten.

Zwei Personen hatte ich immer noch nicht gesehen, Alex und Jonathan. Ich suchte die Gäste nach den beiden ab, aber ich konnte sie nicht ausfindig machen. Unschlüssig stand ich am Rand und fühlte mich etwas unwohl. Ein großer Junge, den ich aus der Schule kannte, kam zielstrebig auf mich zu. »Möchtest du mit mir tanzen?«, fragte er leicht lächelnd. Nervös trat ich von dem einen Bein auf das andere. »Sicher«, sagte ich zögernd und folgte ihm auf die Tanzfläche. Zurzeit spielten sie langsame Musik. Was nicht schlecht war, denn ich war keine besonders gute Tänzerin und so musste ich nicht sonderlich viel machen.

»Kann es losgehen?«, fragte der Junge zögernd. Unsicher nahm er mich in den Arm und wir bewegten uns langsam zur Musik. Erst jetzt erkannte ich, dass Alex für die Musik verantwortlich war. Er stand auf einem Podest, mit Kopfhörern auf und winkte mir verschmitzt zu. Erstaunt winkte ich ihm zurück.

Er schien viele Talente zu haben. Er war sportlich, er war intelligent und jetzt auch noch DJ. Ich konzentrierte mich wieder auf den Jungen vor mir.

»Ich bin Peter«, sagte dieser zögernd. »Ich bin in Alex' Klasse.« Kurz überlegte ich. »Ja, stimmt, ab und zu habe ich dich schon mit ihm auf dem Schulhof gesehen.« »Ja, das kann sein, wir machen viel zusammen.« »Cool.« Die Nähe von Peter war nicht unangenehm, er war überhaupt nicht aufdringlich. Wir redeten über Alex und unsere Zukunft. Er schien ein sehr guter Freund von Alex zu sein, denn er wusste mindestens genau so viel wie ich über ihn.

Plötzlich hörte ich eine sehr vertraute Stimme hinter mir, von der ich sofort eine Gänsehaut bekam. »Entschuldigung, darf ich nun mit ihr tanzen?« »Sicher«, sagte Peter lächelnd und ging einen Schritt zurück. Mein Herz schlug mir bis zum Hals, aber ich traute mich nicht, mich umzudrehen. Kurze Zeit später stand er dann vor mir, Jonathan. »Hallo, Susan«, sagte er sanft. »Hi«, sagte ich und wunderte mich darüber, dass ich überhaupt einen Ton herausbekam. Er sah wieder so unglaublich gut aus. Heute trug er einen schwarzen Anzug, mit einem weißen Hemd darunter. Breit lächelte er mich an.

»Wollen wir?« Ich nickte kurz. Sanft nahm er mich in seinen Arm. »Alles Gute zum Geburtstag, Susan.« »Danke«, stammelte ich leise ohne ihn anzusehen, denn ich wusste, dass ich mit Sicherheit knallrot im Gesicht sein musste.

»Ich wäre schon eher da gewesen, aber ich hatte noch etwas zu erledigen.« »Kein Problem«, ich sah ihn immer noch nicht an. Stattdessen sah ich seitlich zu Alex, der mich mit großen Augen beobachtete. Schnell schaute ich in die entgegengesetzte Richtung. Ich spürte Jonathans Atem in meinem Nacken. Er fühlte sich ganz heiß an. Mein Herz schlug schneller. *»Du riechst unglaublich gut!«*, hörte ich seine Stimme in meinem Kopf. Ich erschauderte leicht. Wieder schaffte er es, mich in seinen Bann zu ziehen.

Alles andere um mich herum nahm ich nicht mehr wahr. All die Leute, die Musik, die Stimmen, all das zählte nun nicht mehr. Das Einzige, was jetzt noch zählte, war Jonathan.

Der Klang seiner Stimme versetzte mir eine Gänsehaut. Er fühlte sich so schön warm an und ich fühlte mich trotz allem sicher in seinen Armen. Ich war nicht mehr in der Lage, mich ihm zu entziehen und klar zu denken. All die schlimmen Dinge, die er bis jetzt tat, waren nun im Hintergrund und fast ganz aus meinen Gedanken verschwunden. Was zählte, war nur noch seine Nähe und seine Berührungen. Ich schloss die Augen und genoss seine Nähe. Wir sprachen nichts miteinander. Plötzlich löste sich Jonathan aus unserer Umarmung. »Lass uns ein Stück zusammen gehen«, sagte er lächelnd. Ich willigte ein und wir verließen die Tanzfläche.

Tina und Mike lächelten uns an. Aber Alex' Blick sah panisch und verängstigt aus. Er deutete mir an, nicht den Platz mit Jonathan zu verlassen. Aber ich konnte nicht anders. Ich hatte das Gefühl, mit Jonathan alleine sein zu müssen. Hand in Hand verließen wir die Feier. Langsam liefen wir die ruhige, verlassene Straße entlang. »Du hast also ein Auto geschenkt bekommen«, sagte er leise. »Ja, mein Vater war so verrückt, mir eins zu schenken.« Ich lachte kurz auf. »Das ist doch nett von ihm.« »Ja, das ist es.« Schüchtern schaute ich Jonathan von der Seite her an. Dann sah ich auf meine Hand, die Jonathan noch immer umschlossen hielt. Er suchte meinen Blick. »Ist dir das vielleicht unangenehm?« »Nein«, sagte ich nervös. »Es fühlt sich sehr«, ich zögerte, »schön an.« »Für mich auch«, sagte er mit einem breiten Lächeln und dieser rauen Stimme, die ich so mochte. Wir liefen weiter.

Wir kamen an einem kleinen Wäldchen an, Jonathan lief geradewegs hinein. Unsicher folgte ich ihm. Er bemerkte meine Furcht. »Keine Angst, Susan, ich bin bei dir.« Ich nickte unsicher. Mitten im Wäldchen blieb er schließlich stehen. Das Licht einer Straßenlaterne reichte aus, um genug zu erkennen. Wir waren ja auch nicht sehr weit in den Wald hineingegangen. Nur einige wenige Meter. Er drehte sich zu mir und sah mir tief in die Augen. Wieder waren sie rot. Ich verstand das nicht ganz, bekam er diese also doch nicht nur in der Wut, sondern vielleicht auch bei anderen Empfindungen?

Um uns herum hörte man die typischen nächtlichen Geräusche. Das Zirpen der Grillen, etwas weiter entfernt konnte man eine Eule hören. Es wehte eine leichte Brise und die Bäume bewegten sich langsam im Wind. Ob er auch so nervös war wie ich? »Deine Haut fühlt sich so heiß an«, sagte ich leise. »Ja, das ist bei mir normal«, sein Blick wurde schärfer. »Und du frierst nie?«, fragte ich unsicher. »Nein, warum sollte ich?« »War nur so eine Frage.« Er strich mir eine Haarsträhne aus meinem Gesicht. Ihn schien es überhaupt nicht zu stören, dass ich seine roten Augen sehen konnte.

»Susan«, sagte er heiser und kam mit seinem Gesicht näher an meines. Sofort beschleunigte mein Puls. Mein Herz schlug mir nun fast bis zum Hals. »*Schließ deine Augen!*«, hörte ich Jonathans Stimme in meinem Kopf. Ich tat es und befand mich wie in einem Trancezustand. Jede Berührung von Jonathan empfand ich nun als noch intensiver. Seine heißen Hände fühlten sich gut an auf meiner Haut. In dieser kühlen, aber trockenen Nacht. Ich ließ die Augen geschlossen und spürte seinen Atem nun ganz nah an meinem Gesicht. Sein Atem schien nun schneller zu gehen. Noch immer ließ ich die Augen geschlossen und wartete auf das Kommende.

Schließlich, nach einer halben Ewigkeit, so kam es mir jedenfalls vor, spürte ich seine Lippen auf meinen. Sie fühlten sich sanft und doch fordernd an. Er schloss mich fester in seine Arme und stöhnte leicht auf. Aber irgendetwas war komisch gewesen. Mein Herz schlug noch immer schneller, aber das war kein angenehmer Herzschlag, es hatte etwas Bedrohliches. Er küsste mich immer weiter und ich empfand zu meinem Erstaunen, nichts. Zumindest nichts, was ich mit dem Wort Verliebtheit in Verbindung bringen würde. Es war nicht unangenehm, aber auch nicht so, wie es mir Alex oder Tina erklärt hatten. Ich empfand kein Feuerwerk und auch nicht das Gefühl, dass unsere Herzen gemeinsam schlugen. Von jetzt auf gleich war meine Faszination für Jonathan verschwunden. Irritiert öffnete ich meine Augen. Jonathan sah mich direkt an. Seine Augen waren nun feuerrot und ich glaubte für den Bruchteil einer Sekunde, sie böse funkeln zu sehen. Er hörte auf, mich zu küssen und sah mir tief in die Augen.

»Was ist los, Susan?« »Nichts«, sagte ich nervös. »Alles in Ordnung.« Seine Gesichtszüge verhärteten sich. Kurz sammelte er sich und schaute zu Boden. Hatte er meine Reaktion bemerkt? Als er mich kurze Zeit später wieder ansah, lächelte er mich an. Aber irgendetwas war falsch an diesem Lächeln, es wirkte nicht echt. »Ich habe etwas für dich«, sagte er leise. Er griff in seine Hosentasche und holte eine kleine Schatulle heraus. Er hielt sie mir hin. Unsicher öffnete ich sie. Drinnen war ein schwarzes Armband aus kleinen Perlen, schlicht aber hübsch. »Oh, das ist sehr schön, Jonathan.« Er nahm es aus der Schatulle und legte es mir an meinem rechten Arm an. Sofort durchfuhr mich ein Kribbeln im ganzen Körper. Es verschwand aber sofort wieder, so schnell, dass ich mir keine weiteren Gedanken darüber machte. »Es soll dir«, er zögerte einen Moment, dann lächelte er leicht, »Glück bringen.« »Das ist schön«, sagte ich und schaute auf das Armband. »Vielen Dank, Jonathan.« »Gerne«, er lächelte sein Siegerlächeln. »Wollen wir dann zurück zum Fest gehen?« »Sicher.«

Auf dem Rückweg sprachen wir nicht viel miteinander. Jonathan wirkte angespannt und reserviert. Er hielt auch nicht mehr meine Hand, wie auf dem Hinweg. Nicht, dass ich Wert darauf gelegt hätte. Irgendetwas sagte mir, dass es gut so ist, wie es war. Nachdem ich diesen Satz gedacht hatte, verzog sich Jonathans Mimik zu einem kalten Gesichtsausdruck. Ob er hörte, was ich dachte?

Als wir wieder auf der Feier ankamen, wandte sich Jonathan in meine Richtung.

»Entschuldige mich einen Moment.« Ich nickte ihm zu. Er lief wieder in die Richtung, aus der wir gekommen waren. Irritiert lief ich zu Alex. Dieser erwartete mich schon sehnsüchtig. »Was hast du getan, Susan?«, fragte er leise. »Wo warst du mit Jonathan? Hast du denn gar nichts kapiert?« »Später, Alex. Ich weiß, was ich tue«, sagte ich genervt. »Na, das hoffe ich für dich«, ich konnte die Angst in seinen Augen erkennen. »Es ist alles in Ordnung, Alex, wirklich.« Er musterte mich kurz und konzentrierte sich dann wieder auf seine CDs.

Keine fünf Sekunden später stand Tina neben mir. »Und?«, fragte sie aufgeregt. Mit großen Augen sah ich sie an. »Was und?« »Na, ich habe gesehen, wie du Hand in Hand mit Jonathan verschwunden bist. Seid ihr jetzt zusammen?« Neugierig schaute sie mich an. Dann deutete sie auf mein Armband. »Ist das von ihm?«, fragte sie lächelnd. »Ja, das ist von ihm. Ein Freundschaftsarmband«, sagte ich schnell. »Also seid ihr nicht zusammen?« »Nein.« »Och, schade«, sie machte einen Schmollmund. »Ich hatte so gehofft, dass aus euch noch was wird.« »Wir passen nicht so gut zusammen. Aber ich mag ihn als Freund«, fügte ich schnell hinzu. Auch wenn das nicht ganz der Wahrheit entsprach. »Na ja«, sagte sie achselzuckend. »Kann man nichts machen, wir finden schon noch den Richtigen für dich.« Ich war froh, dass sie nicht versuchte, auf mich einzureden, dass Jonathan ja vielleicht doch der Richtige für mich sein könnte.

Jonathan kam nicht mehr zur Feier zurück. Warum? Das wusste ich nicht, aber ich denke, dass es besser so war. Meine Eltern tanzten zu meiner Freude an diesem Abend sehr oft miteinander. Ich hatte meine Mutter schon lange nicht mehr so viel lachen gesehen. Und auch mein Vater strahlte den ganzen Abend lang. Kurze Zeit wirkte es so, als wären sie wieder ein Paar. Aber die Realität holte mich schnell wieder ein, als sich mein Vater von mir verabschiedete, um wieder nach Hause zu fahren. Wir wollten in Kürze wieder zusammen telefonieren. Meine Mutter schaute ihm noch lange nach, als er losfuhr.

Ich war mir sicher, dass sie noch Gefühle für ihn hatte. Mein Vater wollte die Nacht in einem Hotel übernachten und am nächsten Tag wieder nach Atlantic City fahren.

Kurze Zeit später verabschiedete sich auch meine Mutter von mir. Sie wirkte traurig und enttäuscht. Ich bot ihr an, sie nach Hause zu fahren. Aber sie wollte lieber laufen, um noch ein bisschen frische Luft zu schnappen. Ich ging wieder zu den anderen. Schließlich war das meine Party und da konnte ich nicht einfach so verschwinden. Ich konnte sehen, dass nun jemand anderes am DJ Pult stand. Kurze Augenblicke später war Alex neben mir.

»Happy Birthday, Susan.« Er gab mir ein Päckchen. Man konnte sehen, dass er es selbst eingepackt hatte. Es war sehr chaotisch verpackt und es war an der einen Seite noch halb offen. »Ich habe alles gegeben«, sagte er lächelnd. »Der Wille zählt«, grinste ich ihn an und öffnete das Päckchen. Zum Vorschein kam ein Gutschein für einen Selbstverteidigungskurs. Irritiert sah ich Alex an.

»Na ja«, sagte er nervös. »Ich hatte dich doch gefragt, ob ich dir einen Jonathan-Ganzkörper-Schutzanzug schenken soll.« Er lachte leicht auf. »Das war natürlich nur als Scherz gedacht. Schließlich dachte ich mir dann aber später, dass es vielleicht gar nicht schaden würde, wenn du dich zumindest körperlich etwas wehren könntest. Auch wenn es bei Jonathan vielleicht nicht wirklich etwas nützen würde.« Er sah verlegen zu Boden. »War 'ne blöde Idee«, sagte er mehr zum Boden als zu mir. »Nein, überhaupt nicht«, sagte ich schnell. »Das war eine gute Idee. Vielleicht werde ich ja dadurch auch mal etwas selbstbewusster.« Ich lächelte ihn an. »Danke, Alex«, ich umarmte ihn und er erwiderte zögernd die Umarmung.

Ich sah auf die Tanzfläche, dann zu Alex. »Weißt du, dass es ganz schön dreist ist, dass du heute noch nicht mit mir getanzt hast?« Er lächelte mich verschmitzt an. »Ja, wie konnte ich nur ... Madam.« Er hielt mir seinen Arm hin und wir betraten die Tanzfläche. Alex war genauso ein schlechter Tänzer wie ich. Die Frage war, wer dem anderen mehr auf die Füße trat. Wir lachten viel an diesem Abend und hatten wirklich Spaß. Alex erwähnte den Namen Jonathan nicht einmal mehr. Irgendwann in den frühen Morgenstunden verabschiedeten sich nach und nach die Gäste. Auch ich spürte langsam, dass ich müde wurde. Ich bedankte mich noch bei Tina und Mike und verabredete mich mit ihnen für den Nachmittag, um das Chaos im Garten zu beseitigen.

»Weißt du, was das Schöne ist?«, sagte ich zu Alex gewandt. »Nein, was?« »Ich muss nicht laufen, sondern kann in meinem wunderschönen Auto nach Hause fahren.« Er grinste breit. »Angeberin!« »Das stimmt«, ich lachte laut auf. »Aber dein Glück ist, dass ich dich mag«, ich schlug ihm freundschaftlich gegen die Brust. »Darum darfst du mit mir nach Hause fahren.« »Zu gnädig«, sagte er ironisch grinsend. »Da kannst du mal sehen, wie gut ich zu dir bin.« Lachend gingen wir zum Auto.

Ich wollte gerade die Autotür aufschließen, als ich schließlich nahe dem Wäldchen Jonathan entdeckte. Seine Kleidung war zerrissen und seine Augen glühten vor Zorn. Mit offenem Mund starrte ich ihn an. Sein Körper bebte. Auch Alex entdeckte ihn und starrte ihn noch unglaubwürdiger an als ich. Ich vergaß, dass Alex ihn ja noch nie mit roten Augen gesehen hatte. Jonathan schien es egal zu sein, dass auch er ihn sehen konnte. »Wahnsinn«, sagte Alex mit völlig schockiertem Gesichtsausdruck. »Das ist doch nicht normal.« »Schnell, Alex«, sagte ich im Flüsterton. »Steig ins Auto, wer weiß, was er vorhat.« Hastig stiegen wir ein. Ich schnallte mich schnell an und startete den Motor. Im Rückspiegel konnte ich erkennen, dass Jonathan uns noch immer beobachtete. Schnell fuhr ich los. Immer wieder schaute ich in den Rückspiegel, aber Jonathan konnte ich nirgends erspähen. Wenn wir Glück hatten, verfolgte er uns nicht. Alex starrte mich an. »Was machen wir jetzt, Susan?« Auch er sah immer wieder in den Rückspiegel. »Wir fahren so schnell wie möglich nach Hause und hoffen, dass er uns nicht folgt.« Alex fuhr sich nervös durch die Haare und sah sich immer wieder hektisch um. »Oh Mann, das ist wie in einem schlechten Film.« »Willkommen in meiner Welt.« Er sah mich schockiert an.

Keine zehn Minuten später waren wir an unserem Haus angekommen. Ich parkte direkt davor und wir stiegen hastig aus dem Wagen. Mit zitterten Händen schloss ich den Wagen ab und die Haustür auf. Oben in meinem Zimmer angekommen, setzte sich Alex aufs Bett und atmete tief durch. »Geschafft.« »Oder auch nicht«, sagte ich angespannt. Aus dem Fenster konnte ich Jonathan auf der gegenüberliegenden Straßenseite sehen. Er sah mir direkt in die Augen.

Wenige Augenblicke später stand Alex neben mir und schaute ebenfalls zu ihm.

»Wie konnte er so schnell hier sein?«, fragte er perplex. »Ich hatte dir doch gesagt, dass er schneller ist als andere.« »Diese Augen sind wirklich«, er schluckte, »Angst einflößend.« »Auch das hatte ich dir erzählt.« »Wieso ist seine Kleidung kaputt?« »Ich denke mal, er musste sich abreagieren.« »Weshalb?« Ich zögerte. Alex drehte mich in seine Richtung. »Weshalb, Susan?« Seine Stimme wurde nun lauter. »Leise, meine Mutter schläft«, sagte ich panisch und schaute hektisch zur Tür. »Weshalb, Susan?«, fragte er jetzt mit Flüsterstimme.

»Na ja ... ich ... wir ...« »Ja?«, drängte mich Alex. »Wir haben uns geküsst.« »Was?« »Alex, ruhig, meine Mutter darf nichts mitbekommen.« »Susan, bist du des Wahnsinns? Hast du denn gar nichts begriffen?«

Hektisch lief er im Zimmer auf und ab. Ich sah wieder zu Jonathan. Er starrte mich kalt an, ohne jede Regung. Dann schaute er in den Himmel. Wenige Sekunden später fing es heftig an zu regnen und es blitzte und donnerte. Jonathan sah wieder zu mir. »*Dieses Spiel wirst du verlieren!*«, hörte ich seine kalte Stimme in meinem Kopf sagen. Ich zuckte zusammen. »Was ist?«, fragte Alex und war sofort bei mir. »Er sagt, dass ich dieses Spiel verlieren werde«, sagte ich verängstigt. »Ich konnte ihn hören, in meinem Kopf.«

So schnell konnte ich gar nicht gucken, wie Alex das Fenster geöffnet hatte. »Hau ab, du Psycho!«, schrie er zu Jonathan herunter. »Alex, nicht!« Ich zog ihn wieder rein und schloss das Fenster. »Und du fragst mich, ob ich wahnsinnig bin? Du weißt, wozu er fähig ist.« »Susan, er hat dir nicht zu drohen oder dir Angst zu machen.« »Beruhige dich, Alex.« Wieder lief er nervös auf und ab. Ich sah zu Jonathan. Dann hörte ich wieder seine Stimme in meinem Kopf. *»Und pfeif deinen Hund zurück, sonst ist er der Nächste.«* Ich bemühte mich, kaum eine Miene zu verziehen. Alex sollte nicht bemerken, dass ich Jonathan noch einmal in meinem Kopf wahrgenommen hatte. Und vor allem nicht, was er gesagt hatte. Ich schluckte und nickte Jonathan kaum merklich zu. Er wandte sich von mir ab und lief die Straße hinunter.

Nackte Angst

Wo war ich da nur hineingeraten und was noch schlimmer war, ich hatte Alex mit hineingezogen. Plötzlich bemerkte ich einen Schlag, der durch meinen ganzen Körper ging, ich sackte zu Boden. »Susan!« Alex war sofort neben mir. »Was hast du?« »Ich weiß nicht, plötzlich bekam ich einen Schlag. Wie ein Krampf, der durch meinen ganzen Körper geht. Es geht schon wieder.«

Ich stand langsam auf. »Setz dich erst mal«, sagte Alex. Man konnte ihm den Schrecken noch ansehen. »Du bist aufgeregt, beruhige dich erst einmal.« Er sah aus dem Fenster. »Jonathan ist weg.« Ich nickte. »Ich weiß.« »Susan, so kann es nicht weiter gehen, wir müssen etwas tun. Und was noch viel wichtiger ist, du musst dich von ihm fernhalten und ihn nicht auch noch küssen. Wie kommst du denn auf so etwas?« »Ich weiß ja auch nicht, wie das kam«, sagte ich den Tränen nahe. »Wir sind ein Stück spazieren gegangen und er war wieder so liebevoll und nett, aber …« Ich hielt inne. »Aber was?« »Als wir uns küssten, hatte ich das Gefühl, dass es falsch ist. Dass er nicht der Richtige für mich wäre. Es war nicht im Entferntesten so, wie du es mir beschrieben hattest. Ich spürte kein Feuerwerk in mir und unsere Herzen schienen auch nicht gemeinsam zu schlagen.« Traurig sah ich zu Boden. Tränen rannen mir über die Wange. »Ach, Susan.« Alex sah überfordert aus.

Langsam setzte er sich neben mich und nahm mich vorsichtig in den Arm. »Du solltest meine Worte nicht immer auf eine Goldwaage legen.« »Du bist mein Freund«, sagte ich unter

Tränen. »Ich lege jedes deiner Worte auf eine Goldwaage.«
Er lächelte sanft.

»Lieb von dir. Aber es ändert nichts an der Situation. Du hast dir gerade selber eine Antwort darauf gegeben, warum Jonathan so drauf ist.« »Was meinst du?« »Du hast in dem Moment gedacht, dass es sich falsch anfühlt und du das Gefühl hast, dass Jonathan nicht der Richtige ist.« »Ja und?« »Jonathan kann Gedanken lesen.« »Ja.« »Na, dann liegt es doch auf der Hand. Er hatte deine Gedanken gelesen und ist jetzt sauer.« Mit weit aufgerissenen Augen schaute ich Alex an. »Mist«, fluchte ich. »So kann man es auch ausdrücken«, sagte er milde lächelnd. »Und was jetzt?« »Das wird die Zukunft zeigen, mal sehen, wie er sich jetzt verhält.« Alex stand auf und machte Anstalten, zu gehen.

»Alex, kannst du noch einen Moment warten? Ich habe Angst, dass er zurückkommt.« »Klar«, er setzte sich auf meinen Schreibtischstuhl und sah mich an. »Ich mache dir einen Vorschlag. Du gehst ins Bett und sobald du eingeschlafen bist, gehe ich runter.« »Okay, danke, Alex.« »Kein Ding.«

Ich lief rasch ins Bad und zog meinen Pyjama an. Draußen tobte noch immer ein Unwetter, was mir noch mehr Angst machte. Kurze Zeit später war ich wieder in meinem Zimmer. »Wow, sexy«, sagte Alex und musterte mich breit grinsend. »Haha«, ich streckte ihm die Zunge raus und schlüpfte unter meine Bettdecke. Auch wenn Alex wie ein Bruder für mich war, war er dennoch ein Junge und mir war es peinlich, dass er mich so sah. Draußen war es schon fast hell. Alex gähnte lautstark. »Geh ruhig nach Hause, Alex«, sagte ich. »Nein, schon okay. Ich warte. Schlaf jetzt.« Kurze Zeit später schloss ich die Augen.

Ich schlief recht schnell ein, weil ich mich durch Alex' Anwesenheit sicher fühlte. Wieder war ich im Wald. Ich rannte um mein Leben. Zu meinem Schrecken war ich noch panischer als sonst. Es war stockdunkel und ich konnte nur wenig erkennen. Noch bevor ich fallen konnte, packte mich jemand von hinten am Arm. Ich drehte mich um und Jonathan blickte mich hasserfüllt an. »Alles, was jetzt in deinem Umfeld passiert, dafür bist nur du verantwortlich!« Seine Stimme klang kalt und wie von einer anderen Welt. Sie hatte nichts Menschliches. Ich schlug ihm hart ins Gesicht. Gerade, als sein Blick noch zorniger wurde und er mich fester packen wollte, wachte ich auf.

Als ich erwachte, konnte ich noch meinen eigenen Schrei wahrnehmen. Vor mir stand Alex und sah mich erschrocken an. »Susan, alles in Ordnung?« Langsam setzte ich mich auf und versuchte, mich zu beruhigen. Ich war klatschnass geschwitzt. Mein Herz überschlug sich noch immer, als ob Jonathan immer noch vor mir stehen würde. Nur langsam beruhigte ich mich etwas. »Wieder der Traum?«, fragte Alex zögernd. Ich nickte. Meine Lippen zitterten, obwohl ich nicht fror.

»Wie spät ist es?«, fragte ich benommen. »Keine Ahnung«, erwiderte Alex, er sah sehr müde aus. »Ich bin selber auf dem Stuhl eingeschlafen, mir tut alles weh.« Er streckte sich mit schmerzverzerrtem Gesicht. »Das tut mir leid.« »Kein Problem.« Er sah auf die Uhr. »Wir haben schon Mittag«, sagte er unter lautem Gähnen. »Dann stehe ich jetzt auf, ich wollte Tina und Mike noch beim Aufräumen helfen.« »Ich komme mit«, sagte Alex mit müden Augen. »Kommt nicht infrage. Du gehst jetzt nach Hause und schläfst dich aus.« »Aber Jonathan könnte da sein. Vergiss nicht, er wohnt zurzeit bei Mike. Wenn die wüssten ...« Er schüttelte fassungslos den

Kopf. »Sicher, dass wir es ihnen nicht besser sagen sollten?« »Untersteh dich, wir bringen sie nicht unnötig in Gefahr.« »Keep cool, Susan. Ich werde ihnen nichts erzählen.«

Er sah aus dem Fenster. »Na dann, viel Spaß. Vielleicht habt ihr ja gar nicht so viel zu tun, weil euch schon alles weggeschwommen ist.« Ich schaute ebenfalls aus dem Fenster. Es stürmte und der Regen peitschte gegen die Scheibe. »Na toll«, sagte ich brummend. »Okay, ich hau mich aufs Ohr. Wir sehen uns.« »Ja, danke noch mal.« »Ach, nicht dafür.« Er verließ das Zimmer. Kurze Zeit später konnte ich die Wohnungstür zuschlagen hören.

Müde begann ich, mich anzuziehen. Ich verschwand noch rasch ins Bad und aß ein Stück von meinem Geburtstagskuchen. Meine Mutter war schon wieder unterwegs. Wahrscheinlich bei einer ihrer Arbeitsstellen. Müde nahm ich meinen Autoschlüssel und machte mich auf den Weg zu Mike. Ob Jonathan auch da war? Hoffentlich nicht. Ich hatte mich in einen langen Regenmantel eingepackt und war froh, als ich in meinem Auto saß. Noch immer konnte ich es nicht fassen, dass ich nun einen eigenen Wagen besaß. Er passte zu mir, wie die Faust aufs Auge. Auch wenn ich das nur ungern zugeben wollte. Langsam fuhr ich zu Mike. Durch das schlechte Wetter kam ich nur schleppend voran, da ich durch den starken Regen nur wenig erkennen konnte. Ich brauchte fast eine halbe Stunde bis zu Mike, weil die Straße eher einem Fluss, als einer Straße glich. Endlich kam ich an. Vorsichtig parkte ich direkt hinter Mikes Wagen. Schnell lief ich zur Haustür und klingelte. Mike öffnete mir die Tür.

»Hi, Susan, komm rein.« Nervös betrat ich das Haus. Ich war noch nie in Mikes Haus gewesen, ich hatte es bis jetzt nur von außen gesehen. Es war riesig und sehr modern eingerichtet. Kein Vergleich zu dem Haus meines Vaters. Bei meinem Vater konnte man eher Gemälde und antike Gegenstände vorfinden. In diesem Haus war das anders. Mit offenem Mund blieb ich vor einer großen Skulptur stehen.

»Meine Mutter nennt es moderne Kunst«, sagte Mike grinsend. »Hat sie die selber gemacht?« »Ja, sie ist sehr kreativ.« »Das sehe ich.« Im ganzen Haus konnte man verschiedene Skulpturen und von Hand bemalte Wände entdecken. Es waren sehr abstrakte Bilder. Wo ich, als Laie, nicht wirklich erkennen konnte, was sie bedeuten sollten oder was sich der Künstler dabei gedacht hatte. Alles war sehr ordentlich und sauber. Auch hier gab es eine Haushälterin. Aber ich kannte sie nicht und hatte sie bis jetzt auch noch nicht zu Gesicht bekommen. Das ganze Haus schien eine klare, durchstrukturierte Linie zu haben. Alles sah schon etwas zu akkurat aus. Schnell durchquerte ich mit Mike drei Räume. Den Eingangsbereich, dann das Wohnzimmer und schließlich einen Wintergarten. Danach waren wir hinterm Haus.

Genervt stand Tina unter dem Dach. Auch sie hatte sich in Regensachen eingepackt. Als sie mich sah, grinste sie mich an. »Hi, Süße, schau dir bloß mal dieses blöde Wetter an. Der Garten gleicht einem Schwimmbad. Hatten wir nicht in Atlantic City schon genug davon?« »Ja, das stimmt«, sagte ich milde lächelnd. »Aber das bekommen wir schon hin.« »Nicht, ohne danach völlig aufgeweicht zu sein.« Mike zog sich eine Jacke an und dann begannen wir, die Sachen aus dem Garten zusammen zu räumen. Es erwies sich als eine sehr mühselige Arbeit. Alles stand unter Wasser oder war durch den Wind weiter weggeweht worden. Vieles war kaputtgegangen. »So ein Mist«, hörte ich Tina immer wieder fluchen. Wir waren Stunden daran, das Übel zu beseitigen.

Schließlich ließen wir uns erschöpft in Mikes Küche auf die Stühle fallen.

»Wo ist eigentlich Jonathan?«, fragte ich Mike und versuchte dabei, so normal wie möglich zu klingen. Während wir alles aufgeräumt hatten, hatte ich immer geschaut, ob ich ihn irgendwo erspähen konnte. Aber er tauchte nicht auf. »Der ist viel unterwegs. Er ist selten hier, er will sich Devils Lake ansehen. Irgendetwas scheint er hier interessant zu finden.« Ich weiß auch was, dachte ich angespannt. Mit der Zeit fühlte ich mich immer unwohler, weil ich bis auf die Knochen nass war. »Möchtest du hier duschen und von mir trockene Sachen anziehen?«, fragte mich Tina, die mein Unbehagen bemerkte. »Nein, ich denke mal, dass ich jetzt nach Hause fahren werde. Ich bin auch noch etwas müde, ich habe nur wenig geschlafen.« »Ja, ich denke, wir legen uns auch noch etwas hin oder Schatz?« »Ja, könnte nicht schaden«, er rieb sich müde die Augen. »Aber ich danke euch für alles, es war eine sehr schöne Party.« »Haben wir doch gerne gemacht«, sagte Mike grinsend.

»Aber ist das nicht cool?«, fragte Tina lächelnd. »Du hast jetzt ein Auto.« »Ja, das ist wirklich cool.« »Dein Vater dachte noch, dass du ihn umbringen würdest, wenn er dir einen Wagen schenken würde.« »Das wollte ich erst auch«, ich lachte leicht auf. »Aber dann habe ich mich doch gefreut.« »Wäre ja auch unnormal, wenn nicht«, sagte Tina mit hochgezogenen Augenbrauen. »Gut, ich mache mich dann mal auf den Nachhauseweg.« Ich stand auf, die anderen beiden ebenfalls. »Ihr braucht mich nicht zur Tür begleiten, ich finde schon raus. Legt ihr euch hin und schlaft euch aus.« »Wir telefonieren?«, fragte Tina mit müden Augen. »Ja, machen wir.«

Ich lief durch das Haus, bis ich schließlich an der Eingangstür ankam. Nachdem ich sie geöffnet hatte, stand vor mir Jonathan. Er war bis auf die Knochen durchnässt und in seinem Blick war wieder der blanke Hass zu sehen. Seine Hände hatte er wieder zu Fäusten geballt und sein Körper zitterte bedrohlich. Ich wusste, dass das nicht davon kam, weil er fror. Er war sauer. Zögernd ging ich einen Schritt zur Seite, damit er eintreten konnte. Doch er blieb, wo er war und musterte mich. Kurz blieb sein Blick auf dem von ihm geschenkten Armband hängen, dann lief er ins Haus. Er sagte nicht ein Wort und ich war froh darüber.

Auch in meinem Kopf blieb es still.

Ich lief zu meinem Wagen und schloss die Autotür auf. Als ich in meinem Wagen saß, fühlte ich mich schon viel sicherer. Nachdem ich zu Hause angekommen war, nahm ich erst einmal eine lange, heiße Dusche. Ich war völlig durchgefroren. Danach schlüpfte ich in meinen Lieblingsjogginganzug. Zu meinem Erstaunen, war meine Mutter zu Hause. Sie lag auf der Couch, vor dem Fernseher.

»Hi, Mum. Du bist aber früh zurück.« »Mir geht's nicht so gut, da bin ich früher gegangen«, sagte sie leise. Erst jetzt konnte ich erkennen, dass sie sehr blass war und dicke Augenränder hatte. »Was fehlt dir denn?«, fragte ich besorgt. »Ich kann es dir nicht wirklich sagen, mir geht es einfach schlecht.« Ich überlegte, ob es damit zusammenhängen könnte, dass sie meinen Vater wieder gesehen hatte. Wahrscheinlich hing sie doch noch mehr an ihm, als sie es zugeben wollte. »Am besten schläfst du erst mal ein bisschen. Soll ich dir eine Suppe kochen?« »Nein, danke, Susan, ich habe keinen Hunger.« »Wenn was ist, ich bin in meinem Zimmer ...« Sie nickte mir kaum merklich zu. Langsam ging ich in mein Zimmer. An der Tür hielt ich noch einmal kurz inne und sah zu meiner Mutter. Ich machte mir wirklich Sorgen um sie und sie sah nicht gut aus. Vielleicht bekam sie eine Grippe oder es war wirklich wegen meinem Vater.

Mir kam der Gedanke, dass ich ja mal wieder anfangen könnte, Tagebuch zu schreiben. Es würde mir bestimmt gut tun, all meine Gefühle und Ängste aufzuschreiben. Ich nahm ein leeres Heft aus meiner Schultasche und setzte mich auf meine Fensterbank. Draußen tobte das Unwetter. Wenn ich es jetzt nicht schon so lange hätte ertragen müssen, wäre es sicher gemütlich gewesen. Aber zurzeit nervte es mich nur noch.

Plötzlich konnte ich im Augenwinkel, aus dem Fenster heraus, Alex erkennen. Er schien unterwegs gewesen zu sein. Gerade wollte er die Haustür aufschließen, als Jonathan hinter ihm auftauchte. Erschrocken fiel mir mein Heft aus der Hand. Ich drückte die Nase am Fenster platt, um mehr erkennen zu können. Er sah bedrohlich aus. Nun stand er Alex genau gegenüber, sie unterhielten sich, blieben aber beide auf Abstand. Hoffentlich manipulierte er Alex jetzt nicht, dachte ich ängstlich. Jonathan schien mich zu bemerken. Er schaute zu mir auf und sah mich mit seinem bedrohlichen Blick an. Dann wandte er sich zum Gehen. Alex blieb immer noch wie angewurzelt stehen und sah Jonathan hinterher. Ich klopfte gegen die Scheibe. Alex sah zu mir auf und ich deutete ihm an, zu mir rauf zu kommen. Er nickte mir zu und verschwand im Hausflur.

Schnell lief ich zur Wohnungstür und öffnete sie. Alex kam die Treppe heraufgerannt, er sah blass und verängstigt aus. »Komm rein, aber sei leise, meine Mutter schläft«, sagte ich im Flüsterton. Wir schlichen uns in mein Zimmer und ich schloss die Tür. »Was wollte Jonathan von dir?«, fragte ich ihn und ich merkte, dass meine Stimme vor Angst zitterte. Alex zögerte. »Sag schon«, sagte ich nun fordernder. »Er hat mir nur gesagt, dass ich mich von dir fernhalten soll. Und dass ich ja nicht wüsste, was er mir und meiner Familie alles antun könnte, wenn ich es nicht tun würde.« Er sah zu Boden.

Fassungslos setzte ich mich auf mein Bett. So weit war Jonathan nun also schon bereit, zu gehen. Er bedrohte nun schon andere in meinem Umfeld. »Das ist furchtbar«, sagte ich leise. Alex sah immer noch zu Boden, er spannte seinen ganzen Körper an. Ich sah in sein Gesicht. Er sah nun nicht mehr ängstlich, sondern wütend aus. »Ich lasse mich von dem nicht einschüchtern«, sagte er mit fester Stimme, dann sah er zu mir auf. »Und gnade ihm Gott, wenn er meiner Familie oder dir oder sonst irgendwem, auch nur ein Haar krümmt.«
Ich stand auf. »Alex, du musst das ernst nehmen, was er sagt. Er ist gefährlich.« »Das ist mir egal.« »Mir aber nicht.« Wir sahen uns an. Ich konnte die Verzweiflung in Alex' Gesicht sehen. Völlig unschlüssig, was er nun tun sollte.

»Vielleicht sollten wir besser machen, was er sagt und uns erst einmal nicht mehr treffen.« »Kommt nicht infrage«, sagte Alex gereizt. »Ich lass dich nicht im Stich.« »Aber was ist, wenn er dir oder deiner Familie etwas antut?« »Und was ist, wenn er dir etwas antut?« Ich sah zu Boden. »Das wäre mir lieber, als wenn euch etwas zustoßen würde.« Alex kam einen Schritt auf mich zu. »Susan, ich bleibe an deiner Seite, egal was passiert. Selbst wenn ich mich von dir fernhalten würde, würde er mir oder den anderen, etwas antun. Er hatte nichts Menschliches an sich«, sagte er zögernd. Ich sah ihn an. »Was meinst du?« »Klar, wenn man ihn sieht, sieht er wie ein Mensch aus. Aber ich habe ihm in die Augen geschaut. Er hatte etwas in den Augen, was nichts mit einem Menschen zu tun hat. In seinen Augen konnte ich erkennen, wie mächtig er eigentlich ist. Er würde nicht einmal zögern, jemanden zu verletzen.« Er schluckte. »Ich bin mir sicher, dass er nicht nur damit droht, jemanden zu verletzen, sondern er würde es auch tun.« Erschrocken sah ich ihn an.

Alex setzte sich auf meinen Schreibtischstuhl und ging sich nervös durch die Haare. »Was machen wir jetzt?«, fragte ich leise. »Wir müssen schnellstens herausfinden, was er ist und wie wir ihn wieder loswerden können.«
»Aber, Alex, so etwas wie übernatürliche Dinge gibt es nicht.« »Das dachte ich bis heute Morgen auch. Bis dahin, wo ich seine roten Augen sehen konnte. Susan, welcher Mensch hat oder bekommt denn rote Augen, wenn er wütend oder sonst was ist?« Nachdenklich sah ich ihn an. Alex hatte recht, das konnte kein Mensch. Auch kein Mensch hatte diese Kraft und Schnelligkeit. Sicher, Gedankenlesen und Gedanken manipulieren, zu diesen Dingen waren auch Menschen fähig. Hypnotiseure zum Beispiel. Aber das andere war für einen Menschen undenkbar.

»Du hast recht«, sagte ich zögernd. »Wie finden wir heraus, was er ist? Wir können ihm ja schlecht folgen, er würde uns bemerken. Irgendwie müssen wir herausfinden, was er vorhat.« Ich nickte zustimmend. »Aber wie?« »Das ist der Punkt. Wie? Wie würde er wohl auf dich reagieren, wenn er dich wieder sehen würde?« »Nicht besonders gut, ich bin ihm heute bei Mike begegnet.« »Und?« »Er hat mich nur kalt angeschaut und ist an mir vorbei ins Haus gegangen.« »Hat er nichts gesagt?« »Nein.« »Hast du auch nichts in deinem Kopf gehört?« »Nein.« »Das ist auch so ein Ding«, sagte er leise. »Was meinst du?« »Anscheinend kannst nur du ihn in deinem Kopf wahrnehmen, warum?« »Keine Ahnung. Ich denke mal, er will mir nur Angst machen. Überwiegend nehme ich ja nur Drohungen von ihm in meinem Kopf wahr.« Alex dachte nach. »Und du kannst nicht sehen, was er denkt?« »Nein.« »Schade.« Ich seufzte. »Und was jetzt?« »Ich habe keine Ahnung. Wir müssen sehen, was sich nun weiter entwickelt.«

Plötzlich durchfuhr mich wieder ein Schlag. So ein Gefühl, als würden sich alle meine Gliedmaßen verkrampfen. Es schmerzte höllisch. Ich sackte zu Boden.

»Susan!« Alex war sofort bei mir. »Was ist mit dir?« Genauso schnell wie der Schmerz gekommen war, ging er auch wieder. »Da waren wieder diese Schmerzen«, sagte ich mit schwerer Stimme. »Sollen wir zu einem Arzt gehen?« »Nein, nein, es geht schon wieder.« Mühsam stand ich auf. »Ich rege mich bestimmt nur zu viel auf.« Misstrauisch half mir Alex, dass ich mich aufs Bett setzen konnte. »Aber wenn es schlimmer wird, gehen wir zum Arzt.« »Ja, machen wir, aber es geht schon wieder.«

»Und deine Mutter schläft immer noch?«, fragte er interessiert. »Nicht immer noch, sondern wieder. Sie war auf der Arbeit, kam dann aber früher nach Hause und hat sich hingelegt. Ihr geht's nicht gut.« »Ist sie krank?« »Keine Ahnung, sie meinte nur, dass es ihr nicht gut ginge. Ich glaube eher, dass sie meinen Vater doch mehr vermisst, als sie zugeben will.« Ich seufzte. »Hm«, machte Alex. »Das kann ich verstehen, sie waren ja lange zusammen, das vergisst man nicht so einfach. Ich hatte gesehen, dass sie gestern viel miteinander getanzt hatten.«

»Ja, das hatte ich auch gesehen.« »Sie sahen glücklich zusammen aus.« »Ja, das stimmt.« »Wahrscheinlich hat sie das etwas runter gezogen und an alte Zeiten erinnert«, sagte

Alex wahrheitsgetreu. Ich nickte ihm zu. »Ja, das glaube ich auch.«

Ich stand auf und sah aus dem Fenster. »Dieses Wetter macht mich krank«, sagte ich gereizt und biss mir auf die Unterlippe. »Ja, für mich ist es auch nicht gerade vorteilhaft. Ich hatte noch einige Radtouren geplant, mit Peter. Du erinnerst dich? Der, mit dem du gestern getanzt hattest.« »Sicher erinnere ich mich, er scheint sehr nett zu sein.« »Ja, das ist er.« Alex stand auf. »Jetzt werde ich mal wieder nach unten gehen. Ich habe noch ein paar Dinge zu erledigen.« »Gut, mach das.«

Auch wenn ich es nicht zugeben wollte, dennoch fühlte ich mich am sichersten, wenn Alex bei mir war. Klar, er konnte mit Sicherheit auch nichts gegen Jonathans Fähigkeiten ausrichten, aber alles war besser, als mit meinen Gedanken alleine zu sein. Mit Alex konnte ich mich austauschen und überlegen, was man tun könnte. Allein kam ich mir so hilflos vor. Ich traute mich aber nicht, Alex das zu sagen. Er bemerkte meine Unsicherheit. Alex konnte man eben nichts vorspielen. Langsam kam er mir näher. »Susan, hab keine Angst. Du weißt, ich werde immer für dich da sein. Ich bin eine Etage unter dir. Wenn was ist, schickst du mir eine SMS und ich bin sofort da.« Ich spürte einen Kloß im Hals. »Danke, Alex.« »Du würdest dasselbe für mich tun.« Im Wohnzimmer hörte ich meine Mutter husten. »Ich gehe dann mal«, sagte Alex und schlich sich leise aus meinem Zimmer.

Stöhnend setzte ich mich auf mein Bett. Alex hatte recht, ich würde für ihn dasselbe tun. Trotzdem nahm ich dies nicht als selbstverständlich hin. Ich war erleichtert darüber, dass er im gleichen Haus lebte wie ich. So konnte er schnell bei mir sein, wenn es Probleme geben sollte. Da es meiner Mutter nicht gut ging, beschloss ich, die Küche etwas aufzuräumen. Außerdem hoffte ich, dass mich das etwas ablenken würde. Ich fing an, das Geschirr zu spülen. Als ich alles abgetrocknet hatte und die Teller in den Schrank räumen wollte, durchfuhr mich wieder dieser schreckliche Schmerz. Was war das? Es hielt wieder nur für Sekunden an. Trotzdem machte es mir Angst, weil ich es nicht einordnen konnte. Woher kam es und was war der Auslöser? Ob ich doch mal besser zum Arzt gehen sollte? Ich versuchte, mich wieder zu beruhigen und beschloss, den Müll runter zu bringen. Im Treppenhaus angekommen, traf ich auf Taylor, den Vater von Alex.

»Hallo, Mister Fuller«, begrüßte ich ihn freundlich. »Hallo, Susan, wie geht es dir?« Er musste gerade von der Arbeit gekommen sein, denn er trug seine Sicherheitsuniform. »Oh, ganz gut«, flunkerte ich. Alex' Vater sah wirklich sympathisch aus. Er hatte schwarze, kurze Haare, die schon etwas grau meliert waren. Er war recht groß und schien genauso viel Sport zu machen wie Alex, denn er sah sehr muskulös aus, selbst durch die Uniform. Er hatte ein verschmitztes Lächeln, wodurch er noch einmal zehn Jahre jünger aussah. Man würde niemals darauf kommen, dass er schon vierundvierzig Jahre alt war.

»Und wie geht es Ihnen?«, fragte ich interessiert. »Ich kann mich nicht beschweren, bald ist unser Zuwachs endlich da«, er lächelte verträumt bei dem Gedanken. »Wir freuen uns schon alle riesig auf das Baby.« Er lächelte in sich hinein, bei dem Gedanken an das Kind. Dann sah er mich wieder an. »Alex wird bestimmt ein guter Bruder sein.« »Davon bin ich fest überzeugt.« »Ihr unternehmt viel zusammen, oder? Alex und du?« Ich errötete leicht, denn Mister Fuller sah mich mit so einem verheißungsvollen Grinsen an. Anscheinend deutete er unsere vielen Verabredungen falsch. »Ja, wir machen viel zusammen, wir verstehen uns gut. Er ist ein sehr guter Freund für mich.« »Ja, das habe ich schon gemerkt.«

Plötzlich sah er mich mit großen Augen an. »Hattest du nicht vor kurzem Geburtstag?« »Ja, gestern.« »Na, dann alles Gute nachträglich«, sagte er milde lächelnd und gab mir seine Hand. »Danke.« Er hatte so ziemlich die gleiche Art wie Alex. Vielleicht verstand ich mich deshalb auf Anhieb mit ihm.

Draußen hörte man es wieder donnern und unheilvoll grollen. »Nervt dich das Wetter auch so, wie mich?«, fragte er mich freundlich. Anscheinend unterhielt er sich auch gerne mit mir. »Ja, es nervt mich ungemein. Wir hatten in Atlantic City schon so schlechtes Wetter. Anscheinend haben wir den Regen aus dem Urlaub mitgebracht.« Er sah aus dem Fenster. »Nun ja, es werden auch wieder bessere Zeiten auf uns zu kommen. Aber das Wetter scheint auf das Gemüt der Menschen zu schlagen. Die meisten sind unheimlich schlecht gelaunt, depressiv und teilweise sogar aggressiv.« Er schüttelte den Kopf. »Hoffentlich legt sich das wieder, bis unser Zuwachs da ist. Es soll in einer netten Umgebung die Welt erblicken und nicht in einer, wo alle vor sich hin grummeln«, er lächelte mich breit an. Ich grinste zurück. Er sah auf die Uhr. »Wenn du mich jetzt entschuldigst, Susan. Ich habe noch einen Termin.« »Sicher.« »War nett, dich mal wieder gesehen zu haben. Obwohl wir im selben Haus wohnen, laufen wir uns ja nicht gerade oft über den Weg.« »Ja, hat mich auch gefreut«, gab ich zurück. Er öffnete die Wohnungstür und verschwand in der Wohnung.

Ich lief weiter zum Hinterhof und brachte den Müll weg. Im Nachbarhaus konnte man eine Familie lauthals streiten hören. Mister Fuller hatte recht, die Menschen waren zum Teil wirklich aggressiver. Man spürte eine gewisse Anspannung und Nervosität in der Luft. Ich wandte meinen Blick von dem Nachbarhaus ab und lief wieder in unsere Wohnung. Prompt lief ich unterwegs Misses Timer in die Arme. Wieder mal trug sie Lockenwickler und eine Schürze. »Hallo, Susan, hast du da gerade mit Mister Fuller gesprochen? Wie geht's ihm denn?«, fragte sie neugierig. Ich verdrehte die Augen, aber so, dass sie es nicht sehen konnte. Dass sie sich nie um ihre eigenen Dinge kümmern konnte. »Ganz gut«, sagte ich knapp. »Und ist das dein Wagen vor der Tür?« »Ja«, antwortete ich reserviert. Ich schloss schnell die Wohnungstür auf und verschwand in der Wohnung. Für diese Frau hatte ich jetzt überhaupt keine Nerven gehabt. Kurz hörte ich sie noch dumpf etwas sagen, verstand es aber nicht wirklich.

Zielstrebig ging ich ins Wohnzimmer, um nach meiner Mutter zu schauen. Sie schlief fest. Sie sah immer noch sehr blass aus, hoffentlich würde es ihr morgen besser gehen. Ich ging in mein Zimmer und legte mich aufs Bett. Der Regen prasselte energisch ans Fenster. Prompt wurden meine Augen schwerer, schließlich schlief ich ein.

Eine schlimme Nachricht

Was ich träumte, war sehr merkwürdig und furchtbar zugleich. In meinem Traum sah ich Tina in einem Krankenhaus liegen und Mike weinend neben ihr am Bett sitzen. Ich wollte mit ihm sprechen, aber er hörte mich nicht. Dann sah ich mich durch Devils Lake laufen und alle Passanten sahen mich wütend und aggressiv an. Schließlich hielt mich eine ältere Frau am Arm fest. »Du bist schuld, Kind«, sagte sie düster. »Du bist schuld daran, dass es so weit kam!«, böse funkelte sie mich an. Die anderen stimmten ihr zu und keilten mich von allen Seiten ein. Erschrocken wachte ich auf. Mein Herz raste.

Ich schaute zum Fenster, es wurde langsam hell. Anscheinend hatte ich die Nacht fast durchgeschlafen. Mühsam rappelte ich mich auf. Mir tat alles weh. In Gedanken an meinen Traum, nahm ich schnell mein Handy und schrieb Tina eine SMS. Ich versuchte, sie nicht gleich so panisch klingen zu lassen:

Hi, Tina. Na, wie geht es dir und Mike? Was macht ihr so? Gruß, Susan.

Schnell verschickte ich die SMS. Tina schlief bestimmt noch, so konnte es eine gewisse Zeit dauern, bis sie zurückschrieb. Aber wenn etwas mit ihr nicht in Ordnung wäre, hätte mir Mike auf jeden Fall schon Bescheid gesagt. Da war ich mir sicher.

Wieso träumte ich so etwas? Komisch war es schon. Mir ging es nicht gut an diesem Morgen. Alles tat mir weh und ich fühlte mich so kaputt. Mein Kopf war zum Bersten gespannt. Ob ich auch krank werden würde? Aus lauter Langeweile sah ich aus dem Fenster. Erst dachte ich, dass ich noch träumen würde. Aber das war kein Traum. Vor meinem Fenster, auf der anderen Straßenseite, stand Jonathan. Kalt und berechnend sah er mich an. Ich hielt seinem Blick stand, vielleicht wollte er mir etwas sagen. Doch mein Kopf blieb leer. Um ihn herum blitzte und donnerte es, aber er verzog keine Miene. Er lächelte mich kalt an, wandte sich dann von mir ab und ging. Was hatte er davon?, dachte ich irritiert. Was hatte er davon, mich zu beobachten und vor dem Haus zu stehen? Er klingelte ja nie bei mir, er beobachtete mich immer nur aus der Ferne. Oder wollte er nur sichergehen, dass ich keinen Kontakt mehr zu Alex hatte? Ich fand, dass er noch stärker aussah. Er hatte eine enorme Ausstrahlung in letzter Zeit bekommen. Wenn man ihn sah, ob man ihn kannte oder nicht, hatte man einen Heidenrespekt vor ihm.

Ich schrieb Alex eine SMS: *Er war wieder vor meinem Fenster!*

Keine Minute später kam eine SMS zurück: *Ich bin gleich bei dir.*

Ich war erstaunt, dass Alex auch schon wach war und machte mich auf den Weg zur Wohnungstür. Meine Mutter schien ins Bett gegangen zu sein, im Wohnzimmer war sie nicht mehr. Ich öffnete leise die Wohnungstür, Alex stand im Trainingsanzug davor. Wir schlichen uns in mein Zimmer.

»Wie kommt es, dass du schon wach bist?«, fragte ich ihn leise. »Ich konnte nicht schlafen. Meiner Mutter ging es die Nacht nicht gut, sie hatte Schmerzen im Bauch.« Erschrocken sah ich ihn an. »Mach dir keine Sorgen, sicher ist mit dem Kind alles in Ordnung. Vielleicht dreht es sich nur, oder so.« Er versuchte, lässig zu klingen, aber an seinem Blick konnte ich erkennen, dass er Angst hatte. »Geht sie zum Arzt?«, fragte ich angespannt. »Wenn es schlimmer wird, bestimmt, aber sie schläft jetzt. Ich denke mal, dass es ihr schon besser geht …

Wie geht es deiner Mutter?« »Ich weiß nicht, sie scheint ins Bett gegangen zu sein. Immer wenn ich nach ihr geschaut habe, war sie am Schlafen.«

Alex sah aus dem Fenster. »Er war also wieder da?« »Ja.« »Wann?« »Vor circa zehn Minuten.« »Weißt du, wie lange er dort schon stand?« »Nein, ich war aufgewacht«, ich zögerte einen Moment, »und als ich dann aus dem Fenster sah, stand er dort, auf der anderen Straßenseite.« Von meinem Albtraum wollte ich Alex besser nichts erzählen. Er hatte schon genug Sorgen, da wollte ich ihm nicht noch eine weitere Last aufhalsen. »Der Regen scheint ihm gar nichts auszumachen.« Diese Worte klangen nach einer Feststellung, nicht nach einer Frage. »Ja«, stimmte ich ihm zu. »Er wirkt immer so, als wäre der Regen gar nicht da.«

Alex lehnte sich an die Fensterbank. »Ich habe ein Gefühl, als würde mein Kopf platzen, Susan. Gestern war ich im Internet. Aber auch da kam ich nicht weiter. Ich weiß ja noch nicht einmal, unter was ich da nachschauen soll. Wir wissen nicht«, er zögerte kurz, »was er ist.« Er schüttelte den Kopf. »Ich hätte nie gedacht, dass ich mir mal über so etwas Gedanken machen müsste. Über so etwas Außergewöhnliches.« Er sah mich an. »Ja, aber ich bin froh, dass du mir glaubst.« »Natürlich glaube ich dir, Susan. So etwas kann man sich nicht ausdenken. Außerdem habe ich ja schon einiges mit meinen eigenen Augen gesehen.«

Völlig fertig legte ich mich aufs Bett. »Ich bin so müde und mir tut alles weh, aber mein Geist kommt nicht zur Ruhe.« »Wenn du willst, bleibe ich noch einen Moment bei dir, vielleicht hilft dir das, in Ruhe einzuschlafen.« »Das wäre schön«, sagte ich mit schwacher Stimme. Ich deutete Alex an, sich neben mich zu legen. Er zögerte. »Keine Angst, ich überfalle dich nicht«, sagte ich leicht lächelnd. »Das hatte ich auch nicht gedacht.« »Sondern?« »Ich wundere mich, dass du mir so stark vertraust. Schließlich könnte ich dich ja überfallen«, er lächelte sanft. Erschrocken sah ich ihn an. Bitte nicht Alex auch noch, dachte ich nervös. »Schwesterherz«, fügte er schnell hinzu. Erleichtert lächelte ich ihn an und warf ein Kissen nach ihm. »Spinner!« Er lachte leicht auf und legte sich dann schließlich neben mich. Er verschränkte die Arme hinter seinem Kopf und schloss die Augen. Gott sei Dank, dachte ich mir insgeheim. Für den Bruchteil einer Sekunde, dachte ich schon, dass Alex auch etwas für mich empfand. Aber mit dem Wort »Schwesterherz«, hatte er das Ruder noch einmal in die richtige Richtung herumgerissen.

»Weißt du was, Susan?« Er sah an die Decke, als er dies sagte. »Nein, was?« »Schade, dass du deinen ersten Kuss für so jemanden oder etwas, wie Jonathan geopfert hast.« Er schluckte. Oh nein, hatte ich mich doch geirrt und ich lag mit meiner Vermutung richtig? »Was meinst du?«, fragte ich zögernd. »Na ja, irgendwo da draußen ist der Richtige für dich. Der, bei dem du dich wohlfühlst. Dem du vertraust. Der dir Liebe und Zuneigung schenkt. Und du vergeudest deinen ersten Kuss an so einen Deppen!« Er grinste mich von der Seite her an. Ich musste lachen, weil er das Wort »Deppen« so merkwürdig betonte. »Ja, wie konnte ich nur.« »Nun, wenn er kein Mensch sein sollte, zählt es ja vielleicht nicht«, sagte er lächelnd. »Oh Gott, alleine die Vorstellung«, sagte ich und verzog mein Gesicht zu einer Grimasse. Alex lachte laut auf, dann wurde er wieder ernst.

»Weißt du, eine Zeit lang fand ich dich schon ganz süß.«

Ich sah ihn mit großen Augen an, völlig perplex über diese offene und ehrliche Art. Er hatte überhaupt kein Problem damit, darüber zu sprechen. Forschend sah er mich von der Seite an. »Aber schließlich dachte ich mir: Hey, was ist dir wichtiger? Eine Beziehung mit ihr, die ganz schön werden könnte oder zerbricht und man sich vielleicht im Streit trennt oder eine lebenslange Freundschaft und sie immer an meiner Seite zu haben. Bei allen Höhen und Tiefen in meinem Leben.« Er sah mich an. »Ich hatte mich für das Zweite entschieden.« Ich lächelte ihn an. »Und ich bin erleichtert, dass du dich dafür entschieden hast. Denn ich denke genauso darüber.« Er grinste mich leicht an und sah dann wieder an die Decke.

»Das ist schön, Susan. Meinst du, da draußen gibt es eine Frau, die perfekt zu mir passt? Die wirklich die Richtige für mich ist?« Er seufzte. »Sicher gibt es die«, sagte ich im entschlossenen Ton. »Du bist ein wunderbarer Mensch, wenn nicht du so jemanden verdient hast, wer dann?« »Nett, dass du das sagst.« Ich konnte erkennen, dass er lächelte. »Weißt du, ich hätte schon gerne wieder eine Freundin. Ich vermisse die Nähe zu jemandem.« Ich seufzte. »Ich weiß, was du meinst.« Ich wusste es natürlich nicht wirklich, aber ich konnte mir schon vorstellen, dass es komisch war, alleine zu sein, wenn man schon mal die Vorteile einer Beziehung erlebt hat. Alex wurde still und mir fingen an, die Augen zuzufallen. Schließlich schlief ich ein.

Das Piepen meines Handys ließ mich aus dem Schlaf hochschrecken. Alex lag neben mir und war fest am Schlafen. Ich nahm mein Handy in die Hand und schaute, wer mir da schrieb. Tina hatte mir geantwortet. Zu meinem Schrecken schrieb sie: *Hi, Susan, mir geht es nicht so gut. Weiß auch nicht, was los ist. Ich habe gestern noch Fieber bekommen.*

Wahrscheinlich liegt es daran, weil wir die ganze Zeit im Regen herumgelaufen sind. Sicher nur eine Grippe. Aber mach dir keine Gedanken, Mike kümmert sich rührend um mich. Komm besser nicht vorbei, nicht, dass du dich noch ansteckst.

Mich überkam ein komisches Gefühl, als ich dies las. Mein Traum würde doch nicht wahr werden? Aber in meinem Traum war sie im Krankenhaus, in eine Art Koma. Ich schüttelte meinen Kopf, um das grausame Bild, das Tina im Krankenbett zeigte, an Schläuchen und Beatmungsgeräten angeschlossen, wieder abzuschütteln. Vielleicht war es ja auch nur ein blöder Zufall und sie hatte wirklich nur eine Grippe. Kaum verwunderlich bei dem Wetter.

Ich legte mich wieder neben Alex und schloss die Augen. Noch immer fühlte ich mich schlapp. Irgendwie hatte ich das Gefühl, dass etwas mit mir nicht in Ordnung war. Ich wollte nichts anderes, außer schlafen. Wenige Augenblicke später schlief ich auch schon wieder ein. Als ich erwachte, schien es schon Mittag zu sein. Verschlafen schaute ich neben mich. Dort wo Alex lag, war ein Zettel, auf dem stand: *Sorry, Susan, ich musste schnell weg. Meiner Mutter geht es schlechter und wir müssen zum Krankenhaus fahren. Sobald ich Näheres weiß, rufe ich dich an. Alex.*

Mit großen Augen las ich die Zeilen. Der Zettel war hastig geschrieben worden. Die Worte standen ungleichmäßig auf den Linien. Er musste es sehr eilig gehabt haben. Wieso hatte er mich nicht geweckt? Hoffentlich war es nichts Schlimmes.

Wie gerädert stand ich auf. Da ich die ganze Nacht in meiner normalen Kleidung geschlafen hatte, zog ich mich erst einmal um. Ich fühlte mich unwohl in meiner Haut. Müde lief ich in die Küche, um mir etwas zu Trinken zu holen. Dort fand ich meine Mutter vor. Sie war noch blasser als am Vortag. Nachdenklich saß sie am Küchentisch und trank einen Kaffee.

»Hi, Mum«, begrüßte ich sie. »Hallo, meine Kleine.« Sie lächelte mich müde an. »Wie geht es dir?« »Immer noch schlecht«, sagte sie mit schwerer Stimme. »Ich habe meine Arbeitsstellen für die nächsten Tage abgesagt. Erst einmal muss ich mich auskurieren. Von was auch immer«, sie schaute auf ihre Tasse. Sie sah völlig deprimiert aus. »Ist es wegen Dad?«, fragte ich vorsichtig. Langsam sah sie zu mir auf. »Was meinst du?«, fragte sie irritiert. »Na, du schienst dich gefreut zu haben, ihn mal wiederzusehen.« Sie lächelte leicht. »Ja, es war schön ihn mal wieder in meiner Nähe zu haben. Er hat sich überhaupt nicht verändert und er kann immer noch tanzen.« Sie lächelte mich an. »Aber ich weiß, dass ich es akzeptieren muss, so wie es ist.« Sie seufzte kaum vernehmlich. Ich nahm ihre Hand in meine. »Ich bin für dich da, Mum.« »Das weiß ich, Susan Schatz, und ich bin dir auch sehr dankbar dafür.« Mühsam stand sie von ihrem Stuhl auf. »Ich werde mich wieder etwas hinlegen.« »Tu das, Mum. Wenn was ist, weißt du ja, wo du mich findest.« »Sicher.« Sie verschwand in ihrem Schlafzimmer.

Schnell machte ich mich im Bad frisch und setzte mich dann wieder auf mein Bett in meinem Zimmer. Ich hielt mein Handy in der Hand und wartete darauf, etwas von Alex zu hören. Doch nichts kam. Kurzerhand beschloss ich, Tina anzurufen, um zu hören, ob es ihr schon besser ging. Ich wählte ihre Nummer und lauschte dem Freizeichen. Zu meinem Erstaunen ging Mike an ihr Handy.

»Hi, Susan«, sagte er im Flüsterton. »Tina schläft gerade.« »Oh, okay, wie geht es ihr denn?« »Nicht so gut«, er hörte sich sehr angespannt an. »Sie hat hohes Fieber und hat manchmal nicht einmal die Kraft aufzustehen. Jetzt hat sie vom Arzt Medikamente bekommen und wir hoffen, dass die bald wirken.« »Das hört sich ja furchtbar an«, sagte ich schockiert. »Soll ich nicht lieber doch mal vorbeikommen?« »Nein, lieber nicht. Nicht, dass du dich auch noch ansteckst. Mich hat sie nun eh schon angesteckt, von daher ist es egal. Ich melde mich bei dir, wenn es etwas Neues geben sollte.« »In Ordnung. Dann grüß bitte Tina von mir und wenn etwas ist, ruf mich an, okay?« »Mach ich.« »Bis dann.« »Ja, bis dann.« Er legte auf.

Furchtbar, was zurzeit überall passierte. Meiner Mutter ging es nicht gut. Tina war krank und Alex saß nun im Krankenhaus. Hoffentlich ging alles gut. Den ganzen Nachmittag hörte ich nichts von Alex. Nervös lief ich in meinem Zimmer auf und ab. Ich wollte aber auch nicht zu ihm heruntergehen. Vielleicht störte ich ihn ja bei irgendetwas und er hatte mir ja geschrieben, dass er sich melden würde, wenn er etwas wusste.

Am Abend klingelte es an unserer Haustür. Ich drückte sofort auf den Türöffner, ohne zu fragen, wer da war, da ich dachte, dass es bestimmt Alex sein würde. Denn wir erwarteten keinen Besuch. Zu meinem Erstaunen kam Peter, der Freund von Alex, die Treppen hinaufgelaufen. »Hey, Susan«, sagte er mit ernster Mimik. »Hi, Peter, ist etwas passiert?« Sein angespannter Gesichtsausdruck machte mich nervös. War etwas mit Alex gewesen? »Darf ich kurz reinkommen?«, fragte er leise. »Sicher.« Ich öffnete die Tür und Peter trat ein.

»Komm, wir gehen in mein Zimmer.« Er folgte mir. Im Zimmer angekommen, sah ich ihn erwartungsvoll an. »Wie kann ich dir weiterhelfen, Peter?« Er zögerte kurz. »Es ist wegen Alex.« Mit großen Augen sah ich ihn an. Was war wohl passiert oder hatte Jonathan ihm womöglich etwas angetan? Peter sah zu Boden. »Ist etwas passiert?«, fragte ich nervös und mein Herz begann zu rasen. »Ja«, antwortete er knapp. »Etwas Schreckliches ist passiert.«

Ich spürte, wie mir die Farbe aus dem Gesicht wich. »Was ist passiert?«, fragte ich tonlos und ohne auch nur einmal meinen Blick von ihm abzuwenden. »Ich weiß gar nicht, ob ich überhaupt das Recht dazu habe, dir das zu erzählen«, sagte er mit gequältem Gesichtsausdruck. »Bitte, sag es mir«, flehte ich. »Wenn es wichtig ist, musst du es mir sagen.«

»Ich war heute im Krankenhaus, da meine Oma heute dort operiert worden ist.« Ich nickte ihm zu, damit er weitersprach. »Dort traf ich auf Alex. Er …« Peter zögerte einen Moment. »Er saß auf einem Stuhl im Gang und war völlig aufgelöst. Sein Vater ebenfalls und er …, er hat geweint.« Mit offenem Mund sah ich Peter an. »Weshalb?«, fragte ich erschrocken. »Ich bin natürlich sofort zu ihm gegangen, schließlich ist er mein Kumpel. Er ist auch immer für mich da, also war das selbstverständlich. Ich fragte ihn, weshalb er so traurig ist. Sein Vater stand auf und ließ uns alleine. Auch er wirkte sehr mitgenommen und so, als hätte er auch noch vor Kurzem geweint. Ich setzte mich neben Alex und fragte ihn, ob ich ihm irgendwie helfen könnte und warum er so traurig sei. Er erzählte mir dann mit tränenerstickter Stimme, dass das Baby«, Peter schluckte, »gestorben sei.« »Es ist was?«, sagte ich mit Panik in der Stimme.

Peter schaute mich traurig an. »Alex ist völlig fertig, Susan. Er sitzt unten in seinem Zimmer. Ich habe Angst, dass er durchdreht und wollte dich fragen, ob du vielleicht mal mit ihm reden könntest. Leider komme ich nicht an ihn heran. Ich weiß aber, dass er große Stücke auf dich hält. Seine Mutter ist noch im Krankenhaus, sie hat einen Schock erlitten. Alex' Vater ist bei ihr.«

Mehrere Bilder schossen mir in diesem Moment durch den Kopf. Der Gesichtsausdruck von Alex' Vater, der sich so auf das Baby gefreut hatte. Oder Alex' Mutter, die immer ihre Hände schützend um ihren Bauch gelegt hatte. Alex, der es gar nicht erwarten konnte, endlich ein echter, großer Bruder zu werden. Tränen standen mir in den Augen. »Sicher schaue ich nach ihm«, sagte ich leise. »Ich gehe sofort zu ihm runter. Danke, dass du mir das gesagt hast, Peter.« »Ich hoffe, dass Alex jetzt nicht sauer auf mich ist.« »Nein, das kann ich mir nicht vorstellen. Er wollte mir Bescheid sagen, wenn er aus dem Krankenhaus wieder da ist. Aber ich denke mal, er hat jetzt keinen Kopf für so etwas, was sehr verständlich ist.«

Peter nickte. »Ich gehe dann mal wieder. Aber ich gebe dir mal meine Nummer. Dann kannst du mich anrufen, wenn mit Alex etwas sein sollte.« »In Ordnung.« Wir tauschten Nummern aus. »Wir sehen uns«, sagte Peter mit hängenden Schultern. »Ja, und vielen Dank noch mal.« Er nickte kaum merklich und lief aus meinem Zimmer.

Ich war fassungslos. Das Baby war gestorben und Alex saß nun in seinem Zimmer und durchlitt Höllenqualen. Sofort musste ich zu ihm. Ich wusste nicht, was ich sagen sollte. Oder wie ich es schaffen sollte, ihn aufzumuntern, aber ich wollte dennoch für ihn da sein. Schließlich war er es auch immer für mich gewesen. Ich nahm meinen Haustürschlüssel und machte mich auf den Weg zum ersten Stock. Nach kurzem Zögern läutete ich an der Tür.

Von drinnen war nichts zu hören. Ich läutete erneut, aber immer noch tat sich nichts in der Wohnung. Schnell nahm ich mein Handy aus der Hosentasche und schrieb ihm, dass ich vor der Tür stand und ob er mir bitte aufmachen würde. Ich verschickte die SMS. Mein Handy wollte ich von nun an immer dabei haben, falls Mike mich wegen Tina anrufen würde.

Kurze Zeit später hörte ich dann eine Tür in der Wohnung, dann Schritte. Alex öffnete mir, sah mich aber nicht an und lief direkt wieder in sein Zimmer. Langsam folgte ich ihm und schloss die Wohnungstür. Als ich in seinem Zimmer ankam, saß Alex auf dem Bett und verbarg sein Gesicht in seinen Händen. Sein Zimmer sah total verwüstet aus. Anscheinend sah es so bei Alex aus, wenn er sich abreagiert hatte. Auch der Boxsack wackelte stark und an Alex' Händen konnte ich Blut erkennen. Wie es aussah, hatte er so lange ohne Handschuhe auf den Sack eingeschlagen, bis die Hände bluteten. Ich schluckte, als ich das sah.

Langsam lief ich auf Alex zu. Zaghaft setzte ich mich neben ihn und sah ihn an. Ich konnte es nicht erkennen, war mir aber sicher, dass er weinte. »Alex«, sagte ich behutsam und legte meine Hand auf seinen Rücken. Er zuckte kaum merklich zusammen. »Peter hat mir erzählt, was passiert ist. Es tut mir so leid!« Alex wurde von heftigem Schütteln geplagt. »Es war ein Junge«, sagte er mit tränenerstickter Stimme. »Ich hätte einen Bruder bekommen.« Sanft rieb ich ihm über den Rücken. »Ich bin mir sicher, dass du ein großartiger Bruder geworden wärst.« »Warum?«, fragte er. »Warum ist er gestorben?« »Ich kann dir da leider keine Antwort drauf geben«, sagte ich mitfühlend. »Ich denke mal, dass Gott im Himmel einen neuen Engel gebraucht hat.« Wieder durchfuhr Alex eine Erschütterung und er weinte nun heftiger. Er tat mir so leid.

Langsam nahm ich ihn in den Arm und zu meinem Erstaunen, ließ er es zu. Eine Zeit lang saßen wir einfach nur da und sprachen nichts. Mit der Zeit beruhigte sich Alex. Das Schluchzen erstarb. »Danke, dass du da bist«, sagte er leise. »Das ist doch selbstverständlich, du bist doch auch immer für mich da.« »Peter hat es dir gesagt?« »Ja, und bitte sei nicht sauer auf ihn deswegen. Er hat es nicht böse gemeint.« »Ich bin deswegen nicht sauer auf ihn. Wahrscheinlich war er etwas überfordert damit, dass ich so ausgerastet war.«

Er löste sich aus meiner Umarmung und schaute auf seine Hände. »Das brennt höllisch«, fluchte er. »Das glaube ich.« »Aber ich konnte nicht anders. Ich wusste nicht, wohin mit meiner Wut.« »Verständlich.« Er nickte und sah mich zum ersten Mal, seit ich zur Tür hereingekommen war, offen an. »Siehst du, auch Männer weinen manchmal«, sagte er etwas verlegen. »Und das ist auch völlig in Ordnung.« Er lächelte leicht. Dann sah er nachdenklich zu Boden. »Weißt du, es war schrecklich, ins Krankenhaus zu kommen und dann vom Arzt zu hören, dass das Baby gestorben ist.« »Das glaube ich dir«, sagte ich mit einem mitfühlenden Gesichtsausdruck. »Meine Mum musste sofort operiert werden. Er war wohl in der Nacht schon gestorben.« Alex zögerte. »Sie erlitt einen Schock, meinem Vater geht es auch nicht viel besser.« »Das glaube ich. Ich traf ihn noch vor Kurzem im Treppenhaus. Da erzählte er mir, dass er sich schon auf das Baby freute und dass du bestimmt ein sehr guter Bruder sein wirst.« »Das hat er gesagt?« »Ja.« Alex lächelte leicht. »Ja, mein Dad ist schwer in Ordnung.« »Ja, das ist er.«

Er begutachtete seine Hände und wir schwiegen. Ich denke mal, dass Alex meine Anwesenheit schon reichte. »Leg dich etwas hin, Alex, du siehst erschöpft aus«, sagte ich nach einer Weile. Er nickte und legte sich auf sein Bett. »Ich schließ nur kurz die Augen«, sagte er flüsternd, »die brennen furchtbar.« »Ja, tu das.«

Kurze Zeit später war er eingeschlafen. Er sah so friedlich aus im Schlaf und vollkommen entspannt. Ich deckte ihn zu und begann leise, sein Zimmer etwas aufzuräumen. Zumindest räumte ich alles, was auf dem Boden lag, auf seinen Schreibtisch. Die verteilten Kleidungsstücke legte ich zusammen. Plötzlich durchfuhr mich wieder dieser unglaubliche Schmerz. Er ging durch den ganzen Körper. Ich hielt mich krampfhaft am Schreibtisch fest und hoffte, dass es schnell vorbeigehen würde. Alex bemerkte von alldem Gott sei Dank nichts, er schlief tief und fest. Schließlich verging der Schmerz wieder. Doch langsam bekam ich Panik, was war das? Sollte ich doch lieber zum Arzt gehen? Aber ich konnte ja nicht einmal genau erklären, woher es kam. Ich überlegte, was ich jetzt machen sollte. Alex wollte ich nicht alleine lassen. Gelangweilt setzte ich mich an seinen Schreibtisch und las eine seiner Zeitschriften. Zumindest versuchte ich, sie zu lesen, ich konnte mich überhaupt nicht konzentrieren.

Langsam wurde es dunkel draußen. Alex schlief noch immer. Wenn meine Mutter etwas hätte oder Tina, könnten sie mich ja auf meinem Handy erreichen. Ich merkte, wie ich müde wurde. Kurzerhand legte ich mich neben Alex und versuchte, auch etwas zu schlafen. Schließlich schlief ich ein. Als ich wieder erwachte, lag Alex nicht mehr neben mir. Wir mussten es spät am Abend haben, ich stand auf, um zu schauen, wo er war. In der Küche fand ich ihn dann.

Noch mehr schlechte Nachrichten ...

Hi«, sagte ich müde und völlig verschlafen. »Hi«, grinste er mich unsicher an. »Was machst du?«, fragte ich neugierig. »Ich koche uns etwas zu Essen.« »Du kannst kochen?«, fragte ich überrascht. »Ja, etwas habe ich von meiner Mutter gelernt.« »Nicht schlecht«, sagte ich grinsend und setzte mich an den Küchentisch. »Mein Vater hat mir eine SMS geschickt, er bleibt die Nacht im Krankenhaus.« »Ist vielleicht auch besser so.« »Ja.«

Kurze Zeit später war das Essen fertig. Alex hatte Spaghetti mit Hackfleischsoße gekocht. Er stellte mir einen Teller hin und dann setzte er sich mir gegenüber. Ich probierte das Essen. »Das schmeckt wirklich gut«, sagte ich zu Alex gewandt. »Du sagst das so überrascht«, sagte er lachend. Nun musste auch ich lachen. »Ich bin nicht gewohnt, dass ein Mann kochen kann.« Alex grinste mich an. »Nudeln zu kochen ist ja auch nicht gerade schwer.« »Na, sag das nicht. Mein Vater lässt sogar Wasser anbrennen.«

Plötzlich bekam ich wieder diesen Stromschlag, den ich durch meinen ganzen Körper spüren konnte. Ich versuchte, mir nichts anmerken zu lassen, damit Alex nichts mitbekam, was sich aber als sehr schwierig erwies. Die Schmerzen waren fast unerträglich. Kurze Zeit später hatte ich es dann wieder überstanden. Ich versuchte, mich auf meinen Teller zu konzentrieren, damit ich Alex nicht direkt anschauen musste. Doch zu spät. Er hatte schon längst bemerkt, dass mit mir etwas nicht stimmte.

»Susan, sieh mich an«, seine Stimme klang vorsichtig und abwartend. Ich sah zu ihm auf. Entsetzt schaute er mir in die Augen. »Du hast wieder Schmerzen, oder?«, fragte er behutsam. Es hatte keinen Sinn, Alex etwas vorzumachen. Und ich wollte ihm auch nichts vorspielen. Er war mein Freund und einer der wenigen, die fast alles über mich wussten. Ich nickte. Alex schob seinen Teller beiseite. »Wie oft?« »Öfters.« »Und du erzählst mir nichts davon? Warum?« Ich zögerte kurz. »Weil ich genau weiß, wie du dann darauf reagierst.«

Alex stand auf, er schien wütend zu sein. Er drehte mir den Rücken zu und schaute aus dem Fenster. Ich wusste, dass er sich kurz sammeln musste. Er versuchte immer, in seiner Wut nichts zu sagen, was er später bereuen könnte. Einen Moment später drehte er sich wieder zu mir um. »Das ist ja wohl verständlich, Susan.« Seine Stimme klang nun wieder ruhiger. »Ich mache mir Sorgen um dich. Das ist doch nicht normal. Wie lange hast du die Schmerzen denn schon und wie oft?« Alex sah mich vorwurfsvoll an. Ich überlegte kurz, dann sagte ich schließlich. »Sie fingen kurz nach meiner Geburtstagsfeier an. Und ich habe sie ein paar Mal am Tag.« »Und was genau sind das für Schmerzen?« »Wie soll ich das beschreiben …? Manchmal ist es wie ein Stromschlag und ab und zu ziehen sich meine ganzen Muskeln zusammen, wie eine Art Krampf.« Alex musterte mich nachdenklich. »Du hattest mir versprochen, dass wir zu einem Arzt fahren, wenn es nicht aufhören sollte.«

Genervt stand ich auf. »Alex, bitte. Das wird nichts Schlimmes sein, es ist bestimmt nur, weil ich mich aufrege.« Alex kam auf mich zu, dann sah er mir tief in die Augen. Er zögerte. »Und wenn nicht?« »Es wird aufhören«, sagte ich bestimmt und drehte mich von ihm weg. »Wie du meinst«, sagte

Alex leise und ich konnte in seiner Stimme die Verzweiflung heraushören.

Plötzlich klingelte mein Handy. Wer rief mich so spät am Abend noch an? Ich schaute aufs Display. Es war Mike, mein Herz schlug automatisch schneller. Nervös hob ich ab. »Ja, Mike?«, fragte ich zögernd und lauschte angespannt seiner Stimme. »Susan«, hörte ich seine panische Stimme am anderen Ende der Leitung sagen. »Ich bin im Krankenhaus. Tina geht es schlechter, sie ist sogar ohnmächtig geworden.« »Was?«, sagte ich hysterisch und meine Stimme überschlug sich regelrecht. »In welchem Krankenhaus seid ihr?« »Dort, wo auch die Mutter von Alex ist. Im Mercy Hospital.« »Ich komme sofort.« Schnell legte ich auf. Mit zitternden Händen steckte ich mein Handy wieder in die Hosentasche.

»Was ist los?«, fragte Alex mit weit aufgerissenen Augen. »Tina«, sagte ich stotternd. »Es geht ihr schlecht, sie ist im Krankenhaus. Ich muss sofort zu ihr.«

»Ich komme mit«, sagte Alex bestimmt und holte seine Jacke. Ich lief währenddessen schnell nach oben und holte meinen Autoschlüssel. Meine Mutter schlief, ich wollte sie nicht wecken. Es war ja auch schon spät. Hastig nahm ich meine Regenjacke und lief wieder nach unten. Alex wartete schon auf mich, er wirkte genauso angespannt wie ich. Schnell schloss ich meinen Wagen auf und setzte mich hektisch hinters Steuer. Alex setzte sich auf die Beifahrerseite und legte eine Hand auf meine Schulter. »Susan, beruhige dich. Wenn du jetzt so losfährst, dann bringt das niemandem etwas. Im schlimmsten Fall kommen wir dann selber ins Krankenhaus.« Alex hatte recht. Ich atmete einmal tief durch und schnallte mich an. Dann startete ich den Motor und fuhr langsam los. Schnell konnte ich sowieso nicht fahren, selbst wenn ich gewollt hätte. Es regnete immer noch stark, sodass ich nur wenig durch die Windschutzscheibe erkennen konnte.

»Was hat sie denn genau?«, fragte mich Alex während der Fahrt. »Sie ist ohnmächtig geworden. Ich weiß, dass sie Fieber hatte, wir gingen aber von einer Erkältung aus. Anscheinend ist es doch etwas Schlimmeres.« Ich spürte einen Kloß im Hals. Was war los mit Tina? Ich würde durchdrehen, wenn es etwas Gefährliches wäre. Wir konnten gar nicht erwarten, endlich im Krankenhaus anzukommen, um Näheres zu erfahren. »Das ist doch nicht normal«, sagte Alex leise. »Erst mein Bruder«, er atmete tief durch »und jetzt auch noch Tina. Hoffentlich ist es nichts Ernstes.«

Nach einer gefühlten Ewigkeit kamen wir endlich beim Krankenhaus an. Schnell parkte ich den Wagen und machte mich mit Alex auf den Weg ins Hauptgebäude. Im Krankenhaus war die Hölle los. Überall liefen Menschen aufgeregt durch die Gänge. Ich sah Alex fragend an. »Was ist denn hier los?« Alex schüttelte den Kopf. »Als ich vorhin hier war, war noch nicht so ein Aufruhr.« »Vielleicht gab es einen schlimmen Unfall«, sagte ich leise. Alex zögerte. »Ja, vielleicht.« Ich wollte gerade an der Anmeldung nachfragen, wo Tina ist, als ich von Weitem schon Mike auf mich zukommen sah. Was mein Glück war, denn es standen etliche Leute an der Anmeldung Schlange. Wir hätten ewig warten müssen. Mike sah furchtbar aus. Seine Haare waren noch zerwühlter als sonst. Er war sehr blass. Abrupt blieb er vor uns stehen.

»Hi.« »Hallo«, sagte ich mit angespannter Miene. »Wo ist sie?« »Susan, du darfst dich jetzt nicht aufregen.« »Mike, wo ist sie?« Er sah betreten zu Boden. »Auf der Intensivstation.« »Was?« Ich spürte, wie mir übel wurde. »Aber, wieso?«, stammelte ich. »Die Ärzte können noch nicht genau sagen, was ihr fehlt. Aber da ihr Fieber immer weiter stieg und sie immer schwächer wurde, haben sie sie in ein künstliches Koma versetzt, damit sich der Körper besser erholen kann.« »Nur wegen des Fiebers?«, sagte ich so laut, das die halbe Warteschlange sich nach mir umdrehte. »Susan, sie wurde ohnmächtig. Teilweise hatte sie Halluzinationen und sprach nur wirres Zeug.« »Aber wie kam das denn?«, fragte ich mit verzweifelter Stimme. »Es fing gestern Abend an und wurde stündlich schlimmer.« »Wo ist sie?« »Kommt mit.«

Hastig folgten wir Mike in den zweiten Stock. Vor einer Tür blieb er stehen. »Sie ist dort drin.« »Kann ich zu ihr?« Er zögerte. »Ich weiß nicht, sie haben mich auch nur rein gelassen, weil ich …«, er stoppte. »Weil du was?« »Ich hatte erzählt, dass ich Tinas«, er seufzte, »Verlobter wäre. Sonst hätten sie mich nicht zu ihr gelassen.« Er sah zu Boden. Erst jetzt konnte man richtig erkennen, wie stark ihn das alles mitnahm. »Ihre Eltern sind gerade bei ihr, es dürfen nicht zu viele hinein.« Ich nickte und wir setzten uns in eine Ecke, wo für Besucher ein Wartebereich eingerichtet war. Alex setzte sich neben mich. Mike lief nervös auf und ab.

»Bleib ruhig, Mike«, sagte Alex leise. »Es wird bestimmt wieder alles in Ordnung kommen.« Er nickte ihm leicht zu, dann sagte Mike zu Alex:
»Tut mir wirklich leid, wegen deinem Bruder. Dein Vater hat es mir erzählt.« Alex schaute zu Boden und schluckte, »danke.« »Wo bleibt denn Jonathan?«, sagte Mike fluchend und schaute auf eine Uhr, die im Gang hing. »Jonathan?«, sagte Alex mit weit aufgerissenen Augen. Dann nahm er sofort eine geradere, angespannte Haltung ein und sah zu mir. Bei diesem Namen schlug mein Herz automatisch schneller.

»Ja, er wollte sich nur etwas zu Trinken holen. Er ist hier im Krankenhaus.«

Als wäre das sein Stichwort gewesen, kam Jonathan lässig um die Ecke marschiert. »Da bist du ja«, sagte Mike zu ihm. »Ja, sorry, ich wurde …«, er zögerte, »aufgehalten.« Alex spannte seinen Kiefer an. Ich konnte den blanken Hass in seinen Augen erkennen. Jonathan stellte sich neben uns und sein Blick war wieder einmal unergründlich.

Ärzte fuhren hastig ein Bett an uns vorbei, mit einem Mann darauf, der vor Schmerzen laut schrie. Entsetzt sah ich ihnen nach, dann sah ich zu Jonathan. Ein leichtes Lächeln umspielte seine Lippen. Wie konnte er nur den Schmerz von anderen für gut empfinden? Das würde ich wohl niemals verstehen. Die Situation, als er mich küsste, schien mir sehr lange her zu sein. Jetzt könnte ich mir niemals vorstellen, ihn zu küssen. Nie mehr. Jonathan musterte mich von der Seite her, danach Alex. Dieser funkelte ihn böse an.

Ich stach Alex in die Seite und formte mit den Lippen das Wort: »Nicht!«, in seine Richtung. Alex wandte seinen Blick von Jonathan ab und schaute zu Boden. Aber seine Haltung war noch immer angespannt. Ein leichtes Lächeln erschien in Jonathans Gesicht.

»Siehst du, Susan. Ich hatte dich gewarnt!«, hörte ich ihn bedrohlich in meinem Kopf sagen. Ich zuckte zusammen, versuchte aber, mir nichts anmerken zu lassen. Doch Alex konnte ich nichts vormachen, er hatte es bemerkt. Wütend stand er auf. Schnellen Schrittes lief er zu Jonathan und schubste ihn an die Wand. »Lass es, Jonathan oder gnade dir Gott.«

Jetzt flackerten Jonathans Augen und sein Blick war hasserfüllt. »Hey«, rief Mike von Weitem und kam schnell auf die beiden zu. »Was ist denn los mit euch? Das hier ist ein Krankenhaus, benehmt euch bitte auch dementsprechend.« Er zog Alex am Arm von Jonathan weg. »Alex, was ist dein Problem?« »Ich kann sein dämliches Grinsen nur nicht mehr ertragen«, sagte Alex durch die Zähne hindurch. Danach setzte er sich wieder missmutig neben mich auf den Platz. »Alex, was soll das?«, fragte ich ihn leise und man konnte deutlich den Vorwurf in diesem Satz heraushören. »Ich ertrage seine Anwesenheit und seine selbstgefällige Miene nicht mehr«, sagte er gereizt und so laut, dass nur ich ihn hören konnte. »Wir müssen uns zusammenreißen«, sagte ich bestimmt.

Prompt in diesem Moment, durchfuhr mich wieder dieser schreckliche Schmerz. »Susan«, schrie Alex. Er wollte mich noch am Arm halten, aber es war schon zu spät. Wie ein nasser Sack fiel ich zu Boden und versuchte, gegen diese enormen Schmerzen anzugehen.

»Schnell, Mike, hol einen Arzt«, hörte ich Alex sagen, der sich mit panischer Miene über mich gebeugt hatte und mir hilflos zusah, wie ich versuchte, gegen die Schmerzen anzukämpfen. Wenige Sekunden später waren dann ein Arzt und eine Krankenschwester bei mir. »Was fehlt ihr?«, fragte der Arzt Alex. »Sie hat ab und zu starke Schmerzen in ihrem Körper. Wir wissen aber nicht, was es ist.« Behutsam halfen sie mir aufzustehen. Die Schmerzen waren zwar schon wieder verschwunden, aber ich fühlte mich noch etwas benommen. Dieser Anfall dauerte länger als die vorherigen, das beunruhigte mich extrem. »Kommen Sie«, sagte der Arzt zu mir. »Wir gehen in ein Behandlungszimmer, damit ich Sie untersuchen kann.« Alex begleitete uns. Mike sah uns entsetzt nach und Jonathans Gesichtsausdruck war unergründlich.

Ein paar Türen weiter, setzte ich mich dann auf eine Liege. Der Arzt maß meinen Puls und schaute sich meine Pupillen an. Schließlich hörte er noch mein Herz ab. »Hm«, sagte er nach einer längeren Zeit. »Was ist?«, fragte Alex besorgt. »Ich kann nichts Außergewöhnliches feststellen. Wie lange haben Sie diese Anfälle denn schon?« »Erst ein paar Tage.« »Und wie oft ungefähr?« »Ein paar Mal am Tag.« »Und ist es immer der gleiche Schmerz?« »Ja. Plötzlich zieht sich alles zusammen. Es ist wie eine Art Krampf, manchmal auch wie ein Stromschlag, aber im ganzen Körper.« »Verstehe. Lassen Sie uns noch ein paar Tests machen, um sicherzugehen, dass alles andere auch in Ordnung ist.« Ich zögerte. Alex sah mich mit seinem tu-was-er-sagt-Blick an und ich stimmte schließlich genervt dem Arzt zu. Langsam bekam ich ja selber Angst, dass es etwas Schlimmes sein könnte.

In den nächsten drei Stunden wurde ich geröntgt, ein Ultraschall wurde gemacht und eine Computertomografie. Aber nichts war zu finden. Nachdem die Krankenschwester mir Blut abgenommen hatte, sagte mir schließlich der Arzt:
»Alles bestens, Miss Smith. Keine besonderen Auffälligkeiten. Sie sind kerngesund.« Ich schluckte. »Aber was kann das dann sein?« »Haben Sie viel Stress in der letzten Zeit gehabt?« Ich wollte gerade den Mund aufmachen, da hörte ich schon Alex leise hinter mir sagen: »Das kann man wohl sagen.«
Der Arzt sah zu Alex und nickte leicht in seine Richtung. »Nun, Miss Smith, die Symptome können auch von der Psyche her stammen. Wenn es Ihnen zurzeit psychisch nicht gut geht, kann es sich auch auf Ihren Körper auswirken. Ihr Körper möchte Ihnen so zeigen, dass Sie sich vielleicht zu viel zumuten.«
»Verstehe«, sagte ich und sah dabei auf meine Hände.

»Vielleicht sollten Sie sich fachmännische Hilfe suchen, zum Beispiel einen Psychologen. Manchen Menschen hilft es, mit jemandem Außenstehenden zu sprechen, damit es ihnen besser geht.«

»Nein, danke«, sagte ich mit einem leichten Lächeln. »Ich habe alles, was ich brauche und einen Psychologen habe ich auch schon, mein Vater ist einer.« Der Arzt lächelte mich an. »Na dann sind Sie ja bestens versorgt.« Er sah noch einmal in seine Unterlagen. »Wie gesagt«, meinte er im fachmännischen Ton, »körperlich fehlt Ihnen nichts.« »Gut«, sagte ich immer noch mehr zu meinen Händen, als zum Arzt. Er verabschiedete sich kurz bei mir und verschwand dann aus der Tür.

Ich drehte mich zu Alex. »Siehst du, ich habe nichts. Dass du immer gleich so einen Wind machen musst.« Alex setzte seinen empörten Gesichtsausdruck auf. »Susan, du warst gestürzt und hattest dich vor Schmerzen gekrümmt. Was hätte ich denn tun sollen? Was hättest du getan, wenn mir das passiert wäre?« »Wahrscheinlich dasselbe«, sagte ich peinlich berührt. »Genau. Entschuldigung, dass ich mir Sorgen um dich mache.« Er sah mich giftig an und verschwand aus der Tür. Na super, als reichte mir nicht Jonathan und die Sache mit Tina. Jetzt musste ich auch noch Stress mit Alex haben. Langsam stand ich von der Liege auf und machte mich auf den Weg zu den anderen. Schließlich war ich wegen Tina hier, nicht wegen mir. Ich musste zu ihr, koste es, was es wolle.

Als ich im Gang war, schaute mich Mike verunsichert an. »Alles in Ordnung, Susan?«, fragte er mit gequältem Gesichtsausdruck. »Ja, alles okay. Ist wahrscheinlich nur der Stress.« Jonathan musterte mich neugierig, als wäre ich ein achtes

Weltwunder oder so etwas. Alex stand mit dem Rücken zu mir und ich merkte an seiner Haltung, dass er noch immer sauer war. Schließlich sagte Mike: »Tinas Eltern sind gerade gegangen, sie wollen später wiederkommen. Erst einmal möchten sie mit dem Arzt sprechen, wie es jetzt weitergehen soll.« »Kann ich jetzt zu ihr?«, fragte ich nervös. Mike zögerte. »Sag einfach, dass du die Schwester bist, wenn dich jemand fragt.« Ich nickte, dann gab er mir einen grünen Kittel. »Hier, den musst du überziehen.« Ich zog ihn schnell an. Gerade, als ich zur Tür hineingehen wollte, hielt mich Mike zurück.

»Susan, bekomme bitte keinen Schreck. Es ist ein«, er schluckte, »beängstigender Anblick.« Ich atmete einmal tief durch und öffnete schließlich mit schnellem Puls die Tür. Was ich dann sah, erschrak mich zutiefst. Ich hatte das Gefühl, nicht mehr atmen zu können und mein Kloß im Hals wurde noch größer. Langsam näherte ich mich Tinas Bett. Sie war an mehreren Schläuchen angeschlossen und an zwei Maschinen. Sehr blass sah sie aus. Ich setzte mich auf einen Stuhl neben sie. Langsam spürte ich, wie mir stumm die Tränen hinunterliefen. Kurz zögerte ich, dann nahm ich vorsichtig ihre Hand.

»Tina«, sagte ich leise. »Hier ist Susan.« Ich wusste nicht, ob sie mich hören konnte. Sie sah wie ein schlafender Engel aus. Laut Maschinen waren ihre Werte stabil, aber trotz allem wurde sie künstlich beatmet. »Was machst du denn, Tina? Das kannst du mir doch nicht antun. Du musst kämpfen, hörst du?« Während ich sie so ansah, kamen mir sämtliche Erlebnisse, die ich bisher mit Tina hatte, in den Sinn. Schöne und auch Schlechte. Immer waren wir füreinander da gewesen. Ich könnte mir niemals vorstellen, sie jemals nicht mehr an meiner Seite zu haben. Ihre Hand fühlte sich kalt an. Ich hielt sie umschlossen und schickte leise Gebete gen Himmel.

Immer mehr Tränen liefen mir die Wangen hinunter, sie kamen wie automatisch, ich hatte keinen Einfluss darauf. Ich weiß nicht, wie lange ich bei ihr saß. Irgendwann kam eine Krankenschwester in das Zimmer und bat mich höflichst, den Raum zu verlassen. Da Tina nun Ruhe bräuchte. Ich nickte geistesabwesend und verließ langsam das Zimmer.

Draußen war Mike auf einem Stuhl eingeschlafen. Jonathan war nirgends zu sehen. Alex stand auf, als er mich sah, sein Gesicht wirkte angespannt. Erst jetzt bemerkte ich, dass ich immer noch weinte. Still und leise. Ich stand völlig neben mir. Langsam kam Alex auf mich zu, er zögerte kurz, dann nahm er mich in den Arm. Nun konnte ich nicht mehr an mich halten. Schluchzend lehnte ich mich an seine Schulter. »Entschuldigung, dass ich dich vorhin so blöd angemacht habe«, sagte er behutsam. »Das war wirklich keine Absicht. Ich mache mir nur Sorgen um dich.« »Ich weiß«, sagte ich unter Tränen. »Ich hätte mich ja auch etwas besser dir gegenüber verhalten können.«

Ich löste mich langsam aus seiner Umarmung und setzte mich neben Mike auf einen Stuhl. »Wenn es ihr nicht bald besser geht, drehe ich durch«, sagte ich leise. Alex seufzte. Dann kam er langsam auf mich zu. Er musterte mich besorgt. »Komm, Susan, wir fahren nach Hause. Du brauchst Ruhe.« »Ich gehe nirgendwo hin, Tina braucht mich.« Meine Stimme erstarb. Alex setzte sich neben mich. »Mike ist doch bei ihr, er wird uns sagen, wenn es etwas Neues gibt.« »Kommt nicht infrage; ich bleibe hier. Du kannst ja gehen, wenn du willst.« Alex ging sich durch die Haare und lehnte sich dann zurück. »Nein, ich lasse dich nicht alleine.« Ich sagte daraufhin Nichts. Dann schaute ich auf die Uhr. Es war mitten in der Nacht und ich merkte, dass mir meine Augen immer mehr zufielen. Aber ich wollte nicht nach Hause fahren, nicht, solange es Tina so schlecht ging. Auch wenn ich versuchte wach zu bleiben, übermannte mich die Müdigkeit und ich schlief ein.

Manchmal ist es besser, nicht alles zu wissen ...

Als ich später wieder erwachte, tat mir alles weh. Müde versuchte ich, mich erst einmal zu orientieren, wo ich war. Mike saß nicht mehr neben mir und Alex schlief fest. Ich stand auf und suchte mit meinen Augen die Gänge nach Mike ab. Aber ich konnte ihn nirgends ausfindig machen. Wahrscheinlich war er bei Tina im Zimmer und da wollte ich ihn nicht stören. Um mich wach zu halten, lief ich etwas durch die Gänge. Ich war verwundert, weil das Krankenhaus aus allen Nähten zu platzen schien. Überall liefen Menschen aufgeregt durch die Gänge. Ich fragte mich, wo Jonathan war. Ob er gerade dabei war, wieder irgendjemanden ins Unglück zu stürzen?

Nachdem ich kurze Zeit später wieder zu Alex zurückkehren wollte, konnte ich zwei Ärzte sehen, die sich wild gestikulierend unterhielten. Ich blieb stehen und lauschte ihnen angespannt. »Es ist wirklich merkwürdig«, sagte der ältere Arzt, der links von mir stand. »Die vielen Unfälle und viele kommen mit Beschwerden ins Krankenhaus, die ich zu keiner Krankheit zuordnen kann.« »Ja, ich weiß, was du meinst«, sagte der andere. »Dieses Mädchen auf der Intensivstation, ich weiß nicht, was wir noch versuchen könnten. Nichts scheint etwas zu bringen. Ich weiß langsam nicht mehr, was ich ihrem Verlobten noch sagen soll. Hoffentlich finden wir bald etwas, damit es ihr besser geht.« Kurze Stille trat ein. Angespannt beobachtete ich die beiden.

»Und diese ganzen Selbstmorde«, sagte der rechte kopfschüttelnd. »Das ist doch nicht normal. Hinzu kommt, dass immer mehr Menschen an Depressionen und starken Kopfschmerzen leiden. Viele sind sehr aggressiv und kaum zu bändigen.« Plötzlich ging bei einem von beiden der Pieper.

»Oh Mann«, sagte er kopfschüttelnd, »ich muss los.« Kurze Zeit später wurde auch der andere Arzt abberufen. »Ja, ich auch.« Sie liefen weiter.

Völlig neben mir und in Gedanken versunken über das eben gehörte, kam mir Mike entgegen. »Susan, alles okay? Du bist so blass.« »Ich … nein, es ist nur, ich mache mir Sorgen um Tina«, stotterte ich. »Ich war eben bei ihr, ihr Zustand ist stabil. Fahr nach Hause, Susan. Sobald sich etwas ändern sollte, werde ich dich sofort anrufen.« Sein Blick hatte etwas Beruhigendes. Ich zögerte einen Moment. »Okay, überredet. Ich fahre ein paar Stunden nach Hause. Komme aber heute Abend wieder.« »Alles klar.« »Aber was ist mit dir? Auch du brauchst mal etwas Schlaf und Ruhe, wir können uns ja auch abwechseln.« Kurz sah er zu der Zimmertür von Tina.

»Susan, mein Platz ist hier, bei ihr. Ich möchte nicht eine Minute ohne sie sein. Fahr nach Hause und schlaf. Deine Mutter fragt sich sicher auch schon, wo du bleibst.« Mike hatte recht, schließlich hatte ich meiner Mutter nicht Bescheid gesagt, dass ich zum Krankenhaus fuhr. Ich sah zu Alex, er war gerade wach geworden. »Willst du mit nach Hause fahren, Alex?« Er nickte verschlafen. Wir verabschiedeten uns von Mike und liefen dann langsam Richtung Ausgang.

»Wo ist Jonathan eigentlich?«, fragte Alex und schaute sich um. »Keine Ahnung. Vielleicht ruiniert er ja jemand anderem gerade das Leben.« Alex sah zu Boden. Draußen regnete es noch immer wie aus Eimern. Das zog meine Laune noch mehr in den Keller. Am Auto angekommen, setzten wir uns hinein und fuhren langsam los. Ich hatte Mühe, mich auf die Straße zu konzentrieren. Das Gespräch von den beiden Ärzten ging mir nicht aus dem Kopf. Alex beobachtete mich verstohlen von der Seite. An seinem Blick konnte ich erkennen, dass er sich Sorgen um mich machte. Einen kurzen Augenblick später räusperte er sich.

»Alles in Ordnung mit dir, Susan?« Ich nickte, schaute aber weiterhin gedankenversunken auf die Straße. »Möchtest du mit mir über irgendetwas sprechen?« Ich schaute ihn kurz an, dann begann ich, zu erzählen. »Als du geschlafen hast, bin ich etwas durch die Gänge gelaufen, um mir die Füße zu vertreten. Da traf ich auf zwei Ärzte, die sich angespannt unterhielten. Ich hielt inne und belauschte sie. Sie unterhielten sich darüber, dass sie nicht wüssten, was Tina fehlt oder was es für ein Krankheitsverlauf sein könnte.« Ich spürte, dass mir leicht übel wurde. Es fiel mir schwer, darüber zu sprechen, zumal es hier um meine beste Freundin ging. Alex sah mich mit großen Augen an.

»Außerdem sagten sie, dass es komisch wäre, dass so viele Menschen zeitgleich krank sind. Die meisten mit Krankheiten, die sie nicht zuordnen können. Viele litten auch an Depressionen und Kopfschmerzen. Dadurch …«, ich zögerte und sah zu Alex. »Ja?«, sah er mich fragend an. »Durch die Depressionen und teilweise auch Aggressionen soll es wohl in letzter Zeit häufiger zu Selbstmorden gekommen sein.« Alex sah mich mit offenem Mund an.

»Als du geschlafen hast, war ich bei meiner Mum und meinem Dad. Es geht beiden logischerweise immer noch schlecht. Sie finden es auch schrecklich, was mit Tina passiert ist. Meine Mutter kommt wahrscheinlich morgen nach Hause.« Ich nickte geistesabwesend. Die weitere Autofahrt sagten wir nichts, wir hingen beide unseren Gedanken nach.

Als wir zu Hause ankamen, ging Alex wie automatisch mit zu mir in die Wohnung. Ich hatte nichts dagegen. Denn ich war froh, jemanden bei mir zu haben, mit dem ich mich austauschen konnte. Oben angekommen traf ich im Flur auf meine Mutter. »Susan«, sie sah mich erschrocken an. »Wo warst du denn? Ich wollte dich gerade anrufen.« In der rechten Hand hielt sie ihr Handy. Sie sah immer noch sehr krank aus und trug einen Bademantel. »Hallo, Misses Smith«, sagte Alex leise. »Hallo, Alex«, sagte sie freundlich. Dann sah sie wieder zu mir. »Also, wo warst du?« Ich spürte wieder einen Kloß im Hals. »Am besten setzt du dich besser hin, Mum«, sagte ich und spürte, wie mir wieder ein paar Tränen die Wange hinunterliefen. »Susan«, irritiert sah sie mich an. »Was ist los?« Sie nahm meine Hand und führte mich auf das Wohnzimmersofa, Alex folgte uns.

»Tina ist im Krankenhaus und Alex' Mutter auch.« Ich sprach sehr schnell, damit ich es hinter mir hatte. Noch immer hatte ich Probleme damit, es laut auszusprechen. »Weshalb?«, sah meine Mutter uns beide abwechselnd fragend an. Ich sah zu Alex und zögerte. »Meine Mutter hat das Kind verloren«, sagte er flüsternd. Erschrocken hielt sich meine Mutter die Hand vor ihren Mund. »Oh mein Gott. Alex, das tut mir furchtbar leid. Wieso das auf einmal?« »Ich weiß es nicht.« Ich merkte, dass er Mühe hatte, seine Tränen zurückzuhalten. Meine Mutter ging zu ihm und nahm ihn in den Arm. »Das tut mir schrecklich leid«, sagte sie leise. »Wie geht es Cathrine und Taylor?« »Meine Mutter muss noch zur Beobachtung im Krankenhaus bleiben«, sagte er unter schluchzen. »Mein Vater ist bei ihr. Es ist sehr schwer für sie, für uns.« Sie nickte ihm tröstend zu. Liebevoll strich sie ihm über die Wange. »So etwas ist immer schwer zu verstehen. Wieso Gott entschieden hat, das Kind schon so früh zu sich zu holen.«

Sie zögerte einen Moment. »Vielleicht fehlte Gott ein Engel im Himmel.« Alex sah zu ihr auf, dann zu mir. Ich lächelte leicht. Mein Vater hatte recht, meine Mutter und ich waren uns sehr ähnlich. In vielerlei Hinsicht.

»Und was ist mit Tina?« Ich konnte die Angst in ihrem Blick erkennen. »Sie ist auf der Intensivstation. Die Ärzte haben sie in ein künstliches Koma versetzt, weil sie noch nicht genau wissen, was es ist. Sie hat hohes Fieber und halluziniert.« Meine Mutter sah noch blasser aus als vorher. »Das ist ja furchtbar. Der Student von oben wurde auch vorhin ins Krankenhaus gebracht.« Ich sah sie mit offenem Mund an, Alex ebenfalls. »Weshalb?«, fragte er sie mit Skepsis in der Stimme. »Er hatte wohl versucht«, sie hielt kurz inne, »sich das Leben zu nehmen. Wurde aber Gott sei Dank rechtzeitig von seiner Mutter gefunden. Er wollte sich die Pulsader aufschneiden. Sie wunderte sich, weil er nicht ans Telefon ging. Er war normalerweise immer erreichbar für sie gewesen.«

Ich sah panisch zu Alex. Er schien dasselbe zu denken, wie ich. Was ging hier vor sich? Das nahm langsam immer unheimlichere Ausmaße an. »Wird er durchkommen?«, fragte Alex, ohne den Blick von mir abzuwenden. »Das kann ich euch nicht sagen. Er sah sehr schlimm aus, als sie ihn in den Krankenwagen trugen.« »Wir gehen mal in mein Zimmer, Mum. Es war eine anstrengende Nacht und wir sind ziemlich fertig.« »Kann ich gut verstehen. Ruht euch etwas aus.« Langsam liefen Alex und ich in mein Zimmer.

Alex setzte sich wortlos aufs Bett und ich stellte mich ans Fenster. »Susan, das sind langsam keine Zufälle mehr. Es passiert alles relativ zeitgleich. Mein Bruder, Tina, der Student, dann das komische Gespräch, das du bei den zwei Ärzten mitgehört hattest. Das ist nicht …«, er zögerte, »normal.« Ich schaute aus dem Fenster. »Meinst du, Jonathan hat etwas damit zu tun?«, fragte ich gerade heraus. Ich merkte im Blickwinkel, dass dieser Name bei Alex genauso viel Unbehagen auslöste, wie bei mir. »Möglich wäre es.« Er versuchte, es wie nebenbei klingen zu lassen. Leise hörte ich ihn zu sich selbst sagen: »Und wenn er schuld an allem ist, dann gnade ihm Gott.« Ich reagierte nicht darauf.

Wo waren wir da nur hineingeraten, ich konnte es einfach nicht fassen. Wir waren in Sachen Jonathan noch nicht einen Schritt weitergekommen.

Plötzlich durchfuhr mich wieder dieser unglaubliche Schmerz. Noch schlimmer, als es bisher der Fall war. Ich hielt mich krampfhaft an der Fensterbank fest und versuchte, ruhig zu atmen. Alex war sofort bei mir. Doch er sagte nichts, er sah mich nur mit großen, besorgten Augen an. Kurze Zeit später war es dann auch schon wieder vorbei. Mir drehte sich alles.

»Meinst du, Jonathan hat auch damit etwas zu tun?«, fragte er besorgt. Ich sah zu ihm auf. Seine warmherzigen, braunen Augen hielten meinem Blick stand. »Wenn er etwas damit zu tun hat, dann müssen wir jetzt herausfinden, was. Und wie wir es stoppen können, es wird nämlich immer schlimmer.« Alex begann wieder, im Zimmer auf und ab zu laufen und sich durch die Haare zu gehen. »Ich weiß halt nicht wirklich, wonach wir Ausschau halten müssen.« Sein Gesicht sah verzweifelt aus. Ich setzte mich aufs Bett und rieb mir die Augen. »Susan, leg dich hin und schlaf etwas. Ich lege mich auch hin und wir sehen uns dann heute Abend im Krankenhaus wieder. Dort kann ich erfahren, wie es meinen Eltern geht.« Ich nickte ihm erschöpft zu. »Wenn was ist, ruf mich an.« Dann verschwand er aus meinem Zimmer. Entfernt konnte ich die Wohnungstür zufallen hören.

Völlig zermürbt und den Kopf voller Gedanken, zog ich mich aus und schleppte mich unter die Bettdecke. Binnen weniger Sekunden schlief ich ein. Es war einer der furchtbarsten Träume überhaupt ... In meinem Traum lief ich durch ganz viele Menschen, die alle Qualen durchlitten. Entweder waren sie krank, depressiv oder aggressiv. Um unsere Köpfe tobte ein Sturm und der Regen prasselte auf uns nieder. Eingeschüchtert und verängstigt lief ich langsam durch die Menschenmassen. Ich kam an vielen Menschen vorbei, die mir Alles bedeuteten. Meine Mutter, mein Vater, Mike, Tina und sogar Alex. Alle sahen mich hilflos an und flehten, dass ich ihnen helfen sollte. Dann, in weiter Ferne, erspähte ich Jonathan. Mit roten Augen und hasserfülltem Blick sah er zu mir herüber. Seine Stimme hallte über den ganzen Platz nieder. »Schau, was du angerichtet hast, Susan. Du bist schuld, dass es so weit kommen musste.« Erschrocken wachte ich auf. Mein Herz schlug immer noch so schnell und ich war klatschnass geschwitzt.

Mühselig rappelte ich mich aus dem Bett auf und schleppte mich ins Badezimmer. Dort duschte ich erst einmal lange und ausgiebig. Ich hatte nur ein paar Stunden geschlafen und fühlte mich wie gerädert. Nach dem Duschen zog ich mir schnell irgendetwas Bequemes über und föhnte mir kurz die Haare. Als ich ins Wohnzimmer kam, schlief meine Mutter wieder tief und fest. Ich wollte sie nicht wecken, also schrieb ich ihr einen Zettel, dass ich im Krankenhaus sei. Mike hatte mich nicht angerufen, anscheinend war Tinas Zustand unverändert. Ich schnappte mir meine Jacke und meinen Autoschlüssel. Dann machte ich mich gähnend auf den Weg zum Krankenhaus. Dass ich nun einen eigenen Wagen besaß, erleichterte die Dinge etwas. Mein Vater hatte recht, ich war nun wirklich freier und unabhängiger.

Am Krankenhaus angekommen, lief ich zielstrebig in den zweiten Stock. Vor Tinas Zimmertür war niemand zu sehen. Mike wich sicherlich nicht von ihrer Seite. Er liebte sie wirklich sehr. Und einen kurzen Augenblick lang hielt ich es gar nicht für so abwegig, dass er Tinas Verlobter sein könnte. Ich konnte mir die beiden schon gar nicht mehr unabhängig voneinander vorstellen. In meinen Gedanken waren sie immer zu zweit. Aber in meiner Vorstellung waren sie glücklich miteinander und lachten sehr viel. Dort konnte ich kein Bild sehen, wo Mike verzweifelt neben Tina am Krankenbett saß. Ich zögerte kurz, ob ich mir auch einen grünen Kittel nehmen und zu Mike gehen sollte. Wollte ihn aber nicht stören. Also wollte ich nachsehen, ob ich irgendwo Alex ausfindig machen konnte.

Im vierten Stock fand ich ihn dann. Er saß neben seinem Vater und beide sahen sehr bedrückt aus. Als er mich sah, lächelte er leicht. »Susan«, er stand auf und kam mir entgegen. Kurz überlegte er, ob er mich in den Arm nehmen sollte, überlegte es sich dann aber doch anders und ging sich verlegen durch die Haare. »Du bist aber früh da«, sagte er und schaute mich liebevoll an. »Albtraum«, sagte ich tonlos. Alex' Blick wurde abschätzend. »So schlimm?«, fragte er mitfühlend. Ich nickte.

Sein Vater beobachtete uns interessiert von der Seite her. Ich zögerte kurz, ging dann aber doch auf ihn zu und gab ihm die Hand. »Hallo, Mister Fuller, das mit Ihrem Sohn tut mir furchtbar leid.« Er lächelte leicht. »Vielen Dank, Susan, mir

tut es leid wegen Tina. Geht es ihr denn schon etwas besser?«
»Nicht wirklich«, ich setzte mich neben ihn. »Das wird schon wieder.« »Ja, wir hoffen das Beste.«

Hektisch liefen drei Ärzte an uns vorbei, die sich im Laufen verschiedene Arzneimittel zuriefen. Dann trennten sich ihre Wege am Ende des Ganges. Alex' Vater schüttelte den Kopf. »Das geht schon die ganze Zeit so, ich finde es merkwürdig.« »Inwiefern?«, fragte ich interessiert und auch Alex setzte sich zu uns und sah ihn an. Er zögerte, dann sah er zu uns.

»Ich finde es merkwürdig, dass das Krankenhaus regelrecht überquillt. Sie bringen schon Patienten in die umliegenden Krankenhäuser. Oft höre ich die Ärzte davon sprechen, dass es sich um seltene bis unbekannte Krankheiten handeln soll. Und viele wollten sich wohl das Leben nehmen. Wie auch der Student aus unserem Haus.« »Ja, davon haben wir gehört«, sagte Alex leise.

»In der Zeitung hatte ich gelesen, dass das alles überwiegend in Devils Lake vonstattengeht. Ebenso dieses komische Wetter. Im Juli dieser ständige Regen, das ist schon merkwürdig.« Er sah uns an. Alex versuchte, sich nichts anmerken zu lassen. Da man seinem Vater aber nur schlecht etwas vormachen konnte, bemerkte er in Alex' Blick etwas Merkwürdiges. Er musterte Alex. »Alles okay mit dir, Junge?« »Ja, ja, Dad, ist nur alles ein bisschen viel für mich.« Er nickte. »Ja, das ist alles nicht leicht für uns.«

»Wann kann Ihre Frau wieder nach Hause?« »Ich denke mal, morgen wird sie entlassen. Das wird noch eine schwere Zeit für uns.« Er seufzte. »Sie weint sehr viel und spricht kaum mit uns.« »Verstehe.« Er sah mich an. »Aber weißt du, Susan, ich glaube an das Schicksal, ich glaube, dass alles nicht ohne Grund passiert.« Er schaute zu Boden und sagte murmelnd.

»So schrecklich die Dinge auch manchmal sein mögen. Aus allen Schicksalsschlägen kann man auch manchmal etwas Positives ziehen, auch wenn ich bei der jetzigen Situation nichts Positives erkennen kann.« Er ließ seinen Kopf hängen und seufzte. Ich hatte das Gefühl, dass Mister Fuller lieber alleine sein wollte.

»Ich werde dann mal zu Tina gehen«, sagte ich mit ruhiger Stimme. »Ich komme mit dir«, Alex stand ebenfalls auf. »Ich wünsche Ihnen und Ihrer Frau alles Gute, Mister Fuller.« »Danke, das wünsche ich dir auch, Susan. Grüß deine Eltern von mir.« »Mach ich.« Mit hängenden Schultern liefen wir in den zweiten Stock. »Na, immerhin kommt deine Mutter morgen wieder nach Hause«, sagte ich mitfühlend zu Alex, der Nichts sprach, sondern nur auf seine Füße sah. Er sah sehr traurig und mitgenommen aus. »Ja«, gab er mir tonlos zur Antwort. Als wir bei Tinas Zimmer ankamen, kam gerade Mike bei ihr aus der Tür heraus. Er sah noch blasser aus als vorher.

»Hallo«, sagte ich zögernd in seine Richtung. »Gibt es etwas Neues?« »Nichts.« Mikes Gesichtsausdruck sah hasserfüllt aus. »Wofür studieren die eigentlich?« Er nahm sich seinen grünen Kittel ab und warf ihn in die Sitzgruppe. »Ich kann es nicht mehr hören.« Aufmerksam sah ich ihn an. »Tut mir leid, Mister Lawrence. Wir können Ihnen noch nicht sagen, was genau Ihre Verlobte hat«, äffte er die Stimme eines Arztes nach. »Dann lassen Sie sich was einfallen, habe ich zu dem gesagt, haben Sie studiert oder ich?« Aufgeregt lief er im Gang hin und her und trat gegen die Einrichtungsgegenstände. Alex ging zu ihm.

»Mike, beruhige dich. Die werden schon herausfinden, was ihr fehlt.« »Ich soll mich beruhigen? Ich will mich aber nicht beruhigen!«, schrie er. »Alex, meine Frau ist im Koma, im Koma! Die Frau, die ich über alles liebe, wacht vielleicht nie mehr auf.« Er wirkte verzweifelt. »Sie wird mich vielleicht nie wieder anlächeln oder mich zum Lachen bringen oder mit mir streiten oder …«, er hielt kurz inne, »mich küssen.« Er wandte seinen Blick von Alex ab und lief weiter hektisch hin und her. Ich war völlig überfordert mit dieser Situation. »So darfst du nicht denken, Mike.« Ich spürte, dass mir die Tränen hinunterliefen. Alex kam zu mir und nahm mich in den Arm. Dann sprach er wieder zu Mike.

»Mike, sie wird es schaffen. Sie wird wieder gesund. Ich dagegen werde nicht einmal das Lachen meines Bruders sehen oder mich mit ihm streiten oder ihn trösten, wenn er Kummer hat.« Mike sah ihn entsetzt an. Er schien kurze Zeit vergessen zu haben, dass Alex' Bruder gestorben war. Schnell kam er auf Alex zu und klopfte ihm auf die Schulter. »Oh Mann, ich bin so ein Idiot. Tut mir leid. Mann, ich hatte nicht daran gedacht, das war keine Absicht.« »Ist schon okay.« »Nein, ist es nicht. Das war mehr als dumm von mir.« Mike ließ sich erschöpft auf einen Stuhl fallen und vergrub sein Gesicht in seinen Händen. Ich war immer noch im Arm von Alex, es hatte etwas Beruhigendes.

Als wäre das Alles nicht schon schlimm genug, kam Jonathan lässig mit den Händen in den Hosentaschen um die Ecke geschlendert. Ich spürte, wie sich Alex' Griff verhärtete, er nahm mich fester in die Arme, ich hörte sein Herz schneller schlagen. Jonathan sah mir ins Gesicht, dann zu Alex, sein Blick war kalt und hasserfüllt. *»Gibt er dir das, was du brauchst?«*, hörte ich ihn in meinem Kopf, ich zuckte zusammen. Alex bemerkte dies und wollte sich gerade wieder auf Jonathan stürzen, ich konnte ihn gerade noch am Arm zurückziehen.

»Bitte, Alex«, flüsterte ich ihm zu. »Tu es nicht, mir zuliebe.« Ich sah ihn flehend an und sein Blick wurde wieder warm und tröstend. Jonathan grinste hämisch. *»Dein Freund glaubt doch nicht ernsthaft, dass er eine Chance gegen mich hätte.«* Seine Stimme in meinem Kopf klang berechnend und drohend. Ich sah ihn nicht an, sondern schaute zu Boden. *»Nun denn, wenn er das Bedürfnis hat zu sterben, dann soll er das versuchen.«*

Diesmal war ich diejenige, die sich aus Alex' Armen losriss. Ich vergaß alle meine guten Vorsätze und die Gefahr, die von Jonathan ausging, und stürzte auf ihn zu. Kurz vor ihm machte ich halt. Mike sah nun zu uns auf. Ich hörte Alex noch irgendwas hinter mir rufen, aber ich verstand ihn nicht. In mir brodelte der Hass, Hass für Jonathan. Ich wollte es nicht laut aussprechen. Das brauchte ich ja auch nicht, er konnte ja meine Gedanken lesen. Ich dachte es so laut ich konnte, um dieser Botschaft noch mehr Ausdruck zu verleihen.

»Wehe du krümmst ihm oder irgendjemand anderem, der mir wichtig ist, auch nur ein Haar. Sonst ...« »Sonst was?«, hörte ich ihn drohend in meinem Kopf. Sein Blick war immer noch ausdruckslos. Für einen Außenstehenden musste es komisch aussehen. Wie wir uns da gegenüberstanden, aber keiner von beiden ein Wort sprach. *»Sonst wirst du mich kennenlernen.«* Nun hörte ich ihn laut in meinem Kopf lachen. *»Wie gesagt, Susan, du bist so süß, wenn du dich aufregst.«* Nun kam er mit seinem Gesicht näher an meines. *»Misch dich nicht in meine Angelegenheiten oder ich werde dir wehtun müssen.«* Nun flackerten seine Augen wieder in diesem dunkelrot. Jonathan kam mir noch kräftiger und größer vor, als beim letzten Mal. Er sah wirklich Angst einflößend aus.

»Was treibt ihr beiden da eigentlich?«, fragte Mike immer noch im aggressiven Ton. Jonathan lächelte mich breit an, dann wandte er sich, wieder mit seiner normalen Augenfarbe, zu Mike. »Susan wollte mir nur einmal ihre wunderschönen Augen zeigen.« Böse funkelte ich ihn an und ging wieder rüber zu Alex. »Na, wenn ihr sonst keine Probleme habt«, entgegnete er mit verärgerter Stimme. Mike vergrub sein Gesicht wieder in beiden Händen und Jonathan lehnte sich lässig an die Wand an. Alex funkelte ihn böse an.

Plötzlich bemerkte ich, dass Alex sich komisch verhielt. Es sah aus, als hätte er Schmerzen und so, als ob er sich nicht bewegen könnte. Ich sah zu Jonathan, er konzentrierte sich nur auf Alex. Mit starrem, kaltem Blick sah er ihn an. »Jonathan, lass es!«, rief ich laut. Jonathan lächelte sein Siegerlächeln und wandte sein Blick von Alex ab. Dieser atmete angestrengt aus und ich merkte, dass sein Puls raste. Er hielt sich mit schmerzverzerrtem Gesichtsausdruck den Bauch. »*Ups*«, hörte ich Jonathan in meinem Kopf, »*Reflex.*«

Mike stand auf, ihn hatte ich schon fast vergessen. »Was ist eigentlich los mit euch?« Er sah abwechselnd von Jonathan, zu Alex, zu mir. Keiner antwortete ihm. »Ach, vergesst es, ich gehe zu Tina.« Er nahm sich seinen grünen Kittel und ging in ihr Zimmer. Jonathan kam langsam auf uns zu. Vor Alex machte er halt. Dann sagte er mit feuerroten Augen: »Ich wiederhole mich nur ungern, aber halt dich fern von ihr.« »Und wenn nicht?«, fragte Alex angriffslustig. Wieder durchfuhren ihn heftige Schmerzen und er sackte zu Boden. Jonathan lächelte ihn von oben herab an. »Glaub mir, das möchtest du nicht erleben.«

Er schenkte mir einen hasserfüllten Blick. Dann stieg er demonstrativ über Alex hinweg und lief Richtung Ausgang.

»Alex«, rief ich schockiert und half ihm auf. »Hast du dir das Nummernschild von dem Panzer notiert, der mich überrollt hat?«, fragte er unter schmerzerstickter Stimme und versuchte dabei, ein Lächeln aufzusetzen. »Das ist nicht witzig, Alex, was hat er getan?« »Ich weiß nicht, plötzlich durchfuhren mich unglaubliche Schmerzen.« »Solche, wie ich sie manchmal habe?«, fragte ich leise. Er sah mich mit großen Augen an. »Langsam glaube ich wirklich, dass er für deine Schmerzen verantwortlich ist. Was meinst du?« »Wundern würde es mich nicht«, sagte ich seufzend.

Verzweiflung

Wir setzten uns. »Und was jetzt?«, fragte Alex in meine Richtung. »Keine Ahnung.« »Wir sind noch keinen Schritt weiter. Nicht einen. Wir wissen weder was er ist, noch was er vorhat.« Er seufzte. »Und wir haben keine Ahnung, wie wir das herausfinden könnten.« »Ich gehe jetzt noch einmal zu Tina und dann fahre ich zu meiner Mutter.« »Ja, ich fahre dann auch mit. Diese Stimmung hier im Krankenhaus halte ich für heute nicht mehr aus.«

Ich nahm mir einen grünen Kittel, die in einem Schrank vor der Tür lagerten, zog ihn mir über und öffnete leise die Zimmertür. Mike saß weinend neben Tina. Als er merkte, dass ich das Zimmer betrat, wischte er sich hastig die Tränen ab. Ich schloss die Tür und setzte mich neben ihn auf einen Stuhl. »Du brauchst dich deiner Tränen nicht zu schämen.« Er sah zu mir auf. Sein Gesicht war ganz rot und angeschwollen. »Sie fehlt mir so, Susan.« Wieder liefen ihm vereinzelte Tränen herunter. »Ich weiß«, sagte ich behutsam und legte eine Hand auf seine Schulter. »Mir auch.« »Ohne sie bekomme ich nichts zustande«, fuhr er fort. »Alles geht schief. Ich möchte nur einmal noch ihre Stimme hören.« Er schluchzte. »Das wirst du bald wieder.«

Ich zögerte kurz, dann nahm ich ihn in den Arm. Tina hätte gewollt, dass ich mich um ihn kümmere. Er ließ es, ohne Anstalten mich abzuwehren, zu. Ich strich ihm über die Haare. Langsam beruhigte er sich etwas. Dann fragte er leise. »Findest du es blöd, dass ich mich als ihren Verlobten ausgegeben habe? Ich hätte mich ja auch als ihren Bruder vorstellen können.« Ich hörte mich leise lachen. Mike sah verblüfft zu mir auf. »Was?«, fragte er irritiert. »Mike, jeder der euch beide miteinander sieht, würde niemals denken, das ihr nur Bruder und Schwester seid. Wie du sie anschaust, wie sie dich ansieht. Da sieht man, dass es Liebe ist. Ihr gehört zusammen. Für immer.« Er lächelte mich an. »Schön, dass du das sagst. Wer hätte das gedacht?«, flüsterte er. »Was gedacht?« »Noch vor kurzer Zeit hatte ich ziemlich oft wechselnde Freundinnen«, er lächelte leicht bei dem Gedanken. »Ich gebe zu, dass ich es genossen habe, dass so viele Frauen mich attraktiv fanden.« Er stoppte. »Doch dann sah ich sie und ich wusste, dass sie die Richtige für mich ist. Alle anderen Frauen sind mir völlig egal, ich nehme keine Notiz mehr von ihnen.« Er sah zu mir auf. »Klingt das blöd?«

»Nein, überhaupt nicht. Es klingt«, ich dachte kurz nach, welches Wort zu meinen Gedanken passte, »ehrlich.«

Er lächelte mich an. »Ich weiß noch, wie ich neu auf diese Schule kam. Als ich die Klasse betrat, stieß ich mit ihr zusammen. Wie in einem schlechten Film«, er lachte laut auf. »Als sie mich dann mit diesen wunderschönen Augen ansah, hatte ich nur noch Augen für sie.« Er sah mich an. »Ich hätte niemals gedacht, dass mir mal so etwas passieren würde. Meine Freunde hatte ich immer ausgelacht, wenn sie über Liebe auf den ersten Blick sprachen.«

Er sah liebevoll zu Tina und sein Blick wurde wieder traurig. »Ich würde durchdrehen, wenn sie nicht mehr an meiner Seite wäre«, sagte er mit tränenerstickter Stimme. »Sie wird an deiner Seite bleiben«, flüsterte ich liebevoll und strich ihm über den Rücken.

»Tina liebt dich über alles. Wenn sie bei mir war, war ihr Hauptthema Mike Lawrence.« Ich lächelte ihn an. »Wirklich?« »Wirklich. Ich gebe zu, dass es mich manchmal genervt hatte.« Mike lachte leise. »Das glaube ich dir gerne. Dabei gibt es über mich doch gar nicht viel zu erzählen. Ich bin ein ganz normaler Typ.« »Nicht für Tina, für sie bist du der Traummann schlechthin.«

Er lächelte leicht. »Danke, Susan. Danke, dass du mir das sagst. Das bestärkt mich noch in meiner Meinung zu ihr. Anscheinend habe ich bisher in der Beziehung einiges richtig gemacht. Einiges, aber nicht Alles.« Ich sah ihn fragend an. »Das Mädchen in Atlantic City«, seufzte er leise. »Ach das«, murmelte ich und errötete kaum merklich. »Schwamm drüber. Wenn Tina dir verzeihen kann, kann ich das auch.« »Sie mag dich unheimlich, Susan. Auf dich lässt sie nichts kommen. Du bist und bleibst ihre beste Freundin.« »Ich weiß, ich kann immer auf sie zählen und sie weiß das von mir.« »Es ist schön, so jemanden zu haben. Nicht jeder kann das von sich behaupten.« »Ja, das stimmt.«

Mike nahm liebevoll Tinas Hand und strich ihr über den Handrücken. Beschämt sah ich ihn von der Seite her an. Mike bemerkte dies. »Was?« »Ich schäme mich so.« »Für was?« »Na ja, ich gebe zu, dass ich dich anfangs nicht sonderlich gut leiden konnte. Ich dachte immer, dass du arrogant und eingebildet bist.« Zu meinem Erstaunen lachte er mich an. »Ja, das denken viele.« »Echt?« »Ja, fast alle, um ehrlich zu sein. Wann hast du deine Meinung geändert?« Ich dachte kurz nach. »Eigentlich erst seit dem Urlaub.« »Was?« Mike mimte einen empörten Gesichtsausdruck. »Du fandest mich über ein Jahr lang bescheuert?« Ich lachte über seinen gespielt entsetzen Gesichtsausdruck. »Sorry.« »Ich verzeihe dir«, sagte er lachend. »Ich hätte ja auch mal mehr auf dich zugehen können. Du warst immer so unscheinbar und ruhig. Ich hatte immer das Gefühl, dass du lieber deine Ruhe haben möchtest.« »Da ist etwas Wahres dran.«

Er musterte mich kurz, dann räusperte er sich. »Tina hatte mir erzählt, dass aus dir und Jonathan nichts wird.« Ich zuckte zusammen bei diesem Namen. »Nein, wir passen nicht zusammen«, ich versuchte, es wie nebenbei klingen zu lassen. Mike musterte mich. »Schade. Ich weiß, dass Jonathan dich sehr mag.« Ich antwortete darauf nicht. Mike deutete mein Schweigen richtig und stellte mir zu diesem Thema keine weiteren Fragen mehr. »Und was ist mit dir und Alex?«, fragte er einige Minuten später. »Wir sind sehr gute Freunde, mehr nicht.« Mike kam ins Grübeln. »Vorhin, draußen auf dem Flur, hatte ich so eine Art Rivalität zwischen Jonathan und Alex gespürt. Was war da los?« »Sie mögen sich nicht sonderlich.« »Das habe ich gemerkt.«

»Ich weiß, dass Jonathan mich mag und vielleicht empfindet er Alex als eine Art Konkurrenz.« Mike nickte zustimmend. »Das kann sein. Bist du auch sauer auf Jonathan? Du sahst vorhin so wütend aus, als du zu ihm gegangen warst.« »Ja, manchmal geraten wir aneinander.« Mike musterte mich skeptisch. Ich war mir sicher, dass er merkte, dass hinter meinen Worten mehr steckte. Er fragte aber nicht nach. Ich war dankbar dafür.

Die nächsten zwei Stunden saßen wir einfach nur bei Tina und sagten gar nichts. Wir hofften, dass sie unsere Anwesenheit spürte. Später am Abend verabschiedete ich mich dann von Mike. Ich wollte am nächsten Tag wiederkommen. Erst einmal wollte ich zu Hause schauen, wie es meiner Mutter ging.

Als ich aus dem Krankenzimmer kam, wartete Alex auf mich. »Du bist noch hier?«, fragte ich überrascht. Da ich völlig die Zeit vergessen hatte, war ich mir fast sicher, dass Alex schon gegangen war. Obwohl wir eigentlich zusammen nach Hause fahren wollten. »Ja, ich wollte sichergehen, dass du Alles hast, was du brauchst.« »Lieb von dir.« »Mein Dad hat mir eben eine SMS geschrieben. Meine Mutter kommt morgen auf jeden Fall nach Hause.« »Das sind doch mal gute Nachrichten.« »Wollen wir fahren?« »Ja, von mir aus können wir los.« Er stand auf und lief mit mir Richtung Wagen. »Du warst lange bei Tina.« Ich sah ihn an. »Nicht falsch verstehen«, fügte er schnell hinzu. »Ich dachte nur immer, dass du nicht so ein gutes Verhältnis zu Mike hast. Deshalb.« »Ja, das hatte ich auch nicht, aber während des Urlaubs habe ich ihn besser kennengelernt. Eben hatte ich auch ein sehr gutes Gespräch mit ihm. Er ist wirklich in Ordnung, ich hatte ihn falsch eingeschätzt.«

Alex lachte in sich hinein. »Was ist so lustig?«, fragte ich skeptisch. »Nichts«, er grinste mich breit an. »Ich dachte nur daran, dass mein Vater wohl recht hatte mit seiner Aussage, dass alle Schicksalsschläge vorbestimmt sind. Und man manchmal auch etwas Positives daraus schließen kann.« Ich sah Alex nachdenklich an. Er hatte recht. Wenn das mit Tina nicht passiert wäre, so schlimm es auch sein mag, hätte es so ein Gespräch mit Mike sicher nicht gegeben. Und wenn das mit Alex' Bruder nicht gewesen wäre, hätte ich sicher nicht so ein enges Verhältnis zu Alex, wie es jetzt der Fall war.

Zu Hause angekommen, machte ich mit Alex aus, dass ich morgen Mittag zu ihm kommen würde und wir dann wieder zusammen ins Krankenhaus fahren. Ich verabschiedete mich kurz von ihm und lief dann in unsere Wohnung.

Meine Mutter war in der Küche, aufräumen. Sie sah immer noch schlecht und deprimiert aus, das machte mir Sorgen.

»Hi, Mum«, sagte ich wie nebenbei und hängte meine Jacke an die Garderobe. »Hallo, Susan«, sagte sie tonlos. Ich lief zu ihr in die Küche und musterte sie abschätzend. »Geht es dir immer noch schlecht?«, fragte ich unsicher. »Ja, es wird nicht besser, im Gegenteil.« »Und was hast du genau?« »Ich fühle mich schlapp, kraftlos und ich könnte nur heulen.« Klingt wie eine Depression, dachte ich insgeheim. Aber laut sagte ich nur: »Du brauchst Ruhe, Mum, dann wird es dir bestimmt bald besser gehen.« »Ja, ich hoffe, du hast recht. Ich leg mich besser wieder hin. Dein Essen habe ich dir in den Ofen gestellt.« »Danke.« Kurz bevor sie die Küche verließ, drehte sie sich noch einmal zu mir um. »Wie geht es Tina?« »Gleicher Zustand wie heute Morgen«, antwortete ich geknickt. Meine Mutter sah mich mitfühlend an. »Aber jedenfalls kommt Cathrine morgen wieder nach Hause.« »Jedenfalls ein Lichtblick«, sagte sie traurig und lief Richtung Schlafzimmer.

Im Zimmer angekommen, setzte ich mich auf meine Fensterbank und sah aus dem Fenster. Ich wusste langsam gar nicht mehr, wie die Sonne aussah, weil es seit Tagen ununterbrochen regnete. Um meine Mutter machte ich mir große Sorgen. Sie sah schlecht aus und war total depressiv. Bei Tina gab es auch keine Anzeichen einer Besserung. Das machte mich fertig. Aber am meisten machte mir Angst, wozu Jonathan noch fähig war.

Er hatte Alex heute große Schmerzen zugefügt. Was ist, wenn er für meine Schmerzen auch verantwortlich war? Aber wie sollte er das machen? Bei Alex hatte er Blickkontakt mit ihm und wenn ich die Schmerzen hatte, war er doch nie in meiner

Nähe. Ich war wirklich verzweifelt, ich musste mit irgendjemandem sprechen. Mit jemandem der nicht so mittendrin stand. Meinem Vater.

Ich holte mein Handy und setzte mich wieder auf meine Fensterbank. Verunsichert schaute ich auf seine Nummer. Sollte ich ihn wirklich anrufen? Kurz zögerte ich, wählte dann aber doch seine Nummer. Obwohl es schon sehr spät war, hörte ich meinen Vater ziemlich schnell am anderen Ende der Leitung. »Smith?« »Hi, Dad, ich bin es, Susan.« Mein Vater schien sich sehr zu freuen, mich zu hören. »Entschuldige, dass ich so spät anrufe«, begann ich zögernd das Gespräch. »Das macht doch nichts, Susan. Du kannst mich zu jeder Tages- und Nachtzeit anrufen. Das weißt du doch. Was gibt es denn?« »Hier geht alles drunter und drüber.« Ich spürte, wie ich langsam wieder einen Kloß im Hals bekam. »Erzähl«, versuchte mich mein Vater, zum Weiterreden zu bewegen.

»Alex' Mutter hat das Kind verloren«, begann ich. »Oh nein«, hörte ich meinen Vater stöhnen. »Das ist ja furchtbar. Wie geht es Cathrine und Taylor?« »Nicht sehr gut. Cathrine ist noch im Krankenhaus. Sie kommt morgen aber wieder nach Hause. Taylor und Alex geht es gar nicht gut.« »Das glaube ich und dabei hatten sie sich so auf das Baby gefreut. Ich hatte mich auf deiner Geburtstagsfeier noch mit Alex unterhalten.« »Ja.« Stille trat ein.

»Beschäftigt dich noch etwas, Susan?« »Ja, so einiges.« »Dann raus damit.« Ich seufzte. »Tina ist auch im Krankenhaus.« »Was? Wieso das denn?« »Sie ist auf der Intensivstation in einem künstlichen Koma. Die Ärzte wissen nicht, was sie hat. Sie hat hohes Fieber und halluziniert.« »Schrecklich, seit wann?« »Ein Tag nach meinem Geburtstag fing es an.« »Und da rufst du mich jetzt erst an?« »Ich wollte dich damit nicht belasten, Dad.« »Du belastest mich doch nicht damit, Susan. Es ist wichtig, dass du darüber sprichst.« »Ja, ich weiß, ich rede mit Alex und Mike viel darüber. Da ist noch etwas, Dad.« »Was ist es noch?« »Mum geht es schlecht.« »Was? Wieso? Was hat sie?«, mein Vater klang außer sich. Jetzt war ich mir sicher, dass er noch etwas für sie empfand. Auch wenn es nicht unbedingt Liebe sein musste, aber Zuneigung. »Sie ist seit ein paar Tagen zu Hause. So wirklich weiß sie nicht, was sie hat. Sie fühlt sich müde und schlapp. Auf mich wirkt sie irgendwie«, ich zögerte, »depressiv.« »Depressiv? Aber warum?« Mein Vater klang besorgt. »Ich weiß es nicht.« Innerlich dachte ich ja schon, dass mein Vater auch ein Grund dafür sein könnte. Aber ich wollte es nicht laut aussprechen. Ich konnte mich ja auch täuschen.

Einen Moment sagte niemand etwas. Mein Vater räusperte sich. »Soll ich vorbeikommen und mit ihr reden? Ich könnte mir freinehmen und in einem Hotel übernachten.« »Nein, Dad, lass gut sein. Ich habe das Gefühl, dass sie eher Ruhe möchte, als sich zu unterhalten.« »Aber du sagst mir, wenn es schlimmer wird.« »Ja, dann sage ich dir Bescheid.« »Oder wenn du mich brauchst.« »Ja, auch dann.« »Gehst du jeden Tag ins Krankenhaus?« »Ja.« »Das muss für Mike auch furchtbar sein.« »Ja, ist es. Er weicht nicht von ihrer Seite.« »Das glaube ich. Er liebt sie unheimlich und sie ihn.« »Ja.«

Es tat gut, die Stimme meines Vaters zu hören, sie hatte so etwas Beruhigendes. Ich fühlte mich gleich besser. »Mir geht es schon besser, Dad«, sagte ich. »Ja? Ich habe doch noch gar nichts getan«, er musste lachen. »Mir reicht es schon, deine Stimme zu hören.« »Das ist schön, meine Kleine. Was macht dein Wagen?« »Schnurrt wie ein Kätzchen.« Ich konnte an seiner Stimme hören, dass er lächelte. »Also war es doch keine so schlechte Idee von mir, dir ein Auto zu schenken?« »Nein, war es nicht«, gab ich zu. Er lachte.

»Siehst du, manchmal ist es auch gut, auf seinen alten Vater zu hören.« »Ja, du bist ja auch sooo alt«, sagte ich ironisch. Ich wusste, dass er grinste. »Wie ist das Wetter bei euch? Als ich Devils Lake verließ, fing es stark an zu regnen.« Ich sah aus dem Fenster und seufzte. »Ja, das tut es immer noch. Es hat nicht einmal aufgehört. Das schlägt einem aufs Gemüt.« »Ja, das glaube ich.«

»Wie geht es Tracy?« »Oh, ganz gut. Wir haben uns ausgesprochen und nun läuft es etwas besser zwischen uns.« Seine Stimme, das Thema betreffend, klang nun nicht mehr ganz so angespannt. Ich war froh, dass er das wieder einrenken konnte. »Das ist schön, Dad. Und was macht Jacob?« »Es geht ihm etwas besser. Aber rausgefunden habe ich immer noch nichts Interessantes. Immerhin fängt er langsam an, den Tod von Nancy zu akzeptieren. Das ist auch schon ein kleiner Erfolg.« »Ja, das ist doch schon etwas«, stimmte ich ihm zu. »Er kann froh sein, dich als Psychologen zu haben. Einen besseren gibt es nicht.«

»Schmeichlerin …« Ich konnte an seiner Stimme hören, dass er sich über das Kompliment freute.

»Das sagst du nur, weil du meine Tochter bist.« »Nein, das sage ich, weil es so ist.« Er lachte laut auf. »Immer das letzte Wort.« »Das habe ich von dir.« »Ja, das stimmt. Du fehlst mir, Susan.« »Du mir auch, Dad.« »Wie gesagt, wenn es nicht besser werden sollte, sag mir bitte Bescheid. Dann nehme ich mir frei und komme vorbei.« »Okay, Dad, versprochen.« »Gut. Gibt es noch etwas, worüber du mit mir reden möchtest?« »Nein, das war es eigentlich.« Mein Vater sagte nichts. Er hoffte noch immer, dass ich ihm, was immer ich auch verheimlichte, endlich sagen würde. Aber ich musste es für mich behalten, zu seinem persönlichen Schutz. Mein Vater schien sich mit dieser Antwort zufriedenzugeben.

»Ich mache jetzt mal Schluss, Dad, ich bin ziemlich müde und muss noch etwas essen. Mum erschlägt mich, wenn ich nichts esse. Sie hat es extra im Ofen für mich aufbewahrt.« »Ja, das ist gut. Du musst essen, du bist viel zu dünn.« »Ja, ich weiß.« »Ich habe dich lieb, Susan.« »Ich dich auch, Dad.« »Ruf mich an, wenn es etwas Neues gibt.« »Ja, mach ich.« »Und grüß alle von mir.« »Auf jeden Fall.« »Machs gut.« Ich beendete das Gespräch.

Einen Moment lang schaute ich noch auf mein Handy. Es tat gut, meinen Vater zu hören. Er war immer so verständnisvoll und seine Stimme wirkte immer beruhigend auf mich. Ich legte mein Handy zur Seite und schleppte mich in die Küche.

Meine Mutter war im Schlafzimmer, ich wollte sie heute nicht mehr stören. Wenn sie reden wollte, würde sie zu mir kommen. Das hatte sie bis jetzt immer getan. Ich nahm das Essen aus dem Ofen und setzte mich an den Küchentisch. Es war noch leicht warm und das genügte mir. Ich hatte keine Lust, es noch einmal aufzuwärmen. Als ich mit dem Essen fertig war, wusch ich meinen Teller ab und machte mich bettfertig.

Im Bett angekommen, beschloss ich noch etwas in meinem Tagebuch zu schreiben. Es konnte nicht schaden, all meine Gefühle aufzuschreiben, mein Tagebuch würde es niemandem weitererzählen. Während ich so schrieb, spürte ich, dass meine Augen immer schwerer wurden. Schließlich schlief ich gegen meinen Willen ein. Diese Nacht träumte ich nichts.

Am nächsten Tag wachte ich relativ spät auf. Es musste schon um die Mittagszeit gewesen sein, weil ich in weiter Ferne einen Glockenturm ziemlich oft schlagen hörte. Da ich mich ja mittags mit Alex treffen wollte, beeilte ich mich mit dem Aufstehen. Ich wollte ihn nicht warten lassen. Rasch zog ich mich an und machte mich im Badezimmer noch etwas frisch. Meine Mutter war nicht zu Hause, ob sie sich doch dazu entschlossen hatte, auf die Arbeit zu gehen? Einen Zettel fand ich nicht vor, vielleicht ist sie ja auch nur in die Stadt gegangen. Ich nahm meine Jacke, meinen Autoschlüssel und lief die Treppe hinunter.

Fast wäre ich mit Alex' Vater zusammengestoßen. »Da hat es aber einer eilig«, sagte er lächelnd. »Oh, Entschuldigung, Mister Fuller«, stammelte ich. »Nenn mich doch Taylor, Susan. Ich komme mir immer so alt vor, wenn man mich mit meinem Nachnamen anspricht.« »Okay ...« Inzwischen musste ich dunkelrot angelaufen sein. »Meine Frau ist nun wieder zu Hause.« »Das ist schön.« Er schaute ins Leere. »Weißt du, Susan«, sagte er schließlich, »ich habe nachgedacht.« »Über was?« »Über all die merkwürdigen Dinge, die hier um uns herum passieren. Ich überlege ständig, woher mir das bekannt vorkommt. Nun weiß ich es. Aus der Bibliothek.« Er lächelte mich an. »Bibliothek? Was meinst du genau?« »Ich hatte mal ein sehr interessantes Buch gelesen. Wo ich einige Vorkommnisse, wie sie jetzt um uns herum passieren, gelesen hatte.« Er verfiel in Gedanken.

»Worum genau ging es in diesem Buch?« »Es war nur so eine Art Mythos«, murmelte er. Dann lachte er laut auf. »Ich glaube natürlich nicht an so einen Unsinn. Übersinnliches und so, ich fand es nur interessant geschrieben.«

Ich schluckte und fragte wie nebenbei. »Könnte ich dieses Buch vielleicht mal sehen?« »Natürlich. Komm doch morgen um drei bei meiner Arbeitsstelle vorbei, dann zeige ich es dir.« »Gut. Ich bin dann um drei da.« Taylor schloss die Tür auf und sah mich fragend an. »Ähm, ich wollte zu Alex.« »Ach so«, er lachte, »mein Fehler, komm rein.«

Im Flur traf ich auf Alex' Mutter. Sie war sehr blass und es sah ungewohnt aus, das sie nicht voller Stolz ihren Bauch hielt. »Hallo«, grüßte ich sie leise. Sie antwortete nicht, sondern lief ins Schlafzimmer und schloss hinter sich die Tür. Taylor seufzte. »Es tut mir leid, Susan. Sie meint es nicht so, es ist alles noch recht schwierig für sie.« »Das macht doch nichts«, sagte ich schnell, »ich nehme es nicht persönlich.« »Schön. Alex ist in seinem Zimmer.« Zaghaft klopfte ich an seiner Tür. Nur wenige Augenblicke später öffnete er mir.

»Hi, Susan, komm doch rein.« Er grinste mich an. Ich staunte nicht schlecht, als ich sein Zimmer betrat. Alex hatte aufgeräumt. Alles stand ordentlich an seinem Platz, sogar sein Bett hatte er neu bezogen. Er schaute verlegen drein. »Ich dachte mir, dass du dich so etwas« wohler fühlen würdest. Letztes Mal hattest du ja sogar aufgeräumt, als ich geschlafen hatte.« Er lief knallrot an. »So gefällt es mir viel besser«, sagte ich lächelnd. Er strahlte über das ganze Gesicht. »Ich bin bald so weit, ich gehe nur noch schnell duschen.« »Okay.«

Er verschwand aus der Tür. Ich machte es mir auf seinem Bett gemütlich. Bei ihm fühlte ich mich wie zu Hause. Alex brauchte ewig im Bad. Aus lauter Langeweile schaute ich mir eines seiner Schulhefte an. Alex schien sehr gut in der Schule zu sein. Überwiegend hatte er Bestnoten. Ich staunte nicht schlecht. So wirkte er gar nicht auf mich. Außerdem sah man ihn nie lernen. Meistens sah man ihn nur bei irgendeiner sportlichen Aktivität.

Kurze Zeit später kam Alex zurück. Ich legte das Heft beiseite und sah ihn an. »Du brauchst ja ewig im Bad«, sagte ich breit grinsend. Er lächelte verlegen. »Auch Männer pflegen sich, Susan.« »Ja, das schon, aber nicht stundenlang.« Sein Grinsen wurde breiter. »Nun übertreibst du aber.« »Ich habe dich übrigens ausspioniert, als du im Bad warst und habe festgestellt, dass du echt gut in der Schule bist.« »Klar, hattest du etwas anderes erwartet?« Er mimte einen empörten Gesichtsausdruck. »Nun ja, nicht direkt. Ich kann mir dich nur nicht vorstellen, wie du stundenlang an deinem Schreibtisch sitzt und lernst.« »Das tue ich auch nicht.« »Nein?« Ich schaute ihn verblüfft an. »Und da hast du so gute Noten?« »Ich kann mir Dinge sehr gut merken. Meistens brauche ich es nur einmal durchzulesen und schon ist es in meinem Kopf gespeichert.«

Er musste über meinen erstaunten Gesichtsausdruck lachen. »Bemerkenswert«, ich hauchte es mehr, als dass ich es laut aussprach. »Ich muss stundenlang lernen, um etwas zu behalten und manchmal bekomme ich es gar nicht in meinen Kopf.« »Das könnte daran liegen, dass du mehr in deiner Traumwelt als in der Realität anwesend bist.« Ich schnitt eine Grimasse. »Nun hast du selber Schuld, ab jetzt nerv ich dich mit meinen Hausaufgaben.« Er ließ sich neben mir auf sein Bett fallen. »Hab ich kein Problem mit«, grinste er gelassen. »Wir werden sehen, ich kann sehr nervtötend sein.« »Damit kann ich umgehen.«

Das mysteriöse Buch

Der restliche Tag verlief ohne besondere Vorkommnisse. Alex und ich besuchten Tina im Krankenhaus und unterhielten uns mit Mike. Tina ging es noch immer nicht besser. Ihr Zustand blieb zwar stabil, aber er veränderte sich auch nicht zum Positiven. Als wir am Abend wieder nach Hause fuhren, erzählte ich Alex von der Begegnung mit seinem Vater im Treppenhaus. Und von dem Buch, was ich mir am nächsten Tag unbedingt mal anschauen wollte. Alex wollte mitkommen zur Bibliothek. Und so verabredete ich mich mit ihm für den nächsten Tag um zwei Uhr. Meiner Mutter ging es noch immer nicht besser. Sie war kurz in der Stadt und hatte das Gefühl, dass es immer schlimmer werden würde. Das machte mir große Sorgen. Vielleicht sollte ich meinen Vater doch noch einmal anrufen. Eventuell wäre es doch gar nicht so schlecht, wenn er mal vorbeikäme und mit ihr sprechen würde. Aber das wollte ich mir erst noch einmal genau überlegen.

Am nächsten Tag ging ich pünktlich um zwei zu Alex. Er wartete schon auf mich. Obwohl die Bibliothek nicht weit von uns entfernt war, fuhren wir mit meinem Auto dorthin. Wären wir zu Fuß gelaufen, wären wir nach ein paar Minuten klatschnass gewesen. Das Wetter wurde immer schlimmer anstatt besser. Es waren nur wenige Menschen unterwegs. Ich parkte in der Nähe von der Bibliothek. Obwohl wir den restlichen Weg rannten, kamen wir trotzdem klatschnass dort an. »Na toll«, sagte ich genervt und zog mir die Jacke aus. Alex sah auch nicht viel besser aus. »Oh Mann, das nennt sich Sommerferien«, grummelte er gereizt. »Wo finden wir deinen Vater?« »Er müsste vorne an der Info sitzen. Stündlich macht er seine Rundgänge.«

»Wozu braucht man eigentlich einen Sicherheitsdienst in einer Bücherei?« »Na ja, es gibt immer ein paar Idioten, die die Ruhe stören oder Bücher absichtlich kaputtmachen. Viele dieser Bücher haben einen ungemein hohen Wert und sind auch deswegen weggeschlossen. Sie dürfen von normalen Bürgern gelesen werden, aber nur unter Aufsicht von dem Sicherheitsdienst.« Ich nickte. »Verstehe.« Alex lief vor, ich folgte ihm. Es waren nur wenige Leute da. Aber die, die da waren, verhielten sich sehr leise. Niemand sprach. Man hätte eine Stecknadel fallen hören können.

Die Bibliothek war größer, als ich dachte. Die Regale waren sehr hoch, sodass man teilweise nur mit einer Leiter an die Bücher kam. Der Raum schien sich endlos lang zu ziehen. Ich hatte noch nie so viele Bücher in einem Raum gesehen. Alex grinste mich von der Seite her an. »Was?«, fragte ich irritiert. »Du schaust so, als ob du noch nie hier gewesen wärst.« »Ich war auch noch nie hier.« »Was?« Er sah ernsthaft schockiert aus. »Du lebst seit siebzehn Jahren in dieser Stadt und warst noch nie hier?« Ich lief rot an. »Nein.« »Schande über dein Haupt, Susan«, er mimte eine empörte Miene.

Schließlich konnten wir Taylor vor uns erkennen. Er winkte uns zu und kam uns entgegen. »Hallo, ihr zwei, da seid ihr ja. Ihr seht ja super aus. Nächstes Mal müsst ihr eure Kleidung aber auszuziehen, bevor ihr duschen geht.« Er lächelte schadenfroh. »Sehr witzig, Dad«, grinste Alex und knuffte ihm in die Seite. »Ich habe schon geschaut, wo das Buch steht. Ist schon länger her, seit ich es gelesen habe. Kommt mit.« Wir folgten ihm.

Ziemlich am Ende des Raumes blieb er stehen und kletterte auf eine Leiter. Oben angekommen, zog er ein großes, staubiges Buch aus dem Regal. Er kam wieder herunter und gab es mir. Nun lächelte er geheimnisvoll. »Wie gesagt, Susan, es ist nur ein Mythos, ein Märchen.« Er lachte laut auf. »So etwas, wie hier in diesem Buch, gibt es natürlich nicht wirklich. Das hat sich irgendjemand ausgedacht, um den Menschen Angst zu machen.« »Ich würde es trotzdem gerne mal lesen«, sagte ich und blickte neugierig auf das Buch. »Nur zu, da hinten habt ihr Tische, wo ihr es euch gemütlich machen könnt.« Er zwinkerte Alex zu und führte dann seinen Rundgang fort. »Oh Mann«, rief Alex peinlich berührt. »Er kann es nicht lassen, mich damit zu ärgern.« »Womit ärgert er dich denn?« »Na, mit dir.« Alex sah mich nicht an, als er dies sagte. »Heute Morgen fragte er mich, ob da mehr zwischen uns laufen würde. Ich habe ihm gesagt, dass wir nur gute Freunde sind. Daraufhin zwinkerte er mir auch schon so dämlich zu und meinte bloß: Ja klar. Das regt mich voll auf.« »Ach, Alex, er ärgert dich doch nur. Sei froh, dass er wieder ein paar Späße machen kann, nach allem, was er durchgemacht hat.« Er sah zu mir auf und sein Blick wurde ernst. »Ja, du hast recht.«

Wir setzten uns in eine Ecke, wo es lange Tische und Bänke gab. Ich legte das Buch vor uns auf den Tisch. Es war sehr groß und schwer, hatte einen schwarzen Einband und auf der Vorderseite stand in großen Buchstaben das Wort: **DÄMONEN**.

Ich sah Alex an. »Dämonen«, las er laut. »Seit wann liest mein Dad denn so etwas?« »Mir hatte er gesagt, dass er damals nur zufällig darauf gestoßen wäre. Schauen wir mal rein.« Ich schlug es auf. Das Buch war sehr staubig, anscheinend hatte es schon länger keiner mehr gelesen. Die Seiten hatten schon einen Gelbstich und waren teilweise mottenzerfressen. Alex lehnte sich mit mir über das Buch und ich begann, leise vorzulesen. Dort stand in einer altertümlichen Schrift geschrieben:

Vor langer Zeit bevölkerten Dämonen unsere Erde. Kein Dämon war vergleichbar mit dem anderen. Jeder hatte unterschiedliche Fähigkeiten. Aber keiner war so furchterregend, wie der Dämon, der um 1867 auf der Erde sein Unheil trieb. Dieser Dämon wurde damals von einer bösen Hexe erschaffen. Viel Leid und Schrecken brachte er über die Menschheit. Gerne spielte er die Menschen gegenseitig aus und zettelte Kriege an. Er verlängerte Krankheiten und die Menschen wurden depressiv durch ihn. Durch seine Anwesenheit war alles Positive vergänglich. Die Sonne kam kaum zum Vorschein. Regen, Sturm und Gewitter überschatteten das Land. Die Menschen hatten dadurch Probleme, Nahrung anzubauen, da sich durch den Regen und der fehlenden Sonne die Pflanzen und Früchte nicht richtig entwickeln konnten.

Schnell wurde durch die Anwesenheit des Dämons alles düster und kahl. Die Pflanzen vertrockneten und wuchsen auch nicht mehr nach. Tiere flüchteten aus dem Bereich, wo der Dämon sein Unheil trieb. Er ernährte sich von Hass, Trauer, Missgunst und den Krankheiten der Menschen. Dadurch wurde er immer stärker und mächtiger. Je weniger Positives es um ihn herum gab, desto wohler fühlte er sich. Er wurde außerdem als sehr stark, schnell und unberechenbar beschrieben. Nur er war in der Lage, das Wetter zu steuern und den Menschen Schmerzen zuzufügen, ohne sie auch nur zu berühren. Damals wurde er von einem positiven Wesen verbannt. Die Menschheit erholte sich nur langsam von diesem Schicksalsschlag.

Bis zur heutigen Zeit wurde er nicht mehr gesichtet. Und wir können nur hoffen, dass es auch so bleibt. Denn es ist sehr fraglich, ob die Menschheit einen weiteren Anschlag durch ihn, noch einmal überleben würde ...

Neben der Geschichte kam eine Seite mit schrecklichen Bildern aus der damaligen Zeit. Man sah Menschen, die sich quälten, schwere Unwetter, verdorbene Felder. Es fiel mir schwer, genauer hinzusehen. Doch ein Bild von dem besagten Dämon gab es nicht.

Ich lehnte mich zurück und starrte Alex mit offenem Mund an, auch er sah geschockt aus. »Das kann doch nicht sein«, sagte er panisch und stand von seinem Stuhl auf, als hätte er einen Stromschlag bekommen. »Der Dämon«, stotterte er, »das Buch hat genau Jonathan beschrieben«, schrie er nun fast. »Pst, sei leise, Alex, wir sind in einer Bücherei.« Von den umstehenden Tischen schauten einige Besucher genervt in unsere Richtung. »Setz dich«, flüsterte ich ihm zu. Er setzte sich wieder neben mich und ging sich nervös durch die Haare.

»Susan, verstehst du denn nicht ...?« »Natürlich verstehe ich«, unterbrach ich seinen Satz. »Jonathan ist ein ...«, ich schluckte. Ich konnte das Wort in diesem Zusammenhang kaum aussprechen. »Dämon!« Wir starrten beide das Buch an.

Alex blätterte panisch darin herum. »Da muss doch irgendwo drinstehen, wie man den wieder loswird.« Aber dort stand nichts. Nur andere Dämonen wurden noch darin beschrieben. Aber es stand außer Frage, dass der erste beschriebene Dämon Jonathan war. »Das kann doch nicht sein«, sagte Alex immer wieder kopfschüttelnd. »Susan, was machen wir jetzt?« Doch ich war sprachlos.

Alex' Vater hatte den Schlüssel zur Lösung gefunden. Zwar

unbewusst, aber er hatte ihn gefunden. Nun ergab alles einen Sinn. Deshalb freute sich Jonathan immer über das Leid anderer Leute. Er nährte sich davon. Würde er sterben, wenn er nicht genug Negatives bekam? Ich hatte das Gefühl, den Boden unter den Füßen zu verlieren.

Alex vergrub sein Gesicht in seinen Händen und atmete einmal tief durch. »Wir dürfen jetzt nicht durchdrehen«, sagte er zu sich selber. »Das Buch beschreibt genau das, was gerade um uns herum passiert«, nuschelte ich. Ich stand völlig unter Schock. »Ich habe einen Dämon geküsst«, sagte ich in einer ungewöhnlich hohen Stimme. Alex sah mich mitfühlend an.
Wenn die Sache nicht so ernst wäre, würde ich sicherlich darüber lachen. »Immerhin wissen wir jetzt, womit wir es zu tun haben«, grübelte er. »Auch wenn es das nicht gerade einfacher macht.«

Alex nahm das Buch und stieg die Leiter hoch, um es wieder oben ins Regal zu stellen. »Wollen wir es nicht mitnehmen? Vielleicht finden wir ja doch noch etwas darin, was uns weiterhelfen könnte.« Alex dachte kurz nach. Schließlich seufzte er und nahm das Buch wieder von dem Regal. »Okay, dann nehmen wir es mit.« Schließlich steuerte Taylor wieder auf uns zu. »Na, ihr zwei«, er hielt inne. »Alles in Ordnung? Ihr seht aus, als hättet ihr einen Geist gesehen.« »Nein, nein«, stammelte ich. »Es ist alles in Ordnung. Könnten wir das Buch vielleicht mal ausleihen? Es ist wirklich«, ich zögerte, »interessant.« »Klar, wenn es dir gefällt, kannst du es sicherlich ausleihen. Aber wie gesagt, es ist nur ein Mythos. Ziemlich weit hergeholt«, er verdrehte die Augen.

»Ja«, sagte Alex übertrieben gut gelaunt. »Wir glauben ja auch nicht, was da drinsteht.« Ich trat ihm unauffällig gegen das

Schienbein. Mit schmerzverzerrtem Gesicht drehte er sich von seinem Vater weg. »Alles okay, Junge?« »Ja, ja, Dad, nur eine Zerrung.« Er musterte uns misstrauisch. »Wir müssen dann mal los«, sagte ich schnell und zog Alex hinter mir her. Verwirrt schaute Taylor uns nach. »Gut, wir sehen uns heute Abend«, rief er Alex zu. »Alles klar, Dad.«

Ich zog mir meine Jacke wieder über und versteckte das Buch darunter. Dann liefen wir schnell zu meinem Auto. Im Wagen angekommen, legte ich das Buch auf den Rücksitz. Wir schnallten uns an und ich startete den Motor. Während der Fahrt trat ich plötzlich abrupt auf die Bremse und schaute ins Leere. Verärgert über mein plötzliches Bremsen, fuhr hupend ein anderes Auto an uns vorbei.

»Susan, was ist los?« Ich schaute zu Alex, sein Gesicht sah verängstigt aus. »Er kann das Wetter beeinflussen«, raunte ich leise und jedes Wort extra betont. Alex begriff sofort, was ich meinte. »Du meinst, der ständige Regen?«, stotterte er. Ich nickte. »Erst in Atlantic City. Jetzt hier.« Alex schaute sich besorgt um. »Lass uns erst einmal nach Hause fahren«, seufzte er schwer atmend, »dann sehen wir weiter.« Ich versuchte, mich wieder auf das Fahren zu konzentrieren, was mir sehr schwer fiel.

Als wir endlich zu Hause angekommen waren, gingen wir direkt in mein Zimmer. Ich setzte mich aufs Bett und begutachtete das Buch in meiner Hand. Alex setzte sich auf meinen Schreibtischstuhl. »Wenn mein Dad wüsste, wie recht er doch hat«, sagte er kopfschüttelnd. Ich sah ihn verzweifelt an. »Was sollen wir bloß tun?« Alex kam ins Grübeln. »Er schien ja nicht dauernd auf der Erde gewesen zu sein. Was hat ihn also dazu gebracht, wieder zurückzukommen? Wie ist er zurückgekehrt? Durch was kommt ein Dämon auf die Erde?« Ich zuckte mit den Schultern. »Keine Ahnung.«

Eine Zeit lang schwiegen wir. Alex begann wieder, nervös hin und her zu laufen. Ich versuchte, im Buch noch irgendwelche Hinweise zu finden, wie man ihn wieder verbannen könnte. Aber ich konnte nichts Hilfreiches entdecken. Ich kam mir so hilflos vor. »Ob er auch für die ganzen Krankheiten und die überfüllten Krankenhäuser verantwortlich ist?«, fragte ich. Alex sah mich erschrocken an. »Ob er für meinen Bruder verantwortlich ist?«, sagte er voller Hass und durch die Zähne hindurch. »Meinst du, so etwas tut er?«, fragte ich voller Entsetzen.

Alex' Gesichtsausdruck war hasserfüllt. »Wenn ich herausfinde, dass er schuld daran war, dann schicke ich ihn persönlich in die Verdammnis zurück!« Er spannte seinen ganzen Körper an. Dann schloss er seine Augen, um seine Wut unter Kontrolle zu bringen. »Ob er auch an Tinas Zustand schuld ist?«, sagte ich geschockt. Alex sah mich ernst an. »Das würde jedenfalls erklären, weshalb die Ärzte nicht wissen, was ihr fehlt. Wer weiß, was er getan hat.« Er sah zu Boden, die Hände zu Fäusten geballt.

»Er scheint ernst zu machen.« »Was meinst du?« Ich sah zu ihm auf. »Er hatte mich doch gewarnt. Er hatte doch zu mir gesagt, wenn ich den Kontakt zu dir nicht abbreche, würde er mir, meiner Familie oder dir, etwas antun.« »Ich bin an allem schuld«, sagte ich unter Schluchzen und legte das Buch beiseite. Alex war sofort bei mir. »Blödsinn, Susan, du kannst gar nichts dafür. Wenn er uns nicht quälen kann, dann jemand anderen.« Alex sah verbittert zu Boden. »Wenn wir ihn nicht stoppen, wird das alles immer heftigere Ausmaße annehmen. Ich werde später im Internet mal nachschauen, ob dort etwas über den Dämon steht.« »Etwas Besseres würde mir jetzt auch nicht einfallen.« Ich war wirklich verzweifelt.

»Alex.« Er schaute mich an. Seinem Gesichtsausdruck nach, konnte er die Furcht in meinem Gesicht erkennen. »Ja?« »Ich habe Angst«, wieder rannen mir Tränen die Wange hinunter. »Ach, Susan«, liebevoll nahm er mich in seine Arme. »Ich bin bei dir«, sagte er im leisen Flüsterton. »Gemeinsam finden wir eine Lösung.« Er wiegte mich sanft in seinen Armen. Das beruhigte mich sofort. »Deine Umarmung bewirkt immer wahre Wunder bei mir«, flüsterte ich. Obwohl ich nicht zu ihm aufsah, wusste ich, dass er lächelte. »Vielleicht habe ich ja doch eine Begabung«, hauchte er und nahm mich fester in seine Arme.

Plötzlich bekam ich wieder diese furchtbaren Schmerzen. Sie waren so stark, dass alles um mich herum schwarz wurde. Ich stöhnte laut auf und schloss die Augen. »Susan!« Alex hielt mich an beiden Armen fest. Als ich meine Augen wieder öffnete, konnte ich die Hilflosigkeit in seinem Gesicht erkennen.

»Geht schon wieder«, presste ich mühsam hervor. Alex lockerte seinen festen Griff. Er sah aus, als rang er nach Worten. Unsicher, ob er sagen sollte, was ihm gerade in den Geist kam. »Was?«, fragte ich mit schwacher Stimme. »Ich bin mir nicht sicher, aber ich glaube, dass Jonathan für deine Schmerzen verantwortlich ist.« »Aber wie sollte er das machen?« Er seufzte. »Das weiß ich nicht. Es ist komisch, du hast es öfter, wenn wir uns sehr nahe sind«, er verstummte sofort. »Also, versteh mich nicht falsch«, stammelte er. »Nein«, unterbrach ich ihn. »Ich verstehe, was du meinst. Die meiste Zeit bekomme ich die Schmerzen, wenn du bei mir bist oder gerade erst bei mir warst. Als wollte er mich warnen, dass ich mich von dir fernhalten soll. Auf eine gewisse Art und Weise, ist er eifersüchtig auf dich. Irgendwie.« Wir verstummten.

»Aber wie kann ich mich dagegen wehren?«, unterbrach ich die Stille. »Hm, vielleicht mit etwas Positivem. Laut Buch, mag er nichts Positives.« Ich sah ihn aufmerksam an. »Was zum Beispiel?« »Vielleicht, wenn du an etwas für dich Positives denkst.« »Könnte klappen. Beim nächsten Mal versuche ich das mal.« »Schlimm genug, dass es ein nächstes Mal geben wird«, entgegnete er brummend. Alex stand auf. »Ist es okay, wenn ich dich jetzt alleine lasse? Ich werde dann mal im Internet schauen, ob ich etwas herausfinde und ich wollte mal sehen, wie es meiner Mutter geht.« »Klar«, sagte ich im lässigen Ton, aber innerlich zog sich mein Magen zusammen. Ich fühlte mich unwohl, wenn Alex nicht in meiner Nähe war. Und ich spürte dann meine Angst noch intensiver. »Wenn was ist, ruf mich an.« Ich nickte.

»Fährst du heute noch ins Krankenhaus?« Ich überlegte. »Nein, wohl eher nicht. Ich bin zu aufgewühlt und ich möchte nicht, dass Mike mir knifflige Fragen stellt. Oder dass ich auf Jonathan treffe.« »Oh Mann«, sagte Alex unter langem Ausatmen, er legte seinen Kopf in den Nacken. »Was ist?«, fragte ich erschrocken. »Wir müssen daran denken, vor Jonathan nicht daran zu denken, dass wir wissen, was er ist. Ich denke, dann würde alles noch schlimmer werden, wenn das überhaupt möglich ist.« Ich biss mir auf die Unterlippe. »Ja, stimmt, darauf müssen wir achten. Oder wir hoffen, dass wir ihm gar nicht mehr begegnen.« Alex sah zu mir herüber. »Ich glaube nicht, dass wir so viel Glück haben.« Kurz sahen wir uns intensiv in die Augen. Dann wandte sich Alex abrupt von mir ab. »Wir sehen uns, Susan. Ich melde mich morgen, ob ich etwas herausgefunden habe.« »Ja, bis dann.«

Keine zehn Minuten später als Alex weg war, ging es mir sofort wieder schlechter. Ich fühlte mich elend, wenn er nicht in meiner Nähe war. Er konnte sicherlich nichts gegen Jonathan ausrichten, aber trotzdem ging es mir mit ihm besser. Alleine seine Anwesenheit genügte mir. Ich seufzte. Nun wussten wir, was Jonathan war. Er würde sicherlich keine Ruhe geben, bis er es nicht geschafft hatte, dass Devils Lake zugrunde ging. Und danach würde er sich die nächste Stadt vornehmen. Bis irgendwann die ganze Welt in Angst und Schrecken lebte.

An diesem Abend las ich mindestens zwanzigmal die Geschichte über den Dämon, der für so viel Leid verantwortlich war. Über Jonathan. Je öfter ich sie las, desto mehr Angst bekam ich. Was würde aus meiner Familie und meinen Freunden werden? Meine beste Freundin war schon im Krankenhaus und Alex würde seinen Bruder niemals kennenlernen.

Ich war völlig in meinen Gedanken versunken, als plötzlich mein Handy läutete. Erschrocken warf ich das Buch beiseite. Vielleicht war es Mike mit Neuigkeiten über Tina. Hoffentlich guten Neuigkeiten. Mit Herzklopfen schaute ich auf mein Handydisplay. Es war nicht Mike. Zu meinem Erstaunen war es meine Tante Miranda. Das wunderte mich etwas, wir hatten nur wenig Kontakt. Ich hatte immer das Gefühl, dass sie lieber ihre Ruhe hatte. Verunsichert ging ich dran.

»Ja?« »Hallo, Susan, ich bin es, Tante Miranda.« Sie klang etwas nervös am anderen Ende der Leitung. »Wie geht es dir?« »Gut«, sagte ich zögernd. Ich war immer noch erstaunt über ihren Anruf und wusste nicht so recht, was ich sagen sollte. »Ist alles in Ordnung bei euch?«, fragte sie schnell. »Ja, warum?« »Ich versuche seit Tagen, deine Mutter zu erreichen. Aber sie geht weder ans Handy, noch ans Festnetztelefon.«

»Sie fühlt sich nicht wohl.« »Verstehe, was hat sie denn?« »Genau kann sie es nicht sagen, sie fühlt sich schwach und lustlos.«

»Bei euch scheint viel los zu sein in Devils Lake.« Es klang mehr nach einer Feststellung, als nach einer Frage. »Was meinst du?«, fragte ich verunsichert. »Ich lese viel in der Zeitung. Das merkwürdige, schlechte Wetter, das jetzt schon so lange anhält. Die vielen kranken Menschen, die Krankenhäuser scheinen überfüllt zu sein. Ich hatte gelesen, dass sie die Patienten jetzt schon in die umliegenden Krankenhäuser einliefern.« »Ja, Tina ist auch im Krankenhaus.« »Tina? Was fehlt ihr denn?« Obwohl sie Tina kaum kannte, klang sie ernsthaft interessiert. »Die Ärzte wissen es nicht genau. Sie haben sie in ein künstliches Koma versetzt, damit sich der Körper besser erholen kann. Sie hatte hohes Fieber und halluzinierte.« »Verstehe.« Sie klang sehr nachdenklich.

»Susan?« »Ja?« »Hast du nicht vielleicht Lust, mich morgen mal besuchen zu kommen? Dann könnten wir uns ja etwas mehr über das Thema unterhalten.« Ich fand das sehr merkwürdig, da meine Tante mich noch nie gefragt hatte, ob ich sie besuchen kommen möchte. Da ich nicht antwortete, fuhr sie fort. »Du hast doch jetzt Ferien, oder?« »Ja.« »Also, hast du Lust?« Viel Lust hatte ich nicht, aber ich wollte nicht unhöflich klingen. Schließlich antwortete ich: »Klar, wieso nicht.« »Schön. Passt dir drei Uhr?« »Sicher.« »Weißt du, wie du herkommen kannst?« »Ja, ich weiß, wo es ist und mein Dad hat mir ein Auto geschenkt.« »Oh, das war aber nett von ihm. Gut, dann sehen wir uns morgen.« »Ja, bis dann.« Sie legte auf. Verunsichert schaute ich auf mein Handy. Ich empfand das als ein ziemlich merkwürdiges Gespräch.

Kurz entschlossen wählte ich Alex' Nummer. Er ging sofort dran. »Susan? Was gibt's?« »Hi, Alex, meine Tante hat mich eben angerufen, ob ich sie morgen besuchen möchte.« Ich zögerte. »Hättest du Lust, mitzukommen? Sie wohnt in Spiritwood, einem abgelegenen Dorf. Ich weiß nicht genau, wie ich es sagen soll, aber sie ist mir manchmal etwas unheimlich und ich möchte nicht alleine hinfahren.« »Okay.« »Also, ist das ein Ja?« »Klar, wenn du magst, fahre ich mit.« »Gut, ich komme dann morgen zu dir und dann fahren wir los.« »Alles klar.« »Bis dann.«

Als ich auflegte, ging es mir schon etwas besser. Wenn Alex mitfuhr, würde es schon nicht so schlimm werden. Trotzdem verstand ich nicht, weshalb meine Mutter nicht ans Telefon ging. Ich wollte sie fragen. Wie so oft in letzter Zeit, fand ich sie im Wohnzimmer vor dem Fernseher. Sie schaute auf den Bildschirm. Ich war mir aber nicht sicher, ob sie wirklich wahrnahm, was sie dort sah. Sie war völlig in ihren Gedanken versunken.

»Mum.« Sie schaute zu mir auf. »Hallo, mein Schatz.« Ich setzte mich zu ihr. Sie schaltete den Fernseher aus. »Tante Miranda hat mich eben angerufen.« »Und?« »Sie meinte, dass sie versucht hatte, dich zu erreichen. Aber dass du nicht erreichbar wärst, weder übers Handy, noch übers Festnetz.« Meine Mutter lächelte mich müde an. »Das kann sein, es ging öfter mal das Handy, aber ich hatte keine Lust, dranzugehen.« »Mum?« »Ja?« »Muss ich mir Sorgen um dich machen?« »Nein. Ich bin sicher, dass es bald wieder vorbeigeht, ich brauche nur etwas Ruhe.« Ich nickte. »Morgen fahre ich mal zu Tante Miranda, wenn das okay für dich ist.« »Natürlich, wieso nicht?«

Sie lächelte mich an und strich mir sanft eine Haarsträhne aus dem Gesicht. »Du hast Ferien. Hab Spaß. Nur weil ich hier rumhänge, musst du das nicht auch tun.« »Ich kann auch bei dir bleiben, wenn du mich brauchst.« Abschätzend musterte ich sie von oben bis unten. »Das brauchst du nicht, Süße. Wenn was ist, rufe ich dich an und dieses Spiritwood ist ja nicht so weit weg, oder?« Ich nickte. »Okay.« »Du brauchst dir ehrlich keine Sorgen zu machen, mir geht es bestimmt bald besser. Vielleicht waren die vielen Jobs zu viel und mein Körper verlangt nach Ruhe.« »Ich könnte mir auch einen Job suchen«, sagte ich im nachdenklichen Ton. »Kommt nicht infrage«, protestierte sie. »Du hast mit der Schule genug um die Ohren.« »Aber viele aus meiner Schule haben Nebenjobs.« Meine Mutter sah mich lange an, dann umspielte ein leichtes Lächeln ihre Lippen. »Das brauchst du nicht, Susan. Ich sorge für uns.« »Ich möchte es aber«, sagte ich nun etwas lauter und legte die Stirn demonstrativ in Falten. Nun lachte sie leise. »Wenn du das möchtest, dann such dir einen Nebenjob.« »Abgemacht«, ich strahlte sie an.

»Danke, Mum.« »Wofür?« »Dass du so viel für mich tust. Ich nehme das nicht als selbstverständlich hin.« Sie lächelte sanft. »Das weiß ich doch. Ich tue es gerne, um dir ein besseres Leben zu ermöglichen.« Wir schlossen uns in die Arme. »Ich hab dich lieb, Mum.« »Ich dich auch, meine Kleine. Jetzt gehe ich schlafen«, flüsterte sie und stand auf. »Falls ich schlafen sollte, wenn du fährst, grüß sie ganz lieb von mir.« »Mach ich.« Sie ging in ihr Schlafzimmer.

Wieder überkamen mich diese schrecklichen Schmerzen. Ich verstand nicht, in welchem Zusammenhang sie auftauchten. Fakt war, dass sie von Mal zu Mal länger anhielten. Das machte mir Angst. Sehr sogar …

Tante Miranda

Nach einer weiteren albtraumreichen Nacht, fand ich mich am nächsten Tag recht früh auf dem Fahrersitz meines Autos wieder. Alex saß neben mir. Müde und erschöpft sah er aus. Er schien sich genauso viele Gedanken wie ich zu machen und bekam dadurch auch nicht gerade viel Schlaf. Bevor wir zu meiner Tante fuhren, machten wir noch einen kurzen Abstecher ins Krankenhaus, um zu schauen, wie es Tina ging. Ihr Zustand war nach wie vor unverändert. Das machte mich traurig. Ich blieb noch eine Weile bei ihr und als dann Tinas Eltern auftauchten, war das für mich der Startschuss zu fahren.

Wir verabschiedeten uns von Mike und machten uns auf den Weg. Es war eine merkwürdige Atmosphäre im Auto. Ruhig, obwohl Alex neben mir saß und der kannte das Wort Ruhe eigentlich nicht. Ich beobachtete ihn aus dem Augenwinkel. Seine Gesichtszüge sahen angespannt aus, seine ganze Haltung war angespannt. Ich räusperte mich. »Du bist so ruhig«, sagte ich schließlich. Er sah zu mir herüber. An seinem Blick konnte ich erkennen, dass er immer noch seinen Gedanken nachhing. Nach einer gefühlten Ewigkeit, sagte er dann schließlich mit schwerer Stimme: »Was möchtest du denn hören?« »Was mit dir los ist.« Er blickte wieder nach vorne. Dann sagte er leise: »Nichts.« »Nach Nichts siehst du aber nicht aus«, sagte ich schnell und hatte Mühe, meine Stimme ruhig zu halten. Er antwortete nicht.

»Hör mal, Alex, du musst nicht mit mir mitfahren, wenn du nicht möchtest. Ich weiß, wir sind in letzter Zeit nur noch zusammen. Wenn du lieber mal etwas mit deinen anderen Freunden unternehmen möchtest, verstehe ich das.« Ich redete schnell und meine Worte überschlugen sich dabei regelrecht. »Das ist es nicht«, unterbrach er mich mit seiner sanften Stimme, die mich sofort wieder ruhig stimmte. »Das mit meinen Kumpels habe ich geklärt. Sie wissen, wieso ich zurzeit keine Zeit für sie habe.« Entgeistert sah ich ihn an. Schnell fügte er hinzu: »Sie wissen natürlich nicht den wahren Grund. Ich hatte ihnen erzählt, dass es meiner Mutter so schlecht ging und dass ich deshalb wenig Zeit hätte. Was ja noch nicht mal gelogen ist«, sagte er murmelnd und schaute auf seine Hände.

Ich war wirklich egoistisch. Alex' Mutter ging es so schlecht und ich hatte nichts anderes zu tun, als ihn mit zu meiner Tante zu schleppen. Verschämt und verärgert über mich selber, sah ich ihn an. »Alex, du musst das nicht tun.« »Ich weiß, dass ich das nicht tun muss, aber ich möchte gerne.« Nun lächelte er leicht. »Außerdem kann ich so besser auf dich aufpassen.« Dieser Satz klang kalt und berechnend. »Ich glaube nicht, dass du viel ausrichten könntest, wenn Jonathan plötzlich auftauchen würde.« »Besser ich als du.« Er sagte es leise, sodass ich genau hinhören musste, um es zu verstehen. »Alex«, protestierte ich lautstark.

»So etwas darfst du nicht sagen, nicht einmal denken.« Nun grinste er breit. »Sehr witzig«, schnauzte ich ihn an. »Schön, dass sich jedenfalls einer von uns beiden amüsiert.« »Ach, komm schon, Susan«, nun musste er lachen. »Das war doch nur ein Scherz. Nimm nicht immer alles so ernst, was ich dir sage.« »Ich habe dir schon einmal gesagt, dass du mein Freund bist. Und dass ich jedes deiner Worte ...« »Ja, ja«, unterbrach er mich. »Du nimmst jedes meiner Worte ernst und legst sie auf eine Goldwaage.« Er grinste mich breit an. »Alex Fuller, machen Sie sich nicht lustig über mich.« Ich sah zu ihm rüber. Wir mussten beide lachen.

»Wie ist deine Tante so?«, fragte Alex und ich wusste genau, dass er bloß vom Thema ablenken wollte. Aber ich war froh über diese Ablenkung. »Hm, sie ist etwas sonderbar«, ich lächelte verlegen. Interessiert sah er mich an. »Inwiefern?« »Wo soll ich da anfangen?« Ich lachte laut auf. »Am Anfang.« Er grinste wieder breit. »Das ist dein Lieblingssatz, oder?« »Vielleicht«, sein Lächeln wurde frecher. Ich konzentrierte mich wieder auf die Straße. »Sie wohnt in Spiritwood, aber ziemlich abgelegen. In einem kleinen Holzhaus, mitten in einem Wäldchen.« »Wohnt sie alleine?« »Ja, sie zieht es lieber vor, unter sich zu sein.« »Was macht sie beruflich?« »Sie ist Heilpraktikerin. Das ist ganz praktisch, so muss sie nicht aus dem Haus gehen und die Leute können zu ihr kommen. Sie ist nicht gerne unter Menschen.« »Da kenne ich noch jemanden.« Ich sah ihn an und er streckte mir die Zunge heraus. »Ja, scheint bei uns in der Familie zu liegen«, sagte ich lächelnd.

Ich überlegte kurz, was es noch Erwähnenswertes über meine Tante gab. »Wundere dich nicht über ihre Inneneinrichtung. Sie ist recht …« Ich überlegte kurz, welches Wort passen würde. Schließlich entschied ich mich für das Wort, »speziell.« Alex setzte seine Stirn in Falten. »Okay«, sagte er langsam. »Das musst du mir erklären.« Ich lachte kurz auf. »Na ja, manche Menschen würden vielleicht sagen, sie hat sie nicht mehr alle.« Alex schaute verblüfft. »Gut, nun musst du mir das wirklich erklären.« Ich konnte ihm die Neugierde ansehen, er hasste es, wenn ich nicht sofort mit der Sprache herausrückte.

»Sie beschäftigt sich viel mit Kräutern und verschiedenen Kulturen.« »Da ist doch nichts Sonderbares bei.« »Es ist sehr schwer zu erklären, man muss es sehen, um es zu begreifen.« Alex starrte mich mit offenem Mund an. »Nun machst du mir aber Angst, Susan.« Ich konnte mir bei seinem Gesichtsausdruck das Lachen nicht verkneifen. »Alex, du musst es sehen, um es zu verstehen.« »In Ordnung«, er konzentrierte sich wieder auf die Straße.

Kurze Zeit später kamen wir endlich bei meiner Tante an. Nachdem ich mich mit meinem Auto langsam durch einen schmalen Waldweg gezwängt hatte, parkte ich vor dem Holzhaus meiner Tante. Es sah eigentlich sehr hübsch aus von außen. Meine Tante schien es neu gestrichen zu haben. Es war kastanienbraun und rund um das Haus standen überall Töpfe mit Pflanzen und Kräutern. Alex sah sich skeptisch um. »Hier lebt jemand? Alleine?« Ich nickte. Er sah wieder zum Haus. »Freiwillig?« Ich musste lachen, sein Gesicht sah zum Schießen aus. »Ach, komm schon, Alex. So schlimm ist es nun auch wieder nicht.«

Ich zog ihn Richtung Veranda. Aus meinem Auto holte ich noch schnell meinen Rucksack. Dort hatte ich noch das Buch drin, was ich später noch in die Bibliothek zurückbringen wollte. Ich wollte es besser nicht im Auto lassen. Unsicher klopfte ich an die alte Holztür. Kurze Zeit später öffnete uns meine Tante. »Susan«, sie lächelte mich an. Sie hatte sich nicht verändert. Es waren jetzt bestimmt schon drei Jahre her, als ich sie das letzte Mal traf. Aber sie sah genau so verrückt aus wie immer. Meine Tante war eine etwas kleinere, pummelige Frau mit braunen Locken, die ihr in allen Richtungen abstanden. Sie trug ein langes, dunkelrotes Gewand.
    Um den Hals hatte sie sich ganz viele Perlenketten und Federn umgehängt. Ihre Arme waren voll mit Armreifen. Sie trug immer viel Schmuck. An jedem Finger hatte sie einen

Ring und in den Ohren hatte sie große Ohrringe. Sie nahm mich zaghaft in den Arm.

»Schön, dass du da bist. Und wer ist dein Freund?« Sie musterte Alex von oben bis unten. »Ich bin Alex«, sagte er verunsichert und gab ihr die Hand. »Nett, dich kennenzulernen, Alex, kommt rein.« Sie lief zurück ins Haus und wir folgten ihr. Alex lief dicht neben mir gedrängt. Er ließ meine Tante dabei nicht aus den Augen, als hätte er Angst, dass sie ihn jeden Augenblick anfallen könnte. Ich lächelte in mich hinein. Soviel dazu, das Alex MICH beschützen wollte.

Es war ein sehr kleines Haus. Überwiegend bestand es aus einem großen Raum, was praktisch Wohnzimmer, Esszimmer und Küche in einem war. Am Ende des Raumes konnte man eine Tür sehen. Ich wusste noch von meinem letzten Besuch, dass sich dahinter ein kleines Bad befand. Daneben führte eine Treppe nach oben, sicher war dort das Schlafzimmer. Am Anfang des Raumes blieben wir stehen und sahen uns um. Links von uns gab es einen kleinen Tisch, was wohl eigentlich die Essecke darstellen sollte. Aber zurzeit schien es unmöglich, dort etwas zu essen. Er war stapelhoch mit Büchern vollgeladen. Dann gab es eine lange Bücherwand, die sich fast über die ganze linke Seite zog. Schließlich kam ziemlich am Ende, auf der rechten Seite, eine ganz kleine Küche. Rechts von uns standen ein Fernseher und eine Sitzgruppe mit grünen Überwürfen. Daneben gab es einen schönen, offenen Kamin. Meine Tante deutete uns an Platz zu nehmen.

»Bin gleich bei euch«, grinste sie und machte sich auf den Weg in die Küche. Alex sah sich mit offenem Mund um. Erst jetzt konnte ich erkennen, wieso man als Außenstehender denken musste, dass sie nicht mehr alle Tassen im Schrank hatte.

Aber ich wusste es besser. Sicher, sie war etwas sonderbar, aber ein herzensguter Mensch.

Überall hingen getrocknete Kräuter an der Decke. Quer durch das ganze Haus standen verschiedene Einmachgläser. Mit Dingen darin, die man nur schwer identifizieren konnte. Aber wenn man es sich genau überlegte, wollte man auch lieber nicht herausfinden, was dort drinnen gelagert wurde. Überall standen und lagen mysteriöse Bücher verteilt. Die meisten davon hatten ein sehr unheimliches Aussehen. Überwiegend waren sie schwarz und die Einbände sahen geheimnisvoll aus. Entweder waren Menschen mit schmerzverzerrtem Gesicht darauf abgebildet oder Geister. Manche enthielten auch Kochtipps von angeblichen Hexen. Was soll's, dachte ich mir, meine Tante hatte eben einen Hang zu übernatürlichen Dingen. Jedem das Seine, wenn das ihr Hobby war, wieso nicht. Schließlich konnte man zwischen dem merkwürdigen Kram auch ihre Arbeitsutensilien entdecken. Bücher über verschiedene Heilpraktiken, wärmende Steine, Pendel und andere Dinge, die chronische Schmerzen lindern sollten. Es roch sehr süßlich im ganzen Haus, aber es war nicht unangenehm.

Ich fühlte mich eigentlich ganz wohl in meiner Haut. Das ganze Chaos hatte etwas Gemütliches. Alex schien nicht so zu denken. Er war so nah an mich herangerutscht, dass er mir schon fast auf dem Schoß saß. Sein Gesichtsausdruck sah eingeschüchtert und verängstigt aus. »Alex, jetzt übertreibst du aber«, sagte ich ernst und versuchte, ein Lachen zu unterdrücken. Was mir bei Alex' Mimik sehr schwer fiel.

»Jetzt weiß ich, was du meintest, mit dem Satz: Man muss es selber sehen, um es zu verstehen«, flüsterte er mir zu. »Hier würde sich Jonathan pudelwohl fühlen«, sagte er milde grinsend und zeigte auf einen Bucheinband, wo ein Junge unter Schmerzen das Gesicht verzog. Ich knuffte ihm in die Seite. Meine Tante kam zurück und ich wollte nicht unbedingt, dass sie das mitbekam. In der Hand trug sie ein großes Tablett. Schließlich stellte sie es auf dem Tisch ab und gab uns lächelnd jedem eine Tasse.

Alex schnüffelte skeptisch an seinem Getränk. »Was ist das?«, fragte er im betont freundlichen Ton. Wahrscheinlich wollte er sie gut stimmen, damit sie es sich nicht doch anders überlegte und ihn hinterrücks angriff.

»Brennnesseltee«, sagte sie lächelnd. »Ist sehr gesund, habe ich selbst gemacht.«

Mit angewiderter Mimik schaute Alex auf seine Tasse. Ich warf ihm einen drohenden Blick zu. Das musste geholfen haben, denn schnell nahm er einen hastigen Schluck und verbrannte sich dabei die Zunge. Laut fluchend stellte er seine Tasse auf den Tisch. Meine Tante konnte ein Lachen nicht unterdrücken. »Er ist sehr heiß«, sagte sie mit entschuldigendem Blick. »Ich hab's gemerkt«, röchelte Alex immer noch hustend.

Nachdem er sich von seinem Hustenanfall erholt hatte, begann meine Tante das Gespräch. »Habt ihr gut hergefunden?« »Oh ja, ich hatte mir den Weg beim letzten Mal ganz gut gemerkt.« »Das ist schön. Wie geht es deiner Mutter?« »Oh, noch nicht so gut, sie ist immer noch zu Hause.« Miranda sah mich mit argwöhnischer Skepsis an. »Wie lange geht es ihr schon schlecht?« »Ein paar Tage.« Sie grübelte.

Plötzlich holte sie ein Geräusch, am gegenüberliegenden Fenster, aus den Gedanken. »Oh, Raxs«, sagte sie lächelnd.

»Wer?«, sah mich Alex fragend an. Ich zuckte mit den Schultern. Meine Tante öffnete das Fenster und ein großer, schwarzer Rabe flog laut krächzend in das Haus. Er flog eine kleine Runde und setzte sich bei meiner Tante auf die rechte Schulter. Ungläubig starrten wir auf den Vogel.

»Ist ja gut mein Junge«, sagte sie sanft und strich ihm über das Gefieder. »Schau mal, wir haben Besuch.« Als hätte er ihre Worte genau verstanden, musterte er uns mit seinen unergründlichen Augen. »Das ist mein Rabe, Raxs«, sagte sie lächelnd. »Ich fand ihn verletzt auf einem Waldweg und da hatte ich ihn mit nach Hause genommen und gesund gepflegt. Seitdem weicht er nicht mehr von meiner Seite.« Liebevoll sah sie ihn an. Ich merkte, dass Alex neben mir vergaß, zu atmen. Kurz berührte ich ihn unauffällig mit dem Fuß. Sofort schloss er seinen Mund und atmete normal weiter. Die Stille wurde langsam peinlich. »Der ist sehr schön«, stammelte ich. »Ja, das ist er.« Sie wandte sich wieder von dem Raben ab und schaute uns an.

»Wo waren wir stehen geblieben?« »Bei meiner Mutter.« »Ach ja, richtig. Hatte sie mal überlegt zum Arzt zu gehen?« »Nein, sie denkt, dass es bald wieder vorbeigeht.« Meine Tante murmelte etwas in sich hinein das wie: »Schön wär's«, klang. »Und was ist mit Tina?«, fragte sie weiter. »Sie ist immer noch im Krankenhaus.« Ich spürte wieder diesen Kloß im Hals. »Es geht ihr noch nicht besser.« Sie sah mich besorgt an, sammelte sich kurz und sprach dann weiter.

»Was ist dort los bei euch, in Devils Lake? Ich hörte viel Negatives in den Nachrichten.« Alex wurde nervös. Auch ich hatte Mühe meine Stimme ruhig zu halten. »Ja, bei uns regiert zurzeit das Chaos«, sagte ich langsam. Bemühte mich aber, sie dabei anzusehen. Sie würde sofort misstrauisch werden, wenn ich es nicht täte. Meine Tante sah mich weiterhin an. Sie wollte, dass ich weitersprach. »Was hast du denn genau gehört?«, sprach ich weiter. »Ich habe gehört, dass bei euch ein merkwürdiges Wettertief über der Stadt wäre. Was selbst die Wetterexperten sich nicht erklären könnten.« Ich nickte. »Ja, das stimmt. Es ist nur am Regnen und Gewittern. Ich bin froh, dass es hier bei dir mal nicht regnet. Wenn du das die ganze Zeit um dich hast, schlägt das ganz schön aufs Gemüt.«

»Und was ist mit den Krankenhäusern? Stimmt es, dass sie überfüllt sind und das Patienten in die umliegenden Krankenhäuser gebracht werden müssen?«
Ich schluckte und konzentrierte mich auf meine Hände, ich konnte ihrem Blick nicht länger standhalten. »Ja, das stimmt«, sagte ich zögernd. »Schlimme Sache«, murmelte sie nachdenklich. »Ja.« »Überwiegend sind es seltene Krankheiten und Depressionen, oder?« Ich sah zu ihr auf. »Ja.« Unsicher sah ich zu Alex. »Stand das auch in der Zeitung?«, fragte er ruhig. »Ja«, stammelte sie. Aber irgendetwas stimmte nicht an ihrer Aussage, sie kam so schnell und ihr Blick verriet etwas anderes. Ich konnte es aber nicht deuten.

Plötzlich begann ihr Rabe, laut zu krächzen und flog gezielt auf meinen Rucksack zu. Wild hackte er auf ihn ein. Meine Tante sah aufmerksam zu. »Raxs, was tust du da?« Misstrauisch beobachtete sie ihren Raben. »Was hast du in dem Rucksack?«, fragte sie neugierig. »Och, nur ein Buch, das ich später noch zur Bibliothek zurückbringen möchte«, stammelte ich und nahm den Rucksack auf meinen Schoß. Der Rabe sah mich mit schiefem Blick an. Dann sah er zu Miranda. Kurz sahen sie sich in die Augen. »Kann ich das Buch mal sehen?«, fragte sie freundlich. »Oh, das ist nichts Besonderes«, stotterte ich und ich spürte, dass ich rot wurde. Alex rutschte neben mir nervös hin und her. »Es ist nur ein Märchenbuch.« »Darf ich es trotzdem mal sehen?« Als ich immer noch zögerte, fügte sie hinzu: »Ich interessiere mich dafür, was du liest. Wie du siehst, lese ich auch sehr viel«, sie zeigte auf ihre zahlreichen Bücher.

Nun fiel mir keine Ausrede mehr ein. Mit hochrotem Kopf zog ich das Buch aus meinem Rucksack. Kurz sah ich zu Alex, unsicher sah er mich an. Schließlich gab ich es ihr. Interessiert musterte sie es von allen Seiten. Dann schlug sie die ersten Seiten auf und überflog kurz das Geschriebene. Kurze Zeit später nickte sie nachdenklich und schloss das Buch wieder. Dann gab sie es mir mit ernstem Gesicht zurück.

»Interessant.« »Wie gesagt, es ist nur ein Märchen.« Schnell packte ich es wieder in meinen Rucksack. Sie fiel in Gedanken. Dann sah sie zu mir auf. »Welche dieser Geschichten findest du am beeindruckendsten?« Sie sah mir tief in die Augen, während sie meine Antwort abwartete. »Die Erste«, sagte ich prompt und ich hatte das Gefühl, mich verraten zu haben. Ich biss mir nervös auf die Unterlippe und schaute hilfesuchend zu Alex. »Ja, die Erste ist schon ziemlich beeindruckend«, stimmte er mir zu. Abwechselnd musterte Miranda uns. Dann lächelte sie leicht.

»Liest du öfter solche Bücher?« Ich zögerte. »Nein.« »Wie kamst du dann darauf, es zu lesen?« »Ähm, also, Alex' Vater Taylor meinte, dass ihn die Umstände in Devils Lake an dieses Buch erinnern würden. Also haben wir es nur mal so zum Spaß gelesen. Rein interessehalber.« »Wir glauben natürlich nicht daran, was da drin steht«, schlussfolgerte Alex. Miranda lächelte sanft. »Gut, das ist alles, was ich wissen muss.« Irritiert sah ich Alex an, diese Antwort verstand ich nicht ganz. Aber noch ehe ich mir einen Kopf darum machen konnte, wechselte sie schon das Thema.

»Glaubst du, dass die Krankheitssymptome, die deine Mutter hat, dass das eventuell eine Depression sein könnte?« Nun sah sie wie ein Psychologe aus. Sie hatte die Beine übereinandergeschlagen und begutachtete mich interessiert. Rabe Raxs saß wieder auf ihrer Schulter und musterte mich ebenfalls. Falls Raben überhaupt dazu fähig waren, jemanden zu mustern. Jedenfalls schaute er mit dem gleichen prüfenden Blick wie meine Tante.

Irgendetwas Unheimliches hatte diese ganze Situation. Ich zögerte kurz, ich kam mir vor, wie bei einem Verhör. Schließlich antwortete ich klar und deutlich. »Ja, ich denke, es könnte eine sein, ich bin mir sogar fast sicher.« Meine Tante stand auf und ging zu einem kleinen Schrank. Als sie ihn öffnete, konnte man von Weitem viele kleine Flaschen in allen Größen und Formen entdecken. Auch die Flüssigkeiten, die sie beinhalteten, waren unterschiedlicher Farbe. Neugierig lehnte sich Alex zu mir herüber, um besser sehen zu können. Fragend sah er mich an, ich zuckte mit den Schultern. Ich hatte keine Ahnung, was das zu bedeuten hatte. Während sie nach etwas suchte, murmelte sie unverständliche Worte vor sich hin.

Endlich hatte sie die richtige Flasche gefunden und kam mit ihr in der Hand zurück. Sie lächelte mich an und gab mir die kleine, grüne Flasche. Ihr Inhalt war eine klare Flüssigkeit. Ich öffnete sie und roch daran, sie war geruchsneutral. Fragend sah ich sie an. »Das gibst du deiner Mutter zu trinken, dann wird es ihr schnell besser gehen.« »Alles?« »Ja, alles …, aber am besten, gibst du es in ein Getränk. Ich würde ihr nichts davon erzählen, sie ist nicht begeistert von meinen Heilmitteln.« Unsicher schaute ich auf die Flasche. »Keine Angst, es ist etwas Pflanzliches. Deiner Mutter kann nichts passieren. Oder glaubst du, ich würde meiner eigenen Schwester etwas antun?« Sie sah mich ungläubig an. »Nein, natürlich nicht«, stammelte ich und packte die Flasche ebenfalls in meinen Rucksack.

Plötzlich sah meine Tante auf die Uhr und dann wurde sie etwas hektisch. »So, ihr Lieben, seid mir nicht böse, aber ich habe noch viel zu tun.« Etwas verwundert über diese Aussage stand ich auf, Alex ebenfalls. Sie schob uns sanft Richtung Tür. Ich schaffte es gerade noch so, meinen Rucksack mitzunehmen. »Aber, wenn es etwas Neues gibt, dann meldet euch bei mir. Ich habe immer ein offenes Ohr für euch. Grüß deine Mutter und denk dran, ihr das Mittel zu geben. Du wirst sehen, ihr wird es schnell viel besser gehen.«

Auf halben Weg hielt sie inne. »Und was Tina betrifft, das wird sicher wieder alles in Ordnung kommen.« »Ja, das hoffe ich«, sagte ich leise. Schnell schüttelte sie Alex die Hand. »War nett, dich kennenzulernen, Alex.« Mit großen Augen sah sie ihn an. »Ach übrigens, du hast eine unglaublich schöne Aura.« Dann drehte sie sich auf dem Absatz um und lief wieder zu dem kleinen Schrank. Wo sie unter leisem Murmeln hastig ein paar Flaschen herausnahm. Alex zog mich nach draußen. Leise schloss ich die Tür.

Als wir wieder in meinem Auto waren und ich meinen Rucksack auf die Rückbank gelegt hatte, sah mich Alex mit großen Augen an. »Was war denn das für ein Auftritt?« Ich startete den Motor und fuhr los. »Ich hatte dir gesagt, dass sie etwas speziell ist.« »Das kann man wohl sagen.« Dann lächelte er verschmitzt. »Aber immerhin habe ich eine unglaublich schöne Aura. Was immer das auch heißen mag.« Ich musste lachen. »Ja, das ist typisch meine Tante. Man muss nicht alles verstehen, was sie so von sich gibt.« Alex zögerte.

»Und, wirst du deiner Mutter diese Tinktur geben?« »Klar, wieso nicht? Es ist ja pflanzlich, mehr als nicht wirken, kann es schließlich nicht.« »Na, ich weiß nicht.« »Ach, komm schon, Alex. Man muss manchmal auch den Mut haben, etwas auszuprobieren.« »Ja, aber nicht, wenn man dadurch andere in Gefahr bringen könnte.« »Ich bringe sie nicht in Gefahr. Meine Tante ist Heilpraktikerin, sie weiß schon, was sie tut.« »Ich hoffe, du hast recht. Aber das Haus ist echt abgedreht.« Er stellte seine Stirn in Falten, als er dies sagte. »Ja, das ist es.« »Und dieser Rabe, unheimlich. Ich hatte immer das Gefühl, dass mich sein Blick durchbohren würde.« Ich nickte. »Ja, der war wirklich etwas unheimlich.« Er kam ins Grübeln.

»Aber wieso hat sie uns plötzlich rausgeschmissen? Plötzlich hatte sie es sehr eilig. Angeblich hätte sie noch viel zu tun, aber was? Sie ist ja dann direkt wieder zu diesem Schrank mit den Tinkturen gegangen.« »Keine Ahnung, vielleicht erwartet sie noch einen Patienten.« Alex blieb misstrauisch. »Und diese ganzen Fragen, über die Umstände in Devils Lake. Wieso interessierte sie sich so dafür?« »Hm, wer interessiert sich nicht für so etwas? Das mit dem Wetter ist schon merkwürdig. Du siehst ja, wir sind aus Devils Lake draußen und hier ist nicht eine Regenwolke in Sicht. Und eine Jacke bräuchte man auch nicht.« Er nickte gedankenversunken. »Ich fand, sie reagierte ab da etwas merkwürdig, als sie das Buch begutachtet hatte.« »Vielleicht tust du ihr Verhalten auch etwas überbewerten,

Alex. Wie gesagt, sie ist etwas sonderbar.« Er lachte leise. »Ja, etwas ist gut.« Ich grinste ihn an.

»Ich fand es witzig, dein verängstigtes Gesicht zu sehen, als wir das Haus betreten hatten.« Er mimte einen empörten Gesichtsausdruck. »Ich hatte überhaupt keine Angst.« Skeptisch zog ich die Augenbrauen hoch und sah ihn an. Er wandte seinen Blick von mir ab und schaute angestrengt auf die Straße. »Na ja, vielleicht etwas.« Ich musste lachen und er stimmte in mein Lachen mit ein.

Doch die gute Laune hielt nicht lange an. Leider musste ich am Straßenrand anhalten, weil mich wieder diese schrecklichen Schmerzen überkamen. Ich konnte Alex ansehen, dass es ihn quälte, dass er so machtlos dagegen war. Er konnte nichts tun, um mir zu helfen. Das machte ihn fertig. »Vielleicht hätten wir deine Tante mal fragen sollen, ob sie etwas gegen diese Schmerzen weiß.« »Es geht schon wieder«, sagte ich mit gepresster Stimme. »Susan, es macht mich fertig, dich so zu sehen.« »Wenn Jonathan daran schuld sein sollte, wird es sicher aufhören, sobald wir ihn wieder los sind.« »Ja, fragt sich nur, wie wir ihn wieder loswerden sollen.« »Das steht auf einem anderen Blatt geschrieben«, sagte ich leise und hielt mir krampfhaft den Magen fest.

Das Buch konnte ich an diesem Tag nicht mehr zurückbringen, da die Bibliothek schon geschlossen hatte, als wir in Devils Lake ankamen. Durch meine Schmerzen standen wir noch eine Zeit lang am Straßenrand. Ich hielt es für besser, erst weiter zu fahren, wenn ich nicht mehr das Gefühl hatte, dass ich noch so einen Anfall bekommen würde. Wie erwartet, regnete es in Devils Lake. Vor dem Haus verabschiedete ich mich von Alex. Wir verabredeten uns wieder für den nächsten Tag, um zu Tina ins Krankenhaus zu fahren.

Raymond

In unserer Wohnung angekommen, traf ich auf meine Mutter. Sie war gerade dabei, etwas aufzuräumen. Immer noch sah sie total fertig aus. »Hi, Mum«, begrüßte ich sie knapp. »Hallo, Susan, wie war es bei Miranda?« Sie bemühte sich, zu lächeln, aber es gelang ihr nicht wirklich. »Ganz gut, ich soll dich grüßen.« »Das ist nett, danke. Gibt es etwas Neues bei ihr?« »Nein, nicht wirklich. Alles beim Alten.« Ich musterte sie abschätzend. »Dir geht es immer noch nicht gut, oder?«, fragte ich mit besorgter Stimme. Sie seufzte. »Nein, es wird nicht besser.« Sie sah mich nicht an, als sie dies sagte. »Sollten wir vielleicht mal zum Arzt fahren?« Sie sah zu mir auf. »Nein, das wird schon wieder.« »Wie du meinst.«

Sie wandte sich von mir ab und ging in die Küche. »Soll ich dir etwas kochen?«, rief sie aus der Küche heraus. »Nein, ich habe keinen Hunger. Sollte ich später Hunger bekommen, mache ich mir schon etwas.« »In Ordnung.« Sie verließ die Küche und ging wortlos ins Schlafzimmer. Das machte mir nun wirklich Angst. Normalerweise würde sie es niemals zulassen, dass ich nichts aß.

Nachdenklich lief ich in mein Zimmer. Achtlos warf ich meinen Rucksack in die Ecke. Ich hatte alles so satt und ich wusste nicht, wie lange ich das noch durchstehen würde. Mein Blick nach draußen verschlimmerte alles noch um ein Vielfaches. Dieser ständige Regen, ich konnte ihn nicht mehr sehen. An diesem Abend konnte ich mich auf nichts wirklich konzentrieren. Den ganzen Abend lang hatte ich einen Kloß im Hals. Ich hatte ständig das Gefühl, dass mich meine

Gefühle jeden Augenblick übermannen könnten. Kurzum beschloss ich, nur noch schnell duschen zu gehen und mich dann in meinem Bett zu verkriechen.

Ich war gespannt, was mich am nächsten Tag erwarten würde. Als ich mich bestimmt zwei Stunden lang nur hin und her gedreht hatte, schlief ich endlich ein.

Nach meinem üblichen Albtraum wachte ich wieder mal völlig gerädert auf. Ich hatte Mühe, meine Augen offen zu halten. Rappelte mich schließlich aber doch auf, da ich mich ja mit Alex verabredet hatte. Ich verschwand schnell im Bad und zog mir irgendetwas Bequemes an, was gerade in greifbarer Nähe lag. Meine Mutter war wieder mal am Schlafen. Dann nahm ich meinen Autoschlüssel und machte mich auf den Weg zu Alex.

Der ganze Tag schlug mir auf das Gemüt. Stundenlang waren wir im Krankenhaus. Es machte mich fertig, dass es Tina immer noch nicht besser ging. Ich wusste ja, dass die Ärzte versuchten, was in ihrer Macht stand. Aber langsam fing ich an, genauso sauer wie Mike zu werden. Mike sah noch schlechter aus als sonst. Er war sehr blass und hatte an Gewicht verloren. Nur noch selten ging er nach Hause. Und wenn, dann nur um zu duschen oder sich umzuziehen. Dadurch bekam er nur wenig Schlaf. Er erzählte mir, dass er größtenteils in der Besucherecke schlief. Mike wollte bei Tina sein, er hatte Angst, zu verpassen, wenn es ihr besser ging … oder schlechter. Wir versuchten, ihn etwas aufzubauen. Aber wir kamen nicht wirklich an ihn heran.

Gegen Abend brachten wir dann noch das Buch in die Bibliothek zurück und danach fuhren wir wieder nach Hause. Der Tag bei Tina hatte mir ziemlich zugesetzt. Auch Alex bemerkte dies. Eigentlich wollte er noch mit zu mir heraufkommen, aber ich sagte ihm, dass ich heute lieber alleine sein wollte, da es mir nicht so gut ging.

Alex war nicht böse deswegen und wollte sich am nächsten Tag bei mir melden. Auch wenn er sagte, dass es ihm nichts ausmachte, konnte ich ihm die Besorgnis ansehen. Ich war mir sicher, dass er sein Handy auf ganz laut stellen würde, um ja nicht zu verpassen, wenn ich ihn bräuchte. Es tat gut, das zu wissen.

Manchmal fühlte ich mich so, als würde ich seine Hilfsbereitschaft nur ausnutzen. Ich verdiente gar nicht so einen Freund wie Alex. Auch war ich mir nicht sicher, ob ich ihm genauso viel gab, wie er mir.
   Dennoch wusste ich genau, wenn ich ihn darauf ansprechen würde, würde er tatkräftig bestreiten, dass ich ihm zu wenig zurückgab.

Oben in meinem Zimmer angekommen, setzte ich mich auf mein Bett. Ich merkte erst nach einiger Zeit, dass mir stumm die Tränen hinunterliefen. Das war alles zu viel für mich und es war einfach keine Besserung in Sicht. Ich wusste nicht, wie man Jonathan stoppen konnte. Wie stoppte man einen Dämon? Heute hatte ich ihn zum Glück nicht gesehen. Ich weiß nicht, ob ich es ertragen hätte, ihn zu sehen. Sicher wäre ich kaum in der Lage gewesen, meine Gedanken im Zaum zu halten. Ich überlegte mir, was er wohl gerade tat. Er war sicher wieder dabei, jemanden ins Unglück zu stürzen. Ich fragte mich, ob ich jemals wieder froh sein würde. Die Zeit, wo ich unbeschwert mit Tina lachte, schien mir endlos lange her zu sein. Ich konnte und vor allem wollte ich mir nicht vorstellen, wie es wäre, ohne sie zu sein.

Während ich auf meinem Bett saß, fiel mir das grüne Fläschchen, das ich von meiner Tante bekommen hatte, ins Auge. Ich hatte es auf meinen Schreibtisch gestellt, als ich heute Morgen das Buch aus dem Rucksack geholt hatte. Mühsam stand ich vom Bett auf und steuerte das Fläschchen an. Misstrauisch nahm ich es in die Hand und begutachtete es von allen Seiten. Noch einmal öffnete ich sie und roch daran. Wie erwartet, war es geruchsneutral. Ich verschloss die Flasche wieder. Sollte ich die Tinktur wirklich heimlich meiner Mutter verabreichen? Würde es wirken? Ein schöner Gedanke war es schon, meine Mutter wieder glücklich lächeln zu sehen. Aber was wäre, wenn es nicht wirkte? Oder schlimmer noch, wenn es noch schlimmer werden würde?

Plötzlich riss mich das Klingeln meines Handys aus meinen Spekulationen. Ich sah aufs Display. Es war mein Vater. »Hi, Dad«, sagte ich mit rauer Stimme. Ich war mir sicher, dass man heraushören konnte, dass ich noch vor Kurzem geweint hatte. Das beunruhigte mich etwas.

»Hallo, meine Kleine. Stör ich dich gerade?« »Nein, Dad, du störst mich nicht.« »Tut mir leid, dass ich dich so spät noch anrufe. Ich hatte nur irgendwie so ein Gefühl, dass es dir nicht gut geht.« Ich war fasziniert von dieser Aussage. Wie merkte mein Vater, dass es mir schlecht ging? Ich antwortete nicht sofort. »Susan, bist du noch da?« »Ja, ja, Dad. Tut mir leid. Ich war in Gedanken.« Am anderen Ende hörte ich meinen Vater seufzen.

»Susan, ist alles in Ordnung bei euch?« »Nein, nicht wirklich«, meine Stimme erstarb. Wieder war da dieser schreckliche Kloß im Hals. »Es ist alles noch unverändert. Tina geht es immer noch nicht besser und bei Mum sehe ich auch keine

Fortschritte. Ich habe das Gefühl, mit der ganzen Situation nicht mehr klarzukommen.« Wieder rannen mir die Tränen die Wange herunter. »Sicher, dass ich nicht vorbeikommen soll?«, hörte ich meinen Vater mit besorgter Stimme sagen.

»Keine Sorge, Dad, du musst nicht extra herkommen. Ich glaube nicht, dass du viel dagegen ausrichten könntest.« »Aber ich könnte für euch da sein«, sagte er leise. »Dad, es tut mir schon gut, wenn ich dich hören kann. Und das mit Mum bekomme ich schon in den Griff. Es geht ihr ja schon etwas besser«, flunkerte ich. »Bist du dir sicher, Susan?« »Ganz sicher, Dad.« »Aber ich höre doch, dass es dir schlecht geht.« »Ich habe dir ja auch nicht gesagt, dass es mir gut geht«, antwortete ich trotzig. »Deine Patienten brauchen dich, Dad. Vor allem Jacob.« »Meine Familie ist mir aber wichtiger.« »Mach dir keine Sorgen um uns, Dad.«

»Susan, du weißt genau, dass ich mir immer Sorgen um euch mache. Ich könnte wirklich vorbeikommen.« »Nein, Dad«, sagte ich nun etwas bestimmter.

Mein Vater fehlte mir jetzt gerade noch in Devils Lake. Gerade hier, wo ein wild gewordener Dämon sein Unheil trieb. Ich konnte den Gedanken nicht ertragen, dass ihm etwas passieren könnte. »Na gut«, hörte ich meinen Vater schwer ausatmen. »Aber du sagst mir Bescheid, wenn es schlimmer werden sollte oder du meine Hilfe brauchst. Ich würde sofort aufbrechen. Dennoch will ich deine Mutter nicht unbedingt anrufen. Ich weiß nicht, ob das so gut wäre, wenn es ihr eh schon so schlecht geht.« Anscheinend wusste er genauso wie ich, dass meine Mutter noch etwas für ihn empfand. Ich sagte daraufhin nichts. Wieder hörte ich ihn verhalten seufzen.

»Ich sehe, du lässt dich nicht erweichen«, sagte er traurig. »Dad, das heißt nicht, dass ich dich nicht gerne bei mir haben würde. Ich denke einfach nur, dass es der falsche Zeitpunkt wäre.« Kurze Zeit sagte er nichts. Schließlich antwortete er: »Vielleicht hast du recht.« Ich war erleichtert. Anscheinend hatte ich es geschafft, ihn vom Fernbleiben zu überzeugen. Trotz allem, konnte ich die Enttäuschung in seiner Stimme hören. Aber ich dachte, es wäre einfach besser so.

»Okay, ich bleibe in Atlantic City. Aber sollte ich noch mehr schlechte Nachrichten von Devils Lake in den Nachrichten hören, dann komme ich vorbei. Egal, ob dir das gefällt oder nicht.« Mir blieb nichts zu sagen außer: »Abgemacht.«

»Okay, Susan, dann versuch jetzt, etwas zu schlafen. Ich melde mich die Tage wieder bei dir. Oder du bei mir, wenn es schlimmer werden sollte.« Ich grummelte etwas Unverständliches vor mich hin. »Susan«, sagte er gereizt. »Ja, Dad, ich mache es ja. Versprochen.« »So will ich das hören«, nun klang er wieder etwas sanfter. »Ich habe dich lieb, meine Süße.« »Ich dich mehr«, flüsterte ich. Er legte auf.

Ich war erleichtert, dass ich meinen Vater dazu überreden konnte, nicht zu uns zu kommen. Devils Lake war jetzt kein guter Ort für ihn. Devils Lake war zurzeit für niemanden ein guter Ort gewesen. Wie gerne würde ich meinen Vater jetzt bei uns haben wollen und ihn in die Arme schließen. Aber ich musste vernünftig sein.

Fast vergaß ich, von was mich der Anruf meines Vaters abgelenkt hatte. Wieder nahm ich das kleine Fläschchen in die Hand, und dachte fieberhaft darüber nach, ob ich es wirklich riskieren konnte, es meiner Mutter unterzujubeln. Eigentlich wusste meine Tante, was sie tat. Sie würde meiner Mutter niemals etwas Böses wollen. Aber auch sie konnte sich irren. Das wäre nur menschlich. Seufzend stellte ich das Fläschchen wieder auf meinen Schreibtisch. Ich wollte mir bis morgen überlegen, ob ich es tun wollte oder nicht.

An diesem Abend schrieb ich noch etliche Seiten in mein Tagebuch. Ich hoffte, dass es mir danach besser gehen würde. Fehlanzeige. Meine Augen brannten und mein Gesicht war ganz rot und verquollen, weil ich so viel geweint hatte. Als ich ins Bett ging, war es schon weit nach Mitternacht. Ich legte mich unter meine Bettdecke und lauschte dem Regen, der gegen mein Fenster prasselte. Gedanklich zählte ich nach, wie oft ich heute diese unglaublichen Schmerzen hatte. Ganze achtmal war das der Fall gewesen. So oft, wie an noch keinem anderen Tag. Alex hatte mich jedes Mal hilflos angesehen. Halb mitfühlend, halb voller Hass auf Jonathan. Es kostete ihn jedes Mal Überwindung, diesen Namen auszusprechen, ohne jemanden in seiner Umgebung dabei ernsthaft zu verletzen.

Meine Entscheidung damals, Alex alles zu erzählen, war die Beste seit Langem. Alleine wäre ich gar nicht in der Lage gewesen, dass alles durchzustehen. Trotzdem hatte ich ein schlechtes Gewissen, weil ich seine Ferien kaputt machte. Wenn ich ihn da nicht mit hineingezogen hätte, hätte er jetzt sicherlich viel Spaß mit seinen Freunden. Und müsste sich keine Gedanken über irgendwelche Dämonen machen. Vielleicht würde sein Bruder dann jetzt noch leben.

Mein Mund wurde trocken bei diesem Gedanken. Ich fühlte mich schuldig. Vielleicht wäre sein Bruder so oder so gestorben. Aber das würden wir nie erfahren. Heute habe ich gesehen, dass er in seiner Brieftasche ein Ultraschallbild von seinem Bruder hatte. Als er mitbekam, dass ich es sah, klappte er die Brieftasche schnell zu und steckte sie wieder in seine Hosentasche. Er wusste genau, dass ich mir Vorwürfe machte. Für ihn stand fest, dass ich überhaupt keine Schuld hatte an dem Tod seines Bruders. Aber hatte ich so viel Zuspruch verdient? Sicherlich nicht.

Ich wollte Alex eine SMS schreiben. In die ich rein schreiben wollte, wie viel mir das alles bedeutete. Dass er bei mir war und das ich immer auf ihn zählen konnte. Ich wollte es lieber aufschreiben. Weil ich genau wusste, dass ich es nicht könnte, wenn ich ihm gegenüberstand und er mich mit seinen braunen, treuen Augen ansah.

Ich nahm mein Handy vom Nachtschrank und überlegte, wie ich es am besten formulieren könnte. Mit Herzklopfen schrieb ich:

Lieber Alex, ich wollte mich nur einmal bei dir bedanken, weil du so viel für mich machst. Ich weiß, dass ich dir die Ferien versaut habe und das tut mir unglaublich leid. Auch wenn du sagst, dass ich keine Schuld an dem Tod deines Bruders trage, so fühle ich mich doch schuldig. Ich erleide jeden Tag Höllenqualen deswegen. Ich bin froh, dich als Freund zu haben. Ich finde, dass du der selbstloseste, liebste, humorvollste und tollste Mensch bist, den ich kenne. Ich habe dich lieb. Susan.

Misstrauisch las ich den Text drei Mal durch, konnte ich das wirklich so abschicken? Klang das nicht zu schmalzig? Nein, so konnte ich ihn lassen. Aus einer SMS wurden zwar vier, aber das machte nichts. Ich verschickte die SMS und wartete, ob er zurückschrieb. Sicherlich hatte er sein Handy genau neben seinem Bett liegen. Angespannt lauschte ich in die Dunkelheit und wartete darauf, dass mein Handy endlich piepte. Doch nichts geschah. Ob er sauer auf mich war? Aber weshalb? Ich hatte ja nichts Böses geschrieben. Vielleicht hatte er sein Handy nicht gehört und schlief schon.

Plötzlich klopfte es zaghaft an unserer Wohnungstür. Hatte ich richtig gehört? Wieder dieses Klopfen. Mit Herzklopfen stand ich auf und schlich mich durch den Flur. Dann öffnete ich leise die Wohnungstür. Vor mir, nur in Boxershorts und T-Shirt, stand Alex. Seine Haare waren komplett durcheinander. Wahrscheinlich hatte er schon geschlafen, als er meine SMS erhielt. In der Hand hielt er sein Handy. Er zögerte kurz. Nun wirkte er verlegen und unsicher. Er konnte mich nicht direkt ansehen.

»Ähm, ich wollte dir sagen, dass es Blödsinn ist, dass du Schuld hast an dem Tod meines Bruders.« Er spielte nervös an seinem Handy. »Alles, was du mir geschrieben hast, all die Komplimente, kann ich dir genauso zurückgeben.« Nun sah er zu mir auf und sah mich ernst an. »Und du versaust mir überhaupt nicht meine Ferien, ich bin gerne mit dir zusammen. Egal aus welchem Grund.« Nun lächelte er leicht.

Ich war sprachlos. Mit offenem Mund starrte ich ihn an. »Ich wusste nicht, wie ich es in einer SMS ausdrücken sollte.« Er zeigte auf sein Handy und ging sich wieder nervös durch die Haare. »Mir fällt nichts anderes ein, als …« Er kam näher zu mir und nahm mich zögerlich in den Arm. Dann flüsterte er mir ins Ohr: »Danke, dass es dich gibt.« Er löste sich rasch wieder aus der Umarmung und lächelte unsicher. Dann lief er die Treppe wieder herunter. »Schlaf gut«, sagte ich leise und völlig neben mir. Meine Worte hatte er sicher nicht gehört.

Ich war zu perplex, um es lauter auszusprechen. Wie in Trance schloss ich die Tür.

Als ich wieder in meinem Zimmer war, merkte ich, dass ich lächelte. »Typisch, Alex«, sagte ich leise zu mir selber. Aber gerade das mochte ich so an ihm. Man wusste nie, was er als Nächstes tat. Und das war auch gut so. Das Mädchen, das ihn mal an ihrer Seite haben würde, würde den perfekten Mann bekommen. Ich legte mich wieder ins Bett und versuchte, nun wirklich zu schlafen. Wir hatten es schon weit nach Mitternacht. Nach weiteren schlaflosen Minuten, schlief ich dann endlich ein.

Wieder war ich in meinem altbekannten Traum. Panisch rannte ich durch den dunklen Wald. Jonathan war mir wieder dicht auf den Fersen. Eigentlich wusste ich ja, dass es kein Sinn hatte, denn er war sowieso schneller als ich. Aber ich wollte nicht kampflos aufgeben. Vor allem wollte ich nicht in diese schrecklichen, roten Augen blicken. Es fing an stark zu regnen und ich hatte das Gefühl, durch den nassen Boden kaum noch voranzukommen.

Plötzlich konnte ich links von mir, im dicksten Wald, ein helles, warmes Licht entdecken. Irgendetwas sagte mir, dass es richtig wäre, dem Licht zu folgen. Schnell bog ich nach links ab. Die Augen nur auf dieses Licht gerichtet. Schließlich war ich wieder auf der altbekannten Lichtung. Wo ich schon mit Jonathans Exfreundin gesprochen hatte. Konnte es sein, dass sie vielleicht etwas mit dem Licht zu tun hatte? Hatte sie mir vielleicht etwas Wichtiges zu sagen? Etwas, das mir in Sachen Jonathan vielleicht weiterhelfen könnte?

Als ich auf die Lichtung kam, schaute ich mich ängstlich um. Ich schaute auch hinter mich, aber Jonathan war nirgends mehr zu entdecken. Zu meinem Erstaunen, verspürte ich kaum noch Angst. Der Regen hatte nun auch aufgehört. Ich nahm all meinen Mut zusammen und sah angestrengt in das Licht. Es zog mich magisch in seinen Bann. Je länger ich mich auf dieses merkwürdige Strahlen konzentrierte, desto deutlicher konnte ich dahinter einen Umriss von jemandem erkennen. Mein Herz schlug schneller, wer konnte das sein? Oder war es Jonathan, der mir eine Falle stellen wollte? Nein, ich konnte mir nicht vorstellen, dass es Jonathan war. Dafür fühlte ich mich viel zu wohl in der Gegenwart des Lichtes. Langsam wurde das grelle Licht weniger und die Gestalt immer deutlicher.

Angestrengt versuchte ich, die Person zu erkennen. Schließlich erlosch das Licht ganz und vor mir stand ein Mann. Ich überlegte, ob ich ihn kannte, aber er war mir noch nie zuvor begegnet.

Er war groß und sportlich gebaut. Seine Kleidung sah nicht wie aus meiner Zeit aus. Sie war schlicht, aber stand ihm ausgesprochen gut. Er trug eine Hose und ein Hemd mit einer Weste darüber. Wenn ich es nicht besser wüsste, würde ich sagen, dass es Kleidung aus dem 19. Jahrhundert war. Die Stoffe waren dünn und schmeichelten seiner Figur. Überwiegend trug er Braun- und Grüntöne, passend zum Wald. Er hatte braune, etwas längere Haare und schöne braune Augen, die sehr ausdrucksstark waren. Seine Gesichtszüge waren sehr klar, was sein Aussehen noch sympathischer machte. Um den Hals trug er ein Amulett, mit einem Symbol darauf, das ich aber nicht erkennen konnte. Dafür stand er zu weit von mir weg. Er schien kaum älter als ich zu sein. Wenn überhaupt, war er fünf Jahre älter. Er strahlte viel Wärme und Zuversicht aus. Ich konnte nicht anders, als ihn anzusehen. Mit seinem leichten Lächeln zog er mich in seinen Bann. All die Angst und Panik schien wie weggeblasen zu sein.

Erst jetzt bemerkte ich, dass auf seiner rechten Schulter ein schöner, brauner Falke saß, der wachsam auf mich herabsah. Er beäugte mich kritisch. Langsam kam er auf mich zu. Er bewegte sich mit Bedacht. Ich hatte das Gefühl, dass er mich nicht erschrecken wollte. Doch ich empfand überhaupt keine Angst vor ihm, im Gegenteil. Neugierig sah ich ihm entgegen. Circa zwei Meter vor mir blieb er stehen. Er lächelte mich offen an. »Hallo, Susan«, sagte er mit einer sanften, klaren Stimme. Die mich sofort in seinen Bann zog und mir eine Gänsehaut verschaffte. »Wer bist du?«, flüsterte ich, als ich endlich meine Stimme wiedergefunden hatte. »Ich bin Raymond«, sagte er immer noch lächelnd. »Und das ist mein Freund, Lennox«, er deutete auf den Falken. Dieser setzte sich noch aufrechter und schaute mich mit starrem Blick an. »Wir sind hier, um dir zu helfen.« »Mir zu helfen? Wobei?« Sein Blick wurde ernst. Dann sprach er nur ein Wort. »Jonathan.« Ich schluckte. Gerade wollte ich ihn so viel fragen. Wer er war. Wie er mir helfen könnte und von wo er kam … Als ich schließlich abrupt erwachte …

Auszug aus dem zweiten Band:

Devils Lake – Die Hoffnung stirbt zuletzt

Ich konnte hören, dass mir Alex immer noch folgte. »Wo gehen wir hin?«, fragte er nervös. »Ich gehe dahin, wo du nicht bist«, antwortete ich gereizt. »Oh, okay, da musst du aber lange laufen, weil ich dich nämlich nicht aus den Augen lassen werde.« Genervt drehte ich mich zu ihm um. »Alex, was willst du eigentlich von mir?« Diesmal war ich diejenige, die die Arme vor der Brust verschränkte. Erschrocken über meine plötzliche Drehung blieb er stehen. »Was ich von dir will? Ich …«, zögerte er.

Doch plötzlich wurden wir von einem lauten Geräusch aus der Situation gerissen. Hinter mir hörte ich es unheilvoll knurren. Dieses Knurren konnte nicht weit von mir entfernt gewesen sein. Ich war wie erstarrt und traute mich nicht, mich umzudrehen. »Susan«, flüsterte Alex. »Beweg dich nicht, bleib ganz ruhig stehen.« Ich konnte die Panik in seinen Augen erkennen. Mein Herz begann zu rasen. Dem Knurren nach zu urteilen, musste es ein großes Tier sein. Ich war wie gelähmt, Panik kroch in mir hoch.

Plötzlich sah ich hinter Alex dieses vertraute, helle und warme Licht, das ich nur zu gut aus meinen Träumen kannte. Dann war er da …, Raymond. In echt und ganz real stand er hinter Alex. Mit offenem Mund starrte ich ihn an. Die Kreatur, die hinter mir stand, hatte ich total vergessen. Ich hatte nur noch Augen für ihn.

Alex, der meinen Blick nicht deuten konnte, schaute hinter sich und sprang schnell zur Seite. »Ach du Scheiße«, rief er laut und stellte sich neben mich. »Geht langsam zur Seite«, sagte Raymond mit seiner warmen und klaren Stimme, die mir jedes Mal eine angenehme Gänsehaut bescherte. Ich tat, was er sagte und zog Alex mit mir, der Raymond immer noch ungläubig anstarrte. Nun sah ich das erste Mal zur Seite und konnte erkennen, dass sich ein paar Meter hinter mir ein gigantischer Bär aufgestellt hatte und knurrte. Raymond blieb wenige Meter vor dem riesigen Tier stehen. »Es ist alles in Ordnung, mein altes Mädchen«, sagte er mit ruhiger Stimme zu dem Tier gewandt. »Sie werden euch nichts tun.«